Collections of
European
Literature and Culture

欧洲文学
与文化精编

肖伟胜　编著

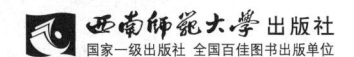

西南师范大学出版社
国家一级出版社　全国百佳图书出版单位

图书在版编目(CIP)数据

欧洲文学与文化精编 / 肖伟胜编著. —重庆：西南师范大学出版社，2020.11
ISBN 978-7-5697-0111-1

Ⅰ.①欧… Ⅱ.①肖… Ⅲ.①欧洲文学－文学研究 Ⅳ.①I500.6

中国版本图书馆 CIP 数据核字(2020)第 013979 号

欧洲文学与文化精编
OUZHOU WENXUE YU WENHUA JINGBIAN

肖伟胜　编著

责任编辑：雷　刚
责任校对：胡秀英
装帧设计：熊　熊
出版发行：西南师范大学出版社
　　　　　地址：重庆市北碚区天生路1号
　　　　　邮编：400715　市场营销部电话：023－68868624
　　　　　http://www.xdcbs.com
经　　销：全国新华书店
印　　刷：重庆长虹印务有限公司
幅面尺寸：185mm×260mm
印　　张：27.5
字　　数：558千字
版　　次：2020年11月　第1版
印　　次：2020年11月　第1次印刷
书　　号：ISBN 978-7-5697-0111-1

定　　价：68.00元

如需本书教学用PPT，
请联系市场营销部：
023－68868624

目 录

1　导　论

13　**第一章　古希腊、古罗马文学**

13　第一节　古希腊社会历史与文化

13　一、古希腊的文化地理状况

15　二、希腊文明：商业和海洋文明

17　三、希腊文明的精神特征

21　第二节　英雄时代的神话与传说

21　一、宗教、仪式、巫术与图腾崇拜

35　二、神话

38　三、英雄传说

45　第三节　《荷马史诗》与抒情诗

45　一、引论："荷马问题"

49　二、《荷马史诗》

57　三、抒情诗

62　第四节　古典时期的悲剧创作

62　一、引论

67　二、埃斯库罗斯：命运内涵的嬗变

78　三、索福克勒斯：古老宗教信仰的坚守者

84　四、欧里庇得斯：舞台上的哲学家

91　**第二章　中世纪文学**

91　第一节　中世纪的社会与文化

91　一、苦难与罪感意识

94　二、对拯救的渴望

95		三、忏悔与献身
97		四、非正统的世俗思想的追求
101	第二节	希伯来《圣经》与基督教教会文学
102		一、希伯来《圣经》的独特人文精神
107		二、教会文学及中世纪文学的影响
107	第三节	但丁
108		一、但丁的人生体验
110		二、《神曲》的思想内涵与艺术成就

113	**第三章**	**文艺复兴运动时代的文学**
113	第一节	文艺复兴的历史背景与西方近代意识的萌芽
113		一、文艺复兴的历史背景
115		二、人文主义:萌芽中的近代意识
118	第二节	薄伽丘:肉欲的沉醉与优越意识
119		一、《十日谈》的思想内涵
123		二、《十日谈》的艺术成就
124	第三节	《巨人传》:在史诗、传奇与小说之间
125		一、拉伯雷的人生体验与《巨人传》
129		二、《巨人传》的二重性
135	第四节	塞万提斯和《堂吉诃德》
135		一、塞万提斯的人生体验与文化处境
137		二、《堂吉诃德》的思想内涵与艺术特点
144	第五节	莎士比亚和他的"四大悲剧"
144		一、莎士比亚的人生体验与文化处境
146		二、莎士比亚的"四大悲剧"
179		三、莎士比亚悲剧的艺术成就

181	**第四章**	**17世纪文学**
181	第一节	古典主义时代的文化与文学
181		一、古典主义时代的历史转型特征
183		二、古典主义时代的文学精神与审美追求

186	第二节　莫里哀与他的喜剧	
186	一、莫里哀的人生体验及其戏剧思想	
190	二、《伪君子》的思想内涵及其艺术成就	

199　第五章　18世纪启蒙文学

199	第一节　启蒙运动与启蒙文学
199	一、启蒙运动及其基本精神
201	二、启蒙文学的主要特征
203	第二节　近代长篇小说的先声:《鲁滨孙漂流记》
204	一、故事概要
205	二、《鲁滨孙漂流记》的思想意义与艺术成就
208	第三节　完美结构艺术的杰作:《汤姆·琼斯》
208	一、《汤姆·琼斯》的故事概要
210	二、《汤姆·琼斯》的思想内涵与艺术特色
213	第四节　歌德
213	一、歌德的人生体验
215	二、"狂飙突进"的强音:《少年维特之烦恼》
224	三、西方近代文化的史诗:《浮士德》

237　第六章　19世纪浪漫主义文学

237	第一节　19世纪初的文化与文学
237	一、浪漫主义运动与19世纪初的社会文化
239	二、浪漫主义文学的特点
241	第二节　华兹华斯和湖畔派诗人
244	第三节　拜伦:超越自卑的"恶魔诗人"
244	一、拜伦的人生体验
246	二、《恰尔德·哈罗尔德游记》
248	三、《唐璜》
252	第四节　雨果与《巴黎圣母院》
252	一、雨果的文化处境与人生体验
256	二、《巴黎圣母院》

3

第七章　19世纪现实主义文学和法国文学 ... 265

第一节　19世纪现实主义文学的发生发展概况 ... 265
一、19世纪初、中期的社会背景 ... 265
二、现实主义文学的基本概况 ... 267
三、法国现实主义文学的发展 ... 270

第二节　司汤达：心理描写的大师 ... 271
一、司汤达的人生体验 ... 271
二、《恋爱论》和《阿尔芒斯》 ... 273
三、《红与黑》：心理描写技法的成熟 ... 276

第三节　梅里美：别样人生的另类书写 ... 285
一、生平概要 ... 285
二、《马第奥·法尔哥纳》 ... 286
三、《嘉尔曼》（《卡门》） ... 288
四、梅里美小说的艺术特色 ... 291

第四节　巴尔扎克：金钱体验的"历史书记员" ... 292
一、巴尔扎克的人生体验 ... 292
二、《人间喜剧》的整体成就 ... 295

第五节　福楼拜：游移于现实主义与现代主义之间 ... 307
一、福楼拜的人生体验 ... 307
二、《包法利夫人》的思想内涵与爱玛形象 ... 310
三、福楼拜小说的艺术成就 ... 318

第六节　罗曼·罗兰：自由生命的斗士 ... 323
一、罗曼·罗兰的人生思想要点与创作概述 ... 323
二、《约翰·克里斯朵夫》的思想内涵 ... 325
三、约翰·克里斯朵夫的性格特征 ... 328
四、《约翰·克里斯朵夫》的艺术成就 ... 329

第七节　左拉：自然主义文学大师 ... 330
一、促成左拉创作风格的两种因素 ... 331
二、左拉小说创作概述 ... 331
三、《卢贡·马卡尔家族》的整体成就 ... 332

345　第八章　19世纪英国现实主义文学

- 345　第一节　狄更斯：幽默诙谐的大师
  - 345　一、19世纪英国文化的主要特征及英国文学概况
  - 346　二、狄更斯的生平概要
  - 348　三、狄更斯创作的思想内涵
  - 348　四、《双城记》的整体成就
- 353　第二节　艾米莉·勃朗特：情爱书写的圣手
  - 353　一、艾米莉·勃朗特的人生体验
  - 355　二、《呼啸山庄》的思想主题与艺术特色
- 364　第三节　哈代：英国文明的强力批判者
  - 364　一、哈代的人生体验与追求
  - 365　二、《德伯家的苔丝》的思想内涵与艺术特征

373　第九章　19世纪俄国现实主义文学

- 373　第一节　果戈理：幽默讽刺的大师
  - 373　一、19世纪俄国的历史背景与文化精神
  - 377　二、果戈理的幽默讽刺小说
- 390　第二节　屠格涅夫：诗意小说的书写者
  - 390　一、屠格涅夫的生平与思想概要
  - 391　二、屠格涅夫的小说对文学史的贡献
  - 405　三、屠格涅夫的代表作《父与子》
- 412　第三节　陀思妥耶夫斯基：复调小说的开创者
  - 412　一、陀思妥耶夫斯基的人生体验
  - 414　二、《罪与罚》：灵魂的拷问
- 423　第四节　列夫·托尔斯泰：宗法制的古典情怀
  - 423　一、列夫·托尔斯泰的人生体验与追求
  - 425　二、《安娜·卡列尼娜》

导　论

一

早在1827年,德国伟大的文学家、思想家歌德在与朋友爱埃克曼谈话时,说自己读了中国小说《好逑传》后得到的重要启示,就是要力图促生"世界文学"时代的降临。他在读《好逑传》后说:"中国人在思想、行为和情感方面几乎和我们一样,使我们很快就感到他们是我们的同类人,只是在他们那里一切都比我们这里更明朗,更纯洁,也更合乎道德。……民族文学在现代算不了很大的一回事,世界文学的时代已快来临了。现在每个人都应该促使它早日来临。"[1]当时的德国,其文化与其他欧洲国家相比显得很落后,但这种落后反而使德国目光开阔,能自由地选择接受以前的和国外的成果。正是在此情势下,歌德首次提出了"世界文学"的概念,在意识到德国落后之后反观他国文学,发现文学走向融合,因而他认为民族文学不再是首要的,进而宣告"世界文学"时代的到来。

20年后,同样来自德国的马克思和恩格斯从社会经济的角度也敏锐地觉察到了这一点,在《共产党宣言》中正式向全世界宣布"世界文学"的形成。宣言中说:

> 资产阶级,由于开拓了世界市场,使一切国家的生产和消费都成为世界性的了。……过去那种地方的和民族的自给自足和闭关自守状态,被各民族的各方面的互相往来和各方面的互相依赖所代替了。物质的生产如此,精神的生产也是如此。各民族的精神产品成了公共的财产。民族的片面性和局限性日益成为不可能,于是由许多种民族的和地方的文学形成了一种世界的文学。[2]

如果说歌德是从文化融合、交流的角度敏锐地察觉到"世界文学"时代的来临,那么,马克思和恩格斯则认为伴随着物质生产的世界一体化,必然由此带来精神生产也

---

[1] 歌德:《歌德谈话录》,朱光潜译,人民文学出版社1985年版,第112—113页。
[2] 马克思,恩格斯:《共产党宣言》,载中共中央马克思恩格斯列宁斯大林著作编译局编《马克思恩格斯选集》第1卷,人民出版社1972年版,第254—255页。

日益世界化,进而步入到跨文化的"世界文学"时代。"世界文学"时代的降临,昭示着作为世界文学一部分的欧洲文学已成为世界人民的公共财产,它当然理应成为中国文学与文化现代化的强劲支援。但正如歌德所告诫的,我们一方面要重视外国文学,另一方面也不应拘泥于某一种特殊的文学,奉它为模范。也就是说,对其他一切文学我们都应只用历史眼光去看。碰到好的作品,只要它还有可取之处,就把它吸收过来。毛泽东同志曾经就我们如何对待外国文化,总结"五四"以来知识界的历史经验并对这一问题提出了重要意见。他说:"对于外国文化,排外主义的方针是错误的,应当尽量吸收进步的外国文化,以为发展中国新文化的借镜;盲目搬用的方针也是错误的,应当以中国人民的实际需要为基础,批判地吸收外国文化。"[1] 以中国文化自身发展的实际需要为出发点,"批判性的吸收",即所谓历史主义评价原则和革命的批判精神相结合,这就是学习外国文化包括学习外国文学的基本原则与根本立场。

那何谓"世界文学"呢?对这一概念我们大致有两种理解:

第一,今后的文学产品越来越世界化。我们知道,由于交通便利和传播媒介的现代化,尤其是全球信息网络的开通以及语言障碍的渐次破除,整个人类文化已连为一体。因此,以前拘囿于地方的、小范围内传播的文学产品通过现代大众传媒已散播到全球的每一个角落,受众面急剧伸延。

第二,由于将人类各民族的文学遗产看作世界的公共财产,这样文化的民族性渐次让位给世界性。这意味着,在此情势下的传统的内涵将发生深层次的变动。也就是说,我们应该站在"世界文学"的新角度,对"传统"做动态的理解。这意味着,我们跳出狭隘的民族文化本位主义,以一种世界人、地球人的眼光,对整个人类文明史做动态考察,则不难发现,传统既是民族性的,又是世界性的。具体说就是:在传统的封闭社会,传统主要是民族性的,而在今天开放的网络社会,传统则主要是世界性的。

因此,我们就不能像现代新儒家那样,将"传统"局限于本民族文化,而未能将其放置到全人类文化的高度来看待。实际上,传统在新儒家那里非独为"吾家旧物",而且是仅就孔孟程朱陆王一脉下来的道统而言的。这种对传统的理解,不客气地讲,就是极狭隘的文化山头主义。若是站在"世界文学"的高度,我们就不难明了"五四"新文化运动的思想先行者的反传统,"所反对的只是中国固常的传统,民族意义上的传统,而非世界意义上的传统。相反,他们的努力是以大传统反对小传统,以世界性的

---

[1] 毛泽东:《论联合政府》,载《毛泽东选集》第3卷,人民出版社1991年版,第1083页。

传统反对民族性的传统,以开放性的传统反对封闭性的传统,并且从根本上顺应了世界历史发展的大趋势大潮流。"[1]因此,新儒家对新文化运动的责难,实为小根器反对大智慧,他们不明白胡适、鲁迅等"五四"新文化健将们反对的只是以儒家为主干的小传统,拥抱的却是世界文化的大传统。

人类历史屡屡表明,一个突破传统的时代就是文明大发展的时代,一个能适时批判传统的民族就是最有前途的民族。正如鲁迅所说的:"遥想汉人多少闳放,新来的动植物,即毫不拘忌,来充装饰的花纹。唐人也不算弱,例如汉人的墓前石兽,多是羊、虎、天禄、辟邪,而长安的昭陵上,却刻着带箭的骏马,还有一匹鸵鸟……汉唐虽也有边患,但魄力究竟雄大,人民具有不至于为异族奴隶的自信心,或者竟毫未想到,凡取用外来事物的时候,就如将彼俘来一样,自由驱使,绝不介怀。"[2]

一种文化,尤其是本土文化精神层面的那一部分,既然融入国人的血脉之中,只要它具有生命力,就不会死亡,不会被国人所忘。相反,如果对传统缺乏应有的检讨,那问题可就大了,可就不得了了。21世纪的中国人所应该做的,就是在检讨传统的基础上,跳出被传统圈定的藩篱,为民族文化建设开一条新路,而不应该死守着孔孟程朱陆王的那一套,作茧自缚。这样一种文化态度,并非对传统的不敬,更不是要打倒传统,相反倒是对传统真正的负责任。既然传统不能够解决中国的燃眉之急,为什么不可以放下姿态,为能够直接解决问题的"德先生"、"赛先生"两位先生让出自己的主导位置呢?把中国故常的那一套暂时挪开,无顾忌地接受异质文化的优秀成果,待中国问题得到了真正的解决,传统文化对现代社会如真有价值,自然会放射出它的光彩。正如海德格尔所说的,唯当亲密的东西,完全分离并且保持分离之际,才有亲密性起作用。也就是说,以西方文化作为参照对比实际上是一种距离化,但这种距离化并不是代表我们安于道术将为天下裂,反之,距离化可说是曲成万物的迂回。我们进行最远离本土民族文化的航行,直至差异可能达到的地方去探险,事实上,我们越是深入,就会越是促使回溯到我们自己的思想。[3]这样一种"曲折"方法和迂回策略,虽然使传统文化暂时受到冷落,却十分必要,因此,鲁迅早在20世纪初期的告诫依然值得今天的人们忆念和反省:"我们目下的当务之急是:一要生存,二要温饱,三要发展。苟有阻碍这前途者,无论是古是今,是人是鬼,是《三坟》《五典》,百宋千元,天球河图,

---

1 启良:《新儒学批判》,上海三联书店1995年版,第454页。
2 鲁迅:《看镜有感》,《鲁迅全集》第1卷,人民文学出版社2005年版,第208—209页。
3 弗朗索瓦·于连:《迂回与进入》,杜小真译,生活·读书·新知三联书店1998年版,第4页。

金人玉佛,祖传丸散,秘制膏丹,全都踏倒在地"。[1]"要我们保存国粹,也须国粹能保存我们。""保存我们,的确是第一要义。只要问他能有无保存我们的力量,不管他是否国粹。"[2]

二

人类刚刚过去的20世纪是一个在苦难煎熬中觉醒、毁灭的同时孕育着新生的大时代,同时也是人类"文化轴心时代"以降发生最为剧烈变革的时期。如果按照文化地震学试图记载艺术、文学和思想史上经常发生的感情变化和转移的等级来区分,无疑20世纪的文化震动属于一种剧烈的脱节,即文化上灾变性的大动乱。这些震动似乎颠覆了我们最坚实、最重要的信念和设想,把过去时代的广大领域化为一片废墟,使整个文明或文化受到怀疑,同时也激励人们进行疯狂的重建工作。[3]这是一个虚无主义的时代,同时又是一切价值必须进行重估的时代,正如雅斯贝尔斯所说,它乃是人类的末日,是任何一个民族和个人均不能逃脱一次重新铸造的时代。

1888年春,弗里德里希·尼采写出了他的最后一本书《权力意志》,他在自己这部代表性杰作的开头写道:

> 我谈论的是今后两个世纪的历史。我描述的是即将到来,而且不可能以其它形式到来的事物:虚无主义的降临。这部历史目前就能加以讨论;因为必要性本身已经出现。未来正以一百种迹象倾诉着自己。……因为眼下我们整个欧洲文化正在走向灾难,带着几个世纪积压下来的折磨和紧张,骚动着,剧烈地向前,像一条直奔向干涸尽头的河流,不再回顾身后的一切,也害怕回顾。[4]

那何谓"虚无主义"?尼采答曰:"是最高价值的自行废黜"。[5]也就是说,作为超感性的根据和一切现实的目标的上帝死了。虚无主义的本质领域和发生领域乃是形而

---

[1] 鲁迅:《忽然想到》,《鲁迅全集》第3卷,人民文学出版社2005年版,第47页。
[2] 鲁迅:《随感录三十三》,《鲁迅全集》第1卷,人民文学出版社2005年版,第322页。
[3] 马·布雷德伯里,詹·麦克法兰编《现代主义》,胡家峦、高逾、沈弘等译,上海外语教育出版社1992年版,第3页。
[4] 尼采:《权力意志——重估一切价值的尝试》,张念东、凌素心译,商务印书馆1996年版,第373页,译文有所改动。
[5] 尼采:《权力意志——重估一切价值的尝试》,张念东、凌素心译,商务印书馆1996年版,第280页,译文有所改动。

上学本身,形而上学是这样一个历史空间,在其中命定要发生的事情是:超感性世界,即观念、上帝、道德法则、理性权威、进步、最大多数的幸福、文化、文明等,必须丧失其构造力量并且成为虚无。"虚无"在此意味着:一个超感性的、约束性的世界的不在场。[1]我们把超感性领域这种本质性崩塌称为超感性领域的腐烂。虚无主义,"一切客人中最可怕的客人",就要到来了。

尼采认识到,随着以往的最高价值的废黜,对世界来说就只剩下世界本身了,而且首先,这个变得无价值的世界不可避免地力求一种新的价值设定。在以往的最高价值失效之后,这种新的价值设定在以往的价值方面来看就转变为一种"对一切价值的重估"。对于以往价值的否定来自对于新的价值设定的肯定。因为以尼采的看法,在这种肯定中不存在任何与以往价值的调解和平衡,所以,这种对新的价值设定的肯定包含着绝对的否定。为了反对向以往价值的倒退而保证这种新的肯定的绝对性,也即为了确立作为一种反动的新的价值设定,尼采也还把新的价值设定称为"虚无主义"。"虚无主义"这个名称首先始终是两义的,因为,它一方面是指以往的最高价值的单纯废黜,但另一方面又是指对这种废黜过程的绝对反动。[2]

根据尼采的阐释,虚无主义不外乎是这样一种历史,在其中关键的问题是价值、价值的确立、价值的废黜、价值的重估,是价值的重新设定。最后而且根本上,是对一切价值设定之原则所做的不同的评价性设定。因此,以如此这般被理解的重估为目标的虚无主义将去寻求最有生命力的东西。于是,虚无主义本身就成为身处这个时代的思想者"最充沛的生命理想"。[3]

当那个大白天提着灯笼的疯子跑到市场上大声喊叫"上帝死了",西方人陷入迷惘惶惑之际,遥远的东方传统文化也已病入膏肓,处于全面危机之中,日益露出衰颓的暮气。"五四"前后,西方文化大举入侵,引起了中国文化界的中西文化之争。值得注意的是,西学入侵以后,中国文化界显得混乱不安,紧张惶惑,要么对自己的文化传统弃之如敝屣,要么拼命固守,致使中西文化的价值意义之争竟然成为中国现代文化的焦点。一如鲁迅所指出的那样,"一到衰弊陵夷之际,神经可就衰弱过敏了,每遇外国东西,便觉得仿佛彼来俘我一样,推拒,惶恐,退缩,逃避,抖成一团,不必想一篇道

---

[1] 海德格尔:《尼采的话"上帝死了"》,载《海德格尔选集》,孙周兴译,上海三联书店1996年版,第771页。
[2] 海德格尔:《尼采的话"上帝死了"》,载《海德格尔选集》,孙周兴译,上海三联书店1996年版,第777页。
[3] 尼采:《权力意志——重估一切价值的尝试》,张念东,凌素心译,商务印书馆1996年版,第279页。

理来掩饰,而国粹遂成为屠王和屠奴的宝贝"。[1]这种彷徨无措的窘态显示出中国文化中欠缺某些东西,表明现代中国文人在思索中国人的生存价值形态时从五千年的历史文化中找不到某种确实可靠的东西。这就要求我们必须站在"世界文学"的新高度,来审视和反思我们本民族的传统,必须要摈弃过去那种首先正视的是民族、地理和历史文化的传统,而非关涉人本身的存在真实的习惯,而要扭转身姿面向世界和未来,将传统置放到全球化发展的动态维度与个体生存论的价值标杆上进行一番全新的权衡与估量。

综上所述,东西方传统文化价值均不能解决人类自身的精神命运问题,在全球化浪潮甚嚣尘上的当今世界,关涉人本身存在真实价值的赢获显然需要通过对话方能完成,而对话需要以语言为中介,同时语言又与人的生存紧密联系在一起。在对话中,虽然交谈的双方都是独立的主体,但是对话的进行并不受说话者的主观意志的完全支配,交谈本身引领着说话者,交谈的出现等于宣示了视域融合的可能性,这一互相诘问的过程其实就是意义的创造过程。事实上,对话本身就意味着双方有距离和差异,完全同一的双方不可能发生对话,只能是以"对话"为假面掩盖之下的独白。在这个意义上,不是同一性,而恰好是差异性构成了对话与理解的基础。因理解的目标不再是追求同一性,故对话中的任何一方都没有权力要求对方完全认同自己。理解者与理解对象之间的差异越大,就越是需要对话,也越是能够在对话中产生新的意义,提供更多进一步对话的可能性。在此对话中,诠释的开放性必先于意义的精确性,精确常是后来人努力的结果,而歧义、混淆反而是常见的。因此,我们不能仅将歧义与混淆视为理解的障碍,反之,正是歧义与混淆使理解对话成为可能。事实上,我们之所以能在对话交谈中对歧义与混淆有所察知,这实际上是对比意识觉醒的结果,同时歧义与混淆驱使人们去理解、理清,甚至调和、融合。由此可见,我们应该珍视歧义与混淆所显示的多元性与开放性,而多元性与开放性正是对比视域的来源与展开,也是新的诗学文化创造的活水源泉。正如科拉克夫斯基所指出的:"人类的文化永远不可能达到对它的各个杂多而不统一的组成部分的完善综合。然而,恰恰是它的各种成分的不统一性才有助于它的丰富多彩。而使我们的文化得以保持其生命力的,与其说是各种价值之间的和谐,不如说是各种价值之间的冲突。"[2]

---

[1] 鲁迅:《看镜有感》,《鲁迅全集》第1卷,人民文学出版社2005年版,第209页。
[2] 勒泽克·科拉克夫斯基:《寻找失落了的确然性》(1977),转引自倪梁康:《现象学及其效应:胡塞尔与当代德国哲学》,生活·读书·新知三联书店1994年版,第248页。

既然如此，那么，我们就必须改变过去跨文化比较中的一贯的态度，即所谓的"求同存异"，这种思维旧习其实是一种素朴的日常思维方式，即总是在自我同一性的狭窄视域内打圆圈，其源头来自随语言—逻各斯而来的形而上的残毒。在这种自我中心的盲目与偏见中，最大的危害就是没有给予他者应有的尊重。在这一思维习惯驱使之下，我们往往就戴着自身的有色眼镜对他者任意地进行肢解，而很少具有"面向实事本身"的现象学精神，去同情地理解，导致的结果便是大量的主观"比较"的臆想之作。在玄想的"求同"的云端，自然谈不上对异域文化切要地理解，使我们无法寻取到迥异于自身文化的异质质素，哪里还谈得上与之进行富有创见性的对话？由于这种关乎文化生命存活的对话机制的阙如，传统文化也就如同在死水中因缺乏新的酵素而日益衰朽、凋敝。正如宗教学创始人麦克斯·缪勒所告诫的："只懂一种宗教的人，其实什么宗教也不懂。"[1]正是明了此番道理，因此早在20世纪初期，在瞻望民族文化的未来时，鲁迅就提出：外之既不后于世界之思潮，内之仍弗失固有之血脉，取今复古，别立新宗。然而，我们长期受"求同"心理无意识地驱策，要么就是一味逐新，要么就盲目拒斥外来新思潮。要想实现鲁迅"取今复古，别立新宗"的夙愿，就必须很迫切地改变"求同存异"的思维旧习，以"面向实事本身"的现象学精神与工作态度，对我们的研究对象（不管是外来的还是我们自身的）进行切要的同情理解。在对外来文化异质性质素的寻求、对谈过程中，促使东、西方异质价值在交汇、冲突、碰撞中磨砺出思想火花，真正实现我们传统的创造性转换。虽然我们能做的只是尝试着在西学中寻找那最可能触发华夏古树发出新芽的东西，"使中国古学在保留原种的前提下，逐步移植和转化到当代人和未来人能直接领会的思想和语言中来"[2]，但是对于生活在极具同化功能的文化传统中的我们，或许第一要着还是培养"面向实事本身"的现象学精神，只有对"实事本身"的多样性与丰富性有着充分的尊重，才有可能寻取到激活传统的酵素，从而与之进行创造性对话，否则又会落入断章取义、"只见树木不见森林"的顽习窠臼中。也只有这样，"别立新宗"才不至于在"求同存异"的主观玄想中流于空谈。

很显然，跨文化对话是20世纪价值虚无的现实提出的必然要求，是中西传统价值信念都遭到现时历史中的普遍怀疑的厄运时所提出的必然要求，是陷入历史困境

---

[1] 金泽：《宗教的起源与发展·中译本序》，载麦克斯·缪勒《宗教的起源与发展》，金泽译，上海人民出版社1989年版，"中译本序"第2页。

[2] 张祥龙：《从现象学到孔夫子》，商务印书馆2001年版，序言第8页。

之中的人的生命形式和体验形式对绝对价值意义的追寻所提出的必然要求。比较就是通过对话从虚妄中夺得意义真实，使真实可靠而又经得起哲学的反思批判的文化价值透显出来。这种价值关涉人的灵魂定向，关涉到每个人对生活世界的意义真实的普通必然的内在要求。价值意义之所以为价值意义，就正因为它向每个人的心灵开启，通过独特的意向追问得到的客观的价值意义必然传达给他人，与他人共享，从而把破碎的心灵聚合在价值的共在场中，让每一颗孤独的灵魂都领受到宏恩无限的真实，使人的价值存在得到普遍提升。

三

跨文化对话的基础在于要有一个对话的平台，而这个平台的搭建又需要首先了解对话双方的真实内涵和主体精神，否则就会陷入对牛弹琴的窘境和浮泛的夸夸其谈之中，于己于人均没有什么裨益。因此，在展开这场跨文化的对话和追寻人的生命绝对价值意义之前，我们就必须以"面向实事本身"的现象学精神对中西文化做切要地同情理解。

自"五四"请来"德先生"、"赛先生"两位先生以来，国人往往片面地将他们所代表的科学理性精神视为西方文化的全部，而实际上，科学理性精神最先不过是希腊精神的一个方面而已，诸神世界、前苏格拉底学派的神灵精神和以伊流欣努教、狄俄尼索斯教与俄耳甫斯教的教义和仪式所组成的希腊神秘主义构成了希腊精神另一重要的精神向度。[1]而更为国人所忽视的是，在西方文化生命奔腾的血脉中，还涌动着由希腊逻各斯主义与希伯来精神结合而确立起来的基督教文化精神传统。可以说，理性与宗教始终是西方文化精神发展所依赖的两个转轮。正如马修·阿诺德在《文化与无政府状态》中所说的，现代西方人有两种力量：一种是专致于力行的精力，它的内涵是高于一切的责任感、自制感、工作感，秉着自己的良知昂首阔步的诚实；一种是专致于观念的智能，它的内涵是对随着人类发展而出现的各种新鲜观念的热切追求，以及要求完全了解并适应它们的不可遏制的冲动。这两种力量，在某种意义上，我们可以看成敌对的——不是由于它们本身的性质，是根据人类和它的历史，而成为敌对——并且把整个世界大帝国因此一分为二。如果依据人类两个最能表现出它们的民族来加

---

[1] 让－皮埃尔·韦尔南：《古希腊的神话与宗教》，杜小真译，生活·读书·新知三联书店，2001年版，第1—26页。

以命名,我们可以分别称它们为希腊文明和希伯来文明的力量。希伯来文明和希腊文明——我们的世界移动在这两大影响力之间。在某些时候它感到其中之一的吸力比较强大,在另一些时候则是另一个;而它应当——虽然它从来没有——和谐而愉快地平衡于这两者之间。[1]

中国传统文化我们往往用"内圣外王"四个字来概括。所谓"内圣",就是指社会生活的道德化和个体意识的超脱空灵境界,这是由中国传统儒、道、佛思想构成的中国文化的大构架。孔孟、程朱、陆王之学,为人格的成圣化和生活的伦理化提供了丰富的理论说明,庄学、玄言、禅理,一直是超脱人生的理论根据。而所谓"外王",就主要指法家意志,即那些外王之道、经世致用之理。

当我们较为详尽地把握中西文化的主体精神后,一场跨文化的交谈似乎就可以展开了。我们知道,展开对话的基础当然只能是共同的语言。在其中某种事物构成了语言。这是交谈双方共同搭建的平台。因此,道德—超脱精神与科学理性精神之间无法展开对话,而它只有与犹太教的拯救精神交谈,双方才有共同的语言,双方才有可能就一些共同的问题达成一致的意见。同样,西方的科学理性精神只有与中国文化的法家意志、外王之道、经世致用之理展开对话,才能构成共同的语言。若是以上两者错位了,就犯了一个基本逻辑错误:不同类型的事物无法加以比较。[2] 指责科学理性不能最终解决伦理问题,这当然正当;然而,要求科学理性来解决伦理价值的根本问题,本身是理论上的谬误。

随之而来的问题是,什么事物在双方构造出来的共同语言中成为语言?什么事物被置于对话诸方的面前,对话者力求就它们取得一致的意见?这个成为话题的"实事本身"在跨文化的对话中究竟是什么?概言之,这个带根本性的"实事本身"就是生活世界中的人的体验形式和生命形式。正是它们在共同的语言中成为对话的基础和引领着对话诸方的话题,并要求着对话的各方就它取得一致的意见。所谓一致的意见,就是对于对话诸方均有效的绝对真实的价值意义,它显然是通过对话的追问和紧逼从虚妄中夺得和赢获的,不仅真实可靠,而且经得起哲理上的反思批判。

德国哲学家卡西尔说人是符号的动物,[3]这意味着人跟动物不一样,他不再生活

---

[1] 马修·阿诺德:《文化与无政府状态:政治与社会批评》,韩敏中译,生活·读书·新知三联书店2002年版,第110—111页,译文有所改动。

[2] 刘小枫:《拯救与逍遥》,上海人民出版社1988年版,第23页。下文的诸多观点均参考了该书"引言"部分,不再一一标出。

[3] 恩斯特·卡西尔:《人论》,甘阳译,上海译文出版社1985年版,第35页。

在一个单纯的物理宇宙之中,而是生活在一个符号宇宙之中。语言、神话、艺术和宗教则是这个符号宇宙的各个部分,它们是织成符号之网的不同丝线,是人类经验的交织之网。而符号是人类意义世界最重要的部分,意义要通过符号进行传达。这意味着,人是悬挂在由他们自己编织的意义之网上的动物。[1]意义的追寻正是人类文化活动的本质,人通过文化建构活动来超越给定的现实,修正无目的的世界,从而确立人自身在历史中的价值意义。当人感到自己处身于其中的世界与他相离异、相对立时,有两条路向帮助人在肯定价值真实的前提下将分离了的世界重新聚合于人的存在。

一条是审美之路,它是将有限的价值绝对化,进而在虚幻中构建一个形象和象征的体系,借此人可以表达自己对于精神完整性的热望。在审美的存在方式中,仿佛有限是终极的和绝对的。它要求在感性个体的形式中把握绝对,这就意味着,审美的态度注意发展感觉和直觉,肯定生命的各种感官、本能和情感组织,并把诗和艺术的作用推到绝对的地位,使世界由此转换成一幅形式图画,灵魂由此得到恬然逸乐的安宁,并在一种超然的观赏之中享受生命的全部激情,不必担心因卷入激情而造成的毁灭。审美态度拒绝任何实际的介入世界的混沌。

更进一步,审美式的诗人所恐惧的就并不是诗遭到扼杀,而是本然生命本身遭到扼杀。在他们的心目中,诗就是生命,生命就是诗,只有诗能维系、颂扬、确立本然生命本身。审美的方式显然是中国传统文化精神的主要建构方式与内在理路,如此这般,我们就不难理解,为何在中国传统文化中产生了如此宏富的诗歌(尤其是个人感时抒怀的诗歌)和"诗学"作品(诗论、诗话、诗品)。

另一条是神化性的宗教之路,它首先要求把作为客体的世界和作为主体的人,作为自然的世界和作为历史的世界统一在一个无所不包的超验的神性整体之中,也就是涵容人的整个生活的结构之中。它要求在神性存在的绝对形式中把握感性有限存在。宗教态度与审美态度相反,它要求实际介入世界的混沌,要求把一切苦难、受难、不幸乃至屈辱都分担下来,这是因为它主张,神恩使人分享神的生命,并把人的本性提高到神的生命的特有境界,感领到救赎的爱。正是这种救赎的爱使得对一切由偶然性所带来的苦难与不幸的承受成为出于自愿的爱的承认。宗教态度肯定是不可思议的上帝以及它所体现出来的神恩和最高的爱。

在宗教的形式中,诗不是本然生命的弘扬,而只是祈告神恩和至爱的福音。在宗

---

[1] 克利福德·格尔兹:《文化的解释》,纳日碧力戈等译,上海人民出版社1999年版,第5页。

教态度那里,救赎的神恩和神性的至爱才是永恒的生命。因而,西方的个体抒情诗远不如中国发达,直到近代基督教精神遭到诋毁,浪漫主义兴起,个体抒情诗才发展起来。[1]也就是说,神化性的宗教方式是西方传统文化精神的主要建构方式与内在理路。不过,西方文化发展到了20世纪,随着"上帝死了"的宣告,"虚无主义"这个世上最可怕的"客人"的到来,诗作为宗教的替代品担当起了救赎的功能。我们知道,艺术来自巫术,而由灵魂、魔鬼及神组成的巫术王国是一种要通过象征和预示作为中介才能到达的现世背后的生活,因此这是一种神秘的,直接看来是没有真实感的生活。在理智时代,源于巫术的艺术就成了宗教体验的代用品,利用其象征和预示功能而开启一个超越日常生活的乌托邦。自此,审美主义填补了"上帝死了"后所导致的价值虚空。事实上,现代主义诗歌和文艺中对各种艺术新形式近乎歇斯底里的狂热追求表达的恰是无所依恃的存在的不安定思绪,企求以审美形式来固定确立某种可以为生命所把握的价值。于是,在离弃了上帝以后的人类眼里,"一切对他们就都可能显得是同等美好,甚至于他们自身的毁灭,尽管这是那样地违背上帝、违背理智而又违背整个的自然。"[2]魏晋风度中的纵情、佯狂、酣饮、怪诞等审美极端体验在现代西方艺术家身上重新找到了复兴形式。

但我们不能因为现代西方文化走向了审美主义的救赎之路,而将它与中国传统的审美主义画上等号。西方现代的审美主义由于是从神性精神传统中分裂出来的,因而背后或多或少总闪现着上帝的身影,正如帕斯卡所指出的,在现代上帝的声音不再直接向人讲话了,这就是隐蔽的上帝。他认为,隐蔽的上帝是存在的和不存在的上帝,并不是有时存在、有时不存在的上帝,而是始终存在的和始终不存在的。[3]这种在世俗与超验之间存在着的悲剧性紧张关系,典型地表现在现代悲剧之中。于是,现代悲剧人是孤独的,这种孤独感来自两个方面:一是永远存在的上帝的目光并不是简单的实在,只不过是"打赌",是"永远无法证实的可能性";二是隐蔽的上帝将永远是沉默的。[4]中国的审美主义从来没有这样一个与之对立的神性世界作为背景,也就是说,缺乏一种跨越经验与超验、此岸与彼岸之间鸿沟的紧张、焦灼感。

如果说,审美形式是不完善的生活在完整和谐形式中的象征,那么,宗教形式则

---

[1] 刘小枫:《拯救与逍遥》,上海人民出版社1988年版,第35—38页。
[2] 帕斯卡尔:《思想录》,何兆武译,商务印书馆1995年版,第185页。
[3] 吕西安·戈德曼:《隐蔽的上帝》,蔡鸿滨译,百花文艺出版社1998年版,第46—47页。
[4] 吕西安·戈德曼:《隐蔽的上帝》,蔡鸿滨译,百花文艺出版社1998年版,第89—90页。

是至爱神恩的绝对性照射我们的不完善。在某种意义上,审美主义与宗教救赎的对立,是个体感性自然生命与超个体的永恒生命(神恩与至爱)的对立,是自然生命的赞歌与神恩至爱的福音的对立,是自救与他救(救赎)的对立,是超脱怡乐与受难牺牲的对立,是遁离人类的苦难与分担人类苦难的对立,是个体生命适性得意的悦乐与对不幸拳拳的忧心的爱感与苦难的对立……正如刘小枫所宣称的,中西文化的一个最为根本素质的差异就是逍遥与拯救。在中国,恬然乐之的逍遥心境是最高境界。庄子不必说了,孔子的"吾与点也"就是证明;在西方,通过耶稣所体现的爱,使受难的人类得到拯救,人与亲临苦难深渊的上帝重新和好是最高的境界。这就是"乐感文化"与"爱感文化"的对立,超脱与宗教的对立。

第一章
古希腊、古罗马文学

第一节
古希腊社会历史与文化

一、古希腊的文化地理状况

大约在公元前20世纪，以游牧为生，流浪于多瑙河下游，过着半人半兽生活的希腊人，穿过荒芜的草原陆陆续续向着希腊半岛进发，到了公元前六七世纪，就像从地下突然涌出的喷泉，希腊文明在阳光下显出了五彩缤纷的颜色。希腊文明的突然崛起成了一个难解的历史之谜。罗素在《西方哲学史》开篇就说："在全部的历史里，最使人感到惊异或难于解说的莫过于希腊文明的突然兴起了。"[1] 这不仅是哲学史上的难题，而且是艺术史上的难题。这本来是一个毫无掩饰的时代，是从肉体到灵魂都裸露着的时代，人们想哭便哭，想笑便笑，想杀人便杀人，想做爱便做爱，即使撒谎也带着几分坦率与天真。因而，几乎所有的现代西方人都忆念那个毫无掩饰的时代。

按希腊神话的说法，欧罗巴是出生于亚细亚的少女，她是阿革诺耳国王的女儿，一直生活在父亲的几乎与世隔绝的宫殿里。一天女神阿佛洛狄特托了一个奇异的梦给她。在梦中，她觉得好像有两个大陆，即亚细亚和与它相对的大陆，变成了两个女人的形象，二人争着要将她占为己有。其中一个女人——她就是亚细亚——长相和举止都和本地人一样，而另一个女人是一副异国人的模样。异国女人对她说："跟我走吧，亲爱的姑娘，我把你当作胜利品带到持盾者宙斯那里去，这是你命中注定的归宿。"不等欧罗巴有所反抗，便把她紧紧地抱在怀里带走了。后来宙斯化为牡牛把她诱骗到欧洲土地上并使她委身于自己，收容她的这块土地从此被女神阿佛洛狄特叫

---

[1] 罗素：《西方哲学史》（上卷），何兆武、李约瑟译，商务印书馆1963年版，第24页。

作欧罗巴。[1]

这则神话包含着一个隐喻,即欧洲的文明同亚细亚文明有不可解的关系。这一点完全符合历史事实,只是还需要加上古埃及文化的影响。远古的埃及和巴比伦都普遍流行着对生殖性能的崇拜,公牛通常被认为是阳性生殖性能的化身。宙斯变化为牛,哄骗欧罗巴骑在自己身上,这个故事本身就带有浓厚的西亚文化和古埃及文化色彩,欧罗巴与宙斯的结合象征着西亚、古埃及文化与希腊原始文化的结合。

世界最古老的四大文明区域都属于大河文明,是在农耕基础上发展起来的。最早沐浴到文明甘霖的便包括爱琴海上的岛屿,特别是克里特岛。早在公元前2800年左右,铜和青铜制造法就从腓尼基或小亚细亚传入克里特。从地下发掘出来的资料证明,早在公元前2500年前后,克里特人已经善制精美陶器、织物和金银玩物,并且建造起一座结构曲折迷离的"米诺宫"。后人就因这座迷宫将它取名为"米诺斯文明"。到了公元前1700年以后,米诺斯文明进入了发展的鼎盛时期,并且确立了爱琴海乃至地中海的海上霸权。不过,它先后受到来自西亚的野蛮民族和来自希腊北部的印欧语系的游牧部落的侵犯。这些侵犯虽然冲垮了米诺斯文明在希腊大陆上的藩篱,但是它们并没有直接威胁到克里特岛上的米诺斯文明,反而使它因为文化的碰撞和交融而大放异彩。由于克里特岛位于东地中海的中心位置,它与欧洲(希腊)、小亚细亚以及非洲(埃及)均仅相隔一段极易航行的海上距离,因此从产生之初,米诺斯文明就与周围地区尤其是与爱琴海沿岸地区保持着密切的文化联系,这种联系使得整个爱琴海世界在文化方面表现出一种普遍的相似性和同源性。由于这个缘故,文化学家和历史学家通常也把米诺斯文明及其后出现的迈锡尼文明一起统称为爱琴文明。

就在克里特的米诺斯文明逐渐走向衰落的同时,在希腊本土上出现了另一个新兴的文明形态——迈锡尼文明。迈锡尼位于希腊伯罗奔尼撒半岛的东北角,在公元前16世纪以后逐渐成为希腊大陆和爱琴海地区的文明中心。迈锡尼文明由一支来自北方的游牧民族——阿卡亚人所建,阿卡亚人是继爱奥尼亚人之后进入希腊半岛的一支希腊人。大约在公元前15世纪时,这支野蛮的希腊部族把花团锦簇的克里特岛毁坏成为一座荒烟蔓草的废墟。但是,正像后来的罗马人对待希腊文明一样:征服者被被征服者的文明所征服,希腊人成了克里特岛的"米诺斯文明"的直接继承者,在

---

[1] 施瓦布:《古希腊神话与传说》,高中甫,关惠文译,中国戏剧出版社2005年版,第15—20页。

继续接受埃及和西亚文化影响的同时,创造出了自己的"迈锡尼文明"。不过,它在文化上的成就却远比前者逊色。迈锡尼文明实际上是印欧语系的游牧部落的文明与爱琴海地区的米诺斯文明相融合的产物。"希腊人出现在历史黎明前的微光之中(大约公元前1500年),作为还不是完全游牧的流动的雅利安民族之一,正在把他们的牧区逐渐向南扩张到巴尔干半岛,并跟以克诺苏斯为顶峰的前爱琴文明发生冲突和混合。"[1]很显然,迈锡尼文明与米诺斯文明之间的相似性远远超过了它与后来的希腊城邦文明之间的相似性。

从迈锡尼文明的毁灭到希腊城邦文明的诞生,中间经历了长达3个世纪的黑暗蒙昧时期,即所谓的"黑暗时代"或"英雄时代"。在这个时期里,辉煌瑰丽的文明湮没在蛮族愚昧的习俗和暴戾的野性之中,这种野蛮晦暗构成了两个具有历史渊源关系的文明之间蜕化嬗变的中介环节。在迈锡尼时期兴起的奥林匹斯多神教等因素的感召下,粗犷的多利安人逐渐步入文明的时代,在经历了300多年"黑暗时代"的苦痛之后,从公元前8世纪开始,一个崭新的希腊城邦文明崛起于爱琴海世界。

二、希腊文明:商业和海洋文明

希腊部落的原始文化属于海洋文化。欧罗巴姑娘与希腊天神之父的婚姻象征着陆地与海洋两大文明潮流在人类历史上的第一次撞击与交汇。在地理环境上,希腊大陆布满丘陵山地,雨水不足,大部分地方是荒瘠不毛之地。但也有许多肥沃的山谷,通海便利,而彼此间的陆地交通则为群山所阻隔。在这些山谷里,小小的各自分立的区域社会就成长起来,它们都以农业为生,通常环绕着一个靠近海的城市。在这种情况之下很自然地,任何区域社会的人口数量只要是增长太大而国内资源不足时,在陆地上无法谋生的人就会去从事航海,而环抱着克里特的爱琴海气候宜人,风景秀丽,深蓝色的大海中镶嵌着无数个如宝石般闪烁的岛屿。蜿蜒的海岸线和密布的海岛则为避难的船只提供了天然的停泊港湾。如此良好的海洋环境使得古希腊人自然走向了以通商、航海和手工业为生的道路。

经常漂泊于海洋之上的生活方式,造就了古希腊人自由奔放、躁动不安的性格,孤独的幽思和奇丽的梦想,其思绪有如天空的云彩随风飘荡、变幻无常;同时也造成

---

[1] 赫·乔·韦尔斯:《世界史纲:生物和人类的简明史》,吴文藻,谢冰心,费孝通等译,人民出版社1982年版,第305页。

了他们与农耕民族不同的心态：不希图靠勤劳去取得收获，而是靠冒险、武力和狡黠去攫取财富，不是靠劳力去"创造"，而是去"征服"。他们顶礼膜拜的不是"丰产之神"，而是力量和智慧之神。正如吉尔伯特·穆莱所指出的："大多数民族的神都自命曾经创造过世界，奥林匹克的神并不自命如此。他们所做的，主要是征服世界。……他们都是些嗜好征服的首领，是些海盗之王。他们既打仗，又宴饮，又游玩，又作乐；他们开怀痛饮，并大声嘲笑那伺候着他们的瘸铁匠。他们只知怕自己的王，从来不知惧怕别的。除了在恋爱和战争中而外，他们从来不说谎。"[1]

从某种意义上讲，古希腊文明就是商业文明和海洋文明，因为在这里商业的发轫是与海洋交通运输紧密联系在一起的。而中华文明显然是典型的农业文明与黄土文明。这说明文明的形态与其生存基础即人文地理密切相关。古希腊文化起源于克里特岛，这又是一种典型的岛屿文化。它的最大的一个特点就是具有空间意识的强烈感受，每一个岛屿都孤绝无依；因而对于岛屿居民来说，世界是分裂的，呈现着"多"的格局，不连续，从一个岛屿到另一个岛屿，就像棋盘上的棋子行动一样跳跃着。而在黄土文明中，每一块土地都不是孤立的，因而对于大陆居民来说，世界是相互联系着的，是合一的，是绵延不断的，土地往往给人以某种中心的错觉。在此基础上形成了一种与地域广阔相关联的农业生产形态，一种多民族的、依赖于文化认同的"想象的共同体"，一种自我中心的、建基于"夷夏之辨"之上的帝国朝贡体系。

对世界意识感受的不同，导致出现了两种不同的文化类型，对于个体来说，则具有不同的文化意识结构：东方文明表现出周期性、一维、无限、合一、绵延等特征；而古希腊文明则大致表现为非周期性、三维、有限、分立、中断等有别于东方农业文明的特质。当然，这只是从时间与空间的角度对东方文明与古希腊文明进行了粗略的勾勒，随着历史的演进，两种文明出现互渗、互补等多种局面。

古希腊文明之所以成为商业文明，而东方文明之所以成为农业文明，并不是说中国古代没有商业意识。事实上，中国的商代就有过极为繁盛的商业活动，直到17世纪以前，中国的商业都毫不逊色于西方。商品观念很早就在中国成熟了，读过《庄子》的人，也许记得这样一个故事：宋国人有善于制作不裂手的药的，他家世辈以漂洗旧棉絮为职业。有一个外乡人听到这件事情，请求拿一百斤金币买他的药方。宋国人就召集他们全家在一起商议："我们世辈漂洗旧棉絮，一年也不过挣几斤金币；现在，

---

[1] 罗素：《西方哲学史》（上卷），何兆武、李约瑟译，商务印书馆1963年版，第34页。

一天的工夫就可以把咱们的技术卖得一百斤金币。我想把药方卖给他。"这个外乡人得到这个药方后,就到吴王那里去献策。这时正赶上越国有战事,吴王就让他挂帅,在冬季里,和越国打起水战来。由于吴国利用了不裂手的药的缘故,把越国打了个落花流水。吴王就划给了他一块土地,还封了他的官。[1]

这则故事从侧面说明中国古代早就萌生了较敏感的商业意识,不过由于古人所谓"学成文武艺,货与帝王家"等儒家伦理观念逐渐占据中国文化的主导地位,导致商人的地位一直不是很高,也就是说商业观念后来在中国文化中没有上升至显赫地位,就像在西方文明中农业始终不像商业那样重要一样。我们知道,商业意识基于市场意识,市场意识基于交换意识,交换意识基于承认各部分彼此独立的平等意识,商业文明就是建立在这种意识基础上的。对于地中海上的人们来说,世界以一座座海岛的最终存在为依凭;当他们把这种认识通过想象缩小到物质的最小形式上时,他们就认为,物质是由原子组成的。"物质"就像大海,无数原子在其中浮立着,这些原子就是"物质"的"始原"、"本原"、"原因"等。它们的特点,首先就在于自身不可分,具有空间存在特点,相互之间独立存在。原子论的思想引导人们去看待生存于其中的这个世界,不要忽视每一个单个的存在。这些存在本身就是"原",就是说,它们各个是不可再分的。

商业意识之所以在中国受到抑制,是因为中国古代社会认为不需要,而并不是注定不能存在;中国古代社会之所以不需要商业的过于繁盛,也许就是因为古代中国拒绝了"分立"的观念,而选择了"大一统"的道路。中国社会有一种内在的要求稳定的动因,这种动因基于大陆环境的先天给予,认定用商业的办法聚敛财富必然会导致国家混乱与灭亡。而"长治久安"又是一切朝代的最高理想。于是,不利于长治久安的,就不能随意发展。时间意识十分自然地压倒了空间意识。以时间为本的农业可以使国家稳定,因此成了选择的方向。而商业文明更多要求空间上拓展而忽略了时间,因此受到怀疑和抑制,这太自然不过了。

三、希腊文明的精神特征

中华农业文明遵循的是一种周而复始、稳定而安静的生活方式,这自然让我们的

---

[1] 杨柳桥:《庄子译诂》,上海古籍出版社1991年版,第18—19页。

先民养成了对自然的充分依赖,对自然物象尤其是天象、气象的极度敏感。《易经》中说:"古者包羲氏之王天下也,仰则观象于天,俯则观法于地,观鸟兽之文,与地之宜,近取诸身,远取诸物,于是作八卦,以同神明之德,以类万物之情。"[1]于是在大陆式农业经济基础上生长出了重经验、尚感悟、趋向反省内求的"尚象"思维方式与诗性语言。

古希腊的情形则全然不同,在其周边几大文明古国(主要是埃及、巴比伦、波斯)中间,算是后起之秀。古希腊是以克里特岛为基点,在爱琴海的摇篮里长大成人。公元前3000年,克里特这个海上帝国的势力即扩展到爱琴海诸岛和希腊本土,公元前13世纪起,古希腊又从本土出发,展开大规模的海上殖民活动,势力远及小亚细亚和欧洲南端,盘踞爱琴海两岸,西向甚至远达意大利。海上殖民伴随着大规模的征服外族和攻城略地的战争,《荷马史诗》中远征特洛伊的故事即其中最著名的一次。希腊人也经营农牧业,但其财富主要在海上,靠的是贸易、殖民活动和海盗式的掠夺。这种经济活动极不安定,动荡而多变,却极富于活力,有强烈的扩展性和广泛的交往性,称之为海洋性商业活动是并不过分的。古希腊人在卷入大规模的商业交换之后,生活的动荡多变是十分触目的,数字的计算和契约的议定被视同家常便饭,信息的传输和获取成为生死攸关的要事,货币和财富的频频交换也使事物倏忽万变。因此,古希腊人的思维方式趋向于抽象的计算与思考,并非偶然。而且不要忘记,爱琴海正处于东西方交通的要冲,古埃及文化、巴比伦文化和波斯文化曾先后为古希腊人所汲取,而古希腊的城邦制又有利于文化的多元发展,致使诸多古旧文明的因子在此不受干预地碰撞、互摄而生嬗变,终于铸成另一类型文明——重言轻象的文明。这种文明导致它具备了与东方农业文明迥然相异的诸多特征。

首先表现在社会家庭关系上,血缘联系与传统习俗等力量支配社会活动的观念较农业文明社会淡薄,个人成为古希腊社会活动的中坚力量。与之相比,农业活动是一个集体活动,需要严密组织,以家庭、血缘联系为纽带进行代代相传。因此,家族意识是东方文明最为重要的标识之一。它既像一幅坚固的保护甲壳遮护着个体的成长,但同时又像寒刀拦在每一个人的周围,束缚着他们生命自由自在的放飞。古希腊商业文明不像农业文明那样将集体置于个体生命之上,而是首先肯定个人价值,重视个人作用、个人才能的发挥,它的道德建立在对个人的尊重之上。这在《荷马史诗》中

---

[1] 孙振声:《易经入门》,文化艺术出版社1991年版,第518页。

的阿喀琉斯身上表现得尤为明显。因此,这种文明鼓励着个人性格向冒险、开放、扩张的方向发展,具有不断追求的意志文化的精神品性。

其次,在政治思想意识方面,社会权力呈现为多元化格局。古希腊不管是处在辉煌的米诺斯文明时期,还是后来的迈锡尼文明与城邦文明时期,大都由若干部落、王国或城邦等组合而成,它们基本上各自为政、非常松散,虽然也曾建立过一些霸权国家或城邦,譬如马其顿王朝,但这种政治上统一的状况持续的时间非常短暂。这完全不同于我们秦始皇式的中央集权。虽然中国也曾有诸侯林立的境况,然而统一是农业民族心理的潜在要求,中央集权的制度才是国人心目中的理想制度。社会权力多元化当然会对民族心态产生较大影响,它意味着没有任何统治者能进行绝对的思想控制,无疑为个人思想的自由奠定了坚实的基础,也为后来古希腊辉煌灿烂的文明奠定了坚实的政治思想基础。

再次,在古希腊城邦内部实行古典共和制。希腊诸邦的历史首先是贵族阶级的寡头专政,经过僭主政体,或经过立法者和民选调解官过渡到民主政体,即希腊城邦制度的最后完成。到了梭伦的时代,他在政治、经济等各方面进行改革,推行古典共和制,在政治上倡导"主权在民",即人民直接参与城邦管理,最高权力机构是公民大会等一系列思想。同时采取有力措施,限制官吏的权力,具体表现为:城邦内的官员没有工薪,纯属义务职务;为保证官员的基本生活,古希腊实行轮流执政,官员经常更换。这样的举措能够调整愿意当官的人的心态,导致当时的人对政治的态度是,更多地将它视为一种理想,一种抱负,而不是"稻粱谋"的工具。此外,法制的确立成为当时政治生活非常重要的环节,梭伦曾说他制定法律不分贵贱,一视同仁。经过梭伦的励精图治,古典共和制在古希腊基本确立起来了,而这种政治制度显然能最大限度地保障个人的权利和自由,有利于文学艺术的发展。

最后,古希腊的知识分子具有很强的独立性。与东方文明恰恰相反,古希腊知识分子往往不是"专职"而是"兼职",尤其在古典共和制时期,能最大限度地保障每个公民的权利和自由,因而当时的知识分子表现出一种强烈的独立意识和独立心态,即不受任何外在力量,甚至权力的干预,完全遨游在自己的精神天空中。像"我宁愿找到一个因果的说明而不愿得到波斯的王位"这样具有鲜明独立意识的话语比比皆是,在当时把知识当作最高目标,追求"纯知识"的知识分子很多。他们都具有一种义务感,要不顾一切代价追求终极的逻辑结论。而在中国,知识分子往往是专职,古人云:"学成文武艺,货与帝王家。"由此可见,知识本身并不具有独立价值而只是工具。中国知识分子所谓的"修身齐家治国平天下"和"学而优则仕",都倾向于把政治、社会问题视为道德问题,因此,在中国古代社会中知识没有赢获属于自身的独立位置,而是被抹上了浓重的道德功利色彩。

正是在上述基础上,古希腊在文化精神上表现出两个最为重要的特征,其中一个是自由发展的个性。古希腊文化在某种程度上一开始就是百家争鸣,多种学术思想并存,矛盾的人生观和世界观锋芒毕露,彼此碰撞、共存。譬如,当时以安提斯泰尼为代表的犬儒派,就主张人应像狗一样活着,鄙弃奢侈与一切人为的对感官快乐的追求,拒绝接受一切的习俗,无论是宗教的、风尚的、服装的、居室的、饮食的,或者礼貌的。在他们看来,与德行比较起来,俗世的财富是无足计较的,他们追求德行,并追求从欲望之下解放出来的道德自由。[1]而同一时期的伊壁鸠鲁学派却认为快乐就是善。"快乐就是有福的生活的开端与归宿","如果……抽掉了爱情的快乐以及听觉与视觉的快乐,我就不知道我还怎么能够想象善。"又说:"一切善的根源都是口腹的快乐;哪怕是智慧与文化也必须推源于此。"在他们那里,心灵的快乐就是对肉体快乐的观赏,而德行就是指"追求快乐时的审慎权衡"。[2]

当然,中国学术流派也曾在春秋战国时期出现了"百家争鸣,百花齐放"的多元景观,但发展到最后还是出现了以儒、道、释互补的超稳定系统结构。同时,在道家的退隐与儒家的仕途之间过渡也非常自然,所谓"达则兼济天下,穷则独善其身",如此这般,就不会出现人格分裂,便削除了各个学派锋芒毕露的棱角,使之共存融合,达到浑然一体的境界。

另一个鲜明特征就是希腊文化的怀疑精神。所谓怀疑精神,就是能够向权威挑战,向既成理论挑战。亚里士多德说,"吾爱吾师,吾更爱真理",在他眼里,显然老师并不等于真理,而在中国,"师"往往就是"道"的化身,"师者,所以传道授业解惑也"。现在的哈佛大学校训是:让柏拉图与你为友,让亚里士多德与你为友,更重要的,让真理与你为友。这同样秉承了亚里士多德热爱真理的传统和精神。这种精神发展会导致不可知论与怀疑论。所谓不可知论,即承认宇宙的不可知和自身力量的局限。德谟克利特就曾说,"你不要试图无所不知,否则你将一无所知";而苏格拉底则认为,哲

---

[1] 罗素:《西方哲学史》(上卷),何兆武、李约瑟译,商务印书馆1982年版,第294—295页。
[2] 罗素:《西方哲学史》(上卷),何兆武、李约瑟译,商务印书馆1982年版,第309页。

学的最高问题就是承认人是无知的。不可知论与怀疑论为古希腊人建立健全的理性、宽容的胸襟提供了可能,而这样就不会一味狂信,狂信会导致偏执和不理智。同样,这种对自身有限性的自觉也为后来基督教的柏拉图主义化奠定了基础。基督教的"原罪说",就是承认人的有限性,它保留着对上帝的敬畏,正如同不可知论存留着对宇宙的神秘感一样。

古希腊社会经历了形成、发展、繁荣和衰亡等几个阶段,它的文学也随着社会的发展经历了相应的四个时期:(1)氏族公社制向奴隶社会过渡的时期,史称"荷马时代"(公元前11世纪至公元前9世纪),又称为"英雄时代",主要文学形式是神话和史诗;(2)希腊奴隶制城邦国家的形成和繁荣时期,史称"前希腊时代"(公元前8世纪至公元前6世纪),又称"大移民时期",即居民由海岛向大陆移民。主要成就是抒情诗和寓言;(3)希腊奴隶制的全盛期,史称"古典时期"(公元前6世纪至公元前4世纪)。雅典成为全希腊的中心,雅典的民主制促进了古希腊文学艺术的全面成熟和繁荣,主要成就是戏剧、散文和文艺理论;(4)希腊化时期(公元前4世纪至公元前2世纪),古希腊文明向西方传播自己的影响,文学成就不大,只有新喜剧对后世文学有一定影响。

第二节
英雄时代的神话与传说

一、宗教、仪式、巫术与图腾崇拜

无论怎样原始的民族,都有宗教与巫术以及相应的仪式与神话。我们只有弄清楚它们之间内在复杂的关联,辨析它们各自不同的丰富内涵,才可能对古希腊神话有一个较为准确的把握。从宽泛的意义上说,宗教是以对超自然的力量或神灵的信仰或对超验的人生境界的追求为基础的人类制度,是人类赖以面对和处理各种终极性的问题、建构神圣的秩序和意义系统的组织与行为系统。[1]因而,宗教信仰、宗教仪式、宗教经验以及宗教群体和组织等共同构成了宗教的基本框架。在其中,宗教信仰构成了宗教的核心要素之一,尽管宗教信仰的表现形式千差万别,却有共同的特点,那就是将日常经验难以驾驭的各种外部力量神圣化为超自然、超人间的力量,以之为信仰和崇拜的对象,并同时形成一种自成一统的观念体系。

宗教作为"和神圣的事物有关的仪式的总和",其中最基本的问题是何谓"神圣"。在原始初民那里,人们先是认为某个事物是神圣的,然后在某些条件下,这一事物的神圣性导致半神的产生,最终导致神的产生。神圣乃神之父。一切神圣事物的神圣性从一开始就包含两个因素:一是它使人产生的恐惧感,或许称之为敬畏更合适;一是人们认为它本身具有的威力和有效性。在这里,导致宗教产生的不是个别原始人的恐惧,而是集体感受的并被某种社会习惯强调和制约的恐惧。此外,恐惧并不完全表达人们的情感。体现人们情感的是敬畏,敬畏本身既有恐惧的成分,也有惊奇的因素;敬畏是崇敬的开始,而崇敬则是宗教所必不可少的因素。人们对神圣事物的威力和有效性的承认,将敬畏和纯粹的恐惧区分开来。这种令人敬畏而又不为人知的神秘力量不是来自人的体外,而是存在人的体内。在激动状态下——不管激动来自何种刺激:性交、醉酒,抑或是舞蹈引起的陶醉——人都会意识到一种自己无法控制的力量,但这种力量却来自自己的体内。他感到已经被某种力量所支配,但不是被神支配——此时神尚未产生——而是被一种崇高的力量所支配。起初,人们并不区分,也没有能力区分来自体内的力量和来自体外的力量,而当一个集体的成员都产生同一种感受时,内外两种力量便自然而然地相融合、被混淆了。人的意志与力量和外部力量相融合正是神圣性的实质。因此,我们将"神圣"定义为某种令人敬畏且能产生效力的东西,它是人的情感外化到外部自然界的结果。[2]

如果说信仰代表着宗教的认知方面,那么,宗教仪式则是宗教意义的演示或发布,它涉及人们如何与那未知者发生诸如崇拜、感知、沟通、结合等关系。它是由象征着宗教意义的象征性行为组成的,也就是说,仪式是宗教的行为的方面,是对宗教信仰和宗教经验的一种外在的表现或表达。从词源上来说,仪式是指已经做完的事,它实际上包含两种含义:一是已做的事(仪式的本义),一是已说的事。后者属于神话中

---

[1] 孙尚扬:《宗教社会学》,北京大学出版社2001年版,第35—36页。
[2] 简·艾伦·赫丽生:《古希腊宗教的社会起源》,谢世坚译,广西师范大学出版社2004年版,第58—61页。

的因素。[1]这意味着,仪式是某种情感的表达,表达一种在行动中被感觉到的东西;而神话是用词语或者思想来表达的。神话并不是为了说明什么原因而产生的,它代表的是另一种表达形式。从广义上来说,我们可以将所有由传统习俗发展而来、被人们所普遍接受并按某种既定程序所进行的活动与行为都称为仪式。但宗教仪式具有神圣性,因而它不同于世俗仪式,首先,这种行为必须给人以强烈的感受,或者说这种行为是由一种强烈的情感所引发的。同时引发并维持一种高度的紧张感的,常常是某个全社会都感受到的事物。也就是说,他们共同感受到一种情感——这种情感远非任何个人情感所能比拟,然后他们要把这种情感外化,而这正是神产生的基础。在很大程度上,原始的神都体现了集体性的热情,他们是这种情感的模式化。神是欲望的外化,是欲望的人格化。因此,这种人人具有的社会化情感是被强化的、持久的情感。其次,引发强烈宗教情感的事情必须是一件重复完成或事先完成的事,一件可以用表演的形式展现出来的事。这意味着,在宗教仪式中,重复、模仿这两种因素是必不可少的,它实际表达了源自没有获得满足的欲望。但是,如果戏剧化的纪念活动被经常重复,这种活动就会失去其原有的特定性,从而变成普遍性,或者说被抽象化。而且,举行仪式的时间也不再是特定的,而是不确定的。很显然,表现在信仰与仪式中的宗教象征具有真实的力量,它可以被个体亲身体验到。仪式讲词与庆典能够唤起敬畏、神秘、困惑和欣喜等体验。各种宗教经常强调仪式讲词的力量,宗教具有为群体和个体成员创造特殊的宗教经验的潜力。

所谓宗教经验,指的是个体与神圣者在主观上的所有牵连,是一种主观的感受和在此感受中达到的与神圣者或超自然者的方式各异的相遇。因而它的内容范围相当广泛,而且千差万别。它包括安宁、和谐、欢乐、富足和安全等快乐的方面,也可能会带来恐惧和焦虑。这些经验部分地依赖于群体对所遭遇到的东西的信仰,而快乐和恐惧的经验都与对神圣者的权力与力量的感受相关。但不管是宗教信仰的表达,宗教经验的形成和表述,还是宗教行为的演示,最终都必须以信徒为主体。因此,宗教群体与组织是宗教不可或缺的重要构成要素,是宗教维系其存在和谋求其发展的结构性的实在要素。由两个以上分享共同的宗教信仰、认同共同的价值规范和行为模式的信徒,通过共同参与的宗教活动以及彼此之间的互动而形成的信徒共同体,就是所谓的宗教群体,这种共同体的规模可大可小,小至三五成群,大至成百上千人。如

---

1 简·艾伦·赫丽生:《古希腊宗教的社会起源》,谢世坚译,广西师范大学出版社 2004 年版,第 40 页。

果说宗教群体是由于血亲、地域等自然的因素使得一定数量的信徒形成一个互动的集体,那么宗教组织则是由一些神职人员有意组成的宗教建制(如教堂、教会、堂区、寺观等),也可以是由信徒们创建的宗教团体。因此,我们可以将宗教组织界定为认同共同的宗教信仰目标和行为体系、共同遵照一定的制度规范的宗教信徒组成的宗教群体。宗教组织乃是宗教群体的正式的专门化产物,在宗教组织中,人们之间在宗教事务上是有明显的和正式的角色分工的,这种分工还受到正式的规章制度的约束。[1]

在原始初民与神圣事物相关联的各种仪式中,"魔力"(亦叫玛纳、曼纳)(mana)一词是至关重要的,它指的就是平常的自然能力,具有展开、活动和生命之意,它所表达的是某种参与进来的事物,是一种积极的伙伴关系,根据这种关系的性质,魔力根本不可能维系于单个物或单个人。[2] "魔力"一词既是名词又是形容词,从本质上说,其形容词性更强。一个人的社会地位主要取决于他拥有多少魔力,不管这魔力是与生俱来的,还是参加传授本领的仪式而获得的。像孩子一样,原始土著的思维要经历从个别到一般的过程。对他们来说,哪块石头、哪棵树、哪棵番薯有魔力,这才是他们所关心的,但是慢慢地,某种"魔力连续体"的观念便从大量具有魔力的事物中诞生了——这是另一条通向人格化的捷径。这个魔力连续体就是这个可见的世界背后看不见的所有力量,就是巫术活动的领域以及神秘主义的中介。由于有了生命的连续性这一观念,看得见与看不见的事物、死去的与活着的、任何事物的部分与其整体之间便有了联系。在起纽带作用的共同生命中,事物能够相互影响,不是通过类比——因为相似的事物互相影响,而是通过"参与"这种更深层次的东西。我们将会看到对魔力的态度具有两重性,积极的态度是巫术,消极的态度是禁忌。但宽泛地讲,禁忌仍属于广义上的巫术范畴。

巫术是一种预先完成的事。拉丁语中的 factura 是"通过巫术完成、魔法"的意思;梵文中的 krtya 是"做、巫术"的意思;德语的 zauber 和哥特语的 tanyan 有关,意即"做"。这种"做"的方式有时是我们所说的"说";希伯来语的 dabar 在意思上并不区分言词和行为。总之,不管涉及何种行为,巫术的实质就是:我要做,做,做。但是,这里所谓的行为、完成的事并不是巫术的起点。在行为的背后是欲望、希望、信仰。可

---

[1] 孙尚扬:《宗教社会学》,北京大学出版社 2001 年版,第 46—48 页。
[2] 列维-斯特劳斯:《图腾制度》,渠东译,上海人民出版社 2002 年版,第 41 页。

以说,欲望是巫术之父。充满着智慧的《奥义书》上说,人就是欲望(kāma)的化身:有什么样的欲望就有什么样的洞察力(kratu),有什么样的洞察力就有什么样的行为(karma)。[1] 由此看来,巫术的主流是情感、欲望,可能是建设性的,也可能是破坏性的,然而一定是主动的情感,而不是被动的情感。马林诺夫斯基因而认为,巫术行为的核心乃是情绪的表演。[2]

弗雷泽认为,巫术遵循"相似律"和"接触律"原理。巫师根据"相似律"引申出他能够仅仅通过模仿就实现任何他想做的事;从"接触律"出发,他断定,他能通过一个物体来对一个人施加影响,只要该物体曾被那个人接触过,不论该物体是否为该人身体之一部分。基于相似律的法术叫作"顺势巫术"或"模拟巫术";基于接触律或触染律的法术叫作"接触巫术"。他又将这两种巫术都归于"交感巫术",因为两者都认为物体通过某种神秘的交感可以远距离地相互作用,通过一种我们看不见的"以太"把一个物体的推动力传输给另一个物体。[3] 无论在任何地方,只要交感巫术是以其地道、纯粹的形式出现,它就认定:在自然界,一个事件总是必然地和不可避免地接着另一个事件发生,并不需要任何神灵或人的干预。这样一来,它的基本概念就与现代科学的基本概念相一致了。交感巫术整个体系的基础是一种隐含的、但真实而坚定的信仰,它确信自然现象严整有序和前后一致。[4] 它类似于一种斯多葛式的观念,即把世界看作一个活生生的动物;它认为这是一种不可胁迫且不可压制的东西,只能恭恭敬敬地追求;而且,这种东西并不是永恒不变,而是盛衰交替,更重要的是它无法预测、无法观察,神秘而不可捉摸;这种东西,人是不能够通过实验来了解的,只能通过别人的传授;最后,这种东西不是自然规律的产物,而是完全神秘的介于实质和人格之间的东西。因此,不管一项仪式是表现什么情绪,不管模仿或预兆目的,或者只是直接的施用,反正必须有一个共同点:必有一个共同的巫力——共同的巫术德能,存在施了巫术的东西上面。这个到底是什么呢?那永远都是咒里面的力量,因为咒才是巫术里面最重要的部分。咒语永远是巫术行为的核心。[5]

在巫术中,我们可以看到巫师、行为和表征:我们把完成巫术行为的人叫作巫师,即使他不是专门的巫师;巫术的表征指那些跟巫术行为相对应的观念和信仰;而巫术

---

[1] 简·艾伦·赫丽生:《古希腊宗教的社会起源》,谢世坚译,广西师范大学出版社 2004 年版,第 78—79 页。
[2] 马林诺夫斯基:《巫术 科学 宗教与神话》,李安宅译,中国民间文艺出版社 1986 年版,第 54 页。
[3] 弗雷泽:《金枝》(上),徐育新等译,中国民间文艺出版社 1987 年版,第 19—21 页。
[4] 弗雷泽:《金枝》(上),徐育新等译,中国民间文艺出版社 1987 年版,第 75 页。
[5] 马林诺夫斯基:《巫术 科学 宗教与神话》,李安宅译,中国民间文艺出版社 1986 年版,第 56 页。

行为,我们称之为巫术仪式,在界定巫术的其他要素时都跟它有关。在给巫术找一个理想的定义前,我们首先要区分巫术行为和别的可能与它相混淆的社会行为。莫斯认为,作为一个整体,巫术和巫术仪式都是源自传统的事实。永不重复的行为不能被称作巫术行为。如果整个共同体都不相信一组行为具有的效力,那这些行为也不是巫术。可能与巫术行为相混淆的传统行为包括法律行为、技艺和宗教仪式。由于在很多地方巫术的语言和姿势都是一种强制性的裁决,因此巫术跟法律义务体系联系到了一起。法律行为确实可能具备仪式的特征,合约、誓言以及审判在一定程度上也是神圣的。但是,虽然它们包含了仪式的要素,它们本身却不是巫术仪式。如果它们想实现一种特殊的效力,或者它们建立的不仅仅是人与人之间的合约关系,那它们就不再是一种法律行为,而变成了一种巫术或宗教的仪式。相反,仪式行为从根本上就被认为能够产生出远过于合约的东西:仪式是极具效力的,是创造性的,确定无疑会对事物产生影响。正是根据这些性质,才有巫术仪式公认的形式。

但是,人类的技术也是有创造性的,工匠的行为也被认为可以产生效力。而且,或许还没有一种由艺术家或工匠实施的行为不被认为是在巫师的能力范围之内的。因为他们的目标往往是一致的,所以他们被相信具有自然而然的联系,并且经常相互合作。不过,他们合作的程度有所不同。一般来说,是巫术支持和帮助技术,比如捕鱼、狩猎和耕作。有些技艺则可以说完全是被巫术所覆盖,譬如医药和炼金术。在很长一段时间之内,技术成分被压缩为微不足道的那部分,而巫术却变成占支配地位的合作者;它们对巫术依赖的程度,就好像它们是从巫术当中发端的一样。甚至到了现时代,医药仍然受到宗教和巫术禁忌、祷文、咒语和占卜预测的限制。

事实上,在艺术或工艺跟巫术这两类行为之中,总是存在着一种无形的方法上的差异。对于技术而言,它是通过个人的技能而产生的效果。人人都知道只要动作、工具和物质因素协调统一,就能直接得到最后的结果。有了原因,立竿见影地就能见到结果。另外,传统的技术是经验可以控制的,通过经验,人们不断对技术信仰的价值进行考验。整个这些技术的存在有赖于不断去理解原因和结果之间的这种同质性。一个行为如果既是巫术行为,同时又是技术行为,那么巫术的那一面就不符合这种技术的界定。所以,在医药活动当中,词汇、咒语、仪式和占卜信仰都是巫术的,这是神秘的并被精灵所控制的领域,是一个赋予仪式活动和姿态以一种特殊效力的观念世界,这种效力跟它们机械性的效力截然不同。结果并不被认为直接来源于姿态,而是来自别的地方,而且往往遵循的不是因果关系。

接下来的问题是,巫术仪式与宗教仪式之间到底有何区别呢?前面提到弗雷泽所谓的巫术交感原理,即巫术仪式就是感应仪式。但事实上并不完全如此,不仅存在着并非感应巫术的巫术仪式,而且感应也不是巫术的特权,因为在宗教当中也存在着感应行为。所以说,感应仪式既可以是巫术仪式,也可以是宗教仪式。在莫斯看来,形成巫术和宗教这两个不同极的极端现象:一个是祭祀,另一个是邪咒。宗教总在制造一种理想,让人们向它致以圣赞、誓言和牺牲,是一个靠训诫支撑起来的理想。巫术对这个空间避而远之,因为巫术仪式中有跟鬼怪联系的一面,这让人类常常会产生一些粗鄙而普遍的巫术观念。不过,在这两极之间,我们可以看到很多特性难辨、混杂不清的行为。但这两种仪式的实施者往往是不一样的,也就是说,同一个人不会既施行巫术,又主持宗教仪式。即便在例外的情况下,施展巫术的神父也不会采用他在执行专职时的正常举止。同时,巫术仪式实施地点的选择,通常不是教堂,也不在家里的神祠,而往往是在远离住地的树林里,在黑夜里,在有阴影的角落,在房间的隐蔽处……无论如何至少是在偏僻幽深的地方。宗教仪式是公开举行的,在众目睽睽下实施;而巫术仪式却要秘密进行,甚至合法的巫术也是偷偷地进行,好像在干什么坏事一样。就算巫师必须公开作法的时候,他也极力掩盖自己:他的姿势变得鬼鬼祟祟,他的话也变得含糊不清。所以,从社会角度来说,巫师是被驱逐的一个存在,就连他自己也更愿意隐退到森林的深处。与世隔绝和隐秘性几乎成了巫术仪式内在特性的固有标识。它们往往具备以个人能力进行工作的特征;行为和行动者都在神秘中藏匿了。

宗教仪式,就算是偶然的和自发的,总是可预测的、受训诫的和正式的。它们真的构成了教派的内在组成部分。立誓时献给神的礼品,生病时奉上的祭牲,都是在表示一种定期的敬意。虽然都是自发的行为,但它们也确实都是强制的、必需的行为。而巫术仪式就不一样了,当为了一个特殊的目的而实施巫术时,尽管它们可能是定期举行的,也可能满足了某种需要,但是它们仍然总是被认为是未经批准的、反常的,就算说得最好听,它们也是缺乏高度的可预测性的。于是,我们可以暂时给巫术现象下一个比较恰当的定义,即跟任何有组织的教派无关的仪式都是巫术仪式——它是私人性的、隐秘的、神秘的,与受禁的仪式相近。[1]概而言之,巫术跟宗教、科学与技术之

---

[1] 马塞尔·莫斯,昂利·于贝尔:《巫术的一般理论 献祭的性质与功能》,杨渝东,梁永佳,赵丙祥译,广西师范大学出版社2007年版,第26—33页。

间存在着真正的血缘关系。只不过,宗教被引上更形而上学的目标,并且在进行着观念主义形象的创造,而巫术却在神秘的世界中发现了无数的断裂,并从中吸取了它的力量,并且一直力图脱离这个世界,进入日常生活中扮演一个实践性的角色。巫术对具体事物有一种偏好,而宗教则相反,倾向于抽象。在本质上,巫术是一门务实的艺术,巫师往往要利用他们的知识、他们的机敏和手上的技巧等来实施巫术仪式。巫术是纯粹的制造领域,并且是无中生有。技术通过劳作实现的一切,它通过语言和姿势就完成了。在古希腊,诸如占卜术和炼金术等巫术的分支被称作应用物理学,而巫师们就相应地被称为"物理学家",在那里,"物理学"和"巫术"是一个同义词。在古希腊、印度和其他地方的巫师,亦即那些炼金师、占卜师和医生是天文学、物理学和自然史的创始人和组成部分。技术、科学,乃至我们推理的指导性原则都不能完全摆脱巫术最初的色斑。

除了作为对"魔力"的操纵的巫术,还有一种面对"魔力"的态度,一种可以用"禁忌"一词来概括的对待事物的态度。一些权威理论认为,禁忌、避讳、顾忌正是宗教的本质。某种"魔力"从天上降落到地上,这个地方似乎就像是被通上了电,于是人们为了共同的利益小心翼翼地把这个地方隔离保护起来,这种地方就变成了被围起来的神圣之地。"塔布"(taboo)(禁忌)是波利尼西亚的一个字眼,在弗洛伊德看来,它代表了两种不同方面的意义。首先,是"崇高的"、"神圣的",另一方面,则是"神秘的"、"危险的"、"禁止的"、"不洁的"。塔布在波利尼西亚的反义词为"noa",就是"通俗的"或"通常为可接近的"意思。所以,塔布即意指某种含有被限制或禁止而不可触摸等性质的东西之存在。禁忌的来源归因于附着在人或鬼身上的一种特殊的神秘力量——玛纳(即魔力),它们能够利用无生命的物质媒介而加以传递。禁忌表示一个人、一个地方、一件东西或一种暂时性的情况,它们具有这种神秘力量的传导作用或者本身便是这种神秘力量的来源。同时,它也常代表了由这种事物禁忌预兆所产生的禁制。最后它的内涵还包括了"神圣的"、"超出寻常的"、"危险的"、"不洁的"和"怪诞的"等意义。塔布因而是人类最古老的无形法律,它很早就已存在,通常被认为比神的观念和任何宗教信仰的产生还要早。

要全面了解"禁忌"的源起和其丰富的内涵,就必须了解广泛存在于原始初民时期的图腾制度。图腾既是一种社会结构,也是一种思维方式。"图腾"(totem)一词的意思既不是植物,也不是动物,而是"部落或群体"。弗雷泽在《图腾制与族外婚》中说:"图腾崇拜是一种亲密的联系纽带,纽带的一端是一个有血缘关系的人群,另一端是自然界的某些生物中的一种或者某些人造物体的一种,这种物体就被称为这个人群的图腾。"[1] 图腾动物不是指个别的动物,而是指一种动物的全部。这就把图腾和物神(fetich)区别开来,即使图腾是一种人工物品。物神崇拜的对象并不是一个种类。如此看来,图腾崇拜最重要的特点是一个统一的集体。第二个特点是,这一群人的集体和另一个集体——在此指人以外的物体——有着特殊的关系。这种人与非人群体之间的关系是如此紧密,以至于必须用一种亲属关系、血缘上的统一固定下来,并通过人对物体的实际认同来表达。处于图腾崇拜阶段的人还没有意识到"我"与"非我"之间的区别,也就是说,很少会把自己看作一个与部落对立的个体,也很少会把自己看作一个与周围的世界相对立的人。这个时期的人还没有完全认识他自己或者他的心灵,也还没有在他自己的周围画上一个圆圈。他的主要精神生活还属于情感性的,也就是说,他的精神生活充满了许多感觉得到的联系。

如此一来,我们必须摈弃过去那种古老而且非常有害的正统观念,即原始人的宗教都是拟人神崇拜的宗教:人类把自己的形象投射到宇宙中去,在宇宙中发现人类自己的意志,并使整个自然界充满了人的灵魂。但事实告诉我们并非如此,最先出现的是动物神和植物神崇拜。这是因为,它们可以为人类提供食物,因为食物需求在原始人的意识中占有优先地位,能够唤起强烈和多变的情感。所以,我们不必感到奇怪,某些作为部落常备食品的动物和植物物种,应该成为部落成员最主要的关注点。同时,在人与动物和植物之间显然存在着名副其实的亲合性:与人一样,动物也会行动、发声、表达情绪,也有一副躯体和一张脸。而且动物的能力似乎比人类还要强:鸟会飞,鱼会游,爬行动物会蜕皮。动物占据着人与自然的中间位置,而且能够在人的心中唤起各种相互混杂的感受:敬畏与畏惧,对食物的贪欲,所有这些都是图腾制度的成分。对各种膜拜来说,与之相应的是控制物种的欲望,无论是可吃的、有用的或是有危险的物种,它们相信这样一种力量可以带来一种生命共同体的观念:人与动物必须本性上相互渗透,从而使人有能力作用于动物。于是,就有了如禁止杀死或食用某类动物等各种禁忌,以及有关人的力量可以繁衍生息的相关说法。[2] 由此可见,图腾崇拜意味着融合,意味着对事物不做区分。人不能投射他自身,因为自身在某种程度上

---

[1] 简·艾伦·赫丽生:《古希腊宗教的社会起源》,谢世坚译,广西师范大学出版社2004年版,第115页。
[2] 列维-斯特劳斯:《图腾制度》,渠东译,上海人民出版社2002年版,第72—73页。

还没有被分开;他不能投射自己的意志,因为人们感觉到人的意志与世界的"魔力"是不分彼此、融为一体的;他也不能投射自己的灵魂,因为这种复杂的东西还没有完全成形。在此意义上,图腾崇拜与其说是一种特殊的社会结构,不如说是认识论的一个阶段。它是一种非常原始的关于宇宙的思维方式,或者说是感觉方式。其基础是统一的群体、群居、类似、同情和共同的群体生活的感觉。这种共同生活的感觉、这种参与、这种统一,用一种现代人感到几乎不可思议的方式延伸到人以外的世界。所以,图腾制度表现为一种宗教对原始人为利用环境所做的努力的祈福,是对原始人"为生存而斗争"的祈福。

在人类发展的早期,一切信念都先于经验和观察,都归功于暗示。暗示的最强烈的方式当然是整个宇宙给人的暗示、集体给人的暗示、舆论给人的暗示。如果这种暗示会引发一种强烈的令人愉快的情感,那么它就会被毫无保留地接受。因此,被我们称为图腾崇拜的那种宇宙观、那个认识论的发展阶段,并不是源于个人智力上的任何单纯的错误,而是源于一种强烈的集体情感。接下来,另一个摆在我们面前的问题自然是图腾崇拜所表达、所代表的那种情感是什么?要考察这个问题,我们就必须先探究原始人与图腾之间的关系。

一般而言,原始人是不会吃自己的图腾的,不管是动物还是植物。他的图腾对他来说是一种禁忌,吃掉图腾是一种亵渎甚至是危险的行为。不过,在某些时候,在某些特定的限制之下,作为一种神圣的仪式,人不仅可以而且必须吃掉自己的图腾,尽管吃的量非常少。人们吃图腾是因为图腾在人们的心目中有着很强的繁殖能力。一般不吃自己的图腾是因为它是神圣的东西,它的身上聚集了大量的"魔力";小心翼翼地吃上一点点,是因为想得到它的"魔力",获得它的繁殖能力。实际上,这种对待神圣事物的两可态度是圣餐和献祭这两种观念的基础。

图腾动物通常是人类的保佑神,但是这种关系具有严格的相互性,正如人依赖图腾动物一样,图腾动物也依赖人。下面我们以澳大利亚中部土著部落举行的"印提丘玛"仪式,即用鸸鹋图腾作为典型例子对此加以讨论:

> 当以鸸鹋作为图腾的群体希望鸸鹋繁殖时,他们的做法如下:几个男人割开手臂上的静脉,让鲜血流到地上,直到有约三平方码的地面被血浸湿。等地上的血干了以后,地面也变硬了,然后图腾群体的成员就在这个地面上用白、红、黄、

黑色描出一幅画，画面里有鸸鹋的各个部位和各种器官，比如它的脂肪（这是土著最爱吃的）、鸸鹋蛋在形成过程中的各个阶段的模样、鸸鹋的肠子和羽毛。接着，图腾群体的几个成员扮成鸸鹋家族的祖先，像鸸鹋一样一边到处走动一边左顾右盼；他们的头上绑着几条约四英尺的神棍，棍子顶端插着鸸鹋的羽毛，代表鸸鹋的长脖子和小脑袋。

和所有"印提丘玛"仪式一样，这个仪式有两个主要的要素：一是装扮成鸸鹋的人割脉流血；二是模仿鸸鹋动作的表演。人血对动物的生命会起到帮助作用，能使动物充满新的活力；而人通过装扮成鸸鹋和描绘鸸鹋，能够增进他与鸸鹋之间神秘的同情和交流，以及对图腾的认同和统一感；同时，他们通过这种方式在某种程度上强化了图腾动物的生命力和繁殖力。在这种怪诞表演的背后，与其说是一种错误的推理，不如说是一种想获得食物的强烈愿望，这种愿望通过生动的表演得到了充分的体现。

从上述讨论中我们看到，图腾崇拜、图腾崇拜的仪式及图腾崇拜的思维方式的基础是集体情感，是基于人与图腾休戚相关的、合而为一的感觉。图腾群体中的人与非人成员之间并没有区别，或者更确切地说，这种区别才刚刚开始。这些巫术仪式——割脉流血、假扮动物——的目的就是为正在出现的鸿沟架设一道桥梁，就是要通过交流恢复那种彻底的统一，因为人们意识到这统一有可能出现分裂。这些仪式被人们赋予了强烈的同情心和合作精神；正像希腊人所说的，这些仪式与其说是模仿，不如说是参与，表达的是一种共同的参与本性，而不是对其他特性的模仿。装扮成鸸鹋的人觉得自己就是鸸鹋；他身上插的羽毛、他模仿出来的鸸鹋的步态都是他本人的，而不是鸸鹋的。

但是，尽管图腾崇拜体现出强烈的群体统一意识，裂痕已经开始出现。图腾崇拜不仅意味着一个群体的统一，而且意味着本群体和其他群体的差别。所以，凡是图腾部落的人，他们都身属"类别"系统（"classifying" system）之中。以鸸鹋为图腾的人们是一个统一的集体，他们和所有的鸸鹋也是一个统一的整体，但是跟以蛾虫等为图腾的人们格格不入。实际上，在图腾崇拜的制度背后也许隐藏着一种前图腾崇拜的社会阶段，在这个阶段，部落是一个统一的整体，还没有被划分成不同的图腾群体。我们可以进行如下推测：当一个部落的人口变得过多之后，它就会失去凝聚力，于是部落便简单地分裂成几个群体。而一旦发生了这种分裂，每一个群体便松散地围绕着一个核心。在这个过程中,起作用的不仅有吸引的力量,而且还有排斥的力量;通过分离使统一得到强化。当图腾群体举行繁殖仪式时,他们心中确实开始产生某种区别的感觉,但仪式体现的却是统一的情感和信念,即与图腾的统一——一种通过具有同情意义的仪式来强调、加强和重塑的统一。通过仪式,整个人群和植物或动物的整个群体就形成交流,人们感到人的"魔力"和动植物的"魔力"连绵不断。这是第一个阶段。但是随着人的智力的进步,随着个人的观察逐渐取代集体暗示,人们心中的统一感觉慢慢模糊。渐渐地,人们把注意力集中到对事物的区分上。这时,尽管人还装扮成鸸鹋,但是他已经越来越意识到他不是鸸鹋,他是在模仿鸸鹋,因为鸸鹋是一种和他不一样的东西,是一种拥有许多"魔力"的东西,但鸸鹋的"魔力"跟他本人是分离的,因此要对它施加影响、加以控制,而不是通过同情使其加强。于是,像古希腊人所说的那样,"参与"让位于"模仿"。

开始意识到群体中人与动物之间有区别的人,就像堡垒的心脏地带出现的叛徒。但是习俗有着强大的生命力,因此当那种统一的信念、那种视人与动物为一个统一整体的信念逐渐消失甚至死亡很久之后,图腾崇拜的仪式依然存在。图腾崇拜的消亡是分阶段慢慢衰落的。渐渐地,参加巫术仪式的不再是整个群体的人,巫术仪式成了巫师们所做的事。最后,这种权力都集中到了一个人身上,这个人就是巫师首领,就是国王——他的作用首先是一个巫师,而不是一个政治人物。

由于权力的操纵者变得专业化和个性化,他的权力也变得明确起来。在原始的图腾崇拜的条件下,装扮成鸸鹋的人凭借共同的生命和共同的"魔力"来控制鸸鹋,或者说通过具有同情色彩的仪式使鸸鹋充满活力。一旦图腾崇拜的制度开始崩溃,这种僵硬的本位主义(departmentalism)就再也不能保持下来。巫师这一团体,后来是个别的巫师或者巫师兼国王,开始控制食物的供应,并控制一切繁殖、控制天气——因为人们慢慢看到食物供应取决于天气。巫师兼国王渐渐变成一个无所不能的神,尽管他从来就没有具备过这样的能力。有一种严重的误解必须得到纠正,即把图腾看作神,并说这个神受到整个氏族的崇拜。事实上,在澳大利亚土著居民当中发现的那种纯粹的图腾崇拜中,图腾从不是神,也从没有受到崇拜。也就是说,图腾崇拜实际上并不是一种真正的崇拜制度。因为真正的崇拜必须是有意识地把神和崇拜者分开。事实上,神的观念出现在认识论发展过程的后期;在这个阶段,人们跟自己的想象拉开了距离,他们正视想象,对想象采取某种态度,并把它看成对象(object)。崇拜就意味着有崇拜对象。在图腾崇拜(totemism)和崇拜(worship)之间有一个中间阶段,这个阶段就是巫术。在巫术之后还有两个紧密相关的发展阶段:圣餐与献祭。[1]

圣餐(sacrament)与献祭(sacrifice)这两个词的相似拼法使我们怀疑二者有着亲近的关系。但是首先值得我们注意的是一个显而易见的区别:作为通常的宗教仪式的一部分的献祭如今已经消亡,而圣餐并没有消亡的迹象;相反,它代表了重新焕发的生机和活力。事实上,献祭只不过是圣餐的一种特殊形式,而圣餐与献祭本身也只不过是操纵"魔力"的特殊方式——我们都称之为巫术。圣餐与献祭相比,圣餐要原始得多;献祭包含着某些显然是后期形成的东西。对于献祭所持的常识性观点源于一种"礼物理论",也就是说,我把我的一部分"牺牲(sacrifice)"出来,奉献给你——神,以便你会给我补偿。公元前5世纪希腊人心目中的献祭、敬奉就是如此,这种友善的"侍奉"不包含任何畏惧的因素,没有原罪、忏悔,用不着为了赎罪而献祭,没有净化礼,也用不着害怕审判的到来,更无需憧憬将来得到神的彻底赐福。这是一种理性的、非常愉快的相互信任的宗教。但古希腊人还有另一种很不一样的心态,即"对神灵的畏惧",所畏惧的不是众神,而是精神上的东西,抽象地说,就是畏惧超自然的东西。它不是让人愉快地敬奉众神,而是使人畏惧。它不是基于"献出以便获得回报"的观念,而是基于"献出以便免除灾害"的观念。根据这种宗教,被崇拜的并不是理性、有人性、遵守法律的神,而是一些模糊的、不理性的,而且是怀有恶意的超自然的东西,如鬼怪、妖怪等,也就是说,它们还未定型,还不是完全的神。由此可见,希腊宗教包含着两种不同甚至是对立的因素:一种是敬奉,另一种是驱邪。敬奉的仪式和古老的奥林匹斯神崇拜有关,驱邪的仪式跟鬼神、英雄及阴间神灵有关。敬奉的仪式洋溢着一种欢快、理性气氛,而驱邪仪式的气氛则是压抑的,且具有迷信的性质。[2]

但"礼物理论"实际上建立在原始的泛灵论和人格化神崇拜基础之上,并不完全符合事实。其实原始献祭的基础不是礼物的给予,而是部落的集体圣餐。从词源学的角度看,圣餐与献祭都和礼物没有关系,和神也没有关系,都没有"放弃,屈服于更强的人"的意思。献祭的意思只是"神圣的行为"或"神圣的制作",也就是说"使之神圣化"的意思。可以肯定地说,献祭始终意味着一种圣化;在每一种献祭中,一个祭品从一般领域进入宗教领域中,它是被圣化的。同时,圣化延伸到被圣化的物品之外,

---

[1] 简·艾伦·赫丽生:《古希腊宗教的社会起源》,谢世坚译,广西师范大学出版社2004年版,第116—123页。
[2] 简·艾伦·赫丽生:《希腊宗教研究导论》,谢世坚译,广西师范大学出版社2006年版,第9—10页。

在这些物品中,它触及承担仪式开支的有德之人。你在献祭的时候,好像就是在你那软弱无力的"魔力"、意志、欲望,与外部那看不见但你认为强有力的"魔力"之间架设起一道桥梁。在公牛的高声嗥叫里面有大量的"魔力",而你想得到这些"魔力",因而要是吃上一片那头公牛的生肉就能获得它的一些"魔力",那当然是好事;但单独一个人吃是很危险的,于是你把公牛用于献祭,然后就能安全地分享它们的"魔力"了。[1] 在这里,我们可以非常清楚地看到人和给人提供食物的动物之间的关系——一种由"魔力"和禁忌奇特地组合而成的关系。你需要或者至少是期望得到肉类食物,但想到这意味着要杀戮"自己的牛兄弟"时,你又不愿意了;你希望得到它的"魔力",但你又尊重它的禁忌,因为你和它一样体内都奔涌着生命的血。就你个人而言,你是决不愿意杀掉它的;但是为了大家的幸福,在一些重大的场合并且通过一种谨慎的方式,它为它的"同胞"而死是应该的,而且它的肉可以供人们饮宴。在这种集体圣餐中,往往将牛宰杀后,人们还要进行模拟牛复活的表演,这是为了能够延续牛的生命和活力,表达新年带来新生命。当然,吃圣餐并不是魔力交流的唯一方式,虽然这种方式可能是最有效的方式之一。我们可以给献祭下一个定义:献祭是一种宗教行动,当有德之人完成了圣化牺牲的行动或与他相关的某些目标的圣化行动时,他的状况会因此得到改变。[2] 献祭实际上是神产生的另一个重要根源,祭牲首先被神圣化,其次被献上祭坛,最后人们用自己的想象力把它人格化,即神化。

从本质上说,巫术、圣餐、献祭都是同一样东西:它们都是对神圣之物的处置,对"魔力"的操纵,但由于用法上的不同才出现了三个不同的术语。巫术是一个含义更广的术语;圣餐常常限于含有吃的行为的仪式;献祭是指与杀牲或者与献上某种礼物有关的仪式。圣餐的目的是把"魔力"吸收到自己身上,巫术是利用这种"魔力"达到某种外在的目的。此外,圣餐和献祭往往是公开反复举行的仪式,通过这种仪式建立起来的与"魔力"的接触只有在集体参与的情况下才会有效;而接触建立之后的种种个人私下的行为往往被列为巫术。[3] 宗教是以生活的需要为中心的。事实上,宗教只不过是表达、强调了这些集体不断感受得到的需要。

在古希腊,《荷马史诗》中的巫术已被删除,而赫西奥德《工作与时日》中充满着各

---

[1] 马塞尔·莫斯,昂利·于贝尔:《巫术的一般理论 献祭的性质与功能》,杨渝东,梁永佳,赵丙祥译,广西师范大学出版社2007年版,第179页。

[2] 马塞尔·莫斯,昂利·于贝尔:《巫术的一般理论 献祭的性质与功能》,杨渝东,梁永佳,赵丙祥译,广西师范大学出版社2007年版,第182页。

[3] 简·艾伦·赫丽生:《古希腊宗教的社会起源》,谢世坚译,广西师范大学出版社2004年版,第135页。

种与巫术有关的思维方式。因此,要了解古希腊人对巫术的态度,最能帮助我们的莫过于赫西奥德了。《工作与时日》最后一章的开头是这样写的:

> 这样的人才幸运、幸福:他懂得所有这一切,
> 在地里他辛勤劳作,在众神面前他无可责备,
> 他知道鸟儿的习性,而且不违反禁忌。

在这里我们看到了人的全部义务,不管是正面的还是负面的,至少在虔诚的赫西奥德看来这是人的全部义务;履行了这种义务的人被他称为"敬神的人"(man of sanctities)。赫西奥德把这样的人描绘成"懂得神的知识",也就是说,一个精通"魔力"的人。但是就虔诚者的义务的真正含义而言,这些义务不是歌颂雅典娜,不是给宙斯献上焚化的祭品,也不是任何形式的祈祷、赞美或献祭,而仅仅是遵守、关注神圣的东西——不管是正面的还是负面的神圣之物,他要"知道鸟儿的习性,而且不违反禁忌"。

二、神话

在我们现代人看来,神话是"一种纯虚构的叙述"。对希腊人来说,"神话"原本只是用嘴说出来的东西。与它相对应的是用手完成的东西。从嘴巴发出声音,到记述成为故事,其中的转变是显而易见的。言辞和行动总是相对应的,因为二者只不过是情感表达的两种不同的方式、两种不同的反应形式。"神话"亦即人们所讲的故事、人们对行动所做的追述,跟实际行动有着明显的区别。正是由于这种区别,"神话"才逐渐被赋予"不真实、虚构"的含义。神话在宗教中的原本含义和在早期文学中的原本含义是一样的,它指的是对所举行的仪式(行动)的表述。由于人类是会说话的动物,而且其行动受神经中枢控制,因此,人类举行的任何完整的仪式都包含两种因素:言辞和行动。

神话作为仪式的一部分,也具有宗教仪式的特征。从宗教的角度来说,神话并非人们通常讲述的内容,而是重复讲述或预先讲述的内容;它是人们情感的焦点,神话的讲述同样具有集体性质,至少需要获得集体的认可,同时具有庄严的目的。正是这些特点把神话跟历史事件的叙述与故事或童话区别开来:神话实际上变成了一种具

有巫术目的和效用的故事。[1]按照格雷夫斯的说法,神话是"公共节日的宗教仪式模仿舞的简要记述,大多数情况下此等舞仪已用图画形式在寺庙墙壁、花瓶、印玺、碗盆、镜、箱、盾牌、帷幕等类物体上予以记载。"这些图解或口头记述成为"部落、民族或城市宗教组织结构的最高权威或宪法"。[2]

也许第一个神话就是带有感叹语的叙述,不难看出,从感叹到叙述的发展是多么的迅速。仪式的每一步似乎都伴有一个新的感叹语,直到整个仪式过程组合成一个连贯的故事。正如韦尔南所指出的:"一次宗教仪式是按照一个故事情节进行的,故事的各部分像叙事的顺序一样严格排列并充满意义。虔诚者在特定境域中与这样那样的神发生关系,是通过每一细节的上演实现的,每一细节都包含一个理智的维度和目的:涉及某种神的理念和神周围的条件,还有不同参与者按各自角色和身份从这与神明的象征性交流中有权获得的结果。"[3]严格意义上的神话,就是指仪式涉及的故事及其包含的一系列事件。从历史上看,神话是宗教仪式的口述部分,是仪式扮演的故事。但就广义而言,神话系指任何无名氏编撰的讲述起源命运的故事,是社会向年轻一代提供的有关世界现实和我们行为方式的解释,是内含教育意义的有关自然和人类命运的形象的解释。

关于神话的流传,在文学产生前依靠的是各处游走的行吟诗人;到了文学产生后,就记录于作品之中。记录神话最多的作品是《神谱》(赫西奥德著),使散佚的神话有了系统,另有《荷马史诗》、古希腊三大悲剧诗人的作品等。

古希腊神话大体分为两大谱系。宙斯执掌天庭以前的故事为前奥林匹斯神话,执掌天庭后为奥林匹斯神话。前奥林匹斯神话主要是开天辟地和人类始祖的故事。

根据希腊神话,宇宙最古老的神是卡俄斯(Chaos),卡俄斯生下了厄瑞玻斯(Erebus;黑暗)及纽克斯(Night;夜)。兄妹结合生下了埃忒耳(Aether)和赫莫拉(Day)。接着穹苍之神乌兰诺斯(Heaven)成为世界的主宰。他和大地女神该亚(Earth)结合,生下六男六女,即十二提坦巨神(Titans)。他们还生了三个独眼巨怪和三百个百臂巨怪。据说乌兰诺斯讨厌子女,把他们藏在该亚体内,不见天日。该亚怂恿子女造反,子女中的克洛诺斯(Cronos)用该亚造的大镰刀阉割了乌兰诺斯,从而执掌天庭,但从乌兰诺斯的血液中生出了巨人(the Giants)和复仇三女神(the Furies)。克洛诺

---

[1] 简·艾伦·赫丽生:《古希腊宗教的社会起源》,谢世坚译,广西师范大学出版社2004年版,第319页。
[2] 陶洁等:《希腊罗马神话一百篇》,中国对外翻译出版公司,商务印书馆(香港)有限公司1989年版,"前言"部分,第5页。
[3] 让—皮埃尔·韦尔南:《古希腊的神话与宗教》,杜小真译,生活·读书·新知三联书店2001年版,第25页。

斯娶妹妹瑞亚(Rhea)为妻,生了三男三女。他惧怕被子女推翻,因此在子女出生时就把他们吞入腹中。瑞亚伤心至极,在小儿子宙斯(Zeus)出世前向大地母亲求救,逃到克里特(Crete),把宙斯藏于洞穴,给了克洛诺斯一块用尿布包的石头当婴儿,宙斯长大后与其父作战十年(提坦之战),使克洛诺斯退位,迫使他把吞下去的子女重新吐出来。兄姐们感谢宙斯,推他为主神。宙斯执掌世界,居奥斯匹斯山,他和两位兄弟波塞冬(Poseidon)和哈得斯(Hades)分割世界:他掌管天,波塞冬管辖海洋,哈得斯则为冥界之王。宙斯和他的兄姐及子女形成新神,希腊神话的大部分内容都是有关新神一代的故事。

根据希腊神话,神的天府位于一座名叫奥林匹斯(Olympus)的山峦之巅。常年居住在奥林匹斯山的有宙斯等十位新神或大天神。他们分别为:

(1)宙斯(Zeus):天神之父,奥林匹斯之王,地上万物的统治者。他控制天气,雷电是他的信号,虹和鹰是他的使者。他强劲而放荡,有七个妻子和无数的情人,经常利用权力和法术迫使美女委身于他,因此,儿女不计其数。在蒙昧时代,生殖能力强旺是人们所期望的,进入文明社会后淫荡才带有了贬义。

(2)赫拉(Hera):宙斯的姐姐和妻子。好嫉妒,代表女性的美德和尊严。

(3)雅典娜(Athene):宙斯的女儿,既喜爱军乐与习武,又有温柔、美丽与多思的一面。为宙斯头中所生,起初是女战神,后来逐渐变为智慧女神和雅典城的守护女神,她又被看作文学、艺术和科学中希腊天才的卓越代表。

(4)福玻斯·阿波罗(Phoebus Apollo):宙斯同勒托(Leto)的儿子。他不仅是太阳神,而且还是音乐和诗歌的保护神。

(5)阿尔忒密斯(Artemis):阿波罗的孪生姐妹。她是狩猎女神,是女性纯洁的化身。

(6)阿瑞斯(Ares):宙斯与赫拉的儿子。他英俊而暴躁,是好争斗与屠杀的战神;有时是瘟疫神,是阿佛洛狄特的配偶。

(7)赫斯提亚(Hestia):宙斯的姐姐,克洛诺斯和瑞亚的大女儿,心灵手巧无所不能,天生瘸子。她是主管天上人间一切炊火的炉灶女神。

(8)赫维斯托斯(Hephaestus):宙斯与赫拉的儿子。他是司人间火焰的火神,诸神的铁匠。

(9)赫耳墨斯(Hermes):奥林匹斯诸神的仆人与传令官。

(10)阿佛洛狄特(Aphrodite):专司女性魅力和美貌的爱和美的女神。

但是,通常都说奥林匹斯共有十二位大天神,其中包括宙斯的另一位姐姐、地神德墨特尔(Demeter)和宙斯的哥哥海神波塞冬。也有些传说不提赫斯提亚,而以冥界之王哈得斯取而代之。

奥林匹斯山上还有一些世人皆知的小天神,如阿佛洛狄特的儿子爱神厄罗斯(Eros),双目失明,手持弓箭,被射中者即跌入情网;青春女神兼诸神斟酒官赫柏(Hebe),主管社会娱乐的美惠三女神(the Graces),负责文学、艺术和科学的九位缪斯(the Muses),纺人类命运之纱,控制着人的生死命运的三女神(the Fates),地神中除德墨特耳外最主要的是酒神与狂欢欢乐之神,在古老的仪式和风俗中又是植物之神的狄俄尼索斯(Dionysus)。

三、英雄传说

公元前9世纪和前8世纪之间是技术、经济、人口剧烈变化的时期,这些变化导致英国考古学家索德格拉斯所谓的"结构的革命",城邦-国家即由之而来。宗教体系本身重新深入地组织起来,与城邦代表的社会生活的各种形式密切相关。公民宗教首先适应了每个人类群体的特殊性,这种群体作为与某一特定疆土相关的特殊性置身于它固有的、并赋之以特殊宗教形态的神的管辖之下。每个城市事实上都有一个或几个自己的督神,其职能是把公民们紧密团结为一体以形成名副其实的社群,并把整个城市空间总体与市中心、市郊区联成一体,最后针对其他城邦监护国家的统一——人和疆土的统一。其次,通过被地方根源割裂的史诗文学的发展,通过共同的重要神庙的建立和体育竞赛与泛希腊化颂歌的出现,还要在传统的宗教范围内建立或加强节日的循环和整个希腊都承认的先贤群。

由于神庙的出现,它带有划定一块圣地的城墙和外部祭坛,就构成了与世俗空间相隔的建筑。这"神之家"与家中的祭台和私人灵堂相反,是属于公众的,为所有公民共有。神庙是为神而建的,所以它不再属于任何人,而只属于在特定地点建立神庙的城邦,以标志和确定城邦对一块土地的合法统治。城市——近似城市或超城市——的神庙网络通过联系诸块圣地的空间而建立,并确定从中心直至周边祭祀仪式的路线,在特定日期来回动员全部或部分居民依照宗教指令塑造大地。通过这些神各自在神庙中的都城神的中介,社群在人和土地之间建立了某种共生,公民们都是同一块土地的儿女,他们出生于这块土地,这块土地本身也就跃升到"城邦之地"的行列。当城邦建立自己的神庙时,为了保证国土的根基坚不可摧,城邦把它的根一直扎到神的世界之中。

在公元前 8 世纪,重新使用几个世纪以来废弃不用的建筑(最多是墓葬建筑)的现象变得司空见惯。这些建筑经过重新整理成为缅怀传说人物的祭拜之地。在多数情况下,这些人物与这些建筑本身无关,却是追溯家谱、显赫出身或胞族根源所要依仗的。这些神秘的祖先,就像在史诗中以他们的名字出现的英雄们一样,属于一个遥远的过去,属于一个与现在迥然不同的时代,他们从此构成了一种既与纯粹意义上的神有别、又与平常的死者不同的超自然的神的范畴。对这些神,即便是督城之神的崇拜也是英雄崇拜,同时具有公民和领土的意义。陵墓和英雄祭拜地凭借受尊崇的人物的威望,是一个社群的光荣象征和护身符。这些陵墓建在市中心、政治集会广场,使得有关城邦传奇缔造者的回忆更加鲜明。城邦缔造者往往是古代扩张时期的英雄,或者曾统治过不同的部落、胞族和城镇。这些陵墓分散在领土的各个不同的点上,提供了联结乡镇和村庄的成员的特殊亲缘关系。它们在任何情况下的职责都是在某一崇拜周围聚集起一个群体。它们各自也具有每一种崇拜的排他性,并且准确地在大地上的某一点上扎下根。[1]因此,贝特博士已经证明,《伊利亚特》中频频出现的杀人场面实际上并不是特洛伊的英雄之间的争斗,而是希腊本土上各个部落之间的冲突。当这些在本土发动战争的部落经过一系列的迁徙来到小亚细亚和各个岛屿之后,由于他们和希腊本土的事物切断了联系,因此那些半神、民族英雄等原来具有的神圣性便被他们遗忘了,半神、民族英雄转而变成了个性化的传奇英雄。如此这般,阿喀琉斯和赫拉克勒斯等都是部落英雄,他们是集体观念的化身。[2]

英雄确实属于人类,并因此经受过痛苦和死亡。但他们却以自己一系列的特点与普通亡者群区别开来。他们经历了早已逝去的希腊人所谓的"古代"。在那个时代生活的人与今天的人大不同:那时的人比今天更加高大、强壮、英俊。人类的这一族已经灭绝,就是史诗中颂扬其丰功伟绩的那一族。英雄们的名字,由于行吟诗人们的咏唱而大大不同于长眠于地下、混在大量被遗忘的"无名"死者中的其他死者的名字。在所有古希腊人的头脑中,英雄的名字永远是鲜活的,永远是辉煌的。英雄族构成了

---

[1] 让-皮埃尔·韦尔南:《古希腊的神话与宗教》,杜小真译,生活·读书·新知三联书店 2001 年版,第 40—43 页。
[2] 简·艾伦·赫丽生:《古希腊宗教的社会起源》,谢世坚译,广西师范大学出版社 2004 年版,第 324 页。

城邦希腊的传奇过去,也就是古希腊人的家庭、部落和社群所依附的种种根源。这些完全是人的先祖,在很多方面更接近于神,比现时的人与神的隔绝要少一些。在过去时代,诸神还很愿意与人相处。他们径自来到人的家中,与人同桌用餐,甚至溜到人的床上与人结合,并且由于必死的和不朽的这两族的交融而生育出美丽、健康的后代。留名后世并在陵墓受到后人崇拜的英雄人物,他们大多为神性和人性交融的果实。正如赫西奥德所说,这些英雄人物组成了"人们称之为半神的英雄神族"。同样,他们死后并没有下到冥界,而是凭借神性被"超升"、"运送"——有些是在生前而大部分则在死后——到一个特殊的、彼处的极乐世界。在这个世界里,他们继续享有持久不断的祝圣,欢度堪与诸神相媲美的生活。

但英雄的身份并不消除分隔人与神的距离,而似乎就此打开从必死者升至若不是神性至少也是接近神性的身份。但这种可能性在整个古代时期始终只限于很狭窄的领域。[1] 很多英雄除了他们应该行使的有限的、规定他们全体的职能之外,没有留下任何其他具体事实。英雄崇拜是由强盛的城邦树立的,与城邦护卫的领土管辖的公民团体息息相关。在泛希腊化时期,英雄崇拜不会与人物的神化,也不会与王权崇拜的建立合流:这些现象源于一种完全不同的宗教观念。英雄崇拜和城邦休戚相关,因此二者同时走向衰亡。

古希腊神话中包括相当一部分关于英雄的传说。英雄们往往是神与人的后代,皆为半神半人,他们共同的特点是体魄健美、力大无穷、英勇绝伦而又品德高尚,总是能在历尽艰险后取得胜利。他们是智勇双全的冒险家,是发展人类文明的壮士,是斩妖除怪的侠客,也是威震四海的大家族的创业人。英雄们分为新老两代。早期英雄有力斩能把人变成石头的女妖墨杜萨(Medusa)的珀尔塞斯(Perseus),力大无穷、神勇无敌、单枪匹马完成十二项英雄业绩的赫拉克勒斯(Heracles)(宙斯与凡间女子所生),寻找金羊毛的伊阿宋(Lason),雅典国家的奠基人忒修斯(Thesus)等。

后期英雄多半生活在特洛伊战争前后或跟特洛伊战争有密切关系,如解出狮身人面女怪斯芬克斯(Sphinx)谜底、杀父娶母的俄狄浦斯(Oedipus),特洛伊战争中的英雄人物阿伽门农(Agamemnon)、阿喀琉斯(Achilles)、奥德修斯(Odysseus)等。英雄传说中有的是神话化了的历史事件,如描写公元前13世纪到公元前12世纪古代小亚细亚的特洛伊人和希腊人交战的故事;有些讲述远古社会的生活,如有关冤冤相

---

[1] 让-皮埃尔·韦尔南:《古希腊的神话与宗教》,杜小真译,生活·读书·新知三联书店2001年版,第45—46页。

报、骨肉相残的阿特柔斯（Atreus）家族和坚贞不渝的奥德修斯一家的变迁；有的英雄故事反映远古人类与大自然的斗争，如忒修斯杀死吃雅典童男童女的半人半牛怪物弥诺陶洛斯（Minotaur）的神话；还有些跟远古的宗教有着密切的联系，如阿伽门农为了平息风浪把女儿伊菲革涅亚（Iphigeneia）献祭给女神阿尔特密斯等。

这些尚武的上古半神、被神明眷顾的英雄究竟有些什么特异之处，或者说他们矢志追求的东西是什么呢？首先是优秀，所谓"英雄"，就是出类拔萃的人，尤其在勇敢方面出类拔萃。在他们所受的教育中，英雄要永远做最优秀的人，超越其他将士，即便在体育竞技场上也要成为最优秀的人，此外，不仅自己要优秀，而且其对手也要最优秀。古希腊人的基本观念就是："要永远成为世上最勇敢最杰出的人，不可辱没祖先的种族。"

其次是勇敢。勇敢既是英雄的特质，也是他们追求的目标。"英雄"用作形容词时，意思就是勇敢、英勇。英雄"勇敢坚忍，心雄如狮"，也就是说，英雄的心或精神要像狮子一样勇敢坚忍。英雄们清明理智、无私无畏，而且进退有度、能屈能伸。另外，英雄不仅善于动手，也不拙于动口：英雄乃是"会发议论的演说家，会做事情的行动者"。真正的勇敢是直面无法避免的结果却又义无反顾地尽自己的责任和义务，知其不可为而为之，为了正义、道义、荣誉和胜利英勇赴死。英勇与荣耀往往相伴，勇敢起主导作用的一个突出特征就是好胜和爱荣誉。

英雄们之所以尚武、勇敢、追求卓越，那是因为这些品质可以为他们赢得名声或荣耀，其中，战争就是军功章的盛产基地，体育馆是桂冠的摇篮。英雄们追求的是"光荣名声会传扬遐迩如黎明远照"，向往自己的"名声可达天际"，羡慕别人的"声名将会在天底下的世人中播扬"。因此，希腊语中的"荣耀"一词，除了"名声、光荣业绩"的意思外，还有"传闻、消息"之意，也就意味着，英雄既要受到当下世人的评价、尊敬，同时还要在史诗中供后人传唱。

英雄们追求的是"名声永不朽"，说穿了，就是追求不朽。英雄是离神最近的人，荣誉就是他们摆脱终有一死命运而向神靠拢的动力，是英雄进入天国的门票。概而言之，所有英雄"都是彻头彻尾的凡人，但也拥有卓越之处，这使他们与众不同。……他们意识到了自己的凡人之身和必死性。他们知道自己的局限。他们知道如何运用凡人身体上和智慧上的资源来对付问题。他们感到了某种英雄般的孤独，同时也知道自己作为凡人而必须在人类社会中起作用。他们知道苦难是人类与生俱来的感受,而且他们也不回避面对不得不面对的东西。他们为人的行为和性格提供了可资学习、欣赏甚至模仿的榜样。"[1]

从希腊神话和英雄传说中,我们可以看到首先出现的是女性神(母系氏族),然后是男性神执掌天下(父系氏族代替),这显然反映出早期人类的生活习俗、婚姻状况,即母系、兄妹通婚,折射出早期人类的杂交现实。同时,从神话到传说也见证了人类如何从野蛮走向文明以及人类自我意识的觉醒,而英雄传说中人与自然的斗争也让人意识到人与自然的矛盾对立。

另一方面,希腊神话和传说较为集中和本真地反映了古希腊人的思想感情。这表现为以下几点:

(1) 对人的自然性的重视。所谓自然性,就是人身上存在的动物本能,以及一种按照生命本真存在的自然而然的生活方式。古希腊神话多围绕神的欲望尤其是情欲展开,战争围绕爱情,是一个情欲横溢的世界。在充满欲望的古希腊人眼里,最高地位的神也和低级的神一样,生活毫无法制,过着纵欲的生活。宙斯的纵欲和赫拉的嫉妒与报复,是希腊神话非常重要的组成部分。在这一意义上,古希腊的神与人同形同性。

如果考察古希腊神统与东方神统的区别,最引人注目的莫过于酒神狄俄尼索斯与爱神阿佛洛狄特了。中国的圣人讲"食色性也",却把远古时代专司"男女野合"的女神高禖(古代求子的祭祀)贬为伺候楚襄王睡觉的"神女"(妓女);中国也有相当于狄奥尼索斯的司植物生长的神,曰神农氏,但他既不饮酒也不作乐,是为人类寻找可吃的东西而尝遍百草并把自己弄得死去活来的献身者。于是,华夏部族的情欲失去了艺术象征。在古希腊则相反,据说爱神阿佛洛狄特原是神殿卖淫的"神女",后来升格为女神;司植物生长的狄奥尼索斯则是个饕餮、豪饮、狂欢的作乐者,象征着"情绪的总激发与总释放"。每逢酒神祀典,人们就打破一切禁忌,狂饮烂醉,放纵性欲。爱神与酒神在古希腊神话中的重要地位,表明了他们对食、色的崇拜。以宙斯为中心的奥林匹斯山众神中,男的大多贪杯好色,女的则嫉妒同性、追求虚荣。他们为了欲望的满足可以奋不顾身,犹如飞蛾扑火,一旦获得就欣喜若狂;失落了,又如孩子般丧魂落魄,号啕大哭。为了争夺一名叫海伦的美女,众神参战打了十年战争,死伤无数。[2]

---

[1] 程志敏:《荷马史诗导读》,华东师范大学出版社2007年版,第211页。
[2] 徐葆耕:《西方文学:心灵的历史》,清华大学出版社1990年版,第14页。

事实上，这透显出中西文化两种很不相同的爱欲观。在古希腊的柏拉图那里，存在着两种爱：一种是沉溺于性欲的快感，一种是追随美神的迷狂。人的优劣就表现为这两种爱欲的消长之中。只有当追随美神的爱欲占据了绝对优势，人才可能受理性与贞洁的指引，感受爱人的情波的滋润，使爱与被爱都升华到与神同享的永恒福祉。因此，真正的爱欲是超越的，即超出性欲、超出个人，升入美的理念。于是，在爱的理论上，人似乎走着从分离的孤独的个体趋向融合的爱的整体的道路，即便这爱的整体是一种纯粹的抽象，即抽象为绝对、永恒、普遍的美的理念。但在爱的现实上，人却力图从整体性中挣脱出来走向个体性，即从"类"开始，经过"家庭"，最后落脚到受性幻想驱使的孤独的个人。

与之相反，中国人的爱欲始终都在"类"的同化中，从而使爱与被爱都消失在"类"里。我们的始祖不是上帝先后捏造的男人和女人，即亚当和夏娃，而是昆仑山上秉天地阴阳二气而成形的伏羲、女娲兄妹。他们没有偷食禁果的"原罪意识"，只有"议以为夫妻"的羞耻心。所以，女娲用不着像夏娃那样用一片树叶遮住阴户，借此而恰恰启示性自身，她只需"结草为扇，以障其面"，即从此遮去性别——"一生二"：男—女、兄—妹；突出生殖——"二生三"：夫—妻，父—母。而最大的父亲就是最高的君主，他有三宫六院七十二妃，象征着天下女子皆可为妻妾，因而全社会就是一个家天下。所谓"国—家"一体就是这个意思。中国传统文化中独尊为主脉的儒家，从一开始就是中华民族社会生活的规范。无论是神话、祭祀、诗经、史书，还是国格、政体、家庭、风俗，都浸透着被儒家规范化了的以种族为本位的社会主体性。它也最鲜明地表现在男女的爱欲关系上。既然形而上学的天同形而下的人结合为"国—家"一体的伦理政治社会，人的类属性从而爱的类属性也就被规定了。也就是说，男女之爱绝不是个人的行为，既不是个人追求性欲的实现，也不是个人追求美的理念的实现。爱只是传宗接代、尽忠尽孝的类属方式。换句话说，爱既要肉体上生殖，也要伦理上生殖，二者都只能是尽个人的社会责任，根本不允许有超越上下的自由。所以，在以生殖为目的的爱或性中，单个的男人或女人都不过是达到生殖即类生存的工具而已，因而，这样的爱欲行为或性行为对于个人则全然是一种外在的关系、公共的关系，即伦理的关系。相反，只有堕落、淫乱，即违反道德，才是一种个人的行为，但已是一种被贬抑、被惩治、被窒息的个人罪行。由此造成强制集中的整体性与松散不独立的个体性并存的消极文化人格。

（2）对力量的崇拜，尤其是对个人力量的崇拜。从古希腊神话中，我们可以看到不管是乌兰诺斯还是宙斯执掌世界，他们都是通过武力的抢夺来实现，也就是说神的权力交替是由力量决定的，表明了古希腊人对力量、战争的推崇。在中国古代，尧、舜禅让的故事说明当时权力的交接更迭更多地与道德联系在一起，神不是以力量征服人，而是以道德感化人，因此原始中国神话具有更多的道德历史内涵，给残酷的武力争斗披上了一层温情脉脉的面纱。

（3）对智慧的推崇和向往。在古希腊神话谱系中，雅典娜受到极力推崇，地位极高。这位从宙斯头中所生的女神，起初是战神，后来逐渐变为智慧女神和雅典城的守护女神，她又被看作文学、艺术和科学中希腊天才的卓越代表。虽为抽象的智慧女神，但干预的事极宽，她在古希腊神话中极为特殊。而主营文艺的有九位缪斯，对智慧的推崇与赞美由此可见一斑。中国没有专门观照精神活动的神，对个人智慧的价值衡量标准与西方不同。在以儒家为主导的中国伦理政治社会中，当然首推道德化的人格，在道德与智慧冲突时，义无反顾地选择道德。

古希腊神话传说是世界文化的丰富遗产，它是认识早期人类心理的重要依据，同时它通过罗马帝国传入欧洲，经过文艺复兴时期，对欧洲文艺的发展也产生了重要的影响。神话丰富了文学艺术，卓越的文学艺术又反过来给古代神话以新的生命。西方文化正是在神话和文学艺术相互促进的情况下发展起来的。古希腊神话传说中的很多故事后来成为西方文艺作品中的重要典故。譬如以下几个著名的典故。

阿喀琉斯的脚踵——致命的弱点。这一典故源于阿喀琉斯曾大败特洛伊人，紧紧追赶他们到城墙下，但是他的气数也要尽了。波塞冬和阿波罗决定惩罚他，因为他对着赫克托耳的尸体说了些傲慢无礼的大话。阿波罗以云彩为掩护，找到鏖战中的帕里斯，引导他射出致命的一箭，击中了阿喀琉斯身上唯一能致命的地方，即他的右脚跟。因为他的母亲忒提斯在他还是婴儿时曾把他浸在斯提克斯河中，使他浑身上下除了她抓住的那只脚后跟以外，全都刀枪不入。

阿里阿德涅的线——指点迷津。神话中是这样记述的，弥诺斯国王在自己的国家里建造了一座迷宫，进去的人若是出不来就会有生命危险。英雄忒修斯得到了美丽的公主阿里阿德涅的帮助。她教他将一团线条的一端紧拴在迷宫的入门处，然后放着线通过多歧而混乱的路进到里头去，原来迷宫里供养着一个怪物，忒修斯将它杀死之后，顺着线路走了出来。

西西弗斯的石头——比喻人生存在的荒诞性。它讲的是西西弗斯泄露了宙斯诱骗河神的女儿伊娥的秘密,于是受到了杀一儆百的惩罚,阴间仕官命令他把石头推到山顶,推往另一边的斜坡。但是他快推到山顶时,石头的重量迫使他后退,而巨石再次蹦到山底,他疲惫不堪地在山脚找到石头,又要从头推起。

第三节
《荷马史诗》与抒情诗

一、引论:"荷马问题"

荷马史诗包括《伊利亚特》和《奥德修记》,是现存最古老的古希腊文学作品(神话、传说产生在先,但成文在后,保存在后来的文学作品中)。最初为口头传诵,至公元前6世纪,雅典统治者才命令文人记录下来,以后又经过学者的多次编订。

史诗来源于公元前12世纪末,在希腊半岛南部地区的阿卡亚人与小亚细亚西北部的特洛伊人之间发生了一次为时十年的战争,最后希腊人毁灭了特洛伊城。战争结束后,在小亚细亚一带流传着许多歌颂这次战争中氏族部落首领的英雄事迹的短歌。在传诵过程中,英雄传说又同神话故事交织在一起,由民间歌人口头传授,代代相传;每逢盛宴或节日,在氏族贵族的官邸中咏唱。大约公元前八九世纪,荷马以短歌为基础,予以整理,最后形成了具有完整的情节和统一风格的两部史诗——《伊里亚特》和《奥德修记》。公元前6世纪中叶,史诗才有文字记录。公元前3世纪至公元前2世纪间经亚历山大城的几位学者的校订之后,史诗有了最后的定本,流传至今。

《荷马史诗》虽为史诗,应与史实发生联系,但这一点争议较大。这牵涉到荷马史诗的历史真实性问题,也就是说,史诗中记载的事件是确有其事还是编造的?同时荷马是否真有其人?这就是在西方文化史上历时久远的"荷马问题"(the Homeric Question):谁是荷马?他是何时创作出那些我们惯常归功于他的诗作的?回答这些在编辑和注解《伊利亚特》和《奥德修记》时所产生的悬疑,意义又究竟何在?[1]

据默雷的考证,"荷马"原意是指"人质",它不可能是一个完整的希腊名字,尽管它可能是某个名字经过缩写的昵称。假如真有什么希腊名字是由"荷马"加别的字合成的话。事实也正是如此,我们首先要承认有这样一个名字:"荷马立达"(Homêredæ)。"荷马立达"意指一般的行吟诗人,也可指一个宗族。在喀俄斯岛上确有一个独特的氏族,叫作"荷马立达"。依此类推,"荷马"无疑是一位始祖,这个名字被创造出来,作为他们家族单位的名称,犹如"多罗斯"(Doros)、"伊安"(Iôn)和"赫楞"(Hellen)被创造出来一样。但"荷马立达"可能是一个合成词,当时行吟诗人开始组成了一个行会,需要一个共同的祖先,于是就在"荷马"后面加一个词尾,把它变成一个姓。但为什么荷马是个盲人呢?默雷认为,在那个时代身强力壮的人都当战士;跛脚而强健的人充当铁匠和武器制造者;至于盲人呢,没有别的本事,只有充当歌手。更重要的,就是传奇本身在其间起了作用。她爱把她的伟大的诗人或先知者变成盲人,而对于他们的盲目,她却老是萦绕于心头。荷马是她的得摩多枯斯。"为缪斯所钟爱,并给他快乐与不幸;她取了他的双目,却给予美妙的吟唱。"[2]

1795 年,弗里德里西·伍尔夫刊行的一篇论文《荷马引论》,随即变成引发 19 世纪发生在"分辨派"(Analysts)和"统一派"(Unitarians)之间论战交锋的导火索。自此这两派关于有一个还是多个荷马的论辩,构成了几近纵贯整个 19 世纪的"荷马问题"的主要内容。伍尔夫首次收集了历史学和考古学的证据,认为荷马时代尚无书写文字可资利用,于是他认为荷马文本一定是出自更晚的编辑者之手,是这些编辑共同参与了将原始口头诗歌整合为让我们赞叹不已的、有其统一构思的作品。基于对通过不同流派的职业歌手代代传承下来的作为表达"民间记忆"的诗歌创作的考察,他将作品中显然是出自久远以前阶段的前后不一致处归结为由这一聚集结合的过程所导致。

伍尔夫开创了文献考古——寻找并分析荷马文本的累层(strata)——的进程,他提供了那些荷马诗歌看来是口头性质的坚实证据。继而高特弗雷德·赫尔曼又将后来被定义为程式化风格(formulaic style)的那些要素,与口头创作过程联系了起来:

---

[1] 约翰·迈尔斯·弗里:《口头诗学:帕里—洛德理论》,朝戈金译,社会科学文献出版 2000 年版,第 1—2 页;关于这一问题的详细探讨可参见程志敏:《荷马史诗导读》,华东师范大学出版社 2007 年版,第 109—113 页。

[2] 吉尔伯特·默雷:《古希腊文学史》,孙席珍、蒋炳贤、郭智石译,上海译文出版社 2007 年版,第 5—6 页。

由于(1)创作的结构和组合类型;(2)基于步格而产生的句法的适应性改变(adaptation);(3)修饰词语的叠加;以及(4)在完整的概念上联接以修饰性表达的并列方法(添加性艺术 additive art)——所有这一切都倾向于导向并使人得出这样的结论,即这些诗作不是为了阅读、而是为了聆听而作的(1840:47)。

分辨派们从考察语言上的和叙述中的不规则现象入手,将其归结为不同的诗人和编辑者们参与所致。于是,荷马的复合文本便被理解为是在长达许多个世纪的过程中经由反复创作而完成的产物。至于"统一派"则认为,这些诗作是由某一位天才作者独自创作出来的。

帕里和后来的洛德将荷马定位为"口头"荷马,这来自民族学或人类学的学术视角。帕里深受拉德洛夫的影响,尤其是拉德洛夫对卡拉—吉尔吉斯人中间的口头诗歌表演的研究:相对于记忆而言的即兴创作问题、口头传统的创作单元(特别是叙述单元)、听众的角色、完整的故事及其组成部件的多重构型(multiformity),以及在口头诗作之中新老因素的混融交织;进而还讨论了叙述中前后矛盾所具有的含义;继之又与荷马诗歌进行比照;等等。实际上,拉德洛夫关于卡拉—吉尔吉斯的著述里建立了两条专门的路径;其一,在古典研究过往不得不注重的文本分析之外去做出考察研究;其二,在更为普泛和更为广阔的可能性关联中去运用人类学的验证方法,并扩展文本研究。

拉德洛夫采用了聆听同一故事的多种异文的实践方法,从中他注意到,歌手某次特定的演唱既不是完全靠记忆进行复诵,也不是在每次表演时都要彻底创新,而是表演传统的一种艺术惯制允许演唱在一定限度之内发生变异。即每一位有本事的歌手往往依当时情形即席创作他的歌,所以他不会用丝毫不差的相同方式将同一首歌演唱两次。歌手们并不认为这种即兴创作在实际上是新的创造。在口头表演中,歌手惯于操作其叙事传统中的陈词套语,从而完成其表演:

> 凭借在演唱中通过广泛实践而积累起来的经验和才干,他已经准备好了一整套的"复诵部件"(recitation-parts)——如果我可以使用这一表述的话——在其叙事过程中他便以恰当方式将它们结合起来。这样的"复诵部件"是由特定的事件和情境的描绘来构成的,例如英雄之降生、他的成长、对武器的炫耀、为战斗做准备、鏖战的喧响、出征前英雄的演说、描述人物或摹绘骏马、塑写著名的英雄、

夸赞有婚约的美人、勾画某人家乡的图景、法律、宴会、应邀赴节日庆典、一个英雄的死去、一次葬礼的悼仪、状写风景、夜之降临与晨之破晓……诸如此类,举不胜举。

歌手的艺术在于仅仅根据事件进程的需要紧密连贯地安排所有这些既成的"构想部件",并将它们与新创作出的诗行接合起来。于是,歌手便能够采取非常不同的方式去演唱前面提到的那些"构想部件"的全部。他知道怎样将某一想法和与其相同的意念用寥寥数语一带而过,或者加上细节刻画,或者根据史诗的规模添入极其细腻的描绘。对于一个歌手来讲,"构想部件"越能适应各种不同的情境,他的演唱就越不会显得雷同而富于变化,并且也就能够演唱得更为长久,同时也不会使观众因形象单调而感到厌倦。创造性地运用"构想部件"并善于操作和处理它们的技巧,是衡量一个歌手能力的尺度。[1]

帕里和洛德在此基础上提出了他们的口头程式理论,其理论的精髓,是由程式(formula)、主题或典型场景(theme or typical scene)以及故事型式或故事类型(story-pattern or tale-type)组成的分析模型。[2] 借助于这个理论模型,帕里和洛德教授把古希腊荷马史诗和南斯拉夫地区的口传史诗做对比研究,总结出口头史诗创作的规律是高度程式化的。例如,荷马史诗使用了大量重复的套语,如"苦难深重的奥德修斯神""牛眼的赫拉神后""马人涅斯托耳""飞毛腿阿喀琉斯神"等,还重复出现了宴饮、集会、哀悼、英雄归来等的叙述范型;而南斯拉夫口传史诗也靠一些固定的叙事单位支撑起来,歌手在学艺和演唱的过程中靠这些语言单位来把握主要内容。帕里和洛德教授在上述对比所总结出来的口头文学的规律基础上,就可以非常有力地回应关于荷马史诗长久以来的"作者之争":它起源于古希腊的口头传统,具有"由传统和口头本质规定了的种种特征"。他进一步指出:

正如"特洛伊陷落"的故事那样,……其他希腊英雄史诗传奇,就其本身而言,它们并非源于某一特定作者的虚构,而是全体人民的创造,并一代又一代相传下来,欣然地传给那些乐意讲述它们的人。因此,在讲述中呈现的风格也不是

---

[1] 约翰·迈尔斯·弗里:《口头诗学:帕里—洛德理论》,朝戈金译,社会科学文献出版社2000年版,第24—25页。
[2] 约翰·迈尔斯·弗里:《口头诗学:帕里—洛德理论》,朝戈金译,社会科学文献出版社2000年版,译者导言第15页。

一种个体的创作,而是大众的传统(popular tradition),并且这是在经过了若干世纪的发展,在诗人和听众中逐步形成的传统。这些英雄诗篇的作者只是遵循[传统]而无须顾忌抄袭,甚至连这样的顾忌都未曾存在过。这并不意味着个人的才能在艺术风格形成上毫无作用,在选择和使用媒介并以之表达其观念上无所作为。亚里士多德指出,与其他诗作的早期作者相较,荷马的高超之处在于对其材料的组织。这表明即使已经确立了形式的限制,但天才却能驾驭形式本身。[1]

因此,《伊利亚特》和《奥德修记》的读解,必须通过读解大量的其他早期欧洲英雄史诗做铺垫;而且,还必须通过许多口头叙事诗的研究来做支持。在世界上的某些地区,这些口头叙事诗还生机勃勃地繁荣着,而正是在那里,阅读和书写尚未通行。

"荷马问题"是典型的现代学术个案,是现代精神的集中体现:历史意识的觉醒、个体观念的膨胀、主体精神的高扬以及学科分类的变化等。具体到"荷马问题"来说,伍尔夫、帕里和洛德等人试图用语文学、考古学和民俗学的方法来解决古典学领域的问题,在某种程度上说,就是想以科学的方法一劳永逸地解决传统的争端。但我们知道,语文学也好,考古学也罢,对于荷马史诗来说其实都只不过是"脚手架"或外在的研究而已,而对荷马史诗本身的学习、研读和涵泳,才是我们研究的正途。

二、《荷马史诗》

根据神话传说,特洛伊战争是这样引起的:阿喀琉斯的父母,也就是人间国王珀琉斯与海洋女神忒提斯举行盛大的婚礼时,邀请了所有的神,单把争吵女神厄里斯遗漏了。望着宴会上狂欢痛饮的神与人们,厄里斯妒火燃胸,向宴席中间扔下一个金苹果,上写"赠给最美的女神"。这只金光灿灿的苹果应该属于谁呢?在座的三位女神——天后赫拉、女战神雅典娜和爱神阿佛洛狄特发生了争吵,互不相让。宙斯于是让他们找特洛伊王子帕里斯裁决。三位女神找到帕里斯,各自向他允诺优厚的奖赏。赫拉承诺将赋予他人间最多的财富和最大的权力;雅典娜则表示给他战场上的胜利与荣誉;阿佛洛狄特保证让他得到世上最美女子的爱情。在三位女子的"贿赂"面前,帕里斯把金苹果断给了阿佛洛狄特。后来,阿佛洛狄特帮助帕里斯去希腊的斯巴达

---

[1] 约翰·迈尔斯·弗里:《口头诗学:帕里—洛德理论》,朝戈金译,社会科学文献出版社2000年版,第48—49页。

拐走了国王墨涅拉俄斯的妻子——美丽的海伦,并抢走了大批财物。

于是,希腊各部落公推迈锡尼王阿伽门农为联军统帅,攻打特洛伊。战争进行了十年,众神各助一方。最后,希腊联军将领、伊塔克岛之王奥德修斯设计把一具内藏兵将的巨大木马丢在城外,假装撤兵。木马被特洛伊人拖进城内。晚上,希腊人从木马中出来,打开城门,里应外合攻下了特洛伊城。战后,希腊人各携财宝、奴隶还乡。有的一帆风顺回到家园,有的经历十年海上漂泊,又展开了一番向大自然的充满冒险的斗争。

史诗的情节都以特洛伊战争为背景:一写战争,一写奥德修斯复员回乡与恢复王位的斗争。战争十年,海上漂流和还乡后与求婚者的斗争也是十年。两部史诗不写全过程,只各截取最后一年中的一段故事来表现全体。

《伊利亚特》写最后一年中 51 天内发生的事。史诗一开始就点出,"阿喀琉斯的愤怒是我的主题"。阿伽门农和阿卡亚部族中最勇猛的首领阿喀琉斯争夺一个女俘,阿喀琉斯受辱后,愤而退出战场。希腊连连失利,一直退到海岸边也抵挡不住特洛伊主将赫克托耳的猛烈攻势,情况万分紧急。阿伽门农请求和解,遭到拒绝。阿喀琉斯的朋友帕特洛克罗斯借了他的盔甲,杀上了战场,挡住了特洛伊人的进攻。但赫克托耳却把他杀死了,并夺走了他的盔甲。阿喀琉斯悔恨自己的过失,愤而重新参战,为亡友复仇,终于杀死了赫克托耳,并把他的尸体拖在马后奔驰。赫克托耳的父亲、特洛伊的老王普里阿摩斯前来赎回儿子的尸首,全诗在为赫克托耳举行的盛大葬礼中结束。

《伊利亚特》的主题思想很多,但愤怒无疑是文本的重要主题,史诗的开篇就是:"阿喀琉斯的愤怒是我的主题。"

阿喀琉斯的愤怒一方面是群体愤怒的缩影,我们知道这场战争的起因是由于斯巴达王之妻海伦被夺走了,而倾国倾城的海伦是希腊人的骄傲,这无疑让希腊人感到受辱,因而阿喀琉斯的愤怒折射出全希腊人的愤怒。在希腊,把妇女的命运与民族的荣誉联系在一起,这显示出某种程度上对妇女的尊重。但另一方面,女俘虏在阿伽门农和阿喀琉斯的眼里,根本就不是平等的个人,而是财富之类的私有品。这实际上又反映了当时的一些婚姻习俗,正如亚里士多德所指出的那样,希腊人原来都通行买卖婚姻,妻子都是出钱去买来的,有一个漂亮的女儿,犹如获得一头"母牛"那样宝贵,因为求婚者必须付出一笔代价,才能把她娶走。在古典文学时期,这种习俗完全改变了,做父亲的不但不收这笔钱,相反地,他要给女儿备一套嫁妆。这种婚姻习俗经历了几个发展阶段,在《奥德修记》里,求婚者如果拒绝支付这笔代价,他就犯了一桩罪。[1]

但阿喀琉斯的愤怒主要仍然是个体的愤怒。在史诗中描写了阿喀琉斯曾愤怒了两次,第一次,即为阿伽门农抢走了阿喀琉斯的女俘争执不下,愤怒的阿喀琉斯率本部人马退出战场,导致战局急剧逆转。为挽颓势,帕特罗克洛斯穿阿喀琉斯的金盔铠甲上战场,被赫克托耳所杀。不过,在此描述过程中,荷马是站在阿喀琉斯一方的,用非常同情的笔触描摹和表现阿喀琉斯,反而对阿伽门农持批评态度。这表明荷马在价值取向上倾向于个人,欣赏其英雄傲气,显示出他对个人利益的尊重。

阿喀琉斯的第二次愤怒是当闻知帕特罗克洛斯的死讯后,其母请匠神赫维斯托斯打造了新盔甲,阿喀琉斯重新出战,扭转了战争颓势。从前后两次愤怒中,我们可以看到在个人与集体的天平上,荷马很大程度地倾向于个人利益,但并非意味着他完全忽略集体情感,而是先把人与人的地位拉开,强调各自独立的利益,第二次阿喀琉斯的愤怒显然就把人与人的亲密关系修正到一个自然的位置上,即把友谊建立在更真诚的基础上,尊重个人利益而不是自私自利。只有当虚幻的集体利益建立在尊重个人利益的基础上,这样的集体利益才是可靠的、发自生命内心的。

亚里士多德在《修辞学》中对愤怒下了一个定义:"一种针对某人或他的亲友所施加的为他们所不应遭受的显著的轻慢所激起的显著的报复心理所引起的有苦恼相伴随的欲望。……愤怒中也有快感相伴随,这时由于有希望报复,因为认为自己能达到自己追求的目的,是愉快的事。"他进一步解释了阿喀琉斯发怒的原因:阿伽门农对他施加了他自己所不应遭受的侮慢,他们两个人的冲突之关节点,其实不在于一个女奴,而在于"力"的较量,只不过一个是权力,一个是力气,正如伯纳得特所说:"他们之间的冲突是权威和力量的冲突,是天赐禀赋与继承而来的才能之间的冲突,"也就是权杖与长矛之间的不和。阿伽门农对阿喀琉斯的侮慢,无非是想"显示自己比别人优越",所以才蛮不讲理地一错再错,抢走阿喀琉斯的尊严和荣誉。一开始,阿喀琉斯面对阿伽门农拒绝交换克律塞伊斯而给阿卡亚人造成的瘟疫和死亡,主动召集开会,商讨对策,并在会上鼓励鸟卜师直言相告。当真相明了之后,阿喀琉斯劝阿伽门农释放阿波罗祭司的女儿,以平息神怒,还答应给阿伽门农三倍四倍的补偿。不料阿伽门农却胡搅蛮缠,说这是阿喀琉斯欺骗他,强索阿喀琉斯的战利品布里塞伊斯作补偿,如

---

[1] 吉尔伯特·默雷:《古希腊文学史》,孙席珍、蒋炳贤、郭智石译,上海译文出版社2007年版,第24页。

此狼心狗肺,难怪阿喀琉斯愤愤不平。

表面上看来双方不过是争风吃醋,实际上则是阿伽门农夺去了阿喀琉斯的荣誉礼物,扫了后者的面子,侮辱了阿喀琉斯的尊严,把他"当作一个不受人尊重的流浪汉"。对荷马笔下的英雄来说,荣誉具有至高无上的地位。为了荣誉双方甚至可以不计较得失,不理会公平正义,更不管是否犯了众怒。交战双方不管谁取胜,大家都能赢得荣耀,为此他们可以分享敌人的成功,甚至可以在被杀中找到某种满足。剥夺他人的荣誉就等于抽掉了别人的生存根基,也就破坏了伦理规范的基础。荣誉是英雄最本质的规定性:"荣誉对作为社会现象的希腊自我观念及认同观念来说,乃是十分根本的。它依赖于个体用来承受和保护诸多社会关系的自我意象,也依赖于其他相关人员对那种意象的承认;……这样的话,荣誉的焦点就是戈夫曼所谓的'神圣的自我'(sacred self),也就是人们热切希望能得到他人认可的宝贵的自我意象。"因此,女俘布里塞伊斯成了一种象征,代表着阿喀琉斯的荣誉,也代表着自我的完整性,夺走了她,也就将阿喀琉斯劈成了两半。

从某种意义上说,《伊利亚特》既表达了作者对阿喀琉斯深深的同情,也毫不客气地严厉批评了这位任性妄为的大英雄。当然,在血的教训面前,阿喀琉斯于自责中深刻地认识到愤怒会使聪明人陷入暴戾,他终于幡然醒悟。阿喀琉斯在悲剧面前慢慢地变得成熟起来,知道"让既成的往事过去吧,即使心中痛苦,对胸中的心灵我们必须学会抑制"。阿喀琉斯重新找到了自我,又回到了社会生活中,此前分裂的神性与人性在一种更高的境界上统一了起来。阿喀琉斯成了自己的主人,而非情绪的奴隶,理性战胜了愤怒,或者说情感与秩序融合无间,实现了古典文化的最高理想,即节制审慎的理性精神,这种精神在古希腊叫作逻各斯(logos),只有在这种清明理智支配下的行动才可以叫作勇敢,而勇敢背后还有更高的标准,那就是高尚。亚里士多德说:"人也是愤怒时就痛苦,报复时就快乐。但是,出于这样的情形的人尽管骁勇,却算不得勇敢。因为他们的行动不是出于高尚,出于逻各斯,而是出于感情。"[1]

在诗篇中,荷马谴责了阿喀琉斯虐杀赫克托耳的暴行。不过,奇怪的是,阿喀琉斯并不因而有所贬损,他始终是伟大的、豪迈的,他的悲伤导致他的暴行,只能使人痛心,并不使人憎恨。这跟阿喀琉斯自身的经历息息相关,据传,他是人间国王珀琉斯与海洋女神忒提斯结婚生下的儿子,具有健美的身体、无敌的武艺和忘我战斗的冒险

---

[1] 程志敏:《荷马史诗导读》,华东师范大学出版社2007年版,第162—167页。

性格。神谕说他有两种命运：或者默默无闻而长寿，或者在战场上光荣地死亡。但阿喀琉斯是毫不犹豫地、愉快地走上了同特洛伊人作战的战场，攻城略地，建立了无数功勋。他非常清楚自己将葬身于特洛伊城下，但他依然挺身参战，特别是在他的挚友帕特罗克洛斯被赫克托耳所杀以后，他痛不欲生，冲天的愤怒使他变成了嗜杀的恶魔，就连对手赫克托耳提出不要凌辱尸体的哀告都不予理睬，而是残暴地将赫克托耳的尸体拴在马后倒拖着围绕自己的挚友的灵柩跑了三圈，并以十二个被俘的特洛伊青年为帕特罗克洛斯陪葬。

如果说忘我的战斗精神乃至粗暴鲁莽与温厚善良构成了阿喀琉斯性格的两个对立的侧面，那么支配这两个侧面的内核则是对于个人荣誉的理解和追求。阿喀琉斯不畏死亡走上战场，是因为他把勇敢视为最高荣誉，怯弱者是"人间无价值的赘物"。他热爱自己的民族，但如果个人的荣誉与尊严受到伤害时，维护这种荣誉和尊严就上升到第一位。具有鲜明个性特征的阿喀琉斯形象的出现，是人类自我认识漫长道路上的一个光荣的路标。黑格尔曾这样盛赞阿喀琉斯形象的伟大意义："关于阿喀琉斯，我们可以说：'这是一个人！高贵的人格的多方面性在这个人身上显出了它的全部丰富性。'荷马所写的其他人物性格也是如此……每一个人都是一个整体，本身就是一个世界，每个人都是一个完满的有生气的人，而不是某种孤立的性格特征的寓言式的抽象品。"[1] 但这种对个人荣誉的追求如果胜过对群体利益的奉献与牺牲，也就是走向了一种自由放任、漫无矩度的田地，那是否也会导致生命热情发散的偏失，这或许就是阿喀琉斯的脚踵之深意所在吧。在希腊神话中有一个美少年叫那喀索斯，他只钟爱自己，而蔑视周围的一切，爱神阿佛洛狄特为惩罚他，使他整天单爱恋自己水中的倒影，最终憔悴而死。这则神话跟阿喀琉斯的脚踵的故事一样，同样表现出对狭隘的自我中心幻觉的批判和反思。

尽管如此，它并没有妨碍阿喀琉斯形象的伟大，也就是说，这些均未对他有所贬损。这还跟史诗末尾阿喀琉斯在屋子里接待普里阿靡斯的一幕有关。两人见面时，相互表示敬意，抑制着内心的痛苦，但是似乎谁都没有提起赫克托耳的名字，随从们就把尸体的脸部盖住。这真是一场悲天悯人的战争，双方的心里都是明白的，战争给人们带来无穷无尽的灾难，可无法归咎于哪一个人。这种对冲突双方的感情世界的深切体察，使读者对阿喀琉斯顿生同情之心，而没有了任何憎恨之情。在我们通读荷

---

[1] 黑格尔：《美学》（第一卷），朱光潜译，商务印书馆2017年版，第303页。

马史诗的时候,我们如身临其境,和逃跑的赫克托耳、残酷的阿喀琉斯、通奸的海伦共呼吸,同感受,同时,我们也念念不忘勇敢、慈悲和贞节等崇高的人类理想。

《奥德修记》主要叙述了英雄奥德修斯回家的故事。这部史诗采用中途倒叙法。奥德修斯在海上漂流期间,家中已发生意外的事。由于他多年不归,儿子忒勒玛科斯出外寻父。许多贵族都向奥德修斯的妻子珀涅罗珀求婚,企图夺取王位和财产。奥德修斯归乡的途中海上遇险,最后来到腓尼基人的国土,向国王重述了九年间海上惊心动魄的经历:他用计战胜了吃人的海神之子、独目巨人皮吕斐摩斯,把人变成猪的神女喀尔刻,以歌声迷人的人首鸟身的女妖塞壬和海中巨怪卡律布狄斯和斯库拉;他还游历了冥府,看到了特洛伊战争中阵亡英雄的鬼魂;同伴们都已死去,他独自一人被神女岛仙女卡吕普索挽留了七年,最后神女服从了宙斯的旨意,放奥德修斯返乡。国王和长老们都为他的故事所感动,送了他许多礼物,并派快船送他回乡。回国后,他乔装成乞丐和儿子共谋除奸之计,把向他夫人求婚者全部杀死。史诗在夫妻团圆的喜剧气氛中结束。

较《伊利亚特》而言,《奥德修记》更全面、更复杂地展示了古希腊人的现实人生体验。它所描写的主要内容是奥德修斯的海上漂泊生活,这实际上反映了当时相当普遍的大移民的现象,可是这样一种富有浪漫色彩的恐怖现象,确非现代人所能意想到的:在北方,战鼓声喧无常,宿敌犯境时人们犹在糊里糊涂地狂欢作乐,猛然醒来,惊慌失措;男女老幼纷纷逃命,急急忙忙地赶制船只,把生命财产付诸茫茫的大海。当时的小船全凭天气支配,逐波浮沉,一般村民航海无术,丧身海上的数以千计。他们漂流异国海滨,有的饿毙,有的惨遭屠杀。至多有一个出于恻隐之心的城市,收容了流离失所的妇孺,而男子汉则不得不在渺无人迹、妖魔出没的海洋上继续漂泊,坚忍不拔地寻找自己安身的净土。阿里斯塔科斯把荷马说成是"爱奥尼亚移民中"产生的,在某种意义上来说,这种说法是正确的,因为大移民——伊奥利斯和爱奥尼亚的移民——打动了他的内心深处,他把自己那种惊涛骇浪的冒险流浪经历编成一套歌谣,编进伟大的英雄叙事诗里,随后创造出《荷马史诗》。[1]

奥德修斯漂洋过海,历经惊涛骇浪,是当时希腊的海洋事业的典型折射。在他的经历中,始终交替着两种力量:一种是推动成功的力量,另一种则是阻碍成功的力量。奥德修斯的命运被这两种力量交替宰控,其内心感受也就在希望与绝望之间起伏。

---

[1] 吉尔伯特·默雷:《古希腊文学史》,孙席珍、蒋炳贤、郭智石译,上海译文出版社2007年版,第23页。

这显然是当时希腊人对海洋的独特感受,既恐惧又敬畏。如同在商业文明环境中的人的典型心态一样,即希望与绝望冲撞交替,命运大起大落,忽悲忽喜。这种命运感受在农业文明中是不可见的,农业文明中不会造成感受上的狂喜和极度绝望,因为农业文明更具有稳定性,这就导致了西方人性格的外露和中国人的缄默品格,中国文明一向主张"发乎情,止于礼"、"温柔敦厚"、"哀而不伤,怨而不怒"等含蓄、内敛的精神品性。

《奥德修记》主要描写英雄们回家的欲望,这表明《奥德修记》的年代比《伊利亚特》更晚,因为家园意识的增强说明了文明的进步。在物质层面上看,是由于私有制、国家等的兴起,也就是随着文明的发展,家园意识才会萌生,回家才成为人们的普遍渴求和愿望。当然,后来"回家"更多地承载起精神上的意蕴与追求,"回家"也成为后来文学叙述不竭的动力源泉和永恒母题。

《荷马史诗》在西方文学史上具有非常重要的地位:从作家来看,它代表了西方文学从集体口头创作向个人创作的过渡;从内容题材上看,它标志着西方文学从超现实的神的世界转向世俗人间,人的生活第一次成为文学表现的主题;此外,它已具备较成熟的艺术技巧,主要表现在结构艺术上。我们知道,各民族最早的文学形式除神话、传说外几乎都是史诗,风格朴实,叙事大都以时间为序,记录各时期发生的大事,这往往造成一个共同的弱点,即冗长。而荷马史诗却避免了这一点,达到了相当高的艺术水准。

《伊利亚特》虽然叙述的是长达十年的特洛伊战争,但它没有试图描述战争的全过程,既不写战争的开始也不写战争的结局,而是精心选择阿喀琉斯出走和回归带来战局的转变这一极富悬念和紧张的事件,同时把其他许多内容用作穿插,其跨度仅51天,由此避免了民间叙事长诗的冗长、沉闷,给人留下了鲜明持久的印象。不然的话,"情节就会显得太长,使人不易一览全貌;倘若控制长度,繁芜的事件又会使作品显得过于复杂"。亚里士多德对荷马的才能赞不绝口,从某种意义上说《伊利亚特》正符合他对史诗的理想:"史诗诗人也应编制戏剧化的情节,即着意于一个完整划一,有起始、中段和结尾的行动。这样,它就能像一个完整的动物个体一样,给人一种应该由它引发的快感。"[1]而对《伊利亚特》而言,首先它有"一个完整划一的行动",小而言之,是阿喀琉斯的愤怒及其平息的过程,大而言之是十年的特洛伊战争;其次它也有头、

---

[1] 亚里士多德:《诗学》,陈中梅译注,商务印书馆1996年版,第163页。

有身、有尾,像一个完整的活生生的整体。

《奥德修记》采用了回溯式双线索的艺术结构,虽然奥德修斯离家十年,海上漂泊也历经数年,却只选择从准备离开神女岛开始的42天,从神女岛开始,如何漂流至腓尼基,向国王回溯过往的经历,由于奥德修斯冒险经历的感动了国王,国王派人护送其回家。同时,史诗还平行叙述了奥德修斯家中的妻子珀涅罗珀受到众多求婚者纠缠的困境和危险。史诗采用了双线索的艺术结构,同时叙述了奥德修斯在海上的漂泊和其家中发生的情况,通过两条线索的平行发展起到映衬对照的作用,即奥德修斯的海上危机与家庭危机的并存,从而引发读者的诸多联想。

近半个世纪以来,学者们发现《荷马史诗》具有一种严密的"环形结构"。所谓"环形",是指《荷马史诗》中,相同或相似的要素、看法或概念在故事的开头和结尾处都出现了,这种重复就是一个"环"。当该单元中一系列元素先是以某种顺序出现,如A—B—C……然后又在结尾处以相反的顺序再现,即……C—B—A,这就是一系列"环"。因此,"环形结构"是指在一段话或一段故事的开头处讲述了主题,在这一段的末尾一字不差地或用相似的语言重复一遍,这样一来就构成一种离散的诗体。整个《伊利亚特》本身就是一个大环:第一卷和第二十四卷相似对称,第二卷和第二十三卷相似对称,第三卷和第二十二卷相似对称,如此推导,每一卷都有"姊妹卷"。[1]

在当时的诗歌形式中,这种几何形式的对称结构运用得十分普遍,甚至在当今一些民族的口传史诗中仍然找得到这种结构,荷马只是较其他诗人技高一筹罢了。环形结构并非荷马独创,他娴熟地运用了前人流传下来的艺术工具,把一个个小故事串成了一圈圈让人眼花缭乱的环,显示出高超的诗才。环形结构对于史诗的演唱者和作者来说,具有很大的作用。可以帮助他记住故事情节,吸引观众的注意力,控制事件的进程,平衡篇章的布局,使得史诗具有美感。对于史诗的听众来说,这种结构也能够帮助他们更方便地把握其内容,使之在不断重复中回忆前面所提到的相似情节,这样听众就能够从总体上理解人物的性格以及事情的前因后果,从而让史诗更易为人所接受,效果也更加突出。从大的方面来说,环形结构具有两个大的功能或作用:助忆与论证。

首先,在以口传为主要传播手段的古代,人们大多靠记忆来传达、交流,这就要求语言简洁、生动、形象,内容也需要多次重复,尤其是像《伊利亚特》这样内容如此繁复

---

[1] 程志敏:《荷马史诗导读》,华东师范大学出版社2007年版,第145页。

的作品。环形结构可以帮助演唱者(诗人)回忆起前面所说的内容,并通过这种回忆逐渐收缩话题,以免成为不着边际的"散打评书"。环形结构通过巧妙安排史诗的材料,让说、听双方都能通过重复而有效地记住所要表达的东西。可以说,每一个小的环就是一个独立的题目,围绕这个题目又可以附加一些相应的环在外面,因此这些环就是史诗的"砖瓦"。这种环形结构符合认知心理学原理,经济、对称、简洁,自然就好记。

其次,这种环形结构还有助于论证。叙述者在特定场合下不可能面面俱到地涉及故事的每一个细节,环形结构可以让叙述者在返回此前场景的同时对前面未曾交代清楚的东西做一些补充性工作,使故事更加完善。这对于论述层次和突出主题都是十分必要的,而且还能强化中心思想。

环形结构这种补充功能有多种形式:变化、强化、更正、变换话题、前后相续、详细阐释、概述等。仅仅从几何对称的形式来看,环形结构就是一种封闭的完整系统,这种形式让叙述行为和神话内容沿着一个特定的方向前进,相关材料可以互补,从而增强诗歌的完整性。这种补充实际上就起着论证的作用。在《伊利亚特》中,这种古老的倒置手法被扩展成为一种广泛的系统,远远超越了任何单纯的助忆功能,成为一种十分完美的谨严结构。同时,这种结构本身就在传递着作者的基本观念:几何图形代表着古典的追求,那就是"理性"。在古代,这种"洋葱皮"式的层层结构是一种高明的艺术原则,具有很强的抒情效果,也具有很强的感染力。[1]

三、抒情诗

神话、英雄史诗意味着人类刚从蒙昧中觉醒,它们因而具有原始思维的特点,即人与客观世界混淆不清,人类还没有清醒地意识到"我"与"非我"之间的区别,也就是说很少会把自己看作一个与部落对立的个体,也很少会把自己看作一个与周围的世界相对立的人。这个时期的人还没有完全意识到他自己或者他的心灵,也还没有在他自己的周围画上一个圆圈。他的主要精神生活还是属于情感性的,也就是说,他的精神生活充满了许多感觉得到的联系。因而他们常常把幻想当成现实,非常重视群体作用,崇拜超自然力量。而到了抒情诗的时代,人类的自我意识已经迈出了重要的

---

[1] 程志敏:《荷马史诗导读》,华东师范大学出版社 2007 年版,第 154—156 页。

步子,得到了较大的发展。同时,在前希腊时代,由于文明的发展,居住在岛屿上的希腊人口迅速增多,大规模地向希腊半岛和地中海各岛迁移,在迁移中人与人的联系增加,商业迅速发展起来,繁荣促进了城邦的建立、共和制的产生,个人意识也逐渐在商业文明中充分发展起来了。这无疑成为抒情诗生长的丰厚土壤。

在古希腊,抒情诗就是用乐器伴奏歌唱的诗,根据乐器的不同进行区分,用双管演奏的被称为哀歌,而用竖琴演奏的就被称为讽刺诗、琴歌。根据演唱者的不同,古希腊诗歌又可分成两大类,一类是诗人抒发个人感情的诗歌,另一类是经过训练的舞蹈歌唱演员组成的乐队合唱的歌曲。古代无名诗人所写的各种不同体裁的民间歌谣,至今尚有残章断片留存,像《磨坊之歌》——只是一首专为消磨时间唱着玩的歌——"磨坊,推磨呀,推磨呀;就是毕泰卡斯也在推磨呀,他是伟大的密提利尼的国王。"此外,还有《纺织之歌》、《酿酒之歌》、《燕子之歌》等。比这些歌谣高雅得多的是在宴会上或酒会上唱的"宴乐曲"(skolia)。在这种歌曲形式的基础上,产生了一种特殊的宴乐曲调,一般是由四行诗句和若干可数的音节构成的,这是莱斯博斯抒情诗的特点。譬如:"啊!莱比锡特立翁,毫不忠于爱你的人。"这是一首流放者的歌谣,他们为了逃避僭主庇西特拉妥而到了这一同名的岩山上,全诗洋溢着令人萦绕于怀的美。

7世纪末,莱斯博斯岛出了两位著名的诗人:阿尔凯欧斯和萨福,他们的抒情诗使古希腊抒情诗达到了登峰造极的地步。萨福这位女诗人,如果不是在诗作造诣上,也至少在给后世以感人力量方面,超过了阿尔凯欧斯这位男诗人。阿尔凯欧斯一生在战争中度过,在战争中,他曾跟阿喀罗科斯一样丢盔弃甲,被敌人俘去奉献给雅典娜;随后他又为反对民主的僭君麦兰克洛斯和他的继承者而战。后来,莱斯博斯岛停止了内战,任命"贤人"辟塔科斯为独裁者。阿尔凯欧斯就离开莱斯博斯岛达十五年之久,他在埃及和别的地方流浪,寻求出路。回国后在亚历山大理亚生活。他的十卷诗歌集里充塞着"应景诗"、"政治党派歌"、赞歌、饮酒歌和情歌等。他的充沛的精力,诚如贺拉斯所说那样,似乎全部都倾注于政治活动和个人生活回忆上,以及"游历、流放和战争的艰难困苦之中"。许多装饰用的瓶画上,往往把萨福和阿尔凯欧斯两个人画在一起,这就免不了使人联想到他们之间的风流韵事。传说中他用萨福的韵律写了一首小诗赠给她,诗中这样写道:"您这位头戴紫罗兰花冠的、纯洁无邪的,老是嫣然微笑的萨福。"萨福也以阿尔凯欧斯的韵律酬和一首——他们用着优雅的言辞相互致意。阿尔凯欧斯的每一行诗都有其诱人之处,以他自己名字为名的诗节,简直是在韵律上一个了不起的创造。他行文流畅,自然优雅,音调和谐,似乎跟阿喀罗科斯一样,均发自内心深处,但热情满怀则有过之。他是伊奥利斯的贵族,为人慷慨豪爽,爱纵情饮酒,坦率、热情,虽然必要时他可应命赴战,但似乎他从来没有奉命写过什么东西。

萨福是阿尔凯欧斯的同时代人,比他略微年轻一些。她诞生于以弗所,定居于密提利尼,在政治上,她和阿尔凯欧斯的党派共呼吸同命运。据说她的丈夫是安特罗斯的刻库拉斯,这也不一定可靠。传说她还有个女儿,名叫克勒斯,这也许是从她的一首诗中谬误地推导出来的——"我有一个美丽的小女孩,模样宛如一朵金花——克勒斯,我的宝贝呀!"萨福似乎是一伙女文学家、学者、诗人的首领,她们亲密无间、感情融洽,紧密地结合在一起,可以同古代苏格拉底一派人物相媲美。萨福用各种不同的体裁写诗——在留存下来的一些断章残简中,有五十种不同的韵律——但在她所有的韵律中,都洋溢着她的个性特色。她所关心的只是儿女情长,多半是柔情绵绵、内省自遣的东西。"我听到了鲜花盛开的春天的脚步声"——这一行诗是大自然给诗人带来的联想。再如:"像一只芬芳鲜红的苹果高高地挂在最高的树枝上,采苹果的人忘了把它采下来;不,可没有忘记,但因为它高不可摘。"——这类富有音乐性的绝妙比拟,较之那些使她流芳百世的爱情诗,也许更为自然俊逸。萨福的其他许多诗,均于1073年在罗马和君士坦丁堡被公开焚毁,罪名是这些诗过于伤风败俗。我们对许多给萨福的过誉之词绝不能评价过高,说什么她是"女诗人",犹如荷马是"男诗人"一样,她是"名列第十的缪斯""比埃里亚的蜜蜂"。贤人梭伦希望"自己能学会萨福的一首歌后离开人世"。萨福去世后,希腊各地人人都知道她,个个都盛赞她。平心而论,她的爱情诗涉及范围虽然狭隘,但表达思慕之情的辞藻艳丽无比,这种思慕之情过于热切,不免带一点感伤情调;同时情真意切,使用了不少隐喻和引人遐想的词句。不幸的是,历来很少有人做出这种公允的评价。毫无疑问,萨福因失恋而跳岩自杀,因而直到近古时期,人们仍不免以好奇的眼光来看待这样一位并非"艺伎"却发表了热情洋溢的爱情诗的女子,并把她当作了一个浪漫故事中的女主角。

来自忒俄斯岛的阿拉克瑞翁,在良好的社会环境中活到了八十五岁。他的诗源于莱斯博斯人和他的国人毕德麦斯的宴乐曲。公元前545年,波斯人征服忒俄斯,他被逐出国,徙居忒俄斯的一块殖民地色雷斯。当时干戈频繁,在战役中,正如他聊以解嘲地所说的那样,他跟阿尔凯欧斯与阿喀罗科斯一样,干了一桩极不光彩的事,后来他投靠各国王室,先后在萨摩斯的波吕克拉提斯、雅典的希波卡斯和塞萨利的阿琉阿特等宫廷中充当御用诗人。在亚历山大时期,他留下了五卷诗——哀歌、讽刺诗、短长格诗和歌曲等,但很多业已失传,这些歌曲十分通俗,因而在各个不同历史时期有不少诗人模仿他的作品。阿拉克瑞翁诗中的节奏、措辞和思想在希腊作家中独具一格,不同凡响。一个儿童也能理解他的诗,并把诗随口吟唱,抑扬动听。其题材和韵律也丰富多彩,气势磅礴,甚至具有6世纪那种庄严肃穆、超然物外的意境。

上述的三位诗人是希腊抒情诗的代表人物。阿尔凯欧斯的诗歌,内容涉及冒险事业以及热爱祖国的生活方面;萨福的诗歌则以炽烈的火焰表达了丰富的内心活动、蕴藉的热情;阿拉克瑞翁的诗歌,焕发着心灵与肉体的朴质享乐情趣,以轻松活泼的欢畅的短歌片断形式展现出来。概而言之,个人吟唱的抒情诗,无论在艺术成就上,还是在宗教意义和哲理深度上,均未及合唱颂歌。[1]

除了个人吟唱的抒情诗外,早在有文字记载的远古时期以前,希腊就盛行一种习俗,每逢重大节日,人们往往用舞蹈和合唱的方式举行庆祝。多利安人是大移民时期诗歌的倡导者,尤其是他们大力提倡发扬诗的精神。伊奥利斯和爱奥尼亚文化的精神在于个性解放,而多利安人则要求个人服从较大的集体,甚至在诗中也做出这样的号召,他们毫不关心个人情感,只要求一个人善于表达社会的心声。最早的合唱颂歌诗人阿西蒙和提西阿斯(又称斯忒斯科)可能都是公仆,为各自的国家效劳。如果合唱颂歌不能真正地作为一项社会义务来完成,它就成为一种专供人欣赏的娱乐,一个人可以出钱去买这类享受。一些非合唱颂歌的诗人如阿尔凯欧斯、萨福、阿喀罗科斯所作的诗歌只为自娱,诚如亚里士多德所说,这些诗是"他们自己的",决不会成为"别人的"。

合唱颂歌作为一种独特的文艺形式,有其自己的统一性,但名称不一。亚里士多德常用"酒神颂"这一特殊名词来指这整个文学类别;他是在提摩忒俄斯和菲罗克塞诺斯两个人所创的雅典酒神颂后期发展的影响下,把这个词的原意加以扩伸而用这一名称的。各种合唱颂歌的名称都不很明确。根据主题分类的有关于饮酒的歌,有关于结婚的歌,有哀歌,以及歌颂胜利的歌;按合唱歌队的组合形式划分,则有少女歌、少年歌、成人歌;如果用另一种方式来划分,则有列队齐唱的歌曲,有进行曲,有舞曲,等等。此外,还有一些无法归类的歌名。

---

[1] 吉尔伯特·默雷:《古希腊文学史》,孙席珍、蒋炳贤、郭智石译,上海译文出版社2007年版,第68—72页。

合唱颂歌诗人中主要有早期的大诗人阿克曼、阿里翁和提西阿斯,中期大诗人伊彼枯斯、西蒙尼得斯、提摩克里翁以及巴库里得斯,后期的大诗人品达等。阿克曼是多里斯方言中对阿克曼翁的称呼,他很像莱斯博斯人,生性正直,讲话坦率。他把合唱队作为抒发自己情思的工具,他所写的爱情诗篇洋溢着个人情调,阿库塔斯因此认为他是希腊爱情诗的创始人;他和萨福一样,以清新、生动活泼的方言写诗,毫无文饰。他的诗歌韵律简朴、清雅,英国诗人丁尼生所写的《纪念哈拉姆》一诗完全模仿他的残篇,足见他的诗俊逸清新。

早期合唱颂歌中最伟大的人物是提西阿斯,诨名希梅拉的斯忒斯科("合唱歌咏队的制定者")。以"斯忒斯科的"为名的韵律,显示了这一种带史诗特点的性质,虽然在他之前已有人用过。这种韵律是用史诗的六音步的一半组成的,中间杂以简短不同的韵律(诸如三长一短音步、短短长格或切分法等),这样可以完全打破长短短音步,使诗中的抒情意味更为加重。斯忒斯科在希腊文学史上的主要贡献有三个方面:他首先把史诗英雄传奇故事输入西方;他首创了抒情诗中庄严的叙述体;他以对待海伦故事那样的大胆设想和直率信念改作并复活了绝大部分典范的传说故事。他被誉为"抒情诗的荷马",又被人称为"在他的竖琴上具有原始叙事诗的遗风"。[1]

据说提西阿斯去世的那一天,正是希腊第二个国际性的伟大抒情诗人西蒙尼得斯诞生的日子(公元前556年—公元前468年)。他的渊博的文化修养、深厚的同情心与伟大的诗才,使他的名声很快地传到了爱奥尼亚群岛之外。西蒙尼得斯和早期抒情诗人一样,主要从事即景诗的写作,如逢喜庆节日、新生儿女、德摩比利山口之役等,他似乎是歌颂优胜颂歌的首创人,这些颂歌本身优美有趣,诗人往往写出一些有关驴子和其主人故事的颂歌以取酬。他的诗体裁种类繁多,如酒神颂、阿波罗颂歌、挽歌等,其中最受人称道的有处女诗、行列合唱歌、赞歌、颂歌、讽刺诗。西蒙尼得斯实质上是一位才子、诗人,能跻身于世界伟人之列。他以其惊人的才智,可与埃斯库罗斯、品达、巴库里得斯等人相颉颃,他的言论被人视为至宝,他的诗作也以字句凝练庄重见长,为人称道。

昆提利安称品达为"抒情诗人之魁"。品达诞生的那一年西蒙尼得斯已34岁,但比他迟死约二十年。在希腊作家中,他是第一个有史可稽的人物,不但他留下来的诗歌均有写作日期可查,而且由于他的文法难懂、禀赋超人,深受人们的爱戴,他的生平

---

[1] 吉尔伯特·默雷:《古希腊文学史》,孙席珍,蒋炳贤,郭智石译,上海译文出版社2007年版,第77页。

概况被流传下来。他出生于玻俄提亚的基诺斯克弗里的乡村里,是埃基蒂族的后裔。西蒙尼得斯自命为伟大的文豪,品达有时则自夸为天才,但他与西蒙尼得斯不同,品达是祭司所选中的人,他是黎亚和潘的信徒,特别是阿波罗的信徒。他详论传统宗教的复兴运动,它发端于德尔福(公元前 522 年—公元前 448 年),如光芒四射一样普及各处。他生前在德尔福享有特权,死后他的鬼魂每年一度被邀与神一起赴宴。沙漠地区的宙斯阿门神的祭司们在他们的神龛上用金字写着品达的诗。

品达笃信宗教,在感情上他是个伟大的宗教诗人。《毕安齐颂》第八首就显示了宗教诗的特色:"整整一天又过去了,有多少事情也过去了!我们是怎样的人?我们又不是怎样的人?人梦寐以求的是神的庇护,可是神给予的光辉一旦普照大地,人们顿时感到生机盎然,生活多么甜蜜!哦!圣母埃嘉娜,祝您和宙斯、王子埃阿科斯、珀琉斯、善良的忒拉蒙、阿喀琉斯们一起为了争取自由保卫这座城市!"——这是一首热情洋溢的颂歌,也是一篇充分流露着童心的传统圣徒的祈祷文。

至今保存的品达的作品,只有他的胜利颂歌——为奥林匹克、皮西昂、涅墨阿,以及地峡各地举行的祀神竞技会上获胜者的颂歌。在他十七卷的颂歌中包括赞美诗;阿波罗赞歌,两卷;酒神颂歌;行列合唱歌,两卷;少女诗,三卷;舞蹈歌,两卷;挽歌;颂歌;胜利颂歌,四卷。一般说来,他不过是个诗人,仅此而已。他没有用什么辞藻,没有哲理,也很少有人生兴趣,但只有那美丽的奇花异葩,这是他用极为微妙的语言表达最精美的思想时,花朵放出了异彩,这种怒放的鲜花,"就是神用了最大的努力"也无法用另一种语言表达得完整无损。

第四节
古典时期的悲剧创作

一、引论

公元前 6 世纪中叶,由于雅典工商业的迅速发展和对外贸易的扩大,刺激了农业生产的发展。原来盛行于农村的庆祝丰收、祭祀酒神和农神的节日歌舞表演和祭仪表演进入了城市,这些节日也成了全国性的节日。这时雅典的社会生活日趋复杂,政治生活也日益活跃,这些简单的歌舞表演已不能充分表达人们的思想感情,因而逐步演变成为戏剧。悲剧的前身是酒神颂歌,喜剧的前身是民间的祭神歌舞和滑稽戏。

古典时期出现戏剧繁荣的缘由有多方面,我们知道,由于戏剧较其他文体样式远为复杂,不像抒情诗那样具有单纯性,这就对作家的综合才能要求很高,同时戏剧要求对接受者心理和演出环境有较全面的了解,换句话说,戏剧必须是文学发展到一定阶段,积累了一定文学经验后方可能出现。而在此之前,《荷马史诗》成熟高超的叙事技艺,以及在诗歌领域的辉煌成就业已为戏剧的创作提供了可资借鉴的丰富文学素材和经验。其次,戏剧要求接受者有强烈的接受需求,而普通人产生娱乐的需要,是在物质充足,时间有闲暇后。古典时期战事少,城市繁荣起来,大批市民有了娱乐需要,故把农村祭神活动中的歌舞表演经过改造后来演出,戏剧演出就此开始。另外,当时城邦的文艺政策也非常有利于戏剧的繁荣,戏剧演出成为城邦最重要的集体活动,政府修建了露天大剧场,最大的可容纳 2 万人;颁发"观剧津贴",以鼓励看戏剧;组织专门的戏剧节;举行一系列戏剧比赛,并设立相关奖项。

古希腊戏剧是从悲剧发展到喜剧的,首先繁荣的是悲剧,喜剧在城邦出现危机时才繁荣起来。悲剧起源于酒神颂歌。[1] 酒神颂歌是向酒神狄俄尼索斯献祭时的一种载歌载舞形式的颂歌,最早流行于纳克索纳岛、比奥细亚、阿提卡等地。"酒神颂歌"一词是由"神"与"欢庆"合成的。它是一种狂欢之歌。最初这种歌的形式跟古希腊戏剧中歌唱队向左舞动的形式是相一致的,后来失传,也不用韵律了。它也可能以某种化装扮演,舞蹈的人扮成半人半山羊神,作为酒神狄俄民索斯的随从,我们称之为"萨提儿"。"tragos"一词是"山羊"的意思;"tragikos choros",指的是山羊歌唱队;"tragôidia"原意是"山羊之歌"。"萨提儿"就是山羊神,他们有马耳和马尾,如同半人半马的怪物一样。两者在情感上区别不大,半人半马的怪物在塞萨利森林里横冲直撞,风驰电掣似的狂欢作乐,"萨提儿"是亚加狄亚山林旷野中的山羊,是狂野放荡的化身、高山上的音乐和神秘之源,代表着那种既高于理智而又毫无理智的本能的力量,亚加狄亚牧神"潘"也是萨提儿的化身,他跟狄奥尼索斯没有什么关系。在科林斯

---

[1] 关于希腊悲剧与原始古老仪式的关系,可参看简·艾伦·赫丽生:《古希腊宗教的社会起源》,谢世坚译,广西师范大学出版社 2004 年版,补论"希腊悲剧中的仪式"一章的内容。

首创、传授和命名酒神颂的阿里翁是第一个把"潘"的意识和古老的狄奥尼索斯赞美歌结合在一起的,也是他把歌唱队队员化装为萨提儿的。科林斯是亚加狄亚与大海的交叉处,自然也就成为产生这种转变的地方。因此,酒神颂就是山羊之歌,就是"悲剧"。值得注意的是,酒神颂产生悲剧之后,仍与悲剧一起流行,而且还比悲剧流传更久。亚里士多德时期,悲剧实际上已消亡,新喜剧随之兴起,而其祖先——酒神颂,经久不衰地盛行于希腊。[1]

山羊歌唱队的演变的第一步是在阿提刻的土壤上发生的。当时,多里斯人的歌唱诗遇到了爱奥尼亚的语体诗。根据一个广为流传的传说,伊开里亚村的忒斯庇斯是第一个"为了使舞者歇息,改变了娱乐的方式"的诗人,他不时出场用长短格四音步句式向听众作演说。登场的歌舞队仍然是萨提儿。那么诗人在干什么呢?很可能他在剧中扮演英雄人物、传说中的国王或神灵。如果诗人是第一个出场人物,比方说,作为一个莱科勾国王出场,那么在下一次歌唱时,他可更换衣服,扮演成莱科勾所蔑视的祭司再登场;第三次他可扮成一个使者,宣告僭主的死亡。这样的话,就需要有一个可以给演员化装的地方。于是,把圆剧场(乐队席)的一边隔开来,搭起一个棚子或"Skênê",棚子的前部可作表演之用,这样就构成一个剧场,有三扇门以便演员登场和退场。同时,跳舞的性质也有了一些改变,因为再也没有圆场可以跳舞,旧的环舞或环形合唱队,现已变成悲剧的"正方形"合唱队了。歌舞队也要化装,它不是真正的使者,他们不过是装作使者的萨提儿,戏剧往往以撕下他们的伪装告终,萨提儿或魔鬼就露出了他们的本来面目。实际上,悲剧歌舞队在他们作为露出真面目的萨提儿出现以前,可更换三次服装。那就是说,每次演出都是一种古代希腊的四联剧,这是由三部"悲剧"与一部萨提儿剧组成的。这一惯例直到欧里庇得斯中期仍旧盛行。

"演员"一词的希腊文是"许波克里忒斯"(hypocritês),原意是"答话人"。诗人实际上就是演员,但是,如果他想把自己的独白改变为对话,那么就需要有人来回答。合唱队一般分为两组,正如向左舞唱和向右舞唱的体系所表明的那样,诗人把这两组的领唱者认作回话人。总之,在发展鼎盛时期的希腊悲剧一般都有三个演员。旧时完整的歌舞队拥有 50 个舞蹈演员和一位诗人,即悲剧全体人马应有舞蹈演员 48 名,"回话人"2 名,诗人 1 名。所谓歌舞队领队——指的是承担演出费用的富有的公民——就有责任去配备这一班人员;虽然往往像在其他方面一样慷慨地提供所需,可

---

[1] 吉尔伯特·默雷:《古希腊文学史》,孙席珍、蒋炳贤、郭智石译,上海译文出版社 2007 年版,第 74—75 页。

是,在本来的意义上说,他的慷慨的给予,或"分外工作",绝不以第四位演员的形式完成。同时,他也并不给全部48个舞蹈演员准备好四次更换用的服装;在四联剧中,每次出场人员是12个。[1] 公元前456年演员职业一定已经确立起来,因为我们知道在那个时候演出成功的演员和诗人与歌舞队领队正式被相提并论。

喜剧是"村庄之歌"或"狂欢游行之歌",是丰收后谢神的活动,气氛轻松愉快、戏谑。它是从葡萄和谷物收割节日的化装游玩发展起来的产物,在商业和人民生活的两大中心地区——塞拉库萨和雅典成为艺术形式。约自公元前460年以后,喜剧步着悲剧的后尘前进。喜剧的基础形式似乎可分为两部,中间插入了"对驳场"(parabasis)。先是一般地说明假定的情景和装扮的意义,继则进行歌队的对驳,作为剧作者的代言人的全体歌队"出场对驳",代表他发言,谈一些时事论题;接着是一连串松散滑稽的场面,杂乱无章,说明第一部分达到的情景。收场是欢乐的队伍狂欢作乐,演员兴高采烈地退场。

为什么悲剧要先于喜剧繁荣,这其中的原因有很多,但我们知道悲剧是重体验的情绪性艺术,它更多的是依赖人瞬间的直觉感受,而不是依赖思考。悲剧的感受往往是最初满怀理想的人类在理想被现实撞碎时的直觉体验,因而悲剧是人与生俱来的感受。而喜剧则是人的发展与世界产生契合之后的感受,喜剧产生的笑的效果,其背后是两种观念的对比,是居高临下的评判,是理性的艺术。感性艺术先于理性艺术,即悲剧先于喜剧是文学艺术发展的一般逻辑和规律。在内容上也存在着不同,悲剧主要取材于神话和英雄故事,但赋予新的主题,思考的中心是人的命运。而喜剧取材于现实生活,主要进行政治讽刺和现实批判。在演出形式上,以悲剧最为典型、规范。最早的民间歌舞是由五十人组成的歌队,队长有些道白,无角色介绍歌词和剧情。后引入戏剧节的演出。戏剧家忒勒斯增加了一位"做戏人",有了戏剧的意味。做戏人可与戏剧对话,并有多套面具用来代表不同的人物。至埃斯库罗斯,又引入一位"做戏人",增加了大量道具,并第一次采用了三联剧结构,后来索福克勒斯采用了三个演员(舞台较为丰富),舞台为双层平行状,并在双层舞台的后半部修了一排房子。喜剧开始也有合唱队,后取消,喜剧的角色一开始就比悲剧多。

合唱队实际上是悲剧的主要组成部分。一部悲剧要获得圆满的演出,必须有两个主要过程:"歌舞的领队""提供一个合唱队的必要装备";诗人"教授"合唱队。至于

---

[1] 吉尔伯特·默雷:《古希腊文学史》,孙席珍,蒋炳贤,郭智石译,上海译文出版社2007年版,第156—157页。

涉及合唱队的术语现均已形成。"开场白"是在演员出场前朗诵的诗白;"插曲"即悲剧中两场合唱间的部分;演剧的结束叫作"退场",因为这时演员都要离去。但是,随着悲剧的发展,合唱队必然会衰落下去。对话是戏剧必不可少的部分,按照亚里士多德的说法,对话很快就变成"主要人物"了。在极少数的残章断片中,我们可以见到对话是怎样发展起来的。它是从高声朗诵的诗白发展到对答如流的台词,它越来越变得不大庄严和拘谨了,变得速度更快,更为口语化了,对话的范围也相应扩大。

此外,还有另一种力量以极不相同的形式影响悲剧的音乐。慢慢地,歌唱队完全不操控在合唱队手里了。据史实证明,由于雅典民主政治的兴起,合唱队再也不能成为一项专门职业了。合唱队包括自由公民,他们担当宗教舞的表演任务,这是他们的权利或职责。因此,跳舞没有像旧时那样精致,歌唱和音乐都是一般乐师力所能及的表演。但是,对音乐的兴趣逐渐加深使公众的鉴赏力要求更为严格。普通合唱队的歌曲对有教养的雅典人来说已丧失其吸引力。如果他要听音乐,他要听的是比合唱队更微妙的、更动人心弦的音乐。他可以多听一些诸如祝祭酒神的颂歌的现行音乐,这种音乐日臻精致和专门化,因此在埃斯库罗斯和索福克勒斯后期创作剧本期间,戏剧音乐日趋衰落,而在欧里庇得斯前后期间则重振起来。但这时已不是合唱队的音乐了,欧里庇得斯所用的"答话人"同时也是训练有素的歌手,他的剧本里有许多独唱的颂歌。在他的《美狄亚》一剧中,抒情部分约占五分之一;在《伊安》里,抒情部分几乎占全剧的一半,但独唱颂歌和合唱曲与合唱队歌曲一样也占一半之多。在《奥瑞斯提斯》里,独唱部分三倍于合唱部分。

萨提儿歌曲向上发展的原因是多方面的:由于导致雅典人品质高尚的精神发生了激变;出于用新的艺术形式作为表达英雄故事的工具,以替代原始叙事史诗的需要;也出于因崇奉狄奥尼索斯神而产生的对强烈感情的要求,而这种感情必然是悲惨的。萨提儿以它们古怪、旧式丑角的滑稽表演,被安排在三部悲剧结束后一个冷落的角落出现。喜剧因素则以另一种艺术形式任其自己发展。事实上,喜剧和悲剧似乎只是同一事物的两个方面,它们之间的区别很难分清楚。但从历史的观点看,它们出自不同的根源。悲剧产生于艺术的和专业的合唱队歌唱;喜剧则是从村夫俗子在葡萄和谷物收割节日的化装游乐中诞生。希腊人在向果实之神庆祝,并向人、兽、草木增殖的神表示敬意时演出悲剧和喜剧。这些神灵有各种不同名称,在希腊各地受到人民的崇奉。[1]

二、埃斯库罗斯：命运内涵的嬗变

在原始初民那里，命运体现了他们对自然生命历程的初步解释，即把人的生命发展变化归结为冥冥中支配人的一种力量，这种力量往往是不可抗拒、不可解释、难以把握的。对东方民族而言，对命运采取的态度更多的是去顺从它，去揣摩它的节奏。与农业生产相联系，对命运的揣摩，对大自然的微妙节奏的精细体察，体现出一种乐天知命的坦然。中国人的生存常采取对悲观和与悲观相对应的乐观全面取消而达到混沌，他们在惯常的悲剧中泯灭自我而心性平和。儒家"天人合一"的思想认为，超验的意义内在于人的生活，人们应当努力地去发现它，而不是凭借意志和思想去创造它。"道"既有存在于宇宙中的客观的一面，也有存在于人的意识中的主观的一面。因为人的本质与"道"的本质相契合，人已被赋予一种内在的道德与思想能量，和能够认识宇宙中"道"的意义的判断力，所以他们探求意义的努力永远也不会是一种疏离的行为。

与西方海洋、商业文明联系在一起的命运更加不可猜测。海洋文明带来的是不稳定性，经商活动是无序的状态。人无法顺应命运，更多感觉到命运的打击和嘲弄，感到自身的无力。西方人无法面对这样的虚无和自然的无意义，他们拼命地在非价值定位的时空中寻找自己的价值定位。因而，西方人更强调自我的创造，即意义是人赋予的。面对命运的悲剧性处境，人和命运的复杂使他们追问命运——为什么这样对待我们？

埃斯库罗斯被誉为"悲剧之父"。他出生于一个旧的世袭贵族家庭，在厄琉息斯长大。厄琉息斯不仅是德墨忒秘仪的中心地点，而且也是特别崇奉狄俄尼索斯——巴克科斯的中心地点，它离忒斯比斯的市区伊开里亚很近。据说埃斯库罗斯开始创作时年龄尚轻，但至公元前490年，他应征入伍，参加了马拉松战役。在这次战斗中，他的兄弟基尼革拉斯英勇牺牲，此后在九年的和平时期中，他在创作上获得首次成功。我们目前掌握的他的最早的一部剧本是《乞援人》；而公认的日期最早的是《波斯人》，这部剧本在公元前472年荣获头奖。他以《七雄攻忒拜》一剧于公元前469年再

---

1 吉尔伯特·默雷：《古希腊文学史》，孙席珍，蒋炳贤，郭智石译，上海译文出版社2007年版，第158—159页。

次获胜。我们还不清楚他的巨著《普罗米修斯》三部曲(《被缚的普罗米修斯》、《被释放的普罗米修斯》和《带火的普罗米修斯》)作于哪一年,但是该剧和《吕枯耳戈斯》似乎都写于《七雄攻忒拜》之后。他的最后一部获胜的作品是在公元前458年所作的《俄瑞斯忒亚》三部曲——即《阿伽门农》、《奠酒人》和《复仇女神》。

《普罗米修斯》三部曲是埃斯库罗斯的代表作,但是后两部《被释放的普罗米修斯》和《带火的普罗米修斯》业已失传,现留存的只有《被缚的普罗米修斯》。这部悲剧的主要内容如下:

普罗米修斯由于盗取天火给人类,触怒了众神之父宙斯,受到宙斯惩罚,把他用铁链铐起来,钉在悬岩上,把钢楔子钉进他的胸膛,最后把腰和腿也都箍好。

长河神俄刻阿诺斯的女儿们(剧中的歌队)闻声而来。她们看到普罗米修斯的惨状,非常伤心,问他为什么受到宙斯的这般侮辱。普罗米修斯回答说,不相信朋友是暴君的通病。原来,在宙斯与乌兰诺斯(他的父亲)争夺权力的斗争中,普罗米修斯曾帮助宙斯。宙斯登上宝座后,不关心人类,反而想毁灭人类。普罗米修斯怜悯人类,给他们以火。普罗米修斯告诉长河神的女儿们,他就因为这些而受到宙斯惩罚,他犯罪完全是自愿的。

这时,河神伊那科斯发了疯的女儿伊娥跑来了。她应俄刻阿诺斯的女儿们的要求,对他们讲述自己的不幸。宙斯经常在梦中用甜言蜜语引诱她,要求她满足他的欲望。她把这件事告诉了自己的父亲河神伊那科斯,她的父亲遵照神示不情愿地将她赶出家门。天后赫拉出于嫉妒把她变成了牛,还派牛虻折磨她,使她发疯。普罗米修斯预言,伊娥到处漂泊,最终将到达尼罗河的沙洲,恢复人形,在那里定居,而她的第十三代后裔将拯救普罗米修斯脱离苦海。他还提到,宙斯将会由于新的婚姻而懊恼。正说着,伊娥又被牛虻折磨得发起疯来,匆匆向别处跑去。

这时,神使赫耳墨斯忽然从天而降,要普罗米修斯指出威胁着宙斯的婚姻。他毫不客气地叫赫耳墨斯滚回去,并明确告诉赫耳墨斯,他仇恨所有受了他的恩惠,而又恩将仇报迫害他的神。他挖苦、讥笑赫耳墨斯的奴性,发誓宙斯绝不能强迫他说出秘密。赫耳墨斯恫吓他,如果不听他的话,宙斯就会用雷电劈开峡谷,将他埋葬,还会派凶恶的鹫鹰啄食他的肝脏。普罗米修斯根本不屈服。大地动摇,雷电奔驰,普罗米修斯最后消失在雷电之中。

在埃斯库罗斯的这部悲剧中体现了古希腊命运观含义的深层转换,我们知道史诗和悲剧皆源自神话与传说，但形成的方式却不同。史诗源自"一个现存的民族未形成文字甚至几乎是表达不清的经验，关于民族记忆和民谣，祭仪、典礼和仪式，以及激情剧与神秘剧"。史诗是被流传下来的，而悲剧则是被创造出来的。但"创造"（to make）并不是凭空地造出材料，而是要从传说中汲取材料，因为悲剧要求"远离直接的此时此地"，这点可以由传说的材料得到保障，但是悲剧诗人可以，也必须"在各种不同的材料中进行选择，对人物进行拓展、加深及解释，在他自身的相像之中对故事从总体上进行塑造"。虽然悲剧的本源在传说，但不能因此把悲剧看作戏剧形式的传说，因为传说就其自然来说，不带有任何倾向性，而史诗诗人则最大限度地保留了这一点。"在这里，传统从各个相反的方向奔涌而下，最终在史诗的表面下归于平静，正是史诗掩盖了拥有许多分支的河床。"而悲剧和史诗的区别在于，"悲剧是对传统立场的带有倾向性的塑型"。也就是说，被史诗所掩盖的倾向性立场在悲剧中被彰显出来，"好像一块石头投入平静的池塘，激起的涟漪一圈一圈地荡开，越来越大"。[1]

在《神谱》中，命运就是众神之王宙斯的伟大智慧和意志，他任意安排可朽之物和神的命运，被他惩罚的人和神都罪有应得。在史诗中命运与神意具有一致性，因而史诗中普罗米修斯的命运严格说来不是报复和惩戒，而是神意和手段。因为"报复"意味着主动地违逆，意味着神意之外的具有某种独立性的意志的存在。普罗米修斯的"预见"输给了宙斯："欺骗宙斯和蒙混他的心智是不可能的。即使像依阿帕托斯之子、善良的普罗米修斯多么足智多谋，也没有能逃脱宙斯的盛怒，且受到了他那结实锁链的惩处。"在这里，命运女神完全服从于宙斯的全能统治，所以对于他来说，只需"意志"，无需"预见"。史诗的世界，是宙斯之神或者说奥林匹斯神的绝对权力和意志统治的世界，是绝对的僭主世界。

但是在埃斯库罗斯的悲剧里，普罗米修斯的"预见"最终战胜了宙斯，或者说，宙斯反而成了缺乏"预见"智慧的神。命运女神非但没有处在宙斯的统治之下，反而成了战胜和制服他的神。命运作为"必然"（necessity），从宙斯的意志变为命运女神的意志。埃斯库罗斯曾提到人类患上一种疾病，因为他能够"预见到自己的毁灭（doom）"，所以普罗米修斯把"盲目的希望"放入人之中来治疗他们的病。在整部悲剧中与人之"必然"（necessity）相关的，只有这一处用了"宿命"（doom），其他地方都用

---

[1] 秦露：《文学形式与历史救赎：论本雅明〈德国哀悼剧起源〉》，华夏出版社2006年版，第33—34页。下述讨论命运的内容均见该书第一部分的相关章节，不再一一标注。

了"命运"(fatum)，这个变化，就是由于普罗米修斯放入"盲目的希望"而造成的。换句话说，在此之前，人的必然结局是"宿命"(doom)，而在此之后，则是"命运"。两者的差别构成了悲剧中的重大主题，也由于这个差别，古希腊的悲剧被称作命运悲剧。

"宿命"和"命运"的差别在于人类与死亡的关系。在"宿命"中，人可以预见到自己的死亡，但所谓预见，只不过是直接面对，无所逃遁。人不但知道自己什么时候死，而且知道自己如何死，为什么死，所以会陷入完全绝望的情绪之中，他们是"不快乐的人类"。因此，普罗米修斯在人类中放入"希望"的前提，是让他们不再能"预见"自己的死亡。这样，人的死亡从此被归入了冥王哈得斯(Hades)的地盘，而哈得斯正是与命运有关的神。哈得斯在希腊文中意指"见不到"(unseen)，人类的死亡从可预见(foreseen)变成见不到(unseen)，希望才有可能。但这个希望的悖论之处，或者说之所以是"盲目的希望"，在于死亡的真相被掩盖了，人类从完全明了自己的死亡，变成不知道自己的死亡，或者说自以为知道自己的死亡真相。"盲目的希望"因此具有双重含义：第一，因盲目从而才可能具有希望，盲目是希望的代价；第二，这希望只是盲目的，并非真正的希望。

普罗米修斯带给人类的第三个福祉是火，火给人类带来的头四项技艺是造房、天文、计数和文字，它们的共同之处在于把人从不见天日的洞穴中，从茫然和困惑中带入了开阔清明之地，人第一次拥有了理性，可以成为自己心灵的主宰。而普罗米修斯所谓的带给人类希望，正是通过带给人类火以及教给人类技艺和理性而实现的。但是这个"明晰"既不同于待在洞穴里对死亡之"宿命"昏暗的洞察，也不完全等同于真正的阳光。比如，他只提到教给人类文字作为记忆的技艺，却未提到教会人类说话，将其作为人类独立的理性。对人类的这种并不完全的理性，伯纳德特称之为"星光"：

> 人最先生活在洪荒之中，如梦如影(like the shapes of dreams)，而后普罗米修斯教给他们辨认哪些梦注定会变成现实。但是人类并没有在普罗米修斯的指导之下变得完全清醒，而是仍旧生活在星光之下。现在他们自认为能够将"现实"和"梦境"区分开来，但这个"现实"只是关于梦境的现实而已。

换句话说，人类的"盲目的希望"在于自认为可以得到完全的智慧，可以"预见"世事，甚至神意。但由于"所有可朽之物所拥有的技艺均来自"普罗米修斯，这暗示了人类的技艺,无论是关于人事的还是关于神事的,都是分享了神的真正"预见"能力,是一种模仿,而非真正的"预见"。尤其是就连神的最高统治者宙斯——技艺的最高代表,都无法完全掌握"预见"的能力,都要听从命运女神的安排这一点,更加说明了人类的"预见"能力的不完全。表面上,普罗米修斯教给人驯化神的技艺,似乎通过这种方式,神接受了人的祭祀而不再将人类灭绝,但这同时又何尝不是神驯化了人,使人具有了可以在神面前要计谋将之欺骗的幻象?有了这样的幻象,人的生活不再没有目标。如果这时将普罗米修斯给予人类的三项福祉联系在一起看的话,人因洞见自己的死亡命运而绝望——宙斯要将人类灭绝——普罗米修斯给人类火和技艺——人类有了盲目的希望——宙斯答应不再灭绝人类。虽然宙斯灭绝人类的原因仍然不明朗,但可以肯定的是,宙斯答应普罗米修斯的原因却与它有关。不管怎样,普罗米修斯带来了人类历史上的第一次救赎。但悲剧中的歌队却认为普罗米修斯是个"坏医生,自己也患了病,却找不到救治自己痛苦的良药"。那么,普罗米修斯的疾病又是什么?谁才是治疗他的医生呢?

我们知道,在悲剧中,普罗米修斯已经赋予人类盲目的希望,或者说人类自认为可以凭借理性的力量"占卜"神意时,命运就变成了人类的理解和预见之外的神意,或者说,"命运"作为一种必然(necessity),成为填补人类的理性和神意之间的差距的东西,成为人"预见"的理性能力的补充。可以被人类所理解和预料的不是命运,出乎人的理解和预料之外而又确凿发生的神意才是命运。这样的命运对人而言,不只是一种结局,还是一种安慰和告诫,它既向行正义之人预示了正义在人力之外的最终可能性,保证了德与福最终的一致性,也给行不义而企图侥幸躲避惩罚的人以威慑。如此这般,悲剧命运的意涵就远远超出了死亡本身。

因为普罗米修斯是提坦神(Titan),是不朽之神,所以死亡的问题与他无关。当他对宙斯大放不恭之词时,歌队问他:"你说这些话就不害怕吗?"普罗米修斯回答说:"为什么我要害怕,既然死亡又不是我的命运?"歌队提醒他:"但是他会给你痛苦,甚至比死亡还糟糕。"普罗米修斯回答说:"那就让他这样做好了。一切在我的预料之中。"对神来说,最糟糕的不是死亡,而是无休无止的或者说不知道何时才能结束的痛苦,这是远比死亡更为糟糕的惩罚。"死亡将是对麻烦的解除。但是对我来说痛苦没有止境,除非宙斯下台。"在这里,命运从简单的死亡转变为生之痛苦,或者进一步说,对生之痛苦的无知。普罗米修斯教给人类的技艺并没有给人类带来真正的幸福,

"技艺远比必然要软弱"。这是在普罗米修斯对人类的疾病进行的第一次救治之后,人类第二次所患上的疾病,或者说普罗米修斯第一次救治的失败,使他不得不进行第二次救治。悲剧中所出现的唯一人类——伊娥的命运,则代表了人类的第二次疾病。

伊娥的痛苦和疾病在于她既不知道自己为何受苦,也不知道这样的苦何时能够结束。所以,她的疾病是双重的:在她要承受的命运本身之外,还有对于自己命运的无知。对伊娥和歌队来说,以为事先知道了将要受的苦会感到甜蜜一些,但是当普罗米修斯对伊娥日后命运的预言才说到一半时,她就忍不住哀号起来。普罗米修斯说这是"痛苦与毁灭的严冬之海"。伊娥的哀悼式的告白如下:"生命于我何益?为什么我不把自己立刻从某块岩石上抛下去,坠落在地以获得痛苦的解脱?一劳永逸的死亡远胜过整日的痛苦。"知晓自己将要受的痛苦并不能丝毫减轻痛苦,反而加深了痛苦,看来痛苦中的痛苦尚且不是对何种命运的不知,而是知其然却不知其所以然,以及不知如何解脱。事实上,这种因不知而痛苦的命运承担者,除了可朽之人以外,还包括众神之神宙斯。宙斯一直自认为可以超脱于命运之外,而普罗米修斯却多次预言了他政权的倒台,更为重要的是,只有普罗米修斯知道他命运的真相以及解决的方法。正是"预言",使普罗米修斯获得了挑衅宙斯的勇气和拯救自己痛苦的力量,如同他教给人类技艺后所说的那样,所有一切皆来自预言。

这样看来,命运就分为三种:人类,可朽之物,有死亡的结局,不知痛苦的缘起、过程、出路,这是最痛苦的一种;宙斯和其他神,不朽,没有死亡的困扰,但也不知命运的结局和出路,有不安和恐惧;普罗米修斯,不朽,没有死亡的困扰,知道命运的结局和出路,但也要忍受过程中的痛苦。悲剧的重点就是围绕着第三种命运之谜的展开,即普罗米修斯到底如何解脱,而他的命运又和人类与宙斯的命运紧密地结合在一起,最终他凭借预言的力量拯救了自己,拯救了宙斯,也拯救了人类。

《普罗米修斯》这部悲剧的主线是普罗米修斯的救赎行动,但非常悖谬的是,全剧中普罗米修斯自始至终都被绑缚在悬崖上,只有歌队、海神和人类伊娥进行了几场谈话,他全部的行动,只在于预言和回忆,或者说,是言辞。相反,对于他真正要斗争的对手宙斯,包括宙斯的统治化身——力量(might)和暴力(force),反而一言不发,保持着沉默。在悲剧中,解开伊娥、宙斯、普罗米修斯三者命运之结的关键在于宙斯,只有宙斯能够拯救伊娥的苦难,也只有宙斯能够结束普罗米修斯的酷刑,普罗米修斯多次暗示,既然说服无法打动宙斯,那么就只有恐吓与要挟,而他的筹码正是在于:宙斯命运的秘密和解脱只有普罗米修斯知道。这就是普罗米修斯的作为行动的言辞。

但是，如何才能让宙斯知道这种要挟呢？普罗米修斯与宙斯并没有见面，并对其象征——力量和暴力不置一词，他如何展开作为行动的预言呢？答案无意之中在海神的一句话中透露出来。他劝普罗米修斯不要随便说话，因为"言辞是利剑，宙斯很快就会听到你的话，尽管他的荣光宝座在天边……"换句话说，普罗米修斯在这里说的每一句话宙斯都能听到，不论是他与歌队、海神抑或是伊娥的谈话。因此，他说这些话的目的，根本不是赢得歌队的同情，他给伊娥讲述她的命运，也根本不是为了她能够理解，而是说给宙斯听的。所以，即使伊娥不理解也要讲下去。他欲言又止，吞吞吐吐，含含糊糊，这一切都是为了吊起宙斯的胃口，既不能让他全部知道，因为这样他不会再求着自己，自己就不会得救；但也不能让他全部不知道，因为这样他不会相信普罗米修斯的预言是真实的。只有让他既相信自己要遇到灾难的预言，又不知道这灾难具体是什么，要焦急而恐惧不安地等待普罗米修斯来帮助他，才能使宙斯被迫与自己达成和解，解除自己和伊娥的痛苦。这也是他反复强调宙斯的命运只有自己知道详情和解决方法的原因。所有对话皆"醉翁之意不在酒"，都是为了宙斯能够听到，以言辞作为一把"利剑"，因而并不是真正意义上的与歌队或者伊娥的对话，而是与宙斯的对话，但又因为宙斯不在场，所以只能算作"行动的独白"。他最终在预言自己命运的部分却保持了沉默，而沉默的内容，恰恰在他预言的行动中揭示出来。这样，普罗米修斯满篇的喧闹、愤恨、诅咒、讥讽都在行动中陷入沉默的深渊。对自己的命运，普罗米修斯无以言说，只有行动，这反倒应了海神的劝告，"将你的方式换成新的"，以及"我的线索来自行动，而非言辞"。正如伯纳德特所指出的那样，悲剧具有双重悖论：一是在言辞中模仿行动；二是赋予沉默以声音。以言辞作为沉默，同时以言辞作为行动，使普罗米修斯始终处于沉默与言辞之间，"我既不能讲出我的命运，又不能不说"；"说出来是痛苦。保持沉默也不会使痛苦减轻；怎么样都是痛苦"。

但出乎意料的是，当宙斯的信使赫耳墨斯赶过来后，普罗米修斯应该趁机向宙斯提出交换条件，告诉他最终的命运，并换得自己和人类的解脱。而他没有这么做，他在宙斯的信使前保持了沉默。那他的葫芦里到底卖的是什么药呢？如果他前面所说的全部预言都是说给宙斯听的，为什么又保持沉默？如果他的话不是说给宙斯听的，那又是说给谁听的呢？结果，普罗米修斯为人类一共做了两次牺牲，第一次是悲剧开场时被绑缚在悬崖之上，而第二次，则是通过赫尔墨斯所说的天打雷劈、无尽的黑暗以及日复一日被老鹰啄食肝脏。如果说第一次牺牲是他为了送给人类三项福祉和教给人类技艺所付出的代价,其结果是人类并没有因为获得"盲目的希望"和学会各种技艺而获得幸福,反而更加痛苦,那么,他的第二次牺牲是为了再次拯救人类,同时也拯救自己。

对普罗米修斯这种献祭,本雅明在《德国哀悼剧起源》中做出了分析。

> 悲剧诗是以牺牲的理念为基础的。但就其受害者即英雄来说,悲剧式的牺牲不同于任何其他牺牲,既是第一次也是最后一次牺牲。之所以是最后一次,是因为这是一种向神的赎罪式牺牲,神主持一种古老的公正;之所以是第一次,是因为这是一种再现性行为,它显示了民族生活的许多新方面。这些牺牲不同于旧的以生命履行的义务,就在于它们并不回指上苍的要求,而指英雄本人的生活;这些牺牲毁灭了他,因为它们与个人的意志并不相符,而只有益于尚未诞生的民族社区的生活。悲剧式的死亡具有双重意味:它废除了古代奥林匹亚诸神的权力,并把英雄作为人性新收获的第一批果实奉献给未知的神。[1]

如果普罗米修斯的两次牺牲对应于本雅明所说的两次牺牲的话,那么第一次,也是最后一次献祭是献给以宙斯为首的奥林匹斯诸神,并且从此以后,众神的权力就变得失效;而第二次,也是第一次献祭给某个"不知名的神",这个神秘的新神又是谁呢?

本雅明在文中称,从这次新的献祭中受益的是"尚未诞生的民族社区","民族生活的许多新方面",并且说悲剧英雄获得了"人性新收获",因此,这个"不知名"的新神与人有关。如果把普罗米修斯对自己、宙斯和伊娥的三个预言勾连起来看,普罗米修斯自己的得救,宙斯被推翻,皆来自宙斯轻侮伊娥所留下的后代,即半神。这些半神的后代会建立一个城邦,一个共同体。最终,这个城邦中的王会推翻宙斯的统治,解救普罗米修斯。这样看来,普罗米修斯第二次献祭的不知名的新神是遥远的人类城邦共同体。之所以说是新的,是因为这样的人类和前普罗米修斯时期如梦如影、浑浑噩噩的人类相比,和普罗米修斯盗火之后怀有盲目希望的人类相比,是觉醒的新的人性,具有城邦秩序、德性和礼法的新人类,只有这样的人类才能够推翻宙斯的僭政,获得人类主宰自身的新力量。而普罗米修斯的预言,他的沉默,他的行动,都是为了唤

---

[1] 瓦尔特·本雅明:《德国悲剧的起源》,陈永国译,文化艺术出版社2001年版,第78页。

起这种新的人性,因此,他说的话实际上并非完全说给宙斯听的,而是说给这尚未诞生的人类共同体。

但是,从他对伊娥的预言中可以知道,这样的共同体将是伊娥的第十三代子孙,也就是说,他说的一切预言在当时无人能懂,歌队和人类的代表伊娥无法理解;宙斯和众神听不进去,认为他第一次牺牲是傲慢,而第二次则认为他简直是疯了。当世者无法理解,而理解的人尚未诞生,因此,在这段漫长的等待当中,他所说的话只能是彻底的独白,从而陷入彻底的孤独之中。对此,罗森茨威格评价说,沉默是适合于英雄的唯一语言,而这英雄之"自我"的封印——沉默,既是其伟大的封印,又是其软弱的封印。说其伟大,是因为他忍受命运痛苦的坚强,甚至倔强;而说其软弱,是因为他无法凭借自身的力量改变现状,只能依靠外在的命运力量。对悲剧英雄的如此处境,本雅明进一步分析道:"悲剧语言与环境之间的隔阂越大——没有这种隔阂也就不能成其为悲剧了——英雄就越能肯定地逃脱古老的法规,当这些法规最后压倒他时,他仅仅抛出生存即自我的一个麻木的影子,以为献祭,而他的灵魂则在一个遥远社区的词语中找到了归宿。"[1] 这种悲剧的沉默中所蕴含的巨大力量,在埃斯库罗斯的悲剧中体现得最为完整和彻底,因此从这个意义上说,他的悲剧也是最为纯粹的悲剧。

但是,一个始终没有解决的问题是:既然悲剧英雄陷入了彻底的孤独和沉默之中,他又是如何在尚未诞生的人类共同体那里获得拯救的呢?由于人类自己尚且混沌懵懂,朝生暮死,是被绑缚在宙斯法律之下的囚徒,那人类根本无法救援普罗米修斯。换句话说,只有人类觉醒了,自救了,才有可能救助普罗米修斯。那么,普罗米修斯依靠人类救助的希望又在哪里,人如何才能被唤醒呢?

当普罗米修斯向伊娥预言她的命运时,希望通过回忆伊娥所不知或者已经忘记了的过去的经历,来召唤起她的回忆。而伊娥将经过一片以她的名字所命名的海,将"使所有人记住她的旅程;这些是你苦难旅程的见证,也是我的心能够看到比可见之物更远之处的证据……"在这里,普罗米修斯用自己的预言两次唤醒人类的记忆:一次是用过去的事情唤醒伊娥的记忆;另一次是用命名唤醒未来人类的记忆。而这其中的奥妙在于时间,时间在过去与未来之间不断转换,在今天看来是未来的事情,在更遥远的未来看来就已经是过去。因此,在普罗米修斯的时代尚未发生的未来之事,在未来之未来的时代眼里已经是过去之事,通过这种转换,普罗米修斯就巧妙地把预

---

[1] 瓦尔特·本雅明:《德国悲剧的起源》,陈永国译,文化艺术出版社2001年版,第80页。

言和回忆勾连起来,把自己的预言诉诸未来人类的回忆,或者说,以未来人类的回忆作为预言的内容。这样,作为行动的就不是简单的预言,而是转换为回忆的预言,而他的命运,或者说他的时代的神与人的命运之结,全要靠这个作为预言的回忆才能解开。

恰好掌管诗歌的缪斯九女神都是记忆之神的女儿,诗歌的职能就是通过讲述过去之事唤起记忆。如果跳出普罗米修斯的故事本身,而把它看作一部正在上演的"悲剧",这样一来,普罗米修斯正在受的苦,一下子就被拉远,成为在观众眼前表演的、已经发生在远古的过去之事。这种转换的发生,其根本原因在于,悲剧是演给人看的,悲剧中的事情不是孤零零地正在发生着的事情,而是在观众眼中通过演员的模仿而再现出来的"过去进行时"。因此,悲剧里面所发生的事情,既可以因为"扮演"这种特殊的模仿方式被看作正在发生的"行动";又因为模仿毕竟不是事情本身,从而可以被看作对已经成为过去之事的回忆。所谓"被唤起的回忆",就是在记忆中再现正在发生的行动这样一种过去与当下交织的双重结构。普罗米修斯的命运之谜的谜底,就在这个悲剧特有的双重结构中,就在观众的视角和情感之中。普罗米修斯所说的通过以伊娥命名的海所唤起的回忆,也因此隐含着悲剧诗人的用意:用一部以普罗米修斯所命名的悲剧,来唤起日后人类对他的回忆。看来普罗米修斯所寄予希望的拯救者,既不是神,也不是他那个时代的人,而是通过他的牺牲所唤起的后世之人的回忆所建立起来的新的共同体。

通过后世的记忆,普罗米修斯获得了不朽,在这个意义上,而非在他是不朽之神的意义上获得了不朽,从记忆的力量中获得不朽。换句话说,他放弃了作为神的不朽而选择了作为人的不朽,放弃了与神之间的同族之爱而选择了与人的同族之爱,这也是他多次强调"死亡不是我的命运","他无法赐我死亡"的真正含义所在。因此,从表面上看《被缚的普罗米修斯》是一部以神而非人为英雄的悲剧,而实际上它所描述的悲剧英雄却是爱人的神,或者说放弃了神的身份自降为人的神,是半神;作为人的英雄,因为人类共同体的记忆与怀念而获得不朽,不朽则近乎神;而英雄在共同体中所召唤出的属人的伦理情感和城邦的礼法,则彻底打破了奥林匹斯神的僭政之法,人从此敬神而不畏神,或者说自己取神而代之。从这个角度来理解,本雅明所没有明说的"不知名"的神和新的城邦共同体,就是在悲剧观众中所召唤出的这种新的人类的力量。而这种被唤起的力量,就是亚里士多德的《诗学》所要探讨的核心主题,他称之为悲剧的"效果"。所谓"诗学",就是教授如何写作悲剧,才能够唤醒城邦公民对城邦远古习俗的回忆,从而在这种回忆中建立起城邦的政治秩序:人与人的秩序,以及人与神的秩序。

埃斯库罗斯对悲剧艺术做出了重大贡献,他将悲剧演员数目由1个增加到2个,削弱了合唱队,使对话成为主要成分(台词),台词的出现标志着由集体的表演转变为戏剧的质的飞跃。戏剧的情节化更强,矛盾冲突的产生促进了戏剧的发展。同时还发明了三部曲的形式,每部独立成章,同时又紧密相连。此外,他丰富了悲剧的表演手段(布景),譬如采用了高跟靴、鲜艳的服装,加入了庄严的舞蹈等,这就使戏剧产生了"距离感",这种审美的艺术体裁以独立姿态开始出现。

相传,埃斯库罗斯坟墓上的墓志铭颇为别致,墓志铭上只字不提他的诗作,在刻上必要的姓名和出生地之后,只有两行字:"马拉松的树丛可以证明他的真正的军人气概,长发的米达人深为他的英雄气概所动容。"在那特别重大的日子里,大义凛然地面对死亡的时刻,仍然是他一生中决定性的时刻,他的诗作还不足以满足他的抱负,这是完全可能的。即使在他最辉煌的成就中,给人的印象往往仍是这样。如同一切伟大的悲剧一样,埃斯库罗斯的悲剧出于一种"过分自信""胡布里精神"的因素而写成的,也即说,这是一种自视甚高的坚强意志,不论在智力、感情或激情方面,猛烈地反抗强大的外来力量、环境或法律或神。埃斯库罗斯本质上是这样一个人,他深感人性在生活道路上与一切不可逾越的障碍进行不断的搏斗,推翻强大的君主,是当时每一个希腊人头脑中的主导思想。这样,"人的自信"和"神的嫉妒"——即人的意志远远超越了他的能力所逮的这一事实——是埃斯库罗斯创作思想中一个相当突出的原则。

埃斯库罗斯的另一个思想原则是:深信事物的不可抗拒的力量,这并不是宿命论,用通俗的话来说,也不是近似的一种命运论思想,而是一种当大难临头时浮现在人们心头的思虑,这种思想是过去发生过的许多事情的自然产儿。埃斯库罗斯作品里的罪恶,在两种意义上来说,是有其遗传根源的。在忒拜和迈锡尼的英雄故事宝库中,实际上有一些我们称之为罪恶的迷狂——最明显地反映在欧里庇得斯的《伊拉克脱拉》一剧中。奥瑞斯提斯是个女凶手的儿子,同时也是个"杀人不眨眼的家伙"。他的祖先都是骄傲横暴的酋长,他们的狂热情绪往往易于使他们铸成罪恶。但罪恶本身也是遗传的。蛮横地打人一下,别人也往往予以反击。多数人认为这种"一报还一报"的现象是件赤裸裸的事实。地面上的旧血尚未干,必须用新血来洗涤,先人造孽,后代作恶,代代相传,轮回不绝。

这又不可避免地引起这样一个问题:罪孽的报复既然是世代相袭,经久不息,造成的结果又会怎样?当然,这样的因果报复下去,除了种族灭亡之外,也许不会有其他结局的,正如在《忒拜三部曲》剧本中所表演出来的那样。但有一点是值得注意的,有时也会以这样的方式收场,那就是法律或法庭最后出来宣告一句话,一句令人满意的话。《俄瑞斯忒亚》、《普罗米修斯》和《达那特三部曲》均以和解结局。从这里我们可以看到埃斯库罗斯生活着的时代的一个阴暗面,作品真实地反映了在当时雅典文明和社会正义的另一面,尚有一些无法无天的地方。[1]

洛里哀在《比较文学史》中对埃斯库罗斯进行了如下评价:希腊戏剧最伟大的作者要算悲剧家埃斯库罗斯。埃斯库罗斯是个天才,可无待说,他富于一种崇高严肃的精神,即在古人中也觉得他最是苍古。他尝取古代神话和古英雄事迹谱为神统歌,极能激动读者。他的作品大都能使读者发生一种宗教的恐怖心和高尚的爱国心。他的戏剧的题材有如史诗,恒参以一种莫可名状的妩媚和委婉。[2]

三、索福克勒斯:古老宗教信仰的坚守者

历来传说中把索福克勒斯说成是一位雍容华贵、成就卓越的理想人物。他的一生是在祖国最昌盛的时期度过的。公元前 480 年大溃逃时,索福克勒斯年纪尚小,因此没有感受多大痛苦。他是在雅典陷落前逝世的。他十分富裕,虔诚信神,面貌英俊,性情善良,爱寻欢作乐,受过良好教育,谈吐风雅,才智横溢。"由于具有这种使人喜爱的性格,他到处受人爱戴",曾被誉为"雅典城的美少年",善唱歌,常亲自演出,被称为"雅典的蜜蜂"。他 28 岁战胜埃斯库罗斯夺得头奖,共获得 24 次,55 岁才输给欧里庇得斯。其作品包含着对人的命运和苦难的思考。代表作是《俄狄浦斯王》,这部悲剧取材于俄狄浦斯杀父娶母的传说。

俄狄浦斯猜出了狮身人面女妖斯芬克斯的谜语,即什么动物在早上用四条腿走路,中午用两条腿走路,晚上用三条腿走路,解除了忒拜人的灾难,被拥戴为王。

一天,俄狄浦斯被告知忒拜遭到瘟疫,变得一片荒凉,乞求他赶快拯救。俄狄浦

---

[1] 吉尔伯特·默雷:《古希腊文学史》,孙席珍、蒋炳贤、郭智石译,上海译文出版社 2007 年版,第 171—172 页。
[2] 洛里哀 8:《比较文学史》,傅东华译,商务印书馆 1947 年版,第 41—42 页。

斯派自己的内弟兄克瑞翁去求阿波罗的神示。克瑞翁回来了,他按照俄狄浦斯的吩咐,当面把神示告诉大家:应该严惩杀害前任王拉伊娥斯的凶手。俄狄浦斯决心把这个案件查清,消除瘟疫。俄狄浦斯于是派人去请先知忒瑞西阿斯,忒瑞西阿斯来后,俄狄浦斯一再请求他用自己的预言来拯救城市,他执意不肯。俄狄浦斯生起气来,诬陷他就是谋杀前任王的策划者。忒瑞西阿斯被逼得没有办法,指出俄狄浦斯是罪人。俄狄浦斯更加震怒了,他怀疑克瑞翁窥伺自己的职位,先知受了克瑞翁的收买。在长老们的劝解下,他们俩不欢而散。先知临走时预言,俄狄浦斯将从明眼人变成盲人,从富翁变成乞丐。

克瑞翁听说了俄狄浦斯对他的指控,忍无可忍,俄狄浦斯当面指责他想夺权篡位,两人争吵起来,俄狄浦斯的妻子、克瑞翁的姐伊娥卡斯忒出面干预,克瑞翁愤然离去。

伊娥卡斯忒向俄狄浦斯问明原委,想安慰他,便告诉他,神示说拉伊娥斯将死于亲子之手,结果却在三岔路口被一伙强人杀死。俄狄浦斯听了心神很不安。他详细追问拉伊娥斯被杀的情况,命令尽快把幸存的仆人找来。

俄狄浦斯为什么心神不安?原来,他在科任托斯王波吕玻斯膝下长大。他得到神示,得知他注定杀父娶母。为逃避命运,他决定不再回科任托斯。路上,由于口角,他曾杀死了几个人。俄狄浦斯疑虑重重。伊娥卡斯忒劝解无效,只得去求阿波罗。她刚从宫内出来,恰逢报信人从科任托斯来给俄狄浦斯报信。俄狄浦斯得到波吕玻斯的死讯,感到轻松了许多,以为杀父之说不再应验。但因母亲还在,他仍不想回科任托斯。报信人为了解除他的顾虑,还告诉他他并非波吕玻斯夫妇所生,而是拉伊娥斯的牧人几经周折给了波吕玻斯。俄狄浦斯向伊娥卡斯忒打听那个牧人的情况,让她把那个牧人找来。

牧人被带来,在威逼之下说出实情:俄狄浦斯就是拉伊娥斯和伊娥卡斯忒为逃避命运,让牧人抛到山里的那个孩子。俄狄浦斯的父亲就是俄狄浦斯所杀。

一切都应验了。俄狄浦斯迅速地跑进宫里,发现伊娥卡斯忒已吊死。他把她的尸体放到地上,从她身上摘下两只金别针,狠狠地朝自己的眼睛乱刺。他的胡须沾满了鲜血。他托克瑞翁照看两个孩子,并按自己的诅咒,请求克瑞翁将他驱逐出忒拜。

如果说在埃斯库罗斯的悲剧中,尘世中人的生活无关紧要,人几乎成了命运的符号,在命运面前非常被动,那么,在索福克勒斯这里,命运与人的关系已变得更复杂,人不再是命运的服从者,人不甘于屈从命运,不断地抗争。在《俄狄浦斯王》中有三次抗争:(1)老忒拜王弃子;(2)俄狄浦斯主动离开养父波吕玻斯;(3)俄狄浦斯自身的善良、公正和受人爱戴,本想借此抗争逃离厄运的魔圈,但恰恰是这些看来有效的抗争,把人物一步步推向了深渊,恰恰是看来正常合理的举止中潜伏着命运的力量,充分地体现了命运对人类的嘲弄,从而更深刻地揭示了人生不可抗拒的悲剧性。

埃斯库罗斯写俄狄浦斯,叙述了俄狄浦斯杀父娶母犯下了不可饶恕的罪,故事主要按罪与罚的命运展开。俄狄浦斯的两个儿子为争夺王位展开杀戮,他把命运的不可抗拒钉在家族血腥的仇恨上。而索福克勒斯写俄狄浦斯则不一样,他改变了原故事情节,变为刺瞎双眼自我放逐,因而突出了人的痛苦,凸显了命运对人的嘲弄。

在施密特看来,由于索福克勒斯坚定地站在传统宗教价值这边,即把人视为不能自律的生物,因而《俄狄浦斯王》实际上折射出对古老宗教启蒙的失败。索福克勒斯在这部悲剧中展现了启蒙这一新问题在历史中的现实意义,他描绘了相信自己的知识和自己的力量的人如何遭到了存在意义上的失败。索福克勒斯并没有把俄狄浦斯塑造成一个启蒙的指路人或理论家,而是把他推到了启蒙的边缘上,使他成了一个具有自我意识的人的代表。这一自我意识建立在人类自律的知识之上,即相信通过知识、认识和思想就可以自律地掌控世界和生活。

《俄狄浦斯王》的反启蒙思想在于意识到人类知识的有限而易朽坏的性质。与俄狄浦斯的人类知识相对立的是忒瑞西阿斯具有神性合法性的知识,这知识是唯一有效的知识。盲先知可能看不见漂浮在这个世界表面上的关联,可对本质的关联却洞若观火。俄狄浦斯虽有双眼,看见的却只是表面而已,对本质的东西他如同盲人一般看不见。俄狄浦斯自认为知晓一切,末了却是一个无知者。所以,当真相大白于天下之时,他必然刺瞎自己的双眼。

在第一场俄狄浦斯和忒瑞西阿斯的激烈争吵中,已经凸现出智慧与知识这一主题。斯芬克斯一直向忒拜城索要人牲,俄狄浦斯破解了斯芬克斯之谜,从而战胜了她。他的奖酬就是王冠。索福克勒斯是这样理解的:知识赋予人权力。俄狄浦斯是靠他的知识登上王位的。他凭借这些知识,传达的不仅仅是对知识的异常骄傲,还有他整个的自我意识以及他在世界中的地位。在俄狄浦斯与先知的争吵中,他一遇到猛烈的反驳就开始炫耀自己的知识和洞察力。先知尽管拥有关于神的知识,在斯芬克斯面前却无能为力,而俄狄浦斯却凭借人类的精神力量解开了斯芬克斯之谜。

俄狄浦斯并非一登场就是个反宗教的启蒙者。当城邦受到瘟疫威胁时，俄狄浦斯还亲自去求特尔斐神谕。并且，出于对先知的更高级智慧的信赖，俄狄浦斯首先就去征求忒瑞西阿斯的意见。直到最后矛头指向他本人，他发现宗教世界是一个与他对立的世界，这才从他的角度质疑宗教世界。只有在他受到威胁的时候，俄狄浦斯才产生出维系自我的意志。这一意志建立在自己的、人类自律的知识与能力之上。只有这时才形成启蒙式立场的轮廓。对索福克勒斯来说，启蒙虽是人类极根本的资质，正如俄狄浦斯的精神力量，借助它，俄狄浦斯才得以解开斯芬克斯之谜。可是，要产生严格意义上的启蒙，却只能而且必须先在与先知的角逐中，后来则在与德尔斐神谕的关系之中才有可能。

这一刚开始悬而未决的角逐关系在歌队的第一首合唱歌那里表达得淋漓尽致。它以独特的方式区分了神性的知识——对俄狄浦斯和歌队来说，这是不容置疑的——与先知占有这一神性知识的权利。歌队不承认任何人——包括先知在内——拥有比常人的知识更高的知识，他们承认一个人虽然可以在智慧上超过别人，然而仅局限于世界内部这一范围。因此，在歌队看来，俄狄浦斯是最有智慧的，因为他能够解开斯芬克斯之谜。实际上，索福克勒斯对俄狄浦斯神话做了根本性修改，并让先知体系和德尔斐神谕扮演了关键性角色，是希望挽回某些宗教机构的声望，尤其是先知体系和神谕体系，使它们承受住由步步紧逼的启蒙产生出来的怀疑。[1]

人们常常强调，《俄狄浦斯王》开头隐藏的真相最终大白天下，因此这部戏是一出揭示剧。然而，它要揭示的不仅仅是关于身份的真相以及俄狄浦斯痛苦的纠缠。这一揭示更多的是为了一个更高的目的：为先知的话语、德尔斐的神谕验真，尤其是为阿波罗神真正的影响力验真。普罗塔戈拉提出神是无法被感知的，因此，我们对神毫无任何把握可言。索福克勒斯运用所有完美的戏剧手法来驳斥他的观点，以证明神的在场。因此，他的悲剧《俄狄浦斯王》在很大程度上是一出祭礼剧。当歌队问俄狄浦斯，是谁把这闻所未闻的苦难加在他身上的，俄狄浦斯自己答道："是阿波罗。"当这部戏甚至从剧情里总结出阿波罗的本质特征时，它可以说是祭司导演的神显了。以此，索福克勒斯最坚定地反对哲人及智术师派的这一观点：神是不可感知的。神不再受哲人的影响。相反，悲剧诗人使神在剧中让人不可抗拒地充当在场的力量。在这

---

[1] 施密特：《对古老宗教启蒙的失败：〈俄狄浦斯王〉》，卢白羽译，载刘小枫、陈少明主编：《索福克勒斯与雅典启蒙》，华夏出版社2007年版，第7—9页。下面对《俄狄浦斯王》的论析均见该文，不再一一标注。

一力量与形象中，神证明自己就是自古以来人们信仰的那个神。

剧情的发展中总共展现了三个神的本质品性。首先，由于先知忒瑞西阿斯的预言和德尔斐神谕被证明是真的，阿波罗证实了自己是预言、先知体系和神谕制度的神。其次，他证明了自己是"抵御不幸者"。这个不幸首先指的是疾病（包括流行病）。索福克勒斯对神话做的修改对这出戏具有决定性意义，使得神能够作为所有不幸的抵御者出现。阿波罗让人宣布他的神谕——这也是流传下来的神话中没有的——告知杀害国王拉伊娥斯的凶手必须受到惩罚，由此俄狄浦斯把忒拜城从致命的瘟疫中解救出来。俄狄浦斯启动了这次追查，在追查的过程中，他发现自己就是杀害他父亲的凶手。

阿波罗的第三个本质方面体现在自我认识这一德尔斐诫命之中。索福克勒斯把阿波罗的命令"认识你自己"放进他的作品中：通过神指派的追查杀害国王拉伊娥斯的凶手这一任务，索福克勒斯让俄狄浦斯自己卷进一场认识过程中去。这一认识过程的终点就是自我认识。通过自我认识，俄狄浦斯发现了自己有局限、有欠缺的脆弱本质。对索福克勒斯来说，只有这一经验才是真实而完全的启蒙。这一经验使理性启蒙对胜利的信心、对权力的要求相对化。这一观点表现在俄狄浦斯渐渐增强的震怒中。而俄狄浦斯最终发现的不仅仅是外部现实关系中客观隐藏的东西，他同样发现了自己个人的无知。最终他知道，他其实一无所知。所以，通过唤起某些人类本质经验，反启蒙本身求的其实是一种更高的启蒙状态。有的本质经验本身并不需要宗教支撑，也不要求宗教阐释，反启蒙把这些经验与否定甚至毁灭人类自律的神性联系起来，它这才成为真正的反启蒙。

此外，在《俄狄浦斯王》中，索福克勒斯怀着反启蒙的意图，试图将人类知识贬得一钱不值。他以神的名义无情地贬低人类知识。他首先试图论证人类知识是无关紧要的。俄狄浦斯曾经解开了斯芬克斯之谜，拯救过这座城市，而到了最后这些又算得上什么呢？其次，索福克勒斯甚至希望证明人类知识是有害的。俄狄浦斯难道不是一个表面的拯救者吗？事实上，他把这座城市卷入瘟疫这一更大的不幸之中。俄狄浦斯当上了忒拜城的国王，却因此带给这座城市更大的灾难。而他之所以能当上国王，是因为他解开了斯芬克斯之谜。因此，瘟疫就是解谜的后果，即人类启蒙能力的后果！启蒙走到了它原本期望的反面：把这座城市从一场灾难中解救出来，却使它陷入了另一场更大的灾难。索福克勒斯想要传达的警告极富现实意义，因为公元前429

年,还有公元前 427 年的秋季,雅典两次遭到瘟疫侵袭。这使得伯里克利成为牺牲品,而他跟俄狄浦斯一样,是国家的一把手。

这两场瘟疫,还有对雅典人来说同样可怕的伯罗奔尼撒战争给政治和宗教造成了深远的影响。一方面它促成了怀疑和玩世不恭。因为,按照修昔底德的说法,灾难的肆虐使得有些人相信,诸神明显没有帮忙。另一方面,在这多灾多难的几年中,许多人逃到旧宗教里面去。而就像索福克勒斯的《俄狄浦斯王》,人们可以出于宗教意图拿瘟疫作论据说:因为不虔诚的、受启蒙的人在国家兴风作浪,神才用瘟疫来惩罚所有人。残酷的瘟疫还有另一个宗教作用:出现了希望有治疗奇迹发生的普遍要求。因为人们无法解释瘟疫的成因,而瘟疫又是如此猖獗,很早以来人们就把它归因于神的作用。人们除了求助于神外,想不出别的什么治疗方法了。而这个神就是阿波罗。人们相信,是他降下瘟疫,他也能解除瘟疫。无论是神的还是人类先知的先知体系,都是与"医术"作用联系起来的。因为先知体系与医学技能都建立在这一技艺之上:发现隐藏之物并施以相应的帮助。从这一角度看来,并鉴于医学上的根本变化,《俄狄浦斯王》中阿波罗与先知体系的整个联系就获得了特殊的意义。因为这部悲剧,索福克勒斯为最高的医神修建了一片文学的圣地。

《俄狄浦斯王》是一部布局严谨的精心杰作,剧中的细节一个个地很自然地连续下去,可是每一细节均取决于剧中人物的行动,人物都描写得十分逼真,同时每一细节也都帮助我们更好地理解人物。这部悲剧在艺术上的最大特点,就是采用了回溯式的紧凑结构来组织全篇。故事开场即接近高潮,忒拜城发生瘟疫,采取"多次回溯"的方法很自然地引出过去的历史;巫师指出俄狄浦斯是凶手,俄狄浦斯很苦闷,王后安慰俄狄浦斯,讲述忒拜王的死因。波吕玻斯王的使者讲述俄狄浦斯的身世,最后真相大白。从接近高潮的地方切入,在高潮中结束,引起悬念,环环紧扣,不断引起好奇心,谜底揭开则剧终,结构异常紧凑,对观众心理的把握极为准确。洛里哀在《比较文学史》中对索福克勒斯进行了如下评价:"他尤致力于温婉和怜悯的情绪之唤起。他剧中所写的英雄和帝王,都极近人情,也都免不了和普通人类一般的弱点。他的诗的文字力求简朴;不唱道德的高调,也不流于俚俗,而能得乎中庸。……凡此种种,足见他是近世所谓'心理的戏剧'的一个勇敢的先驱。"[1]

索福克勒斯给希腊悲剧带来的最重要的变化,也许莫过于希腊人所称的戏剧的

---

[1] 洛里哀:《比较文学史》,傅东华译,商务印书馆 1947 年版,第 42—43 页。

"经济手法"。他在一部结构良好、情节复杂的剧本里,充分利用他的神话题材,因此能够一气呵成地写出三出独立的悲剧,而不是连续的三联剧。他在写作中对剧情细节不断加工,使用更繁多、更恰当的道具,采用巧妙的布局,做出得体的剧景安排,力避夸张和标新立异。在他这里,各种悲剧艺术因素日臻完善,人物性格刻画较为细腻,布局匀称、紧凑,语言优美,他把悲剧的重点转到描写人的活动和对命运的抗争上来。演员增加到3个,矛盾冲突复杂,线索多,剧情丰富。可以说,他是古典悲剧的完成人。

四、欧里庇得斯:舞台上的哲学家

欧里庇得斯流传下来18部剧本,而他的两位前辈悲剧家每人只有7部。有关欧里庇得斯的情况,我们掌握的资料比对其他任何希腊诗人更多。但是,在古代文学里,他是个众说纷纭的人物。历来评论者对索福克勒斯一般都比较温和,而对欧里庇得斯则大肆抨击。有人说他"虽然道貌岸然,却是个阴沉的愤世嫉俗者,暗地里心术不正。""他并不从事剧作,他的剧本都是他的奴隶和他偶然相识的人写的。""他的父亲是个狡猾奸诈的破落户;母亲是个贩卖蔬菜的小商人,而且她出售的菜,质量很差。他的妻子名叫科里勒(意指'母猪'),是名实相符的母猪,他跟她离婚后,第二个妻子也不见得好多少。"这些传说中有些是不可靠的,有些显然是虚构的,大多数毫无根据。但有一点是可以确认的,即这位诗人的父亲莫涅萨刻得斯出自中产阶级家庭,他拥有土地,并在佛吕阿地方上保持了崇奉阿波罗神的世袭官职。他的母亲克莱托是个"女菜贩",也是出身名门。我们的证据可以表明:他们母子关系异常亲密,他对她的印象很深。因此在他的戏剧中,母爱自然成为一个重要的主题。至于他的妻子,我们只知道她并不叫作科里勒,而叫作梅里特,公元前411年阿里斯托芬提到她的时候并没有把她说得很坏。斐罗科儒斯说,这位诗人靠自己的地产为生,他在面向大海的石洞里从事著述活动,这个石洞一直到普林尼时代都是游览胜地。他和当时的雅典人一样,尽量避免社交活动,很少在公共场合抛头露面。他在军队里服过役,一生仅做过一次祭司仪式。他跟所有的地主一样家道中落,沦为贫民。此外,他是第一个藏书丰富的希腊人,他是个作家、思想家,绝不是实干的事务家。[1]

---

[1] 吉尔伯特·默雷:《古希腊文学史》,孙席珍、蒋炳贤、郭智石译,上海译文出版社2007年版,第192—193页。

在欧里庇得斯这里，命运问题暂时淡化。随着人的理性意识增强，意味着人为自己的生存找到了更多的理由，人运用自己的力量，从社会和他人处寻找原因，把批判的对象指向了环境和他人，这是文明的发展、理性的增长。但命运的淡化不等于消亡，只是随着文明的发展，人找到了一些解释，不再纠缠于命运的可怕。欧里庇得斯由于哲学思考颇多，因而被誉为"舞台上的哲学家"。他的悲剧可以说是问题悲剧，主要是关于内战和妇女问题。《特洛亚妇女》写的就是特洛伊城被攻下后女俘悲惨的命运。"种下的是荒凉，收获也将是毁灭。"剧本一开始就描写了巨大的舰队浩浩荡荡地在海上行驶，耀武扬威，气势磅礴，一点也没有让人感觉到随之而来的流血浩劫，也丝毫没有意识到神在阴谋策划这场毁灭性的大屠杀。

在欧里庇得斯的悲剧中，爱国心始终是一种沸腾在他心中的强烈情绪。公元前427年，他的《赫拉克勒斯的女儿》一剧洋溢着欢乐的自信的爱国热情，这是年青一代伯里克利的精神。更早一点还有《希波吕托斯》（公元前428年），也反映了一种带一点感伤情调的爱国主义思想。更晚一点的有《伊勒修斯》、《忒修斯》、《请愿的妇女》（公元前421年）等剧，但在他的最后几部剧本里，这种精神已有所改变。他已不再提起日薄西山的雅典，但是这个城邦的生死存亡的斗争和血债累累的罪迹，却经常萦绕在我们心中。战争的狂欢多已消失，战争的恐怖仍然遗留着。欧里庇得斯另一个经常采用的主题，而且后来变得很突出的，便是对国家及其一切实施方针抱着不信任的思想。这种对国家怀疑的思想也就是托尔斯泰对现代人明白宣讲的思想。人世灾祸的根源在于政治和社会的复杂情况。自由的人也可能铸成大错，但是他总有一颗效命国家的心，甘愿做"紧密团结起来的大多数人"的工具，而对大多数人来说，这样一颗心是难能可贵的。

戏剧的另一个显著的特点是，对复仇的绝对可能性这一论点进行探究的倾向。公元前431年上演的《美狄亚》已对此主题做出了说明。

《美狄亚》取材于伊阿宋的传说，故事发生在英雄时代的科林斯城内。

美狄亚得知她丈夫伊阿宋要抛弃她，另娶科林斯的巴赛勒斯（古希腊氏族部落的军事首长，兼有祭祀和审判的职能）克瑞翁的女儿以后，就饮食不进，流泪不止。

保姆叙述着女主人的不幸，恰遇保傅（看管小孩的老仆人）领着美狄亚和伊阿宋的两个儿子归来。保傅告诉她，传说克瑞翁要把美狄亚和两个孩子一起驱逐出境。

科林斯的妇女们（剧中歌队）听到美狄亚哭闹，都去向保姆探问。她们觉得，丈夫另有新欢是件很平常的事,妻子不应因此恼怒。她们让保姆把美狄亚从屋里请出来,听听她们的劝告。

美狄亚出来后告诉她们说,在一切有理智、有灵性的生物当中,女人是最不幸的,她们用重金(嫁妆)买来一个丈夫,丈夫反会变成她们的主人;男人在家里待烦了可以出外散心,女人却只能待在家中。正说着,克瑞翁偕侍从来到美狄亚跟前。他怕美狄亚害死他的女儿,命令美狄亚立即带着两个孩子离开科林斯。美狄亚一再请求允许她留下来,却遭到克瑞翁的拒绝,最后只求得一天宽限。美狄亚决心利用这一天来为自己报仇。

伊阿宋走来,假惺惺地对美狄亚表示关心。美狄亚骂他无耻,揭露他的忘恩负义。当初,伊阿宋为了得到金羊毛,从家乡忒萨利亚乘快船阿耳戈号到黑海岸边的科尔喀斯。当地的王埃厄忒斯的女儿美狄亚对他一见钟情。他按照埃厄忒斯的吩咐,赶着喷火的牛犁地,播种龙牙时(龙牙能变成攻击他的武士),是美狄亚救了他;美狄亚还制服了守卫的怪龙,帮他取得了金羊毛;她离乡背井,随伊阿宋到希腊之后,又设计为伊阿宋的父亲报仇。伊阿宋表示愿在金钱上帮助美狄亚,也被坚决拒绝,只得快快而去。

不久,美狄亚开始实施自己的复仇计划。她让保姆把伊阿宋找来,假装向他认错,请他转求克瑞翁,不要驱逐两个孩子。为此,她让两个孩子捧着一件精致的袍子和一顶金冠,作为礼物给克瑞翁的女儿送去。

过了一会儿,保傅就领着两个孩子回来了。保傅告诉美狄亚,新娘已高兴地亲手接受了礼物。保傅离开以后,美狄亚想杀死自己的儿子,一看到他们明亮的眼睛,心又软了下来。但她想,应该亲自杀死自己的儿子,免得仇人侮辱他们。她的心情十分矛盾。

这时,报信人匆匆地跑来告诉美狄亚,克瑞翁和他的女儿都已被美狄亚害死。原来美狄亚的礼物上都浸了毒药,克瑞翁的女儿穿上袍子、戴上金冠以后,金冠上很快就升起了火焰。克瑞翁的女儿被活活地烧死了。克瑞翁闻讯,跑去抱住自己的女儿痛哭,也被那件袍子粘住,再不能脱开,最后在女儿的尸体旁边死去。美狄亚听了这个消息,便鼓足勇气,提剑向屋里的两个儿子走去。

伊阿宋惦记着自己的两个儿子,想使他们免受克瑞翁的亲族之害。他率领仆人赶来时,美狄亚带着两个孩子的尸体,乘龙车出现在空中。伊阿宋咒骂美狄亚,要求让他埋葬儿子的尸体。他未能如愿,便痛哭起来。美狄亚对他说:"到你老了再哭吧!"随即乘龙车飞去。

《美狄亚》的独特之处在于对人类社会本身的深刻关注和揭示,神的世界逐渐淡化。这部悲剧完成了悲剧主人公的转换,即由英雄向凡人的转换,这无疑标志着一个新的时代的到来。在英雄时代,人的力量弱小,需要英雄,英雄是人类对自身匮乏的补偿。而到了凡人时代,人的力量发展了,对自己的力量重新估价,用新的目光观察英雄,击碎了神秘光圈,英雄向凡人复归。作为英雄的伊阿宋在世俗诱惑面前趋炎附势,见异思迁。另一方面,完成了男人和女人的转换,把女性作为剧中的主人公。此外,戏剧矛盾也变得现实化。欧里庇得斯之前的悲剧都是人和命运的关系。在《美狄亚》中"命运"仍存在,但只是美狄亚的感叹和抒情,造成美狄亚的悲剧性结局的不是抽象的命运,而是人类最基本的冲突——男性与女性的冲突,表现了人类对自身认识的推进。

在希腊神话里,女人为其所爱的男人献身,并非美狄亚所独有。美狄亚的爱情观念之独特处在于它要求这种献身是相互的,当她的身体与灵魂全部生活于一个男人的身体中间时,它要求那个男人也应生活于自己的身体中间。所以,当伊阿宋背叛她时,她不像当时的众多女人那样逆来顺受,她不接受"女人是奴隶"的观念,因而向当时流行的"一夫多妻"制度和风俗进行挑战。从《美狄亚》开始,"痴心女子负心汉"成为西方文学永恒的母题。

《美狄亚》也许是一部在技巧上最完美无缺的剧本,虽然在首次上演时没有受到广大观众的欢迎。这是一部研究妇女心理的悲剧,令人感到惊叹不已。欧里庇得斯也因此剧而遭到同时代人的异议。他们认为欧里庇得斯是个极端仇视妇女的人,阿里斯托芬竟然号召雅典全城妇女奋起向他复仇。实际上,恰恰相反,对苏格拉底门徒不屑一顾的妇女,对伯里克利劝她们留在家里的妇女,欧里庇得斯都寄予莫大的同情,他研究她们,在剧中充分地表现她们。他往往把妇女理想化,甚至不容许我们去厌恶他笔下最坏的妇女,人人都站在美狄亚一边。作为一个妇女权利拥护人开始的欧里庇得斯,逐步发展为对各种形式的两性问题(包括同性恋)的关怀者,以致引起了人们的猛烈反对。

欧里庇得斯的艺术力量在于他所创造的骇人的戏剧场面和剧本所给人的印象完整的惊怖效果。他特具的阴郁调子,不只是在他雅典后期作品里才可见到。最足以表明他性格的,莫过于他晚期剧本中那些神来之笔,以及用以表达其尚未泯灭的理想的特殊文体。他蔑视当时的社会和国家政策,对人人赞美的《荷马史诗》的半神半人抱着极端叛逆精神,而对沉默寡言、不求闻达的普通人则寄予莫大的同情,在这些超尘脱俗的老实人身上,他找到了他的英雄主义理想。[1]

在欧里庇得斯的悲剧中,"开场白"和"神力"两者都是他的独创。开场白的作用主要在于当时由于没有戏剧场节目单,它可让观众知道剧本内容涉及什么样的英雄传说故事。如果一个诗人像欧里庇得斯一样,经常选择不大流行的传说故事,或著名传说故事的与众不同的改写本,那就更迫切需要开场白了。开场白的创造,就是适应这种需要。剧本有了开场白,还有许多其他好处。实际上,开场白替代了起解释功能的第一幕。欧里庇得斯用开场白交代剧情发生的场面,从中出现剧中人物。例如《奥瑞斯提斯》和《美狄亚》两剧,由于有了开场白,收效很好。开场白可以直接地从最使人感兴趣的地方开始。当然,我们必须充分认识到,现存的开场白均已被篡改过。欧里庇得斯去世后,他的戏剧一直占领着希腊舞台,达几个世纪之久,而且经常在未开化的民族面前演出,他们不知道剧情始末,因此需要从头加以一一解说。

即使我们不厌恶开场白,我们对欧里庇得斯戏剧收场的方法,仍难免感到很不舒服。在现存的17部真正的悲剧中,至少有10部以一位天神在云层中出现收场,天神出来发号施令,详做解释,还预言剧中人的下场。另外7部剧本,并不以神出场结束,而用预言或相等的做法收场——有些场面,使观众的注意力离开现实,指向未来的结局。也就是说,剧本的主题是一长串事件;诗人从中采取一部分——一般说来,集中在一天内的行动——并把它作为生动具体的生活的一部分来处理,从序幕开始,逐步发展到结束。以我们的鉴赏力来看,这种方法完全缺乏戏剧性,但是完全可以理解;它吻合希腊悲剧收场的艺术要求,不是引起戏剧高潮,而是起着缓解紧张气氛的作用。约公元前420年至公元前414年,剧中才出现神、神做出的预言或神的审判,但并不打乱剧情。欧里庇得斯惯常以自由思想者的面目写剧,在环境不允许直言不讳的情况下,他只得把打掩护用的开场白和收场语塞进他的真正的剧本中,以迎合广大观众的口味,从而有意识地掩饰其真义,可是诗人的知心人心中有数,他们都知道这些开场白和收场语都和欧里庇得斯的真实意图无关。对"神力"的处理始终一致的

---

[1] 吉尔伯特·默雷:《古希腊文学史》,孙席珍、蒋炳贤、郭智石译,上海译文出版社2007年版,第195页,下面论述欧里庇得斯的部分观点均来自该书的相关内容,不再一一标注。

《希波吕托斯》和《酒神的伴侣》两剧，表达了对一般迷信思想的斥责和对独断专行的理性主义的深恶痛绝，它们给予我们的教育意义是，理性是伟大的，但不是最重要的。世界上有许多不是理性的事物，它们既超越了理性，也远离了理性；世界上还有不少感情的起因，我们无法表达情感，我们倾向于崇拜情感，也许，我们还觉得情感是人生宝贵的财富。这些事物就是神，或神的形式；不是传说中不朽永生之人，而是"存在的事物"，非人类的、非道德的事物，降人以福泽，或使人受尽苦难，无以聊生，而其本身则庄严肃穆，不为所动。

最后，关于欧里庇得斯的一个基本事实，也许就是他的两面性：一方面，他是个冷酷无情的现实主义者；另一方面，他也是个诞生于阿提刻的最伟大的富有想象力的音乐大师。他分析、探索、讨论，不避猥琐，接着他逃离世界，遁入"太阳足迹所及的山洞"或相似的地方，那里一切都非常美丽有趣，也许是令人伤感的，就像法厄同妹妹流泪一样，但并不是可怜的或苦恼的。从《希波吕托斯》时起，欧里庇得斯总是有些神秘主义思想。《希波吕托斯》第一场第192行写道："不管有多么遥远的神州，哪有比生活更可爱的，黑暗抱着它，云层把它藏起来。我们溺爱这无名的东西，它在大地上闪闪发光，因为没有人尝过另一个生活的味道，地下蕴藏着的东西也不知道，我们只有随着传说的波流浮游。"批评家在欧里庇得斯每一部剧本中都可找到一些严重的瑕疵和不当之处。他是一位才智出众的人，具有剧作技巧，观察敏锐、富有同情、大胆勇敢而且想象丰富。他入世太深，洞烛幽微，对任何事情都采取叛逆态度，因此无法写出沉静的成功的诗歌。可是许多人，都如菲勒蒙所感到的那样对待欧里庇得斯。菲勒蒙说："如果我确实相信死了的人还有意识的话，我宁可自缢而亡，以便去见到欧里庇得斯。"

第二章
中世纪文学

第一节
中世纪的社会与文化

在西方文化史上,中世纪的内涵具有多义性。在17世纪王权专制出现之前皆为中世纪,包括文艺复兴时期,也就是从公元476年日耳曼蛮族灭掉西罗马帝国到公元1640年英国资产阶级革命。这是封建制度形成与盛行的时期,分为初期(476—1095年)、中期(11—15世纪)、末期(15—17世纪),初期与中期的文学作品被统称为中古文学,末期的文学作品被统称为文艺复兴文学。在思想文化层面上,它指古希腊、古罗马与文艺复兴之间,即教会思想占绝对统治的时期。

中世纪社会的历史根源,源于以古罗马文化包括古希腊因素为代表的文化已失去发展的动力。东方原始犹太教、闪族的宗教一起渗入古罗马与当地宗教结合,产生基督教,古罗马人由奢靡的物质性追求转入精神追求。其兴起的契机在于,东西方文化在古罗马时期发生碰撞,东方犹太教文化的渗入使古罗马有了新的精神追求。这些追求具体表现为中世纪的文化精神。

一、苦难与罪感意识

苦难与罪感意识产生于犹太民族流离失所、无安身之地的自身经历。他们在民族的倾轧间受尽奴役,从一开始就认识到人的软弱无助。如果说,希腊美神以其辉煌的生令人神往,那么,希伯来圣灵则以壮烈的死使人敬畏。《圣经》中记载了那场惨不忍睹的悲剧:兵士给耶稣穿上紫袍,戴上用荆棘编的冠冕,戏弄他,然后将他押往各地,钉在十字架上,围观的人辱骂他,摇他的头,祭司长们无情地嘲笑他,圣母玛利亚眼睁睁地看着自己的儿子在垂死挣扎。耶稣喊道:"我的主,我的主,你为什么离弃我?"不久就断气了。这个耶稣之死的场面充分表现了希伯来精神。

希伯来人自称是耶和华"所特选的子民"。与迦勒底人剑拔弩张的对峙,逼使他们开始了历史上第一次大迁徙,尔后离开赤地千里、哀鸿遍野的迦南,又栖栖惶惶地"出埃及",终于在刀尖上争得一席安生之地,建立了统一的希伯来王国。然而,好景不长,内乱爆发,外患紧逼,亚述的铁骑踏平了迦南。从此,希伯来人成了"故国不堪回首"的"巴比伦之囚",随后又成为波斯的臣民,亚历山大的奴隶,罗马帝国"铁与火"的牺牲品。面对无边无际的苦难、无法逃避的死亡,希伯来人把求生的欲望、幸福的幻想、炽烈的情绪,异化为对万能之王耶和华的信仰。这种宗教信仰,使受难变为赎罪,使死变为复活,使人生变为通向天堂的荆棘丛生的道路,这种宗教信仰,激起了内在精神对外在存在的超越,激起了无限自由对有限人生的超越。正是这种超越精神,使希伯来文化产生出一个与古希腊文化完全不同的审美形态——崇高。

在希伯来人那里,上帝是非肉身化的。他是一切之主,却在一切之外。在《圣经·旧约》中,他经常以声音和光的形式出现于旷野之中。崇高属于上帝,属于上帝的创造。而到基督教创立后,崇高便肉身化为耶稣基督,肉身化为圣母玛利亚。于是,崇高第一次有了由人创造的象征符号——耶稣与十字架,圣母与圣婴。崇高成为神圣的献身与救赎。如果说在希伯来人那里,崇高主要是本体论意义上的,即上帝耶和华乃一切之主,一切之本体,他的存在是无限的、不可思议的;那么在基督教那里,崇高又加上了一层道德意义,即耶稣与圣母的奉献与救赎是对于全人类的,因此这种道德崇高就是人类永远无法达到的极限,无论是苦难的十字架,还是仁爱的圣母像,都令人联想到人的卑微和有罪。

但是,希伯来人从冥冥旷野中听到的声音和在山顶上看到的光,作为崇高的意象毕竟太虚渺;只有中世纪后期(12世纪开始)林立于欧洲大地的哥特式教堂,才最终完成了崇高的"感性显现"。与庄重静穆的希腊神庙不同,哥特式教堂显示出一种神秘崇高的气氛,直到云霄的尖顶,宏伟高耸的拱门,仰天巍立的钟楼,使人灵魂出窍,物我皆忘,直奔向那茫茫无限;幽深的走廊,高俯的穹隆,以及缠绕四周的千奇百怪的装饰,令人目眩神迷;透过彩色玻璃射入的月光像一团团神圣的火焰,与幽幽烛光互相交织,犹如缥缥缈缈的天国幻影。加上风琴、圣歌、钟声,整个一座教堂成为崇高的绝妙写照。追求超越渺小、有罪的自我的灵魂,此刻便觉得与神同在,沐浴神福。[1]

《圣经》开篇就宣讲人生来就是有罪的,人是上帝的成品,由于亚当和夏娃的原

---

[1] 叶朗主编:《现代美学体系》,北京大学出版社1988年版,第51页。

罪,失宠于上帝,"被上帝抛弃",背负全部人生的重担。罪感意识在此真正诞生。每个人的原罪是必然的,原罪来自人自身,不是人偶然的失误,而是来源于人之为人的本性(自我意识)。

"罪"这个词在希腊文中是"偏离"之意,就像人射箭未中的意思。但是在基督教的义理中,按照《圣经》的讲法,罪是两种破坏的恶果,即破坏了人与上帝的关系和人与人的关系,也就是破坏了我—他关系和我—你关系。前一种破坏是由于人违反了上帝的意旨,听从魔鬼之言;后一种破坏是由于私欲、嫉恨和纷争。这两种破坏是互相关联的,人与上帝的关系的破坏必然导致人—人关系的破坏,人—人关系的破坏必然导致人—神关系的破坏。

罪感的心理意向性质首先是生命因忘恩负义引起的内疚感。在罪感中,主体心智感到自身丧失了存在的根据,这是生命坠入深渊的感觉。罪的结果本来就是失去了真实的生命,丧失了神性的生命,罪感因而首先是严重的负疚直至补赎的意向。按照海德格尔的说法,有罪的基本本体论意义是一种"不足",是一种对应该是和能够是的东西的"减少",是虚无性。在虚无的意义上,即在此在没有能从根本上掌握自己在的意义上,此在是有罪的。

在海德格尔看来,虚无不是指某种现成的东西或实体不再存在。虚无性首先是此在的被抛性、筹划性的特征。这是因为此在被抛在世、事实上存在着,即被抛进各种可能性中。此在选择着这些可能性,把自己筹划到某一确定的可能性上去,便失去了另外的可能性,不再是这些可能性。之所以会如此,在于此在对于其本已的能在是自由的,它可以自由选择。这就是说,由于被抛的筹划使此在丧失某些可能性,它就使此在获得了虚无的特性。此在这种不可能实现诸种可能性的虚无性属于此在相对于自己的可能性而自由地在,此在之虚无即有罪是根本的、原始的。这种原始的有罪或虚无是此在沉沦成为非本真此在的可能条件,换言之,虚无表现在其非本真性中,表现在沉沦和消散于"人们"之中。这使人处于极为尴尬的境地。在这里,"罪"显然属于存在论意义上的意志自由范畴,它描述个人为了挣脱社会规范的平均化而回复个人自身的试错行为,暂时还不能确定其价值取向。奥古斯丁在《忏悔录》中认为,罪恶的堕落不是外来的,而是人的自由意志选择的,而自由意志是人之为人的依据。

显然,《圣经》对人的思考到了更深入、更严肃的层次,不是思考外物,代之以思考自身。罪的产生,按照《圣经》的意思,是由于人的狂妄和傲慢、恼怒的憎恨,前者驱使人想取代上帝的位置("如上帝"),后者使得人人为敌,兄弟阋于墙。这是人身上的恶魔。这些因人而产生的随着生命自然而生的夸示和自持就是人身上的恶魔。在基督教看来,人犯罪(指原初亚当、夏娃偷食禁果想"如上帝"和该隐杀亚伯),不仅是由于外部的恶魔的引诱,也是由于人自身内部的恶魔的引诱。罪感即对人自身中的恶魔的自觉意识,对人背离生命的真实本源的自觉意识。

罪感引起的是人的无力自助的心向,是生命自感卑鄙、渺小、可悲的心向,同时,它也是一种渴求的意念,祈求新的生命诞生,渴慕在自身之外,超逾于自身之上的真实的生命力量降临。罪感表明,生命意向渴望从自身的非存在的状态中超拔出来,从人的不可避免的卑鄙、渺小中超拔出来;罪感表明,人的灵魂自知傲慢无理,害怕与真实的来源相分离,并懂得生命一旦离开了神性的价值存在就会为愚蠢、夸示、卑鄙所填满。

罪感不仅是渴求的意念,它也是牺牲的意念。所谓牺牲,在基督教看来,就是响应上帝发出的召唤,把自己的生命与一个绝对真实的价值与意义联系起来,从而真实地确定自身的存在。牺牲意味着追寻纯粹、真实、永恒的神性生命,向它敞开自己有限的、不自足的自然生命,使上帝能找到自己;在这种相遇中,个体生命进入真实、纯粹、永恒的生命。[1]

罪感心理意向引向的是个体生命所具有的那个自然生命之外的神圣生命。罪感的意向恰恰是把个体生命与超绝的神性意义联系起来的动因,"获得新生"概括了从无到有,从失落到赎回,从无意义到有意义的超越意向。"获得新生"就是重新回到上帝的怀抱,也就是禀得圣爱的生命,即自然生命显发为神圣的爱的生命。

二、对拯救的渴望

由罪感引发出对拯救的渴望,在基督教那里,天堂是至善至美的境界,是人超越自身获得解脱的空间。基督教的天堂是精神性的存在,精神的永生。人与上帝合而为一,是对现实世界的否定和批判,彼岸是对此岸的坚决否定。"拯救"绝不是对人的现实利益的维护。

"拯救"一词的词源"salve"本来就是治愈和复原的意思。拯救意味着有病的人、

---

[1] 刘小枫:《拯救与逍遥》,上海人民出版社1988年版,第179—180页。

心灵破碎的人得到痊愈，意味着人的救释和解放，即把人从种种自然形态的束缚中解救出来，从而使来自神圣生命的人重返神圣生命，活在神圣生命之中，参与神圣生命的神圣活动；也就是禀得圣爱的生命，即自然生命显发为神圣的爱的生命。

三、忏悔与献身

人要挣脱苦海，洗涤自身的原罪，进而飞升到天堂获得救赎，只有通过忏悔意识和献身精神。所谓忏悔，就是向上帝表明自己的心迹。而献身，就意味着人把自己奉献给宗教，具有悲天悯人的情怀。《圣经》中的代表就是创犹太教的亚伯拉罕，他将自己的儿子作为祭品敬献给上帝，这种献身是无条件的。在基督教这里，忏悔和献身是无条件的，是一种虔诚纯洁的信仰，人完全被贬到毫无价值的地步，无限地抬高了上帝的意义，但同时也培养了虔诚的信仰和追求。这种虔诚的信仰和追求滋养和孕育出基督教的伦理道德，即"爱、信、从"等戒律。所谓"信"，就是要对上帝持有敬畏之情。而基督教的"从"，就是要顺从上帝的意愿，遵守教会的各种规定，把所有做人的标准置于上帝的脚下，不能以人的愿望为标准，故中世纪必然导致禁欲主义，扼杀人的自身行为要求，把人的所有欲望和要求都纳入上帝的意志之中。在这些伦理道德之中，"爱"是最为核心的范畴和教义。而基督教的"爱"，主要指爱上帝，出于对上帝要求的遵守，人与人之间相互友爱。

耶稣在十字架上到临终悲惨呼喊"我的上帝，你为何离弃了我？"就是上帝的本质的显现：上帝离异了上帝，上帝倾空了自己，在这极度的痛苦和不幸中创造了爱并成人。倾空自己和成为不幸，既是受难之源，又是爱之深度。所以"在上帝之爱中，并不是我们去爱上帝中的不幸受难者，毋宁说，是上帝在我们之中，是上帝爱我们这些不幸受苦者。当我们在不幸中，上帝恰与我们在一起，并爱我们"。上帝的爱全然践行在矛盾、厄运、撕裂和整个地付出自己的过程之中，直至在不幸中倾尽自身。十字架上的上帝就是倾空了自己的上帝，这种倾空自己就是爱：爱即倾空，倾空即爱，这是倾空中的爱。

人只有在相互的爱中才能领会到上帝，理解上帝。不仅如此，人的互爱就是对上帝的爱，就是对上帝之爱的应答。并没有一种与人互爱的存在行为相分离的对上帝的爱，因为，爱不仅是上帝之中的爱，而是爱本身即上帝。同样，人之爱他人，不是为了爱去爱,而是在爱中爱。[1]当你去爱一个人时,你已然在爱的光辉之中,只能在爱中才能真正爱一个人。爱本身即目的。

那么作为心理意向的爱感具有怎样的意向性质呢?首先,爱感是超自然心理意向(耶稣所谓"不可能的可能"),是超越本己生命的自性和需要的动态心意;它打破并消除自然生命的自律的合法性,超越任何法则和伦常,超越肉体的自性要求本身,无条件地以自己的生命把神性、温柔、慈情、良善赋予世界。

爱感的意向显然不是指向个体的本己生命自身的,而是指向个体本己生命之外的每一个个体生命的,爱感意向的定向乃为外向而非内向;爱意恒然地涌向每一个"你",永不止息地奔向每一颗灵魂。由于爱感是在罪感阻断了与本己的自然生命的关联的基础上产生的,爱感的生命力便得自于超自然形态的神圣生命。神圣生命把一种真正超越性的力量置入个体的内心,这具有超验的绝对价值的神圣生命的内在性促动着自上而下的爱意的展开,与此同时,也使得个体生命的超越升华成为可能。

如果爱感意向是以个我本己的自性欲求和生命活力出发的("己所不欲,勿施于人","推己及人","己欲立而立人,己欲达而达人"),那么,在基督教看来,爱感意向就将会毁于两种危险。首先是爱不可避免地受到限定,成为有条件的手段,使爱降格为自然事实,爱成为一种自然形态的关系,它不可能无条件地惠临每一个人,因而也就肯定有人被排除在爱的光照之外。第二个危险是,一旦本己欲求和生命活力受到阻碍,本己的个我自然会固执确保本己的欲望;既然本己的自性欲求和生命活力是绝对根据,在外界的阻碍中维护这一根据就是合理而正当的;这样一来,爱的奉献性质就荡然无存了;最终是为了本己,他人不过成了实现自我生命的手段,其根据和目的都仍然是本己的生命活力。

因而爱感意向不是对本己生命的占有和据持,而是从本己生命的存在和所有去荣显圣爱。爱感就是自我牺牲的意向,是无条件地惠予,是对每一相遇的生命的倾身倾心。爱感的自我牺牲意向意味着,生命的意义不在于自然生命本身,而在更高的价值生命的形态之中。爱和牺牲之所以惠临病人、穷人、柔弱的人、丑恶的人,并不是因为某人有病、穷苦、弱小、丑恶,而是因为他们也有生命的价值,他们也是世界之外的圣爱的关照对象,他们的生命意义与我们自己的生命意义一样,都是得自神圣的无限之爱的。

---

[1] 刘小枫:《走向十字架的真》,上海三联书店1994年版,第176—177页。

既然爱感不是个我的情感满足,也不是把他人作为获得情感满足的媒介,爱感便自然而然地超越了主客体关系。在爱感意向中显现出来的是交互主体的关系,是在同情之中互相顺承,共同感受神圣的爱的泉涌。马丁·布伯表述得非常明确:爱不会依附于"我",以至于把"你"视作"内容"、"对象"。爱独立在"我"与"你"之间。这个神秘的共存世界并非只是我与你的共在,而是我与你同超绝神性的共在。

因此,基督教的同情与一般所说的同情有着非同小可的差异。一般所说的同情乃是"设身处地地设想",或将我之情移入他人之躯,从表面上看它是利他主义的。然而,利他主义往往是利己主义的另一种表达方式。利他主义在把他人当作目的的同时,实质上把他人当作手段,这是中介目的化的倒装形式。我移情于你,也就是我借助你,你成为实现目的的对象和媒介。我借助于你达到我的生命感的升华,通过你进入我所意欲企达的目的状态。由此而来的,同情被贬损为功利性的手段,沦丧为虚假的仁爱和怨恨的伪装。

舍勒曾精辟地指出,同情的真正前提是,我们并未"设身处地去体验"别人的痛苦,别人的痛苦照样是我们同情的对象。这意味着,同情既不是以我自身的感觉状态,也不是以他人的处身状态为依据的。作为爱感意向之质地的同情是纯粹的爱意的驻足,是超越一切的圣爱显现的场所。因而,同情发生于两个个体生命趋于爱的中途的相遇,是神圣的爱体在两颗灵魂中的共显,是个体生命的存在通过同情显发为温柔的相爱之感。在温柔的同情中,我奉献于他人与顺承于他人都是出于绝对的纯粹的爱意。通过同情的意向活动,生命才获得自己最高的意义和价值,才显发为生命的真实的最高境界。同情的意向活动把人的感觉状态提升为温柔、幸福、欢乐、感恩、思慕、奉献、顺承、默祷、祝福的心意状态,这是人进入圣爱的本真性存在状态的标志,它表明人不再是漂泊于爱的地域之外的孤身只影。说到底,爱不植根于人,人才植根于爱。[1]从某种意义上说,爱感首先即忧心,它始终坚持的是在承受苦难、不幸、困厄和摧残的同时,支持同情的温柔和共感的神秘,它是一双孤苦无告的泪眼对苦难和不幸始终充满温情的注目,对神圣的至爱之光的殷切的凝眸瞻视。

四、非正统的世俗思想的追求

在中世纪禁欲主义文化背景中也散见着一些有叛逆精神的世俗追求。首先表现

---

[1] 刘小枫:《拯救与逍遥》,上海人民出版社1988年版,第184—189页。

在对爱的世俗化追求上，它不是对上帝，而是世俗的爱情，一方面是禁欲主义，另一方面是谈情说爱，尤其是中世纪骑士与贵妇人的浪漫爱情故事，成为宫廷文学最为重要的内容之一。其次是英雄崇拜。基督教道德本不允许英雄存在。人之为人即有罪，不能崇拜同类，只能信仰上帝。古罗马的瓦解归于两种力量，即希伯来文化精神的入侵和蛮族入侵。蛮族南侵、作战，但这些蛮族处于原始社会瓦解时期，需要英雄，历史上又创造了英雄史诗。

这些非正统的世俗追求主要体现在英雄史诗、骑士文学和城市文学之中。中世纪的英雄史诗兴盛于公元 10 到 11 世纪，其内容大致有两类。一种是描写蛮族部落氏族社会的人民的生活，代表作是盎格鲁－撒克逊人的《贝奥武甫》、冰岛的《埃达》和芬兰的《卡勒瓦拉》等。在《贝奥武甫》中，主要叙写了贝奥武甫的见义勇为和英勇善战，曾杀死两条妖，五十年后和火龙斗争受伤，体现出大公无私、慷慨仁爱、勇于自我牺牲的精神，史诗完全是从部落利益出发的，因此他是典型的部落英雄。另一种是反映封建制度建立后具有国家观念和荣誉观念的史诗。代表性的有法国的《罗兰之歌》、西班牙的《熙德之歌》、德国的《尼伯龙根之歌》和古代基辅罗斯的《伊戈尔远征记》等。《罗兰之歌》中的主人公罗兰忠君、爱国、笃信基督教，是英勇无比的法兰西民族英雄。史诗悲壮动人，庄严深沉，有许多细致的心理描写。

如果说前一种史诗主要反映的是氏族社会末期蛮族部落的生活、信仰和精神，贝奥武甫是作为部落英雄出现的，具有部落英雄的品质：见义勇为、勇敢善战、忘我无私、责任感强；那么，后一种史诗出现于封建社会建立之后，英雄的荣誉已经不限于狭小范围的部落英雄的复仇义务，而开始出现具有国家观念的内容。

为了进一步认识中古史诗的内在特征，我们不妨将它们与古希腊的《荷马史诗》做一个对比。它们两者的相同之处在于，都有一个从口头传颂到整理成书的形成过程。而不同之处，主要如下表所示：

荷马史诗与中古史诗内在特征对比表

特征\类别	荷马史诗	中古史诗
题材	种族与种族间的斗争	个人为封建领主效忠
结构	故事复杂，场面宏大，富于戏剧性的艺术整体	结构简单，场面小，艺术统一性差
音韵	慢调长吟，庄严肃穆，音腔洪富	音调短促，并加入了散文
语言	语言美丽，技巧高超，想象丰富	语言粗浅，技巧拙劣，想象力贫乏
思想内容	充满朝气	君臣观念强

中世纪封建社会的统治权有各种不同的表现形式,如领主权、教会权和邦君权等。在西方学者的话语系统里,"封建社会"主要是指以农奴制、基督教会和封君封臣制度为重要基础所构筑的等级社会。除了身份不自由的农奴以及自由身份的小农,城市各个阶层的市民,教会的主教、神父、修士和修女,世俗统治阶层是中世纪社会的又一重要成分。世俗贵族在中古西欧有自己独特的文化和生活方式,对自己的身份有强烈的认同感,但是从来没有发展成完全封闭的、类似于印度"种姓"制度那样的世袭特权等级。世俗贵族的凝聚力主要来自封君封臣制度。封君和封臣通过采邑(也就是封地或领地)的赐予和领受建立保护和服役关系。赐予采邑者(也就是封君)有保护受采邑者(也就是封臣)的义务,而后者有义务向前者提供服务,主要是军事服役。在中世纪,这种封地的赐予和领受所建立的封建关系可以存在于大小封建领主之间,如果国王接受了封地,他也可能成为他人的封臣,不过国王通常处于封建君臣等级结构的顶端。封建领主的军事服役主要是提供重装骑兵,由此产生了骑士制度,它包括三个方面的要素:封君封臣制度,教会对封建领主行为的约束与指导,以及在前面两个要素影响下形成的行为规范和生活时尚,也就是"骑士精神",包括封建领主的爱情婚姻观念。[1]

骑士必须是贵族和基督徒,作战有功者奖赏土地,这些土地成为世袭,逐渐形成骑士阶层。随着生产的发展,大领主统治下的城市产生,商人出现,为扩张贸易打着消灭异教徒的旗号进行十字军东征,夺回耶稣的发源地耶路撒冷(公元1096—1270年),总共进行了8次东征。骑士们坚守的信念是忠君、护教、行侠、尚武,除此还要舍死保护女主人。

骑士除坚守"忠君、护教、行侠"的信条外,还被要求"文雅知礼",甚至学习音乐和诗。骑士把"荣誉"看得高于一切,能为自己"心爱的贵妇人"去冒险和取得胜利,博得贵妇人的欢心,在骑士看来是最大的荣誉。所有这一切构成所谓的"骑士精神"。中世纪欧洲在教皇的超民族统治之下,世俗政权被大大地削弱,国家变得不再重要。现实生活中的琐事,教会不管,世俗政权弱小又不能管,使得"侠"被提到重要地位。社会秩序混乱往往会产生侠义崇拜的社会现象,骑士的正直、嫉恶如仇、身怀绝技使他们成为众望所归的人物。

---

[1] 约阿希姆·布姆克:《官廷文化——中世纪盛期的文学与社会》(上),何珊,刘华新译,生活·读书·新知三联书店2006年版,引言部分第2—3页。

在法国盛产骑士的地区产生了骑士文学,它是11世纪至13世纪欧洲封建骑士制度盛行时期流行的一种描写骑士的冒险和爱情生活,抒发骑士的荣誉观念和生活理想的封建贵族文学。它又分为骑士抒情诗和骑士传奇两种。

骑士抒情诗兴盛于公元12—13世纪,以法国南部普罗旺斯地区为代表,故又称为"普罗旺斯抒情诗"。主题即骑士爱情,英雄美人之爱,歌颂的是"个人之爱",它影响了后来的"温柔新体"(但丁),以《破晓歌》为代表。骑士传奇又被称为骑士叙事诗,是用诗体写成的长篇故事,后来加入散文部分,按题材可分为三个系统:古代系统、不列颠系统和拜占庭系统。骑士传奇闪现出人文主义的曙光和对禁欲主义的反叛,是英雄美人的浪漫史。

德国的《特里斯丹和伊瑟》对莎士比亚、席勒均产生过影响,是流传最广的骑士叙事诗之一。作品叙述的是康瓦尔王马尔克派他的外甥特里斯丹为他到爱尔兰去迎娶爱尔兰公主伊瑟。伊瑟的母亲给伊瑟和马尔克准备了一种魔汤,在结婚时喝了就能彼此相爱。但特里斯丹和伊瑟在归途中误饮魔汤,由此二人产生了不可遏制的爱情。伊瑟虽同马尔克结了婚,但一心热爱特里斯丹。马尔克对他们进行了种种迫害,但终不能制止他们的爱情,最后两个情人都悲惨地死去。

诗中歌颂了真诚的爱情,对封建的婚姻和礼教提出了抗议。特里斯丹是单枪匹马的英雄,重视的是个人的爱情和荣誉,当个人与环境冲突时,"独立人"的品格就出现了。这些个人主义因素开始催生人文主义价值理念,诗中细腻的心理描写对后世文学影响较大。

公元13—14世纪,随着生产力的发展,手工业与农业分离,商业兴起,欧洲各国出现了以手工业和商业为中心的城市,随着城市经济的发展,市民阶级为维护和发展自己的利益和争取独立而与封建政权展开了斗争。通过长期的斗争,许多城市取得了自治权,市民阶级上下层之间的矛盾也日益加深。

城市中还出现了非教会的学校和反教会的"异端"运动。这种新的城市文化的产生,打破了教会在思想文化上的垄断,形成了非教会的世俗文化,于是城市文学也就应运而生,城市文学的作者们多运用隐晦、曲折的手法进行创作,隐喻、讽刺是常用的两种表现方式。

在文学形式上,城市文学也有新的创造,产生了韵文故事、讽刺故事诗等新兴体裁。其作者主要是城市里的街头说唱者。城市文学作品取材于现实生活,表现市民阶级的机智和狡猾,讽刺的对象是专横的贵族、贪婪的教士和凶暴的骑士。

法国是城市文学最发达的国家之一。法国的笑谈是一种韵文故事,内容是日常生活中滑稽和荒诞的事情,篇幅不太长。笑谈反映的是现实问题,演唱者和听众都是社会下层的群众。

在一首名为《驴的遗嘱》的笑谈里,叙述一个穷教士将死驴埋在教会领地,教区主教控告教士的渎神行为。教士急中生智,说该驴生前十分节俭,曾立下遗嘱,将其积攒的 20 银币捐赠给主教。主教非常高兴,便改口说愿上帝饶恕它的一切罪过。另有一首叫作《神父的母牛》,讲的是一个神父宣称,凡是向教会捐赠的人都将得到双倍的回报。有个农民相信了他的话,便向教会捐了一头母牛。神父把农民的牛和自己的牛拴在一起,赶到牛群中去,不料农民的牛带着神父的牛回到了农民家里,农民以为神父的话应验了。

长篇隐喻诗的代表《玫瑰传奇》在中世纪文学中占有重要地位,是由法国人洛里斯和默恩共同完成的。上部基本上是宣扬骑士爱情,下篇反映了市民阶级的道德观,是市民文学的重要成就。它是欧洲最早反映出人文主义思想萌芽的作品之一,其中运用了梦幻的手法来描写"典雅的爱情",用抽象的名词来隐喻(影射)现实中的人。

第二节
希伯来《圣经》与基督教教会文学

希伯来《圣经》,又称《旧约全书》,被奉为"正典",是犹太教先知在公元前 2 世纪时编订的。另《次经》《伪经》《死海古卷》(1947 年发现),与"正典"统称"希伯来文学"。自古罗马把基督教定为国教后,西方进入基督化时代。《新约》主要讲述的是耶稣及其门徒传教的历史。《圣经》(*The Bible* 或 *The Holy Scriptures*)由《旧约》(*The Old Testament*)和《新约》(*The New Testament*)两部分组成。《旧约》最早是用希伯来语写成的,《新约》则是用希腊文(又称"犹太希腊文")写成的。公元 4 世纪时,《圣经》以拉丁文的形式传播,叫作 *The Vulgate*,意为通行体。中世纪时,只有寺院僧侣能读拉丁文。17 世纪初，英王詹姆斯一世指令 47 位高级教士在大主教斯洛特·安德鲁斯主持下校订《圣经》，于 1611 年正式出版英文《圣经》。这就是后来世界通用的、最有权威的《钦定圣经》(The Authorized Version ，又称 The King James Version)。《钦定圣经》虽然有近千页之多，全书所有语汇却仅 8000 多个，这充分显示了它文笔洗练、深入浅出、语言精湛的特点。

《旧约》本是犹太教的圣经，是基督教从犹太教继承下来的，包括《律法书》《先知书》《圣录》三部，主要内容是关于世界和人类起源的故事传说，犹太民族古代史的宗教叙述和犹太法典，先知书、诗歌、格言等。《新约》是基督教本身的经典，包括记载耶稣言行的"福音书"，叙述早期教会情况的《使徒行传》，使徒们的"书信"和《启示录》。欧洲中世纪的教会文学多取题材于《圣经》。

一、希伯来《圣经》的独特人文精神

希伯来《圣经》是一部宗教典籍，它主要叙述的是希伯来人与上帝的交往史和希伯来民族的生存发展史，包括神话、英雄传说、史诗等。同时，这些又具有很强的文学性。其中有著名的神话，如"上帝创天地"、"大洪水"、"巴比伦塔"等关于上帝的故事。较著名的传说有祖先亚伯拉罕的故事，他原为"闪族"，不信月亮神，寻找更大的主宰，创犹太教，与族人冲突激烈，出走至迦南，设祭台，祭上帝。至于史诗，犹太民族中的英雄豪杰摩西率领犹太人"出埃及"，无疑是一部恢宏的民族史诗。

建基于《圣经》之上的希伯来文化，与古希腊文化具有较大不同，它的独特性主要表现为两点：第一，神、人分离。如果说古希腊神话、史诗中神、人同形同性，充满不可遏止的欲望，那么《圣经》中的上帝则被高高推向云端，人因此被贬到最卑微、最渺小的角落。上帝几乎完全不可知，人与神的关系被切断。第二，神的权威的绝对化。古希腊神的权威是分散的，而上帝则拥有至高无上的权力，不容怀疑。《圣经》中上帝是唯一的神。基督教是真正的"一神信仰"。

上帝的威严凌驾于一切之上，怀疑就是亵渎，要受惩罚。《旧约》中的人满怀恐惧，一部《圣经》充满着苦难、困厄和鲜血。在古希腊，神可创造奇迹，但不是为所欲为，人具有自己的活动空间。《圣经》中的上帝则无所不能。此外，在《旧约》中，神、人的区别主要是通过先知与上帝的对话体现，上帝总是令人敬畏的，并会惩罚人类。而《新约》中的上帝以对人的爱的形式体现，上帝之子耶稣用自己的血肉替人赎罪，更多地体现了上帝的慈爱。

如果我们把凡重视人与上帝的关系、人的自由意志和人对于自然界的优越性的态度都归入人文主义,那么,在希伯来宗教思想中则具有浓厚的人文精神。事实上,基督教本身无疑继承了古代希腊理性主义和希伯来宗教中的人文主义思想传统,换句话说,希腊与希伯来的两大传统是在基督教的兴起中得到融合,继而成为西方文化主流的。我们不妨来比较一下希腊古典人文主义与希伯来关于人与神的概念,进而探讨希伯来宗教中的人文主义思想传统。

第一,希腊理性主义、人文主义赋予宇宙以理性的基础,将理性用于分析物质世界和一切人类活动;将人作为"万物的尺度",发展为苏格拉底理性的个人,认为人是宇宙的中心,理性是人的中心,道德是人生追求的中心目的;最后,柏拉图又将人类的政治与社会生活纳入理性的准则之下,完成了苏格拉底重塑个人道德的理想。因而,他们认为,理性——包括宇宙理性和个人思维能力——是个人价值的基础,是没有终极目的的最高的权威,它所揭示的自然法则是人的道德标准,人则通过理性把握生活的道德原则,支配自己的意志,把握最高的善和人生的至善至美。在英文中"humanity"一词的涵义是人之作为一个物种(species),即关于"人"的概念是一种抽象本质。[1]

希伯来文中"adam"所指称的则是人之作为一个群体(group),在这里,关于"人"的概念所表述的是一种存在实体,而不是它的抽象本质。他们不像古希腊人那样,追究人的形而上学的本质,而关心的是人之作为一个集合群体与神及他们生活于其中的这个世界的关系;这个群体中的个体成员则被称为人之子(bar、son 或 bat、daughter),故而有了《圣经》中常见的"人子"(son of Man)的概念。上帝用泥土按照自己的形象所创造出来的人终究不是神,他的生命全凭着上帝将自己的生气吹在他的鼻孔里;然而人的尊严就在于他被赋予了神的形象,有别于并高于其他受造之物,因而人与神有了一种特别的关系,不仅可以与神相交,还沾上了神的光辉和荣耀,在地上做神的代表和万物的领导。《旧约》强调并尊重人的经验;它的主人公不是半神半人,而是人。它既写人的长处,又写人的弱点。《旧约》中的有些段落展示出残忍和不体面的复仇,而另一些地方则表现了极高的道德价值。

第二,希腊思想将人看成肉体化的灵或精神,希伯来圣经则将人视为动物性的自

---

[1] 黄天海:《希腊化时期的犹太思想》,上海人民出版社1999年版,第199页。下文论析希伯来宗教中的人文精神的观点均采自该书的相关内容,不再一一标注。

成统一体的肉身。"肉"(flesh)在希伯来文中被称为"basar",就是人的天性。神将生气吹入人的鼻孔,使人成了"有灵的活人",而这个"有灵的活人"原本指的是动物性的肉身的人格,强调的是其作为"生"的存在的整体,它常常与肉欲、死亡乃至意志(will)等联系在一起;而其作为"灵"(soul)之意义,则应理解为"作为情感与感觉的基础"。

希伯来人对于人的本质的思考体现出了人文主义的基调:人会出生、生长、繁殖和死亡,还有一切动物性的要求,他们组成集合群体,互相帮助,但也会偷、会抢、会杀人放火。而人的道德之弱与人的动物性的生命的弱本来就是不言而喻地联系在一起的。圣经时代的希伯来人没有古希腊哲学的那种思辨推理能力和抽象思维模式,和近东各民族一样,神的存在是不加质疑地被普遍接受的。如果说近东各种宗教神话中的诸神只是各种自然力量或社会现实的简单的拟人化,那么《旧约》中的真神雅赫维却被赋予了丰富的人格和人的行为特征,这种丰富的神人同形同性生动地表现于真神雅赫维具有人的形象这一点上,他和人一样听、说、读、写、哭、笑、发唏嘘、吹口哨,他有宽大的胸怀、博大的爱和怜悯,也有深刻的恨和咬牙切齿的怒。神对于人的慈爱与愤怒取决于人对神的敬爱或不尊,神与人的关系就像是父亲与他的孩子们,神对于人的要求不仅仅在于崇拜的祭祀仪式,更多地在于人格上的义务,只有这样,人才能与神交通。

第三,希伯来人在对超验的现实做出解释的时候并没有把自然神圣化。自然作为一个宇宙的统一体是希腊人的概念。希伯来语和其他近东语言中本来就没有"自然"这个词。许多近东神话中都将不可测的自然现象类比于人类行为,进而由于其超自然的力量而赋予它们神性,成为诸神,再由诸神之间的政治协议达成宇宙秩序。

希伯来人的《圣经》中也将自然赋予了人格,但是自然的力量并不成为诸神,自然是独一无二的真神雅赫维所创造的,神的人格现实不为自然所包含,而是超越并凌驾于其上,神不能等同于作为整体的自然或其部分。这个思想的意义在于:"自然乃上帝所创造,但其本身并不具有神性。因此当希伯来人面对自然现象,他们体悟到的是上帝的伟大杰作,而非具有自身意义的客体。……希伯来人既不敬畏自然现象,也不崇拜它们。将诸神逐出自然的观念,是科学思维的一个必要先决条件。"神的言创造了现实,它就是现实。希伯来人只知道上帝已经创造了万物,一个完美有序的世界。人们不必再去探究世界的起源和自然的运动。

第四,从远古的神话到公元前6世纪的奥菲斯教,希腊人一直在探讨灵魂与肉体、天堂与地狱以及对死者的审判。柏拉图开始奠定了一种灵魂不朽并先于肉体而存在的观念,认为灵魂在堕入肉体之后受到肉体的玷污,阻碍了灵魂实现其寻求真理的真正使命,直到人死亡,灵魂才得以与肉体分离,得到解放,得到真正的知识。

相反,从《圣经》到拉比犹太教的观点都是一种一元论的思想,并不区分出物质的肉与精神的灵,而将它们看作同一的;以血为基础的灵(nefesh)造就了人的生命;死亡就是一切的终结,而人的非物质的那一部分(nefesh)也就随着肉体的死亡而消亡了。希伯来人认为,灵魂与身体的关系如同上帝与其创造物的关系:由于上帝充溢整个世界,因而灵魂充满整个身体;由于上帝可视而不为人所见,因而灵魂可视而不为人所见;由于上帝养育了整个世界,因而灵魂养育了身体;由于上帝是纯净的,因而灵魂也是纯净的;由于上帝居于宇宙的最深处,因而灵魂居于身体的最深处。上帝对身体与灵魂的审判决不会分别进行,而是"带来灵魂并把它插入身体,把两者合为一体来审判"。

第五,关于灵魂与肉体的柏拉图式的希腊二元论具有与现实世界相离异的哲学倾向,精神被禁锢在肉体的囚房,直到肉体死亡,人的灵魂离开肉体和现实世界,在对于理念世界的观照或与神的结合中狂喜,其哲学意义就是一种灵魂不灭的个人救赎。

与此不同的是,希伯来人的《圣经》里尽管将人与自然都归因于超自然的神灵,却不相信人的灵魂不朽,而他们感兴趣的主要是民族与历史的今世的生存与意义。犹太人普遍认为,肉体与灵魂一起死亡,但又都在一定的时间后复活。如果说古希腊思想中的灵魂不朽,认为只有肉体死亡而灵魂不灭的话,那么犹太思想中的复活则是认为肉体和灵魂都将死而复生。拉比犹太教也谈救赎,但他们认为弥赛亚的到来与救赎依赖于人类的忏悔和美德,最高理想是通过广义上的"托拉"使以色列人为救赎做好准备。拉比犹太教吸收了个人不朽的概念,却并没有贬低此世的价值。

第六,犹太托拉思想将人无论行善与行恶的本能都归于善与恶的冲动和依照托拉而做的自由选择。使人行善的力量被称为"善冲动",抗拒诫命的本能被称为"恶冲动"。"善冲动"引导人遵从神的旨意,遵守托拉的律法;"恶冲动"引诱人逆知识与良知而行律法所禁之事。能战胜这种引诱与冲动者为"英雄",这是属于人的第一伟大胜利。"恶冲动"还被人格化为外在的存在力量,或者说将恶归咎于撒旦与一群"堕落的天使",他们将人引向罪恶。每个人面前都有两种选择:在"善冲动"的指引下走向上帝的怀抱,或者在"恶冲动"的引诱下投入恶魔的渊薮。善与恶的冲动就是上帝给予他的选民的道德自由,即在善与恶之间进行选择的能力,而人对于自己的选择是要负责任的,哪怕以死亡作为代价。这就明确标志着"希伯来宗教生活的核心是道德,而不是神话或巫术"。"希伯来人通过信仰上帝来维护人类尊严和道德自律,从而构想出了道德自由的观念,即每个人都要自己的行为负责,这种人的尊严和道德自律的观念也为基督教所继承,成为西方传统的核心。"希伯来宗教中的道德观将宗教与道德的关系放在神的启示与对神的信仰的基础之上,上帝就是至高无上的道德法则,人类的一切道德法则都是神的意志,因而人的道德自由就意味着自由地接受体现在神与人之约中的道德戒律,只有这样才能维护人类的尊严,维持以色列之作为神之选民的"神圣性",同时也强调了道德严肃性与个人责任。

但在希伯来宗教以外的许多其他宗教中,诸神往往不是人类道德的源泉,而且诸神本身可以不受道德约束,宙斯可以随意抢劫民女,而人类的道德义务往往只体现于某一特定社会对于它所不能容忍的行为而形成的压力,因此尽管这些宗教也与道德要求联系在一起,却没有上升到人文主义道德观念的层次。

犹太一神论并非出自对寻求终极原则的本体论的探索,也非出自对于事物本质的形而上学的玄思的努力,而是将历史作为一种道德原则的思想方法的必然结果。因而历史对于希伯来人而言就是建立一个神所诫命的道德秩序,希伯来人正是在这个意义上来认识以色列历史的。神选择了以色列,将自己启示给它,要以色列做神的真正宗教的传播者,向外邦人发扬光大,让神的救恩遍及全世界,在仁爱的神的关心、教导和惩戒中走向"一个伟大的日子",那时,"上帝将在地球上创立一个和平、繁荣、幸福、四海之内皆兄弟的辉煌世代"。

尽管以色列人从来自认为是上帝的选民,认为他们的上帝必主宰世界,但这个观念在他们经历巴比伦流放归来后对于和外邦人的关系及神的使命的反思中更为深刻了。一方面,在失去了民族身份的形势面前,迫使以斯拉等人采取排外的"分离主义",表面上似乎是一种狭隘的态度;而另一方面,在匡扶以色列争取犹太身份的奋斗中又孕育出一种强烈的对外邦人的救世传教精神和对于全人类的关心。这就形成了犹太思想中排他主义(particularism)和普济主义(universalism)两种对立倾向的张力。这是一个逆境中的弱小民族的心态,既在与外邦人分离中保持自己的民族身份,又要使外邦人皈依以色列之神。这种张力从未在以色列思想中消除,而其普济主义却一直鼓舞着以色列人重返锡安的信念——不仅仅犹太人,还有外邦人:"素来苦待你的,他的子孙都必屈身来就你;藐视你的,都要在你脚下跪拜。他们要称你为耶和华的城,为以色列圣者的锡安"(《以赛亚书》)。

二、教会文学及中世纪文学的影响

教会文学是欧洲中世纪由僧侣创作的宗教文学,它是在神学理论的基础上发展起来的。教会文学是用来宣传和普及宗教教义的手段。主要内容是宣扬上帝的绝对权威,歌颂基督的伟大,宣扬圣徒的事迹。教会文学体裁繁多,有圣经故事、圣徒传、祷告文、圣者言行录、奇迹故事、宗教剧等。教会文学主要的艺术手法是象征寓意,有浓厚的神秘色彩和虚幻性,存在着公式化、概念化的缺点。其内容有的是直接取材于《圣经》而加以改编,还有一些取自圣徒修行故事等。

对于古希腊、古罗马而言,中世纪文学由于主要是在《圣经》影响之下形成的,因而构成了另一个重要的文化源头,是西方文化的断裂和重要转向,它显然不是古希腊、古罗马文化的继续发展。由于古希腊、古罗马文化遭到大清洗,中世纪作家很多未受过古希腊、古罗马文化教育,也因此不受其束缚。同时,由英雄史诗、骑士文学、城市文学和教会文学共同组成的中世纪文学对后世文学具有诸多启示意义。

中世纪文学,尤其是教会文学中大量采用了梦幻、象征手法。梦幻、象征主要对应于人的精神生活,是对人类重视精神生活、精神形态的反映。混沌的精神形态不可能写实。所谓象征,就是以此物代彼物;而梦幻,是指神对人的启示,神与人的沟通只能在梦幻状态中进行。而古希腊、古罗马文学主要用叙事、写实性手法。

同时,中世纪兴盛的骑士传奇后来发展成为欧洲近代小说,成为欧洲近代小说之母。

第三节
但丁

从总体上看,中世纪文学的个体意义不强,唯独但丁的作品具有个体性。恩格斯曾把但丁誉为"中世纪的最后一位诗人,同时又是新时代的最初一位诗人"。

一、但丁的人生体验

但丁生活于中世纪中后期,关于他的生平已无从考证,但他所处的时代新旧文化多重冲突较为明显。对于这些冲突产生的缘由及其发生的过程,洛里哀在《比较文学史》中曾有过较详尽的论述,他说:

"彼时[指十三世纪]欧洲已为两种权力所分配——教会和封建制度——其一以祭师制度和教王权为其基石,又其一以骑士制度为其砥柱。这两种权力曾有一个机会彼此联络,而这番联络的结果便是'十字军'这一篇大文章。十字军初起时,教会和封建诸侯两方面都凭着一片赤心办事。二百年来,罗马教皇对于这种义举无不竭力维持,计其间欧洲以全力倾注东方者先后凡八次。然而他们的无餍的诛求,终于使朝野厌倦;而罗马的威权非复不可抗拒了。于是意大利社会的革命未平,各教派内讧继起,在在都是以证明教主权势之衰落。而且当初那些供他们使役的诸侯爵主,虽则奋勇牺牲,而目前的报酬却很微薄。他们为筹远征的费用,甚至倾家荡产,而且因久征在外,对于自己臣下的权力,也丧失殆尽。

"当那些传教士和骑士从圣地归来的时候,都觉本国的情形已经大变。曾几何时,而欧洲已经换了一个世界!语言不像从前了,人人的谈论也都新鲜了;什么个人的权利啊,什么凡人生下地来便都有一种权利啊——种种向所未闻的论调都出来了。

"因大学和都市制度兴,而对于僧侣阶级而言的所谓世俗或市民的思想遂亦随起。从此社会上便有所谓教育家,有所谓诗人,而反抗专制的战机亦动,初还只是暗中运动,未几便彰明昭著起来,力量亦渐觉雄厚了。于是乎无论道德上政治上,变动的征候都很显著。……大学里的自由教育已给僧侣教育以一大打击。艺术界的状态也正和文学界的状态一般。十二世纪以前,地方上的建筑,道路,水井,向来都由僧侣办的,至此工匠同行会终于将他们的特权夺了回来。当初国家的一切政务,教会莫不干涉,至此政教两权分立,而一般舆论所主张的各管各事的办法已得实现——即大学管教育,匠人管建筑,国王和他的宰辅管治国。信仰虽然没有完全消灭,然而一般中流社会的常识,已对宗教渐有不信任及批评的态度;他们觉得教会的压制和封建的淫威一般的难受。"[1]

但丁出生于意大利佛罗伦萨,这是十字军东征打开的通往东方的道路,处于东西方交通要冲。这里工商业繁荣,东西方多种文化在此交流。他显然感受到了新的生活方式。同时,他所受的教育也具有多重性。他的曾祖为贵族,父亲为商人,包含着世俗文化因素。他早年又拜拉丁尼为师,拉丁尼是当时少有的对古希腊、古罗马文化有所了解的人,受古希腊、古罗马文化影响。此外,同当时的所有人一样,但丁从小受到教会教育,并一生对神学有浓厚兴趣。这种多重文化的影响集中体现为但丁思想的二重性,即一方面对上帝崇拜,一方面充满世俗生活的情趣,这是矛盾的思想,也形成了他矛盾的人格。

公元1300年,他参加政治活动,陷入官场的政治斗争之中。当时的意大利主要由以国王势力为代表的归尔夫党和以封建教会势力为代表的齐白林党所掌控。刚开始但丁较赞成归尔夫党的理念,但立场不坚定,在两党中间徘徊,最后归尔夫党打败齐白林党。归尔夫党以后又分为黑、白两党,但丁属于白党。黑党是激进派,主张利用人民的力量去推翻教皇。黑党后来战胜白党,但丁被终身流放,到全国各地漫游,了解意大利的风俗民情、社会生活。在这当中但丁写了《飨宴》和《论俗语》,提出要建立意大利民族语言。在但丁看来,国家要统一,不仅只在政治、经济上,而且民族语言的建立也有利于民族的统一。在佛罗伦萨党争中,他拥护世俗权力,反对教皇干涉世俗事务,后来又发生了动摇。

此外,他在个人生活上也存在矛盾。关于但丁的爱情,说是有一个女子名叫贝亚德,和他差不多年纪,他在9岁的时候见了她一次,9年以后又见了她一次,她的美丽印象便深深印在他的心上。传说这个女子是佛罗伦萨的一个名叫福而谷的富人的女儿,嫁给了一个银行家。她在1290年死了,当时年龄不过25岁。约在1295年,但丁把赞美她、纪念她的诗整理起来,编成一本书,每篇诗并附以记事和注解。这本书就是《新生》,是用意大利语写的。这种没有肉体接触,纯粹精神上的柏拉图式的爱情,显示出爱的世俗性和恋爱方式的脱俗性之间的矛盾。

但丁青年时期创作的诗歌属于"温柔的新体"诗派。"温柔的新体"诗派,是在南方普罗旺斯诗歌的影响下产生的,把以爱情为主题的抒情推向反对封建包办婚姻和宗教禁欲主义的高度,但往往把女性圣母化,生气不够,以但丁的《新生》为代表,善用

---

[1] 洛里哀:《比较文学史》,傅东华译,商务印书馆1947年版,第166—168页。

梦幻、喻意、象征的手法。

二、《神曲》的思想内涵与艺术成就

《神曲》被誉为"中世纪史诗""百科全书"。"神曲"是中文译名,原文为 *La Divina Commedia*,直译为"神的喜剧"。为什么但丁要称这首关于神学与哲学的巨著为"喜剧"呢？在中世纪,喜剧(Commedia)指逃脱于祸患的叙述文,悲剧(Tragedy)指大人物没落的故事。凡由平静开始而结束于悲惨的故事,可称悲剧;凡由纷乱和苦恼开始而结束于喜悦的故事,可称喜剧。《神曲》开始于悲哀的地狱,结局在光明仁慈的天堂,由以上定义而称为"喜剧",自无不合。喜剧一般以通俗为特点,因欲通俗,故《神曲》不用拉丁文来写,而是用意大利口语写。

《神曲》是一首极复杂的诗歌,简单地说,这首长诗,是记述一次"神游",游者就是诗人但丁自己。但丁记述自己在35岁(所谓"人生的中途")的时候,迷失在一个黑暗的森林里,他极力想从里面走出来。天亮了,他到了一座小山的脚下,那小山顶上已经披着阳光,他就想爬过小山,可是前面来了三只野兽：一豹、一狮、一母狼,拦住他的去路。前是猛兽,后是幽谷,但丁进退两难,只得高声呼救。那时出现了一个人形,就是维吉尔的灵魂。这位古诗人对他说："你不能战胜这三只野兽,我将指示你另外一条路径;开头我将引你参观罪人的居地,次则我将引你爬上灵魂在那里洗练的山坡;到了山顶,我把你交付给另外一个引导人,伴你游览幸福之国。"之后,但丁进"地狱"之门,穿过地球中心,走出和耶路撒冷对极的海面,爬上"净界"的山,山顶为"地上乐园",就在那里维吉尔隐去,贝亚德来接他登"天堂",直至和上帝对面。

关于这部作品的内涵,但丁在致友人的信里说,必须注意这部作品它的意义不是简单的,而是含有多种意义,它除了字面的意义,更有象征的意义。

事实上,《神曲》充满着象征的意义,任何人都容易看得出来,那个黑暗的森林代表罪恶,一不小心,人就要走了进去;那披着阳光的山顶,代表一种理想的境界;罪人们希望看见阳光,可是因为本身的贪欲(母狼)、野心(狮)和逸乐(豹)等劣性,或因为社会的恶势力而不能自拔,所以外来的援助是需要的。所谓外来的援助,就是"理性"。古诗人维吉尔为"人智"的代表,他因此使人明白罪恶的可怕(如在地狱所见),鼓励人养成一种洗心革面的精神。在"人智"以外,又必须有信仰,有"神智"作为引导,一个人才可以达到至善之境(接近上帝),得到真正的幸福。启示神智的代表就是贝亚德，所以贝亚德是天堂的引导人，而维吉尔是地狱和净界的引导人。

我们若把《神曲》视为描写人死后灵魂的生活，因以惩恶劝善，还不如视为对人类现世心理的描写，从罪恶得着解救的历程。《神曲》所思考的主题就是，人类怎样才能得到幸福？其答案是：人类必须避免行动上的一切错误，清除欲念，才能得到心灵的纯洁，才能由人智转到神智，得到幸福。相反，如果人不能清除欲念，就会遇到痛苦的折磨和烦恼。

但丁矛盾的人生体验渗入《神曲》之中，折射出双重思想意义的辉光。它体现了近代意识，这是一种处于新意识萌芽的阶段，区别于中世纪，接近文艺复兴时的意识。我们知道中世纪是反对自由意志的，它是人类受难的主要根源。在《神曲》中，作者虽也承认自由意志使人堕落，但作者更认同只要控制情欲，悔过自新，通过自己的修炼从迷惘、错误中解脱出来就可以达到至善和真理的境地即天堂的观点，因而在一定程度上肯定了自由意志。

这种近代意识还表现在对基督教正统观点的背叛上，和15世纪的宗教改革家一样，但丁对基督教的批判源自对它的信仰和真诚。作品中教皇被打入地狱最底层，"因为你的贪心使世界变得悲惨"。同时，作品对一些异教事物持宽容态度。古希腊、古罗马的思想家、文学家像苏格拉底、柏拉图等在地狱的第一层，这是地狱中无刑罚的层次。那些使用阴谋诡计的异教徒像尤利西斯等被放到地狱，但对他的聪明、智慧、航海经验、勇敢、冒险精神大力赞美；而为爱情犯罪的人如海伦、帕里斯等在惩罚较轻的"色欲场"，随风飘零。

此外，近代意识还体现在作品鲜明的民族意识上，要求意大利统一，即要求世俗权力的统一强大。而民族意识是教皇打击的对象，因为教皇要求进行超民族的统一。但丁歌颂罗马帝国的光荣历史，诅咒意大利四分五裂的状况。

虽然《神曲》体现出种种近代意识，但并未从整体框架上突破基督教。作品中始终较严格遵守基督教的规范。正因如此，不可能把异教者安入天堂，天堂中只有忠心护教者。像维吉尔不信教，因此他也不可进天堂。但丁对禁欲主义者持肯定态度，对未堕落的、真心修炼的神父持很高的评价。

《神曲》在艺术上也取得了较高的成就，首先在艺术风格上恢宏、博大而庄严。作品在构思上的恢宏、博大，可谓"上穷碧落下黄泉"，地狱、炼狱、天堂共同构成一幅恢宏的宇宙图景。长诗在结构上的严谨和统一，内在的均衡性、统一感，使得全文显得非常庄严。这种庄严感可以说源自数字的应用。首先是对"3"的应用,神曲分为3部,每部各有33篇。其次是对"10"的应用,在西方文化中,"10"是完全的好数,"100"则是完美中的完美,完全中的完全,而《神曲》3部各33篇,再加上编序曲共100篇。此外,"9"在西方人眼里也是完全的好数,三界皆为9层。这些显然是作者对数字的有意追求。

同时,在艺术手法上体现出中世纪文学最重要的特征,即梦幻和象征的手法。全文记述了一场大的梦幻旅行,即幻游三界。至于象征在文中则比比皆是,例如豹是政治野心家的象征;狼象征贪婪的教士;维吉乐象征理性与哲学;贝亚德是信仰与神学的象征;等等。

此外,民族语言的广泛应用也是《神曲》的一大特色与成就。在当时,拉丁文是官方认可的语言,民族语言是遭贬低的"俗语"。但丁用意大利语写作本身就带有叛逆色彩。他曾用拉丁文作《论俗语》讨论"俗话"的优越性,呼吁人们重视意大利语言。《神曲》就是对这一观点的具体实践。

第三章
文艺复兴运动时代的文学

第一节
文艺复兴的历史背景与西方近代意识的萌芽

一、文艺复兴的历史背景

文艺复兴曾被称为西方"精神世界最壮烈的日出",它所推崇的人文主义思想已经成为全世界的宝贵精神遗产。一般来说,西方思想分三种不同模式看待人和宇宙。第一种模式是超越自然的,即超越宇宙的模式,集焦点于上帝,把人看成神的创造的一部分。第二种模式是自然的,即科学模式,集焦点于自然,把人看成自然秩序的一部分,像其他有机体一样。第三种模式是人文主义模式,集焦点于人,以人的经验作为人对自己、对上帝、对自然了解的出发点。第一种模式在中世纪占支配地位,当时的西方思想同神学有着一种特殊关系。人文主义模式同文学和艺术、史学和社会思想有着同样密切的联系。虽然这种模式可以从古代世界吸收哲学传统,但是它的现代形态只有在文艺复兴时期才能形成。而科学模式还要晚些,到了17世纪才形成。[1]那么,人文主义模式为什么在文艺复兴时期发生和发展起来?其兴起的历史机缘和文化背景又是如何的呢?

首先,文艺复兴思潮的衍生与城市文化的兴起和发展息息相关。世俗民间力量聚集成为堡垒,就孕育出了城市。14世纪,城市已遍及意大利,意大利成为欧洲最富饶的地方。但城市的出现不一定说明有了一种独立文化品格的城市文化。西方则有自己的独特条件:王权衰落,教皇住在自己的城堡里,地方势力住在自己的庄园中。城市纯粹代表了新的精神力量,有自己独立的力量,可以独立发展。等到这些市民阶

---

[1] 阿伦·布洛克:《西方人文主义传统》,董乐山译,生活·读书·新知三联书店1997年版,第12页。

层逐渐意识到自己的力量,他们就购买自治权,争取了自由生存发展的空间,故而产生了城市文化,这种文化让人投入现实生活,追求感性生命,由此,新的人生观、价值观渐渐形成,新文化力量逐渐形成。

其次,教会的堕落与腐化。宗教信仰让人变得虔诚,但一旦推向极端则会走向悖反的境地。世界上最有力的道理往往是最抽象的道理,基督教义用来解决人们的精神困惑确实有着巨大的力量,但一旦用这些抽象理论来解释现实人生时就会陷入尴尬境地,而且上帝仅存在于抽象理论之中,永远不可触摸,这样其光芒便逐渐失去。另外,宣传者即掌权者,面对世俗的种种诱惑更容易堕落,陷入无地自容的两难境地,强大的世俗诱惑日渐淹没了宣教的声音,最终走向堕落。这样的尴尬境地迫使教会重新调整自我与世俗的关系,结果开始了宗教改革,如马丁·路德的新教改革,其要义在于,教义并不需要教皇(僧侣阶层)来解释,每个人都有解释的权利。新教改革拆除了横亘在宗教徒与《圣经》文本之间繁复的中介环节,必然导致旧文化价值理念开始分裂、衰败。

城市文化的兴起和教会的堕落与腐化皆是一个文化体系的变动,是自控行为,可以变化,但不可能导致质变,必然需要其他文化的启示,才能创新。因此,文艺复兴思潮的发生还需要古典文化的启示和催化。我们知道,对世俗幸福的肯定是古希腊、古罗马文化的主导精神。

但这些古典文化对中世纪很隔膜。东罗马帝国残存有大量的古典文化典籍,主要有古罗马法律、古代著作以及希腊文与拉丁文的杰作,1453 年蛮族攻占了君士坦丁堡,不堪忍受本国压迫的学者们纷纷逃往意大利,古典文化蔓延于意大利,掀起了"采集古代文化热"。研究古典文化的学问产生了一系列人文学科,包括历史、伦理、诗歌、修辞、语法等五个门类。

此外,新航路的开辟与地理大发现也更加促进了文艺复兴思潮的兴盛。1492 年哥伦布发现了新大陆,火药、印刷术等发明传入欧洲,提高了人们征服自然的能力,这为高扬理性的"人"的观念奠定了现实的基础。

文艺复兴是 14 世纪至 17 世纪初西欧与中欧所发生的一场反封建反教会的思想文化运动,其思想核心是人文主义。人文主义思想家们通过"复兴古典文化"这一口号完成了对中世纪禁欲主义的否定,建立了近代文化的雏形。因文艺复兴运动诞生的人文主义文学开辟了近现代西方文学的发展道路。"文艺复兴"的原义就是指古代文化的再生。

二、人文主义：萌芽中的近代意识

在罗马人的世界里，就像在希腊人的世界里一样，由于没有印刷的书籍，没有报纸或其他交流媒介，公共事务都是在议会和法院里面对面进行的，因此演讲术的精通掌握是获得权势的钥匙。但是这并不仅仅指把话说得动听的能力——罗马人认为人有别于动物就是由于说话的能力——而且还指能够抓出和提出论点或者批驳论点的思维能力，这就需要在文科学科中受到全面的教育。对这种全面教育，希腊文叫 enkyklia paedeia（英文"encyclopaedia"一词即源出于此）。西塞罗在拉丁文中找到一个对等的词 humanitas（人文主义）。

但是，"人文主义"一词本身不论在古代世界还是在文艺复兴时期都还没有出现。它是迟至 1808 年才由一个德国教育家尼特哈麦在一次关于古代经典在中等教育中的地位的辩论中，最初用德文 humanismus 杜撰的，后来由乔治·伏伊格特于 1859 年出版的一部著作中首先用于对文艺复兴的研究，书名是《古代经典的复活》，又名《人文主义的第一个世纪》，这比雅各布·布克哈特的名作《意大利文艺复兴时期的文化》早一年。不过，在 15 世纪末意大利的学生就使用了一个词叫 umanist。英文即 humanist，这是学生们用来称呼他们教古典语言和文学的教师的。这些教师所教的科目在文艺复兴时代的名称是 studia humanitatis，我们译为 the humanities（人文学），在 15 世纪指的是语法、修辞、历史、文学、道德哲学这一套科目。[1]

在《简明不列颠百科全书》词条中对"人文主义"的解释是，"凡重视人与上帝的关系、人的自由意志和人对于自然界的优越性的态度，都是人文主义"。当文艺复兴时期的思想家们对古希腊、古罗马时期的原始资料发生兴趣，纷纷寻找古代文献，热衷于研究希腊文和拉丁文的时候，他们无疑也把眼光放到了希伯来文和犹太圣经上。文艺复兴与人文主义反对禁欲主义和狭隘宗教教条的鲜明倾向，并不意味着任何反宗教的无神论的战斗立场；相反，在面临宗教和神学问题时，它并不向基督教本身做出挑战，而只是抨击经院哲学琐碎的考辨和对细节问题的纠缠，要求在直接阅读圣经和基督教起源传播者著作的基础上，纯化基督教信仰。

---

[1] 阿伦·布洛克：《西方人文主义传统》，董乐山译，生活·读书·新知三联书店 1997 年版，第 5—6 页。

文艺复兴已被用来作为欧洲现代史初期阶段,也就是从 1350 年至 1600 年这么一个广阔而多样化的历史时期的标签,因此无法赋予它一个单一的特征。以前把文艺复兴时期的特征概括为"人文主义",这已不能为大家所接受。在这 250 年之间,欧洲发生了许多事情,不能把它们都称为"人文主义"。我们可以举出像宗教改革、反宗教改革和宗教战争的例子。另一类例子是中世纪经院哲学传统和对亚里士多德的研究,不仅维持了下来,远远没有被人文主义的研究所取代,而且还在大学里得到了繁荣和发展,并对从哥白尼和伽利略开始的科学思想的革命性变化做出了不小的贡献(有人甚至认为比人文主义的贡献还大)。这就是说,当你一谈到文艺复兴,就必须具体指明你所谈的时间和地点。而且,举例来说,必须认识到这在意大利比欧洲其他地方早开始一个世纪;同时也必须认识到,在意大利人文主义与北欧特有的伊拉斯谟基督教人文主义之间,以及在这两者与法国的拉伯雷与蒙田的人文主义之间,有着重要的不同之处。

事实上,在中世纪与文艺复兴时期之间并没有遽然的断裂点或容易划分的界限。除了经院哲学以外,中世纪的其他思想习惯也在欧洲的许多地方流传到 16 世纪。毕竟,拉丁文作为教会的语言和受过教育的人的语言已有千年历史,古人的成就这么辉煌,中世纪是无法视而不见的。在中世纪的欧洲,没有别的诗人像奥维德和维吉尔那样拥有众多的读者。但丁就是选择后者作为《神曲》第一部中的向导的,这部作品是中世纪人生观的最佳表述。中世纪的教会不得不与古希腊哲学妥协,托马斯·阿奎那的《神学大全》,就是把基督教教义与亚里士多德进行协调的一次尝试,为经院哲学提供了基础,经过了文艺复兴时期而仍旧存在下来。甚至在阿奎那之前,就已查明有两次古典的复活,一次在 9 世纪的加洛林王朝,另一次是 12 世纪所谓原始文艺复兴。[1]

中世纪的人能够从古代经典中取其所需,正是因为他们与古代世界之间没有分隔感。但是不论他们从古人那里拿来了什么,不管是艺术、神话、文学或者哲学方面,他们都把拿来的东西融化在他们自己的完全不同的基督教信仰体系之中,改变了这些东西的原来涵义使之适应这一体系,而没有任何不合时代的感觉。只有到了彼特拉克和 14 或 15 世纪的意大利人文主义者那里,古人的世界才开始被看作一种凭其自身的价值而单独存在的文明,不再是一个任人劫掠的货栈。中世纪对古代世界的

---

[1] 阿伦·布洛克:《西方人文主义传统》,董乐山译,生活·读书·新知三联书店 1997 年版,第 9—10 页。

感觉是轻松随便的熟悉的感觉,而文艺复兴时期则第一次从历史的角度来看待古代世界,觉得它既遥远又生疏,又令人着迷。文艺复兴时期的人文主义者所努力的不是吸收它的某一个特点,而是把它当作一个自成一体的极其不同的世界,认为这个世界比自己的世界要优越许多。就是14或15世纪的意大利人文主义者发展了古代"复兴"的想法,创造了"中世纪"一词来称呼他们与那个他们自称要恢复的古代世界之间的鸿沟。

人文主义可分为公民人文主义与基督教人文主义,我们无法回避奥古斯丁笔下人的充满罪恶的存在状况与文艺复兴时期对人的看法之间的冲突。因为在奥古斯丁所绘的图像里,人是堕落的生物,没有上帝的协助便无法有所作为;而文艺复兴时期对人的看法却是,人靠自己的力量能够达到最高的优越境界,塑造自己的生活,以自己的成就赢得名声。但是对于人文主义者自己来说,这种冲突却很少成问题;他们大多数人继续把基督教信仰视为理所当然的事,并没有感到自己对古典的热情需要与它协调。[1]克里斯泰勒教授说得好,文艺复兴时期的思想虽然比中世纪更加以人为中心,更加世俗化,但它的宗教性不一定不如后者。北欧人文主义传统(以马丁·路德为代表)始终认为精通古典研究和把它用于《圣经》是恢复基督教的本来面目的钥匙。

人文主义从狭义上看是文艺复兴运动形成的资产阶级思想体系,它是文艺复兴运动的中心思想,是新兴资产阶级反封建、反教会的意识形态,对"人"的肯定是人文主义思想的核心。

首先,它在价值观念上以人为本,人性成为衡量万事万物的基本尺度,即用人性反对神权。在中世纪,教会认为神高于一切,主宰一切,而人则是渺小的,只能忠顺地听任神的摆布,当神的奴仆,宣称自己是神的代表,这一套神学说教不过是维护封建主阶级特权统治的意识形态。为了反对封建教会的思想垄断地位,人文主义者用"人性"反对神权。他们竭力歌颂人的价值、人的尊严和人的力量,认为人有理性,有崇高的品质,有无穷的求知能力,可以创造一切。人文主义者宣称他们"发现"了"人",以"人性论"为他们的理论纲领,反对教会的神权论。

其次,在人生理想上,以个性解放反对禁欲主义。人文主义者提出"个性解放"的口号以对抗教会的禁欲主义,肯定现世生活,认为现世幸福高于一切,人生的目的就是追寻个人自由和个人幸福。他们公开宣称"人人可以发财致富","财富是上帝爱护

---

[1] 阿伦·布洛克:《西方人文主义传统》,董乐山译,生活·读书·新知三联书店1997年版,第36页。

一个人的最鲜明的标志"。

再次,在思想方法上,以知识和智慧的力量扫荡中世纪的蒙昧主义,人文主义者与封建教会宣扬的蒙昧主义、琐碎经院哲学针锋相对,鼓吹理性,重视人的聪明才智。他们宣称理性是"人的天性","知识是快乐的源泉(感性欲望)","知识就是力量"等。

最后,在政治追求上,民族主义意识高涨,拥护中央集权,反对封建割据。当资产阶级还无力掌握国家政权时,就是迫切要求一个强大的王权出来消灭封建割据,镇压人民起义,为资本主义的发展提供统一的国内市场。

文艺复兴曾是西方"精神世界最壮烈的日出",因此这一时期的文学主导精神就是激情主义。它并不是摧枯拉朽地理性批判中世纪,而是沉浸于享受之中,是一种温和的否定,即用自己的生活行为过程加以否定,而没有上升到理论高度。此时,文学描写的内容大都集中在人的世俗生活和物质追求上说,爱情和田园成为当时最大的两个文学主题。从体裁上看,小说、戏剧、诗歌、散文均得到发展,其中尤以小说、戏剧成就最高,因为它们宜于展示世俗生活。此外,广泛采用民族语言,这显示出对地方语的重视,打破了拉丁语一统天下的局面。

第二节
薄伽丘:肉欲的沉醉与优越意识

文艺复兴思潮滥觞于意大利,它具有滋生人文主义萌芽的得天独厚的文化土壤。在新航路开辟以前,意大利处于东西方交通的要冲地带,是商品经济最早的兴盛之地,也是当时商品经济最为发达的地方。同时,意大利独特的社会格局也有助于推动这股思潮的衍生。当时,社会权力四分五裂,各自为政,教会势力没有形成统一强大的力量来促进自身文化个性的发展,因而新兴文化很容易在这里驻足、生长与繁荣。此外,意大利具有丰富的古典文化遗产,到处可见古希腊、古罗马文化的废墟,古希腊、古罗马的人文精神作为潜在的集体无意识积淀下来,深刻影响着那些追求现实人生幸福的人们。另外,十字军东征时,大学和都市制度已经兴盛起来,大学里的自由教育已给僧侣教育以很大的打击。对教育的重视,使得古罗马艺术和传统在意大利一直保存了下来。

薄伽丘(1313—1375年)是第一个通晓希腊文的人文主义者。他生于佛罗伦萨附近的契塔尔多村,是一个私生子,父亲是佛罗伦萨银行界的一名富商,母亲是法国人,姓名已无从查考。1327年,父亲携他去当时商业十分繁荣的那不勒斯居住,在父亲的公司里学习经商之道。但他自幼酷爱诗文,对商业事务不感兴趣,一空下来就埋头研究古书及拉丁文、法文等语言。薄伽丘18至23岁时,父亲曾叫他改学法律,但他志不在此,仍孜孜不倦地潜心钻研古希腊和古罗马文化,并对意大利俗语的写作甚感兴趣。正如他在用拉丁文写成的自传中说的:"我快要成年,有独立的能力,不需要别人给我指路,父亲固执地反对我钻研罗马古典文学作品,可我不同意他的看法,独自贪婪地研究懂得并不多的赋诗法,尽力领悟诗歌的内在含义。"

薄伽丘在那不勒斯过着放荡不羁的生活,直到1340年。1333年,他深深地爱上了那不勒斯国王的私生女玛丽亚,女方对他也颇有好感。为了取悦于她,他开始写散文体长篇小说《菲洛柯洛》;中篇小说《菲亚梅塔的哀歌》(1343—1344年),这是欧洲第一部内心独白式的心理小说;还写了长诗《菲洛斯特拉托》。

1340年,他的父亲突然破产,他因而不得不放弃昔日豪华的生活,经济变得十分拮据。父亲病故后,他回到佛罗伦萨,不久创作了叙事诗《苔塞伊达》(1340—1341年),这是意大利出现的第一部叙事诗。在居住于佛罗伦萨期间,他积极参与这一城邦的政治生活,竭力拥护共和政体,反对腐朽的贵族和资产阶级上层分子。他多次受当局委托,肩负重要外交使命,并与政府和教会的首脑保持接触。同时,他潜心研究人文主义思想和古代神学,写了不少拉丁文作品,如《名人的命运》《著名的女人们》等,此外,他又用意大利俗话写了一些抒情诗,意境高雅,风格清新。1350年,他在佛罗伦萨与彼特拉克相识,两人情趣相投,从此建立了亲密的友谊。对于但丁,他几乎花了毕生的精力,写了《但丁传》,这是西方文学史上的第一部文学传记。

薄伽丘的代表作《十日谈》写于1345—1351年。1471年,《十日谈》在威尼斯出版,是这部巨著的最早版本。

一、《十日谈》的思想内涵

公元1348年,佛罗伦萨发生了一场可怕的瘟疫。短短4个月里,瘟疫夺去了数十万人的生命。昔日繁华的佛罗伦萨,变得十室九空,几乎成了一座空城。

一个礼拜二的早晨,七个年轻女子和三个青年男子在教堂邂逅。他们都长得异常俊美,富于热烈的感情,又具有良好的教养。他们相约去郊区一座别墅居住,以躲避瘟疫,排除忧思。在天气最热的时候,他们围坐在阴凉处举行故事会,每人每天讲述一个自己心爱的故事,题目不限,十天共讲了一百个故事。

1348年可怕的瘟疫使人们感到他们真正拥有的不过是死亡。面对着这场灾难性的死亡,人们显示出不同的反应:一种是让我们为了明天的死亡而吃、喝、及时行乐;另一种是我们漠视所有尘世的财富以便在天国储蓄财富。

薄伽丘借十位青年健康文明的目光来反观中世纪的社会人生,从而肯定和歌颂了人的现实欲望和现实情感,揭掉了中世纪虚伪的面纱,宣告了传统道德的破产。作品中大量的有关通奸、仇杀、抢劫的故事反映了当时意大利的社会现实,而主要锋芒指向教会僧侣。在嬉笑怒骂中,活画出一幅圣徒不圣、修士不修、神父昏庸、教会腐臭的画卷,甚至罗马教皇都在他的攻击之列:"从上到下,没有一个不是寡廉鲜耻,犯着'贪色'的罪恶,甚至违反人道,耽溺男风,连一点点顾忌、羞耻之心都不存了;因此竟至于妓女和娈童挡道,有什么事要向教廷请求,反而要走他们的门路……"

薄伽丘在攻击教会时的玩世不恭口吻与泼皮般的流氓精神反映了他对人自身的优越意识。这种优越意识是主体觉醒的表现,它标志着神人已经易位,人已经摆脱教会的羁绊而取得独立意识。[1]他的主要武器就是肯定人的自然欲望是不可抗拒的,具有天然合理性。这构成了《十日谈》的一个重要主题。

在"第四天"的故事会开场白,作者叙述了这样一个故事:

从前,佛罗伦萨有个男子叫腓力,他和妻子相亲相爱,互相体贴。不幸妻子去世,只留给他一个将近两岁的儿子。腓力哀痛欲绝,发誓断绝红尘,去侍奉天主。他把家产都捐充慈善事业,带着儿子到山上隐世修行。

腓力唯恐儿子接触到世俗之事,乱了侍奉天主的心思,因此终日教他背诵祈祷文,讲天主和圣徒的光荣,不曾走出茅屋一步。

光阴似箭,孩子已到了18岁。腓力心想,如今儿子已长大成人,平时侍奉天主勤谨,即使到浮华世界走一遭,大致也不会迷失本性了,于是,带他下山办点事。

小伙子看见佛罗伦萨城里的皇宫、宅邸、教堂,惊奇得不得了,禁不住向父亲问长

---

[1] 徐葆耕:《西方文学:心灵的历史》,清华大学出版社1990年版,第99页。

问短。可巧又遇见一群年轻漂亮的姑娘,小伙子立即问父亲这些是什么东西。父亲叫他快低下头,眼睛瞧着地面,告诉他,它们都是祸水。儿子又追问,父亲生怕引起他的邪念,所以只说:"它们叫绿鹅。"

说也奇怪,儿子脱口而出地说:"父亲,让我带一只绿鹅回去吧。"

"唉,我的孩子,"父亲回答说,"别胡闹啦,我对你说过,它们都是邪恶的东西。"

那小伙子却说:"我不知您说的是什么话,也不明白它们为什么是坏东西。对我来说,我还从没有看过这样漂亮,这样讨人爱的东西呢。它们比您给我看的那些天使的画像还要好看呢。看在老天爷的面上,让我们想个法子,把那些绿鹅的一个带回去吧,我想喂它。"

父亲恍然大悟,自然的力量比他的精心教诲可强多了。

金钱欲与情欲是人的自然欲望,即所谓贪财好色。《十日谈》主要揭示的是人的自然情欲,以此为基点来观照教会社会,自然就能瞥见它的荒淫、贪婪与虚伪。因此作者在故事的末尾议论说:"谁要是想阻挡人类的天性,那可得好好儿拿点本领出来呢。如果你非要跟它作对不可,那只怕不但枉费心机,到头来还要弄得头破血流。"

这同一主题的故事还有在"第九天"的第二个故事:

从前,伦巴第地区有一所女修道院,一向以虔诚圣洁出名。院里的修女当中,有一位名叫伊莎贝达的年轻、美丽姑娘,跟外面的一个后生相好,时常私下幽会。

可是,天下没有不透风的墙。伊莎贝达跟那后生相爱的事逐渐传了出去。有一夜,这一对情人正幽会,被人告发,以圣洁、善良出名的女修道院长闻讯,勃然大怒,立即率领众人去捉奸。女院长喝令把伊莎贝达押到大厅听候发落,她当着全体修女,声色俱厉地痛斥伊莎贝达淫乱无耻,败坏修道院的名声,还说非要严办不可。

伊莎贝达起先羞愧难当,但后来悄悄抬起头来,却不料发现了女院长的秘密。于是,她大胆地指出,女院长头上戴的不是头巾,而是一条男人的裤衩。原来,女院长这夜也是陪着一个教士睡觉,修女们来报信时,她在黑暗中慌忙穿衣服,把教士的短裤当作自己的头巾戴到了头上。

女院长明白自己出了丑,而且众目睽睽之下再也无法掩饰,就索性改变态度,用温和的语气对修女们说,以后只要大家保守秘密,可以各自去寻欢作乐。

薄伽丘在《十日谈》中歌颂了人的个性,那些光彩照人的个性,尤其是歌颂了真挚执着的爱情,塑造了一系列的妇女形象,并进行了浪漫化的表现。薄伽丘尊重女性,维护女权,提倡男女平等。在"第四天"的第三则故事中就塑造了一位非常富有智慧和个性的妇女形象。

故事讲的是,有一位姑娘出身高贵,举止文雅,却嫁给了一个羊毛商。尽管他极其富有,可人却太粗俗。所以,不到万不得已,她是决不会让他搂抱亲热的。可为了满足自己的欲望,她决心给自己找一个称心如意的情人;后来她果然爱上了一位年轻力壮、精明强干的男子,以至于哪天没看见他,晚上就烦躁得睡不着觉。可惜,这位男子没有发现这一点,更没有注意到她。她呢,又十分谨慎,既不敢叫贴身女仆告诉他,也不敢写信,唯恐出什么差错,招致危险。后来,她发现那位男子跟一位神父来往密切,神父的虔诚在当地是闻名的。

于是,她便找了个适当的时机,来到神父所在的教堂,派人通知他,她有事向他忏悔。忏悔之后,她对神父说:"您知道,我丈夫特别爱我,他爱我胜过他的生命。如果我怀有二心,损害他的名誉,就真是一个该被烧死的坏女人。

"可现在,有那么一个男人,我不知道他的名字,但看样子像个好人,如果我没弄错的话,他还是您的一个好朋友。他身材高大,穿着很得体的棕色的衣裳,可能他不知道我怀有多么贞节的想法,以为可以追求我呢。只要我一到门口,一靠窗户,或一走出家门,他就马上在我面前露面;他这么做,真让我痛苦极了,因为这些做法往往会引起非议。我本想把这事告诉我的兄弟们,但又一想,这样很可能又会惹出是非来,因而我不如讲给您听。我求您看在上帝的面上,教训教训他吧。"

一天,男子照例来看神父,神父于是非常客气地对他说,不要像那位太太所说的那样堵在门口,这样会使她非常难过。这位男子刚要辩解,可那神父说:"你不要费口舌去否认了,因为这是她本人亲自告诉我的。"这位男子比神父聪明得多,很快就明白了少妇的用意,答应以后不再去纠缠她了。但他一离开神父便朝那位少妇的家奔去;而那位少妇也一直守在她家的一扇小窗前,看他会不会从她家的门前走过。不一会儿她看见他来了,心里十分快乐,便用眼睛向他传送柔情蜜意好让他明白。过了些日子,她发现那位男子爱她就跟她爱他一样,就想进一步点起他的爱火。

一天,她一到教堂便跪了下来。神父以可怜她的神情问她出了什么事。少妇回答说:"自从我向您倾诉以后,他几乎恼羞成怒。如果他只从我门前经过,盯着我也罢,没想到他昨晚竟然派一个女仆转述了那些废话,而且送给我一个钱袋和一根腰带。我本想叫女仆滚,但转而想,女仆会不会把这些东西隐藏起来归自己。于是我把她叫回来,现在我带来了两样东西。"说完,就把华丽的钱袋和值钱的腰带给了神父,神父因而非常生气。说:"没想到他没有改,不过我将挺身而出,坚定地为你的贞节作证。"少妇知道神父像其他神父一样贪财,决定给他一枚金币。

少妇走后,神父立刻派人把他的朋友叫来。那位男子来后,看到神父满面怒容,马上就明白他得到少妇的口信了。神父大怒:"你这个恶人,你现在还想否认吗?"这位男子假装十分羞愧的样子,说:"我承认错了,既然她如此坚贞,以后,你再也不会为这事规劝我了。"

那少妇看她的计谋越来越成功,高兴非凡,只等她丈夫出门,便大功告成,说来也巧,没有几天,她丈夫因某些事情去了热那亚。

早晨她马上去神父那里说:"我也不知道是什么恶鬼让他知道我丈夫昨天早晨去了热那亚,我跟您说,天还没亮的时候,那魔鬼就跳进我家的花园,爬上一棵大树,来我卧室的窗前,弄开窗户,想跳进来。……你想,这件事我怎能容忍?"她刚离开一小会儿,那男子就来了。神父把他骂了个狗血喷头。那位男子赶忙向神父承诺、道谢,到了夜深人静,接近黎明时分,他跳进少妇的卧室,不由分说,便把他的漂亮情人搂在怀里。那少妇说:"真应该感谢神父帮了大忙,指给你来这里的路。"

二、《十日谈》的艺术成就

《十日谈》首先在结构上采用了松散与集中相结合的方式。《十日谈》借鉴了东方《一千零一夜》、《五卷书》的框架结构,发扬了古希腊讲求有机统一的美学原则,十天之内十个青年各讲一个故事,合成完整优美的短篇小说,而且每一天几乎各有一个主旨。第一天以讽喻手法透视了人类的罪恶,特别是上流社会人士的罪愆。第二天作者显示了命运驾驭男人女人的力量,认为人们无不受到命运的主宰与摆布。第三天的主题则认为人类的意志和努力可以战胜命运,而爱情和智慧在其间起了不小的作用。第四、五天揭示了爱情的悲欢,先是痛苦,后是欢乐。第六天强调了智慧的重要性,认为随机应变、急中生智和聪明的言词往往能使人在尴尬局面下应付裕如,跨过难关。第七、八天主要叙述女人如何巧言令色地捉弄丈夫,以及男人如何捉弄女人和男人们之间如何捉弄戏谑。第九天没有固定的主题。第十天则宣扬人类应有的德性,即宽容与忍耐等。

同时我们会发现,讲故事的人虽各有风姿面貌,叙述时实际上都是薄伽丘自己的声音,即作者借十个木偶在前台表演,自己做幕后操纵者,有时还忍不住跳出来大发议论,并讲了《绿鹅的故事》。这种叙述方式让读者感觉亲近,使人在不知不觉中走进了作者营造的幻象中,仿佛自己是坐在青年们当中的一位看不见的宾客,跟他们一同说笑、议论和判断。多个叙述者的另一个好处是作者可以自由灵活地发表议论,每一篇故事的卷首和末尾都有叙述者的评价和总结,作者或直抒胸臆,或借叙述人谈论,或通过故事中的主人公发表独白;聪明睿智的议论比比皆是,它们有时恰到好处地点明了主题,但有时也破坏了小说的艺术性。

其次,追求"数"的形式美。薄伽丘认为"费力出美感",因此他非常重视写作技巧。十天十个人,每人十个故事,每一故事后有一首诗。这种数字上的有意安排带来了作品的整齐感,有节奏和韵律。

正像当时的许多作品一样,薄伽丘常用粗俗的语言描绘两性关系,这种粗鄙本身也是对宗教的亵渎,是一种反抗形式。但他在描写男女的爱情时,往往过分渲染了肉欲之乐,把它看成至高无上的幸福,为达到此一目的可以不择手段,而有些细节则过分琐碎,近乎猥亵。有些故事比较庸俗,显得是非不明,善恶不分。不过,《十日谈》开创了欧洲近代短篇小说的先河,薄伽丘也因此成为欧洲短篇小说的奠基人。晚年的薄伽丘表示深深的忏悔,歌颂世俗的道德,诅咒爱情,短篇小说《大鸦》是他的最后一篇作品。

任何情绪性的宣泄既是灿烂的,又是短暂的。文学的繁荣首先靠的是激情,但要保持持续繁荣必须要有理性的支援,但随着理性变得浓烈时,又会束缚作家,于是另一种激情又被掀起。世界经济重心的转移导致地区经济的衰落,意大利逐渐萎靡不振,人文主义后来也成为肤浅空虚的代名词。

第三节
《巨人传》:在史诗、传奇与小说之间

文艺复兴思潮由意大利首先传入法国,在法国根基巩固后,复渐流到英国。由于

缺乏本民族深厚的文化基础,因而文艺复兴在英、法都未能达到意大利的高度。在法国,资产阶级以及知识分子的力量相对弱小,再加上英法百年战争,国王的威信得到了提高,开始有意识地摆脱教皇的控制,大力扶植自己的民族势力。16世纪20年代,当时法国最伟大的希腊文学者布德说服法兰西斯一世于1530年创办了法兰西公学院,后又创办皇家图书馆。法兰西公学院主要是一所研究世俗文化的学校。当时的知识分子既得到王权的保护,同时又受到王权的限制,因而法国的文艺复兴与君王专制有着千丝万缕的联系。同时,法国文化具有明显的等级特色。

法国是欧洲等级制度的发源地,贵族阶级和平民阶级判然有别,贵族文学与平民文学界限分明。因此,当时的作家顺应社会的需要,其文艺复兴过于夸张,追求感性的东西,"闹剧"色彩浓烈。

一、拉伯雷的人生体验与《巨人传》

拉伯雷是法国文艺复兴时期文学最重要的代表作家。他是一位通晓医学、天文学、地理学、数学、哲学、神学、音乐学、植物学、建筑、法律、教育学等多种学科和希腊文、拉丁文、希伯来文等多种文字的人文主义"巨人"。拉伯雷是家中的幼子,从小在希农郊区的庄园里度过了愉快的童年,秀丽的故乡风光和纯朴的农村生活给他留下了美好的记忆。父亲是当地著名的律师,拉伯雷的个性从小便得到了自由发展,到成年也是如此。

少年时代,拉伯雷像当时的许多富家子弟一样,被送进附近的修道院学习拉丁文和经院哲学。但他一方面设法和著名的人文主义学者比代建立了联系,与人文主义者来往密切;另一方面,他偷偷攻读希腊文,巴黎神学院查抄了他的希腊文书籍后,他愤然离开了修道院,担任了人文主义者圣-彼埃尔修道院院长德斯狄沙克的私人秘书和他侄子的家庭教师。1530年,拉伯雷进入蒙彼利埃医学院学习,获得了医学博士学位。他是法国最早研究解剖学的医生之一,曾勇敢地冲破教会的法规,亲自动手解剖过一具尸体。在此前后,拉伯雷开始了他的文学创作生涯。他跟巴黎主教及其弟子四次漫游文化圣地意大利,对意大利的古典文化遗产进行了深入的考察,这对他产生了不小的影响。

拉伯雷是一位自我陶醉的酒徒,具有高昂的乐观主义精神。他不是借酒浇愁,而是享受人生,经常处于昏醉的状态。"为了《巨人传》,他四次受到教皇迫害,坚持写完,流亡国外,穷困潦倒,死时一点财富没有。他在遗嘱中说:'我一无所有。我把一切都给了穷人。'死前他笑着说:'戏演完了,该拉幕了。'……他自称这部作品'酒味大于油味'(即作品是在酒后写成的,而不是在油灯下正襟危坐写出的成果)。"[1] 但他的"粗俗"与薄伽丘一样并不使人感到文化低下,而是对某种神圣东西的亵渎。

其代表作《巨人传》的主要内容是:

话说庞大固埃的父亲是高康大,高康大的父亲呢,是格朗古杰。

高康大的母亲怀孕长达 11 个月!临盆那天,她牛肠吃得太多,结果吞下一服收敛剂,把包衣弄破了,孩子钻进大动脉,通过横膈膜和肩膀,从左耳朵出来了,大声叫喊:"要喝,要喝,要喝!"高康大(意为"大肚量")的名字便由此而来。他要吃一万多头奶牛的奶,不满两周岁,下巴已经有十好几层。高康大是个巨人,光一件长衫就用了上万尺布。从 3 岁到 5 岁,他的生活是喝、吃、睡;吃、睡、喝;睡、喝、吃。

高康大要念书了。父亲请来一位诡辩学大博士。不说别的,光是《字义大全》就教了 18 年零 11 个月,高康大都能倒背出来,可是他越来越愚蠢,要说话时连一个死驴的屁也放不出。他父亲决定把他送到巴黎去求学。来到巴黎,他坐在巴黎圣母院上面休息一会,摘下教堂的大钟做他的马铃铛。

高康大开始按新的方法学习:4 点起床,读书 3 小时,然后锻炼身体,吃饭时教师顺带讲解一下饭菜品种的知识,在玩牌的同时研究数学,此外还学习军事武艺、各种技能和天文地理。他一天比一天进步。

收获葡萄的季节到了。在边界地区,邻国一个卖烧饼的与这边的人发生纠纷,邻国国王毕可肖趁机入侵,大肆劫掠。修道院的一群修士吓得躲起来,想用祈祷来抵抗敌人。只有若望修士说:"还唱个什么屁玩意!"他脱下长袍,斜披着法衣,抓起一个十字架,像打猪猡一样,把敌人打得落花流水,共计解决了 13622 名敌兵。

高康大接到父亲来信,赶紧返回。毕可肖不顾格朗古杰的忍让相劝,继续进攻,正遇上高康大。高康大的坐骑撒了一大泡尿,淹死了大批敌人;他拔起一棵大树当作武器,摧毁了敌人的堡垒、高塔和炮台。他又统率父王的军队,在若望修士的协助下,打得毕可肖丢盔弃甲,落荒逃命。

为了酬谢若望修士,高康大修建了德廉美修道院。这座修道院的男女修士可以自由生活,公开结婚,称心如意地发财致富。院规只有一条:随心所欲,各行其是。

---

[1] 徐葆耕:《西方文学:心灵的历史》,清华大学出版社 1990 年版,第 101 页。

再说高康大是老年得子，婴儿又大又重，一生下来就送了母亲的命。婴儿取名庞大固埃。高康大想起妻子哭得像头母牛，但想到庞大固埃，又笑得像头小牛。

庞大固埃自小力大无穷，高康大怕他闯祸，用四根粗铁链锁住他，摇篮上还装上半圆形的铁箍，以防万一。有一天高康大请客，顾不上照看庞大固埃，庞大固埃的小脚居然蹬破了摇篮，他一家伙滑到地上，连铁链带摇篮背起就走。

一天，庞大固埃在街上遇见一个身材俊美但满身伤痕的中年人，攀谈之下，知道他的名字叫巴奴日。巴奴日对庞大固埃讲各种各样的语言，还讲了自己捉弄警察、士兵、贵妇的故事。他说："没有钱是极大的痛苦。"他有63种寻找金钱的办法，最重要的一种就是欺骗。

庞大固埃在巴黎学到了丰富的知识，正在这时，迪普索德国侵犯边境，庞大固埃赶去御敌。他撒了一泡尿，像河水泛滥，淹没了许多敌人。敌人派来300个巨人，他举起巨人首领当作武器，打得死的死，伤的伤。庞大固埃和巴奴日动员起了一支军队。行到半路，下起了暴雨，庞大固埃只伸出了半个舌头，就挡住了雨，像母鸡护住小鸡一样。

巴奴日想到了要结婚，征求庞大固埃的意见，但得不到答复。庞大固埃建议他去找女巫、聋子、诗人、神学家、医生、立法家、哲学家等。大家的回答大同小异。立法家告诉他，凡是已婚的男子都有戴绿头巾的危险。哲学家回答说："可结婚，可不结婚"。

据说在神瓶上有答案。于是庞大固埃准备了航船，他们一起出发渡海去寻找神瓶。

帕普菲格岛的人原来自由富有，号称逍遥人，而如今贫困不幸，受邻岛帕普玛纳人统治。原因是他们曾对教皇的画像做了个无花果的手势，终于沦为奴隶。三年来这里流行鼠疫，几乎十室九空。帕普玛纳人问巴奴日是否见过"独一无二的人"，即教皇，巴奴日说他见过三个，帕普玛纳人说，教规里"赞颂永远只一个"。

"判罪岛"是一个阴森森的地方，这儿有一种"穿皮袍的猫"，十分凶恶骇人，它们的爪子非常锐利，身上挂着个张开的大口袋，以贿赂为生。它们的法律好比蜘蛛网，专捉小苍蝇、小蝴蝶，却惹不起大牛蝇。在这个牢城门口，有一个乞丐指责穿皮袍的猫猎取一切，吞噬一切，破坏一切，预言它们要受到天雷轰击。

"五元素王国"的女王用唱歌来医治各种疑难病症，她的饭食是思想、意象、抽象、概念、梦幻等。这里的人争论不休的题目有：山羊毛是不是羊毛。

庞大固埃、巴奴日一行最后来到了"灯国"。这里有一座庙宇,里面有一处喷泉,喷出来的都是酒。巴奴日被单独引到一个小殿堂,他看到了神瓶,还听到空中有个声音:"喝吧!"

这就是他们历尽艰险要寻找的答案。

1532年出版了一本名字滑稽可笑的书:《伟大的巨人高康大之子,狄索波德王、大名鼎鼎的庞大固埃恐怖而骇人听闻的事实和业绩》。它一出版立即被抢购一空。这就是拉伯雷所著《巨人传》的第2部。欧洲的长篇小说从此诞生了。1534年,《巨人传》的第一部也随之出版。这部书的前两部出版后盛况空前,据拉伯雷自己说,两个月的销量超过了《圣经》9年的销售数,但它们不久就遭到教会查禁。然而,拉伯雷并不屈服,同时进行《巨人传》后三部的写作。在他的积极争取下,《巨人传》第3部于1546年获得国王恩准发行,但很快又被列为禁书,拉伯雷逃往国外。《巨人传》第4部于1549年出版,后于1552年再次出版。晚年的拉伯雷又回到宗教界,担任小教堂的本堂神父,离开圣职后逝世。《巨人传》第5部于1564年经后人整理出版。

这是一本奇异的、气势宏伟的著作,讲述了一个传奇式的巨人家族的故事。第1部描写巨人高康大出生、受教育、抵御侵略,最后建立德廉美修道院的过程;第2部描写高康大之子庞大固埃的成长、巴黎求学与结识巴奴日的经过;第3部就巴奴日是否应该结婚的问题引出了各种奇谈怪论;第4、5部叙述庞大固埃和巴奴日等为探求婚姻问题的答案而出海寻访神瓶启示的经历。

《巨人传》的前两部描写了两代巨人的成长经历,满怀热情地歌颂了人文主义理想。高康大从小健壮聪慧,却被经院式的教育训练成了没头没脑的蠢人,后来经过具有人文主义精神的良师的引导,成长为大智大勇的贤明君主。他修建了德廉美修道院——一处没有围墙,没有禁锢,以"随心所欲,各行其是"为立身宗旨的地方,大力宣扬人的个性解放。他让儿子庞大固埃接受最好的人文主义教育,希望他成为真正的"巨人",发挥人的无限潜力。拉伯雷在书中一再赞颂"庞大固埃主义",即"在和平、愉快、健康中生活,而且丰衣足食"的乐观主义,鼓励人们尽情地享受物质和精神的生活。这在当时无疑具有反禁欲主义、宣扬人生价值的积极意义。

在《巨人传》后三部里,作品通过庞大固埃、巴奴日等寻访神瓶过程中的所见所闻,讽喻了当时社会生活诸方面的弊病,对封建社会的黑暗现实展开了猛烈的抨击。拉伯雷无情地嘲弄天主教会,以极大的义愤控诉封建法律制度的腐败,揭露了贵族僧侣们荒淫无度、农民被榨干了血汗的极端不合理现象,对人民的苦难表示了深切的同情。不过,满怀人文主义理想的拉伯雷最后还是指引他的巨人找到了神瓶,得到了神谕,也得到了人生真谛:喝吧,请你们畅饮!正是这样一种直面生活、永抱希望的态度,使《巨人传》充满了蓬勃的生气和迷人的魅力。后来法朗士把这种态度归结为"畅饮知识,畅饮真理,畅饮爱情"。这正是文艺复兴时期的中心,叫作"庞大固埃主义"。拉伯雷于嬉笑怒骂之中为我们描绘了一个新人世界。而这世界的理想是正义和自由,这种新人的构架就是知识、真理、爱情。"你愿意干什么就干什么",后来被写在法国资产阶级大革命的旗帜上,成为人类为之奋斗的进步理想。

二、《巨人传》的二重性

《巨人传》既残留着从前的其它文艺样式即史诗、传奇的形态,又包含着新兴的真正小说的萌芽。它是过去与未来的交合点。在今天的常识看来,小说总是由以下几个要素组成的:人物、情节和主题。我们不妨从"人物"和"情节"这两个主要因素来分析《巨人传》对于近代长篇小说的开创性价值和意义。[1]

首先让我们从《巨人传》的"人物"因素入手。

我们从一连串的旅行、辩论、战斗和胜利中认识了《巨人传》的主人公们。他们是巨人、君王及其随从,是一群性格开朗、能文善武的人物。但是在他们的身上还带着从前的文学体裁中人物简单化的印迹。真正的小说主人公的出现,应该从巴奴日的登场开始。

在巴奴日到来之前,《巨人传》还主要是一部描写巨人的充满伟大的传奇色彩的故事。高康大和他的儿子庞大固埃是代代相传的巨人家族的成员。和从前史诗中的英雄与传奇中的骑士相比,高康大和庞大固埃也许较为粗俗,更加重视肉体生活。但是,他们同样是集中了一切优点的完美人物,他们追求的是尽可能地占有,拉伯雷用他们象征着全体人类对生活的渴望。不过总的来说,巨人们仍然是单纯化的人物,因为他们的完美而显得有些像是传奇式的符号。他们还没有达到丰满的小说主人公的高度。

然而,巴奴日和这部小说中其他的主人公不同。在巴奴日刚刚出场的第2部第9

---

[1] 龚翰熊主编:《欧洲小说史》,四川大学出版社1997年版,第48页。下面对《巨人传》的论析均见该书上编第二章第三节的相关内容,不再一一标注。

章，他就显示出了他的力量。在这一章中，庞大固埃在城门与他相遇，很想与他结识，便上去和他搭话。但庞大固埃每问巴奴日一次，巴奴日都用各种不同的语言回答他，包括日耳曼语、意大利语、苏格兰语、拉丁语、荷兰语、西班牙语、丹麦语等。在庞大固埃和他的随从们绞尽脑汁猜了半天却一无所获以后，庞大固埃问道："说老实话，朋友……你难道不会说法国话吗？"于是巴奴日居然用再流利不过的法语应声作答："会，王爷，而且还说得很好呢……感谢天主，法国话是我出世以来就会说的家乡话，因为我是生在这个法国的花园，我是都林省的，我的童年也是在那里度过的。"巴奴日在这里出场时其实遍体鳞伤，非常狼狈，但他还是忍不住要开个玩笑，这使他一来就成了滑稽剧的主演和导演，把庞大固埃等人糊弄得团团转。可以说，他就是"笑"的化身。他能够捉弄代表生命理想的巨人，完全是依靠笑的力量。

从这一刻开始，欧洲小说中第一个真正的小说主人公出现了。巴奴日，他不是神子，不是英雄或多情的骑士。他不具备任何特殊的道德意义，不具有"完人"的因素。在第2部第16章《巴奴日的生活习惯》中，拉伯雷介绍说："在他需要的时候，他总有六十三种方法可以把钱弄到手，其中最能说得出口、同时也最常用的一种就是偷。此外，他还爱干恶作剧的事，哄骗人，喝酒，游手好闲，如果在巴黎的话还喜欢追女人。"另外，他是个胆小鬼却喜欢吹嘘——在海上遇到暴风雨时，其他人都在努力抢救船，巴奴日却吓得只知道哼哼，而风暴平息后，他却开始指挥大家干活，责怪他们懒惰。总之，他和我们一样有许多的弱点甚至恶习；和我们一样会衰老，会丢失生命的力量并为此感到焦虑和恐惧；他和我们一样摇摆不定，面对命运的岔路迷惑不解，迟迟不敢迈步。他是欧洲文学中第一个被塑造得如此丰满的一个平常人的形象。

在《巨人传》以前的故事中，巴奴日会被处理成点缀作品的小丑，或者干脆是个恶棍；在以后的小说中，他可能被写成一个真实、深入到惹人讨厌的人物，但在《巨人传》中，他却是逗人喜爱的主角。他的魅力完全来自小说本身的力量，来自拉伯雷所赋予的面对生活的幽默感。巴奴日，他作为一个懂得制造笑声的人，懂得不以判断的态度，而仅仅以体验的态度对待生活的人，取得了和那些完美的巨人们平起平坐的地位。

其次，在情节因素上也表现出过渡性特征。这从情节本身的设置上就能看出来。从《巨人传》的离奇复杂的故事中，我们能够看到传奇的影子，

在传奇故事里，无需对人物本身做深入的剖析和刻画，只需用人物在情节中的不

断行动来体现他们的形象,紧紧抓住读者的注意力。正是无穷无尽的活动的情节才是传奇故事得以生存的要诀。值得强调的一点是:不是一个全力铺陈的情节,而是一个接一个的充满动感的情节构成了传奇故事。传奇并不重视在整本故事里塑造一个占据中心地位的单独的情节。在《巨人传》中,情况也是如此,巨人们在不停地游历、打仗和冒险,他们不断地前进,不断与事件相遇,其自身形象的塑造源于他们对外部事件的不断反应和由此而来的一个接一个的行动。为显示高康大的与众不同,拉伯雷从他的出生写起:"胎盘的包皮被撑破了,孩子从那里一下子跳了起来,钻进大脉管里,通过胸部横膈膜,一直爬到肩膀上,孩子往左面走,接着便从左边的耳朵里钻了出来。这样出世之后,他不像其他的婴儿'呱!呱!'乱哭,却高声喊叫:'喝呀!喝呀!喝呀!'好像邀请大家都来喝酒似的,声音之大,整个卜斯和毕巴莱地方都能听得见。"而被作为智慧的化身来描写的庞大固埃,则在漫游的途中不断地遇到一桩桩稀奇古怪的难题等着他来找出答案。拉伯雷安排出一个比一个离奇的情节,为他的主人公设置一个比一个更难的考验。这正是传奇的一贯手法。特别是在《巨人传》第4部和第5部中,拉伯雷运用了传奇典型的主题——寻宝,讲述了一段真正传奇化的冒险:以寻找神瓶为终极目标,庞大固埃和他的伙伴们游历了无数多的岛屿,碰到了种种意外,甚至卷入了战争。离奇怪诞的情节层出不穷,但都没有被作为一个特别集中的重点来叙述,最后以找到神瓶、领会神谕而告终。用阐释传奇的话来分析这种情节设置的原因,恐怕也十分恰当:"使我们从我们日常的假定中解脱出来的一个方法是,迅速而不留痕迹地从一场冒险跳到另一场冒险。……同时使我们更进一步完全沉浸到叙事世界的复杂性里。……通过无穷无尽地出现的新的情节纠葛、新的信使、新的故事暗示了那种无限性。"[1]

此外,《巨人传》讲述的是英勇的巨人家族的故事,这符合史诗情节的要求。首先,他们是一个家族,具有代代相传的历史感;其次,他们是君王,也是英雄,是能够作为史诗主人公的伟大人物。要叙述他们的业绩,拉伯雷自然采用了史诗般的规模。在这部作品中,上及神界的宙斯,下至阴曹地府的鬼魂,拉伯雷都讲到了。通过巨人们的旅行和冒险,拉伯雷又把笔触伸向了社会的各个角落。哲学家和学究们在做着无聊透顶的推理考证;教士们在庄严的外表下干着花天酒地的勾当;法庭里的法官要么老迈昏庸,居然用掷骰子的方法断案,要么贪得无厌,好似"穿皮袍的猫"一样张着

---

[1] 吉利恩·比尔:《传奇》,肖遥,邹孜彦译,昆仑出版社1993年版,第43页。

血盆大口;……拉伯雷用巨人的游历串起了许多这样的小故事,伟大的中心人物的事迹在这个嘈杂而广阔的背景下展现,《巨人传》的情节安排既无限扩展,伸向世界的各个角落,又具有强烈的集中性,具有把全部情节引向伟大的主人公的能力。从某种意义上说,这些史诗性的安排情节的手法在《巨人传》中得到了真正的发扬。

作为一部地地道道的小说,《巨人传》虽然还被烙上史诗、传奇等传统文学样式的印记,但已鲜明地表现出来它与原先的文学样式的不同之处。

首先,传奇与史诗安排的情节总是处于一种"非现实生活"的情境中,主人公总是去迎接一场又一场的战争(或决斗),杀死一个又一个的敌人(或怪兽),赢得一片又一片的国土(或一次又一次的爱情),换言之,所有这些情节都把主人公放到一个在公众(读者)面前表演的位置,用非现实的精彩故事抓住读者的注意力,最大限度地表现主人公的美德和才能。从情节的传奇性上讲,《巨人传》丝毫不比传奇的史诗逊色,然而,拉伯雷的巨人们并不仅仅出现在"非现实生活"的情节中,恰恰相反,他们正是在长篇累牍的关于日常琐事的情节中确立了自己的形象。《巨人传》里写到高康大童年时拿拖车和木棍玩骑马的游戏(第1部12章);写到庞大固埃和伙伴们烧烤野味(第2部第26章)。所有这些日常琐事作为独立的情节进入了文学,故事的主人公不再是表演而是在私人的世界中生活。沃尔夫冈·凯塞尔认为:"私人世界在私人语调中的叙述叫作长篇小说。"[1] 从这个角度讲,拉伯雷的《巨人传》已经具备了作为小说最基本的要素。

另一个相当重要的区别在于:不管主题是爱情还是冒险,是个人主义的还是民族主义的,传奇和史诗都毫无例外地追求崇高。它们总是描绘壮丽的、优雅的、激动人心的情节,歌颂最伟大的英雄和最标准的骑士,强调精神的意义。《巨人传》却不是这样。巴赫金指出,在拉伯雷的小说中,有一个重要特点——贬低化。贬低化就是对崇高的东西的贬低,"亦即把一切崇高的、精神性的、理想的和抽象的东西转移到整个不可分割的物质和肉体层次,即大地和身体的层次"。[2] 在拉伯雷的作品中有一种不可遏止的欲望——要把公认的崇高的东西降到物质的、世俗的层面,对它发出欢快的嘲笑。这在其对情节的设置上表现得特别充分。在《巨人传》第4部第35章到第41章中,拉伯雷设计了一个庞大固埃与其伙伴大战香肠人的情节。香肠人误以为庞大固

---

[1] 沃尔夫冈·凯塞尔:《语言的艺术作品——文艺学引论》,陈铨译,上海译文出版社1984年版,第476页。
[2] 巴赫金:《巴赫金文论选》,佟景韩译,中国社会科学出版社1996年版,第118页。

埃一行与其死敌封斋教主是同盟，故对他们产生了敌意。庞大固埃率领"吞香肠"和"切香肠"两位副将，约翰修士联合厨房师傅作为战斗主力，他们装备了一辆"大母猪"式的战车，取着各式各样食品名字的大师傅在它的肚子里埋伏起来，时机一到，他们挥舞着火钳、烤炉、铁锅、柴架等"武器"冲出来，将香肠人打得七零八落。这时，从正北方的天空中飞来一只又肥又大的大灰猪，它是"密涅瓦的猪师傅"，香肠人崇拜的神。香肠人一见它便放下武器，顶礼膜拜。庞大固埃乘机下令收兵。大灰猪在双方队伍中来回地飞来飞去，往地上扔下27桶芥末，不停地喊着"狂欢节！狂欢节！"这场奇异的战斗方才结束。

这段故事是对《荷马史诗》中著名的"木马计"战役的贬低化的模仿。拉伯雷把这样的场景用戏拟的手法变为一场"厨房战争"。荷马史诗所歌颂的面对死亡无所畏惧、勇于为城邦献身的崇高精神在这里消失殆尽。通过戏拟，理想的精神性的东西遭到无所顾忌的嘲笑。然而，这种贬低化绝不仅仅是单纯的贬低，它用自己的方式歌颂着生命。在这场"厨房战争"中，死亡与恐怖被出色地转换为欢笑和烹调，在第40章中拉伯雷开列出藏在"母猪"体内的大师傅的姓名名单：从辣酱油、甜点心、肥肚肠，到大肥肉、硬板油、胡椒罐，再到酸奶酪、萝卜头、冰黄鳝，这十足是一场丰盛的饮宴。拉伯雷把对肉体的消灭转为对肉体的旺盛的生理功能的赞誉，在这场战争中的确死了不少香肠人，但香肠本来就是人的食品，他们的大量死亡让人想到人在不停地吞吃、包容和消化，想到巨人式的无比强健和庞大的肉体，想到实实在在的肉体的"活着"。

除了情节本身的设置以外，在对情节的叙说技巧上，《巨人传》也凸显出小说初创时期的过渡性特点。

《巨人传》作为一部写巨人和巨人业绩的书，注定了在叙述情节时必须运用夸张的技巧，这和传奇是不谋而合的。传奇描写的同样是在现实生活中不可能有的人物——完人们。《巨人传》把叙述的焦点对准巨人们的某些行为：吃喝、学习、游戏、战斗，并且倾尽想象力地大肆夸张，但与此同时，它几乎完全排除了其他一些更细腻、更多愁善感，总的说来就是不那么"巨人"的行为。在第2部第23章的末尾，庞大固埃收到一位夫人的信。这句话是这样写的："庞大固埃收到巴黎一位夫人（和他在一起时间相当长的一位夫人）的一封信"。拉伯雷在括弧里用几个字交代了一段长长的恋爱故事，而且在接下来的叙述中把它结束了，以后再也没提起。这种打发掉他不重视的情节的能力是惊人的。而这种夸张的手段——倾尽全力于他想要注视的情节同时对其他的视而不见——在传奇里十分常见。传奇"强化和夸张是人类行为中的某些特征,从这种夸张中它再创造了人类的形象。它把某些经验的延展排除在外,为的是全力集中于某些主题直至它们燃烧起来,一如生活自身的火焰。"[1]比如《特里斯丹和伊瑟》这种著名的传奇故事,在叙述特里斯丹与伊瑟之间的爱情时,总是对产生爱情的经过避而不谈,或者推给魔汤的作用,仿佛他们命中注定相爱,置礼法于不顾,而把笔触全力集中于他们的生生死死、坚贞不渝的爱情所经受的考验。《巨人传》用的也是这种手法,两者何其相似!

在《巨人传》里,另一个叙述特征则是史诗式的"罗列"。史诗不仅仅是作为故事,而且是作为部落民族的"编年史"而存在的。这就注定了它在讲故事的同时常常罗列出英雄们的家谱、以前发生的类似的事件等。《巨人传》反复地运用了这一手法。在第2部第1章,拉伯雷造了一份庞大固埃的家谱,从"第一位始祖"沙尔布老特开始一直列举了61代,直到庞大固埃为止。在某一个情节的叙述中停下来"罗列"一连串的史迹,这已经成为拉伯雷叙说情节的典型模式。这种"罗列"的手法在被拉伯雷推向极致后,它开始演变为一种"离题"的方式,成为拉伯雷的作品中相当特殊而又重要的部分。

当然,拉伯雷的《巨人传》作为一部小说,并且是第一部真正的欧洲长篇小说,它必定不仅仅是继承而且是开拓,开拓前人没有尝试过的道路,为它自己创造出一个自由、绝妙混杂的世界。这样的世界在以后的小说中几乎不可能再次重现。从它结构情节的方法上,我们能够感觉出拉伯雷的随心所欲。他全凭兴趣从这里跳到那里,情节与情节之间常常毫无联系,某些章节可以任意挪置。这种松散自由的结构和后期特别是19世纪小说的严密结构不可同日而语。

另外,在对情节的叙述上,《巨人传》独创了一种似乎是"前无古人,后无来者"的手法:延宕。这里的"延宕"不是一般意义上的拖延和卖关子,以此来逗引读者的好奇心,吸引他们的阅读兴趣,而是真正的、本质上的延宕。在这里,主要的情节被一再地打断甚至搁置,延宕不慌不忙地展开,尽力把它的触角伸到尽可能远的地方。从《巨人传》第3部到第5部,实际上只有一条情节主线:巴奴日拿不定主意是否应该结婚,他用了种种办法占卜,请教了许多人,都不能得出结论。最后,他说服了庞大固埃和他一起出海寻找神瓶。在漫长的游历之后,他们终于找到了神瓶,领会了神谕——"喝吧!"巴奴日摆脱了烦恼,决定结婚。然而,这样一个情节却让拉伯雷写了整整3

---

[1] 米兰·昆德拉:《被背叛的遗嘱》,孟湄译,牛津大学出版社,上海人民出版社1995年版,第147页。

部。在第 4 部和第 5 部中间穿插了许多旅程中稀奇古怪的见闻,这种做法不足为奇。从以前的《奥德修记》到以后的《格列佛游记》都采取了类似的做法。但是,第 3 部却是整整一部的"延宕"。在这一部中,拉伯雷始终围绕着巴奴日应不应该结婚的情节来展开叙述,同时却到此为止,不再前进一步。他让巴奴日用了人们所能想到的尽可能多的方法来占卜和决断,并向各种职业的人请教,这些人又搬出各种经典著作来回答他。可是,直到这一部的结尾,巴奴日还是没有找到答案。延宕的意义正在于此:创造一个状况,勘察一切可能,而且不做出最后的指向。对于这奇特的一部,也许我们应该用米兰·昆德拉的话来总结:"我们却从一切可能的角度,勘察了这个不知道自己该不该结婚的人的可笑却又基本的境况。"

拉伯雷的"延宕",就这样把一个简单的情节变成了如此悬而未决的问题、如此丰富的叙述。在《巨人传》中,对于小说情节的叙述被频繁地打断,一些无关的话语从此处蔓延开去,不着边际,像是尚未开垦的灌木丛。它不是对主题的深化,而是真正的离题。与"主题"相比,"离题"是拉伯雷的书中更为重要的因素,一种有别于以后经典小说的最鲜明特征。正如米兰·昆德拉所指出的:"一种新艺术诞生之非凡时刻给了拉伯雷的书以难以置信的财富;一切都已经在那里了:似真与似假,隐喻,讽刺,巨人们与正常人们,轶事,思索,真正的和虚构的旅行,智慧的争吵,纯粹卖弄口舌的离题。"[1]它再好不过地展示了小说在开拓之处迷离而自由的世界。

第四节
塞万提斯和《堂吉诃德》

一、塞万提斯的人生体验与文化处境

西班牙文艺复兴的出现跟意大利不一样,它不是经济发达和城市繁荣的结果。

---

[1] 米兰·昆德拉:《被背叛的遗嘱》,孟湄译,上海人民出版社 1995 年版,第 2 页。

文艺复兴之前,国内并存多种宗教,教皇的力量不大,政权上和精神上都不统一,随着历史的发展,国王的力量上升,在 15 世纪晚期统一了西班牙,但他反动腐朽,只知抓权而不懂利用新文化。然而,哥伦布发现新大陆,国王由此在殖民地搜刮了大量财宝,获得了表面的繁荣,他们不懂用此资金发展经济,而全部用于个人消费,国内经济仍然非常落后,西班牙的繁荣是泡沫式的繁荣。

在此情势下,国王和教会一拍即合,设立宗教裁判所,其严酷性较中世纪有过之而无不及。正如马克思所说:"西班牙的自由在刀剑的铿锵声中、在黄金的急流中、在宗教裁判所火刑的凶焰中消灭了。"由于反动势力的强大,西班牙人文主义运动发展较迟。直至 16 到 17 世纪之间,西班牙文学才进入黄金时代,在小说和戏剧方面取得很大成就。

因骑士文学忠君护教的思想恰好符合了国王的精神统一需求,于是出现了中世纪文学的回潮现象,骑士文学成了当时的主流。由于西班牙的繁荣是一种泡沫式的虚假繁荣,因而西班牙迅速衰落,城市变得贫困,大量人口失业。人们为谋生到处漂泊、流浪,由此也显得机敏,因为要审时度势、察言观色,在城市有夹缝中生存时市民都具有此特点。在流浪与机敏中产生了西班牙式的幽默感和独特的市民文化心态。他们入木三分的观察,对社会缝隙的发现和利用,使他们在环境中能看出可笑虚伪的地方。处于历史上升时期的法国人往往开怀大笑,以拉伯雷为代表,他们的笑是精神优越的表现;西班牙人要考虑基本生活需求,他们是插科打诨的笑,自己寻乐而不使生活太沉闷。

在西班牙这种独特的文化土壤中孕育出了流浪汉小说,它兴起于 16 世纪中期,一般采用自传体形式。它的特点是:主人公多是失业者、流浪汉,以描写城市平民的生活为主要内容,并通过主人公对各阶层人物加以讽刺。艺术上,流浪汉小说以主人公的流浪汉生活为线索组织情节,人物性格单一;语言通俗流畅,笔调幽默而辛辣,富有民间文学色彩。《小癞子》是流浪汉小说的代表作,对欧洲文学有深远的影响。它成为欧洲后来的小说模式,经常以主人公的流浪生活为线索串联许多故事,每个故事既独立又保持着联系。

到了 16 世纪末 17 世纪初,文艺复兴的浪潮冲击着西班牙和英国。它在西班牙培育了一位伟大的天才,这就是闻名遐迩的《堂吉诃德》的作者塞万提斯(1547－1616年)。他的一生可以说是颠沛、动荡的一生。父亲是流浪医生,他从小跟随父亲在外,

22岁游历意大利。之后因与人决斗使人致残，匆匆逃往他乡，在罗马开始了军事生活。1571年他在土耳其的勒班托海战中受伤，后来被海盗俘获，被卖到阿尔及利亚当了5年奴隶。其间，他三次组织基督徒逃亡未果，直到1580年才在神父的帮助下赎身获释。回来后他生活窘迫，又被人诬陷，再次入狱。他一生几乎浸泡在下层人的生活中，深深体会到下层人们的人生，这使他与贵族的虚幻人生理想拉开了距离，成为他反叛正统文学的心理基础，因而继承了流浪汉小说的创作传统。

同时他又是一位受挫的英雄，多次组织基督徒设法从狱中逃离，但没有成功，又主动承担责任，显示了大无畏的英雄精神，海盗反而对之有好感，留他在身边使唤。不甘心做普通人，救苦救难、力挽狂澜于既倒的贵族气质贯穿他一生。从他早期的作品可以看出，他最突出的就是英雄气概。一个作家的头两部作品还没有被太多的技巧之光罩住，虽有些粗糙，却最能体现他的理想追求。

他写《堂吉诃德》第1部时已自视甚高，有很高的自我评价。他有英雄的理想，但一生都没有实现。若说他仅有英雄理想主义且又受挫，则会导致他的孤傲和愤世嫉俗，但他并不具有傲慢精神，反而有一种悲怆的感觉。这源于他生活的另一方面，即他长期生活在平民世界里，对平民理想非常了解，那就是追求实际利益，非常的现实，这与英雄理想不同，平民理想能击破虚幻的理想。把希望寄托在骑士身上，还不如追求现实的幸福和享受，故而当他的英雄理想活跃时，他又不由自主地以平民理想来与之抗衡，英雄理想也就没有上升到很高的境界，由此，他也只能将英雄理想化为叹息与无奈，常在书中插科打诨，这是两种理想作用下的复杂心理。

二、《堂吉诃德》的思想内涵与艺术特点

《堂吉诃德》原名"奇情异想的绅士堂吉诃德·台·拉·曼却"。塞万提斯早在1594—1598年间身陷囹圄时就已着手构思该作，第1部出版于1605年。他在小说中曾说："诸位如果专心阅读，整个故事大约可供两小时的消遣和享受"，可见，他最初并未计划把小说写得像后来那样长，但在写作过程中他原来的计划和安排都被突破了。《堂吉诃德》第1部的出版轰动一时。1614年一个叫阿维利亚内达的无名作者，出版了《堂吉诃德》第2部的伪作，并在序言中对塞万提斯横加攻击，塞万提斯不能容忍"有个家伙冒称堂吉诃德第二，到处乱跑，惹人厌恶"，为抵消它的影响，加紧写作，很快完成了小说的第2部，并于1615年出版。塞万提斯曾借朋友之口点明：《堂吉诃

德》"是攻击骑士小说的","要消除骑士小说在社会上、在群众之间的声望和影响","抱定宗旨,把骑士小说那一套扫除干净"。有趣的是,在《堂吉诃德》出版前两年即1603年另一部世界级伟大作品《哈姆雷特》出版,1616年4月23日莎士比亚与塞万提斯同时陨落。

(一)《堂吉诃德》的故事概要

在西班牙的拉·曼却这个地方住着一个五十多岁的穷男绅,名叫吉哈达。他闲来无事,整天沉浸在骑士小说里,读得满脑子尽是游侠冒险的荒唐念头,决定做个骑士,到各处去行侠仗义,救苦济贫,扬名天下。

他找出祖上留下的一套古老盔甲,穿戴起来,又牵出家里一匹瘦得皮包骨头的马,取名"驽骍难得",表明它过去虽是驽马,现在当上骑士的坐骑,却是稀世难得;他又给自己取名"堂吉诃德·台·拉·曼却",意思是说,自己是拉·曼却这个地方鼎鼎有名的堂吉诃德骑士。他又想起,骑士都有意中人,她必定是个美貌无双的公主。堂吉诃德便选定了自己偷偷地恋慕着的一个农村姑娘作为心上人,又给她起名为"杜尔西内娅·台尔·托波索"。一切齐备,这位骑士就骑上马,离开了家门。

堂吉诃德闯荡了一天,晚上来到了一家客店。他把客店想象成一座城堡,店主人是城堡的主人。他想起自己没有得到封授,还不能算正式的骑士,就请店主人册封他。店主人看出他是个疯子,怕他胡闹,就随他的意思,封了他做骑士。堂吉诃德离开客店后,在田野里经历了他的第一次冒险:有个地主正在痛打他雇的放羊孩子。怒气冲冲的堂吉诃德命令地主住手,还让他付清了欠放牛孩子的工钱,地主吓得连连答应。等到堂吉诃德转身走开,地主重新绑起放羊的孩子,打得他几个月起不了床。

堂吉诃德还以为自己已经立下了第一件功劳,又骄傲地向一队过路的商人挑战。商人雇的骡夫一点不买账,抢过了他的长枪,把他打得浑身是伤,无法动弹。一个好心的邻人把他送回家里。堂吉诃德刚刚养好伤就又急着想要出门,他找到街坊中的一个贫苦农民桑丘·潘沙,许给他许多好处,好让他做自己的侍从。桑丘听堂吉诃德说,骑士在游侠的时候常常能征服王国啦,海岛啦,还要赐给他个把海岛,让他去当岛上的总督,他就高高兴兴地答应了。

一个晚上,骑士和侍从偷偷地离开了家。他们向蒙帖艾尔郊原奔去,远远看见郊原上耸立着几十架巨大的风车。堂吉诃德一见便说,它们是凶恶的巨人,举起长枪便冲杀上前。桑丘明知它们是风车,也拦不住他。风车的翅膀不停地转动,把堂吉诃德连人带马猛地摔倒在地。堂吉诃德始终不信这是风车，还说是魔法师和他作对，要剥夺他的光荣，才把巨人变成了风车。

他们继续赶路，对面来了两个修士，还有一辆马车，里面坐着一位贵妇。堂吉诃德认为马车里是一位被俘的公主，马上就向修士杀去，命令他们释放公主，修士们吓得拼命落荒而逃。堂吉诃德打开车门，正要贵妇人下车，贵妇人的侍从上前阻拦，和堂吉诃德交起手来。这侍从是个孔武有力的比斯盖人，可惜他的坐骑是匹不听使唤的劣骡，刚刚交手侍从就被摔在地上，堂吉诃德命令他前去听候美丽的杜尔西内娅发落，惊慌失措的贵妇人忙代侍从答应了下来，堂吉诃德得意扬扬地离开了他们。

晚上，主仆二人来到一家客店。店主把他们安排在顶楼上，和一个骡夫同住。客店女仆玛丽托内斯和骡夫约好当晚欢会。女仆在黑暗中摸错了地方，到了堂吉诃德床边。堂吉诃德以为她是一位垂爱于自己的公主，拉住她絮絮叨叨，说个没完，骡夫不禁醋意大发，大打出手，店主闻声赶来，几个人在黑暗中打成一团，堂吉诃德吃的拳头最多。第二天主仆二人不付住店的钱就要上路，店里几个恶作剧的小伙子抓住了桑丘，用毯子把他扔上扔下，弄得他晕头转向，才放开了他。

他们正在大道上行进，前面忽然有两股尘土，滚滚而来。堂吉诃德立刻兴奋地告诉桑丘，这是两支大军正要交战，他准备协助其中正义的一方，去攻打邪恶的一方。桑丘仔细一看，这只不过是两队羊群扫起的尘土。可是堂吉诃德不听他的阻拦，冲进羊群，举枪乱刺。牧羊人拿起石块，雨点式地向他掷来，打破了他的头，打掉了他的牙齿。牧羊人见闯下祸来忙赶着羊群跑开了。

堂吉诃德吃了亏，还不悔悟，总说是魔术师和他作对。接着主仆二人遇见了一队被押到海船上做苦工的犯人。堂吉诃德认为人是生来自由的，不应该强迫他们去做苦工。他打倒了押送的兵士，解放了犯人，命令他们去拜见杜尔西内娅，报告堂吉诃德立下的功绩。犯人们不但不听从，反而恩将仇报，夺走了主仆二人的衣物，把他们痛打了一顿。

堂吉诃德和桑丘解放了犯人，怕官兵追捕，只得逃进黑山。堂吉诃德决定在山里修炼，派桑丘给杜尔西内娅送一封情书，内容是这样的，"高尚尊贵的小姐：久别未见，此心依依。每当念及小姐，肝肠寸断！最甜蜜的杜尔西内娅小姐，断肠人愿你身体安康。如果你这美人儿蔑视我，你这个贵人不把我放在眼里，那么，我内心必然会痛苦万分。纵然我有巨大的忍耐力，这痛苦实在太大，时间实在太久，我已无法承受。啊，忘恩负义的美人，我亲爱的冤家，为了你我已落到什么样的地步，我忠实的侍从桑丘将会一一向你禀报。如蒙你垂怜救我，我就是你的人了。不然，就随你处置吧，反正我将结束此生，以满足你的这颗狠心，也了却自己的心愿。——至死属于你的狼狈相骑士"。

桑丘走了几天，就又回来了，编了一套谎话搪塞过去，其实他并未将信送到。他在途中遇见了来寻找堂吉诃德回家的神父和理发师。他们设下一条计策，找来一位少女，装扮成落难的公主，请求堂吉诃德帮她去报仇，把他骗出黑山。接着，理发师和神父又装扮成鬼怪，捉住堂吉诃德，把他装进一个大笼子，放在牛车上押送回家。堂吉诃德回家后，他的外甥女和管家婆看见他面黄肌瘦，形容枯槁，说什么也不让他再出门了。

堂吉诃德听说萨拉果萨城要举行比武，就不顾家人劝阻，和桑丘又一次出门。路上，堂吉诃德首先派桑丘去求见杜尔西内娅，请求她的祝福。桑丘上次并未见到杜尔西内娅，他急中生智，指着三个过路的陌生农村姑娘说，那就是杜尔西内娅和她的两个女伴。堂吉诃德看见粗蠢的村姑，以为又是魔法师从中作梗，使美丽高贵的杜尔西内娅变成了这副模样，于是感慨不已。

加尔拉斯果学士答应堂吉诃德的家人把堂吉诃德骗回家来。他化装成"镜子"骑士，赶上主仆二人，向堂吉诃德挑战，却被堂吉诃德一枪扎下了马，只得认输而去。堂吉诃德打了胜仗，喜气洋洋，把过去吃过的苦头统统忘记了。接着，堂吉诃德和桑丘又遇见一辆大车，上面运的是献给国王的狮子。堂吉诃德命令赶车人打开狮笼，要和狮子决一雌雄。笼子打开后，凶猛的狮子只打了一个呵欠，就转身卧倒，不肯出笼应战。

一个夕阳西下的傍晚，堂吉诃德和桑丘在树林边遇见一位外出打猎的公爵夫人。公爵夫妇听说过堂吉诃德的事迹，他们正想找点新奇玩意来解闷，就把堂吉诃德主仆迎到自己的府邸，奉为上宾，想出种种花样，拿他们寻开心。公爵派桑丘到自己属下一个小镇当"海岛"总督，桑丘在"海岛"上政绩卓著，又制定了许多对百姓有益的法律。一晚，公爵派手下人装作敌人进攻"海岛"，把桑丘打得遍体疼痛。桑丘觉得当总督的日子并不好过，还不如回去当侍从自在，就辞去总督，回去寻找主人。堂吉诃德在公爵府里遭到戏弄，也不愿再住下去。主仆二人离开公爵府后，都觉得好似鱼儿入了大海，不禁赞美自由之可贵。

堂吉诃德主仆决定不去萨拉果萨,改向巴塞罗那前进。他们在巴塞罗那城遇见一位"日月"骑士,"日月"骑士要求和堂吉诃德决斗。堂吉诃德被他打倒在地,只得服从他的命令,停止骑士游侠活动,回到家里。"日月"骑士原来是大学生加尔拉斯果。

堂吉诃德回家后一病不起。临终时他的神志清醒过来,承认自己并不是什么游侠骑士堂吉诃德,只不过是善人吉哈达罢了。在骑士小说里,确实还没有哪个骑士像堂吉诃德这样安卧在床上死去的。

(二)《堂吉诃德》的思想内涵

堂吉诃德是一个喜剧性和悲剧性兼容的人物,他首先是一个脱离实际、脱离时代,沉溺于幻想的喜剧人物,他想用骑士精神和骑士的方式来实现他排除天下不平的理想,想用被历史淘汰了的骑士道来改造社会,结果成了滑稽可笑的喜剧人物。但堂吉诃德有不畏强暴、执着于人文主义理想的一面,方法与理想的脱节铸成了他的悲剧,可笑之中也包含了他精神的崇高。

这一丰富复杂的人物形象显然与塞万提斯的人生体验密切相关,塞万提斯站在平民立场上,对不切实际的骑士精神进行了批判,他要通过《堂吉诃德》消灭骑士文学。平民意识具体说是实用意识、功利主义意识,任何超出这一点的意识都是荒谬的。堂吉诃德的骑士理想与实际生活形成了差距,于是在一般人看来堂吉诃德是怪人、疯子。堂吉诃德之所以是堂吉诃德,是因为他失去了最起码的"生活嗅觉"。但由于塞万提斯本身所具有的英雄主义气质,使得他不可能完全对堂吉诃德进行讥笑,无论堂吉诃德的行为多么荒唐,但他的理想本身是非常纯洁可贵的,塞万提斯的英雄主义理想不自觉地与他产生了共鸣,于是又不自觉地认同他,这就造成了《堂吉诃德》的复杂性,在批判与认同之间构成一种张力性空间。

在小说的最外层是来自理性认识的批判层次,在内部又是不自觉的认同层次,正因为被包裹着,一般人们看不到认同和同情,当历史的发展需要歌颂英雄主义时,这个内核就暴露出来,由此在不同时代对《堂吉诃德》具有非常不同的评价:18世纪以前,追求物质和现实幸福,堂吉诃德的虚幻理想是可笑的,于是人们主要看到的是《堂吉诃德》的批判的一面;18世纪以后,个性解放,强调人的精神力量,浪漫主义思潮兴起,人们展开了对物质追求的批判,于是看到了堂吉诃德的可爱,看到他理想不能实现的悲剧性。拜伦说《堂吉诃德》是一个伤感的故事。屠格涅夫在《哈姆雷特与堂吉诃德》一文中说:

> "堂吉诃德本身表现了什么呢？首先是表现了信仰，对某种永恒的不可动摇的事物的信仰，对真理的信仰……堂吉诃德全身心浸透着对理想的忠诚，为了理想他准备承受种种艰难困苦，准备牺牲自己的生命……堂吉诃德是一个热情者，一位效忠思想的人，同而他闪耀着思想的光辉。"[1]

堂吉诃德的理想和他那种坚忍不拔的为理想而献身的精神是非常可敬的，但是他所采取的实现理想的方式却是可笑的，目的和手段脱了节，理想与现实分了家，于是在高尚的理想与丑恶的现实之间，在伟大的目标和渺小的手段之间不断协调。他是一位自我虚构的英雄，是一位行动多于思想的实干家。

（三） 《堂吉诃德》的艺术特点

在情节发展上《堂吉诃德》主要借鉴了流浪汉小说的特征，以主仆二人的游侠史为主线，插入很多故事，整个情节显得自由自在、无拘无束。其缺点就是，有些故事过分冗长拖沓，枝蔓多，这是流浪汉小说本身的缺点，破坏了结构的完整性。

《堂吉诃德》具有悲喜交集的艺术风格。堂吉诃德兼具悲剧与喜剧两种色彩，但无论他作为喜剧人物还是作为悲剧人物，他的困境都是因为他生活在一个并非为他安排、不属于他的世界上。塞万提斯在塑造堂吉诃德时采用了正反两种笔墨。正面的，写堂吉诃德正常的行为、正常的思维；反面的，写堂吉诃德反常的行为、不正常的思维。当堂吉诃德以骑士身份怀疑他的恋人，迎战风车、旅店、商队时，作者是用反笔，以讽刺笔调写堂吉诃德的疯癫可笑；当堂吉诃德不谈骑士道、不做骑士事时，他议论风发、咳唾成珠，显示出渊博的学识和过人的见识。比如，当他谈到爱情婚姻，谈到教育，谈到读书人和兵士的艰苦，谈到文学翻译等时，那种言之凿凿、引经据典、口若悬河的学者与雄辩家的气派，就与好幻想的疯骑士判若两人。这里，作者是用正笔塑造堂吉诃德的另一重人格。作者通过堂吉诃德身上存在的巨大矛盾来进一步说明，这本来应该发挥更大聪明才智的人是怎样不幸地受到骑士小说的毒害，这位本来有着高尚理想和善良愿望的绅士是怎样因为性格的分裂和社会的黑暗而招致悲剧命运。

当然，整个作品的效果主要是喜，这来源于堂吉诃德的理想主义与现实生活的严

---

[1] 范伯群、朱栋霖：《1898—1949 中外文学比较史》（下），江苏教育出版社 1993 年版，第 752—753 页。

重脱节,当主人公的活动环境是真实的普普通通的社会生活时,由于"演员"的"布景",人物与环境的分离,主人公的行为必然显得滑稽可笑,使人忍俊不禁。最值得注意的是一系列喜剧效果的形成来自反差和一系列对比。

对堂吉诃德自己而言,是幻觉与现实的对比以及动机与后果的对比。动机纯洁、高尚,但后果却是害人又害己。这些对比在作品中可谓比比皆是。而小说最大的对比还是主要人物形象的对比,即堂吉诃德与桑丘的对比。

桑丘既无他主人的博学、见识、抱负、才华、勇敢、坚忍,也不像他那样富于幻想、固执己见;他头脑清醒、务实、老成世故,带几分狡诈,粗笨中显出诙谐、幽默,谈起话来全无堂吉诃德从骑士小说中搬来的陈词滥调,他满身的泥土气,脱口而出的民间谚语都使他的谈吐虽常显粗俗却又不失生动、活泼。如果说堂吉诃德是"精神"的,那么桑丘则全然是"物质"的。但是这种对立却又不是绝对的。在跟随主人游侠的漫漫长途中,他也逐渐被"堂吉诃德化"了,最突出的表现就是他极其认真地(在旁观者看来又极其可笑,因为这是公爵设计来捉弄他的一个玩笑)当了一阵子"总督"。

桑丘和堂吉诃德像一对互相照映的镜子,既映衬出对方,又因此而各自更显深度。桑丘在小说的叙述上也具有特殊意义,因为他的存在,堂吉诃德的性格才得以多方面地展开,主仆二人一路上的奇谈妙论比之堂吉诃德的所作所为可能更耐人寻味;他是按世界的本来面目来认识世界,常常在善意的劝告、提醒中揭露了堂吉诃德的荒唐,他起了一个"可靠的见证人"的作用。人们不妨设想:如果没有桑丘这个"正常人"在场,作者除了直接介入外,还有什么办法来显示世界的本来面目呢?

此外,艺术构思上有意识地采用"戏拟"(parody)的方法,有意模仿其他小说的语言。所谓"戏拟",就是以表面忠实,实际上却是颠覆性的方式去揭露所模拟对象的弱点。《堂吉诃德》模仿了骑士小说,而又不是真正地学习它,是因为骑士小说过时了,而有意对其加以讽刺。骑士小说充满庄严感,煞有介事。塞万提斯则采用调侃式的态度,思想内涵很不同。"戏拟"的方法成为后来重要的写作方法。

《堂吉诃德》主要的效果在于引发人们的笑,但笑实际上有三种基本状态。第一种是笑话不笑,悲喜交织,如在卓别林系列喜剧作品中人的生命沦为工具和机器,有价值的事物在无价值的世界面前被肢解、瓦解。第二种是发笑之后立刻感到一种深刻的悲剧性,如《阿Q正传》,"哀其不幸",发笑之后让人清醒、警觉。第三种,在发笑的同时又被其他种种道不清、说不明的情绪所缠绕支配。《堂吉诃德》便是这种,笑声中断的原因不好用清醒的语言表达。

因此,拜伦说:"《堂吉诃德》是一个令人伤感的故事,它越是令人发笑,则越使人感到难过。这位英雄是主持正义的,制服坏人是他的唯一宗旨。正是那些美德使他发了疯。"

别林斯基对这部伟大作品给予了非常高的评价,他说:"在欧洲所有一切著名文学作品中,把严肃和滑稽,悲剧性和喜剧性,生活中的琐屑和庸俗、伟大和美丽,如此水乳交融……这样的范例仅见于塞万提斯的《堂吉诃德》。"

第五节
莎士比亚和他的"四大悲剧"

一、莎士比亚的人生体验与文化处境

英国文艺复兴是欧洲文艺复兴运动的最高峰,它兴起的时间早,从 14 世纪开始就显示出各种征兆,仅次于意大利,并一直延续到 17 世纪,在 3 个多世纪的时间内涌现出众多作家,而且成就卓著,影响巨大,特别是出现了西方文学史上最伟大的戏剧家莎士比亚。

文艺复兴之所以在英国如此繁盛与英国社会的特殊结构密切相关,从某种程度上说,一个社会的精神文明的发展高度在很大程度上取决于该社会的知识分子阶层在社会上的地位和他们所具有的自由创作空间,文艺创作上更是如此。而英国知识分子在当时社会中的地位很独特。从中世纪到近代社会转变过程中的欧洲,主要有四种力量对其起推动作用,它们是代表教会专制势力的教士阶层,代表世俗政权力量的国王,以及与落后生产力、广大的农业劳动相联系的贵族(诸侯),此外,还有代表新文化的独立阶层的市民(包括大多数知识分子)。可以这样说,这四大阶层的相互关系、地位决定了相应的社会文化状况。而文艺复兴的兴亡与繁盛取决于四大阶层力量的消长起伏。

在英国，由于国王削弱了教会的力量，起主要作用的是贵族—国王—市民，形成了类似于西方现代形态的"三权分立"的雏形。在这种结构中，市民起主导作用，并调动国王与贵族，因为一旦地方势力膨胀，市民就与国王结盟，这能有效地遏止国家的分裂。当国王出现专制时，市民就与贵族联合，这又会消除专制的危险，这样市民处在了三者中最佳的位置上，以主动积极的姿态掌握了社会的进程，控制了大局。三者之中没有谁能独裁，同时又共同阻止国家走向分裂。因而，相比于其他欧洲国家，英国知识分子的自由度最大，他们既得到了有力的保护，又避免了很多人为的限制。

英国继意大利之后成为城市文化最发达的地区，似乎希腊戏剧繁荣的条件重现了，当时公众的重大活动之一即戏剧，它是集体娱乐的重要手段，得到了国家政府的重视。英国成为欧洲近代戏剧的盛产地。

从 16 世纪 60 年代开始，伦敦正式建剧院，并且在体制上呈多层次性，包括私人剧院、宫廷剧院和大众剧院等，为满足不同人的需要提供了场地，促进了戏剧的繁荣。

莎士比亚就诞生在这样具有浓厚戏剧氛围的环境中，他的父亲是富商、议员、镇长，母亲是富农的女儿，因而莎士比亚的童年生活优越。不过，在莎士比亚中学未毕业时，父亲破产了，他只得中途辍学。由于家道中落莎士比亚体会到了世态炎凉，导致其性格早熟，对命运有了自觉感受，心灵变得特别敏感，往往用冷峻的目光打量社会和人生。正是这一点为莎士比亚在悲剧中揭示人性最丑恶处提供了可能，正如鲁迅所说的："有谁从小康人家而坠入困顿的么，我以为在这途路中，大概可以看见世人的真面目。"

在他幼年时期，伦敦城里的一些著名的剧团每年都要来到斯特拉福镇巡回演出，这引起了莎士比亚对戏剧的爱好。年轻的莎士比亚虽然生活困窘，但依然保持着乐观、不羁的性格。他不乐意于做一个奉行中世纪礼法的典范，而希望在喝酒的数量上享有盛誉，喜欢跳舞、赌博、打闹。他 18 岁结婚，第二年就有了孩子，接着妻子又连生了两个孩子，家境愈益艰难。1584 年他离开家乡去了伦敦。据说刚开始他干过多种卑贱的职业，包括在剧院门口为看戏的绅士看守马匹和担任三流喜剧演员。当时的三流丑角是极为悲惨的职业，观众可以把石子丢到他身上来取乐，长官盛怒时可以随便割下他的耳朵。莎士比亚曾满怀辛酸地写道："唉，这竟是真的，/我曾经走遍各地/让自己在世人面前穿上彩衣，/割裂自己的思想，/廉价出卖最贵重的东西。"

除此之外，他还在剧团打杂差，做提示者，躲在幕后通知演员出场，有时顶替一个角色，偶尔在舞台上露脸。他起初为了满足剧团临时的需要，赶着改编旧剧本，后来才显示出他创作戏剧天才般的才华。在这期间，他结识了一些青年新贵族和大学生，扩大了他的生活经验，进一步接触到了古代文化、意大利文艺复兴时期的文化和人文主义思想。在戏院底层打工，使他有了丰富的经验，戏剧氛围的熏陶和对观众心理的洞悉培养了莎士比亚的戏剧修养，为他以后的戏剧创作奠定了坚实的基础。

莎士比亚的影响远远超出了文艺复兴，他对后世的影响难以估量，他的作品深邃、博大得令人赞叹，甚至契合了20世纪的人生体验与生命状态，是可供人类永远开掘的宝藏。歌德感叹说："说不尽的莎士比亚！"

二、莎士比亚的"四大悲剧"

不管是历史剧还是喜剧，这些作品都没有显示莎士比亚眼光的深邃独特，而只是选取了文艺复兴时期共同的主题做了更细致、更深刻的描写，只有悲剧作品让他超越了同时代所有的作家。在文学史上大致有两类作家，一类作家能敏锐地感知时代潮流，随着时代变化调节创作，使自己的创作精神与时代潮流合拍，但随时代潮流的更替会出现不适应，时代造就了他，也局限了他。如高乃依、茅盾等，他们不能超越一个时代。而另一类作家可能极有时代精神，这是由于其自身的天赋造成的，在他们寻求自身的表达方式时与时代潮流契合了，即使时代潮流更替，他们仍有超越时代的内涵。如鲁迅，对文学的作用持怀疑态度；又如18世纪的卢梭，既是启蒙思想家，又对启蒙思想持怀疑态度。

莎士比亚是第二类作家，他用文学方式抒发自己因家道中落、世态炎凉而带来的积怨，其成就是文艺复兴的思想难以概括的，只有在悲剧中，他才成为自己，以深邃冷静的目光打量世界，思考人性，这使他超越了文艺复兴的人文主义自信，提出了世界疯狂与人性卑鄙的著名论断。

莎士比亚悲剧的主题是：反思人性的复杂，揭示人欲的破坏力量以及由此带来的世界的疯狂。他的每一出悲剧都是人性的解剖图，给人以战栗感，坦露出人性最本质的一面。

（一）《奥赛罗》（1604年）

1. 人物关系及剧情

依阿高首先利用洛德里高娶德斯底蒙娜不成的不满心理（嫉妒）向德斯底蒙娜的

父亲布拉班修状告奥赛罗与德斯底蒙娜结婚之事。布拉班修本来不赞成他们的婚事，于是派人捉拿奥赛罗。这时国家正受到土耳其的入侵，元老院商量派奥赛罗前往前线。

依阿高利用奥赛罗与德斯底蒙娜不能同行的时机，放出卡希欧与奥赛罗妻子亲近的谣言，伙同洛德里高共同陷害卡希欧，以实现他谋求副官的企图。此时土耳其战舰已被暴风雨摧毁，趁卡希欧与奥赛罗的船只被阻之机，依阿高在德斯底蒙娜面前大献殷勤，获得了德斯底蒙娜与其他官员们的信任。此时的依阿高已在心中设计着阴险的诡计：他让洛德里高激怒卡希欧，同时利用卡希欧喝醉酒后所犯的错，经提督蒙台诺之口转向奥赛罗，使卡希欧失去副官之职。但依阿高的野心并不到此为止，正如他所说："我也怕卡希欧要使我变成乌龟，我便可使那摩尔变成一头非常的蠢驴，让他永不得安宁，以至于疯狂，可是还要他感谢我，爱我，酬劳我。"

在众人狂欢、奥赛罗与德斯底蒙娜的销魂之夜，依阿高趁机力劝卡希欧喝酒直至烂醉。接着到提督蒙台诺面前谗言相告卡希欧的毫无节制，同时让蒙台诺转告奥赛罗。在依阿高的怂恿下，洛德里高侮辱卡希欧，酒醉的卡希欧与洛德里高打了起来，事后依阿高在奥赛罗面前数落卡希欧的不是，奥赛罗听信依阿高的谗言决定解除卡希欧的副官之职。

依阿高利用卡希欧被解除职务之事，大做文章设计圈套。他伪装出很热心地帮助卡希欧的样子，替卡希欧出主意：若是卡希欧向德斯底蒙娜求情，然后德斯底蒙娜再向奥赛罗祈求此事，一定没什么问题。自然卡希欧浑然不觉这是依阿高的阴谋诡计。

通过依阿高妻子伊米利亚的引荐，卡希欧与德斯底蒙娜会面，德斯底蒙娜答应帮他在奥赛罗面前说情。奥赛罗对妻子的说情表现得很冷漠。依阿高与奥赛罗是在卡希欧与德斯底蒙娜会面刚走后来到的。依阿高的几句话："卡希欧可曾知道你的情史？……"引起了奥赛罗的怀疑。本来自卑的他经过依阿高的引诱，开始由怀疑而生嫉妒。此时的奥赛罗要求依阿高去调查此事，同时让伊米利亚从旁探听。

奥赛罗道出了自己生疑忌的原因："因为我皮肤黑，并且我没有一般情郎所有的风流柔媚，或是因为我的年纪——其实还不算老——她竟背弃了我，使我上当，我的补救只好是厌恨她罢了。啊，婚姻的罪孽！我们只能说这些娇滴滴的东西属于我们，而不能说她们的情欲属于我们。我宁愿做一只癞蛤蟆，吸地窖里的湿气，我也不愿在我爱的东西里占有一隅而被他人享用。但是,正这是贵人们的苦楚;这苦楚是贵人们比贱民更难逃免的,这就像死亡一样,无从躲避的命运:我们刚刚在胎里动的时候,绿头巾的命运就会给我们注定了。……"

这时德斯底蒙娜与伊米利亚来了,德斯底蒙娜看到奥赛罗不舒服,头痛,想把他的头捆扎起来,但奥赛罗嫌手绢太小,德斯底蒙娜不小心把手绢遗落;伊米利亚把手绢拾起来交给自己丈夫,为的是讨丈夫的一时欢心,因为她的丈夫多次要求她偷这块手绢。依阿高得到这块手绢后得意忘形,因为这是奥赛罗送给德斯底蒙娜的定情物,依阿高要利用这手绢,让奥赛罗确信卡希欧与德斯底蒙娜之事,同时陷害卡希欧:"我要把这手绢遗在卡希欧房里,让他得到这块手绢;像空气一般轻的琐事,对于猜疑的人会像是圣经上的证据一般确凿有力;这东西可以发生效力。"

有了手绢作为证据,依阿高在奥赛罗面前理直气壮地编造谎言说自己与卡希欧同床睡觉时,卡希欧在梦中说:"亲爱的德斯底蒙娜,我们可要谨慎,把我们的情爱秘藏起来罢!"随后握着自己的手喊着,"啊,我的亲乖乖!"然后用力亲嘴,随后……又叫一声,"可恶的命运,怎么把你配给摩尔!"……接着他提供了一个物证,看到卡希欧用奥赛罗送给德斯底蒙娜的手绢擦胡子。

听到这些谗言,奥赛罗本已由怀疑而生的嫉妒变成一种疯狂,他已完全相信卡希欧与德斯底蒙娜不洁之事,立即限依阿高在三天之内杀死卡希欧,同时提拔他当上副官。

此时奥赛罗关心的是他送给妻子的那块手绢,可此时德斯底蒙娜实在拿不出来。正在这时,依阿高带上卡希欧来向德斯底蒙娜求情,而德斯底蒙娜非常关心卡希欧的复职问题,于是又去向奥赛罗求情,这越发惹起他的嫉妒之火。卡希欧把依阿高偷偷送到他房间里的那块手绢给了他的恋人毕安卡。

当依阿高提起手绢时,奥赛罗因怒火中烧而疯癫了。等他醒后,卡希欧来了,此时依阿高用计使昏沉沉的奥赛罗将卡希欧与毕安卡的关系误认为是卡希欧与德斯底蒙娜的关系,这样奥赛罗陷入更加疯狂的深渊中。碰巧,毕安卡因怀疑那手绢是卡希欧的情人送的信物,气愤地来找卡希欧要还给他。奥赛罗见到那手绢确实在卡希欧手里,决定掐死妻子,并让依阿高尽快除掉卡希欧。

正当奥赛罗妒火中烧的时候,娄都维可送来元老院的信,信中要求卡希欧代替其现在的职位,因这一事滋生的自卑无疑是在奥赛罗本已疯狂的嫉妒上火上添油。他开始在别人面前公开数落妻子的不洁,不管伊米利亚怎样据理力争,即使用性命打赌,但对于嫉妒之火焚身的奥赛罗来说,已被那火焰蒙蔽得耳目不闻了,反而认为这是妻子的狡诈。

奥赛罗夫妇与伊米利亚送走了娄都维可。当依阿高伙同洛德里高想杀卡希欧灭口时,卡希欧首先刺伤了洛德里高,依阿高从后部刺伤了卡希欧的腿部。奥赛罗在返回途中听到卡希欧的救命声,以为他嘱咐依阿高办的事已完成。

娄都维可几人也听到了救命声,很快赶了上来,此时依阿高怕事态泄露,于是刺杀了洛德里高,碰巧毕安卡来找卡希欧,依阿高就把罪责推到毕安卡身上,说是她使卡希欧变得疯狂,刺伤了洛德里高。

同时,奥赛罗回家后,心情沮丧而又妒火中烧,不管妻子怎样诉说,还是使她窒息而死,此时伊米利亚敲门,他以为是伊米利亚来报信卡希欧已死的消息。

伊米利亚发现夫人被杀,高声呼喊,依阿高、蒙台诺等人听到呼声,闻讯赶来。奥赛罗说出了他杀死妻子的原因:凭那手绢证明了卡希欧与德斯底蒙娜的关系。伊米利亚才恍然大悟其丈夫要那手绢的原因,于是把依阿高的诡计揭穿。看形势不妙,依阿高刺死了伊米利亚逃走。明白真相的奥赛罗才知道自己酿成了大错。

奥赛罗刺伤了依阿高,在死了的洛德里高的口袋里发现了一张字条,这时奥赛罗才知道原来卡希欧是从房子里拿的手绢,而这手绢是依阿高故意放到他房子里的。此时的奥赛罗才完全醒悟。他自杀前向娄都维可交代自己被玩弄的因由:"……你要说我这个人是用情不明,而又用情太过;本不容易猜疑,而疑心一被逗起,却又极度的昏迷;……"

2.《奥赛罗》的特点

(1)在结构方面,此剧为莎士比亚作品之最完整者,且其方法亦甚奇特。"冲突"发生得很迟,剧情进展甚速,逐步推演以至于最后之悲惨结局。冲突开始之后,毫无"喜剧的调剂"可言,一般的读者总觉得《奥赛罗》里没有真正的丑角。

(2)性欲方面的嫉妒是极强烈的一种情感,奥赛罗因误会而妒火狂炽以至犯罪,这题材是极动人的。"嫉妒"不比"野心","嫉妒"本身是可羞耻的,嫉妒可使人变兽。一个伟人,因妒而杀,杀死的人又是最温柔的女子,这是比别种谋杀都要悲惨的。正如文中所引述的:"哦!将军,要当心嫉妒,嫉妒是一个青眼睛的妖怪,最会戏弄它所要吞噬的鱼肉;一个人若是不爱他的妻,那么,虽明知自己做了乌龟,亦可度幸福的日子；但是，唉！他若爱而又疑，那日子该多么难过呀！"依阿高接着说："安贫便是富，便是富得可以，一个人若是惟恐或贫，那么虽有无穷之财富亦将如严冬之赤贫。天呀，请保佑全人类的心灵勿生妒心！"

等到奥赛罗出于蒙蔽而杀死妻子后，他痛苦地意识到嫉妒比战争更为可怕，心灵的敌人远比战场上的敌人更阴险狠毒："我有一把武器，一个军人的腰间还没有佩带过比这个更好的武器：在当年，就凭这区区的胳臂，这把宝剑，虽有二十倍你这样的阻难当前，我也曾冲杀过去，但是，无益的虚夸啊！谁又能指挥自己的命运呢？……只消用一根灯草向奥赛罗胸间一刺，他就会退后了。……用鞭子抽走我，魔鬼哟，别让我看这天神般的姿色！狂风吹我，硫黄烧我！在火液的深渊里浇洗我！啊德斯底蒙娜！德斯底蒙娜！死了！啊！"这时奥赛罗感到外在的功名利禄正如严冬的赤贫，若没有守住自己的心灵不变邪恶，自己将变得相当脆弱，不堪灯草一击。

（3）德斯底蒙娜的消极忍受是一个特别苦痛的因素。她无辜地受害，并且无告地受苦。伊米利亚亦如此，她在不自觉中充当了依阿高的帮凶。

（4）剧情的进展依赖于依阿高的阴谋诡计，以阴谋诡计为剧情之中心者，《奥赛罗》殆为唯一之例。读此剧者无不静心屏息以观其最后之结局，布局如此引人入胜，《奥赛罗》在莎士比亚剧中无与伦比。

（5）莎士比亚的其他重要悲剧皆描写较悠远之事迹，惟《奥赛罗》写当时之近事，实为近代生活之描写。土耳其攻塞浦路斯为1570年间事。并且剧情为家庭惨变，较以国家大事为题材者更易引人之伤感。

（6）剧情范围甚为狭隘，而黑暗的命运势力则逼人而来，令人无从脱逃。依阿高之计固毒，然非机缘巧合则其计亦不得逞，好像命运在帮着恶人，这是莎士比亚别的悲剧所不能给的一种印象。[1]这种印象主要源于依阿高的诡计与其马基雅弗利式的性格，正如他自己所说的："谁说我是小人？我的劝告不是忠实正直，近情近理，足以挽回摩尔的欢心的途径吗？因为使和蔼的德斯底蒙娜接受诚挚的请求是最容易不过的事；她秉性慷慨，有如煦日春风。那么由她去劝说摩尔，更是易如反掌，纵然是要他背弃他的宗教信仰，他也要因为被她的情爱所奴隶的缘故，而由着她为所欲为，好像她的愿望可以做他微弱的心灵的上帝。为了卡希欧的益处，我指示给他这一条直捷的路，我怎么能是一个小人呢？"

---

[1] 威廉·莎士比亚：《莎士比亚全集》（下），梁实秋译，内蒙古文化出版社1995年版，第653页。

这种细腻的心理描写刻画出依阿高的狡猾,他利用熟知各种人的优点、缺点以及事情的要害,能够熟练地控制事态的发展进程。接着他又独自道出自己狡诈、虚伪的面目:"恶魔的哲理哟!魔鬼若是要怂恿人做一件罪大恶极的事件,一定先要摆出一副神圣的样子来诱惑人,如我现在这样;在这老实的傻瓜求德斯底蒙娜给挽回成命而她又在摩尔面前极力为他讲情的时候,我就要向他耳里注入毒言,就说她所以要召还他是为了她的肉欲;于是她愈为他说好话,她将愈启摩尔的疑心了。我便这样把她的贞洁变成污黑,就利用她的优点把他们一网打尽。"

从艺术上讲,《奥赛罗》是莎士比亚悲剧中最完美的一篇,最富戏剧性,编织得很紧凑(影响了法国的雨果),但不一定是最伟大的一篇。《奥赛罗》和《李尔王》相反,《李尔王》是极伟大的作品,但在艺术上不是最完美的。《奥赛罗》是以紧张的形式讲述了一段离奇的故事,《李尔王》是以松懈的形式讲述了一段动人的故事。《奥赛罗》使我们惨痛,《李尔王》使我们哀伤。

3.《奥赛罗》的主题

传统观点认为奥赛罗与德斯底蒙娜代表人文主义理想,该理想在当时的社会没有实现的可能,因而导致了悲剧。

从全剧的内容来看,莎士比亚根本不是从社会批判的角度来揭示人物的悲剧内涵。《奥赛罗》不是一出社会悲剧,而是一出人性的悲剧,是由于人性存在着的嫉妒而导致的性格悲剧,它展示的是内部世界的心灵事实,而不是阶级斗争所酿造的革命历史悲剧。因而在剧中,人文主义的思想内涵并不是莎士比亚关注的重心。

从全剧的情节推进来看,是以依阿高运用各种手段与心理战术把奥赛罗一步步地拉到悲剧的深渊为线索,展示的整个过程首先是依阿高由于不满自己做旗手的处境,打算报复卡希欧与奥赛罗。他利用了卡希欧与自己的交情,奥赛罗因自卑而引起的嫉妒,伊米利亚对自己的爱情,德斯底蒙娜的善良、忍耐与对朋友的无私爱意,以及洛德里高的情欲等,他如同一位心灵的检察官,能敏锐地洞识每个人的心理特点,然后一网打尽。这显示出依阿高如同撒旦一般狡诈、虚伪。在他的操纵之下,一切真、善、美的东西纷纷坍塌而被毁灭。并且命运好像站在他那边,机缘巧合有利于他阴谋诡计的实施,阴谋很"高明"地玩弄了爱情。

通过此剧,莎士比亚提示出了作为人性本质之一的嫉妒所带来的破坏力量。奥赛罗出于嫉妒杀死了无辜而美丽温柔的妻子,而依阿高因权力欲(个中也有嫉妒)置奥赛罗夫妻于死地,把自己也推入死亡的深渊,还导致自己疯狂杀死了无辜的伊米利亚。人性这些卑鄙又邪恶的本质使世界黑白颠倒,真诚与爱心没有了立足之地,整个戏剧笼罩在如撒旦的依阿高的黑影之下,所有的人物几乎无法逃脱他的魔爪。

剧中对奥赛罗的妒忌心理的形成做了精彩的描写,展示了他由自卑走向怀疑,因怀疑产生嫉妒,嫉妒之中一步步走向疯狂与邪恶,凸现了奥赛罗内在丰富的情感世界。这些主要是通过依阿高的话语和奥赛罗自身的独白来加以展现的。因为依阿高必须要熟悉奥赛罗的内在心理,才能运用正确的策略把他引向邪恶,引入自己的圈套,另外奥赛罗的疯狂并不是一开始就有的,他要经过多次反复的思索与灵魂的挣扎,因此,往往犹疑时都用独白的方式表现出来。

4. 奥赛罗形象的内涵及其价值

(1) 奥赛罗内心情感非常丰富复杂,他首先具有潜在的自卑感

在爱情开始时他便承受了巨大的压力,布拉班修就因为他是摩尔贵族而不愿把女儿嫁给他。虽然德斯底蒙娜大胆地嫁给了他,但并没有消除自卑这一障碍,尤其是当依阿高引诱他时,他对爱情的怀疑很自然被逗起。我们知道爱是否在,爱是什么,对相爱者双方的一生来说本身是永存的问题。若是爱者自身没有充分的自信与对被爱者的信任(自信与他信统一),那么爱就永远也不会被问够,只会被问个不停,在第一次得到确切的回答之后就会有一个新问题出现,在每一个确知之后又会出现新的、扩展了的前景。询问爱是什么、爱是否在的人,在对爱的在的问题中,已然以爱的存在为自己的在之前提。同时,处于爱中的人不能容忍别人享有自己所爱的人,正如奥赛罗独白的那样:"她竟背弃了我,使我上当,我的补救只好是厌恨她罢了。……我宁愿做一只癞蛤蟆,吸地窖里的湿气,我也不愿在我爱的东西里占有一隅而被他人享用。"

怀疑妻子的不洁自然升腾起嫉妒的火焰,当依阿高编造卡希欧与德斯底蒙娜的谎言,以及提供假证手绢后,奥赛罗此时的心中妒火旺炽,当闻知卡希欧要顶替他的职位时,自卑的心灵再次受到沉重打击,给嫉妒之火添油加醋,在疯狂中一步步走向了邪恶与残暴。最后派人杀死卡希欧,自己掐死了自己的妻子。

感性的情欲引起嫉妒,嫉妒引起残暴。在情欲的快乐后面浮现出把感性和残暴融合在一起的毁灭意志。情欲是人的各种欲望中最强的,由此而生发出的嫉妒所带来的破坏力量也是毁灭性的。正如《圣经》所言:嫉妒如阴间之残忍。让嫉妒缠身,如

同放纵自己的情欲。就像依阿高放纵自己的权力欲一样,最后如同《圣经》里所说的:不要放纵你的情欲,免得你的情欲,因了糊涂,像牛犊一样,消耗了你的气力,吃尽你的叶子,摧残你的果实,抛弃你,如同旷野里的枯树。

(2)对爱的过分渴望与执着

奥赛罗从童年起经历坎坷,曾被强敌贩卖为奴,然后又赎身远走获得自由。这种人生经历使得他对人的真情很渴求,一旦得到后就会把它当作救命稻草。我们可从依阿高的话中知道奥赛罗的生命可以说完全托付给了德斯底蒙娜,因为德斯底蒙娜是不顾父亲和其他人的冷嘲热讽而力争与他结合的,这对于奥赛罗来说无疑是一份极难得的奢侈的真情。"那么由她去劝说摩尔,更当易如反掌,纵然是要他背弃他的宗教信仰,他也要因为被她的情爱所奴隶的缘故,而由着她为所欲为,好像她的愿望可以做他的微弱的心灵的上帝。"在奥赛罗的心中,德斯底蒙娜无疑是精神的上帝,成为他人生的支撑点,绝对地拥有渴望物的愿望是同保护这种东西以防任何别人侵占的那种热切要求联系在一起的。一旦由情欲而发生怀疑,就会因嫉妒而发生斗争。正如卢梭所说:嫉妒心随着爱情流露出来,一旦反目,最温柔的感情就会酿成人血的牺牲。

自卑而生嫉妒,对爱的焦渴加剧了他的嫉妒,这方面使得奥赛罗在嫉妒的疯狂中失去了人性,如同兽一样走向残暴。情感寄托过分单一,心胸自然变得狭窄,这样嫉妒之火自然就会培育酝酿出来。

《奥赛罗》的思想并不丰富、庞杂,然而深刻地展示了"妒忌"的人性,撼人心弦。同时也给予我们另一种启示:人性本质上有不可克服的缺点,我们若是放纵这些贪欲、情欲与野心,人类将自取灭亡,毫无拯救的希望,或许我们不是祈祷上帝就是要有相当的道德自觉。奥赛罗的悲剧是一出性格悲剧,并没有外在的命运在操纵他,而是他本身的嫉妒导致他走向毁灭。但我们知道,若没有依阿高的邪恶,把他的嫉妒之火一步步地点燃起来,他也并不会自取灭亡。正是在这个意义上,主人公不应遭殃而遭了殃,也正是因为奥赛罗不应遭殃而遭了殃,所以才引起怜悯。从遭殃这个角度来说,其中确实有几分是主人公自取的,也就是"过失"所致,即主人公自身在"道德性格和正义上,也并不是好到极点",这种人和我们差不多,也正是因为"与我们差不多",所以,我们自己也有那种怕自己因犯同类的错误而遭受大祸的恐惧。

怜悯是一种痛苦,是因为看到可怕或痛苦的灾难落于不应受此难者身上而引起的。恐惧乃是一种痛苦的或困恼的情绪,是因那足以招致痛苦或毁灭的当前的印象而引起的。[1] 那些引起怜悯和恐惧的事情给人带来了痛苦,痛苦多了,郁积于心中,自然要寻求宣泄渠道。悲剧引起怜悯与恐惧,能够达到宣泄效果,从而使心灵得以达到一种舒畅和松弛,这是一种悲剧的快感,快感是净化的结果,悲剧的教育意义不在于快感,而主要是在于它所激起的怜悯与恐惧。

(二)《马克白》(1606 年)

1. 人物关系及剧情

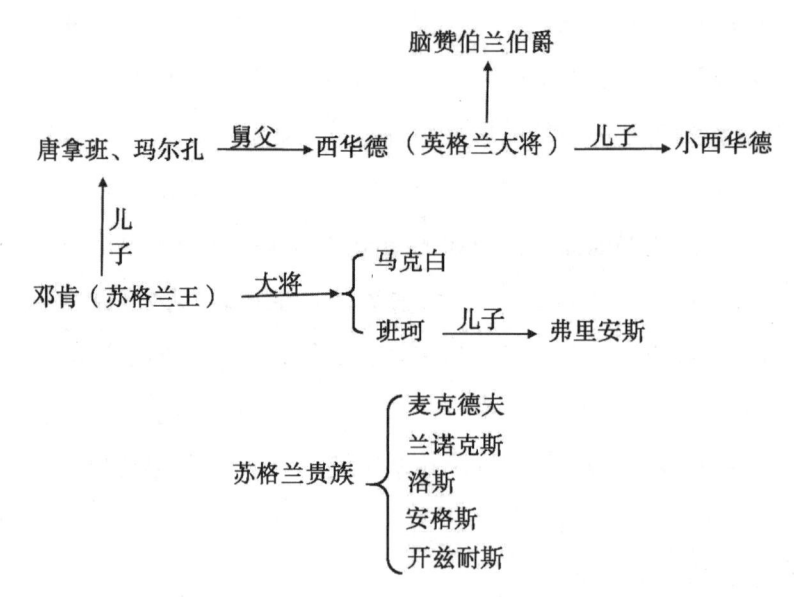

```
                                        脑赞伯兰伯爵
                                            ↑
唐拿班、玛尔孔  ─舅父→ 西华德(英格兰大将) ─儿子→ 小西华德
    ↑
    儿
    子
            ┌ 马克白
邓肯(苏格兰王) ─大将→ ┤
            └ 班珂 ─儿子→ 弗里安斯

            ┌ 麦克德夫
            │ 兰诺克斯
   苏格兰贵族 ┤ 洛斯
            │ 安格斯
            └ 开兹耐斯
```

马克白大将置生死于不顾,以自己的英勇镇压了麦唐纳的叛乱,削下了他的首级。叛徒考道伯爵伙同英格兰大将脑赞伯兰引起的边境骚乱亦被马克白平定。在荒野上,妖婆预言马克白将当国王,而且要被授予考道伯爵,同时预言班珂的子孙将为王。

洛斯与安格斯受邓肯王之托授予马克白以考道伯爵荣誉勋号。妖婆的预言得到了应验,此时马克白心中潜存的权力欲(贪欲、野心)开始蠢蠢欲动。但班珂认为那是恶兆。

受妖婆预言神启的马克白夫人担心马克白的弱点使他失去胆量与勇气,不去获得自己应有的王位。夫人知道这其实也是马克白心中想要的,只不过不想用不义的手段,于是夫人极力怂恿他,为他打气。

恰好当天邓肯王来到他们的城堡,马克白夫人决定当晚对他下毒手。马克白想

---

[1] 亚里士多德:《诗学》,陈中梅译注,商务印书馆1996年版,第97页。

到杀人的不义，余生要受良心的裁判，而且是杀死平日为人非常谦逊的邓肯王，而颇为犹疑，下不了决心。但在夫人的力劝下，于是马克白口头应允了。虽然这时贪欲所激起的疯狂远胜过良心的呼救，但他还是很害怕杀人的失败。经夫人介绍杀人的阴谋后，终于下定了决心。

马克白杀人前陷入无边的恐惧中，恐惧使他头脑里出现了刀柄与鲜血的幻象。马克白杀死了邓肯王，手上沾满鲜血，神情恍惚。麦克德夫跟邓肯王的两个儿子（玛尔孔与唐拿班）均发觉是马克白杀死了国王，知道他会杀人灭口，于是邓肯王的两个儿子匆匆逃亡，麦克德夫也前往斐辅。

知道妖婆预言的人只有班珂、马克白自己与他夫人，既然现在妖婆的预言已经应验了，自己当上了国王，马克白怕班珂把事情的真相泄露，同时照预言所说，将来的王位将由班珂的独生子继承，心里很不舒服，于是计划派杀手杀死班珂父子。

马克白杀人后精神已经发生分裂：一面走向更为疯狂与狠毒，派人杀班珂父子，以便杀人灭口，一面是在恐怖中吃饭，整夜噩梦缠身。

马克白的谋杀计划只成功了一半，班珂的儿子逃跑了。在宫中筵宴进行之际，班珂的鬼魂坐在马克白的席位上，马克白在恐惧的幻觉中对班珂说出："你们不能说这是我干的"，"永远别向我摇晃你的带血的头发"这样的话，他的夫人说他是生病了，为他做辩解，才不至于在众大臣面前露馅。

在幽穴中，马克白得到三妖婆的师傅三鬼的启示。第一鬼为一带盔首级，要马白克注意麦克德夫，因为他怀疑马克白是杀国王的凶手。第二鬼为浴血婴孩，要马克白必须凶残、勇敢、坚决，尽管轻侮一切的人力，因为没有女人生出来的人能伤害马克白。第三鬼为头戴王冕的幼童，手执树枝，他预言："马克白永远不会被征服，除非等到伯南的大森林都来到丹新南的高山上来攻击他。"

鬼的预言把马克白从崩溃的边缘重新拽了回来，并且给予他继续作恶的强大支援力量。于是马克白听从鬼的指点，去谋杀麦克德夫，但麦克德夫已逃往英格兰，于是马克白杀死了他的妻儿。

邓肯的儿子玛尔孔与麦克德夫谈到马克白的阴险、狡诈与狠毒，由此想到集帝王美德于一身的父亲居然被他的权力欲（野心）所谋害，玛尔孔对这黑白颠倒的世界非常失望。面对这恶势力横行的世界，玛尔孔主张以恶抗恶。

麦克德夫听到自己的妻儿均被杀害的消息，义愤填膺，决定与玛尔孔一起，从英格兰玛尔孔的舅父西华德那里借调一万精兵讨伐马克白。

马克白夫人由于把马克白杀人时的血涂抹到仆人身上以推罪责,鲜血引起她良心的恐慌,使她一步一步地陷入疯狂之中。马克白夫人患了夜游症。夜游时的梦话被医生和仆人听到,泄露了他们谋杀国王、班珂以及麦克德夫妻儿的实情。

麦克德夫与玛尔扎带着一万精兵讨伐马克白,马克白相信鬼的预言——凡是女人生出来的人都不能压倒马克白,除非伯南森林来到丹新南——因而他根本不相信会有违背神启的怪事出现,主张坚决打击。此时马克白听到王后死了的消息,发表了一番关于人生哲理的精彩议论:"她以后也必定要死;早晚总不免有这样一个消息来到。明天、明天、又明天,光阴就这样一天一天地移步向前爬,直到时间的记录之最后一字;每一天都照耀着愚人走上归尘的死路。灭了罢、灭了罢,短短的烛火!人生不过是个人行动的阴影,在台上高谈阔步的一个可怜的演员,以后便听不见他了;不过是一个傻子说的故事,说得激昂慷慨,却毫无意义。"

玛尔孔的军队在伯南森林里每人砍下一截树枝,在前面擎着,这样就可以遮掩他们的人数。马克白面对着玛尔孔擎着树枝的军队,依然很镇定。同时,他对死亡的恐惧已无所谓(人都要死的),而且鬼关于那个"凡女人生的人均不能征服他"的预言使他还能支撑住,并且决定一决生死。在决斗中,小西华德被杀了,而由于麦克德夫是由他娘子宫里剖出来的,他把马克白杀了。玛尔孔最后当上了国王。

2.《马克白》的主题

近代批评家朗斯伯莱(Lounsbury)说:"在《马克白》里,惩罚是加在那罪恶的丈夫和那罪恶的妻身上了。但这仅是附带着而来的结果,若当作了目的来看,则在全剧进展上并不占重要的地位。值得我们注意的是,罪恶一旦掌握了一个人的灵魂,其逐渐使人变质的力量是如何伟大。这种力量在不同的性格上产生出不同的悲惨的结果,对于此种效果加以研究是非常饶有心理的与戏剧的意味的。"[1]

因此,梁实秋认为《马克白》的意义即在罪犯心理的描写,由野心而犹豫、而坚决、而恐怖、而猜疑、而疯狂,这一串的心理变化,在这戏里都有深刻的描写,这便是《马克白》的意义。[2]这种犯罪心理跟弗洛伊德以及当代心理学家所揭示的现象非常相似,可以这么说,戏中所勾画的心理特征具有超时代的永恒性质。

---

[1] 威廉·莎士比亚:《莎士比亚全集》(下),梁实秋译,内蒙古文化出版社1995年版,第490页。
[2] 威廉·莎士比亚:《莎士比亚全集》(下),梁实秋译,内蒙古文化出版社1995年版,第490—491页。

马克白走向犯罪的开始，首先是妖婆的预言起到一种引诱作用，把他本身存在的权力贪欲激发起来了，只不过平时受到现实的束缚，把它压抑在无意识层面没有释放出来而已。但班珂认为那是恶兆。若是妖婆的预言得到应验与实现，天下必然大乱，而且是在引诱他们走向疯狂与残暴："黑暗势力为要引诱我们受害，倒往往告诉我们一些真话，以真实琐节为饵，引我们陷入严重的结局。"但对于马克白来说，妖婆的引诱因为已应验了一部分，因而他似信非信，在犹疑中徬徨又忽然感到恐慌："这鬼怪的劝诱不能是恶意的，也不能是善意的；如是恶意的，为什么给我一个先兆，而且开始就应验了呢？我如今确是考道伯爵了；如是善意的，为什么我一接受那诱惑，那可怕的景象便立刻使我的毛发竖起，稳定的心脏也忽然撞起肋骨来了，一切全都反常？……我心中的杀意不过是一番玄想，使得我的健全的身心为之动摇，不知所措，完全被空虚的妄想所支配。"在这里，妖婆的预言已应验了一部分，对于马克白心中的权力欲来说显然获得合法地位，对于他来说，这自然不是恶事，若是当上国王，必须要杀邓肯王，想到这些不义，自然不是善事，此时的马克白已陷入满足自己的欲望和外在社会伦理秩序束缚的压力之中。

正在这关键点上，马克白夫人极力怂恿他："你的品性是太富于普通人性的弱点，怕不见得敢抄取捷径，你是愿意尊荣的，也不是没有野心，但是你缺乏那和野心必须联带着的狠毒；你极希冀的东西，你偏想用纯洁的手段去获得，既不愿有背义的举动，却又妄想非分之事；……而那件事你不过是自己怕做，并非是不愿做出来。你快来吧……用我舌端的勇气排除那妨碍你攫取金冠的一切，命运与鬼神都似乎是要暗助你戴上金冠的。"

夫人的怂恿既是为自己欲望的满足打气，也是为给马克白去除外在道义上的障碍，让无意识的贪欲（权力欲）无遮拦地释放出来。这需要寻求到自己的合法性依据，他们主要是依据妖婆的神谕。而正是在妖婆预言所激起的贪欲、权力欲、野心欲，给予了她杀人的巨大力量。"来哟，你们那伴随着杀心的精灵！请取去我的女性，使我自顶至踵地充满了最刻毒的残忍；把我的血弄得混浊，把怜悯心的路途塞起，好让我的狠心不至于因良心发现而生动摇，或是犹豫不决！你们司杀的天使们哟，你们若要无影无踪地执行宇宙间的肃杀之气的时候，请到我的怀里来吸取我的变了胆汁的乳罢！……"内在的贪欲在妖婆的蛊惑引诱下已使得她变得疯狂。所谓疯狂，不过是说，以前以为是真实存在的根基，现在看来是虚假的；从前以为是可靠的东西，现在则以为是不可依靠的。为了应验妖婆的预言,他们必须要置外在的社会伦理秩序而不顾,不要因良心的发现而却步不前。

在对邓肯王采取行动的节骨眼上,马克白仍然很犹疑,不能下最后的决断,于是马克白夫人采用了激将法:"你是不是既要获得那你所认为的人生至宝,而又自承是个懦夫,让'我不敢'来牵制'我想要',像格言中那只可怜的猫?"夫人骂他是个懦夫,而他本是一个英雄,横扫千军万马,杀敌人如割草芥,杀一个国王又何足挂齿!同时马克白夫人还介绍了能万无一失保全成功的阴谋,马克白终于从犹疑走向了坚定,此时贪欲所激发的疯狂已占据了他心灵的主导地位。

杀人后的马克白夫妇精神走向了分裂:"我们这样在恐惧中吃饭,夜夜睡眠都被噩梦侵扰,还不如让宇宙破灭,让天上人间一齐遭殃。宁可和死人去做伴,和那些我们为自己平安而送到平安之境的人们做伴,也比受这心神颠倒的苦痛好些。"本我的贪欲在妖婆的预言以及妻子的怂恿下终于实现了,但毕竟是以不义手段实现的,这时自我自然受到良心的谴责(超我),于是内心陷入非常痛苦的煎熬中,这是本我与超我在自我的场地上展开了剧烈而持久的拉锯战。若是不让事情泄露,必然要狠毒下去,这是无奈也是唯一的办法,但越是这样做,越要受到良心的谴责。为了使自己的良心不受谴责,只有两条路:把事情真相捅破,接受社会的惩罚,或者是自杀。

马克白逐步陷入更为严重的精神分裂中,一方面要使自己的阴谋不被外人知晓,必须要狠毒下去;另一方面,此时由于贪欲已实现,良心的呼救日益高涨,继续作恶使他的良心越发不安。马克白在班珂的鬼魂面前差点露馅,精神几乎已经到了崩溃的边缘。而马克白夫人杀人后晚上经常梦游,而且经常梦中呓语:"什么!这两只手永远洗不净?""所有的阿拉伯的香料也熏不香这只小手……"她显然已陷入精神变态和疯癫的危险境地。按弗洛伊德的说法,过分的压抑只能在梦中发泄,良心的不安又不能申诉,于是神情恍惚,精神崩溃,她不像马克白又一次接受神启,因而最后精神分裂而死。

马克白夫人死于精神分裂,马克白若没有得到鬼的预言,他绝无继续作恶的力量,因为良心日益占了上风,贪欲被释放后,人的心灵世界要寻求一种平衡,它不可能永远处在一种精神分裂的状态中,那样不是发疯就是死亡。马克白为什么如此相信鬼的预言而走向最终的死亡呢?劳特对陀思妥耶夫斯基的系统分析也可以用于此,"力图使自己的良心得到慰藉的人们是如此强烈地渴望了解秘密,把它当成真理,盲目地服从神秘之物的驱使,'甚至违背自己的良心',因为人的理性就是这样被创造出来的,以至人们常常不相信自己,对自己不满,倾向于认为自己的存在是没有充分根据的。另一方面,人们也因信仰模糊不清而苦恼。因此他们想崇奉借助理性所不能发现的真理,因为真理对于他们来说始终是一个秘密,并被他们当作教条而接受下来。人们渴求得到握有其隐藏的天启秘密的人向他们发出的道德命令。不论在什么情况下,他们都虔诚地跪倒在秘密面前,准备盲目服从给他们下达命令。因为他们在这里找到了坚实的支柱,摆脱了面对赐给他们的自由所应承担的义务。"[1]

人的贪欲实现后,为了掩盖必然会陷入更为疯狂的屠杀之中,人生不过就是这样打打杀杀,连自己的亲人也难幸免,如此这般,人生到底有什么意义呢?马克白洞穿了存在的深渊,因而他才说:"不过是一个傻子说的故事,说得激昂慷慨,却毫无意义。"

3. 对《马克白》中巫术作用的评价

传统的观点认为,马克白夫妇是一对野心家,戏剧谴责了君主专制。但本剧中的君主很贤明,并不残暴。《马克白》是莎士比亚常写的暴君篡位的体裁(历史剧),其历史剧的主要目的在于社会批判,宣扬政治主张和社会理想。《马克白》却不一样,莎士比亚并不关心马克白夺位的暴行和带来的危害,关心的却是马克白何以弑君夺位,一步步走向残暴与疯狂,关心他的犯罪心理演变过程——为什么走向犯罪,犯罪所带来的残暴以及精神分裂。莎士比亚第一次把重心放到关心人的心理、精神上来,道德评价退居次要地位。

实际上,占有欲与贪婪是人的本能,野心有大小,又有不同表现,只是受文明的压抑而不被承认罢了。按弗洛姆的观点,每一个社会都用自己的"社会过滤器"压抑了个人的大量思想和情感,一旦这些被压抑的东西释放出来就会造成整个社会的调整与动荡。过去的马克白是英雄,然而他的权力欲被社会秩序压抑着,一旦欲望冲破了这个"社会过滤器",马克白必然要打破正常的社会秩序,为实现目标(相对于当时的社会伦理的秩序而言)在更高的层次上重建社会,又会对其他欲望实行压抑。弗洛伊德说,人类的文明史就是一部压抑史。在此意义上我们说,恶是推动人类社会前进的杠杆。

此剧中巫术的作用好像很重要,它确实起到了引诱和确认的作用。不过,这种超自然因素"不带有强制的性质",而具有诱导性,可以说起到触媒作用。人的贪欲一如

---

[1] 赖因哈德·劳特:《陀思妥耶夫斯基哲学——系统论述》,沈真等译,东方出版社1996年版,第240页。

地下奔突的熔岩,而巫术的预言就好比给奔涌的熔岩打开了一个缺口,一发而不可收。因此巫术的问题并不起决定作用,它在主人公不得不面临的问题中只不过是一个因素而已。

正如人们常说的,内因是变化的根据,外因是变化的条件,可以说人自身的权力欲是马克白走向犯罪的内因,而巫术只不过是他走向犯罪的一个条件而已。外因要通过内因而起作用,若马克白不相信巫术的预言,和班珂一样,那么他也就不会走向残暴。正是在这一点上,莎士比亚夸张地说:"性格即命运。"

莎士比亚的四大悲剧可以说都是性格悲剧与命运悲剧的融合,命运在这里往往要通过性格而起作用,当然性格的分量要比命运重很多。总体上来看,属于性格悲剧。这是莎士比亚超越古希腊悲剧的地方。

(三)《李尔王》(1605年)

1. 人物关系及剧情

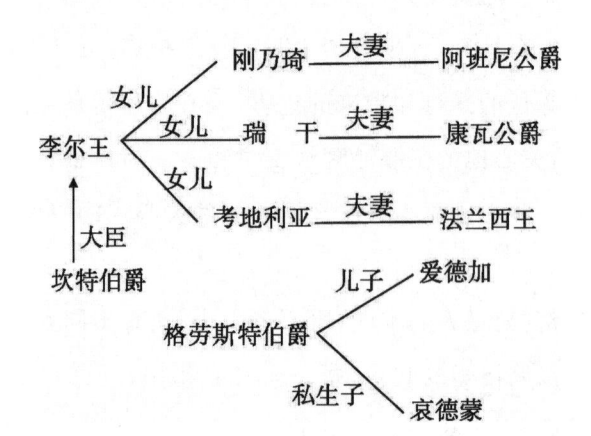

```
                 刚乃琦 ——夫妻—— 阿班尼公爵
           女儿
           女儿   瑞  干 ——夫妻—— 康瓦公爵
李尔王
           女儿
                 考地利亚 ——夫妻—— 法兰西王
    ↑
   大臣               儿子  爱德加
坎特伯爵
                格劳斯特伯爵
                     私生子  哀德蒙
```

李尔王由于愤怒于小女儿考地利亚真实的言辞,决定把自己的财富平均分给其他两对女儿、女婿,自己只留下国王的名义和虚衔。小女儿考地利亚遭到唾骂与放逐,李尔王对于坎特伯爵的话"还保留你的王位罢;妥加考虑之后,要纠正这次的鲁莽;我冒死上谏,你的小女并非是爱你独薄;朴实的言辞是毫无矫饰心的,其衷心亦非虚伪。"根本不予理睬,还让坎特小心性命,别再说了。

考地利亚替自己申辩:"……我所以失了你的宠爱,不是由于什么污点或别种秽行,不是由于不贞或是有什么失足,而是只因为我缺乏一个愈没有愈好的东西,一只媚眼,还有那幸而未备的一条舌,虽然因了未备而失掉你的宠爱。"

白根地公爵看到考地利亚没有嫁妆立即退下阵来,而法兰西王看中了她的美德,立即娶了她带回国。

　　哀德蒙对自己作为私生子非常不平,因为只有嫡出的儿子爱德加才能继承父业。他决定要压倒嫡生的哥哥。他设计轻信人言的父亲格劳斯特公爵和正直的哥哥,挑拨爱德加与父亲的关系,在父亲和哥哥面前各说他们的坏话,使父子失和反目为仇,自己从中得利,达到了独吞家业的目的。

　　刚乃琦对父亲如先前一样的脾气甚为不满,开始有意识地疏远他。同时她写了封信给瑞干,让她对李尔王的侍卫以冷眼相待,酿出事端来,以便借题发挥。这时的坎特伯爵化装成为李尔王的侍奉。李尔王对刚乃琦减少他的侍卫很为气愤,决定到女儿瑞干家去。

　　哀德蒙巧妙运用其父追杀哥哥爱德加,自刺其臂而嫁祸于爱德加,经过哀德蒙一番苦肉计,其父下令一旦抓住爱德加立即处死,并且要呈报公爵。康瓦公爵与瑞干正好来拜访格劳斯特伯爵,处死爱德加之事得到康瓦公爵的恩准,而哀德蒙因自刺手臂以推罪责,反而受到康瓦的赏识,被招至门下。

　　刚乃琦的管家奥斯瓦送信给瑞干,使替李尔王送信的坎特受到刚乃琦的冷眼相待,于是坎特就和奥斯瓦打杀起来,恰逢康瓦公爵来到,经过一番争辩之后,尤其是读完刚乃琦给瑞干的信,他们决定给坎特戴上脚枷。

　　李尔王来找瑞干,看到坎特被戴上枷锁,非常气愤,决定当着瑞干和康瓦讲清这事。

　　瑞干来后,李尔王细数刚乃琦的罪状,但瑞干坚决要求他回到姐姐那里去,因为李尔王误会了刚乃琦,"你已经到了风烛残年,你应该由比你自己还会照顾你的人来指导你。所以我请你回到姐姐那里去;并且说,你错怪了她"。刚乃琦却提出要裁掉五十名侍卫方能回去,而瑞干则提出不能带一名侍卫,否则下个月她不允许李尔王进门,李尔王认识到瑞干比刚乃琦更阴险狠毒、忘恩负义时,发了一番议论:"女儿,我请你别使我发疯;我不打搅你了,我的孩子再会罢。我们以后彼此不再见面;不过你还是我的血,我的肉,我的女儿;其实也可以说是在我的肉里的一块病,我不能不认为是自己的:你是我的恶血中的一个疖,一粒毒疹,一个凸痈。……"李尔王努力忍耐,使自己心中的怒火不要喷发出来,最终在暴风雨之夜离开格劳斯特堡。

　　爱德加被四处追杀,无处躲藏,逃到荒野中。陷入绝境的爱德加说出愤慨之话:做个疯丐还不错哩。

坎特招呼一侍臣到法兰西考地利亚那里求援,因为法兰西知道阿班尼公爵与康瓦公爵之间有裂痕,只要发生内乱,那么已暗中集结在海岸的军队就会公然张开旗帜。他们二人分头去找国王,此时国家的危亡胜过一切。

立于荒野的李尔王,波涛翻腾的内心世界,与这狂风暴雨相得益彰,他开始思考儿女的亲情、人性的卑鄙与世界的罪恶与疯狂。"你们都不是我的女儿,我不怪你们残忍;我从没有把国土给你们,或叫过你们孩子,你们对我没有义务……啊!啊!这太卑鄙了。"

格劳斯特知道法兰西的军队已登陆了。他决定告诉国王,在暗中救助他。哀德蒙知道格劳斯特去救助国王是触犯禁令,因为公爵们都想自己为王,除掉李尔王这绊脚石。因而他趁机把这事告诉公爵,这样他就可以立功。"我父亲所失掉的一定可以由我得到。"

李尔王见到扮疯人的爱德加,同病相怜,以为他之所以这样,定是被女儿蒙骗所致。爱德加发表了一番议论:"我是一个仆人,趾高气扬;我的头发卷得弯弯,帽子上戴着我的情妇的手套,讨我的情妇的欢心,和她干下了暧昧的勾当;我开口便赌咒,把咒语喷上了天空的和蔼的脸上;我在睡前谋划着淫事,醒后便去实行。酒我是很爱,骰子也欢喜得很,对于女人我是比土耳其人还要风流。心地虚诈,耳朵好听流言,手段毒辣,懒得像猪,阴险像狐狸,贪婪像狼,疯得像狗,凶得像狮子。……"此时格劳斯特也来找李尔王。

哀德蒙把其父寻找李尔王之事告诉康瓦公爵。格劳斯特叫坎特把国王带往多汶,那里有人保护国王。格劳斯特被抓回来后,康瓦公爵、瑞干、刚乃琦审讯他,康瓦公爵用脚踢破了格劳斯特的一只眼睛,目的是让他不能见到天谴,因为他骂他们会受到天谴。当他踢另一只眼睛时,一位仆人出来用剑与他相拼,瑞干从背后将仆人杀死。接着康瓦用手把另一只眼睛挖了出来。格劳斯特变为盲人后,被放逐出去。

荒野上,一老佃户扶着格劳斯特,正好碰到爱德加,此时被挖掉双眼的格劳斯特心里倒很坦然,因为他知道自己被哀德蒙所骗,"我没有路,所以也不需要眼睛;我有眼的时候,我反倒栽了筋斗。所以我们有能力的时候常常使得我们疏忽,有点残缺却正是我们的利益。……爱德加……只要此生还能摸到你一下,我就算是又生了眼睛。""在这倒霉的年头,疯子正好引导瞎子。"

格劳斯特由疯子爱德加引导走向多汶。

刚乃琦招呼哀德蒙去康瓦那里招兵买马，因为军队已经登岸了。刚乃琦是以未来情妇为诱饵，使哀德蒙为她尽力效忠。而阿班尼对于妻子的忘恩负义很气愤，他决定要为格劳斯特报仇。不过，他对于敌人军队的登陆感到冷漠、惘然。

康瓦公爵被仆人中伤后流血而死。瑞干在刚乃琦的仆人（奥斯瓦）面前谈出了刚乃琦与哀德蒙的暧昧，但她决心要哀德蒙与她结婚，并且把这消息立即传达给刚乃琦。

考地利亚接到信后，非常忧伤，国王由于先前毫无恩情地把她驱逐出境，极度的羞愧使他不好去见考地利亚。考地利亚他们动兵并非基于野心，而是为了爱和老父的权利。

格劳斯特由爱德加引着，他想从悬崖上跳下去一死了之。可苦于失明，找不到哪儿有悬崖。"苦恼的人连自杀的权利都被剥夺了么？苦恼之极而能骗过了命运的残暴，摧毁了他的骄意，那也是一种慰安呢。"

奥斯瓦来缉拿格劳斯特，与爱德加决斗，奥斯瓦被刺死，他给哀德蒙的信被爱德加发现，信中刚乃琦以哀德蒙的妻来称呼自己。坎特带李尔王来到考地利亚这里，此时他们已经知道哀德蒙带领军队攻过来了。

在战场上，瑞干与刚乃琦为哀德蒙争风吃醋，而哀德蒙却不知选择哪个好。哀德蒙抓住李尔王、考地利亚，派营长押送他们到监狱去。

瑞干宣布哀德蒙是自己的夫君，刚乃琦的丈夫阿班尼出来阻止，因为他知道刚乃琦是早和哀德蒙订下了再婚之约。哀德蒙的部下以阿班尼的名义解散后，哀德蒙再次召集已无人理会，他独自一人武装上阵。二人交战，哀德蒙倒下，阿班尼把刚乃琦给哀德蒙的信拿到自己手里。

当爱德加把自己的身份讲给格劳斯特听时，格劳斯特含笑心碎而死，刚乃琦为了哀德蒙毒杀妹妹后自戕。哀德蒙下令把李尔王、考地利亚处死。

哀德蒙被阿班尼刺伤后死去。此时阿班尼想把他的权位一齐奉还给李尔王。在救兵来到之前，考地利亚已被绞死，李尔王拖着考地利亚，伤心悲痛，气绝身亡。

2.《李尔王》的主题内涵

诗人雪莱在《诗辩》里说："近代作品常以喜剧与悲剧相掺和，虽易流于滥，然实为戏剧的领域之一大开展；不过其喜剧之成分应如李尔王中之有普遍性，理想的，并且有雄壮之美，方为上乘。即因有此原则，故吾人恒以李尔王较优于儿底婆斯王与阿加曼姆农……李尔王如能经得起此种比较,可谓为世上现存戏剧艺术之最完美的榜样。"

《李尔王》之所以伟大,应从两方面研究:一为题材的性质,一为表现的方法。

《李尔王》的题材是有普遍永久性的,戏里描写的是古今中外无人不密切感觉的父母与子女的关系。父母子女间的伦常关系是最足以动人情感的一种题材。莎士比亚其他悲剧的取材往往不是常人所能体验的,而《李尔王》的取材则绝对的有普遍性,所谓孝道与忤逆,这是最平凡不过的一件事。这题材可以说是伟大的,因为它描写的是一种基本的人性。

单是题材伟大,若是处置不得当,仍不能成为伟大作品。但是我们看看莎士比亚布局的手段。T. R. Prcice 教授说得好:

"李尔王的故事本身,自析分国土并与考地利亚争吵以后……仅仅是一篇心理研究……只是一幅图画,描写一个神经错乱的老人,因受虐待而逐渐趋于颓唐,以至于疯狂而死……所以这故事本身缺乏戏剧的意味,这是莎士比亚所熟知的,绝不能编配成剧的。我想即因此之故,莎士比亚乃以格劳斯特与哀德蒙的故事来陪衬李尔王与考地利亚的故事。……经过此番糅合,故李尔王个性的描写以及其心理溃坏的写照成为此剧美妙动人之处,而哀德蒙的情绪动作以及其成败之迹乃成为戏剧的骨骼与活动。"[1]

本剧通过最为普遍的孝道与忤逆展现了李尔王对人性逐步全面而清醒的认识过程。起初跟《雅典的泰蒙》中的泰蒙一样,李尔王对人性毫无认识,对人性充满天真的信心和幻想,因而显得非常固执,刚愎自用。在他的心目中,人性是美好的,人生是能够自我把握的,故当坎特老臣反对他弃位时,李尔王将考地利亚驱逐出境,这不完全是残暴的表现,更是他无法容忍有人对人性持恶意的怀疑的表现,而坎特伯爵正是怀疑人性的,李尔王感到人性是不可亵渎的,不能容忍他人对他的信仰的侮辱。

李尔王采取主动姿态把财产让给女儿们,是女儿们把他逼入绝境。而格劳斯特家是私生子哀德蒙的嫉妒与贪婪,格劳斯特与爱德加均是哀德蒙阴谋的受害者。他们都是无辜的,而李尔王却多少有点咎由自取之感。虽然托尔斯泰曾严厉批评过《李

---

[1] 威廉·莎士比亚:《莎士比亚全集》(下),梁实秋译,内蒙古文化出版社1998年版,第543页。

尔王》，但我们认为他的《安娜·卡列尼娜》受了《李尔王》的启示，安排了两个家庭双线推进、相互映照的结构。

如同《奥赛罗》中的依阿高一样，撒旦式的哀德蒙必然要弃绝当时一切所谓的"善"的价值，只有这样他才具备反叛性、颠覆性，也才能洞悉当时各种人的心灵特征，加以充分巧妙的利用，以达到自己的目的。这样的人物对恶魔的哲理可以说是烂熟于心，驾轻就熟。在某种意义上，他就是现代唯意志论的先驱者，他们背弃了上帝，遵循的只是大地的逻辑。"如今只有阴谋、虚伪、奸诈以及一切灭亡的纷扰，追逐我们慌乱地入了坟墓"，这句出自格劳斯特之口的话道出了那个时代的普遍症候。而哀德蒙就是其中"恶"的典型，正如他自己表白的那样："我们遭遇不幸的时候——往往是因为自己行为放浪所致——便归罪于日月星辰，这真是人世最糊涂的事；我们成为恶棍，好像是必然的，成为傻瓜，也是天意。……我们所有的罪恶，都是由于上天的强迫，……这真是极妙的推诿！"哀德蒙认为人成为什么人，完全是自己所为。

不管是李尔王还是泰蒙，一旦他们先前所信奉的东西变为虚妄时，定会发出对世界的仇恨与对人类的失望。李尔王对人性的真面目全面认识后，对女儿的控诉也已上升到人性的角度："看那边痴笑的女人，她的脸色表示出她的两腿之间是雪一般贞洁；假装出正经，听说色欲的事便摇头；其实干起事来这淫妇比臭鼬或是喂了野草的马还兴致勃勃哩。自腰以下她们是半人半马的妖怪，虽然上半截全是女人，仅仅腰带以上是属于神的，以下全是妖魔的：那里有地狱，有硫黄窟，烧着，恶臭，腐烂；……"

3. 李尔王发疯的意义

权力欲、占有欲与情欲使得李尔王与格劳斯特两家陷入一场前所未有的纷争、虐杀、欺诈、混乱的局面，最后都如海怪一样自己吞噬了自己。所以剧中才说："这莫非是世界的末日？或是那惨象的缩影？天塌下来，同归于尽罢？如其上天不快快遣下现形的天使来节制这些罪行，结果必导致互相吞噬如海怪一般。"没有上帝的救赎，世界就只能陷入疯狂与残暴中。正如刘小枫所指出的："整部《李尔王》的悲剧世界都在期待爱的力量。更明确地说，李尔王、爱德加、坎特都在坚持迎候考地利亚的出场。""这种爱就像一切最值得赢得的贵重东西一样，要你竭尽全力才能赢得。你得坦白承认你确有这种爱的需要；你得真正虔诚、谦虚；你得忍痛除掉一切和至善不协调的东西；一句话，你得准备忍受一切。"[1]

---

[1] 刘小枫：《拯救与逍遥》，上海人民出版社1988年版，第205—206页。

这种对爱的祈求来源于这世界爱的匮乏,世界的疯狂与暴虐。而这个世界的荒唐却是与"人的觉醒"紧紧维系在一起的。李尔王疯了,因为他第一次以人的眼睛而不是以上帝的眼睛看到了这个世界的荒唐。哈姆雷特说,世界是一座牢狱,一座很大的牢狱,里面有许多囚室、地牢。只有对于那些认为世界上根本就没有善恶可言的人,这个世界才不是牢狱。李尔王感到,世界上的罪恶被镀上了金,公道的坚强的枪刺戳在地面上也会折断。人没有任何力量战胜自然、社会强加给人性本身的痛苦,无论在何处,人都要受到狂风暴雨的袭击。

我们知道,悲剧必须是有缺陷的好人受难。若是李尔王后来在考地利亚的帮助下得救,那将显然是喜剧,而不能成为悲剧。正是由于考地利亚等被哀德蒙的诡计所害,《李尔王》才成为伟大的悲剧作品。

《李尔王》为什么不像《奥赛罗》那样严密,戏剧结构紧凑、完美。在单线上,哀德蒙不像依阿高,利用了奥赛罗本身的缺点——嫉妒。他是纯粹作恶,害死其父,逼疯其哥哥,他利用的不是他所谋害人自身的性格特点,而是利用康瓦、刚乃琦、瑞干的贪婪(权力欲、情欲)。正如依阿高利用奥赛罗的嫉妒一样,哀德蒙只不过是一种间接的方式来利用人的贪婪,因而在《奥赛罗》里内在的东西在这里成为另一条线索——外在的东西。

在舍斯托夫那里,所谓悲剧是个体的灵魂决然告别了一切先验判断,一切由观念构造的普遍性、必然性和稳靠性,告别了一切稳靠的根基和基础时所必然遭遇的思想处境。这时,个体要去窥探自己灵魂中的无根基性:"一旦一个人由于命运的安排在现实面前碰得头破血流,在恐怖中他就会突然发现,所有美好的先验判断统统是假的,这时,他便有生以来第一次被无法抑制的怀疑攫住了,这一怀疑随即摧毁了那貌似坚固的空中楼阁的墙脚……如今竟消失得无影无踪,化为乌有,于是,人便面临自己最可怖的敌人,在其一生中第一次体会到令人胆寒的孤独,在这孤独之中,哪怕是最热忱、最温情的心灵也不能把他解救出来。确切地说,悲剧哲学正是从这一点开始的,希望永远失去了,而生命却孤单地留下来,而且,在前面尚有漫长的生命之路要走。你不能死,即使你不喜欢生。"[1] 只有在生存的无根基之中,个体才会懂得人的生存根基绝不是道德法则,才会懂人根本无法回答人类的问题。个人得到的始终只能是一种观念,但观念恰恰不是活生生的东西。

---

[1] 刘小枫:《走向十字架上的真》,上海三联书店1994年版,第21页。

所谓疯狂,不过是说,以前以为其实存在的根基现在看来是虚假的,从前以为是可靠的东西现在则以为是不可依靠的。李尔王对人性的善的深信不疑已酝酿了他悲剧性命运的先声。在他那里,由当时观念构造的人性是美好的,善信念具有普遍性、必然性和稳靠性,可一旦他的两个女儿在暴风雨之夜把他赶出家门时,他才猛然觉悟,先前那些稳定性信念在他的两个忘恩负义的女儿面前已碰得头破血流,他发现自己所持有的信念统统是谎言,于是他便起了报复这造人的大自然之心:"敲碎了自然界的铸型,把那要变成忘恩负义的人们的种子全泼翻了罢!"他诅咒忘恩负义之人的卑鄙与伪善:"抖颤罢,你这个败类……"

正如舍斯托夫所感受到的那样:只有当世间的希望灭尽之后,人们才会理解上帝(爱)。正是在绝望中,才诞生了对上帝的渴求,这是一种用生命和死亡来进行的抗争。李尔王经过一番灵魂的暴风雨后,他祈求爱的惠临:"赤贫的人们,不管你们是在哪里,你们忍受着风吹雨打,你们的光着的脑袋,没填饱的肚皮,褴褛洞穿的衣裳,如何能在这样的天气中保护你们呢?啊!我是太不留意民间疾苦了。……"

李尔王和考地利亚这两个人物实际上折射着莎士比亚对近代个人主义与基督教个人主义的思考。在近代个人主义那里,其价值根据是人的自然理性和情感;基督教个人主义的价值根据是人的彼岸身份——即源于绝对无限的、超越的神圣存在的位格身份:神性之爱的神性的正义才是个体身份的基石。导致两者不同的原因是,近代个人主义以人的自然理性的情感置换了神性的根基,进而把宗教超验原则置换成社会道德原则。道德律令成为"我心中的道德律令",而非来自神圣的爱的圣训,这种置换表明:人的自然理性和情感受制于无限制的信赖。基督教个人主义尽管有道德悲观主义成分,但对人的认识却更为深刻:首先,不能将理性与冲动完全分割,不能低估冲动对理性命令的拒绝和挫败倾向,不能把人类特别是在集体活动中抵牾道德理想的本性冲动的惰性描绘得微不足道;其次,基督教个人主义充分认识到,一个能令敏感的个人的最高理想实现的社会是根本创造不出来的,一个能令个人所有道德本性的需求获得完全满足的社会也是根本不存在的。

把人的理性和情感从其与神圣存在——作为终极根源的上帝的联系中割裂开来,其后果是灾难性的。所谓自然理性和自然情感,都不过是近代个人主义的一种过于乐观的观念。舍勒认为,只有当人的理性和情感与上帝结合在一起时,才有保障充分实现人的理性和情感的趋善意向。"自然人"的观念直接蒙蔽了对集体罪性的意识，这种观念使个人和集体看不到自己的欠缺，把自己理解为无罪的，因而也没有能力感受到他人的苦难。"自然人"割断了与作为神圣审判者和神圣爱者的上帝的联系，不仅不能为此世的爱找到终极的辩护，也不能为审判此世的恶找到终极的根据。

如果所有人与上帝的共同关系被否定，精神的灵魂彼此之间最终、最有效力的终极联系——也就是靠上帝而存在并存在于上帝之中的联系而被否定，那么，就不可能设想有任何善的秩序存一在。[1]

（四）《哈姆雷特》(1601 年)

1. 人物关系及剧情

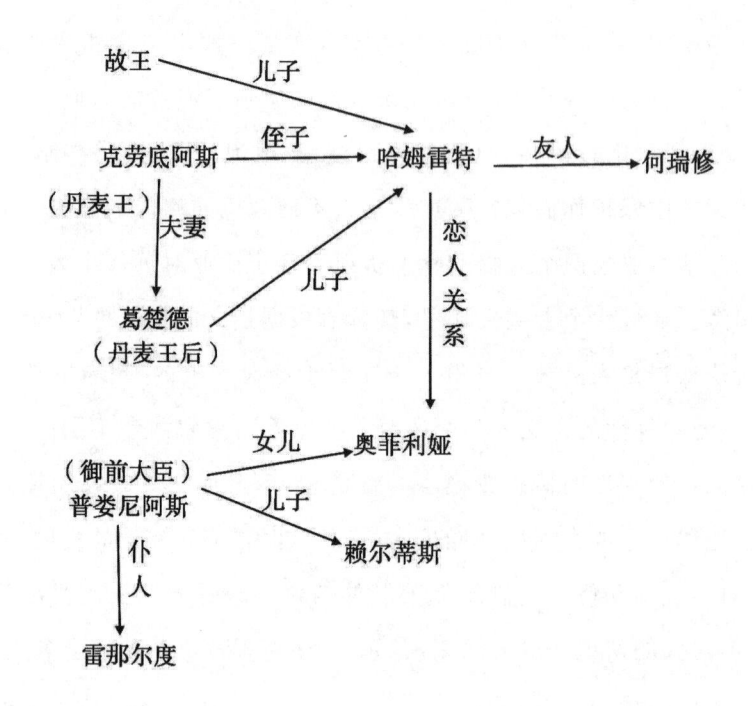

```
故王 ──儿子──┐
              ↓
克劳底阿斯 ─侄子→ 哈姆雷特 ─友人→ 何瑞修
（丹麦王）              │
    │夫妻              │恋人
    ↓        ┌儿子─┘  │关系
  葛楚德 ────┘         │
（丹麦王后）            ↓

（御前大臣）─女儿→ 奥菲利娅
普娄尼阿斯 ─儿子→ 赖尔蒂斯
    │仆人
    ↓
  雷那尔度
```

丹麦穷兵黩武是因为挪威王的儿子想要恢复他父亲丧失的土地，因为他先父曾跟故王哈姆雷特的父亲决斗打赌，输后割让了一些土地给丹麦。

这时先王的鬼魂出现，预示着丹麦将面临一场灾难。何瑞修等几个值班哨兵打算把先王鬼魂出现之事告诉哈姆雷特。

王派两个朝廷命官前往挪威，要求他们阻止在边境上的骚扰。赖尔蒂斯从法国回来参加国王的加冕盛典，很想返回法国，得到了王的恩准。

---

[1] 刘小枫：《走向十字架上的真》，上海三联书店1994年版，第98页。

哈姆雷特在母亲面前说自己有非外表所能宣泄的悲哀。王认为过分的悲哀有失男子汉的气度,这是拂逆天意,对于其他人也是罪过,对于理性也是讲不过去的。在王和王后的力劝下,哈姆雷特放弃了回威顿堡大学的计划,决定留在母亲的身边。

哈姆雷特对母亲的神速改嫁感慨良多,陷入自杀与厌倦、无聊的困境中。何瑞修等几个哨兵把鬼魂的事告诉了哈姆雷特,哈姆雷特决定当晚午夜去哨所,他怀疑宫廷内有什么不法的暴行。

赖尔蒂斯劝妹妹要小心谨慎,因为在他看来,哈姆雷特的大献殷勤只是一时的高兴,是逢场作戏。更为重要的是,哈姆雷特的选择关系到全国的安危,不可能在婚姻上自由选择。赖尔蒂斯离开了丹麦。同样,普娄尼阿斯认为哈姆雷特对奥菲利娅只不过是逢场作戏,以后不准她去和哈姆雷特会面。

哈姆雷特是一个试图革新的人,因为他认为当时的丹麦如同一座牢狱。

鬼向哈姆雷特招手,众哨兵不准哈姆雷特上前,但哈姆雷特不顾前面有悬崖,他还是不顾一切地跟着鬼(父亲)走。父亲的魂告诉他自己还在阴间受硫黄、火焰煎熬,并告诉了他自己的死因:"哈姆雷特,听我说:据他们宣布,我是在果园里面睡觉时被毒蛇螫死的;于是全丹麦的人都被这捏造的死报给蒙蔽了;但是要知道,你这高贵的青年啊,螫死你父亲性命的那条毒蛇现在还戴上了他的王冕呢。"同时还要他报仇,可不要伤了自己的心术,也不可侵犯母亲,因为她自有天谴,自有良心上的荆棘去刺她螫她。

哈姆雷特衣冠不整地来到奥菲利娅那里,好像从地狱里放出来的。哈姆雷特的样子吓坏了奥菲利娅。奥菲利娅告诉他父亲哈姆雷特的疯态,普娄尼阿斯认为这可能是由于他阻止女儿不能跟他交往的缘由。哈姆雷特变疯后,王与王后想留罗珊克兰兹与吉尔丹斯坦在宫中,探听哈姆雷特致病的缘由。

这时王派去挪威的信使带回好消息,他们已不再把目标对准丹麦,而是讨伐波兰去了。

普娄尼阿斯声称自己知道王子是因与他女儿的关系所患病的,而王后则认为是先王的死和她急速的结婚。普娄尼阿斯拿出哈姆雷特写给奥菲利娅的情书来证明他们正处于热恋之中,而他不许他女儿与哈姆雷特会面,导致了他疯狂。哈姆雷特虽然疯了,但他说话却话中带刺,正如普娄尼阿斯所说:"疯人偏能谈言微中,往往不是理性清白的人所能容易说出来的……"

哈姆雷特发表了一番议论,感叹丹麦是一个监牢,这世界也是一个监牢,很宽绰的一个,里面有许多囚室、监守所和幽狱,丹麦是其中最坏的一个。哈姆雷特认为世间本无善恶,全凭个人怎样的想法而定。梦本是幻影,因此最无雄心的乞丐才算是最真实的,最雄心勃勃的帝王、英雄只能算是乞丐的影子。哈姆雷特失去了一切乐趣,心境一如古井般枯寂,整个世界在他看来是一团毒气。人虽是万物的灵长,但是,在他看来,这尘垢的精华又算是什么?

两近臣叫来了剧团让哈姆雷特轻松一下。哈姆雷特打算排演一段类似叔父杀先父的戏中戏,在他看来,"罪人看戏,受了巧妙的剧情的感触,便能良心发现,立刻把罪状表现……"

哈姆雷特陷入是生存还是毁灭的困境中。哈姆雷特显然对女性的信念已彻底失望,因此他多次劝奥菲利娅去尼姑庵(注:应为修道院),不要再结婚。

丹麦王知道哈姆雷特心底有事,对他来说是不祥的预兆,打算让他去英格兰征税,同时普娄尼阿斯建议演戏完后,让母后亲自过问哈姆雷特的病由。

哈姆雷特安排了一段他父亲死时情形相仿佛的场景,若是叔父不变色,那他认为他叔父可能是魔鬼。看到戏中下毒的场景以及凶手如何得到王后的爱,国王站起来离去。王看完戏后,大发雷霆,王后对哈姆雷特安排的这戏很反感,希望他在她睡觉前去一趟。

王在内省自己的罪恶,在上帝面前他的罪责不可饶恕,因为由暗杀得来的东西他至今未放弃:王冠、野心与王后。王忏悔时,哈姆雷特本可杀死他。但哈姆雷特认为这样正合了王的本意,洗刷了他的罪孽,抚慰了他的良心。"我如今乘他正在洗心赎罪并且最宜于受死的时候把他杀死,这能算是报仇了么?不,收起来罢,刀,你等着更残狠的机会罢,当他醉卧的时候,或发怒的时候,或在床上淫乐的时候;赌博的时候,咒骂的时候;或在做什么不带超度意味的事的时候;那时候打倒他,让他的脚跟朝天一踢,他的灵魂就要堕入幽暗地狱里去,永世不得翻身。"

哈姆雷特与他母亲谈话时,他感到墙幔后有人偷听,他认为是国王便用剑刺了过去。当他发现刺杀的是御前大臣时,只是说:"你该要明白好管闲事是危险的了。"哈姆雷特在母亲面前直接挑明叔父的不是与阴谋,让母亲不要再去国王那里。

国王下令命哈姆雷特去英格兰,一封密函却已送英王,要他处死哈姆雷特,因为"他猖狂像是在我血里的热症"。

浮廷布拉斯他们与波兰为了争一块弹丸之地,不惜劳民伤财,刺激哈姆雷特迟钝的复仇之念，于是他下决心以后心肠要狠起来。

奥菲利娅由于跟王子的爱情和父亲的猝亡（连父亲的尸首都没看见）弄得疯癫了。王说："使得可怜的奥菲利娅失了理性，我们没有理性当然只是徒具人形，无异于禽兽了；……"其实这是指桑骂槐。

听到普娄尼阿斯的死讯，儿子赖尔蒂斯从法国回来，纠集一群乱民要造反，拥他自己为王。王允诺若他父亲之死跟他有关，便把国王、王冠、生命以及一切所有的东西都给他。赖尔蒂斯于是去追究到底谁是凶手。

哈姆雷特在前往英格兰途中被海盗追杀，成为俘虏，但他们对哈姆雷特起了怜悯心。

王告诉了赖尔蒂斯他父亲被杀的真相，并且讲出不能审讯哈姆雷特的两个原因：一是王后视哈姆雷特为心肝宝贝，而王后在王的心中无疑是上帝；二是哈姆雷特受到一般民众的爱戴。

此时，使节送信给国王，哈姆雷特第二天回国。

王利用哈姆雷特对赖尔蒂斯剑术的嫉妒，决定让他们比试剑法，赖尔蒂斯在剑头上涂抹了一层毒药，而为保万无一失，在喝的酒里放了一点毒药，准备斗剑中途给哈姆雷特喝下。

哈姆雷特与赖尔蒂斯在奥菲莉娅的坟场中扭斗在一起。

哈姆雷特回忆他在海上，偶尔找到国王给英格兰王关于杀死他的书信，结果他拆开信件，以李代桃，把自己的名字换上送信人的名字。想到这些事情，哈姆雷特义愤填膺，决定杀死王。

哈姆雷特在赖尔蒂斯面前申诉自己的罪是由于疯狂所致，因而他本人是无罪的，应当宽恕的。接着赞扬赖尔蒂斯剑术的高超。

王后把毒酒喝了，哈姆雷特与赖尔蒂斯在乱斗中两剑对换，两人都伤了，此时王后已快死了。赖尔蒂斯被涂有毒剂的剑刺后受伤，已快死，说出这些阴谋全是国王一手设计的。哈姆雷特用剑刺国王，国王死。

哈姆雷特临死前要何瑞修替他把故事宣扬，且别去享天堂的极乐，待在这严酷的尘世隐忍些时日。

2. 哈姆雷特的疯癫

柏拉德莱教授（A. C. Bradly）认为哈姆雷特有"忧郁症"。对于人生及人生中的一切均抱厌恶悲观之态度,所以任何事都不能迅速敏捷地去处置。[1]

事实上,哈姆雷特问题又牵扯到另一个问题,即他是真疯还是假疯?

福柯认为有两种疯癫状态,造型艺术的创造者们都是极世俗的观察者,他们被周围熙熙攘攘的疯癫所困扰。在博斯、丢勒等人的绘画中,疯癫是一种骚扰的、诱惑的、危险的意象,揭示着人类的狂野天性和世界的隐秘真谛。它是一种宇宙的形象,也藏着知识的奥秘。在莎士比亚和赛万提斯的作品中,疯癫依然占据着一个极高的、孤立无助的位置。没有任何东西能使它回归真理或理性。它只能导致痛苦乃至死亡。马克白夫人、奥菲利娅都死于疯癫。疯癫的消散只能意味着最后结局的来临。然而,生命结束使生命摆脱了疯癫,但疯癫仍将超越死亡而取得胜利。福柯认为,莎士比亚和塞万提斯的作品与其说表现了自己的时代正在发展的某种批判的和道德的关于非理性的体验,毋宁说表现了15世纪出现的悲剧性疯癫体验。它们超越了时空而与一种即将逝去的意义建立了联系,那种意义只有在晦暗中才能延存。在文艺复兴时期,疯癫无所不在,通过它的表象或它的威胁与各种体验混合在一起。

福柯更进一步认为,疯癫不是一种自然疾病,而是一种知识建构、文化建构。"理性—疯癫关系构成了西方文化的一个独特向度。"到18世纪末,疯癫被确定为一种精神疾病,标志着它丧失了曾经具有的展现和揭示功能,人与疯癫的人之间的对话也走向破裂。而所谓理性就是社会秩序对肉体和道德的约束、群体的无形压力以及整齐划一的要求。

谵妄话语是古典主义时期疯癫的基本存在形式。它具有两个层次:第一,专注于荒谬的想象,同幻觉进行交流;第二,它又是在严密的判断和推理中展开的,因此它在形式上十分符合理性法则,但其所有表征都十分明显地宣告理性的缺席。

在古典主义时期,以笛卡儿为代表的古典理性主义带有独断、绝对的性质。认为这个世界要么是清醒的,要么是梦幻的,不是真理就是蒙蔽,不是光明的存在就是黑暗的虚无。面对着这种理性的阳光,疯癫就不是理性的扭曲、丧失或错乱,而是理性的眩惑。也就是说,疯人也看到阳光,但仅仅看到阳光。疯人直视阳光,结果是什么也看不见,只能看到虚空、看到黑夜。但是他们相信看到了什么,于是就把自己想象的幻觉和各种黑夜事物视为现实。[2]

---

[1] 威廉·莎士比亚:《莎士比亚全集》(下),梁实秋译,内蒙古文化出版社1995年版,第532页。
[2] 米歇尔·福柯:《疯癫与文明:理性时代的疯癫史》,刘北成,杨远婴译,生活·读书·新知三联书店1999年版,第98页。

因此,疯癫不是一种疾病,而是一种随时间而变的异己感,福柯从未把疯癫当作一种功能现实,在他看来,它纯粹是理性与非理性、观看者与被观看者结合的效应。古典主义的疯癫经验从未完全与非理性结构相分离,"疯癫只有相对于非理性才能被理解。非理性是它的支柱,或者说,非理性规定了疯癫的可能范围。"[1]

关于哈姆雷特是真疯还是装疯这一问题的追思方式已陷入理性主义二元对立的独断性模式中。疯癫不存在真假问题,它只不过是人的情绪在极端时的表现罢了。但在古典主义时期,还得以是否符合理性来判别。直至今天,理性仍然把疯癫排斥为一种非理性的形式。帕斯卡尔说:"人类必然会疯癫到这种地步,即不疯癫也只是另一种形式的疯癫。"陀思妥耶夫斯基对理性将疯癫进行排斥也表达出不满,他说:"人们不能用禁闭自己的邻人来确认自己神志健全。"[2]

3.《哈姆雷特》代表了莎士比亚戏剧的最高成就

"人性的反思"在《哈姆雷特》中得以充分展开。在其它悲剧中,这种反思往往是单方面的,如《奥赛罗》写忌妒,《马克白》集中写野心、权力欲,《李尔王》集中写人丧失友爱后的野蛮,《雅典的泰蒙》描写金钱的欲望,等。

《哈姆雷特》揭示的内容较复杂:

克劳底阿斯:①权力欲(比马克白更丰富);②情欲(对王后),这两种欲望致使他丧心病狂,杀兄害侄儿。

哈姆雷特:①被压抑的强烈的复仇欲不再有理性,情绪化几近本能;②特殊的亲情,复仇欲的原因之一是"母子情"的断裂。

王后:无辜的受害者,却不纯洁,仍然充满着情欲。

剧中其他人亦如此。莎士比亚的成功之处在于抓住了人类的内心欲望,同时又展示其理性思想(爱的教育),展示从无意识到意识的广阔领域及其内在的剧烈冲突。

戏剧塑造了一个具有多重角色、多重身份的哈姆雷特人物形象:

首先他是一个王子,前任国王的儿子,面临的第一威胁是王位被夺,被排挤的地位激发起内在的反抗的欲望。

他又是新国王的侄子,使其被赋予了一个新的伦理压力,克劳底阿斯借助于社会人伦关系中的等级秩序,使哈姆雷特处于极被动的地位。克劳底阿斯反复申明哈姆

---

[1] 米歇尔·福柯:《疯癫与文明:理性时代的疯癫史》,刘北成,杨远婴译,生活·读书·新知三联书店1999年版,第75页。
[2] 米歇尔·福柯:《疯癫与文明:理性时代的疯癫史》,刘北成,杨远婴译,生活·读书·新知三联书店1999年版,前言,第1页。

雷特是其继承人,使哈姆雷特欲反不能,失去了行动借口。哈姆雷特处于尴尬之中,动弹不得,无法反对克劳底阿斯,因为公开反对他意味着反对社会,反对人与人的亲情秩序,只能加深其心灵的痛苦与扭曲。

他的第三个角色是王后的儿子。他内心潜藏着"恋母情结"的隐秘性,即他母亲成为他的欲望的能指物,而叔父占有了这个欲望的代码,从这个意义上可以说叔父成为哈姆雷特内在欲望的换喻性代码,因而杀死叔父就是扼杀自我生命内在的一些潜存的欲望,因此他的复仇带有心理折磨、灵魂搏斗的性质。

王后是哈姆雷特唯一的亲人,全部亲情寄托的对象,在这一点上,克劳底阿斯夺去了哈姆雷特的最后一份感情。从理智的角度说,作为儿子的哈姆雷特根本没有指责母亲的权力,但从感情上又难以接受,这使哈姆雷特处于新的矛盾状态中。

他的第四个角色是大学生。哈姆雷特正处在人生阶段的上升时期,对世界、社会充满理想,但这些与真实的社会生活必然存在着距离,如同襁褓中的婴儿,激发出他对未来人生的美好想象,但这一旦与现实挫折相碰撞,就会造成其巨大的痛苦。

4. 哈姆雷特的性格特征

(1) 焦虑

焦虑是一种状态,它是存在意识到它的可能的非存在,是从生存角度对非存在的意识,它被体验为人自身的有限性。它没有确定的对象,表现为自我失去了方向。它的唯一对象就是威胁自身,因为威胁的来源就是"虚无"。蒂利希认为,根据非存在威胁存在的三个方面:人的实体的自我肯定、人的精神的自我肯定和人的道德的自我肯定,可以将焦虑分为三大类型,即命运与死亡焦虑,空虚与无意义的焦虑和罪过与谴责的焦虑。[1]

命运与死亡焦虑是指我们的实体自我肯定被非存在所威胁,它是最根本、最普遍,又是不可避免的。死亡焦虑是绝对的,而命运的焦虑则是相对的,是建立在存在有限性之上的,它由于死亡绝对威胁而存在,这是生命存在的本体论焦虑。空虚与无意义的焦虑则是对精神自我肯定的非存在威胁,它是一种赋予所有意义以意义的意义丧失的焦虑,它由于一种精神中心的丧失,由于信仰的破灭而引起,由于人的有限性而产生,它是生命存在的价值论焦虑。此外,非存在对道德自我肯定的威胁引起罪过与谴责的焦虑,那就是道德伦理焦虑。

---

[1] 何光沪:《蒂里希选集》(上),上海三联书店1999年版,第180页。

很显然,哈姆雷特就处在这三种焦虑所掀起的漩流之中,他最直接的威胁来自命运和死亡的威胁,一旦他承担起复仇的任务,这必定导致他的命运与死亡紧紧连在一起,更让他困惑和迷惘的是,本来死应当是心头苦痛和肉体承受惊扰的完结,但他亲眼所见的死亡无异于长眠,因而他会做一些心头苦痛的梦,他分明亲眼看见有鬼魂,并且知道他父亲死后受煎熬的痛苦。对死的恐惧使得哈姆雷特没选择这种方式,因为死不可能完结心头的苦痛。若不死只能生,而生存的话有两条路可走:一是苟延残喘,忍受强暴命运的矢石;二是拔剑与滔天的恨事相拼。显然,对于像哈姆雷特这样力图扭转乾坤的王子来说只能拼命相斗,但这拼命相斗不能盲目地干,必须要自己认为能够完结心头的苦痛和肉体承受的万千惊扰的时候才果断下手。而要寻求这样的时机显然需要假以时日。因此,在这中途又不得不苟延残喘,即他所说:"敢作敢为的血性被思前想后的顾虑害得变成了灰色,惊天动地的大事业也往往因此而中途劳逸,壮志全消了。"因此,他在反复的思考与踌躇中提出了"生存还是毁灭"的问题。

相对于本体论焦虑而言,空虚与无意义的价值论焦虑或许更具有威胁性,哈姆雷特在人文主义信念与生命的无价值(重整乾坤、为父报仇与孤独战斗;理性与仇恨的非理性宣泄)等多种矛盾的纠结缠绕之中,痛苦、忧心、孤独这些情绪都积于胸中,肯定会显得神情恍惚,而他的孤僻离群,完全是由于他不得不急切地进入思虑的领域。而策划复仇必须要严密地布置,但多种任务却要他释放出自己非理性的一面才能够起到颠覆作用。哈姆雷特的精神分裂表明,他对人文主义的价值理念业已产生深刻的怀疑。

哈姆雷特对世界、人类发表了一番精彩而悲观的议论:"人是何等巧妙的一件天工!理性何等的高贵!智能何等的广大!仪容举止是何等的匀称可爱!行动是多么像天使!悟性是多么像神明!真是世界之美,万物之灵!但是,由我看来,这尘垢的精华又算得什么?"很显然哈姆雷特对文艺复兴的人本主义已颇有怀疑。在他看来,造化的把戏就是吃与被吃互相吞噬的原则,我们把一切牲畜喂肥为的是使我们自己肥,我们自己肥起来又为的是喂蛆虫,肥国王,肥乞丐,不过是两样不同的菜盛在两个盘里面还是放在一张桌上,这就是结局。我们用吃过国王的蛆虫作饵去钓鱼,然后再吃下那吞了那蛆虫的鱼。

此外,哈姆雷特还有来自叔父的伦理压力以及对母亲情结的道德谴责,导致他陷入道德上无法进行自我确定的迷惘和焦虑中。本来享受着天伦之乐的哈姆雷特,以

为自己父母亲的感情是那样稳固和牢靠,然而先王死后才一个月,母亲就改嫁了。哈姆雷特不禁感叹道:

"啊,上帝呀,上帝呀!这世界上的事情,由我看来何以如此的厌倦,陈旧,淡薄,无益!一切卑鄙!简直是一座蔓草未芟的花园,到处是蓬蒿荆棘。居然弄到这个地步!死了才两个月;不,还不到两个月;那样贤明的一位国王;比起现在这个,恰似太阳神和羊怪之比;他又那样爱我的母亲,甚至不准天风太重地吹上她的脸。天呀地呀!我一定要回忆吗?唉,她当初一心一意地依傍着他,好像是食物越放在眼前食欲越增进似的;然而,在一个月内——我别想这件事罢——脆弱,你的名字就叫作女人!——不过一个月!她送我父亲的尸首入葬的时候,像是奈欧壁一般哭得成个泪人儿,她那天穿的鞋子现在还没有旧……她竟嫁给了我的叔父,他是我父亲的兄弟,但是毫不和我父亲相像……才一月之内?顶虚伪的眼泪没有在她哭痛的眼上停止留下红痕,她居然改嫁。啊,好奸狠的速度,好敏捷的奔赴乱奸的席上!"

哈姆雷特对这种人与人之间的冷漠与健忘感到厌倦!生命是这般毫无价值与意义,到处是蓬蒿荆棘。正如鲁迅所说的那样:"造化常常为庸人设计,以时间的流驶来洗涤旧迹,仅使留下淡淡的血色与微漠的悲哀。在这淡红的血色与微漠的悲哀中,又给人暂得偷生,维持着这似人非人的世界。我不知道这样的世界何时是一个尽头!"[1] 而相比较庸人而言的英勇战士(对生命持有价值关切的人),在鲁迅看来应当是这样的:"叛逆的猛士出于人间;他屹立着,洞见一切已改和现有的废墟和荒坟,记得一切深广和久远的苦痛,正视一切重叠淤积的凝血,得知一切已死、方生、将生和未生。他看透了造化的把戏。"[2] 开辟鸿蒙,谁为情钟?葛楚德之类的庸人只能算作石头,她健忘过去的痛苦与挚爱,在植物式的麻木中苟且偷生,过着非人的禽兽般的生活,而哈姆雷特就要记住过去的深广与久远的苦痛,过着禀有自由意志的真正具有人的尊严与品格的生活!但同时在哈姆雷特的头脑里还有另外一种声音,不管自己怎么样,也会如同生父一样死去后归入尘土,被人迅速地淡忘。哈姆雷特此时陷入一种对生的

---

[1] 鲁迅:《纪念刘和珍君》,《鲁迅全集》第3卷,人民文学出版社2005年版,第290页。
[2] 鲁迅:《淡淡的血痕中》,《鲁迅全集》第2卷,人民文学出版社2005年版,第226—227页。

绝望之无聊、陈旧、淡薄、无益中,因而他感到无聊、陈旧、淡薄、无益。

哈姆雷特的谵妄话语就来自他内心的焦虑,焦虑的原因既有他内心理想和现实的冲突,固有的对未来的美好设想和人之为人的一系列人文主义观念,在人欲横流的现实面前碰得粉碎,使他不知所措,感到一切都变得虚假,也有他对自我生命有限性的自觉。

在莎士比亚(哈姆雷特)这里,人之罪纯粹是由于人天性之恶,而不是由于人的背离上帝;世界的冥暗与荒唐是由人一手造成的。因而对世界的混乱疯狂、监禁、流放、荒唐的洞明,是用一双人的眼睛而不是上帝的眼睛来烛照。的确,当人的眼光摆脱了上帝的视点时,首先看到的就是人的高贵、尊荣、福乐、伟大。文艺复兴时代的人们抬高凡人的福乐、荣誉和安泰,是现代西方诗人抬高荒诞的人担当苦难荒诞的不幸时的福乐感的先声。

这是人的觉悟,一如中国魏晋南北朝时一样,但这场觉悟到文艺复兴还仅仅是对神灵的反叛,还只是从上帝的怀抱中挣脱出来的觉醒,它并不意味着人对自身及其真实处境的彻底觉悟,而只是换了一种视点,用人的眼睛取代了上帝的双眼。这双人的眼睛便很快看到更加真切的东西,那就是人渺小、卑鄙、脆弱和存在兽性。由这导致的人生的卑鄙无聊、残酷荒诞以及人的世界的价值颠倒和混乱。

到此我们才触及文艺复兴这场"人的觉醒"的真正内涵,其实质性的含义包括两个方面的内容:首先是对人的本性及其存在世界的状态的悲观意识;其次是对这一切无法做出说明,找不出理由来阐明其意义,不能把它们纳入形而上学的神性绝对秩序的无措感。这场"人的觉醒"把人置于有知与无知的尴尬的中间状态。[1]

发疯和自杀毕竟与狂肆、假正经以及对世界的苦难与不公正无所住心有所区别,这种区别是无论如何也不能抹杀的。哈姆雷特提出"生存还是毁灭"的问题,毕竟表明了对邪恶和荒唐的拒绝和抗议,表明与一切邪恶与荒唐势不两立。问题的关键不在于自杀是有意义的抗议还是无意义的表白,而在于哈姆雷特宁愿把自己变成疯子也不愿抛弃这个世界。

谁都知道,自杀是最为爽快的办法。自杀把一切不可解决、无法解释的统统了结,再也没有生命悲苦和价值的颠倒和混乱所引起的烦恼。可是,世界的苦难和无意义是不能用死来解脱的,哈姆雷特不愿死,他们必须忍耐,甚至不惜发疯,个中定然有

---

[1] 刘小枫:《拯救与逍遥》,上海人民出版社1988年版,第203页。

不容否定的价值关怀,定然有不堪否定的价值意向,这种奇事才有可能,这最终是为了在这个世界上确立一种真实的力量——爱。[1]

（2）犹疑：多次想复仇而未行动

对于这一点传统的解释是：为人谨慎,对国家社会人民的关切；不信鬼魂的存在；不愿让其叔父进天堂,涉及哈姆雷特的宗教观。根据戏剧文本的内在纹理,我们应从哈姆雷特的内心情绪中找原因。

哈姆雷特迟迟不能从情绪的忙乱之中振作起来,突然面对与理想迥然相异的现实时,不堪重负,茫然无措。而复仇需要理智的决策、稳定的心境,哈姆雷特的内心混乱,情感又不稳定,无法采取行动,装疯本身就是精神的分裂与崩溃。从哈姆雷特的几次独白中我们知道,他对于自己的荣誉非常看重,同时主张理性地筹谋事情,不得以感情任意处置。对于他来说,这显然是一个悖论：想要扭转乾坤,必须要以非理性的东西去颠覆那些陈腐的教条,但哈姆雷特又对自己的美质非常看重,注意理性地思考筹划未来。这是造成哈姆雷特"延宕"的一个原因。

哈的复仇意识过于沉重,反而拖累了行动。在哈姆雷特的整个复仇计划和冲动中,父仇并不是最主要原因,"复仇"本身是世界观、人生观崩溃之后寻找发泄对象的可怕情绪,因此,父仇成为这种寻求宣泄积怨的突破口。另一方面,哈姆雷特的复仇具有隐秘性,不愿失去母爱又难以启齿,隐秘性情绪压抑越深,情感越变态,导致哈姆雷特"复仇"的原因是多种的,因此发泄对象也是多个,显得模糊,因而他复仇是异乎寻常的,是要把压抑于心中的一切通通宣泄出来,因此复仇就不再是杀叔父的简单行为,他时时在找一个彻底复仇的机会,在杀叔父时倾泻所有压抑的情绪。哈姆雷特不在叔父忏悔时复仇,最后时刻的复仇是在赖尔蒂斯和王后的死亡激发了哈姆雷特的亢奋情绪后发生的,达到他一生中情绪高涨的顶点——与其说是找杀克劳底阿斯的机会,不如说是寻找释放自己的机会。

在王后把毒酒喝了,赖尔蒂斯也已被涂有毒剂的剑刺伤,并说出这些阴谋全是国王一手设计之时,哈姆雷特复仇的情绪高涨到一生的顶点："像他这个人,杀了我的父亲,奸了我的母亲,搞断了我上承大位的希望,用这样的毒汁想钓我的性命——我现在下手结果了他,那岂不是完全合乎良心的么？留着这样的人类蟊贼再生祸害,那岂不是造孽？"这种复仇是人生观、世界观崩塌后情绪的大宣泄,而这种过程是无意识的。因此,

---

[1] 刘小枫:《拯救与逍遥》,上海人民出版社1988年版,第204—205页。

《哈姆雷特》这部悲剧展示了从无意识到意识的广阔领域及其内在的剧烈冲突。

三、莎士比亚悲剧的艺术成就

(一) 取材的超时代性与跨地域性

莎士比亚的悲剧有意拉大与现实生活的时空距离，这使人们从一个更深远的角度认识莎士比亚。他的作品并非当代社会的直接写照，与文艺复兴时代的其他作品的区别在于：它并非仅仅是时代投影，而是穿越时空，指向人类社会和人自身的一种共性，具有"点铁成金"的本领。

(二) 重视戏剧氛围的烘托和渲染

莎士比亚的悲剧最擅长于营造阴沉、忧郁的氛围，还大量采用幻觉、鬼魂、女巫等超自然力量，把人带入一种奇特氛围。

《马克白》第一幕第一场开始的荒原、电闪雷鸣中的三女巫等，是作家内在情绪的外化，是莎士比亚阴郁气质和痛苦思考的"形式化"的结果。人的反常的精神状态往往表现为疯狂、梦游、幻觉等，而鬼魂等超自然因素的运用总是同性格紧密联系在一起的。而意外事件的安排自有其戏剧作用。

(三) 充分运用人物的独白、对白，展示人物灵魂的挣扎与战斗

真正代表莎士比亚悲剧类型的作品应该是反映悲剧主人公"内心冲突"的作品。莎士比亚后期悲剧的最主要特征就是极力强调对主人公内心冲突的展现，莎士比亚正是在对悲剧人物内心冲突的刻画方面"才显出他的极其非凡的力量"。因而剧中主人公常有大量的独白，形成很多精彩段落。独白多要求处理谨慎，托尔斯泰就曾批评莎剧语言的拖沓与矫揉造作之气，不是一流的戏剧，大段独白给演员表现设置了难度。

(四) 创造了"莎士比亚类型"的性格悲剧，突破了古希腊命运悲剧的传统

莎士比亚悲剧普遍关注具有更为广泛意义的爱、父母对子女的爱、子女对父母的爱、朋友之爱、丈夫对妻子的爱、主人对仆人的爱、仆人对主人的爱。这也构成最为深沉的痛苦之源，如哈姆雷特对父亲之死感到的悲哀和对母亲的虚伪感到的震惊，奥赛罗在其失去对妻子的信任后所陷入的极度痛苦，马克白发现他自己也会谴责自身成了众矢之的的孤家寡人，李尔王意识到连他自己的亲生骨肉也抛弃了他。

在爱的交流中把人与人联结在一起的感情纽带被扯断必然导致毁灭，这是莎士

比亚悲剧中占有核心地位的东西,当然,其中也包含着以爱的交流中的安宁和满足为特征的一种精神幸福。其最突出的例子就是李尔王和考地利亚的会面:考地利亚像一个可爱而孝顺的女儿那样跪下请求父亲为她祝福,而李尔王却费力地跪下请求她的宽恕。

莎士比亚像当时的所有其他作家一样,接受了关于理性是上帝在人身上的显现及人不同于动物是因为人拥有理性的现成观念。然而,在莎士比亚的世界里,人与人之间的区别不在于谁具有更高的理性,而在于其感受爱与痛苦的能力,即能为友情所感动,能由感动而产生怜悯并富有同情心。

"耶稣哭泣"这段经文的优美布道与莎士比亚悲剧的道德色彩更为协调一致:感情的放纵,有时可使人变得像野兽;但感情的冷漠、茫然、空虚和匮乏却无时不使人变得像石头和尘土。当上帝前来采取最后的行动以便使人尊荣时,当他允诺为所有的人擦干眼泪之时,上帝对那种从不流泪的人又该怎么办呢?

莎士比亚总是以坦诚地表露爱作为结尾,这种爱是所有爱的精髓,而无论它是性爱,是父母的爱,儿女的爱,朋友之间的爱,还是主仆之间的爱。

综上所述,比较文学家洛里哀对莎士比亚做了如下评价:他的初年作品始于1587年。他虽取材于前人的作品,取材于历史、于旧闻传说,而他的完成作品上,却都印有一种强有力的创作性;他此期中的作品所描写的大都是一种强烈的情绪和凶险的恐怖,正是当时社会所要求的,以后的作品,境界较高,个性亦较明显。他在悲剧里和喜剧里一般伟大、一般真实——一般是一个深到的彻底的心灵检查者,灵活的精密的人格描写者;恐怖的,美妙的,精致的,诙谐的,壮美的,莫不是他的材料;他对于剧中人物,用一切的态度描写他,由种种的方面烘托他,用种种的变化穿插他,将他的美德、失德、罪恶,乃至憎恶、慈惠、欢乐、忧伤、喜笑,悲哀的情态,莫不一一表露。他的天才能够创造出一种可怖的黑暗,却又用一种神圣的光明去照耀她,将一切人类的性格,上自帝王,下至乞丐,自儿童以至老翁,将他们彼此对照相形,使各个的真相毕露。[1]

处于文艺复兴巅峰之上的莎士比亚是这场"人性觉醒"思潮的升华、发展的结果,文艺复兴给莎士比亚的思考提供了基础,他第一次用人的眼睛全面地考察了人性本质的方方面面。同时,莎士比亚有自己的超前理性思维,因而偏离了文艺复兴的主旋律,将其音调从解放人调转为反思人。

---

[1] 洛里哀:《比较文学史》,傅东华译,商务印书馆1947年版,第220页。

第四章
17 世纪文学

第一节
古典主义时代的文化与文学

一、古典主义时代的历史转型特征

文艺复兴与宗教改革是 16 世纪的轴心,文艺复兴的思想作为外在的动力,同时宗教内部异端思想的不断兴起,致使两者交相辉映、相得益彰,很快欧洲人的心理渐渐进入一种新景况:古希腊、古罗马精神渐渐渗入科学的范围,而古代的异教思想遂与信仰混杂而发生冲突,直至信仰的基础被它们剥蚀殆尽。因此,自由研究之精神与平民主义思想观念渗入一般人的心理。

但另一方面,此时的欧洲,多种力量并存、矛盾叠生,封建专制制度远未发生根本性动摇,以文艺复兴与宗教改革为代表的新思想与中世纪的繁琐哲学、禁欲主义神学掺和在一起。从外表上看,16 世纪时思想很自由,其实是远处海市蜃楼幻化着的黄金时代的模样,16 世纪的欧洲实际上满目疮痍。人民与君主、党派与教派,满是无穷期的冲突龃龉。改革家与正教中的反改革派,大家都抱持着一种破坏主义。虽然在一般文艺复兴的气象当中,却令人有时自觉仿佛身处于极黑暗的年代。

经过文艺复兴运动与宗教改革,基督教会与教皇统治陷入全面危机之中。于是他们采取一系列力挽颓势的措施:①耶稣会之创立;②罗马宗教裁判所之恢复;③德林特会议(Council of Trent)。德林特会议旨在调解新教与旧教的冲突以求和平,结果使旧教教义愈加严谨,束缚愈加繁多,同时主张把个人的自由完全牺牲于一种中央集权之下。此会议在文学、宗教以及政治上均开了一个新纪元,自此拉丁的势力变得至高无上。文学受一种变化过的亚里士多德主义的支配,古典主义时代的精神与性质已渐活动,当时虽以旗帜未明致受诗人和思想家的攻击,到后来却终于被全世界采用。[1]

(一)两种社会制度激烈冲突

17世纪是两种社会制度剧烈冲突的世纪,在同一个国家抑或不同国家之间均存在两种势力相互较量的情况,虽然此时封建主义根基已开始发生动摇,但封建势力仍占据主导地位。在英国,1640—1648年的英国资产阶级革命取得初步胜利,但不久斯图亚特王朝又复辟,几经反复,最后建立了君王立宪制。在意大利,由于地理大发现、新航路的开辟,致使它丧失了商业中心的优越地位,经济急剧衰落,不断受到外国侵略,政治上不稳定,天主教势力猖獗。德国遭受30年战争的浩劫,人口锐减,工商业凋零,整个国家陷入四分五裂的状态。西班牙自从"无敌舰队"被歼灭后,丧失了海上霸权,工商业一蹶不振,进步力量又受到宗教裁判所的严重打击。

以上三国均因资产阶级力量薄弱,封建天主教势力趁机反扑,致其受到严酷的镇压与控制。这对于文学的发展极其不利,中世纪烦琐经院哲学与宗教禁欲主义严重遏止了文学的自由舒展。与此同时,巴洛克风格开始流行。而"巴洛克"原是葡萄牙语,是珍奇和奇妙的意思,在文学上指夸饰、繁艳的藻饰,花团锦簇的风格。它是宗教文学的变体(受到文艺复兴的冲击),形式上追求繁艳、夸张乃至混乱。17世纪的封建反动势力与文艺复兴的新兴力量处于对峙局面,引起了人们意识上的混乱、精神上的消沉,它就是这种精神意识在文学中的反映。从内容上看,它是文艺复兴明净的现实的世界观——人文主义和天主教反动势力的来世阴影相结合而生的奇特产物。

巴洛克文学从意大利、西班牙传到英、法等国。意大利以马里诺派为代表,贡哥拉派是西班牙的代表,而在法国被称为矫揉造作派。17世纪西欧著名的巴洛克风格文学家是卡尔德隆,代表作是《人生如梦》。它的渊源可以上溯至中世纪的普罗旺斯骑士诗歌和所谓"隐晦风格"的代表。

在法国,由于建立了强大的中央集权的君主专制国家,当时资产阶级与贵族处于势均力敌的局面,正如马克思所说:君主专制发生在过渡时期,那时旧封建等级趋于衰亡,中世纪市民等级正在形成现代资产阶级,斗争的任何一方尚未压倒另一方。君主作为表面的调解人,依靠两方的力量维持统治。同时,君主采取了一系列有利于资本主义发展的措施:重商政策,殖民政策的奖励民族工业的政策,开放一部分政治权。

---

[1] 洛里哀:《比较文学史》,傅东华译,商务印书馆1947年版,第211页。

维护中央集权的古典主义生长出来。

(二)三种思想驳杂并存的时代

这一时期,人文主义思想的式微,古典主义的价值观日渐流行,消极、颓废的巴洛克思想遍布欧洲。西班牙、意大利与德国由于受到天主教的严酷控制,16世纪的文艺复兴与宗教改革的成果在此时已日渐消歇,社会被消极颓废、悲观的气氛所笼罩。在英国与法国,资产阶级由于取得了较大的发展,他们已逐渐形成自己的社会政治思想体系,有些方面肯定与发展了人文主义思想。但同时在法国,主要以古典主义(即个人服从于集体、民族、国家利益)价值体系为主导。

(三)科学理性思维蓬勃发达

如果说文艺复兴思想文化运动是从直觉、感性上呼唤人、肯定人,那么17世纪已发展为从理性上来尊重人、呼唤人。其代表人物便是法国的笛卡儿。

14到15世纪法国因医学与法学的兴起,从前的迷信得以破除。因为法学想用科学的论证代替形而上学,而医学则对于自然现象反对向所不敢非议的神秘说明而信赖实地论证与实地经验。自此哲学的分析主义兴而宗教的综合主义绝,随之世俗道德与理性获得了进步。

在哲学,到了17世纪笛卡儿出现了。他冲破了一切定式和传统障碍,他的思想仿佛有魔力地替人类向被囚禁的理性打开了一条道路。他带来的思想运动的成绩便是外界的权威渐渐消除,良知的价值渐渐被承认,换句话说,便是烦琐主义的理想渐被近代的精神所代替。"我思故我在"把理性抬到了至高的地位。

综上所述,在政治转型中统治阶级过分干预甚至引导文学的发展,使文学与国家权力纠结在一起,会使之蒙上官方意识形态的面具,自然文学便不能自由地创造发展。同时,17世纪科学理性得到了充分发展,若过分强调理性对文学的引导作用,那么就会限制知识分子创作的自由。对于文学创作来说,过分强调理性作用,往往会束缚文学创作的自由舒展,削弱其生动性与丰富性,同时文本也会呈现出机械化、模式化、类型化的倾向,文学的自由被过分的科学理性剥夺。

二、古典主义时代的文学精神与审美追求

唯理主义的形而上学契合了君主专制制度强化秩序和法则的需要,形成了一股

强大的社会思潮。同时,路易十四确定了规矩礼法,提倡宫廷生活,讲究优美仪表和文雅的起居习惯。为什么在这一时代,法国文学产生了一种完美的风格,纯粹、精雅、朴素、无与伦比,尤其是戏剧语言的戏剧诗,全欧洲都认为是人类的杰作?因为作家四周全是活生生的模型,而且作家不断地加以观察。路易十四说话的艺术水平极高,庄重、严肃、动听,不愧帝王风范。从朝臣书信、文件、杂记上面,我们知道贵族口吻从头到尾都风雅,用字的恰当、态度的庄严、长于辞令的艺术,在出入宫廷的近臣之间像王侯之间一样普通,所以和他们来往的作家只消在记忆与经验中搜索一下,就能为他的艺术找到极好的材料。[1] 当时雕琢夸饰的辞藻在私人信札中流行,一时成为社会风尚。这一时期的文学在精神与审美追求方面主要体现出以下几个特点:

(一)鲜明的功利主义

古典主义是君主专制的产物,其首要特征具有为君主专制王权服务的鲜明倾向性。他们宣传个人利益服从于封建国家的整体利益,主张自我克制。古典主义在17世纪的法国是政府承认的官方艺术创作方法,法国政府通过设奖金、赐年俸等办法,笼络文人为王权服务,同时设立法兰西学士院作为国家机构来推行它的政策。由于知识分子没有独立生存空间,只能依附于官方,因而一般知识分子在这种情况下往往无奈或自觉地接受来自官方的创作规律与方法。这样从表面上来看,剥夺作家的创作自由不是直接强制控制,而是心甘情愿的。虽是这样,以莫里哀为代表的戏剧家仍然把个性的东西与服从集体较为清楚地区别了开来。

(二)以理节情

以笛卡儿为代表的唯理主义是古典主义文化的哲学基础,其核心是崇拜理性而轻视情感。它认为人世间存在着一种普遍永恒的人性,即存在着天赋良知,这就是理性,每个人都应该唯理性是从,根据理性去判别是非,决定行为。高乃依的悲剧描写理性与情感的剧烈冲突,悲剧英雄的坚强意志克制了个人感情,理性得到最后胜利。拉辛的悲剧谴责那些情欲横流、丧失理性的贵族人物。莫里哀的喜剧对一切不合理性的封建思想道德和风俗礼教加以嘲笑。当布瓦洛从这些诗人的成就中总结出一套古典主义文学理论时,她把理性作为文学评论的最高标准。

在西方,理性与情感是区分开来的,而在中国文化中,中国人从来就节制感情,显

---

[1] 丹纳:《艺术哲学》,傅雷译,安徽文艺出版社1998年版,第54—55页。

得温情脉脉，往往是以理化情，把感情加以稀释。理性也是实践理性。《毛诗序》中说："故变风发乎情，止乎礼仪。发乎情，民之性也；止乎礼仪，先王之泽也。"[1]孔子曰：《关雎》乐而不淫，哀而不伤。

(三)审美境界上追求典雅、崇高，以古希腊、古罗马文学为典范

17世纪初期模仿成为风气，只是那时主要表现为游戏的做派、雕琢的辞句、纤巧侈靡的风调。[2]这种夸饰的文风渐渐被人们所烦腻，正如莫里哀所说，到了17世纪中期，法国文坛无论在形式上还是质料上，渐渐得着一种中庸的态度。当时的法国崇尚儒雅之风可谓空前绝后，在文学审美境界上追求典雅的风格：情感上温和、中庸、克制，反对大悲大喜；在形式上追求严整、匀齐，反对标新立异；这些无不披上了理性的色彩，理性完全处于支配的地位。最显著的表现是戏剧的"三一律"。所谓的"三一律"，是对亚里士多德提到剧本中的动作或情节要一致的误读。它是指时间、地点、情节三者的单一，就是说一出戏只演一件事，情节单线索，剧情必须发生在同一地方，一昼夜之内。同时还追求崇高的审美境界，主要是就悲剧人物而言。崇高感能让人感到尊严和威慑。目的是为平庸之辈树立一个须仰视才得见的精神楷模，从而使个体放弃自己的个性与主体性而去自觉服从共性。

古典主义者把古希腊、古罗马文学奉为典范，从中找到他们理想的英雄人物。在他们看来，艺术创造不在于创造新的故事情节，而在于运用艺术手法处理现成的故事情节。古典主义悲剧家大都从古希腊、古罗马文学和历史中寻找题材，来表达自己的思想感情。他们关心的是自己时代的生活真实，而不是历史真实。因而古典主义是改造的古典主义，故可称之为新古典主义。

古典主义向古希腊、古罗马学习跟向文艺复兴时期学习是有区别的，文艺复兴是以自己的视角来学习古希腊的，正如伽达默尔所说："事实上，我们存在的历史性包含着从词义上所说的偏见，为我们整个经验的能力构造了最初的方向性。偏见就是我们对世界开放的倾向性。"[3]文艺复兴是从尊重人性、歌颂人性的角度全身心拥抱古希腊、古罗马文化，追求情感共鸣。而古典主义是站在维护社会利益、歌颂人的社会责任感的角度来接受，是逐步接受，是理性筛选，并不追求情感共鸣。

---

[1] 郭绍虞：《中国历代文论选》（第1卷），上海古籍出版社2001年版，第63页。
[2] 洛里哀：《比较文学史》，傅东华译，商务印书馆1947年版，第211页。
[3] 伽达默尔：《哲学解释学》，夏镇平、宋建平译，上海译文出版社1994年版，第9页。

(四) 有严格的文体要求

古典主义崇尚理性、典雅的审美取向，可以想见，自由度最高的诗歌自然受到最严重的扭曲，受到冷落，诗歌变成当时文艺理论家的工具，诗歌不再是诗。自由度相对较小的散文亦受到冷遇。小说虽然在整个构思上具有理性色彩，但主要还是要靠非理性的情感与想象进行创作，跟散文、诗歌一样，被打入冷宫。而理性色彩最浓的戏剧直接受到大肆吹捧与鼓励，受到极大的推崇。戏剧设置舞台，这样跟观众有距离，如此一来观众往往须仰视观之，可以学习高大完美的英雄形象，景仰之情从心底产生，起到一种道德训诫的目的。当时对于戏剧中的喜剧和悲剧的评价也很不一样，喜剧经常出现平民式的诙谐、轻松的情调，属于卑俗戏剧。而悲剧则是英雄人物作为主角，它的目的往往是提高道德水平的集体主义精神，属于高雅的戏剧。

事实上，对于戏剧为什么能够起到示范作用，后来法国作家卢梭发现了其中的秘密：舞台。他指出，舞台是剧院中观众与演员之间的"间隔"，是插在观赏者与被观赏者之间的"他者"。由于"他者"和"间隔"，双方向对立面转化：观赏者让渡自己的覆践权力，等待对方实现自己；被观赏者也让渡自己的生活世界，拼命取悦观赏者，生活在观赏者希望看到的另一个世界——角色世界里，双方遗忘自己的程度越高，剧院里的气氛就越热烈。

第二节
莫里哀与他的喜剧

一、莫里哀的人生体验及其戏剧思想

莫里哀(Moliére)"是个无尽藏的天才，能把极深奥的思想用极畅快的文笔表达，而且自己虽满腹忧伤，却能以极完美的喜剧贡献给世界"。[1] 他是法国 17 世纪专门从

---

[1] 洛里哀：《比较文学史》，傅东华译，商务印书馆 1947 年版，第 251 页。

事喜剧创作的人,是古典主义喜剧的创建人。但由于他采纳了民间戏剧的创作手法和人物形象,受到当局的排斥和冷落。

(一) 莫里哀与喜剧意识

促使莫里哀在古典主义时代走上喜剧艺术的若干要素有:

1. 社会阶层具有复杂性,除官方主流文化外,还存在各阶层的需要

虽然在 17 世纪悲剧是主流,但民间大量流行滑稽戏,并且法国自文艺复兴以来就有闹剧的传统,上层社会也同样有此爱好。我们知道,人的存在具有深刻的矛盾性,即形而上的愿望和形而下的需要的二律背反。通过悲剧的庄严气氛的熏陶,让我们体验到生命终极关怀的慰藉;但同时我们需要一些轻松、诙谐的笑料来润滑、填充过于严肃、紧张的生活。悲剧更着重于一种训诫,发挥文学的教育功能,更多地满足人的形而上的愿望;而喜剧则更多地发挥文学的娱乐功能,它是通过可笑的形式来抨击、嘲弄一些陈旧的、无价值的东西。因此,这种需求的多层次性为喜剧的存在提供了社会心理结构基础和适宜的土壤。更为重要的是,当时国王路易十四喜欢看滑稽戏(喜剧),这使喜剧的生产及演出获得了庇护。

戏剧区别于其他体裁很重要的一点是要立即上演,这样就必须有专门的剧团以及相关的剧场、演出的各种预付资金等。戏剧要求观众产生共鸣,观众对创作起到了推动作用。有时戏剧家的创作纯粹是迎合观众的趣味,这样便免不了庸俗的倾向。

2. "民间文化"对莫里哀有很大影响

高乃依、拉辛更有知识分子气质,莫里哀是真正优秀的演员,真正生活于剧中的角色,一生从未停止过演戏。莫里哀从小喜欢戏剧,中学毕业后和几个志同道合的朋友在巴黎成立了"光耀剧团"(又名"驰名剧场"),希望自己做一个演员,而且是一个喜剧演员。就在那时候,他给自己取了一个假名——莫里哀(原名让·巴蒂斯特·波克兰)。演出失败,剧团负了债,莫里哀为此而被拘押起来,后来由他父亲作保获释。父亲是宫廷陈设商,用钱买了个贵族称号,并希望莫里哀能继承他的事业。这使莫里哀从小就有机会在宫中行走。

剧团解散后,莫里哀做了一个巡回剧团的喜剧演员,从 1646 年起往来于法国的许多城市。漫游全国丰富了莫里哀的生活经验。他考察了各个阶层的风俗习惯,从当时人们喜闻乐见的闹剧以及以演技著称的意大利"即兴喜剧"中吸取了不少营养。1653 年,他在里昂演出了自己最早的剧作之一《糊涂人》(又译《冒失鬼》)。1656 年,

在贝济耶上演他的诗体喜剧《情怨》。他的剧作受到观众欢迎,剧团的声誉也蒸蒸日上,以至名闻巴黎。1658年他的剧团应召到巴黎演出,受到国王路易十四的赏识,路易十四下令把卢浮宫剧场拨给他的剧团,他从此定居巴黎。

莫里哀的创作一开始是由于剧院缺乏上演剧目,他才不得不拿起笔来,一开始他改编意大利闹剧,后来才独立创作。莫里哀真正地生活于戏剧的角色中,最后在上演《无病呻吟》当晚去世,死于舞台,演员生涯影响了莫里哀的声誉,未成院士。当时法国的古典主义戏剧是受宫廷的保护和干预的,有资格欣赏这种艺术的只有3000人左右,其中那些主持文艺沙龙的贵妇人占有举足轻重的地位。贵族和贵妇人们所喜爱的是描写古代伟大人物的伟大事迹,堂皇富丽的排场,灿烂耀眼的服装,表现上层阶级的文化教养、高贵的语言、优雅精妙的笔调、彬彬有礼的文雅风度等等。倘若稍涉粗俗、古怪离奇等,或缺乏斯文风雅,就可能使贵妇人震惊恼怒。莫里哀就是一位因此失宠的作家。

作为演员,莫里哀以演员的目光进行创作,这就更懂得观众心理,创作上更为自由灵活,而不死搬古典主义的教条。同时,他赴外地流浪巡回演出13年,观众主要是百姓(区别于古典主义),使他的创作与最底层的法国生活相贴近。巡回演出期间,在世俗观众中的巨大成功,使他找到了发挥自己戏剧天赋的舞台,走上了一条与正统全然不同的道路,后重回巴黎获成功,久演不衰。

莫里哀始终浸润于民间文化之中,感受下层百姓的心声,"民间"代表一种区别于"正统"的真诚,这样为揭露、嘲笑一些迂腐、陈旧、落后的东西提供了思想前提。同时,他用真诚的眼光来进行嘲讽,为喜剧的创作提供了敏锐的眼力与相关的丰富素材,使他的喜剧创作获得了持久不衰的动力源泉。

3. 国王的重视

莫里哀与宫廷交往频繁,在一些较为严肃的剧目中插入一些滑稽、可笑的场景的表演方式受到了路易十四的赏识,国王给予了莫里哀各方面的支持,并予以庇护。比如《唐璜》,它主要是对贵族的伪善和笃信宗教的绅士的虚伪加以无情的揭露,连演15场,场场爆满。此后,路易十四接受了他的剧团,改为"国王剧团",每年拨发津贴6000法郎。物质上的资助对莫里哀的事业固然有利,更重要的是政治上的依靠,加强了他与贵族和僧侣斗争的力量。

国王的保护使莫里哀获得了生存空间,但他的保护要求莫里哀的创作符合当时统治的要求,这样又束缚了莫里哀创作的自由,使得其不能随心所欲,因此其剧作被打上了古典主义的烙印,其创作仍是古典主义的喜剧。在国王心目中,莫里哀不过是一弄臣(被利用又被保护)而已,并未得到真正的尊重。

由于莫里哀的喜剧对一切不合理的封建思想道德和风俗礼教加以嘲笑,因此遭到了卫道士们的造谣中伤。当他上演《无病呻吟》突然逝世后,巴黎大主教禁止按照基督教的仪式安葬这位天才的喜剧演员。在刚刚去世的剧作家的住宅附近,聚集了一大群宗教狂热者,他们企图捣乱葬仪。剧作家的妻子从窗子往外扔钱,以免受那些被教徒引来的大堆群众的侮辱性干扰。莫里哀是在夜间被安葬在圣·约瑟夫墓地的。

(二) 莫里哀喜剧思想的二重性

来自民间的特征使他对戏剧的内涵有了开拓,突破了古典主义,但毕竟个人力量有限,在受到国王庇护的同时又受到束缚,因此终没有摆脱古典主义的底子。由此形成了他的戏剧思想的二重性。

1. 新的精神融入了一种来自民间的对生活的真诚

来自民间的莫里哀自然把普通人的日常故事作为戏剧表现的主体,关心普通人的爱情观和生活观,充满日常生活的喜怒哀乐,奴仆在剧中往往成为最聪明的人物,成为一个系列。他认为,精湛的演技要求自然和朴素,因此他主张戏剧素材必须是真实的,而且要用当代语言——现实的语言来表达。剧作家同时认为"写实"与"酷似"生活是喜剧这一体裁所不可少的。此外,他认为戏剧中完全可以把严肃的与滑稽的因素独具风格地结合起来。他说:一个人在某些事情上荒唐可笑,可是在另一些事情上却有君子之风,这两种情形并不是不相容的。

用民间真诚的眼光来打量社会人生,这就使得莫里哀的戏剧作品具有鲜明的社会批判特征。莫里哀认为:喜剧是以引人入胜的训诫方式揭露人类缺点的机智的长诗。他运用"逆向思维"对一切不合理的封建礼教与风俗思想道德进行了抨击。于是,自我开始日益觉醒,从此人的主体性得以张扬,获得自我肯定,这标志着古典主义已开始动摇。

自文艺复兴以来,法国文学主流中涌荡着理性批判精神:他们深刻的睿智使人惊讶,敏锐的眼光令人叫绝。这个天性快活,时刻不忘寻欢作乐的民族,表面上玩世不恭、嘲笑一切,其实具有健全的理智,遇事都会清醒地思考与分析,他们貌似轻浮,却能在大灾大难面前保持潇洒的风度,以轻松的笑谈来冲淡痛苦。[1]

2.整体上没有突破古典主义的格局

莫里哀的喜剧在局部细节上拥有了诸多新因素,但没有从整体上颠覆古典主义律令。他在剧作中揭露教会的丑恶,但并没有把教会的腐败和伪善当作历史必然现象,而是当成某一些宗教徒的个人品质。他在整体上对教会进行首肯,有伪君子必然还要安排一个君子,同时维护了国王的威严。这种情况同样表现在嘲弄讽刺贵族(以《唐璜》为代表)上,剧作中从来不曾嘲弄讽刺法国贵族的本质特征:腐朽、保守和反对改革。他嘲弄得最多的是一些表面现象与一些反动本质所带来的无所事事、空虚无聊的生活,对这些贵族作家抱有"恨铁不成钢"的惋惜之情。至于对待新生的暴发户,莫里哀是用封建贵族的目光进行讽刺,而未能看到暴发户所蕴藏的巨大生命力和他们所代表的历史新潮流。

在喜剧理论上,他设想喜剧的任务是"在舞台上轻松地揭示一般人的通病"。他在这里表现了按照唯理论原则把典型加以抽象化的倾向,从而带有古典主义倾向。实际上,莫里哀丝毫也不反对古典主义的规律,他认为这些规律体现着"健全的思想",是"思维健全"的人的常识,那就是使人们看了这类剧本以后不会败兴。莫里哀议论说:并不是希腊人,而是健全的人的逻辑,向现代各个民族提示了时间、地点与情节相一致的规律。

二、《伪君子》的思想内涵及其艺术成就

(一)《伪君子》的内容概要

五幕诗体喜剧,宗教骗子答丢夫家庭行骗,充当奥尔恭一家的"精神导师",奥尔恭的妻子欧米尔巧妙设计,国王英明断案。具体内容是:主人公答丢夫是个宗教骗子,以伪装虔诚骗得富商奥尔恭和他母亲的信任,成为这一家的精神导师和座上宾。奥尔恭对他崇拜得五体投地,甚至把女儿许给他。答丢夫并不以此为满足,竟无耻地勾引奥尔恭年轻的妻子欧米尔。这一恶行被奥尔恭的儿子达米斯撞见,达米斯当场痛斥了这个伪君子,向父亲告发了他的丑行。奥尔恭执迷不悟,反倒斥责儿子毁谤圣贤,怒而把儿子逐出家门,把全部财产继承权送给了答丢夫。在这严重的局面下,奥

---

[1] 艾珉:《法国文学的理性批判精神——从拉伯雷到萨特》,北京大学出版社1991年版,第1页。

尔恭的妻子欧米尔设下了巧计,让丈夫亲眼看到了答丢夫调情的丑态,亲自听到他无耻下流的话语。奥尔恭终于醒悟,当即要把坏蛋赶走。答丢夫见事已败露,恼羞成怒,露出狰狞的面目,自称是一家之主,掌握着全部财产和一个政治犯藏匿信物的秘密,反而将奥尔恭一家赶走,并向国王告密,陷害奥尔恭。但国王英明,洞察一切,下令逮捕了答丢夫。

(二) 答丢夫的人物形象

这部喜剧揭露了当时的宗教组织"圣体会",是向整个封建天主教反动势力的强有力的进攻。它主要塑造了一个非常成功的伪君子形象——答丢夫。这个伪君子的性格特征主要表现为伪善和巧猾。

1. 伪善

莫里哀在本剧中主要运用"对立"的方法来突出主人公的"伪善"特征。如果说"深厚的博爱"是答丢夫的外表现象,那么"无情的残忍"则是他内在的人格特质,正是这内、外的对立凸显出答丢夫的极度虚伪。答丢夫打动奥尔恭的秘密就在于他在奥尔恭面前体现出一种博大的圣徒式的爱。在奥尔恭眼中,"他向天祷告时那种热诚的样子引得整个教堂的人都把目光集中在他身上;他一会儿长叹,一会儿闭目沉思,时时刻刻毕恭毕敬地用嘴吻着地,每次当我走出教堂,他必抢着走在我的前面,为的是到门口把圣水递给我。……有时我送点钱给他用,但是他每次都很客气地退还我一部分。'太多了,'他说:'一半已经太多,我实在不配您这样怜恤我。'有时我一定不肯收回,他便当着我的面把钱散布给穷人。""就是有一天他祷告的时候捉住了一个跳蚤,事后还一直埋怨自己不该生那么大的气竟把它捏死。"

答丢夫表面上的这些虔诚、无私施舍与他背后冷酷、无情、无视友情的本质交织在一起,当答丢夫见事已败露后,不但没有认错,反而将奥尔恭一家赶走,并向国王告密,陷害奥尔恭。在他"善良"的背后是一颗非常狠毒的心。

剧作中另一个明显的对立就是不食人间烟火的表白与狂热的生活欲望。答丢夫在奥尔恭家时看上去清心寡欲、敝衣着身,经常面带痛苦的微笑,这与其狂热生活欲望形成巨大反差。他贪吃、贪睡、贪色、贪财的本质掩盖在其苦行僧式的外表之下。桃丽娜说:"他是一个人吃的晚饭……很虔诚地吃了两只竹鸡,外带半只切成细末的羊腿。""一种甜蜜的睡意紧缠着他,一离饭桌,他就回了卧室;猛不丁地一下子躺在暖暖和和的床里,安安稳稳地一直睡到第二天早晨。"

除了描写答丢夫的贪吃、贪睡外，莫里哀主要集中揭示其贪色，因为这是宗教徒最不该有的品性。剧中描写了答丢夫碰见仆人桃丽娜这样一个场景：

答：（从衣袋里摸出一块手帕）哎哟！天啊，我求求你，未说话以前你先把这块手帕接过去。

桃：干什么？

答：把你的双乳遮起来，我不便看见。因为这种东西，看了灵魂就受伤，能够引起不洁的念头。

桃：你就这么禁不住引诱？肉感对于你的五官还有这么大影响？我当然不知道你心里存着什么念头。不过我，我可不这么容易动心，你从头到脚一丝不挂，你那张皮也动不了我的心。

从这些对话中，我们可以看出在答丢夫的克制和表白中已显示出其内心的骚动与紧张。在故作清白的表白之下是蠢蠢欲动的欲望，这就是"伪"。

2. 巧猾

答丢夫性格深处的巧猾集中表现于他对各种人的心理的熟悉，并不失时机地投其所好。正如克雷央特所指出的那样："他们知道怎样利用他们的假虔诚来配合他们的恶习，他们动辄暴怒，有仇必报，毫无信义，诡计多端；到了陷害人的时候，他们会恬不知耻地借了上帝的名义来掩盖他们凶狠的私怨；尤其可怕的是他们盛怒之下对付我们所用的武器却正是人人所尊敬的武器，他们是利用了上帝的圣名作武器来刺死我们，事后大家却还得感激他们的美意……""他们是那样热心地从奔天堂的道路转到了他们求富贵的大门；他们天天热衷名利，摇尾乞怜地在恳求恩宠，在宫廷的热闹场中却大讲其出世隐遁的道理。"

答丢夫正是由于对各种人物心理的熟悉才能很快地成为奥尔恭一家的"精神导师"。对于奥尔恭这样的封建家庭来说，其中心人物就是奥尔恭和奥母柏奈尔夫人，一个掌握着家庭的实权，另一个是整个家庭的精神权威。答丢夫显然深谙其中的奥义，像奥母柏奈尔夫人这样年华已逝的老人，她追求平和宁静的生活方式，对新鲜生活本能地反感。答丢夫不像欧米尔那样打扮入时，而是在穿着上比谁都要朴素，使老夫人看了很顺心。另一方面，老夫人自然对死亡有着本能的恐惧，关心来世、死后灵魂的去向问题。答丢夫宗教徒的形象显然满足其心理需要。老夫人极为信任答丢夫，不容人批评他。就是儿子奥尔恭已经识破答丢夫的伪善嘴脸时，柏奈尔夫人还是坚决不相信："我的孩子，我绝不相信他会做出这种昧良心的事来。"不管儿子怎样申辩，她最终说："总而言之，他的心灵所怀抱着的那种虔诚真是太纯洁了；我是绝不相信他会做出你们说的那些事的。"

对于家庭中的另一个重要人物奥尔恭，他由于属于中产阶级，是较富裕的市民，在追求现实财富和现实享受时，典型地体现出一种由传统向现代转换的过渡心理。他在传统氛围中成长起来，又接受了新的观念，追求财富享受并为之付出努力，无所顾忌并取得了成功，但内心又受到传统道德的限制。当他走下生意场，退居在家庭中，就感受到了来自两端的巨大压力，对自己的处境和生活方式感到怀疑，良心上的不安宁造成了他内心深处的紧张。这是这一阶层当时的普遍心理，他们只有通过"精神导师"引领的方法才能寻回心理平衡，也正因为如此，"圣体会"才令人深信不疑。奥尔恭之所以执迷不悟，是因为内心的过分需要，答丢夫的存在平衡了他内心摇摆破碎的观念。答丢夫凭着善的施舍与宗教的皈依，以洗礼灵魂的赎罪形象获得了奥尔恭心中"精神导师"的地位。

答丢夫完全操纵了老夫人和奥尔恭的情感、爱好，因此得以成为奥尔恭家庭的座上宾与"精神导师"。如果说伪善是答丢夫的人格本质，那么巧猾则是他的生存方式，二者互为依托，巧猾保证伪善长期不被识破。

(三)《伪君子》的戏剧成就

1. 喜剧性构成

喜剧性是决定喜剧成功与否的关键，喜剧作家会运用一切手段令观众发笑。所谓喜剧性，其本质来自"对照效应"，任何喜剧效果的达到都是在对照中达成的。柏格森说，笑的秘密来自两种观念、两种事实的不一致，正是这"不一致"的透明错觉引发了笑。

《伪君子》喜剧性的构成方式如下：

（1）在同一情境中出现两种对立性因素

这种对立性因素，指的是主人公不知道，观众却知道，从而引发会心的微笑。奥尔恭对答丢夫的本质浑然不知、盲信，但观众知道，这样的透明错觉就会引发观众的笑。当奥尔恭藏在桌子底下，答丢夫对此浑然不知，观众知道，这就会引发喜剧性效果。喜剧或滑稽来源于"透明的错觉"。作为角色中的人物,他只显示出他的生活方式、话语内容等外在性的东西,而且是煞有介事地扮演这伪装的一套,而若对他的本质浑然不知,这样往往造成一种错觉,以为这个人物真如角色那样。其实对于观众来说,这些人物角色的伪装下面却是相背离的东西。这样对观众来说,这是透明的,形成了表里的不一致性,因而引发起笑。

(2)形体、动作、语言出乎意料(与人们熟悉的常态相对照)

莫里哀用"贪吃过量"、"用手绢遮住胸脯"、"用动机的纯洁来弥补行为的恶劣"等非常态表现来达成喜剧性效果。

(3)"揭幕人"的运用

揭幕即把事物的本质、奥妙突然戳破,显示其内在隐秘。这相当于相声中的掉包袱——包得严实,抖得痛快及时。揭幕人自由穿梭于戏剧中,时时"揭幕",多由小丑扮演。在《伪君子》中无小丑,则由桃丽娜当"揭幕人",时时戳穿答丢夫的本质,指指点点。

莫里哀擅长塑造聪明的仆人,其中多是揭幕人。莫里哀剧中最光彩照人的形象并非主要人物,而是下层的仆人,他们的穿针引线构成了戏剧最精彩的场面。

(4)"突转"戏剧手法的巧妙运用

《伪君子》中有最令人叫绝的一个突转。答丢夫调戏欧米尔,被奥尔恭的儿子发现了,达米斯挺身而出当面揭露答丢夫的丑行,欧米尔出于忠厚没有说出实情,但她的无言其实就是给儿子的话当了佐证。

答丢夫的反攻是高妙的,他以退为进,以守为攻,以柔克刚。当达米斯告发后,奥尔恭说:"我刚才听见的话能叫人相信吗?"答丢夫回答说:"老兄,是的,我是一个坏人、一个罪人、一个不讲信义、对不起上帝的可怜的罪人、一个世上从未见过的穷凶极恶的人;我一生的每一时刻都载满了污秽,我的一生只不过是一堆罪恶与垃圾;我也看出来了,上帝原要处罚我,所以借着这个机会来磨炼我一下,因此无论人们怎样责备我,说我犯了多大的罪恶,我也绝不敢自高自大来替自己辩护。你尽管相信他们对你说的话好了,你尽管发怒吧!你尽可以把我当作一名罪犯,把我撵出你的大门,因为我应该忍受的羞辱正多着呢,受这么一点儿,原不算什么。"

答丢夫的意思是,你说我调戏妇女,这罪名还远远不够。我的罪过比你说的要大得多。我的生命没有一分一秒不是肮脏的。但是在这一大堆大帽子的下面,却轻轻地否认了事实本身,也就是说我该受各种惩罚,但调戏欧米尔的事是没有的。这只是上天为了惩罚我,把不属于我的罪加在我身上,来考验我。他让奥尔恭,甚至让达米斯把他当作罪犯,把他当作背信的东西、无耻的东西、恶人、强盗、凶手看待。请注意,他用的是"当作",而不是一个简单的"是"。这种辩驳,既抹掉了罪恶,又显示出高耸入云的圣徒姿态。奥尔恭联想到他的往事,因而把答丢夫往自己身上泼的污水当作圣水,答丢夫的形象在他的心目中反而更高大了。于是奥尔恭怒不可遏地放逐了儿子,把财产继承权转移给答丢夫,并且让他跟欧米尔更加亲近。

答丢夫的胜利,表面看来只是靠他本人的机智与狡诈,其实是基督教对人本主义的胜利。

在善与恶的交战中,伪善是一个不可缺少的中介。从这个意义上来说,只要存在着善与恶的斗争,就有伪善存在,就有答丢夫式的人物。在同伪善人物的斗争中,人们意识到达米斯那种直来直去、当面揭穿的办法在道德上是伟大的,从策略意义上说却是愚蠢的,往往把自己置于尴尬的境地。对付伪善的办法是伪善。当全家人都被置于答丢夫奸诈的鹰爪之下时,奥尔恭的年轻妻子终于想出了一个反败为胜的办法,即剧本第二个令人叫绝的"突转"。这是一个圈套:她约答丢夫来幽会,而让愚蠢的丈夫钻在桌子底下偷听。这回答丢夫果然中了圈套,居然厚颜无耻地让欧米尔用"实实在在的好处"来满足他的情欲。当欧米尔假意说这样做会得罪上帝时,答丢夫竟说:"如果您只抬出上帝来反对我的愿望,那么索性拔去这样一个障碍吧,这在我是算不了一回事的,不应该再让这个来管住您的心。如果您已有上帝和我的爱情作对,去掉这样一种障碍,在我并不费事,您大可不必畏缩不前。"

在欧米尔假意担心被丈夫看见时,这个无耻的骗子竟然放肆地嘲笑自己的恩主:"他是一个可以牵了鼻子拉来拉去的人,咱们这儿谈的这些话,他还以为是给他增光露脸呢。再说,我已经把他收拾得能够见什么都不信了。"

"眼见为实,耳听是虚",奥尔恭终于醒悟了。这个圈套是戳穿骗子的决定性一环。这种"请君入瓮"的戏剧技巧,在中国传统戏曲乃至现代舞台、银幕上依然是百用不厌。过去把人藏在柜子里、桌子下,现代则使用录音机、录像机等录下实情,以戳穿伪善者的假面。

2. 扁平型人物的应用

扁平型人物性格单一、简单,缺乏厚度和立体感。如奥尔恭的老实、轻信,弱于思考,答丢夫的伪善巧猾,桃丽娜的机智聪明,等等。

对人物性格的某一面进行突出和强调,产生的喜剧效果是使观众能进行有效的独立价值判断,与剧中人拉开距离,不会产生认同。观众与剧中人始终处于"有距离"的状态中,这种"有距离"是古典主义戏剧的重要特征。

莫里哀的喜剧产生的是居高临下的距离,而与悲剧不能仰及的距离感不同。喜剧产生的距离使人们能对喜剧形象进行议论和反省;莫里哀的思维是站在高处对代表旧价值观念的人物进行嘲笑、讽击,而悲剧中的人物往往是高、大、全的英雄人物,须仰视才见。

扁平型人物的性格单一性、类型化,易于形成一种对照性效应,从而利于喜剧性的达成。而圆形人物性格会形成一个非常矛盾的网络面,因而使人产生认同感,不能找到一种对照性的性格类型,即由于表里没有严格的界限,不能形成对照性效应,从而很难达成喜剧性效果,同时也不利于产生距离感,无法居高临下地判断。

3.戏剧的结构特点

(1)大的格局,是用一种家庭关系模式来结构全局

如:父亲(专制)⟷包办婚姻的未婚夫(骗子、女婿答丢夫)

女儿(追求爱情,显得软弱)⟷心中的情人瓦赖尔(没有实际的行动能力)

西方戏剧传统:悲剧一般以庄严重大的社会问题为题材,而喜剧则以轻松有趣的家庭问题为题材。

(2)从戏剧的情节推进来看,采用了"剖核式"结构

剧本采用由外向内、由浅到深的方法来推进情节,不是按线性发展的顺序来写,而是做了巧妙、精心的安排。运用"剖核"式逐渐达到对答丢夫本质的认识,制造悬念,便于组织喜剧性情节。在前两幕中,观众一直准备着亲眼看一看这个坏蛋。观众迫不及待地等候着这个时刻,因为他是舞台上人物谈论的中心,大家由于他而争辩:有人咒骂他,另外的人却赞扬他。

剧本写的是答丢夫行骗的过程,答丢夫自然就是中心人物,但答丢夫并非一开始就是中心,全戏共五幕,答丢夫却在第三幕第二场才正式出场,第四场才全面表演。剧本有意识地围绕答丢夫做必要铺垫和烘托。一开始:一家人讨论答丢夫是什么样的人/第一幕:气氛营造,话题是一般性议论,不涉及本质 /第二幕:由答丢夫引出一系列问题(实质性)如嫁女,讨论答丢夫的为人、人格(答丢夫一直不出场,观众急于了

解）/第三幕：登场，答丢夫娶奥尔恭的女儿，又向欧米尔求爱，伪善显露，达米斯告状不果，答丢夫更获信任，欧米尔设计揭露其性格本质/第四幕：高潮，彻底揭穿本质/第五幕：答丢夫孤注一掷，威胁奥尔恭一家，进一步强化对其阴险、狠毒的本质的认识。

  莫里哀介绍自己的创作方法时说："我用了整整两幕为我那个坏蛋出场做准备。他一分钟也不让听众怀疑；大家马上根据我所赋予他的那些特征认出他来了；他所说的每一句话，他所做的每一件事自始至终都活灵活现地向观众描绘出一个坏人的面目。古典主义戏剧就是这样的。探照灯的光线集中在一点上，一个早就选好的性格特征上，在这个光点之外的一切都留在阴影中。"作者没有把一个人各方面的性格全都描绘出来，因为这不是作者的任务，但是最主要的特征却显得非常突出。莫里哀记住了一条明智的规律：把敌人置于可笑的境地，从而给予他们以致命的打击。

第五章
18 世纪启蒙文学

第一节
启蒙运动与启蒙文学

一、启蒙运动及其基本精神

（一）何谓启蒙运动？

兴盛于18世纪的启蒙运动是继文艺复兴之后的又一次反封建、反教会的思想文化运动，它要求破除宗教迷信，摧毁宗教偶像，反对贵族特权，主张在法律面前人人平等，进而推翻封建统治，建立合乎资产阶级理想的社会。同时，倡导学术思想自由又带有鲜明的政治革命的性质，为资产阶级革命做了思想上的准备，它促成了近代资产阶级思想体系（即近代文化体系）的最终完成。启蒙运动首先开始于英国，但以法国的影响为最大，并由此影响到俄国、德国、意大利等欧洲其他国家。

"启蒙"（enlighten）在康德那里，是指人从他自己造成的不成熟状态中挣脱出来。"不成熟状态"，是指无他人的引导便无法使用自己的知性的那种无能。"自己招致"是指不成熟状态的原因主要不在于缺乏知性，而在于缺乏不靠他人的指导去使用知性的决心和勇气。换句话说，不成熟状态多半是自己的懒惰和胆怯造成的。因此，启蒙的箴言是"敢于明智！"即大胆地运用你自己的知性。[1]

从某种意义上看，启蒙运动主要不是一个政治运动，而是一个思想运动。它寻求的是改革，不是革命。它的对象是受过教育的阶级，不是群众。除了卢梭以外，它对群众表现出一种既蔑视又不信任的态度。既然启蒙运动主要不是政治性质的，那么当时的革命也主要不是意识形态性质的。革命是许多因素共同作用的结果，有经济

---

[1] 康德：《历史理性批判文集》，何兆武译，商务印书馆1990年版，第22页。

上的、财政上的、政治上的因素,还有国家破产、贵族造反、农民不满及对土地的要求等。不过当时的启蒙思想家们所宣扬的批判思想依然很重要,它破坏了意识形态上的防御和旧制度的信心。对所有的权威,不管是宗教的还是世俗的,都抱有怀疑的态度,已成为一时的风尚,甚至在教士中间也是如此,更不用说贵族和中产阶级了。当危机发展到以贵族与教会为一方和第三等级为另一方之间的对峙时,后者的领袖——革命已把政权交到他们手里——正是那些受启蒙运动思想影响最大的人:律师、医生、新闻记者等。温和的保王派领袖莫尼埃写道:"不是这些原则的影响造成了革命,相反,是革命造成了这些原则的影响。"随着对峙的加剧,激进派领袖利用了启蒙运动的词句和思想,把它们变成了口号:"公民""社会契约""普遍意愿""人权",和最最有力的,"自由""平等""博爱"。[1]

(二) 启蒙运动的基本精神

它是建立在个性发展、感性复苏基础上的理性意识。个性发展、感性复苏是启蒙运动的理性意识与唯理主义相区别的重要标志。17世纪的唯理主义,其核心是崇拜理性而轻视感性的情感。很显然,文艺复兴是把人性从宗教束缚中解放出来,而人性欲望的毫无遮拦的膨胀与贪欲的泛滥必然会导致世界的混乱与恐慌,以及人们在世的彷徨无措。于是,在感性上解放出来的人性受到唯理主义的压制,因而也遭到贬低。启蒙运动可以说是否定之否定后在更高历史层次上的整合,对理性做出了限制,让感性与理性各居其位,还其本来面目。因而,这是人类对于"理性"认识的一大进步。

在处于近代西方文化转折点上的休谟那里,已给理性以有限的角色,在他那里,"理性"一词只限于得出推论(思想的关联)和辨别真假(事实问题);它同道德判断所关心的行动、价值、动机和感情都没有关系。因此,就有与笛卡儿相反的名言:理性不但是而且应该只是感情的奴隶,除了为感情服务和服从感情以外,绝不能自称有任何其他职能。狄德罗宣称:人们认为,如果他们为理性的对手说了一句话,就是损害了理性。但是只有感情,而且是炽烈的感情,才能够使人做出伟大的事情来。

启蒙运动的了不起的发现,是把批判理性应用于权威、传统和习俗时的有效性,不管这权威、传统、习俗是宗教方面的,法律方面的,政府方面还是社会习惯方面的。康德所做的事情,就是确立理性的范域,给信仰留下地盘。另一方面,以卢梭和德国的"狂飙突进运动"为代表,他们谴责启蒙运动的理性主义,认为这种理性主义使得感

---

[1] 阿伦·布洛克:《西方人文主义传统》,董乐山译,生活·读书·新知三联书店1997年版,第124页。

情的自发性、人的个性、天才的灵感从属于冷冰冰的古典主义理性化规则和不自然的趣味。卢梭提出的"返回自然",使他成为早期浪漫主义历史的中心人物。

启蒙运动的个性发展体现在两个口号上:"天赋人权",把人从政治上解放出来;"信仰自由",使人们从独断的中世纪烦琐、禁欲的宗教中解放出来。"平等"与"自由"成为启蒙运动中最鲜明的两面大旗。同时,理性这个东西成为知识分子个性的一部分。如果说17世纪的理性即表现为理智,即自我压抑、自我克制的话,那么启蒙运动时代的理性是个性的表现,是个人聪明才智的表现,昭示出个人富有远见的思维能力。

二、启蒙文学的主要特征

(一)思想上表现一种新的社会理想和新的人生追求,具有鲜明的政治倾向性、教诲性和哲理性

启蒙作家往往是启蒙思想家,他们强调文学的社会功能,特别重视文学作品在批判封建制度、批判宗教迷信方面的意义。启蒙文学揭露封建制度和教会的种种不平等、不合理现象,宣传自由、平等思想,有些作品还描绘社会政治理想的图画,唤醒人们对"理性王国"的向往。

文学实际上并不排斥道德教诲的政治倾向性,我们反对文学是道德说教的工具,也不赞成艺术与道德完全割裂开来的唯美主义观点。文学与道德的关系应该是"寓教于乐"的辩证关系,即在文学中,道德教益与审美愉悦是统一在一起的。恰如英国哲学家柯林伍德所说的:"教益"就是把情感释放在实际生活中,"乐趣"就是把情感释放在娱乐的虚拟情境中。这就是说,文学的道德教化功能着眼于对具有实践理性的人的实际生活及行为方式的塑造与诱导,而娱乐则指向审美的虚拟想象性情境的愉悦与游戏,人们借助于后者而体悟到前者。

从美学上来考察文学与道德的关系,在席勒那里,人有三种冲动。感性冲动涉及人的本能。形式冲动是理性的道德法则。两者都体现为强制,前者是内在的,后者是外在的。第三种是游戏冲动,即审美,游戏冲动是弥合感情冲动和形式冲动的中介。在游戏冲动中,心灵处于规范(道德)和需要(本能)间恰到好处的中点位置,因而摆脱了强制而达到了自由。席勒指出一个重要的事实:审美活动是主体对生命与道德理性的自由体认;换言之,审美将道德规范内化为想象力游戏。

因而，文学的政治倾向性，首先取决于当时政治元素在作家生活中的浓度。例如北岛作为旗手写的就是政治诗，政治情结是20世纪80年代那一代中国作家都有的。政治能否如盐溶于水一样成审美内容，关键在于政治思想是否内化成为作家自己的政治情感、真诚的政治态度与政治冲动。若是不得已的政治使命感，根本不能内化为作家情感生命的一部分，写出来必然枯燥无味。

而教诲性，在17世纪主要是主张个体必须服从集体、国家利益，目的是服从；而18世纪则是为个性更健康自由地发展。比如卢梭在《爱弥尔》中提出"回归自然"，信仰"自由宗教"。

启蒙文学对于今天的读者来说感觉枯燥，没有了当时的轰动效应，个中的原因主要有两个方面：首先是时代拉开了距离，当时大家关注的那些没有解决的问题不能对时下读者造成压力和激发兴趣；其次，启蒙作家本身特别强调理性作用，哲理色彩浓郁，往往不大注意塑造个性丰满而鲜明的艺术形象，作品中的主人公常常成为作者思想的代言人，有时成为时代精神的单纯传声筒，也就是说，席勒化倾向比较明显，因而缺乏艺术感染力。

（二）文学创作的现实性得到增强

启蒙文学不像文艺复兴时期借用传统题材来反映现实生活，而是直接取材于当代生活，主张挖掘新题材。一反过去以帝王将相、才子佳人为主人公的传统，着重描写人民大众的日常生活，宣称描写平民的英雄行为和高尚情操是艺术家的权利，把资产阶级和下层人民的形象作为正面主人公加以歌颂，而王公贵族、教皇、僧侣则往往成了嘲笑、批判的对象。

（三）新文体的出现与文学形式的多样化

新的内容要求文体形式的变革。正剧成为新的戏剧品种。它是18世纪兴起的一种突破古典主义限制而形成的新的戏剧形式，它的主要特征是表现普通人的市民生活，兼有悲剧和喜剧两种因素。它的首创者为狄德罗，最初被称为"严肃戏剧"、"严肃喜剧"，又称"市民悲剧"，19世纪后成为戏剧的主要类型之一。正剧后来被俄国戏剧家果戈理采用。

此时，诗歌开始复兴为抒情艺术，散文也开始在英国兴盛起来，影响最大的文体是小说。小说出现了很多新品种（抒情小说、哲理小说、教育小说；书信体小说、对话体小说等），但最值得注意的是哲理小说。

哲理小说是18世纪启蒙文学中一种充满时代气息的小说样式,主要用于阐述作家个人对社会人生的理性思考,有鲜明的政治倾向性,通常采用讽刺和传奇的手法影射现实,但并不注意人物的个性塑造。伏尔泰、狄德罗、卢梭等都创作过这类文学作品,主要流行于法国。

(四)具有开放性和包容性

18世纪启蒙文学占主流,但它容忍古典主义文学的存在,并不排斥它,后期发展出来的一种文化比前一种文化更具有包容性,而且为前一种文化提供发展创造的机会,这是西方文化发展的一个重要特征:包容性。

同时,同一个作家也并不排斥非我的文学思潮,卢梭是启蒙文学的中坚力量,也深受感伤主义文学思潮的影响。伏尔泰是启蒙文学的大师,具有古典主义倾向。歌德、席勒是启蒙文学顶峰的人物,又对启蒙文学深表怀疑,追求一种不受束缚的自由创作的心境,这种包容性、开放性特征为后代文学的发展奠定了良好基础。

18世纪后期在英国流行"哥特式小说",主要内容是写哥特式建筑中的恐怖故事,追求传奇效果。同时,还涌现出感伤主义文学思潮,这股思潮于18世纪中期产生于英国,流行于全欧洲。由英国斯特恩小说《感伤旅行》(1768年)而得名。比较重视个人感情的抒发,以大自然的风光和人的生死为主要题材,作品中往往充满悲观失望的情调。感伤主义的代表作家是哥尔德斯密斯,以及以爱德华·扬格为代表的"墓园诗派"(《墓园挽歌》)。感伤主义文学为19世纪浪漫主义流派的形成做了准备。

第二节
近代长篇小说的先声:《鲁滨孙漂流记》

笛福出生于清教徒的小商人家庭,后来自己也成为一个袜商。1703年和1713年,因撰写反对国教的小册子先后两次被判刑,进了监狱。尽管他早年辍学,后来却能讲六种语言,阅读七种文字。他写过许多宗教小册子和政治小册子,并且多次去苏格兰为当局充当特务。他还办过多种报纸,包括一份商报。笛福一生发表过250多部作品,《鲁滨孙漂流记》写于他近花甲之年。

对于笛福和一些与他同时代的人来说,宗教和商务在许多方面是交织在一起的。新教,尤其是清教,给宗教事务灌注的个人主义,即强调拯救灵魂是每个人与上帝之间的事情,已经和18世纪自由贸易气氛中必需的那种个人主义部分地融汇在一起了。

笛福是第一个提出"自由贸易主义"理论的人,他认为"给我们贸易就是给我们一切""贸易是世界繁荣的生命"。同时他热烈支持殖民制度,提出夺取、经营殖民地的主张以及扩大与落后民族贸易往来的建议,拥护黑奴贩卖。由于他从小受到精明商人的家庭教育,因而成长为一个充满商业式开拓冒险精神的人。

笛福的代表作是《鲁滨孙漂流记》。

一、故事概要

鲁滨孙出身于一个英国中产阶级家庭。虽然他的父亲希望他待在家里过一辈子安乐生活,但他渴望出海。他瞒着父亲第一次出航,遇到大风浪,回来后发誓不再离开陆地。但是那颗不安的心促使他再次出海,到非洲经商,赚了一笔钱。在他第三次出航时,却遭不幸,中途被土耳其的海盗俘虏,变成奴隶。有一次他乘机逃跑,在海上漂泊了许久,后来被一艘葡萄牙货船救了起来,平安抵达巴西,在那儿买了一个小庄园,开始了庄园主的生活。

为了去非洲贩运黑奴,鲁滨孙再次出航,这一次船触礁失事,唯有鲁滨孙一个人生还。海浪把他卷上了岸,自此开始了他长达28年的荒岛生活。

他做了一只木筏,从搁浅的大船上搬回了各种补给品,其中包括枪支弹药。他每天记日记,认真记录他的活动和思想,并且每天朗读《圣经》,感谢上帝对他的拯救。

鲁滨孙逐步学会了各种手艺。他建造了一所设防的永久性棚舍,制作粗陋的器皿,打猎觅食,剥皮缝衣,并且成功地种植了庄稼。他慢慢地改善自己的生活条件,尤其是在驯养了一群山羊和驯化了一只可爱的鹦鹉之后,生活条件就更为好转了。

这样孤独地过了十二年之后,小说展开了最令人难忘的情景之一:鲁滨孙在沙滩上发现了人的脚印。尽管他一直留心观察,可是又过了近十年才在海滩上看到了人的残骸,显然,这是那些仍在以人为食的野蛮人吃剩下来的。不久,这些家伙又带了几个俘虏来到岛上。鲁滨孙手持刀枪向他们发动攻击,他们丢下一个俘虏,乘着独木舟逃跑了。于是鲁滨孙救了这个土人,并用他获救的日子给他起名"星期五"。

鲁滨孙使这个未开化的人皈依了基督教,并且教会他足够的英语词汇,以便进行交谈。星期五告诉鲁滨孙,在他原先居住的岛上,有17个白人被囚禁在那里。鲁滨孙决心去营救他们。在星期五的协助下,他造了一艘可以航海的小船。可是在他们出发之前,另一种野蛮人带了三个俘虏来到岛上。鲁滨孙和星期五向他们发起进攻,杀死许多野蛮人,救下了两个俘虏,其中之一就是星期五的父亲。父子团圆,喜出望外。另一个俘虏是白人,是一位年迈的西班牙人,鲁滨孙就派他和星期五的父亲驾着那条新造的小船,设法去营救其他的白人俘虏。

后来朝岛上开来了一艘英国船,哗变的水手把船长和其他两人抛在岸上。鲁滨孙和星期五帮助他们夺回了船只,哗变者决定留在岛上,其他人员就扬帆离去了。鲁滨孙带星期五回到英国,发现父母均已逝世。后来他获悉巴西的种植园仍安然无恙,自己已成了一个富翁,他结了婚,并有了三个孩子。

他妻子死后,他又一次出航经商,路经他住过的荒岛,得知那些西班牙和英国水手都在岛上安了家,他满意地离开了小岛。

二、《鲁滨孙漂流记》的思想意义与艺术成就

《鲁滨孙漂流记》是笛福文学生涯中的第一部小说,这部小说的意义在于,表现了刚刚走上近代化的西方人那种特有的乐观与自信,以及不懈奋斗追求的进取精神,刻画出了资产阶级的第一个正面形象。《鲁滨孙漂流记》不仅在小说史上第一次将一个普通人的日常生活当作了关注的中心,并将小说的重心从对事件的叙述转移到了对一个中心人物的塑造上,而且在主人公鲁滨孙身上赋予了崭新的时代精神内涵,从而实现了从流浪汉小说向近代长篇小说的实质性飞跃。

鲁滨孙这一形象因其对早期资本主义时代精神和新兴资产阶级思想特征的高度概括,成为西方近代文学中第一个完整而深刻的艺术典型。鲁滨孙是新时代的奥德修斯,是新型的追逐金羊毛的阿尔戈英雄。他具有永不安于现状、积极进取的精神,甚至对冒险生活怀有巨大的热情;他鄙弃父亲保守知足的生活观,逃离家庭,孜孜不倦地从事陆地上和海上的冒险活动;他不怕困难,蔑视危险,总是以无穷的精力、才智与环境搏斗;他又理智务实,勤俭刻苦,凭双手去征服和利用自然,求取生存和发展。正如笛福在序言中说的:"这就是在最悲惨的痛苦中可取的战无不胜的耐力,在最令

人沮丧的环境中的不屈不挠的适应性和无畏的决心。"因为他个人的力量和艰苦卓绝的奋斗，他不仅能在极其恶劣的环境下生存下来，而且开拓和营造出一个奇迹般的新天地。可以说，鲁滨孙和奥德修斯、浮士德一样成为西方文学中的象征性人物，共同构成了西方文化中的一类神话，体现着人类不断探索追求的进取精神。[1]

大卫·戴维斯说：鲁滨孙是一个从事商业的清醒谨慎的商人。他的一切活动的基调是谨慎小心而不是英雄主义。事实上他是以谨慎人物为主角的这类文学作品中最早的重要典范。可以说，鲁滨孙具有闯荡江湖的商人式的雄健，同时又清醒谨慎。

鲁滨孙即使落难荒岛，对钱仍怀有浓厚的兴趣。他在船上发现了一些硬币，尽管他明知道这种东西对他毫无用处，可仍旧禁不住诱惑，将这些硬币全部搬到了岸上。这写出了商人对货币的天然敏感与痴爱，可以这么说，他的所有行为都是围绕着金钱在转。当他回到英国，代理人向他透露了他财富的数目之后，鲁滨孙这样记载道："我顿时面如死灰，心里非常难受，若不是他老人家……拿来了一点提神酒，我相信这突如其来的惊喜，一定会使我精神失常，当场死去。"可见金钱已成为他生命的一部分。浪漫主义冒险家出海并不只为了钱，他们更多地是想认识世界，了解宇宙，而鲁滨孙是为开辟世界，从而占有世界。

书中不乏由衷的敬神言行，然而鲁滨孙对待上帝的态度却往往像是对待一位合伙的经营者。他的宗教信仰帮助他确立了那种强烈的追求物质的个人主义。鲁滨孙成了一个"经济人"的完美典范。他把那个岛屿完全看作自己的财产，要它为我所用。书中另一个主要迷人之处是详尽地叙述了他如何征服大自然并利用大自然的资源。他不想适应那种荒凉的环境，也无心去欣赏它的自然风光，他的目标是使环境符合主观愿望，尽量使它变成他离别了的那个社会和经济组织的复制品。

从鲁滨孙与星期五的关系上来看，二者的关系是十足的主仆关系。从根本上说，鲁滨孙把星期五当作一个要加以驯服的土人来对待，并要他为自己效劳。从某种意义上说，他是强行把自己的价值观念灌输给其他人，是对他人的一种物化行为。

从小说与原始素材来看，它是根据一篇报道改编而成。一个叫塞尔扣克的水手曾在太平洋的一个孤岛上生活了四年多。塞尔扣克在荒岛上并没有做出什么值得颂扬的英雄事迹，他只不过做了一些为生存必须做的事。整个说来，他在岛上的作为是消极的而不是进取的，宣扬的是老生常谈的基督教的训诫：知足常乐。但笛福完全用

---

[1] 龚翰熊：《欧洲小说史》，四川大学出版社1997年版，第106页。

另外的眼光看这件事：有这么好的自然条件，这么丰富的物产的地方，不属于任何人，在这里可以开天辟地，不受限制，他宣扬的是要发展，要劳动，更重要的是要占为己有，文明定能战胜野蛮。

鲁滨孙不屈不挠的奋斗，几次出海，几次波折，体现了西方近代人的追求：渴望追求——失败——再追求开拓。小说虽写了他的冒险精神，但其核心是征服，表现对大自然的征服、对野人的征服以及教育培训"野人"（星期五），充分表现了西方人那种无所不能的强悍与自信。难怪英国批评家杰克逊评价说："人们如果要重新抓住资产阶级在它年轻的、革命的、上升时期的旺盛而又自信的精神，那么最好的导引无过于笛福与《鲁滨孙漂流记》了。"[1]

《鲁滨孙漂流记》和游记有些相似之处，继承了流浪汉小说的传统。可是它的魅力却深刻得多，它能唤醒蕴藏在人性深处的那种试图单枪匹马与未知世界斗争的开拓本能。柯勒律治写道："笛福的卓绝之处就在于使我忘却自身的阶级、性格和环境，使我在阅读过程中感到自己也随之升华为一个全能的人。"

《鲁滨孙漂流记》在艺术上也取得了不少成就，它是英国第一部彻底的现实主义小说，它用逼真的写实手法详尽描写了人物的活动情况和生活环境，在生活斗争的行动中刻画人物性格，而且利用出色的细节描写增添了人物生活的真实感。其次，在创造性地运用自传体回忆录这一形式方面，是笛福第一个创造出真正的完整的格局，为英国现实主义小说开创了游记体的新形式。

这部小说的局限在于，作者对鲁滨孙的创作纯粹是受 18 世纪初期的社会和经济趋势的影响。他把精力集中用于描写实用和理性的东西，而未能对人物的内心世界做深入探索。鲁滨孙尽管经历了漫长而可怕的遭遇，可是他在道德上和心理上却始终没变。作者对人与人之间的关系也没有做任何探索，鲁滨孙跟其他人的关系几乎完全受经济动机的支配。就是结婚，他也是从实用观点出发，认为婚姻对他既没有什么不利之处，也不会使他感到有什么满意，如此而已。这样必然使小说缺乏某些必不可少的因素，从而失去了热情和深度。然而，这一切不足都不可改变这一事实：《鲁滨孙漂流记》是世界文学经典著作之一，因此它在英国小说史上势必拥有重要的位置。

---

[1] 龚翰熊：《欧洲小说史》，四川大学出版社 1997 年版，第 107 页。

第三节
完美结构艺术的杰作:《汤姆·琼斯》

菲尔丁是18世纪英国文学中最杰出的小说家,对19世纪现实主义文学产生了深远影响。

他从小养成了反抗性格和叛逆精神,这种鲜明的个性使他以后的创作与大多数英国作家背道而驰,不关心道德而重视人的情感。他从荷兰的莱顿大学攻读法律毕业后返回伦敦,成为一名成功的多产的剧作家,主要写笑剧与滑稽剧,其部分内容带有政治讽刺性。

他在小说创作之前长期从事讽刺性戏剧的创作,训练了严谨构思的习惯,而讽刺性则训练了他对现实荒诞的一种深刻的洞察。他创作的第一部小说是《约瑟夫·安德鲁斯》,它的特点是采用戏拟的方法模仿《帕美拉》进行创作,他的做法是让英俊的年轻男仆约瑟夫在他的雇主的进攻面前捍卫自己的贞洁,而这位雇主不是别人,正是诱奸帕美拉未遂的B先生的姑妈。男性捍卫自己的贞洁,调侃式地讽刺了理查逊的贞洁观,标新立异,背离了18世纪英国的主导精神,对人的情欲和情感给予了一定程度的理解和肯定。菲尔丁的代表作是《汤姆·琼斯》。

一、《汤姆·琼斯》的故事概要

奥尔华绥先生是个富有的乡绅。一天,他从伦敦回来,突然发现自己的床上有一个婴儿。他和他的妹妹白丽洁对这个孩子的来历进行了一番调查,很快就怀疑这个孩子是他们的女仆珍妮·琼斯的私生子。奥尔华绥把女仆训斥了一番,但又告诉她这个婴儿可以由他抚养。为了避免邻居说闲话,他把珍妮·琼斯解雇了。

珍妮·琼斯以前曾经在一个名叫巴特里奇的教员家里干活。由于珍妮·琼斯很漂亮,巴特里奇的妻子早就疑心丈夫和珍妮·琼斯有暧昧关系,她在听到婴儿的事后,更加深信不疑,于是奥尔华绥把巴特里奇找来训斥了一番,巴特里奇被迫离家出走。

不久，白丽洁嫁给了一位专门追求有钱女子的布利非上尉，并且生下了一个儿子。但没隔多久，孩子的父亲就死了。小布利非和汤姆一起长大。汤姆是个有朝气而诚实的人，但容易激动而行为冒失，冲动往往使他陷入窘境。仇视他的人们（主要指屠瓦孔和斯奎尔）就利用他的这个弱点说他的坏话。布利非则与他恰恰相反，是一个老是用关于道德和义务之类的漂亮话掩饰自己动机的伪君子。

一次，汤姆冒险替邻居的女孩苏菲亚弄到一只小鸟。布利非嫉妒汤姆，把小鸟放了，还道貌岸然地说任何动物都有权享受自由。又有一次，汤姆在猎场看守人的帮助下打死了一只鹧鸪，布利非跑去告发了他们。看守人被解雇，汤姆变卖了自己的东西去接济他。布利非再次告发了汤姆。于是大家都说汤姆游手好闲，无可救药，布利非行为规矩，品德高尚。

一天，苏菲亚的坐骑受惊飞奔。汤姆为救苏菲亚弄断了胳膊，他留在魏斯顿家中养伤，于是和苏菲亚相爱起来。

奥尔华绥先生得了重病，汤姆立即赶到他的床边，万分焦虑。不久，奥尔华绥脱险。汤姆喜不自胜，开怀痛饮，酒醉后和布利非发生了口角。一向以勾引男人谋取钱财的毛丽趁汤姆酒醉之机勾引他，被布利非和屠瓦孔发现，后布利非在奥尔华绥面前说，当奥尔华绥病重时，汤姆纵酒唱歌，幸灾乐祸，并且跟一个小姐胡乱发生关系。奥尔华绥一怒之下把汤姆赶出了家门。

苏菲亚不肯嫁给布利非，而她父亲非要她嫁给他不可，这样苏菲亚被她父亲囚禁在自己的闺房里。但是她设法逃了出去，到伦敦去寻找她的姑妈。

汤姆也在赶路。在一家客店里，他听到一个海军少尉在诽谤苏菲亚，就和他争吵起来，结果被对方打昏。当地的一个理发师给他治好了伤。原来这个理发师就是过去珍妮·琼斯的雇主巴特里奇，汤姆伤好后，两人决定同行。

后来，汤姆又从那个海军少尉手中救出一个名叫"沃特尔夫人"的贵妇，并且把她护送到厄普顿一家客店里。结果她却勾引汤姆与她同居。

汤姆根本不知道苏菲亚也带着侍女来到了这家客店。那天夜里，一个醋性大发的丈夫费兹帕特利也来到这家客店，并且闯进了汤姆和沃特尔夫人的房间，以为她就是自己的妻子，于是发生了争吵。苏菲亚发现了汤姆的不忠行为，一怒之下离开了客店，后在路上遇见了为躲避丈夫，也从客店里逃了出来的费兹帕特利夫人，她们一起来到了伦敦。苏菲亚通过别人介绍结识了各种各样的上流人物，其中包括那位世故而任性的贝拉斯顿夫人,她把这位天真的乡下姑娘置于自己的保护之下。

汤姆和巴特里奇也来到了伦敦。汤姆苦于没钱,于是听凭别人勾引,住到了贝拉斯顿夫人家中,殊不知苏菲亚也住在那里。一次,趁苏菲亚看戏去了的空闲时间,贝拉斯顿夫人与汤姆约会,结果苏菲亚提前回来,他们两人终于遇见,于是汤姆向苏菲亚表明心迹,保证今后重新做人。由于贝拉斯顿夫人遭到汤姆的多次拒绝,她决定让很有钱的费拉玛勋爵去追求苏菲亚,好让汤姆死了这条心。但勋爵的多次追求均无济于事。

魏斯顿听到女儿的下落后,立即来到伦敦。汤姆慌了手脚,因为他知道魏斯顿决不会同意他和苏菲亚结婚。奥尔华绥先生一心想帮魏斯顿把布利非和苏菲亚的婚事定下来,于是和布利非也来到了伦敦。

心急如焚的汤姆跑去征求费兹帕特利夫人的意见,但那位醋性十足的丈夫闯了进来,他误会了汤姆的用意,向汤姆提出决斗。费兹帕特利受了伤,据说还是致命伤,于是汤姆被投进监狱。巴特里奇和沃特尔夫人常常去看望汤姆,后来巴特里奇发现,沃特尔夫人不是别人,正是人们所认为的汤姆的生身母亲珍妮·琼斯。汤姆发觉自己犯了乱伦罪,内心不胜惊恐,他认为这是对他的报应,因此他决定痛改前非。幸而费兹帕特利未死,他向奥尔华绥承认,汤姆不能为这次决斗负罪。后来沃特尔夫人向奥尔华绥先生透露,她并不是汤姆的母亲,汤姆真正的母亲是她的妹妹白丽洁,汤姆是白丽洁跟一个大学生的私生子,大学生在汤姆出生前就已死去。白丽洁为隐瞒自己的丑事,把汤姆悄悄放在奥尔华绥的床上,而珍妮·琼斯却成了大家怀疑的对象。白丽洁死后留下一封信,承认汤姆是她的亲生儿子,但阴险的布利非把这封信给毁了。大家还发现,尽管汤姆在决斗时并没有杀死对方,布利非却设计了阴谋要让汤姆以谋杀罪被送上绞刑架。

汤姆被释放出狱了。奥尔华绥发现了布利非的伪善与卑鄙以及汤姆的诚实与高尚后,决定不承认布利非为自己的继承人。而指定汤姆为自己的继承人。苏菲亚的父亲这时候也不再反对苏菲亚与汤姆结婚了。历尽千辛万苦,汤姆与苏菲亚终成眷属。

二、《汤姆·琼斯》的思想内涵与艺术特色

这部小说最典型地代表了18世纪文学的新状况,目光从豪门贵族转向普通人,

增加了现实性因素,作品显示出自己的叛逆性。在菲尔丁的时代,文学作品非常注重道德教化。而《汤姆·琼斯》却以一个当时社会上受歧视的私生子为主人公,并且还把他塑造成一个远比那些上流人士高贵得多的正面人物。他让这个出身卑贱的穷孩子身上闪烁出诚实、正直、勇敢和急公好义的光芒,而相形之下,那个十分符合当时资产阶级绅士标准的布利非却是一个十足的可鄙的小人。

同时,汤姆绝不是十全十美的完人,他在许多方面确实是一种全新的英雄,但根据世俗标准来看,他是一个普普通通的英国青年。他勇敢、慷慨、与人为善、心术端正,但是他对自己的冲动和本能缺乏英雄般的控制。这就是菲尔丁塑造这个人物的目的,他在开宗明义的第一章中就明确地宣称:作品提供的只不过是人性。他选择汤姆·琼斯这样一个普普通通的名字,本身就有助于使这个人物成为"普通的人"。

但是菲尔丁一方面毫无顾忌地描写汤姆和毛丽、沃特尔夫人以及贝拉斯顿夫人发生的两性关系,这在清教影响下的英国显然很难让人接受,因此,此书在当时被列入淫书而加以禁止。另一方面,汤姆并没有宽恕自己的行为,没有为自己开脱罪责,因为他完全明白,他不应该如此轻易地屈从于自己的情欲,所以他的忏悔和幡然悔悟是真诚的。而且在所有这些越轨行动方面,汤姆从未有过残忍和卑劣的表现。事实上,菲尔丁在暗示:还有比肉欲更坏的罪恶,汤姆身上一贯显示的慷慨与仁慈,本身就是美德,它和贞洁一样重要。正是由于塑造了这样一位集优点与缺点于一身的英国普通青年,作品显得更为贴近生活。

作品的叛逆精神还表现在苏菲亚这个人物身上。当时,以财产门第为准绳,婚姻由父母一手包办原是极其平常的事,然而,苏菲亚却坚持自己的女权,以大无畏的精神反抗封建家庭的压迫。她对魏斯顿心目中的正人君子布利非深恶痛绝,而为了那个私生子,却不惜离家出逃,四处流浪,几度受囚禁,遭受种种艰险,对他的爱情始终不渝,直至反叛的最后胜利。

在结构艺术上,菲尔丁继承了文艺复兴以来西欧盛行的流浪汉小说的传统,坚持这个传统的特点:广泛地描写生活,特别是下层生活。但这个传统的缺点是结构松散,情节之间缺乏有机的联系。而《汤姆·琼斯》则克服了这类小说的普遍弊病,向前大大跨越了一步。

西方小说的精心安排情节始于《汤姆·琼斯》,这与作家的修养有关,文学样式中结构严谨的往往是戏剧——理性的艺术,而菲尔丁曾长期从事戏剧艺术创作,思维受到有效的训练,创作趋向严谨。在小说结构上布局精巧,从空间来说,全书18卷分作三个部分。第一部分(1~6卷):乡村(英国西南部萨默塞特郡的两座庄园)。第二部分(7~12卷):由萨默塞特通往京城的大道上。第三部分(13~18卷):城市,即伦敦。在头6卷中,我们看到汤姆(正面人物)和布利非(反面人物)的出生,两个人性格和品质的对照,女主人公苏菲亚出场,她和汤姆相爱以及遇到波折。中间6卷,先是汤姆被逐出庄园,接着苏菲亚也抗婚出走。两人各自在路上的种种遭遇就成为这6卷的主要内容。在最后6卷中,汤姆和苏菲亚都到了万罪渊薮的伦敦。在这里,汤姆上当受骗以致被关进监狱,差点儿被送上绞刑架,而苏菲亚也历尽艰辛。在第18卷,歹人被揭露,这对真诚相爱着的青年男女终成眷属。

全书大致有四条主线平行展开:汤姆这个弃儿的身世之谜;汤姆与苏菲亚二人从相爱到结合之间所经历的种种波折;汤姆这个心地善良又常常行为不检的弃儿与布非利这个满口仁义道德却居心险恶、长于权术的伪君子之间的对照;汤姆与女人(从乡村姑娘毛丽到沃特尔夫人、贝拉斯顿夫人)厮混的活动。

湖畔诗人柯勒律治曾说:"在艺术结构上,菲尔丁真是一位大师。我敢说,《俄狄浦斯》、《炼丹师》和《汤姆·琼斯》是有史以来在布局上最完美无疵的三大作品。放下理查逊的小说来读菲尔丁的,那就像在五月凉风习习的日子里,走出一间烧着火炉的病室,来到空旷的草坪。"萨克雷甚至还认为此书每一情节都有前因后果,不带偶然性,它们对故事进程都起了推动作用,联结成为一个整体,文学史上是从来不曾有过这样卓绝的作品的。

《汤姆·琼斯》布局的完美跟小说对悬念的运用密切相关。整个小说都笼罩着一个巨大的悬念,到结尾才提示汤姆的身世。悬念如一个绳结,把所有的情节纠结在一起,作者始终把悬念握于手中,以调动读者的兴趣。此外,小说伏笔的使用也大大促进了将故事连缀成为一个严密的整体。所谓伏笔,就是发现事物之间潜在的因果联系,事先埋下因缘的种子,为以后的情节发展奠定基础。例如在叙述厄普顿一家客店里发生的对小说发展至关重要的那些事件时,他不让沃特尔夫人和巴特里奇直接打照面,因为他肯定会认出她就是珍妮·琼斯。不管是悬念还是伏笔,这些技法对于18世纪的英国小说来说,均显示出其高度的技巧和对小说叙写的突破。

第四节
歌德

一、歌德的人生体验

歌德和莎士比亚一样,是欧洲文学史上的"四大诗人"之一(其他两位是荷马和但丁)。那么歌德是谁?也就是说,他作为一个作家最独特的履历有何特点?

(一)"奇"

文化史上少有,从小对知识的兴趣向一个奇特方向发展——构建庞大体系的方向,有对一切知识做终极性把握的愿望。

首先作为文学家,歌德对各种体裁都有造诣,以后又成为文学研究家,系统研究古希腊荷马时代以来的文学史,研究大量各国文学作品和民间文学作品,目光不局限于欧洲,以极大兴趣研究阿拉伯、波斯、印度和中国的文学与哲学。后来又精研绘画艺术,同时又对整个社会科学发生兴趣,研究圣西门等人的空想社会主义,关注公益事务等。歌德还研究自然科学,对地质学、化学、生物学兴趣浓厚,写了许多有价值的自然科学论文且发现了人类的腭间骨。还对超自然现象(心灵学、巫术)满怀兴趣,思维方式相当先进。

庞杂的兴趣背后显示出歌德的精神特质:博杂的背后具有一致性,体现了歌德对于宇宙演化、历史发展、人类生命的统一把握,寻找支配万事万物运动的最终动力——

文艺的兴趣:文学最清晰地呈现了人的生命的运动状态。

生物学:其他物种的运动现象。

地质学:大自然的运动现象。

巫术:试图对科学无法解释的现象做出回答。

他的思想不流于表面,致力于挖掘内在的规律与运动脉搏。正是缘于此,《浮士德》的可读性不强,只是以这种方式揭示人类生存发展的规律。这种兴趣也使歌德创作时抛开社会现象的细枝末节,转入对生命运动规律的直接追求,试图做统一的、终极性的把握。他具有把握的各种条件。

(二)他是人类历史上一系列重大事件的见证人

歌德生于1749年,逝世于1832年,在他的一生中,经历了西方近代文化发展的几个重要阶段,即启蒙运动,法国大革命,拿破仑横扫欧洲,美国独立战争以及歌德去世两年前(1830年)雨果的《欧那尼》的上演……歌德说:"我出生的时代对我是个大便利。当时发生了一系列震撼世界的大事,我活得很长,看到这类大事一直在接二连三地发生。对于七年战争,美国脱离英国独立、法国革命、整个拿破仑时代、拿破仑的覆灭以及后来的一些事件,我都是一个活着的见证人。因此,我所得到的经验教训和看法,是凡是现在才出生的人都不可能得到的。"[1]可以说,他目睹了西方近代文化的高潮,以及近代文化向现代文化的过渡。

歌德善于思考、敏于感受的特点使他屹立于人类文化发展的制高点,以一种开阔的目光分析问题,这使歌德的创作具有超出一般作家的深沉性和恢宏感。

(三)歌德一生多变,个人生活变化大,文学观也不断发展

歌德的创作变化共经历了三个时期:

1.青年时期:大学毕业至1775年

受"狂飙突进"运动思潮的影响,他的个性解放倾向明显。其成名剧作是《铁手骑士葛兹·封·伯利欣根》,恩格斯称赞这个剧本是:向一个叛逆者表示哀悼和敬意。剧本发表后,轰动了整个德国,一时间仿效之作蜂起,形成一个写历史剧、写"骑士剧"的热潮。歌德因而获得极高的声誉,成为"狂飙突进"运动的主将。其代表作是《少年维特之烦恼》。

2.中年时期:在魏玛任职至1805年,长时间搁笔

歌德从26岁到36岁期间忙于政事,37岁才开始创作。37岁后,创作从早期激进个性解放思想转而寻求人与自然的和谐,情感较温和,这表明他进入了魏玛古典主义时期。

---

[1] 歌德:《歌德谈话录》,朱光潜译,人民文学出版社1985年版,第30页。

其转变的原因主要有:①对法国大革命的失望;②德国古典主义气质。成就最高的是与席勒合作的时期(1794—1805年),二人具有互补性,席勒具备思想的深度,歌德则具有超常的感悟力。这时期的作品主要有历史剧《埃格蒙特》,剧本《伊菲格尼亚在陶里斯》和《托夸多·塔索》。《伊菲格尼亚在陶里斯》标志着歌德从"狂飙突进"到"古典主义"的转变。

3. 晚年时期(1805年至逝世)

本时期内歌德大部分时间过着隐居生活,对自己的一生进行思考、回顾、反思,用一部著作完成对自己乃至人类思想的总结——《浮士德》。

欧洲近代大批评家勃兰兑斯(Georg Brandes)曾在他的名著《歌德》中这样评价歌德:

"歌德是大于那丰富的法兰西所产生的任何一个诗人的,而他伟大的精神超越他自己的文学。他的生平创造虽然那样伟大,而他人格的意义尤为重要,由于他给予人类以生活的模范。

"他影响于他民族的是不可测量、不可计算、超越寻常的宏大,虽然他并未尝为自己的民族写照。……

"他以清明的稳当创作一切,理解一切。他的想象力与理性同样的丰富。他不径直地去认识自己,而先去了解自然。他不甚重视自我的反省,而自我的演进对于他是生活中的一切。他以一种自存的本能保卫他自己人格的发展,而这个本能指导着他,警醒着他生活的道路,如同一种智慧。

"他是大造化中一个创造者,全智慧中一个智慧者,自然中一个小自然,如同人说一个国中的小国。他一个人是一个整个的文化。"[1]

歌德与其他世界级文豪不同的地方就是他不只是在他文艺作品里表现人生,更是在他的人格与生活中启示了人性的丰富与伟大,所以人们称他的生活比他的创作更为重要,更有意义。他的生活是他最美丽、最巍峨的艺术品。

二、"狂飙突进"的强音:《少年维特之烦恼》

创作于"狂飙突进"期间的《少年维特之烦恼》是德国文学中第一部产生世界性影

---

[1] 宗白华:《美学与意境》,人民出版社1987年版,第118—119页。

响的作品。

(一)故事概要

维特是个富有市民的儿子,擅长绘画。一个初春,他避居到城郊一个宁静的地方,想在景色宜人的大自然中,在同纯朴的农民和天真的儿童的接触中解除烦恼,恢复内心的平静。

郊区的大自然美景使他感到仿佛置身于"乐园"之中,心灵充满了"极大的愉快"。他熟悉村民们的生活和愿望,赞赏他们思想感情纯洁。他尤其乐意并且常常同小孩子们在一起,对他们的热情和天真感到格外高兴。

稍后,维特在一次舞会上认识了聪明俏丽的绿蒂姑娘。绿蒂是一位法官的长女,由于母亲早已去世,挑起了照料父亲和她的八个弟妹的重担,绿蒂的笑容,她的体态和举止,都使维特神魂颠倒。她虽然已经订婚,却对他非常倾心。舞会结束后,他们激动地站在客厅的窗前。绿蒂含着热泪看着维特。维特更是"沉入感情的急流之中",情不自禁地吻了她。从那以后,他沉醉在幸福之中,"日月星辰尽管静悄悄地走他们的道儿,我也不知道昼,也不知道夜,全盘的世界在我周围消去了"。

绿蒂的未婚夫阿尔伯特的归来使维特不免陷入一种尴尬的境地。他烦恼、失望,哀叹自己的不幸。经过一番内心的激烈斗争,理智终于占了上风,他决定永远离开绿蒂和阿尔伯特。

维特顺从母亲的意志,接受了公使秘书的职务。他试图通过实际工作去获得一种有真实内容的生活。同远见卓识、通情达理的C伯爵和可爱的"在僵化的生活中还能多少保持其天性"的B小姐的结识,给维特带来了快慰。但是他的同僚们"追求地位的欲望",特别是他的上司的迂腐固执,却使他陷入深深的烦恼。而最使他恶心的,"是这该死的市民关系"。另有一件事给予维特以沉重的打击。一天,他应邀到C伯爵家中吃饭,不料饭后有一帮贵族前来聚会,这些傲慢自大、盛气凌人的达官贵人和他们的太太对市民出身、职位低下的维特非常看不起。C伯爵只好催他赶快离去。消息传开后,那些平时仇视他的人们幸灾乐祸,洋洋得意。维特为此气得简直心都碎了:"我成百次地抓起一把小刀,想刺穿我这颗压抑的寸心,以舒舒闷气"。这一耻辱事件终于促使他辞职。

维特想去从军,因此他应邀来到一位要好的并且担任军职的侯爵的田庄上。但是他的从军计划由于侯爵的反对而放弃了。侯爵是个浅薄的人,并且他只重视维特的才智而忽视他的情感,维特感到十分无聊,仅住了八天就离开了。

维特在现实生活中处处碰壁,才能无法施展,理想无法实现。时隔一年,他为爱情所驱使,又回到绿蒂身边。这时绿蒂与阿尔伯特结了婚。她的丈夫是个性格平静、事事知足的庸人,有可靠的职业和颇多的收入,同他一起生活,她已感到心满意足。但她也深深感到,自己同维特十分情投意合,维持无疑是她理想的佳偶,把自己许配给维持,乃是她"内心中隐藏的要求"。可是她忠于自己的丈夫,于是不得不疏远维特,以免引起丈夫的疑忌,招致他人的非议。绿蒂的态度使维特对生活失去了眷恋,他给绿蒂留下一封信,然后开枪自杀了。他的桌子上放着莱辛的悲剧《爱米丽亚·迦洛蒂》。他的身上穿着同绿蒂第一次跳舞时穿的服装。工人把他抬到墓地,没有一个僧侣来送葬。

(二)《少年维特之烦恼》的思想内涵与艺术特色

1. 这部作品表现了那一时代的特殊的社会人生

传统的观点认为这部作品表现了那一时代的特殊的社会人生,一些先进的青年知识分子与庸俗社会的对立。绿蒂的出现加深了维特对现实的对立之感,故而风靡一时。

勃兰兑斯在《十九世纪文学主潮》中认为,《少年维特之烦恼》(以下简称《维特》)这本书描写了一颗丰满的心(不管是对还是错)和日常生活习俗的矛盾,这颗心渴望广阔无垠的天地,渴望自由,这就使现实生活显得是一座监牢,社会上把人隔离开的一堵堵墙,仿佛是牢房的墙。维特说:社会只不过是这些墙上画了画,使每个人感到面前有通往广阔天地的美好前景。墙本身从来没有拆除。因此头和墙相撞,长时间发出抽泣,陷入深沉的绝望之中,只有一颗子弹穿过胸膛才能把它消除。在这部人类心灵的悲剧中,蔑视法律的人和不合法的感情遭到了必然毁灭的命运。"他灵魂中的苦恼是预示着新时代的诞生并伴随着它的诞生而产生的苦恼。他最经常存在的情绪就是无限向往的情绪。他属于展望未来、开拓未来的时代,而不属于舍弃和绝望的时代。"[1]

拿破仑在和歌德见面时责备他把恋爱故事和对社会的反抗掺和在一起。这种责备是没有道理的,因为两者是不可分地联系在一起的,只有把它们联系在一起,才能表达这本书的主题思想。歌德客观上揭示了一代青年的精神苦闷,但其思想极为复

---

[1] 勃兰兑斯:《十九世纪文学主潮》(第1分册),张道真译,人民文学出版社1997年版,第28页。

杂,是来自自己的感受。

　　1772年5月,歌德遵照父亲的意愿到威茨拉尔帝国高等法院实习,在一次乡村舞会上认识了天真美丽的少女夏绿蒂·布甫,对她产生了炽热的爱情。但夏绿蒂已与他的朋友克斯特纳尔订婚在先,歌德因此绝望而痛苦,脑子里不时也出现自杀的念头(他曾在自己的床头放置一把价格昂贵的短剑,吹灭蜡烛之前,我总想试试,自己能不能把这把锋利的剑戳进自己胸膛的几英寸深处。可哪一回也没有做到,最后终于自己嘲笑自己,抛掉了这种疑病式的装腔作势,决定活下去。)四个月后,他才毅然不辞而别,回到法兰克福。

　　一个月后,又突然传来一个叫耶鲁撒冷的青年在威茨拉尔自杀的噩耗。此人是歌德在莱比锡大学的同学,到威茨拉尔后也曾有接触。歌德从克斯特纳尔的来信中了解到,这个青年自杀的原因是恋慕同事的妻子遭到拒斥,在工作上常受上司的挑剔,在社交场中又被贵族男女所轻侮。这件事大大震动了歌德,使他对自己的不幸更是久久不能忘怀。1774年初,女作家索菲·德·拉·罗歇的女儿玛克西米琳娜来到法兰克福,嫁给了一个名叫勃伦塔诺的富商。她年方十八,活泼伶俐,歌德从前就认识她,对她很有好感,重逢之后两人都很高兴,因此过从甚密。她丈夫比她大二十岁,是个有五个儿女的鳏夫,为人粗俗,不久对两个年轻人的关系便产生了嫉妒,最后与歌德发生了激烈冲突。这新的刺激令歌德心灵中的旧创伤又被揭开,使他愤而提笔,最后下决心抒写出两年来自己在爱情生活中所经历和感受的全部痛苦,由此便产生了《维特》(即《少年维特的烦恼》)这部世界名著。[1]

　　2. 这是一曲哀艳凄美的爱情悲剧

　　在《维特》中,维特对绿蒂的爱是整个小说压倒一切的主题,是小说的内核。由此而引起的情感与理智、个人与社会、理想与现实的冲突只是小说的外层,是由爱的红线贯穿在一起的。

　　读《维特》的第一部分,在我们心中掀起巨大波澜的是维特身上超出任何世俗爱情的激烈而狂热的情感。"每当我的手指无意间触着她的手指,每当我俩的脚在桌子底下相碰的时候,啊,我的血液立刻加快了流动!我避之而不及,就像碰着了火似的。可是,一种神秘的力量又在吸引我过去……我真是心醉神迷了!"坠入情网的维特把对绿蒂的爱视为自己生命的唯一支撑点:"你想想这世界要是没有爱情,我们心中还

---

[1] 歌德:《歌德自传——诗与真》(下),刘思慕译,人民文学出版社1983年版,第571—574页。

会有什么意义！这就如一盏没有亮光的走马灯！""世界上的一切事情,说穿了全部无聊。一个人要是没有热情,没有需要,仅仅为了他人的缘故去逐利追名,苦苦折腾,这人便是傻瓜。"

在情爱中被焚烧的维特只能日复一日屈服于诱惑,不管自己许下怎样不去想见绿蒂的诺言,可情欲的风暴还是卷走了脆弱的理性,正如维特自述的那样:"人毕竟是人啊！一当他激情澎湃,受到了人类的局限的压迫,他所可能有的一点点理智便很难起作用,或者是根本不起作用……"于是"明天一到,我却又找到个令人折服的借口,眨眼之间,我就到了她的身旁"。

我们知道,在古希腊神话中,最初的始原人是圆形的:"它有四只手,四只脚,一个脑袋,一个脖子上有两张一模一样的脸,其他的身体部件也是这样成双的。"他们可以像现代人一样行走,想跑时就像不倒翁一样在地上滚。他们力大无穷,非常骄傲,甚至雄心勃勃地向众神发起了进攻,要与众神一试高低。众神被激怒了,商议惩治始原人类,是宙斯找到了惩治的办法,"把他们劈为两半,一方面使他们更为弱小,一方面有更多人为我们服务"。于是始原人被劈成了两半。被劈以后,始原人的一半总是寻觅着从前与自己连成一体的另一半,当碰着自己的另一半时,他们就拥抱在一起,怎么也分不开,不吃不喝直到死去。

对于这个神话,柏拉图做了如下注释:"爱植根于人类的古老由此可见一斑,它带领我们重返始原的状态,努力合而为一,愈合人的裂痕,因此,每个人都只是整体的一半,而且总是追寻着自己的另一半。"由此,柏拉图认为:"这种原始的追求和合而为一的欲望和过程就是爱。爱是人类对自身完整始原状态的回忆,是一半渴求与另一半合为一体,回到其初始的完整状态的欲望。"[1]

其实这种追求一体和完整的欲望和过程是一个爱的原型模式,是人类漫长发展历史中宝贵的精神产品之一。它沉淀在每一个正常人的无意识之中,成为文学作品中"典型的即反复出现的意象"。弗莱认为,一定的原型在不同时期及不同的文化中重现时会有不同程度的"置换变形"(displacement);[2] 每一个原型的变形随着具体的历史条件、文化背景以及再现这个原型的艺术家的禀赋和特质的不同而不同。

因此,可以把维特和绿蒂看作始原人的变体,分别代表着始原人被劈开的两半,

---

[1] 柏拉图:《柏拉图文艺对话集》,朱光潜译,人民文学出版社1980年版,第240页。
[2] 诺思罗普·弗莱:《批评的解剖》,陈慧、袁宪军、吴伟仁译,百花文艺出版社2006年版,序言第3页。

而阿尔伯特所代表的社会道德力量则可以看作宙斯的变体。当维特发现绿蒂业已订婚,"每当她谈起自己的未婚夫来,谈得那么温柔,那么亲切,我便感到自己像是一个被剥夺了一切荣誉和尊严的人,连自卫的宝剑也被夺去了"。外在的社会伦理压力使维特陷入深深的苦恼之中,忧郁而彷徨,哀叹自己的不幸。"十分善良、十分高尚"的阿尔伯特的存在无疑引起了他良心上的不安,但更为重要的是,人不可能始终生活在激情泛滥之中,过度的热情往往会导致生命的自焚。维特自己也预感到这一点,正如他祖母所讲的磁石山的故事所隐喻的那样;所有的铁器如钉子什么的便会一下子被吸出去,飞到山上去,倒霉的船夫也就从分崩离析中掉下去,惨遭没顶。

于是,维特悬崖勒马,决定永远离开绿蒂和阿尔伯特。他接受公使秘书的职务,试图通过实际工作去获得一种有真实内容的生活。坠入情网的维特太纯真太稚气了,虽然理性的自制使他离开了绿蒂,可心中焚烧的爱情的火焰依然没有熄灭。同通情达理、具有远见卓识的C伯爵和"在僵化的生活还能多少保持其天性"的可爱的B小姐的结识,给维特带来了快感,他暂时忘却了对绿蒂火热的爱情。可一旦恶心的市民庸俗生活给予他沉重一击时,脆弱稚嫩的少年维特于是提出辞职,决定去参军,却遭到反对而只能放弃。

处处碰壁的维特无法施展才能,理想无从实现。漂泊无依的维特心中的恋焰又重新燃烧起来,回到绿蒂的身边。可此时绿蒂和阿尔伯特已正式结婚,绿蒂虽然觉得自己跟维特十分情投意合,可是她忠于自己的丈夫,以免引起丈夫的疑心,招致他人的非议。最后一线希望也熄灭了,维特陷入绝望的黑夜中,"这颗心已经死去,从中再也涌流不出欣喜之情,我的眼睛枯涩了,再也不能以莹洁的泪水滋润我的感官","我的整个生命都战栗于存在与虚无之间,过去像闪电似的照亮了未来的黑暗深渊,我周围的一切都在沉沦,世界也将随我走向毁灭",现实的不可能使维特只能寄希望于死后,"啊,绿蒂!我要先去啦,去见我的天父,你的天父!我将向他诉说我的不幸,他定会安慰我,直至你到来;那时,我将奔向你,拥抱你,将当着无所不在的上帝的面,永远永远和你拥抱在一起"。绝望的维特在来世的福音中开枪自杀。

《维特》中维特对绿蒂的爱是小说的内核。对于纯真爱的追求,使维特处于一种远离尘世的梦幻生活中,自然瞧不起平庸的市民生活与那些耍弄权术的小小官僚,"希望一个个破灭,理想也尽消亡",这是维特纯真性格必然招致的悲剧性命运。生活上处处碰壁,为求得唯一的人生支撑只有回到绿蒂身边,可良心的不安、道德伦理的强大压力以及绿蒂对平庸生活的顺从与脆弱,使维特只得开枪自杀,结束自己无望的生命。

3. 关于维特的形象

少年维特可以说是歌德自己人格中的一种悲剧的可能性。我们知道歌德式的人生内容,是生活力的无尽丰富,生活欲的无限扩张,不能有一个瞬间的满足与停留。少年维特则是歌德无尽的生活力完全融化为情感的奔流。这热情的泛滥,使他不能控制世界、控制自己而毁灭了自己。

正如宗白华先生所说,少年维特是世界上最纯洁、最天真、最可爱的人格,却是一个从根基上动摇了的心灵。他像一片秋天的树叶,无风时也在战栗。这颗颤摇着的心,具有过分繁复的心弦,对于自然界、人生一切天真的音响都起共鸣。他以无限温柔的爱笼罩着自然与人类的全部,一切尘垢不落于他的胸襟。他以真情与人共忧共喜,尤爱天真活泼的小孩与困苦的人们。但他这个梦想者,满怀清洁的情操,禀着超越的理想,设若与这实际世界相接触,他将以过分明敏的眼光、最深感觉的反应,惊讶于这世界的虚伪与鄙俗。我们读《维特》的头几章,就会预感着这样的一颗心灵是不能长存于这个坚硬冷酷的世界的。他一走进实际人生必定要随处触礁,而沉没的少年维特的悲剧是个体人格的悲剧。他纯洁热烈的人格情绪,将如火自焚,何况还要遇着绿蒂?

维特是一个聪明绝顶、纯洁多情的少年,气质类似歌德,不过,还更多感、更温柔、更软弱些。他的软弱,并不是道德的自制的情操比他人不足,乃是热烈深挚的情绪与感受性过分的浓郁。他的愉快与痛苦都较常人深一层。他的热情已邻近疯狂。他像一个白日做梦者走过这世界,光明与惨暗,都是他自己心情的反射。他爱天然,爱自由,爱真性情,爱美丽的幻想。他最恨的是虚伪的礼教、古板的形式、庸俗的成见。社会上的人物,劳碌于琐碎无意义的事业,他都看不起。宇宙太伟大了,自然太美丽了,人为的一切,徒然缚束心灵,磨灭天性,算得什么?但他自己虽无兴趣于世俗琐事,却不是懒惰。他内心生活的飞跃,思想与情绪汹涌于胸际,息息不停。他的闲暇,全都用于观察一切,思索一切,尤在分析自己以至毁灭了自己![1]

4. 多方面的阅读可使我们接近作品丰富复杂的世界,接近作品的真实

一方面,联系时代来读。《维特》乃是当时方兴未艾的"狂飙突进运动"丰硕的果

---

[1] 宗白华:《美学与意境》,人民出版社1987年版,第90—91页。

实之一。这个运动深受法国启蒙运动代表卢梭的影响,力求在社会生活中实现他"返回自然"的号召,从而使个人得到自由而全面的发展。《维特》体现出"狂飙突进"的时代精神,"自然"简直成了它年轻主人公维特检验一切的准绳;他投身自然,赞颂自然之美,视自然为神性之所在;他亲近自然的人像天真的儿童和纯朴的农民,鄙视迂腐的贵族,虚伪的市民以及"被教养坏了的人";他主张艺术皈依自然,让天才自由发挥,反对一切的规则和束缚;他推崇民间诗人荷马与"莪相",向往《荷马史诗》中描写的先民的朴素生活,与矫揉造作的贵族社会、碌碌为利的市民生活格格不入;他重视自然真诚的感情,珍视他的"心"胜于其他一切,同情因失恋而自杀的少女和犯罪的青年长工,蔑视宗教信条和法律道德,对阿尔伯特似的冷静理智的人非常不满……他对绿蒂一见钟情的一个重要原因也就是她如此天真无邪、幽娴贞静,在窈窕的姿态中保持了一个少女可爱的自然本性。《维特》对于"自然"的呼唤,实际上就是反抗不自然的陈腐社会的呐喊。

对于当时的德国来说,面对黑暗腐朽的社会现实,心怀无从实现的理想,年轻软弱的资产阶级中普通滋生出悲观失望、愤懑伤感的情绪,一时间伤感多愁竟成为一种时髦。在这样的时代氛围中,当时的读者(尤其是青年)均可在《维特》中照见自己的影子,引起强烈的共鸣。正如歌德在《诗与真》中所说:"这本小册子影响很大,甚至可以说轰动一时,主要就因为它出版得正是时候。如像只需一点引线就能使一个大地雷爆炸似的,当时这本小册子在读者中间引起的爆炸也十分猛烈,因为青年一代身上自己埋藏着不满的炸药……"[1] 因而文本呈现出来的重心在维特反抗社会秩序上,而不是他那炽烈的爱情。

另一方面,联系作者自身的经历来读。这部小说有极明显的个人意图,受到个人特殊经历的牵动,是自然的倾诉与宣泄。小说必然有一个倾诉对象,有明显的针对性。他心目中的理想读者——"隐含读者",从这一角度进行分析极为重要。

歌德在《题记》中说:"有关可怜的维特的故事,凡是我能找到的,我都努力搜集起来,呈献在诸位面前了;我知道,诸位是会感谢我的,对于他的品格,诸位定将产生倾慕与爱怜,对于他的命运,你们不会吝惜自己的眼泪……"发掘这一点,即隐含读者"夏洛蒂",目的是对歌德创作的复杂性加深认识。

将歌德的隐秘生活与创作对比,可看出创作是有意识的变形。首先,绿蒂比夏洛

---

[1] 歌德:《歌德自传——诗与真》(下),刘思慕译,人民文学出版社1983年版,第625页。

蒂更冲动、更富有激情,这一点对于认识歌德的创作心态极重要。绿蒂爱维特,而现实又多阻碍,"无忧无虑的心变得忧伤而沉重起来","她一听见他的脚步声和声音,她的心就砰砰狂跳起来"。而现实生活中的夏洛蒂夫妻恩爱,对歌德有礼有节。歌德的这种变形,同隐含读者相联系,事实上是对生活中的夏洛蒂自觉或不自然的召唤和启发,是用变形对夏洛蒂的微妙心态有意加以放大。其次,绿蒂的心情比夏洛蒂的郁闷得多。夏洛蒂生活幸福,克斯特纳尔宽厚善良,极有修养,而绿蒂的未婚夫阿尔伯特心胸狭窄,绿蒂很忧郁。这样的变形,是歌德的希望,只有在绿蒂的家庭被忧郁气氛笼罩的这样一种幻想中,歌德才有优越感。最后,对自杀结局的处理,是为了发展自己偏执的情感,向夏洛蒂表明自己的情感程度。

小说出版时,歌德即寄书给夏洛蒂,表明了她与作品的关系:"这本书是如此的宝贵,仿佛它是这个世界上的孤本。"可见,其初衷并非"揭示一代青年的苦闷",而是"我想把它锁起来,不要别人接触它"。

5. 为什么要选择信札体？有什么好处？

全书写的是一个青年内心生活的发展,自然界的种种都是这内心的反映。所以,这本书写的是一幅一幅心灵的图画,是情绪的音乐。内心生活固然紧张,但若写成一个剧体,则嫌书中主角不是一个对世界或命运强力挣扎的抵抗者。戏剧式的冲突与纠纷,尚嫌不足。这书的内容,最富有抒情的诗意,但若写成一篇诗,则这故事中又确有一个中心的冲突与纠纷(恋爱与道义、个性与社会、人格与世界的冲突)。况歌德的抒情诗,纯然是心情状态化为音调词句,是表现恋爱已得的愉快,或已失的痛苦,非描述这从得而失的经过。故少年维特的心灵生活的发展与毁灭,极应得一小说式的叙述。然又嫌事情的外表太简,所写多为内心情感的状态,应有一种介乎叙述与抒情两者之间的文体。于是歌德发现了书信的体裁。在歌德以前,法国文豪卢梭已用信札体在文坛上大放光彩。信札体是人们的情感与直觉生活从 18 世纪的理性主义中解放了之后自由表现自己的新工具、新形式。这个新工具到了天才歌德的手里才尽情发挥它的效用。

这信札体的优点何在？它不似其他任何一种文体的严格形式。它既能委婉地叙事,如一段小说;也能随意地抒情,如一篇诗;又能自由发挥思想,如哲理的小品文。但又不似诗或小说所叙述的对象限于一个时间性。在一封信中,可以追忆往景,描绘目前,感想未来。小说或诗须注意一事一境之连贯继续的发展,而信札则极自由,可以述自己,也可以同时谈他人,可以写风景、谈哲理、泻情绪。写信时有个受信的"你"在对方,于是要把自己的情绪状态客观化,以客观状态,把自己在对方瞩照的眼里呈现,而同时又流露着与对方之人的关系。[1]

歌德在信札体中自由灵活地运用了三个人称:第一人称,通过男主人公日记直接抒发感受;第二人称,借助男女主人公的书信互诉衷肠;第三人称,把自己设定为"编辑"的角色,是收集、加工、编撰者,通过第三人称叙述事件,有意识地与事件保持距离以"置身事外",掩藏自己,以便于作者客观地描述事件。这个写信的维特,即在恋爱中苦痛的歌德,而受信的"你",即超脱了自己而返照自己的歌德。这诗情的小说,使歌德从生活的苦痛中解放,化身为超脱事外勉慰自己的"威廉"(即受信者)。歌德运用这自由美妙的工具,在一本小小的书信里绘景写情,发表思想,一个多情深思的青年,由此充分表现出来。

全书是写一青年从平静和悦,浸沉于大自然的愉快里走进恋爱生活,陶醉其中。然后又从恋爱纠纷的苦痛里感到心灵的彷徨、动摇。再加在社会上自尊心的受刺激,逐至沉沦于人生的怀疑、精神的破产,而以肉体的自杀告终,是一首哀艳凄美的诗,一曲情调动人的音乐。

《维特》是德国近代长篇小说的创始者。在深刻揭露社会矛盾和针砭时弊这一点上,它更可说是西欧19世纪的现实主义"问题文学"的先驱,司汤达、巴尔扎克等小说大师也间接继承了它的传统。

三、西方近代文化的史诗:《浮士德》

《浮士德》是歌德一生创作的总结,这部诗剧共分两部,第一部写于1808年,第二部完成于1831年,一共12 111行。它是世界上仅有的几部有划时代影响的作品之一。

(一)故事概要

《浮士德》取材于德国中世纪民间传说。主体是由两个赌赛和五个阶段的悲剧组成,共分两部。开头部分的《献诗》是诗人述怀,《舞台上的序剧》阐述了诗人的文学艺术观点,《天上序幕》说明了写剧的目的,是剧情的开端,确立了全剧的主题。

---

[1] 宗白华:《美学与意境》,人民出版社1987年版,第94—95页。

开始,上帝和魔鬼靡非斯特展开了一场关于人的争论,并以浮士德为赌博对象。上帝认为"善良人就在迷惘里挣扎/也终会悟出一条正路",表示了对世界和人的肯定,认为人在前进道路上不免会走些迷路,但总会意识到正道,所以肯把浮士德交给魔鬼。魔鬼对世界和人持否定态度,他认为人类像"长腿促织",因为有理性反而"落得比兽性更兽性",只消把浮士德"拖进粗野的人生/体验些庸俗无聊的事情",就能把他引入歧途,所以敢同上帝打赌。从这一赌博又引出了浮士德和魔鬼的赌博。靡非斯特认为人的追求是有限的,是容易满足的;浮士德则坚信自己不会被感官的、物质的享受"哄得游手好闲",因此断然声言:"只要我一旦有这个话头:你真美呀,请稍稍停留!/到那时你可以将我锁住,/到那时我甘愿万事全休!"浮士德怀着这种必胜的信心,与靡非斯特打赌,由此引出了《浮士德》的全部情节。

1.《浮士德》第一部,写知识悲剧和爱情悲剧

浮士德博士沉湎于中世纪书斋中,苦闷彷徨,思想矛盾。他读了差不多50年书,过的是脱离现实的生活,虽然探索了各种学术领域,得到的却是烦琐、僵化的知识,越学越感到知识贫乏。他陷入苦闷的深渊,甚至企图自杀,听到复活节的钟声才断了此念。春天来了,浮士德出去郊游,魔鬼靡非斯特变作狗,看到了浮士德的内心矛盾,乘机来同他打赌,订立契约:魔鬼甘愿做浮士德的仆人,带他到天地间去满足各种需要,帮他解除苦闷;一旦浮士德感到满足,魔鬼就算赢了,浮士德就要为魔鬼所有。

于是,靡非斯特带着浮士德去环游世界。浮士德先被引进"魔女之厨",喝了魔汤后便返老还童,恢复青春。接着便是同市民出身的少女玛甘泪恋爱,结果引起一场悲剧:玛甘泪因用睡药过重毒死了母亲;哥哥华伦亭又因为阻止他们幽会死在浮士德的剑下;后来,玛甘泪因为神经错乱溺死了自己的私生子被囚禁在狱中,成了狂人。在这期间,浮士德的内心感到非常苦闷。最后,浮士德偷进监狱,想把玛甘泪从狱中劫去。但是,玛甘泪拒绝同浮士德一同逃走,甘愿接受"上帝的裁判"。浮士德经历了所谓爱情的享受,也感到极大的内心痛苦。

2.《浮士德》第二部分五幕,写政治悲剧、美的悲剧和事业悲剧

第一幕开始,浮士德在"风光明媚的地方"躺着,由于做了坏事,心窝里好像有如焚的毒箭,十分不安,昏迷思眠。一群精灵环绕着他唱歌跳舞,并浴以迷魂川的水,使其忘却前事。浮士德一觉醒来,非常轻松,一点罪孽感都没有了。他又恢复了精神,"生命的脉搏鲜活地鼓动",有"一种坚毅的决心,不断地向最高存在飞跃"。于是,他

去接触政治生活,来到京城谒见皇帝。这是一个腐朽的封建王朝,"到处都堆积着奇形和怪象,非法的行为披上合法的伪装,一个邪恶世界居然正正堂堂"。官吏无人不贪,军队无物不抢,政治家结党营私,财政发生严重困难。大臣们互相抱怨。对于财政困难,浮士德倡议大量发行钞票,居然解决了财政危机。后来,皇帝想要和古希腊美女海伦见面,要浮士德和靡非斯特用魔术把她显现。接着在"骑士厅"中出现了海伦和美男子帕里斯恋爱的场面。浮士德对海伦十分迷恋,由于嫉妒,精灵们化为烟雾,浮士德自己也昏倒在地。

第二幕和第三幕写浮士德和古希腊文化的接触。浮士德回到书斋。这时浮士德的弟子瓦格纳正在"中世纪风的实验室"里制造"人造人"。魔鬼帮助瓦格纳把"人造人"造成。"人造人"领着浮士德和魔鬼到古希腊的神话世界去寻找海伦。浮士德感动了地狱的女主人,她允许海伦复活。象征古典美的海伦在舞台上出现后,和浮士德结了婚,生了一个独生子叫欧福良。欧福良不受约束,放纵不羁,无限制地向上追求,但很快就坠地陨灭。随着儿子的死亡,海伦也消逝了。但她的衣裳散而为云,围绕着浮士德,将他带回到北方。

第四幕和第五幕写浮士德从事改造大自然的伟大事业。浮士德乘着一朵浮云出现在高山上,他同靡非斯特对话,表示要征服海洋。这时国内发生内乱,浮士德借用魔鬼的魔术将内乱平息,在海边获得了一块封地。他率领着这块封地的人民改造自然,向大海索取陆地。浮士德填海成功,在这儿建立起一个理想的王国。但是有一对老人守着旧式的东西,不肯搬家。靡非斯特奉命去强迫迁移,结果把两个老人吓死了,还杀死了一个旅客,放火烧了房子。浮士德愈来愈不满意,不免为"忧愁"所袭。"忧愁"向他吹了口气,使他双目失明。这时,浮士德已经一百岁了,魔鬼见他的末日到了,派遣死灵们给他挖掘墓穴。但他仍雄心勃勃,听到死灵们的锄头的声音,以为是为他服务的群众在筑壕挖沟。他在快要倒下长逝时,认识到"智慧的最后结论"是:

要每天每日去开拓生活的自由,
然后才能够作自由与生活的享受。

在这一瞬间,浮士德感到了心满意足,情不自禁地喊出了"你真美呀,请稍稍停留!"按照规定,他就要为魔鬼所有。但天使们却把他抢救了去,并且有玛甘泪出现,迎接着他。

(二) 从《浮士德》素材看诗剧的人生意蕴

浮士德的故事自古流传。在德国中世纪的传说中,浮士德是神秘人物,住于小屋,自称"博士",精通巫术,与魔鬼交好,让魔鬼帮他享受人生24年,以24年不行基督教义务,死后灵魂归魔鬼为代价。浮士德因此应有尽有,遨游世界。24年后含泪告别学生,惨死。浮士德的故事是典型的中世纪禁欲主义时代的故事,具有二重性,兼有禁欲与纵欲;个中充满十足的宗教教义的训诫:若想死后上天堂,就必须履行基督教义务,节制自己。

文艺复兴时期,英国的"大学才子集团"的马洛创作了《浮士德博士的悲剧》。因为人文思想的影响,不再把浮士德接受魔鬼帮助作为单纯的情欲冲动,认为浮士德在探索人生,思考所有学问皆不能把握宇宙的真理,除了巫术,所有学术皆虚假。在这一观点的指引下,他开始在魔鬼的帮助下享受人生,最后把灵魂卖给魔鬼,临死醒悟到连巫术也是假的。人生再快乐,也有结束的时候,临死时焚烧所有的书籍,灵魂被取走后,剧中劝告世人:聪明人不要好高骛远,贪图那些办不到的事情。这就突出了人的思想价值。但马洛并不能看到人类在痛苦和失败中显示的精神价值,因此仍用世俗的声音告诫人们不要试图超越现实,有畏畏缩缩的庸人之气,不敢真正表现人生丰富而复杂的全景。

莱辛试图把浮士德传说改写为市民戏剧,草稿中的浮士德是个深思而孤独、全心追求知识和真理的青年。最后,天使向魔鬼申诉:"你们别高唱凯歌,你们并没有战胜人类和科学;神明赋给人以最高贵的本能,不是为了使他永远遭受不幸;你们所看见而现在认为据为己有的不过是一个幻影。"

到了歌德这里,作家把浮士德与自己的人生联系起来,在此前浮士德是批判的对象,这可见作者足够的勇气和创见。浮士德这个人物几乎代表了歌德本人一生的所有人生追求,可以说,"浮士德是歌德,歌德即浮士德"。

22岁写初稿时,《浮士德》其实只能算一个爱情悲剧,是典型的"狂飙突进"时期的作品,与《维特》是同一路数。40岁左右开始创作《浮士德片断》,50多岁完成第一部,82岁完成第二部。《浮士德》的创作贯穿了歌德的一生,正如他自己所说"是一部巨大自传的一个一个的片断"。

浮士德一生的五个阶段,刚好对应了歌德的一生。

①读书心情郁闷——这是歌德自身的人生体验，对学院或教育的反感。

②浮士德重返青春，享受人生，却带来恶果，玛甘泪的母、兄死，玛甘泪精神崩溃，杀死私生子，入狱，甘愿等待上帝惩罚——与歌德人生相联系，他与当地教师之女恋爱，无果而终，歌德不辞而别，女孩痴心等待，终生痛苦。歌德忏悔。

③浮士德进入宫廷，用通货膨胀搞好国家经济，当重臣，厌倦而寂寞——歌德在魏玛公国的经历，担任内阁大臣，厌倦宫廷。

④浮士德追求美，穿越时空，回到古希腊，让海伦心甘情愿地与之结合，生子欧福良。欧福良过分活泼，有冒险嗜好，摔死了。海伦消失，浮士德只拉住了其面纱、衣裙——海伦是古希腊和谐宁静之美的化身，这是歌德在魏玛公国时期的追求。

⑤浮士德追求事业——歌德纯粹精神的自我超越，宽广的胸襟气度，自我价值的充分实现。

平定叛乱之后，浮士德向国王要海边的封地，按自己的理想进行围海造田工程，此时他再度衰老，眼盲，听到锤、斧声兴奋不已……人类的精神是何等"杰出"！浮士德在幻想中勾勒蓝图，极为激动。海洋是西方文明生存的巨大竞技场，也是人类最大挑战的象征。海洋与西方人最壮丽的冲动相联系，没有海洋精神，西方文明就失去了活力，歌德把浮士德的最终理想定为围海造田，是人向自己的极限挑战的象征。在这里，琐碎的人生不再有意义，人向自己能力、精神的极限发出挑战，代表了浮士德博大的胸怀，更是歌德在晚年仍挣扎着向新的人生高峰冲刺的体现，是总结一生历程后试图实现新的超越的表现。前面的几个阶段可作为歌德的现实投射，第五个阶段是精神投射。

同时，在歌德笔下，《浮士德》还具有超道德性。以前的《浮士德》故事缺乏直面人生的勇气，充满道德训诫。只有在歌德这里，才超越了以狭义的善恶标准来评价主人公。

作品中有不少地方的内容为当时的世俗道德所不容，如玛甘泪一家的遭遇。但作者却充满同情，始终尊重、赞美、同情其人生追求。作家不囿于传统善恶的道德视域，眼界开阔，突出了浮士德探索本身的人生价值。如果说在文艺复兴时期，浮士德愿意毁灭,因为人生无价值;现在他宁愿毁灭,假使人生能有价值。这是很大的一个差别,前者是消极的悲观,后者是积极的悲壮主义。[1]

(三)《浮士德》的两种精神

1. 浮士德精神

(1)对现实人生的肯定与追求

浮士德走出中世纪的书斋,看到外界的生气勃勃,他的追求本身是从对现实人生的肯定开始的。"我要在内在的自我中深深地领略,领略全人类所赋有的一切。最崇高的、最深远的,我都要了解。我要把全人类的苦乐,堆积在我的胸心,我的小我,便扩大成为全人类的大我。我愿和全人类一样,最后归于消灭。"

(2)不知疲倦,不畏艰难,永不停息的人生探索

五大追求皆未彻底成功,并未真正享受人生,但他每次都以全副精神和整个人格浸沉其中,那种伟大勇敢的生命肯定,使他穿历人生的各阶段,而每个阶段都成为人生深远的象征。最为重要的是其追求过程。这一过程中伴随的悲剧始终未摧毁他,他始终保持高昂斗志,每次失败后总是以新的热情投入新的探索。浮士德经过知识追求的幻灭,走进恋爱的罪过,又从真美的憧憬,走向实际的事业。每一次的经历,并不是消灭于无形,乃是人格演进完成必要的阶石:"你想要走向无尽么?/你要在有限里面往各方面走!"有限里就含着无尽,每一段生活里,潜伏着生命的整个与永久,每一刹那都须消逝,即是无尽,即是永久。我们任何一种生活都可以过,因为我们可以由自己给予它深沉永久的意义。《浮士德》全书最后的智慧即:一切生灭者/皆是一象征。在这些如梦如幻、流变无常的象征背后,潜伏着生命与宇宙永久深沉的意义。[2]

浮士德的精神可看作西方近代精神的代表。近代人失去了古希腊文化中人与宇宙的谐和,又失去了基督教对上帝虔诚的信仰,人类精神上获得了解放,得到了自由,同时也就失去依归,彷徨、摸索、苦闷、追求,欲在生活中努力寻得人生的意义与价值。歌德是这时代精神的伟大代表。浮士德(歌德)一生生活的内容,就是尽量体验这近代人生特殊的精神意义,了解其悲剧而努力,以解决其问题,指出解救之道。

斯宾格勒在《西方的没落》中称近代文化为浮士德文化。在书中,称浮士德这个人物形象是一整个文化时期的象征。他认为浮士德式的文化是"意志文化",[3]这种文

---

[1] 宗白华:《美学与意境》,人民出版社1987年版,第77页。
[2] 宗白华:《美学与意境》,人民出版社1987年版,第77—78页。
[3] 奥斯瓦尔德·斯宾格勒:《西方的没落》(下册),齐世荣,田农,林传鼎等译,商务印书馆2001年版,第564页。

化的动力就像浮士德不断"追求"那样,促进历史向前发展,而赋予行动的主体在世界上和历史中以自我完成的目的。浮士德式的人物总是想统治陌生的东西,在哥白尼、哥伦布、牛顿和拿破仑等人身上,就表现出了浮士德精神。意志、力量、空间、神就是决定了浮士德式人物的本质和行动的根本原则。把浮士德式的生存叫作"积极的、奋斗的、克服的生存",而证明整个西方的历史和文化都来源于"浮士德精神",所以也叫浮士德式的历史和文化时期。因此,有人称《浮士德》是近代人的《圣经》。西方近代文化自身即在不知疲倦、蔑视艰难的精神中螺旋式上升,浮士德可看作对西方近代文明发展史的总结。

(3)曲折向上、自我超越的坚强意志

在歌德的生活经历中他屡次"逃走"。他的逃走,是他沉浸于一种生活方向,将要失去自己时猛然地回头,突然地退却,再返回自己的中心。每一次逃走,他就新生一次。他开辟了生活新领域,他对人生有了新创造、新启示。多次的"逃走"无疑丰富、深化了自己。他说:各种生活,皆可以过,只要不失去自己。歌德之所以敢于全身心倾注于人生的任何方面,尽量发挥,最后获得伟大成就,就因为他自知不会完全失去自己,他能在紧要关头逃走,退回他自己的中心。这表现出他人生轨迹的螺旋式跃迁,也就是曲折性前行。其追求的内在规律性即不断上升,在曲折中前行,不断地自我超越。

2. 魔鬼精神

(1)欲望的煽动者

靡非斯特煽动起的欲望不是具有创造力的欲望,而是让人意志消沉,满足于现实,坠入庸俗无聊。"我就是要拖住他,但他发ұ,粘着。"靡非斯特是如同撒旦一样的"诱惑者"。上帝相信人经历曲折终将会找到真理;而浮士德则认为人不会被眼前的诱惑所迷住而停止不前,人是永远不知满足的;在靡非斯特眼里,人是无希望的,因而他企图让浮士德放弃追求真理,停滞不前。

(2)冷峻的哲人——有深刻思想的虚无主义者

有深刻思想,阴冷、洞察现实,喜欢冷嘲热讽。有洞察事物的敏锐能力,但未成为其追求的动力,而成为其虚无主义的根基,不屑一顾,与浮士德的进取形成鲜明对比。具有否定精神:一味否定,从未肯定;一味破坏,从不建设。

(3)神奇的魔力

魔鬼靡非斯特伴随着浮士德的整个人生探索过程,他的神奇魔力是浮士德完成其目标的依据与凭靠。

3.魔鬼与浮士德的关系

魔鬼的特征不完全在浮士德之外,甚至恰恰代表着浮士德的另一面,这是浮士德的二重性:进取精神和魔性。人人皆有魔性,都可能停滞不前。浮士德不只是进取,并且在两个"我"之间相互利用、斗争。在作者的心目中,实际上这是人的一分为二,浮士德是人的积极的或肯定的一面,靡非斯特是人的消极的和否定的一面。这一人一魔,一主一仆,相生相克,相反相成,如影随形,如呼如吸,如问如答。正如浮士德最初说的:"在我胸中盘踞着两种精神,这一个想和那一个分离!一个沉溺在强烈的爱欲当中,以七情六欲固执着凡尘;一个硬要脱离尘世,飞向崇高的先人的灵境。"

在西方文学史上,魔鬼形象有三个发展阶段:在中世纪,魔鬼是邪恶的代表;在文艺复兴时期,其恶的本质不变,有了个性;到了歌德这里,魔鬼变成了人类自我的另一面。魔鬼形象的嬗变表征出西方人思想的演进历程,彰显了对自我认识逐步全面深化的过程。

(四)《浮士德》与《神曲》之比较

丹纳认为,《神曲》和《浮士德》是两部巨大的近代史诗,是欧洲史上两个重要时期的缩影。二者皆抽象地探索人生,是近代文化的两个端点,《神曲》屹立于近代文化的开端,《浮士德》屹立于近代文化的终端,因而《浮士德》出现了近代文化向现代文化转换的许多征兆。二者分别是近代文化的一头一尾。

1.相同点

(1)创作意图:均为人生道路的探索

"诗人迷失在人生的中途"——《神曲》

"叹人生处处是歧路迷津"——《浮士德·序曲》

(2)主人公的人生道路,都是超越与升华之路

浮士德——试图往最高层次飞跃,代表了生命的自我超越。《神曲》中的主人公是历经地狱—炼狱—天堂,目的是为了给人类指出一条从黑暗走向光明的途径;对迷路、游地狱、炼狱和天堂的描写,象征人类经过迷惘和错误,经过苦难和考验,走向光明与至善的历程。

（3）主人公都具有抽象色彩、精神形象、文化形象，都有精神特征

2.不同处

（1）对人生的基本理解不同

《神曲》：虽有人文因素，但未从根本上摆脱宗教文化的格局，其人生意义只能在宗教中寻找。作品幻游三界，是宗教观点的直接体现，反映的是通过禁欲、苦修达到永生的神学问题。

《浮士德》：人生的意义全靠自己摸索，人生的跋涉是在内在欲望支配下的努力。

《神曲》：人生超越之路是上帝安排的。

《浮士德》：人生超越之路是人自己上下求索的。

（2）主人公的形象

《神曲》：就其本质而言，其主人公是旁观者、见证人，未走进现实人生的喜怒哀乐。

《浮士德》：整个内容由主人公本身的活动所构成。

《神曲》在近代文化的萌芽期，对人生理解粗糙，对人生道路无法设定。《浮士德》则成熟得多，故为西方近代文化成熟期的代表。

(五)《浮士德》与近代西方文化

《浮士德》中包含了向现代文化转换的契机：表现于对近代文化危机的展示和作者的深切忧虑。这种转换主要表现在以下几点：

其一，《浮士德》的去向问题，即：浮士德凭什么上天堂？按序幕中的设定，浮士德是不能上天堂的。当他说出"真美呀，请停一停吧"，这表明他自豪满足，被世俗欲望"粘着了"。浮士德被天使引入天堂，符合人们的愿望，却不合逻辑，上帝成为食言者。

其二，浮士德的自我超越本身是否真实，表面上是自我超越，实际上最高理想围海造地只是幻觉，有欺骗性，这表明歌德对浮士德是否能走向人生理想产生了怀疑，具有深刻的悲剧意味。

其三，《浮士德》最终结果被天使迎入天堂，即人通过努力上了天堂，应是喜剧，而歌德却把这一诗剧定为悲剧，这显得矛盾。

因而历史上就有否定《浮士德》是悲剧的说法，学者黑勒完全否定浮士德生活的悲剧性。他认为歌德让精神植根在大自然中，就完全不能写出悲剧来。歌德不可能写出人类精神的悲剧，正是在这一点上，浮士德悲剧失效了，陷入一种不合理的模棱

两可中;因为从根本上说,歌德并不承认特殊的人类精神,他认为人类精神归根到底是与大自然的精神合而为一的。大自然是纯洁的,天才的歌德感到自己与大自然是一致的。因此对歌德来说,不存在道德净化,只有形态变化的问题。他的潜在的悲剧性人物,经过戏剧危机之后,觉得自己不是同先验的神的精神重归和解,也不是同人类的精神重归和解,而是大自然的力量促使他们重新与其协调起来。他们不是在悲剧性的意义上得到净化,也不是由于获得赎罪而被提高,而是开始一种生气勃勃的非道德的新生活,通过有益的遗忘及疗疾的睡眠而恢复健康。

对于《浮士德》自身存在的内在裂痕,可以从歌德创作的漫长性加以解释,不同时期的人生观的投射产生矛盾,甚至同一时期也有矛盾。

"……到了75岁,人不免偶尔想到死,不过我对此处之泰然,因我信任人的精神是不朽的……"——表达其乐观、旷达的胸怀,信任人类,信任人类的前途、生命的永恒;同年又说:"我的这一生,基本上只是辛苦生活可以说我活了75岁,没有哪个时期过的是舒服的生活,我就像推一块石头上山,推上去可不断地落下来"——表达人类在无聊的重复中陷入无穷悲哀。

两种论点是歌德对人生的不同感受,其内在矛盾(信心与怀疑)折射出生活于近代文化中的一代人的共同体会。近代思想史上第一号革命性人物康德,第一次肯定了人的主体性,即"人为自然界立法",信任人的活动受自身自由意志的支配,但至晚年康德陷入困惑。这一点恰恰反映出近代文化的内在症结。

笛卡儿"我思故我在"完成了对中世纪的否定,人从上帝的阴影中屹立起来,一系列关于人的问题得到探讨。近代文化是在对中世纪的否定和对人的肯定中发展的,其根基是信任人的力量,相信理性的无所不能。随着近代文化日趋成熟,尤其是工业文化的发展,其负面日益暴露。近代文化理想尚未实现,已发生大量问题,使知识分子颇为怀疑近代文化自身存在危机,包含难以解决的问题。

(五)《浮士德》的艺术成就

1. 艺术表现中的辩证法

辩证法是人类思想史上的重大成果,在《浮士德》中具体表现为:

(1) 运用对立统一原则设定人物场景

如:浮士德精神与魔鬼精神之间的矛盾。

魔鬼自身的矛盾:主观上抑制浮士德;客观上推动浮士德。

场景的对照:中世纪昏暗的书斋——春光明媚的郊外;大学生的酒店(嘈杂)——玛甘泪的闺房(宁静);宫廷庸俗热闹——古希腊纯净无瑕;古希腊典雅(静态美)——造田的大气势(动态美)。

最大的对比:天堂和地狱。

(2)用辩证否定原则设定情节

浮士德的五种追求"不断自我否定,超越上升",而五种关系内存有更微妙的关系:辩证否定关系与螺旋式上升。

"美"与"爱情","事业"与"政治生活"有相同性。相邻者皆为否定关系,螺旋式向上,而相间者是否定之否定,是更高层次的肯定。"美"与"爱情"的区别在于层次,对海伦是一种人生理想,超越情欲,与玛甘泪是青春期骚动。同样,"政治生活"是被动的、狭隘的事业,并非真正的自我实现,而"事业"是主动的、自我实现的事实,有层次上的不同。

浮士德的追求过程是辩证法的最好说明。否定中有肯定和扬弃,构成了"螺旋式上升"。黑格尔推崇歌德,称自己"在精神上是歌德的儿子",《精神现象学》被称为"哲学史上的浮士德",但悲剧性减少,矛盾被认为是世界发展的动力,弥合了人们的痛苦,却因此具有了庸人性,是在包含矛盾的情况下自我设定的信念。

2. 总的艺术原则:古典主义与浪漫主义

古典主义诗行大多匀称、和谐、规整;浪漫主义气势恢宏,想象丰富,上下几千年,纵横数万里,从天上到地下,从古希腊到当时,艺术手段变化多端。

《浮士德》的不同场景采用完全不同的诗体:开头是自由韵体,后来逐渐转到牧歌体和抑扬格。作者应用韵律的变化来配合情节的进展和反映情绪的变化。例如海伦出场时,使用古希腊悲剧的三音格诗,随从人员使用古典合唱,浮士德使用北欧古典的长短格无韵诗;到了两人接近,海伦改用德国有韵诗;随着欧福良的出现,运用浪漫主义诗行;到海伦消逝,又还用古希腊"三一格"诗体;宫女侍从们都在八行诗中烟消雾散。歌德努力使本剧成为音乐剧。天上序幕,用圣乐开始;精灵歌唱,要用竖琴伴奏;从欧福良诞生起,要用全体乐队伴奏;到挽歌以后,音乐才随歌唱而完全停止。在埋葬浮士德的一场中,又要有相应的音乐伴奏。

3. 宗教艺术的继承与发展

宗教意识产生象征艺术。"上帝"是不可说、不可名状的,我们只能通过语词的象征间接地敞露、呈现,因此宗教性体验往往用象征的手法进行传达。

总的来说,歌德在《浮士德》中运用其文学、哲学、神话、历史以及自然科学等方面的广博知识,惨淡经营,匠心独运,背景从天上到人间,场面变幻莫测,形象光怪陆离,象征和比喻层见叠出,使人有迷离惝恍、目不暇接之感。剧中的语言也各有其妙:有颂扬,也有批判,有明确,也有影射;有辛辣的嘲讽,也有无情的揭露;有感情真挚的民歌,也有义理精微的格言。其语言令人击节叹赏,拊掌称快不止。我国唐代杜牧评李贺的诗歌有几句赞词,可以移用到这儿:"云烟绵联,不足为其态也;水之迢迢,不足为其情也;春之盎盎,不足为其和也;秋之明洁,不足为其格也;风樯阵马,不足为其勇也;瓦棺篆鼎,不足为其古也;时花美女,不足为其色也;荒园陊殿,梗莽邱垄,不足为其怨恨悲愁也;鲸吸鳌掷,牛鬼蛇神,不足为其虚荒诞幻也。"[1]

---

[1] 郭绍虞:《中国历代文论选》(第2卷),上海古籍出版社2001年版,第186页。

第六章
19 世纪浪漫主义文学

第一节
19 世纪初的文化与文学

一、浪漫主义运动与 19 世纪初的社会文化

(一)浪漫主义运动的影响

罗素在《西方哲学史》中指出,从 18 世纪后期以来,艺术、文学和哲学,甚至于政治,都受到了浪漫主义运动所特有的一种情感方式积极的或消极的影响。连那些反感这种情感方式的人对它也不得不考虑,而且他们受它的影响常常超过自知的程度。浪漫主义运动在初期跟哲学并不相干,不过很快就和哲学有了联系。通过卢梭,这运动自始便是和政治连在一起的。可怪罪的倒不是浪漫主义者的心理,而是他们的价值标准。他们赞赏强烈的炽情,不管是哪一类的,也不问它的社会后果如何。浪漫炽情,尤其在不如意的时候,其强烈足以博得他们的赞许;但是最强烈的炽情大部分都是破坏性的炽情,如憎恨、怨怼和嫉妒,悔恨和绝望,羞愧和受到不正当压抑的人的狂怒,黩武和对奴隶及懦弱者的蔑视。因此,为浪漫主义所鼓舞的特别是为拜伦式变种的浪漫主义所鼓舞的那类人,都是猛烈而反社会的,不是无政府的叛逆者,便是好征服的暴君。

浪漫主义打动人心的理由,隐伏在人性和人类的极深处。出于自利,人类变成群居性的,但是在本能上依然一直非常孤独,因此,需要有宗教和道德来补充自利的力量。但是为将来的利益而割弃现在的满足,这个习惯让人烦腻,所以炽情一激发起来,社会上的种种谨慎约束便难以忍受了。在这种时刻,推开那些约束的人由于内心的冲突息止而获得新的元气和权能感。虽然他们到末了也许会遭到不幸,当时却享

受到一种登仙般的飞扬感,这种感受,伟大的神秘主义者是知道的,然而仅仅有平凡德性的人却永远不能体验到。于是,他们天性中的孤独部分再度自现,但是如果理智尚存在,这自现必定披上神话的外衣。神秘主义者与神合而为一,在冥想造物主时感觉自己免除了对同俦的义务。无政府主义者做得更妙:他们感觉自己并不是与神合一,而就是神。

孤独本能对社会束缚的反抗,不仅是了解一般所谓的浪漫主义运动的哲学、政治和情操的关键,也是了解一直到如今这运动的后裔的哲学、政治和情操的关键。在德国唯心主义的影响下,哲学成了一种唯我论的东西,把自我发展宣布为伦理学的根本原理。浪漫主义运动从本质上讲,目的在于把人的人格从社会习俗和社会道德的束缚中解放出来。[1]

浪漫派的先导可以追溯到帕斯卡尔。17世纪的帕斯卡尔在笛卡儿时代就注意到了浪漫派哲学的核心课题:有限与无限的关系问题,即有限生命到哪里去寻找永恒的皈依的问题,他甚至敏感到人的虚无性、无根性这些为20世纪的浪漫精神所深切关注的问题。在笛卡儿提出计算理性的逻辑时,帕斯卡尔提出了心灵的逻辑。他深感困惑的问题是:"我不知道谁把我置入这个世界,也不知道这世界是什么,更不知道我自己。"[2]

歌德《浮士德》的产生已标志着近代文化的高度成熟。对生命本体(自我)的关注成为整个作品的主声部。同时它也宣告了浪漫主义的产生。近代文化之所以成熟,是跟对"自我"的关注联系在一起的。"自我"成为文化核心问题,与前些时代比较,自我个性被探讨得最多、最为频繁。集中反映这一精神的是德国古典哲学,其阐述中心即自我。

(二)18世纪的法国大革命对19世纪初的巨大影响

1. 它唤起一种社会性的激情

就如列宁所说:革命是人民的节日。革命本身是一种宣泄,是诸多矛盾聚集的产物,革命意味着将在一片废墟上进行重建。在革命期间往往造成一种权力真空,也成为文化信仰的混杂时期。喜悦的兴奋转化为一种全社会的激情。法国大革命的爆发使欧洲一片欢腾,掀起了全欧洲的激情,这正是浪漫主义产生的土壤。

2. 人被激发起丰富的想象力

旧的体制崩溃,兴奋中的人们用自己的理想规划世界的蓝图。革命初期的心志

---

[1] 罗素:《西方哲学史》(下),马元德译,商务印书馆2017年版,第241—242页。
[2] 刘小枫:《诗化哲学》,山东文艺出版社1986年版,第7页。

总是与浪漫主义相联系,于是产生了革命的浪漫主义。

3.法国革命自身的复杂性也带来19世纪文化思潮的复杂性

红色恐怖的现实震惊了人们的幻想,整个社会的发展并没有按人们的设想来进行。人们的想象越美好,现实的残酷对人们的挫伤也就越大。法国大革命鼓舞了知识分子,也伤害了知识分子——这是一个问题的两面。

这种伤害加深了人们的失望情绪,典型的表现在德国:一代知识分子陷入失望。席勒与歌德进入魏玛古典主义时期,追求古希腊和谐宁静的古典美。

二、浪漫主义文学的特点

在18世纪的法国已然存在一种潮流,有教养人士名之曰"善感性",这个词的意思是指容易触发感情,特别是容易触发同情的一种气质。卢梭只不过讲求已存在的善感性崇拜。当时的浪漫主义者于是跟他学会了轻蔑习俗束缚,最初是服装和礼貌上的、小步舞曲和五步同韵对句上的习俗束缚,然后是艺术和恋爱上的习俗束缚,最后及于传统道德的全领域。在这种"善感性"潮流中生长出来的文学,具有以下三个特点:

(一)以个性主义为出发点

浪漫主义同时也是对新古典主义的一种"反抗"。他们感到新古典主义所宣扬的理性对文艺是一种束缚,于是把情感与想象提到首位,强调天才、灵感和主观能动性。在此之前,没有任何一个时代这样重视个性。浪漫主义作家把自我与国家、个人与社会分开,提出了个性问题。从个性出发,具有强烈的主观性和抒情特征,主要表现作家的内心世界。

法国大革命后是浪漫主义发展最为辉煌的时代。拿破仑更进一步促进了欧洲浪漫主义的兴盛。拿破仑尊重个性,是历史上最富有个性的君主,这本是时代转变的信息,体现了对个人的宽容度。拿破仑为每一个有才华的青年人提供了发展的机会。"于连"(《红与黑》的主人公)就是在拿破仑精神的召唤下成长起来的,贝多芬的《英雄交响曲》就是献给拿破仑这位伟人的。

(二)以理想主义为归宿

浪漫主义文学热衷于表现作家的理想境界,成为浪漫主义文学创作的显著特色。

这里的理想与现实尖锐对比,浪漫主义文学中的理想境界多为现实中所没有的,是不可能发生的。"Romanticism"这个名词起源于中世纪一种叫传奇(Roman)的民间文学体裁,"浪漫"来自中世纪,当时是贬义,指不可能发生的、不真实的。至18世纪,"浪漫"由贬义转为中性再转为普遍使用的褒义,与"优美"联系在一起,指不满意污浊的现实,与现世相对抗。

浪漫主义文学的理想主义大致有三类:

1. 以美化之后的大自然为理想

主要体现于英国文学中,作家在自然中找到和谐和美的极致。

2. 奇幻神秘的超现实境界,往往与人的宗教体验相联系

这一点主要是德国浪漫主义文学的特点。

3. 情趣盎然的民间传奇

19世纪的浪漫主义作家都喜欢搜集、整理和改编民间传说。民间文学的活泼、质朴、清新是超越文人文学的。浪漫主义运动中有一个"回到中世纪"的口号。中世纪民间文学不受新古典主义清规戒律的束缚,其特点表现在想象的丰富、情感的深挚、表达方式的自由以及语言的通俗。

(三)艺术表现上追求"不寻常效果"

打破现实的理性秩序,往往以玄奇、变幻不定的形式给人以感官上的强烈冲击。如:

1. 情节追求偶然性、奇特性

如大仲马的《基督山伯爵》、雨果的《悲惨世界》等。

2. 夸张手法(雨果)的运用

后代文学很少有如此鲜明的对照关系。

3. 辞藻华丽

相比于古典主义的典雅、朴素,浪漫主义文学追求辞藻华丽。

4. 诗歌成为最主要的文学体裁,并且以抒情诗最为流行

抒情诗是最具个性化色彩的文学样式。

第二节
华兹华斯和湖畔派诗人

英国第一个尝到了工业文明的苦果,历史的二律背反无处不在,每一次辉煌的背后都拖着可怕的黑色阴影。在英国,田园牧歌式的美好生活已不复存在,城市对手工业的排斥遍布社会的每个角落。1811—1812 年发生了群众性破坏机器的"路德运动",重新唤起了人们对大自然的眷恋之情。当时的一些知识分子通过投入大自然,寄情山水来抚慰自己受伤的灵魂。作为英国早期浪漫主义代表的湖畔派诗人就是这样。

"湖畔派"是对英国 18 世纪末到 19 世纪初自然形成的三位浪漫主义诗人,即华兹华斯、柯勒律治、骚塞的总称。三人先后隐居于英国西北部的昆布兰湖区,又有共同特点:在政治上趋于保守,在美学上坚持具有神秘色彩的唯心主义观点,强调文学的超功利性,反对提倡文学的社会作用,向往遥远的中世纪和神秘的大自然,羡慕纯朴、宁静的乡村生活,厌恶城市文明。"湖畔派"的代表作是华兹华斯与柯勒律治 1798 年合作出版的《抒情歌谣集》。

华兹华斯是最典型的湖畔派诗人,对其影响巨大的是法国大革命。1790 年,华兹华斯游览法国,起初他为革命的快乐所鼓舞,后来雅各宾派的恐怖政治使之震惊,他对自己的理想产生了怀疑,于是他到大自然中去寻求生命的真谛。其人生观、艺术观前、后期有明显的界线。"我高兴地发现:/在大自然和感觉的语言里,/我找到了最纯洁的思想的支撑,心灵的保姆,/引导,保护着,我整个道德生命的灵魂。"(《丁登寺旁》)

华兹华斯提出了英国浪漫主义的美学宣言,主张摒除陈词滥调,用朴素清新的日常语言来书写纯朴的大自然和乡村生活。大自然第一次成为西方人尽情描写甚至崇拜的对象,华兹华斯对大自然的描写达到了世界文学史的高峰。对于大自然的态度在西方几经变更:

古希腊时期,人与自然和谐不可分,生活与自然融合在一起;

中世纪,人们反自然;

文艺复兴时期,更关心人的世俗幸福;

古典主义时期,关心理性;

启蒙运动时期,关心社会政治,但卢梭等也意识到了自然的重要性,卢梭的"返回自然"观也影响了魏玛古典主义时期的歌德。

在华兹华斯笔下,大自然是一种生命力量,是人生存的精神源泉,它能弥补人类的残缺。"泛神论"是这种思想衍生的产物。

"泛神论"的出现是对中世纪"一神论"的挑战。它认为宇宙处处充满神性,大自然不再为上帝所创造,它本身就是一切创造之源。"泛神论"改变了人们看问题的方式。以前,人们是在某个普通事物中去发现神性,发现上帝的影子。"泛神论"使人看到世界本身处处充满磁力。大自然对人们而言就是一切,它们是一种感性和爱,它不必从沉思中得来,也不必靠视觉以外的探求。"大自然带来的学问何等甜美!/我们的理智只会干涉,/歪曲了事物的美丽形态,/解剖成了凶杀。"(《反其道》)

诗人的"自我"开始努力向自然寻找契合:

> 我独自漫游,像山谷上空
> 悠悠飘过的一朵云霓,
> 蓦然举目,我望见一丛
> 金黄的水仙,缤纷茂密;
> 在湖水之滨,树荫之下,
> 正迎风摇曳,舞姿潇洒。
>
> 连绵密布,似繁星万点
> 在银河上下闪烁明灭,
> 这一片水仙,沿着湖湾
> 排成延续无尽的行列;
> 一眼便瞥见万朵千株,
> 摇颤着花冠,轻盈飘舞。

湖面的涟漪也迎风起舞，
水仙的欢悦却胜似涟漪；
有了这样愉快的伴侣，
诗人怎能不心旷神怡！
我凝望多时，却未曾想到
这美景给了我怎样的珍宝。

从此，每当我倚湖而卧
或情怀忧郁，或心境茫然，
水仙呵，便在心目中闪烁——
那是我孤寂时分的乐园；
我的心灵便欢情洋溢，
和水仙一道舞蹈不息。

(《水仙》)

但同时又有自我超越的升腾之感。这一点上有别于中国诗，中国的山水田园诗给人以平和沉寂之感。

关于中国山水诗与西洋山水诗的区别，可用李怡在《中国现代新诗与古典诗歌传统》中的两个词加以区别：物态化与意志化。所谓"物态化"，即在"物"中求得自我的体认。儒家以社会伦理为"物"，道家、释家以自然存在为"物"，在诗歌的理想境界之中，个人的情感专利被取缔了，自我意识泯灭了（"无我""虚静"），人返回到客观世界的怀抱，成为客观世界的一个有机成分，恢复到与山川草原、鸟兽虫鱼亲近平等的地位，自我物化了。[1]而所谓"意志化"就是对诗人主观意志的肯定和推崇。在他们看来，诗人主体的意志性高于一切，客观外物是被操纵、被否定、被超越的对象，诗应当成为诗人从自我出发，对世界的某种认识和理解，艺术的世界是一个为自我意识所浸染的世界。[2]北宋邵雍在《皇极经世·观物内篇》中指出，"以我观物"与"以物观物"作为两种体物方法，其根本区别在于，前者是以一己之见观物，以凡人之心观物，为有限之观

---

[1] 李怡：《中国现代新诗与古典诗歌传统》，西南师范大学出版社1994年版，第44页。
[2] 李怡：《中国现代新诗与古典诗歌传统》，西南师范大学出版社1994年版，第53页。

物,后者以万物之理观物,以道心观物,为无限之观物。

华兹华斯在对自然的赞美中也包含了对纯朴洁净的童心的赞美,童心与自然有共通处,即最少受世俗的污染。在原始思维中幻觉和现实不可分,生与死互渗,原始社会的特点是每个人的生命都浓缩了人类历史的发展过程,儿童时代即表现人的原始思维。在华兹华斯《我们共七个》这首诗里,作者以世俗人的姿态出现,小姑娘把幻觉和现实、生与死相连,显示出她的心灵纯真,不受世人的算计的影响。

第三节
拜伦:超越自卑的"恶魔诗人"

一、拜伦的人生体验

拜伦是一位典型的从自卑中超越的诗人,这跟他的人生境遇息息相关。自卑是拜伦幼年生活烙下的痕迹,三岁丧父,家境贫寒,腿疾,心灵曾受到巨大的创伤。母亲是一个富有的苏格兰人的嗣女。父亲约翰·拜伦是一个道地的纨绔子弟,他很快就把妻子的财产挥霍一空,然后撇下她和孩子出走了,后死在法国。拜伦早年和母亲一起住在英格兰,过着贫困和孤单的生活。母亲的性格近乎病态,与拜伦冲突很大,对拜伦有巨大影响。他成年后处于对女性的需要和憎恨之中,一生风流却有复仇欲,充满对社会的报复欲望;他貌视传统道德,与姐姐关系暧昧;在婚姻上,妻子极温顺却受虐,因此拜伦受到社会的指责;他与女作家卡洛琳夫人有关系,但他伤害卡洛琳夫人,使其最后对他的感情由埋怨转至仇恨。

拜伦不但伤害自己,而且伤害他人,一生不肯安定,性格上处于分裂状态,因而怪僻而具有进攻性。他自幼脾气暴躁,为人处世不为上流社会所容,诽谤和荣誉一样多。

拜伦12岁开始写诗,他特别喜欢历史和文学,从剑桥大学毕业后,他对英国国内的社会环境极为不满,就出国旅行。1809—1811年他游历了几乎整个欧洲。在1812

年他发表了《恰尔德·哈罗尔德游记》第1、2章。1809年他取得了英国贵族上议院议员的资格,回国后才真正开始其政治生活。他数次发表演说反对英国当局反人民的政策,但受到歧视,于是他决定不再在议会发表演说,摆脱议会的空谈活动,集中力量写作政治讽刺诗。这引起了英国当局的强烈痛恨,于是他们对拜伦造谣中伤,挑拨拜伦的妻子与他离婚,最后拜伦不得不离开英国。拜伦1816年居住于瑞士,在瑞士和雪莱相识,很快成为情投意合的好朋友。同年,拜伦来到意大利。不久就和反对奥地利统治的意大利烧炭党取得了联系,而且积极参加了当时的民族解放运动,但起义最终失败。1820年拜伦逃往希腊,来到希腊后,拜伦捐出了他所有的钱财,帮助希腊人民组织武装。在战争中不幸病逝,年仅36岁。

"恶魔诗人"之称谓起于拜伦。为了500镑的年金而接受了"桂冠诗人"称号的骚塞,对攻击他的拜伦,名之为"恶魔"。在当时的英国上流社会中,拜伦被不少人视同魔鬼。据说在某沙龙中,当仆役报告"拜伦勋爵到"时,有位贵族老太太当场被吓晕了过去。

当拜伦死的时候法国的许多报纸上讲,"本世纪的两个伟人:拿破仑和拜伦几乎同时弃世了"。正是这种重要性,使罗素在《西方哲学史》中将拜伦列为一章,尽管拜伦本人没有为哲学写过一个字。罗素认为,拜伦的情感和人生观是影响整个欧洲的重大因素。拜伦的诗歌不是最精美的,然而却没有一个诗人像拜伦那样掀起"拜伦热"。诗人拜伦在西方代表了一个时代,构成了一种社会现象,反映了一种关于人的新观念。这种观念被高雅的欧洲视同毒药和动乱的因子。然而它像大海的波涛冲击着欧洲古老的基石,许多才华卓著的诗人竞相追随,包括许多并非献身文学的青年也狂热地效法拜伦,希望像他那样获得放荡不羁的生命和辉煌灿烂的毁灭。

拜伦的相貌英俊迷人,可惜是个瘸子;他身体柔弱,皮肤白皙如少女,内心却沸腾如大海;他才华盖世,放荡张狂,是才子又是流氓;渴望荣誉又认为荣誉毫无意义;他自称是利己主义者,为了爱犬而写诗咒骂整个人类,但又深切地同情饥饿的工人,他的第一篇演说,就是为破坏机器的工人而呼吁。他自称有100多个情人,"天下女人一张嘴,从南吻到北"。他用老修士的头颅骨磨成骷髅酒杯开怀畅饮。他在19岁的时候就对生活、对人生绝望但又终生没有停止过战斗,并在最后将生命献给了被压迫的希腊人。他的最后遗嘱是把他的尸体运回故乡,而把心脏埋在希腊国土上。

阿德勒认为,人的潜本能不是性,而是追求超越。这种本能植根于人的深层自卑心理,而这种自卑情结往往又源于儿童时代的生理缺陷。在拜伦身上这一论点可以说得到了有力证明。

"啊,多么漂亮的孩子!可惜是个瘸子!"人们的这些议论,在美少年的心头造成了严重的创伤。同学们对他的瘸腿的冷嘲和对他的欺侮,使这个天性狂乱的孩子心头经常激起自尊的反抗和自卑的伤感。他在少年时代常想自杀或杀人。10岁时,意外地得以承袭伯爵勋号的拜伦竟然激动得在课堂上哭了起来。但爵位并没有医治好他心灵的伤痛。他喜欢带着手枪去散步,尽管那是一只玩具手枪,他却用来体验犯谋杀罪后的快感。15岁时,他开始了第一次恋爱。但被他奉为纯洁化身的玛丽却对侍女说自己不会喜欢瘸子,这犹如一把尖利的刀刺进拜伦的心脏,直到13年后他还流着泪写出《梦》来追怀这段初恋的痛苦。

人们面对自尊和自卑的内心较量可能有两种选择:一种是用玩世不恭、吹牛撒谎、颓唐堕落来掩盖内心的自卑,如阿Q;另一种则是激起更加狂热的病态自尊。对拜伦来说,就是把爱转化为狂热的恨,不只对玛丽,而是对几乎所有的女性,对整个世界,他的报复就是"征服他们"。而他所写的作品中,男主人公几乎都是英俊潇洒的,而女主人公则甘心委身于他们。

二、《恰尔德·哈罗尔德游记》

起初,他写的是两类诗,即记游诗和东方叙事诗。记游诗集中于《恰尔德·哈罗尔德游记》(一、二章,1812年;三、四章,1816年,1818年)。哈罗尔德所游历的国家先是西班牙、葡萄牙、阿尔巴尼亚、希腊等国,然后回到比利时、法国、瑞士、意大利,都是当时一些英国人向往的地方。他笔下的东欧各地尤其富于魅力;而漫游各地的主人公哈罗尔德又是一个像拜伦那样的青年贵族;潇洒,敏感,然而忧郁,像是有不可告人的悲哀身世,加上谈吐不凡,诗句也铿锵可诵,更增此书的吸引力,于是盛销于世。作者自称"我一夜醒来,发现自己成了名人"。

诗人拜伦曾漫游欧洲两次,将人生事业的感受铸为《恰尔德·哈罗尔德游记》。

哈罗尔德为贵族青年,生活奢靡,后厌倦贵族生活,离乡漫游,以自己独立的步伐感受人生,长诗就此展开,描写哈罗尔德在欧洲大地上的所见所闻。长诗气魄宏伟,分四章,写在欧洲各国的所见所感,对这些国家的民族精神、社会状况发出评论。

第一章提到的国家是葡萄牙、西班牙。在这一章中,葡萄牙人肮脏,不讲卫生,也无上进心,在拿破仑的进攻面前只寄望于英国的援助,是无希望的民族;与葡萄牙对比,西班牙的军队人数少而英勇,与敌军战斗能够以少胜多,是了不起的民族。

第二章提到的国家是希腊、阿尔巴尼亚。在这一章中,古希腊文明的土地上仅余废墟;历史上最有反抗性的民族阿尔巴尼亚此时安于被土耳其奴役的现状。

第三章提到的国家是比利时、瑞士。在这一章中,主人公穿行于美丽的国土上,引发了对社会历史文化的感想。他在日内瓦缅怀卢梭,做出思考,评论伏尔泰,在滑铁卢战场上对拿破仑的战绩也进行了思考。

第四章提到的国家是意大利,这里有美丽的风景、富饶的国土,和历史上由来已久的战乱和灾难,既过分妩媚,又有奴性。

《恰尔德·哈罗尔德游记》的前两章的成功在于写异国风光,后两章则是以写历史见长。写的历史是发生不久的欧洲大事,如拿破仑的征战与败亡:

> 现在哈罗尔德站在骷髅堆上,
> 法兰西的坟墓,致命的滑铁卢!

而关于滑铁卢大战前夕的舞台的描写,则是戏剧性的场面、音乐和抒情的动人结合,一曲未罢,战争的号角就把酣舞中的爱人们生生劈分:

> 夜深深,纵饮狂欢,乐不可支,
> 比利时京城从四处聚集了一厅,
> 那么些美貌再加那么些英姿,
> 华灯把美女英雄照得好鲜明,
> ……
> 可是听! 听啊! 什么声音像丧钟的轰隆!

这是舞会的开始,但已传来了战争爆发的凶音。于是空气突变,出现了完全不同的场面:

> 啊! 立刻到处是纷纷乱乱,
> 涕泪纵横,难过到直抖,直颤动,
> 脸庞都发白,全不像一小时以前,

一听到赞美它们就那样羞红；

到处是突兀的离别……

在诗的第三、四章中，集中表现了作者的忧郁感、孤独感和对自由的热爱。长诗中贯穿了反抗压迫、反抗剥削，追求自由解放的精神，体现了拜伦鲜明的政治意识。拜伦把反抗建立在人的个性的发扬、人类自身的解放的远大目标之上，而不仅是围绕民族耻辱问题，因此他才能对各民族任意加以褒贬。全诗笼罩着浓厚的忧郁气氛，是有着孤傲性格的拜伦对现实绝望的反映。

尽管拜伦、雪莱皆有很强的政治意识，但有差别：雪莱的政治意识与理性相联系，与自己的一整套方案、设想相联系，而拜伦的政治意识是情绪性的，就是反叛和永不屈服。"哪里有压迫，哪里就有反抗"，拜伦天性就是反抗主义者，他有意识地刻意寻找压迫，以达到反抗的目的，有一种近乎本能的"反抗欲"（到任何有民族抗争的地区：意大利、希腊）。他用整个身心投入反抗战争，最后病逝于战场。

拜伦在叙事诗方面也成就巨大。他的叙事诗主要写东欧地中海沿岸各国的海盗、异教徒、叛逆者，他们都是一些心怀不满、敢于同命运抗衡的硬汉，也就是所谓"拜伦式英雄"。拜伦在叙事诗中穿插爱情和火热的打斗场面，它们至今都对青年读者有相当大的吸引力。

三、《唐璜》

在讽刺诗这一领域，拜伦是世界文学的高手，他写作了篇幅巨大、内容广泛、结构宏伟的杰作《唐璜》。但由于希腊战争而搁笔，最终未完成。

诗歌写贵族青年唐璜在欧洲大地上的辗转生活。唐璜身上更多的是诗人自己的投影。唐璜受到过良好的教育，谈吐优雅，16岁时与一少妇相恋，因其丈夫发现导致其无法立足于西班牙，于是出海远行。海上遇险，因同行者要互相残杀，跳船泅水至荒岛，遇希腊大盗之女海甸相救。他们相爱、结婚，却为海甸的父亲所反对。海甸的父亲将唐璜捆至土耳其当作奴隶贩卖，遇土耳其王宫为太后物色情人，将唐璜男扮女装送入宫中，献于王后。唐璜不为王后所诱，思念海甸，伺机逃出，遇俄国军队攻打土耳其，加入立功，被派回彼得堡向女沙皇叶卡捷琳娜报捷，被留为宫中当宠臣，过了一段放荡的生活后被女皇派遣出使英国，吸引了众多英国妇女，故事就此中断。

《唐璜》是一部戏剧性很强的作品,很少有鸿篇巨制从头到尾都有像它这样强的可读性。同时,它又是拜伦个人的闲谈录,他随时对故事中的人物、情节加以说明,评论涉及天下大事、政治人物、骚人墨客、风俗习惯,还道及作者本人的儿时回忆、读书心得,对游过欧亚大陆之间的海峡的自豪感,对于将来终会有人飞上月球的科学预言,其内容十分丰富,而语言则是那种本色的口头英语。他以口语入诗,但这种口语不同于华兹华斯所提倡的普通人的自然语言,而是有文化教养的上层人士的闲谈语言,在这点上拜伦启发了以后维多利亚时期诗人勃朗宁要走的路,而勃朗宁的语言又影响了其后的英美现代派诗人。在英国诗史上,口语体构成了一个传统,拜伦是承前启后的关键性人物。他的口语诗展现了亲切、富于风趣的谈话艺术。《唐璜》实际上有两个主角,一个是故事中的热血青年唐璜,活动在 18 世纪;另一个闲谈者是作者,而他是写诗当时,即 19 世纪的人物,因此书里有两重时间。

而故事之中又包含了一部游记。唐璜出生在西班牙,后来却因爱情纠纷而离家漂泊海上,由西到东,到了希腊、土耳其、俄罗斯,成了女沙皇的宠臣;后来,他又受女沙皇派遣,出使英国,这样又由东到西,穿越欧洲大陆而出现在伦敦。拜伦本是写游记的能手,哈罗尔德还只是一个旁观的游客,而唐璜则是在旅行途中碰到各种事情的参与者与当事人;前者是悠闲的,后者却活动频繁,所遭遇的事或惊险(如海上遇风暴,所坐船只沉没,后又卷入伊斯迈尔城下的一场血战),或滑稽(如被卖为女奴,在土耳其苏丹的后宫里同后妃宫女厮混),而等他到了英国,唐璜的新鲜感受同作者拜伦的老练讽刺一起出现,有叙有议,使得这部"讽刺史诗"更是气象万千,在深浅不同的几个层次上打动读者。

拜伦从 1818 年开始创作《唐璜》,一直到 1823 年他去参加希腊起义军还未最后完成。这段时间正是欧洲反动势力在打败拿破仑之后加紧镇压民主活动的黑暗岁月。拜伦在诗里不断抨击王室、军阀、大臣和他们的帮凶,歌颂争取自由和民族解放的革命志士。在描写唐璜跟海甸过着富有田园情趣的爱情生活的第三章里,他也插进了一支咏古讽今的《哀希腊》:

希腊群岛呵,美丽的希腊群岛!/热情的莎弗在这里唱过恋歌,/在这里,战争与和平的艺术并兴,/狄洛斯崛起,阿波罗跃出海波!/永恒的夏天还把海岛镀成金,可是除了太阳,一切都已消沉。

这可不是拜伦通常用的闲话口吻,而是声调铿锵、意气激昂的长歌。长歌当哭,哭的是昨天的灿烂光华今已不存在:

> 起伏的山峦望着马拉松,/马拉松望着茫茫的海波;/我独自在那里冥想了一时,/梦见希腊仍旧自由而快乐;/因为当我在波斯墓上站立,/我不能想象自己是个奴隶。

歌者进一步慨叹今天希腊的沉沦:

> 也好,置身在奴隶民族里,/尽管荣誉都已在沦丧中,/至少,一个爱国志士的忧思,/还使我在作歌时感到脸红;/因为,诗人在这儿有什么能为?/为希腊人含羞,对希腊国落泪。

然而,难道就安于这可耻的奴隶状态么?不,想一想祖先的壮烈,就应该唤醒民族奋起斗争:

> 你听那古代的英魂/正像远方的瀑布一样喧哗,/他们回答:"只要有一个活人/登高一呼,我们就来,就来!"/噫!倒只是活人不理不睬。

歌者又告诫国人,斗争要靠自己,不要对西欧国家心存幻想:

> 别相信西方人会带来自由,/他们有一个做买卖的国王;/本土的利剑,本土的士兵,/是冲锋陷阵的唯一希望;/但在御敌时,拉丁的欺骗/比土耳其的武力还更危险。

这就又把西欧的现实拉了进来,正是拜伦在此诗中一贯用的办法:杂糅时间,为了讽今而咏古。最后,歌者回到了最初的忧郁情调:

> 让我登上苏尼河的悬崖,/在那里,将只有我和那海浪/可以听见彼此的低语飘送,/让我像天鹅一样歌尽而亡;/我不要奴隶的国度属于我——/干脆把那萨摩斯酒杯打破!

这就又加深了意境,刺激性的对比和挑战性的反问之后又多了一点海浪低语和天鹅临终的哀歌,于是余音不绝,浪漫诗人的人生忧患感随着抒情情调终究重现了。

《唐璜》这首诗的出发点是对人的情欲的肯定。大量的风流韵事,拜伦将之作为正常的人生经历加以描写,而非进行道德谴责。唐璜的故事是中世纪就有的传说,在17世纪西班牙作家代叶斯的笔下唐璜是风流放荡的花花公子,勾引西班牙驻军司令之女,唐璜与司令发生冲突将之杀死,司令的鬼魂复仇,将唐璜的灵魂拖入地狱,这显然是一个恶有恶报的道德训诫的故事。

在拜伦笔下,唐璜由花花公子变成很有个性、有追求的人,天性纯真,充满理想。他在俄土战争中解救无辜女孩,与海甸的恋情发自内心,不为土耳其王后所动。并且他有自己的原则,虽参加俄军攻打土耳其,但看到苏丹王及儿子宁死不屈地与俄军斗争时,内心充满尊敬,不趋炎附势。海上遇险时,他阻止水手们自暴自弃,有坚强的意志,情愿饿死也不吃人。拜伦看重唐璜,把他看作单纯、天真、有理想的青年。

拜伦诗中善于运用"倒顶点"的修辞手法,即对前面所看重的东西突然来了一个否定,前面原是鼓足了气,后面则是一下子把它泄掉。有时,是为了取得诙谐效果,如这样形容唐璜的无所不能、无所不干:

骑马,击剑,射击,他已样样熟练,
还会爬墙越过碉堡——或者尼庵

越过尼庵当然不是表演武艺,而是去偷情了。作者故意小题大做,直到最后才说明:

那软化一切,无坚不摧的声音,
这就是那灵魂的丧钟——餐铃。

人们读了第一行,以为作者要有什么了不得的声明或宣告,不料却只是招呼吃饭。

拜伦在闲谈中也开玩笑,谈私事,变化很多,但是变来变去,最后总归纳到对欧洲现状的评论。

如果我们将唐璜与"拜伦式英雄"对比,就会发现他们有相同处,即反抗社会,有个性。但他们之间也存在区别:"拜伦式英雄"一般带上忧郁厌世色彩,这种情调在唐璜身上不再存在,唐璜可以说代表了拜伦理想中的自我;而"拜伦式英雄"更代表拜伦反抗、复仇的现实体验。唐璜的经历有惊无险,自由、快意,他成为人们追逐崇敬的对象,以如鱼得水的自我游离于欧洲大地,对社会进行了居高临下的调侃,这也是拜伦理想的"我"。

概言之,拜伦的趣尚是古典的,气质却是浪漫的,他是18世纪的嗣子,他的态度徘徊于热情所构成的理想境界和冷静中所结构的艺术作品之间。他排斥悲剧的"三一律"以及排偶整齐的句法,但他自己的文章始终是和谐工整的。然而,他的思想中的暴烈分子是决不能忍受古典派的束缚的。他最先问世的作品《恰尔德·哈罗尔德游记》一出,他的名字便震动了全欧洲,并引起了许多嫉妒者的指责,单就这一下,欧洲各国的文坛无不景仰拜伦了。他拥有"不可羁绊的伟大和灿烂的诗的性情"。从所产生的影响来说,拜伦明显超过其他浪漫派诗人。这影响是文学的,更是政治的。拜伦的作品在全欧洲广泛流行,不仅在许多国家出现仿作,而且许多青年在拜伦的诗作和为人的激励下变成了果敢的革命者,诚如鲁迅所说,"其力如巨涛,直薄旧社会之柱石。余波流衍,入俄则起国民诗人普式庚,至波兰则作报复诗人密克威支,入匈加利则觉爱国诗人裴彖飞;其他宗徒,不胜具道。"[1] 英国诗人奥登称赞他为潇洒风格的大师。

第四节
雨果与《巴黎圣母院》

一、雨果的文化处境与人生体验

(一)19世纪初期的法国文化背景及文学精神

18世纪末到19世纪初处于社会转型时期的法国,是最激烈的政治斗争舞台,一系列重大政治事件在此上演:1789年,攻打巴士底狱,《人权宣言》诞生(1789年的《人权宣言》是作为18世纪启蒙思想家所预言的"理性王国"的具体法规而出现的。倡导

---

[1] 鲁迅:《摩罗诗力说》,《鲁迅全集》第1卷,人民文学出版社2005年版,第102页。

推崇个人幸福、个人尊严、个性发展的资产阶级人道主义,规定了自由、平等是人与生俱来的天赋之权。它成为当时思想文化界的旗帜),建立了法兰西共和国,雅各宾派专政;1794年,热月政变;1799年,拿破仑发动雾月政变;1804年,拿破仑正式称帝;1814年,波旁王朝复辟;1815年,滑铁卢战役;1830年,波旁王朝被推翻,代表金融贵族的奥尔良公爵路易·菲利浦登上王位,建立了七月王朝。……应接不暇的政治事件,使当时的文学不自觉地介入政治,文学家毫不掩饰对政治的关心,几乎所有派别的人都发表了自己的看法。最初是最具煽情的诗人贝朗瑞、雨果,即使是最孤僻的生命型作家夏多布里昂也无一例外,其处女作即政治论文《革命论》。根据作家的立场以及介入政治的方式的不同,大致可将作家分为激进与保守两派。有的作家一生中反复变化,如雨果,一开始仿效夏多布里昂,拿破仑下台后,他立即转为激进派,写的小说与剧本均富有强烈的战斗性。

在当时的意识形态领域,存在着三种文化思潮:第一,表现封建阶级复辟旧制度的愿望的宗教神秘主义和教权主义思潮;第二,继承18世纪启蒙思想,以《人权宣言》为根据的资产阶级民主自由主义思潮;第三,反映工人阶级对资本主义制度的憎恨以及它自身的不成熟的空想社会主义思潮。空想社会主义的理论原则与资产阶级民主自由主义思潮大致相同,以天赋人权、人生而平等的资产阶级的人道主义为自己批判的武器,来抨击当时社会制度的不合理性,从而设想美好的"理想王国"。

在文学上主要体现为浪漫主义与古典主义的尖锐对立。

可以这么说,法国浪漫主义以与古典主义的尖锐对立而出现,在与古典主义的对垒中发展起来,斯达尔夫人的作品《论文学》、《德国论》是浪漫主义的文学宣言。她在攻击古典主义的过程中提出了浪漫主义原则:第一,当代性原则,文学应反映出生活,"最罕见的天才的水平总是适应于同时代的人的文学水平",文学不能停留在对古代文学的模仿上。第二,情感性原则,与古典主义理性原则相对,"要用我们自己的情感来感动我们自己"。新古典主义的大本营在法国,影响深远,斯达尔夫人因而认为,不激烈便不足以击毁古典主义。

法国大革命可以说是最残酷的社会动乱之一。大革命推毁了当时人们美好的天堂之梦,于是,悲观颓唐、消沉阴暗的情绪,人生虚幻、命运多蹇的感慨以及对神秘彼岸的热烈向往,都自然地生长出来。

代表作家夏多布里昂,他塑造的勒内的人物形象,跟歌德笔下的维特一样,情调感伤,性格孤僻与忧郁。当时勒内的性格,成为一切在现实生活中找不到位置而与社会不协调的个性的同义语,它被笼统地称为"世纪病"。

19世纪初期的浪漫主义文学深受《少年维特之烦恼》的影响,不论从情调和体裁上都是如此。它们都是让自己的主人公通过自叙或通信的形式,来抒写自己的思想情感、印象观感。于是,感情的倾泻和渲染就成为作品的主要内容,自怜自爱和言过其实当然也就不可避免,并构成整个作品感伤的基调。在这里,人物都是一团一团的感情,而不是体现真实社会关系的栩栩如生的血肉之躯;同样,作品里充满了倾诉、呼号和呻吟,而不是对现实社会生活广阔而生动的描绘。

(二)雨果人生道路上值得注意的三个方面

1. 性情上的不稳定性

雨果(1802—1885年)在人生观、政治观、文艺观上一生摇摆不定。雨果受母亲的影响,少年时代拥护波旁王朝,在自由主义思潮甚嚣尘上的情况下,雨果站在革命的立场上,在初期创作的《读书乐》一诗中就辱骂拿破仑是"蹂躏世界的暴君",而在1827年发表的《铜柱颂》中他缅怀了拿破仑时代封建君主的武功,1829年他同情和歌颂希腊解放斗争的诗集《东方集》问世,并出版了批判当时不合理的法律制度的小说《死囚末日记》。对1830年七月革命,他热烈欢迎。金融家王朝的建立,使雨果逐渐在政治上采取了和现实妥协的态度。1848年,二月革命前,雨果一直在君主立宪制与共和政体之间摇摆,二月革命后,他坚决站在共和的立场上,这时他被推为制宪会议成员。在1848年底的总统选举中,他支持路易·波拿巴,不久又成为这派的反对者。1852年路易·波拿巴宣布建立帝制,雨果和他的政治派别发表宣言试图反抗,但遭到失败,他被迫流亡国外。

在长达19年的流亡生活中,雨果先后居住在比利时的布鲁塞尔和英属泽西岛和根西岛,始终坚决同拿破仑三世的独裁政权做斗争。1853年,他"充满革命气势"的政治讽刺诗《惩罚集》出版了。1859年,他拒绝了拿破仑三世的"大赦"。1870年,拿破仑三世垮台,雨果结束了长期流亡生活,凯旋式地回到巴黎,受到巴黎人民的热烈欢迎。普法战争爆发后,他持反战的态度,但当普鲁士军队侵入法国、围困巴黎时,他又以激昂的热情投入斗争,发表热情洋溢的演说鼓舞人民的斗志,并且报名参加国民自卫军,他还捐款铸造抗战的大炮,其中的一尊就以"雨果"命名。1871年,他被选为国民大会代表。巴黎公社时期,居住在布鲁塞尔的雨果对公社革命不理解,但在公社失败后反对派进行肆虐屠杀时,他挺身而出,宣布开放他在布鲁塞尔的住宅作为公社社员的避难所,并积极为被判罪的公社社员辩护。1885年,雨果逝世于巴黎,法兰西举国志哀,巴黎举行了规模宏大的葬礼,参加葬礼的有巴黎公社的战士和穷苦的人民群众。他死后被安葬在伟人公墓。

雨果少年时对夏多布里昂的浪漫主义文艺观十分赞赏,曾立下了这样的志愿:成为夏多布里昂,否则别无他志。1879年,他与维尼等共同创办《文学保守者》周刊,提倡古典主义即艺术的模仿,推崇高乃依、拉辛等古典主义作家。随着自由主义思潮的浸润,1826年,雨果与维尼、缪塞、大仲马、诺谛埃组织第二文社,开始明确反对古典主义。1827年,雨果发表了著名的战斗性的浪漫主义宣言《〈克伦威尔〉序》,成为浪漫主义运动的领袖。

雨果由最初信奉天主教,到信奉自然神论,再到疑神论,最后又成为泛神论者。人道主义精神贯穿了雨果的一生。从以上经历明显可看出,雨果的性情体现了浪漫主义作家的气质——波动性、情绪化、多变性。他的变化并非趋炎附势,而是出于当时自己的真诚感受,并且一生都趋于民主自由、浪漫主义。

2. 雨果周围的宗教氛围

对雨果早年影响最大的是母亲和家庭教师,他们皆为虔诚的天主教徒,雨果对许多重大问题的思考因而都与宗教相联系。

雨果对宗教有深刻的理解,他把宗教与人性的自由相联系,从人性自由发展的角度对待宗教,有宗教思想而又不遗余力地揭露教会的腐败现象,在鼓吹自由的同时主张人的道德完善。

人拥有有限的自由,而浪漫主义追求一种无限制的自我膨胀,这往往会危及社会伦理秩序的有效运转,同时构成对他人的威胁。因而雨果在鼓吹自由的同时主张道德的完善。另外,关于道德的完善又是跟人的"原罪"密切关联的,这自然又与基督教联系在一起。

3. 青年领袖形象

在今天的西方批评界,雨果的地位已下降,低于波德莱尔。

但当时的雨果在社会上极有威信,热心组织各种社会活动,有大量崇拜者,是许多人心目中的侠义领袖。《欧那尼》这部创新的戏剧还未正式上演,就遭到当时保守势力的敌视。在排演的时候,他们派人前来挑衅,或者故意讹传,加以曲解,并在报纸上对戏剧进行污蔑、攻击,保守派通过报刊舆论已经形成了对《欧那尼》的围剿之势。雨果依靠拥护新文艺的青年进行抵抗,他们在公演之日,穿着标榜不流凡俗的奇装异服,由青年诗人、画家戈蒂埃率领,赶到剧场捍卫演出,他们之中还有巴尔扎克。戏剧的演出轰动一时,整个上演期间,两派势力、两种舆论进行了激烈的斗争,最后以《欧那尼》所代表的浪漫主义戏剧的胜利而告终,自此,浪漫主义戏剧压倒了古典主义戏剧,在巴黎的舞台上占据主宰地位。1827年因发表《〈克伦威尔〉序》而成为浪漫主义运动领袖的雨果,由于《欧那尼》演出的成功,更加稳固了他在文坛上执牛耳的地位。这样的社会地位造成了雨果的"救世主"的特殊心境(类似于托尔斯泰),有拯救世界、改造世界的雄心,甚至觉得自己是上帝,因而常以先知的面貌出现,宣布纲领。

(三)雨果的文艺理论

1827年雨果发表的《〈克伦威尔〉序》成为浪漫主义的战斗宣言。

雨果以大量篇幅论述了"美丑对照"原理,几乎构成了全篇的主要线索和中心论点。

在雨果看来,古典主义苍白无力,不足之处除了艺术形式已经僵化外,还在于脱离了真实去描写伟大,不免有悖于自然而流于虚伪。因为在现实生活中,并非一切都伟大,一切都崇高优美,世界万物是复杂、多面的,一切事物有正面也有背面,再伟大的人也有其渺小可笑的一面,有高山必有深谷,"丑就在美的旁边,畸形靠近着优美,粗俗藏在崇高背后,恶与善并存,黑暗与光明相共"。所以,雨果认为真实产生于两种典型,即崇高优美与滑稽丑怪的非常自然的结合,这两种典型交织在戏剧中就如同交织在生活中和造物中一样,同为真正的诗、完整的诗,都是处于对立面的和谐统一中。

雨果将美丑对照视为浪漫主义的文学区别于古典主义的文学的主要特征。他在《〈克伦威尔〉序》中郑重宣布:新的诗歌,将跨出决定性的一大步——犹如"地震的震撼"般的一步,这就是,在文学作品里"把阴影掺入光明,使滑稽丑怪结合崇高优美而又不让它们相混"。雨果强调,在艺术描写中如果删掉了丑,也就是删掉了美,崇高只有在与滑稽丑怪相对照中才能使人们带着一种更新鲜、更敏锐的感觉朝着美上升。而且正是"在崇高优美与滑稽丑怪的圆满结合中",才能产生与古代天才的单调一色形成对比的"近代天才"。

二、《巴黎圣母院》

司各特的历史小说使雨果燃烧起一股要写出一部宏伟的历史小说的热望。他决定以巴黎圣母院的大教堂作为这部历史小说的中心。按照雨果与出版商的合同,这部著作应于1829年4月完稿,但他未能践约。他先获得了5个月的宽限,然后被允许延期到1830年12月1日,条件是这部小说如果到期未完,每拖延一星期,就得赔付一千法郎。到了7月2日,准备工作已告就绪,他就在当天开始动笔了。没过多久,七月革命爆发,雨果处于枪林弹雨之中。在迁移住宅期间,这部小说的全部笔记和研究材料都散失无遗。在这种情况下,出版商又应允了3个月的宽限。雨果闭门谢客,并且锁上了黑色礼服,不再外出了。他买了一瓶墨水,穿上他的工作服,既不拜访朋友也不接待客人,一直写到1831年1月14日,墨水瓶空空如也,这部小说就这样大功告成了。从他的定刊本附记上可以看出他的创作心态:一部小说所有各章应一起产生,一出戏剧所有各场应一起写就,这是相当必要的……它们应该是一气呵成的,生就如此的。

在整个写作期间,他只让自己有过一次散心的活动,那便是去观看查理十世时期的阁员接受判决。为了不违反自己的决定,他是穿着市民军的服装去的。除了文学创作,政治是头等大事。同年在《欧那尼》序中,雨果就阐明道:遭到这样多曲解的浪漫主义,其真正定义不过是文学上的自由主义而已。雨果把争取创作自由与争取政治自由联系在一起,从而将浪漫主义延伸到政治领域。他所说的"自由",具体来说就是给予作家思想的自由和在艺术上发挥独创性的最大自由。他说:思想是一片肥沃的处女地,上面的庄稼要自由地生长;在这个时代,自由就像光明一样到处风行,唯独没有进入思想界,而思想是世界上生来最为自由的。

(一)人物关系及内容概要

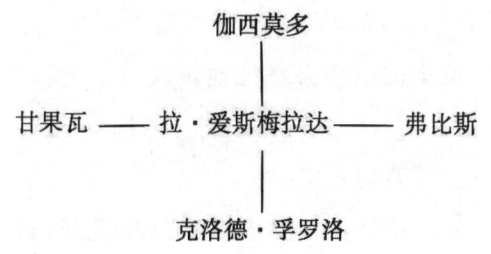

```
            伽西莫多
               │
甘果瓦 ── 拉·爱斯梅拉达 ── 弗比斯
               │
          克洛德·孚罗洛
```

1482年1月6日,巴黎沉浸在愚人节的欢乐气氛中。他们正在选举"愚人王",在所有的五边形、六边形和多边形的面孔之后,最后来了一个出乎观众想象之外的几何图形的面孔,再不用别的了,单只这副奇特的丑相,就博得了观众的喝彩。那四边形的鼻子,那马蹄形的嘴巴,那猪鬃似的红眉毛底下的小红左眼,那完全被一只大瘤遮住了的右眼,那像城垛一样参差不齐的牙齿,那露出一颗如象牙一般长的大牙的粗糙的嘴唇,那分叉的下巴……或者可以说,他的全身都是一副怪相。一个大脑袋上长满了红头发,两个肩膀当中隆起一个驼背,每当他走动时,那隆起的部分从前面都看得出来。两股和两腿长得别扭极了,好像只有两个膝盖还能够并拢,从前面看去,它们就像刀柄连在一起的两把镰刀。

在格雷沃广场上,靠街头卖艺为生的吉卜赛少女爱斯梅拉达的精彩表演吸引着成群的观众。"同学们!"一个跨在窗口上的青年忽然喊道,"拉·爱斯梅拉达!拉·爱斯梅拉达到广场来哪!"这词儿产生了魔术般的效果,大厅里剩下的人都跑到窗口,爬上墙头去看,并且一迭连声地喊道:"拉·爱斯梅拉达!拉·爱斯梅拉达!"同时听得见外面有一阵响亮的欢呼声。"拉·爱斯梅拉达这个词是什么意思?"甘果瓦失望地交叉着双手说:"啊,我的天呀!似乎现在轮到那些窗户跟前的人也要跑啦!"她以动人的美貌和婀娜多姿的舞姿博得了人们的赞赏和阵阵热烈的掌声。在密集的人群中,只有一张中年人阴沉的脸孔,发出几句不祥的诅咒,用深湛的眼睛盯着她,这眼睛里闪烁着一种奇异的青春、狂热的生命、深刻的热情。

  这人是巴黎圣母院的副主教克洛德·孚罗洛。他自幼深受教会教育的熏陶,怀着虔诚的宗教信仰和如饥似渴的求知欲,在年轻时就已成为教会的头号人物和博闻多识的学者。他蛰居简出,研究炼金术,过着清苦的禁欲生活,回避一切世俗的欢乐与辛酸,永远以一幅令人望而生畏的冷峻神情出现在公众面前。16年前,他出于怜悯收养了一个被人遗弃在圣母院门前的畸形儿,为之取名为伽西莫多。这个奇丑无比的孩子来到世间,饱尝屈辱和蔑视。他把副主教视为唯一的亲人,对他感恩戴德,唯命是从。伽西莫多长大后,做了圣母院的敲钟人。

  一天,孚罗洛发现了广场上翩翩起舞的爱斯梅拉达,立刻为她那无双的姿色所倾倒。他身上潜伏的情欲像一头沉睡多年的野兽突然苏醒,使他完全失去了自制力。他明确意识到,这种无法抗拒的欲望必将把他带入可怕的深渊。他千方百计使自己忘掉她,全都无济于事,他感到自己只有两条路可以选择,要么不惜一切地占有她,要么就置她于死地,以求自己灵魂的安宁。

  愚人节那天晚上,孚罗洛指使伽西莫多拦路抢劫爱斯梅拉达,少女拼力抵抗,高声呼救。近卫弓箭队队长弗比斯和他的士兵闻声而至捉住了敲钟人,解脱了爱斯梅拉达。随后,她来到巴黎流浪人和乞丐们的聚集地——"奇迹王朝",恰巧遇到乞丐王克洛潘正要把误入"奇迹王朝"的穷诗人甘果瓦送上绞架,善良的少女为了保全甘果瓦的生命,同意与他结为夫妻,把他带到家里,供以食宿,却从不让其近身。

  第二天,经过聋子法官和聋子被告伽西莫多之间一场"答非所问"的审问以后,敲钟人被带到广场上当众受鞭笞。一个多小时过去了,伽西莫多口渴难熬,他向围观者高喊要水,回答他的却是一片戏弄与咒骂声。这时,手提水罐的爱斯梅拉达拨开人群,走上刑台,把水送到了伽西莫多嘴边。可怜的敲钟人生平第一次流下了眼泪。

  冬去春来,孚罗洛一直没有放弃对爱斯梅拉达的复仇。他向法庭控告少女是会施魔术的女巫,而爱斯梅拉达却始终念念不忘那个年轻英武的军官弗比斯。一天,孚罗洛无意间得知了这对青年男女当晚要在一家小旅店里幽会，便尾随弗比斯而来，隐藏在隔壁的暗室中。轻佻放荡的弗比斯逢场作戏，而爱斯梅拉达却是一片真情。孚罗洛妒火中烧，兽性大发，用随身携带的匕首刺伤了弗比斯，跳窗潜逃。

宗教法庭掀起了轩然大波，一口咬定是女巫爱斯梅拉达驱使黑衣魔鬼杀害了军官。爱斯梅拉达屈打成招，被法庭判处死刑，次日执行。是夜，孚罗洛来到监狱，跪在少女面前坦白了自己所做的一切，向她表露了自己内心巨大的痛苦，建议带她一起逃走，不料遭到爱斯梅拉达的切齿痛骂，被推出门外。

第二天，在圣母院教堂前行刑的时刻，孚罗洛来到郊外，像发了疯一样乱跑乱闯。然而，他却不知道，此时此刻，伽西莫多正独自劫持法场。刽子手们惊魂未定，伽西莫多已经把爱斯梅拉达抱进了圣母院——不受法律管辖的"避难地。"

从此，伽西莫多成了爱斯梅拉达的忠实的朋友、恭顺的奴仆。他对她怀有无限的感激之情和纯真的爱慕，甘愿为她赴汤蹈火，防备着一切想加害于她的人，甚至对企图强占少女的副主教也表示出顽强的反抗。他为爱斯梅拉达找到伤愈的弗比斯，求他去见少女。那负心的军官都不屑一听，策马扬长而去。

不久，宗教法庭扬言教堂圣地不容女巫亵渎，要不顾避难权，捉爱斯梅拉达。巴黎的流浪人和乞丐们闻讯后，在克洛潘的带领下，于当天晚上前来攻打巴黎圣母院。

伽西莫多孤军奋战，全力阻挡乞丐们进入教堂。混战之际，用黑衣遮住自己的孚罗洛让甘果瓦出面劝说，悄悄地带领爱斯梅拉达从后面渡河逃走。

躲在巴士底城堡的国王路易十一原以为平民暴乱攻击的矛头是巴黎的法院执事，不仅泰然处之，而且暗自幸灾乐祸。探子再次前来报告，暴乱是针对他而来的，他立即下令弗比斯带头前去镇压，流浪人和乞丐们腹背受敌，圣母院门前尸体遍地，血流成河。

孚罗洛把爱斯梅拉达带到格雷沃广场上的绞架前，胁迫她在他与绞架之间选择其一。少女宁死也不肯屈服于他的兽欲之下，孚罗洛气急败坏，把她暂时交给隐居在广场旁的一个修女，自己引官兵去了。这个修女因自己美丽的小女儿在十五年前被吉卜赛人用一个畸形儿偷换，对所有的吉卜赛流浪人都怀有切齿之恨，为此她经常咒骂前来卖艺的爱斯梅拉达。这时，她突然发现这个被她抓在手中即将被处死的少女正是自己朝思暮想的孩子，但相逢很快变为永诀。母亲极力保住女儿，可当爱斯梅拉达听到弗比斯跟宪兵司令说话的声音，她控制不住地叫出了声音，隐居修女极力抢救女儿，被刽子手一脚踢开，头部触石身亡。

孚罗洛回到教堂的天楼。当他亲眼看到绞索套在爱斯梅拉达的脖子上时，发出了一阵狰狞的狂笑。绝望的伽西莫多一怒之下把孚罗洛从高高的顶楼推了下去。第二天,敲钟人失踪了。

两年以后,人们在蒙孚贡坟窟里发现了两具奇怪地连在一起的尸骨。一具显然是个畸形的男子,他紧紧地搂抱着另一具女尸。人们想把他们分开,尸骨却化为尘土。

(二)《巴黎圣母院》的思想内容

《巴黎圣母院》是雨果第一部具有巨大的思想力量与艺术力量的长篇小说,以其紧张非凡的故事情节,对中世纪社会背景的浓烈描绘和鲜明夸张的人物形象,而成为浪漫主义小说的著名代表作。这部典型的浪漫主义小说与一般小说有所不同。首先,它很少客观描写外在世界,情绪性强,富有激情,推崇想象与虚构。内心情绪和心理着墨较多,造成情节发展不平稳,显示出跳跃性、波动性。其次,一些情节枝蔓游离于主线索之外,如描写爱斯梅拉达的母亲居第尔、克洛德的弟弟小若望等。

小说的中心是"美",它描写了美的毁灭和美的再生。"美"最集中的代表是爱斯梅拉达,作者在此集中地表现了浪漫主义的特色:

与通常的外貌描写不一样,爱斯梅拉达的美带有一种野性美,追求个性洒脱自然,生命焕发出蓬勃的活力,这是古典主义不能接受的。中世纪圣洁、静穆的美;文艺复兴时期追求古希腊带有强烈人文色彩的高贵的单纯、静穆的伟大的审美理想与追求;古典主义的美是驯服之美,是匀整、对称、温文尔雅的道德美。

这种美又与爱斯梅拉达精神上的自由境界相合拍,令人着迷。爱斯梅拉达模仿达官贵人,体现了对世俗势力的反抗,有自己的价值目标,以妻子的名分营救青年诗人甘果瓦,描绘爱斯梅拉达的歌声相当纯洁,表现其自由、超凡入圣的精神。雨果把自然看成超人的理想与非自然的兽性的产物。"自然"指生命的一种本真状态,自然而自在的境界。

美也是一种超越世俗的善良与淳朴,无功利,发自内心,对人友善,救甘果瓦,给伽西莫多喝水。这是爱斯梅拉达纯净、自然的人生态度。

伽西莫多是一种被孤立的、不合道德的"恶",给予他帮助不再是善行,在当时巨大的道德秩序压力之下,需要极大的勇气,这是面对罪过与谴责的勇气。人在本质上是有限定的"自由"。自由的含义不是理性,而是通过他存在中心的决断来决定他自己的能力。但在这些限制之内,人被要求去把自己塑造成应该成为的那种人,去完成他的使命。无论形成怎样的规范,人都拥有反对它的力量,都拥有否定他本质性存在的反抗力量,都拥有失去他命运的抵抗力量。这种反抗力量来源于爱斯梅拉达有别于当时普遍的社会伦理的另一套新的价值标准:追求生命的自由状态。因而,爱斯梅拉达的人生观超出世俗人生观,有自己的理解。

至于对美的摧毁,主要有以下两种力量:

一是世俗社会。整个世俗社会庸碌无能,审判伽西莫多的法官是聋子,罪犯也是聋子,讽刺了官僚机制。

弗比斯,油滑的近卫弓箭队队长,这是爱斯梅拉达一生最大的错误,外表优雅,内在却虚伪冷漠,对情感轻佻,喜欢逢场作戏。

巴黎流浪人与乞丐攻击巴黎圣母院,根本不是为了救爱斯梅拉达,而是想绞死伽西莫多,最为重要的是为了钱财。

二是邪恶变态的僧侣社会,即教会势力。

教会势力的代表人物孚罗洛具有情欲本身并不是罪,但他造成了自己的变态,不敢正视自己的爱,更不能冲破教会势力的束缚,导致自己对爱斯梅拉达的情感往阴暗的角度发展,使爱变为一种邪恶,不能沟通人的心灵而对人造成伤害,既可悲又可恨,是《巴黎圣母院》中塑造得最为深刻的形象。

在观念与情欲冲突中受煎熬,以至于爱具有疯狂的破坏性。在与伽西莫多的关系中已可看到病态端倪,对伽西莫多的粗暴,绝非神职人员对信徒的态度。他把伽西莫多当作工具而不认为自己不对,以恩人自居。伽西莫多是他想疏导却无法疏导的变态的情欲和"破坏欲"宣泄的唯一渠道,没有尊重伽西莫多作为一个人的尊严,而把他作为一个发泄被压抑欲望的工具。

但最后爱斯梅拉达的"美"复活了伽西莫多。伽西莫多一直作为孚罗洛的工具存在,真正复活人的尊严是在为爱斯梅拉达的外在、内在美打动之后,从一个奴仆成为一个情感丰富、道德高尚、有个性的人,体现了美的伟大价值:使一个丑的人得到了第二次生命。美在这里成了价值评判的尺度。

从此以后,美得到了再生与升华,伽西莫多献出了生命,为爱斯梅拉达誓死保护不成,便一同死去。尽管小说是悲剧性结局,却不令人压抑。二者的灵魂找到了真正的归宿,这是爱的升华,在一种对圣洁的爱中超升飞渡。

虽然伽西莫多献出了生命,但他是以"善"的形象战胜了代表"恶"势力的孚罗洛,在雨果那里,善战胜恶是他人道主义的基本精神。而在小说中,善的化身是爱斯梅拉达,即善以美的面目出现。可以这么说,小说的中心是"美",也可以说是"爱"。这部小说可以说形成了一个以爱斯梅拉达为中心的爱的网络:母子之爱、兄弟之爱、情爱、性爱、仁爱、友谊等。

爱的相反面是恨,恨是从爱中生长出来的,它可以摧毁爱。同时可以摧毁爱的是世俗社会的冷漠。正如雨果自己在书中所说:"人民,尤其是中世纪的人民,在社会上就像孩子们在家庭里一样,他们长久停留在原始的无知状态里,停留在道德与智力的幼稚阶段,可以用形容儿童的话来形容他们:在这种年纪是没有怜悯心的。"

(三)小说为何取名"巴黎圣母院"?

1. 圣母院是组织情节、场面的坐标

故事主要发生于格雷沃广场和巴赫维广场,圣母院恰处于两个广场的中间点,是组织情节场面的坐标。爱斯梅拉达的表演、伽西莫多的受刑以及爱斯梅拉达的处死均发生在此。

2. 重要人物的命运与之关系重大

圣母院是孚罗洛和伽西莫多生长的地方。对于爱斯梅拉达,圣母院既是保护的所在,也是苦难的根源,善与恶的两极、美与丑两个典型代表都在圣母院。

3. 不仅是宗教场所,也是一个精神符号

象征一种超凡入圣、庄严和谐的美,这种美又在历史的风云变幻中饱受折磨,历经沧桑。

《巴黎圣母院》中大量讨论建筑艺术,但并不游离于主题,而是把圣母院作为一个生命体来描述,发自内心地关心其存在。在历史风云中爱的摧残,是暗示人的存在如何受到折磨和侮辱,而与主人公构成了一种精神象征上的联系。

爱斯梅拉达是圣母般的纯净和谐的化身,突出其神秘性。用"我们不明白的语言"歌唱,通过孚罗洛说爱斯梅拉达:上帝应把她选作圣女,选作他的母亲。她是圣洁的精神符号。

伽西莫多即教堂建筑的外壳,"长得奇形怪状,就像教堂一样","在这个人和这座教堂之间,一定有一种超常的联系……""圣母院对于他就是蛋壳,就是窝,就是家,就是故乡,就是宇宙。""甚至可以说,他获得了教堂的形状,就像蜗牛具有蜗牛壳的形状一般。""圣母院如今是荒芜的、没有生气和死沉沉的了。人们感到某种事物已经离去,这个庞大的躯体已经变得空空洞洞。它是一具骷髅,精灵已经飞去,现在只能见到它过去寄居的地方,它就像一具颅骨,虽然有两个眼眶,可是再也没有眼睛的光芒了。"

伽西莫多保护爱斯梅拉达,一如教堂保护圣母。二人的爱情"那是一个男人和一个女人,合成一个天使。那是天堂","超凡入圣的爱是宗教的本质"。

正如存在主义所申言的,存在者建构属于归蔽的大地,存在者的存在需要"光",即语言之光,这"语言"是此在禀有的天命,因而存在者的敞露需通过此在之光的照亮,即萨特所说,由于人的实在,才"有"万物的存在,或者说人是万物借以显示自己的手段。由于我们存在于世界,于是便产生了繁复的关系,是我们使这一棵树与这一角天空发生关联;多亏我们,这棵灭寂了几千里的星,这一弯新月和这条阴沉的河流得在一个统一的风景中显示出来,是我们的汽车和我们的飞机的速度把地球的庞大体积组织起来;我们每有所举动,世界便揭示出一种新的面貌。不过,如果说我们知道我们是存在的指导者,我们也知道我们并非存在的创造者。这个风景,如果我们掉头不顾,它就会回到原来的黑暗的永恒。至少,它将停滞在那里。没有人会发疯得相信它将要消失,将要消失的是我们自己,而大地将停留在麻痹状态中直到另一个意识来唤醒它。[1]

圣母院正是由于伽西莫多用生命之光把它带入空明疏地之中,达到一种庄生梦蝶迷离惝恍之境。"于是,那既不是圣母院钟也不是伽西莫多了,却成了一个梦境,一股旋风,一阵暴风雨,一种在喧嚣之上的昏晕,成了一个紧抓住飞行物体的幽灵,一个半身是人半身是钟的怪物"。

"它被伽西莫多所占有,所充实,就像被一个家神所占有所充实的那样,可以说是他使得那座大教堂开始呼吸,教堂里到处都有他,他分布在教堂的每个地方。"

在《巴黎圣母院》中,雨果用同情和宽恕的眼光看待世界,在恶身上发现善的方面,这体现出雨果式的人道主义精神。但由于这种真诚的宗教式的道德情怀没有摆脱对社会空想的性质,迷恋于用这种抽象理论体系来拯救人类,把人道主义往往推向一种抽象的形而上的局面。

实际上,浪漫主义往往迷信于某一种理想模式,而现实主义则尽量展现客观现实,但浪漫主义的形而上的人道主义给予了它批判的眼光与文化的滋养。而现代主义不再寻求社会的理想模式,而是把个人的本真存在作为一种理想来追求,从而对抗社会,如海格尔的本真存在、萨特具有绝对自由的自我等等,到了后现代主义,一切抹上理想色彩的神话均——坍塌,一切都处于解构的嬉戏之中。

---

[1] 萨特:《为何写作》,载伍蠡甫、胡经之:《西方文艺理论名著选编》(下卷),北京大学出版社1996年版,第94页。

第七章
19世纪现实主义文学和法国文学

第一节
19世纪现实主义文学的发生发展概况

一、19世纪初、中期的社会背景

现实主义文学发生的时代可以说是一个"并不完善的新社会与死而未僵的旧时代"。19世纪30年代后,资本主义的制度已在西方主要国家正式确立。资本主义的诞生是人类历史上的一场社会大变革,它打破了传统社会结构,改变了人的生存处境,也改变了人们原有的价值观念。

在封建时代,"每个人在社会秩序中都有自己应该感到满足的固定位置";每个人的地位与价值,似乎一生下来就已被确定好了,无需个人做努力。爱上帝、爱邻人,四海之内皆兄弟的基督教伦理观念使人与人之间不无血脉的温情。在社会经济方面,行会制度限制了商品交换的地域范围。人们参与商品交换,主要目的是为了获取生活必需品,而不是为了积聚财富,否则是要受道德谴责的。因此,封建时代,人们虽然缺少人身自由,但有一种自觉满足的"安全感,社会稳定性强"。资本主义的出现,粉碎了传统的社会关系,把个人从各种封建的束缚中解放出来,人的自我意识深度强化,人的命运也发生了变化。在资本主义经济制度中,"人不再是自身的目的,人成为他人的工具",资本主义似乎给人带来了自由与解放。资本主义使人的无限发展成为可能,但是,在强烈的竞争观念支配下,欲望驱使人们想办法超过竞争对手,"人被人所利用",这表现了作为资本主义制度基础的价值体系。"对一个人超过他人的极大强调,严重地堵塞了爱自己邻人的可能性",总之,由于资本主义的出现,人的群体关系恶化,个人从家长式的专制等级体制中"摆脱"出来,却付出了放弃群体联系这个代价。人们的相互关系失去了道德义务感与情感特征,从而变得靠单一经济利益来维持,所有的人际关系都基于物质利益。"19世纪的社会性格本质上是竞争、囤积、剥削、权威、侵略和自私。"[1]

　　社会问题层出不穷,如人口的高速增长,而社会又不能给予新增人口的就业机会,出现了"城市人口的赤贫化"。工业化进程使农业人口在全国比例越来越小,由此产生了系列的社会问题,成为社会发展的巨大包袱。封建社会旧的文化观念的消除并不像政治社会制度更迭那样来得快而彻底,比如在法国根深蒂固的等级制度与资本主义制度以金钱为纽带的价值体系互相激荡,产生了"视钱如命"的畸形现象。在漫长的封建社会,人的追求被限定,人的世俗幸福被贬低,而对钱的占有是实现世俗幸福的手段,资本主义的建立使追求金钱成为理所当然的事,追求金钱近乎变态地表现出来,是一种人类命运扭曲的反映。

　　面对新旧社会矛盾纠结缠绕、纷繁复杂的时代,那些敏于感受、善于观察的文学家无法用一种单纯的观念去理解把握,于是他们放弃个人主观想象,对事实、现象进行冷静的观察,平心静气地思考、研究社会问题。

　　在这个时期涌现出一系列新的文化思潮,细胞的发现、能量守恒规律以及达尔文进化论这三大科学成就对整个社会生活产生了巨大的影响。对于文学来说,这些一方面使作家们在科学长足发展的社会生活中日益受到科学精神的感染熏陶,另一方面,使他们对社会生活采取比较科学的认识和比较切实的分析,努力追求符合客观事物本身规律的艺术表现方法。在科学精神的影响下,准确精微开始成为文学描写的标准。

　　司汤达从小养成了对"精确科学"数学的爱好和对"虚假"的憎恶,并力图把这种追求精确的精神贯彻在自己的作品中。巴尔扎克广泛地研究过自然科学的各部分,并且曾经宣称,他之所以把当时的社会写成一个整体并表现了社会环境对人的决定作用,正是18世纪以来动物学研究的新发展"深入人心"的结果。作为一个世医家庭后代的福楼拜,直接从父亲方面得到他的实验主义倾向,培养了"对周围事物细密的观察"的习惯,往往"用最多的时间去理解最小的细节",由此,他明确提出"小说是生活的科学形式","文学将越来越采取科学姿态"。19世纪当时最大的批评家圣伯夫就用自然科学的方法处理他所研究的作家和作品,声称自己得力于早年的医学训练。

　　在哲学方面,孔德的实证哲学强调科学的任务在于通过观察和实验,研究现象界的"事实",从其中找出规律,社会学也需用自然科学方法来研究。泰纳根据实证哲学发展出自然主义的美学观点,即文学取决于时代、种族与环境三要素。哲学上的唯物

---

[1] 蒋承勇:《十九世纪现实主义文学的现代阐释》,高等教育出版社1996年版,第8—9页。

主义显示出越来越强大的力量,它的实质在于承认客观世界不以人的意志为转移,在一定程度上宣判了人的主观精神的局限性。这就使得作家更冷静、更理智地研究人的生存环境。

二、现实主义文学的基本概况

(一)"现实主义"名称的考辨

在整个欧洲文学史上,法国历史上的现实主义传统无疑是较为强大的。中世纪市民文学中的小故事和笑剧,最早提供了描写世态、讽刺人情的样本,16 世纪反映市民意识的短篇小说是这一传统的继续,17 世纪则出现了强大的市民写实评论家,其写实逼真的程度显然超过了以往,特别是出现了莫里哀的杰出的反映现实的喜剧,他那些在某些方面达到了现实主义高度的剧作,给 19 世纪的现实主义提供了丰富的滋养,18 世纪狄德罗在小说细节真实性上较以往有了明显突破,对 19 世纪现实主义发展有直接的影响。此外,17 世纪荷兰绘画(静物画)中的写实精神,18 世纪法国画家夏尔丹对日常生活的描绘,都为法国 19 世纪现实主义的绘画和文学提供了借鉴。

在司汤达、巴尔扎克时期,"现实主义"这个概念并未流行。"现实主义"一词的广泛使用并发展成为一种口号和运动,则是 19 世纪 50 年代的事,这时,整个文艺领域,对粉饰的厌弃比任何时候都更为强烈,对艺术描绘中绝对真实的要求也比任何时候更为严格,甚至要从对丑恶事物的描写中发掘出"美"来。

这种新的发展趋向特别突出地表现在绘画领域。19 世纪中叶,出现了以现实主义风景画闻名的巴比松派,与他们关系密切的是两个农民出身的杰出画家——米勒和库尔贝。米勒在他的一系列名作如《拾穗者》、《晚钟》、《播种》中,怀着深厚的同情,以精确的现实主义笔法描绘了农民的日常生活,库尔贝也从劳动者的生活中寻找创作素材,他著名的画幅《碎石工》真实地摹写了工人从事繁重劳动的情景,至于其它名作,如《奥南的葬礼》和《浴女》,更以真实大胆而著称,前者毫无葬礼的肃穆感和宗教的庄严气氛,无情地把小市镇上参加葬礼的各种人物鄙俗、丑陋的形象如实地表现出来,因而引起了资产阶级"正派人"的反感,后者以大胆不雅的画面触怒了保守派以至拿破仑三世的皇后。于是,这种绘画被人用"现实主义"这样一个过去并不常见的词汇来加以讽刺,当时的意思是指为追求真实"而不惜描写丑陋鄙俗,甚至流于难堪不雅,使人厌恶,等等"。1855 年,巴黎万国博览会上举行画展,库尔贝的画作全被展览会拒绝。为表示抗议,他在展览会旁边开了一个个人画展,在目录上故意标出"现实主义"字样,又在目录的前言里做了这样的说明:"现实主义者的名称被强加于我,正如浪漫主义者的名称被强加于1830年的艺术家们一样。"

从此,一批与上流社会对立的新派文艺家开始以"现实主义者"这一被鄙薄的称呼自诩,除库尔贝外,还有小说家、艺术史家尚弗勒里,批评家兼小说家杜朗蒂等。1856年,杜朗蒂等人创立了以"现实主义"为名的杂志。1857年,尚弗勒里又出版了以"现实主义"为名的论文集。一个月后,福楼拜的《包法利夫人》问世,对此,圣伯夫指出"此书整个地带着它出现时的时代的戳记",被当时的理论家冠之以"现实主义的杰作"。评论家们把福楼拜称为"现实主义领袖"。也就在这时,巴尔扎克被这些批评家正式追认属于现实主义行列。19世纪50年代这一系列事件表明:"Realisme"(现实主义)一词的通用是在福楼拜时期,以文学史发展的实际而言,则可概括从司汤达的《拉辛与莎士比亚》以来的这种文艺思潮和创作的发展,只不过,当这个名称正式通用的时候,现实主义文学越来越趋向于单纯追求细节真实的倾向了,不久,这种文学进一步发展为自然主义。而"批判现实主义"这个词是到高尔基才提出来的,《和青年作家谈话》中正式提出:"资产阶级'浪子'的现实主义是批判的现实主义,这种主义除了揭发社会的恶习,描写家族传统、宗教教条和法规压制下的个人的生活和冒险外,它不能够给人指出一条出路,它很容易就安于现状了,但除了肯定社会生活以及一般'生存'显然是无意义的以外,它没有肯定任何事物。"

(二)现实主义文学的基本特征

1. 以客观世界为表现主体,追求客观事实的真实性

文艺复兴的客观世界带有作者的主观臆想成分,浪漫主义的真实是情感的真实,而现实主义则表现了人的生存状态的客观真实性,尽可能贴近现实人生真相,"我要写的是整个社会的历史"(巴尔扎克),"描写一个家族的自然史和社会史"(左拉),"人情风俗史"(狄更斯、托尔斯泰),作者不再单纯写个人,而要与整个社会风貌联系在一起。而现代主义转向描写内心世界,追求体验的真实。

对于何谓真实,这是一个至关重要的问题。现代认识论认为,人对世界的认识性质不仅依赖于刺激物的性质,也依赖于感觉的结构和机能的性质,依赖于感受体的内部状态。就文学创作而言,这个感受体就是作家的心灵世界,即作家的审美心理机制。审美心理机制作为一种稳定的心理模式,它的形成有先天生理的气质,也有后天社会因素的影响。一个作家的审美心理机制一旦形成后,就潜隐于意识的深层,以潜在的方式制约着作家对生活的观察、感知的取向和艺术思维方式。每部作品的风格

特点归根到底就是作家特定心理机制的体现，这是所有艺术风格的心理成因。审美心理机制上不同，作家在内部世界与外部世界的把握上就有不同。文学无法再现"生活本来的样子"，"现实主义只是相对的说是现实的"。任何文学形式所反映的生活都不同程度上趋于变形："每一个艺术的最高任务都在于通过幻觉，产生一种最高的真实的假象。但如果企图促使这幻觉实现，直至最后只剩下一个平凡惯见的现实，那么，这种企图是错误的。"

2. 以人道主义、个性主义（个人主义）为基础的鲜明的批判性

个人主义肯定每个人都有自由发展、反抗压迫的权利，如《红与黑》。

人道主义在西方含义复杂，在文艺复兴时期，侧重"人"字，与神道相对立，与人文主义、人本主义常混在一起，19世纪则指对社会上的不幸的人、社会上的弱小者、生活底层的小人物的同情，如在托尔斯泰的作品中。

19世纪以前，批判是淡漠的，在批判中带有一种乐观基调，对人类文明发展充满了信心，自19世纪始，作家一改先前乐观的态度而变得冷峻，20世纪的批判代之以一种深层的哲学思考与神学沉思，不再是对社会现象的浅表层次上的批判。

3. 总的艺术原则：塑造典型环境中的典型人物，追求细节描写的逼真效果

人物塑造个性化，有了自己的性格逻辑系统和发展逻辑，这并不是由作家的主观意志决定的，摆脱了作家的主观干涉，出现了"典型人物"，不是类型化人物，不是突出人物某一方面的性格特征，坏人身上也有深厚的感情，如《交际花盛衰记》中的伏脱冷；好人身上也有卑贱的一面，如《红与黑》中的于连，托尔斯泰笔下的"忏悔贵族"（《复活》）。

4. 艺术表现手法丰富多彩

文学描写手段丰富：心理、景物、人物肖像描写，人物的语言、表情个性化。小说和戏剧取得了巨大成就，便于展示社会的广阔画面，符合现实主义要求，诗歌不存在现实主义，但具有现实主义倾向，即"巴那斯主义"的出现。

综上所述，现实主义文学的发展有一个从不自觉（无意识）的追求，到作为文学创作的一面旗帜，最后发生了演化的线索。法国成为最早的现实主义发源地，奠基者为司汤达与巴尔扎克。司汤达是第一位用现实主义方法写作的作家，19世纪20年代开始采用，其作品《拉辛与莎士比亚》被认为是现实主义文学的第一部纲领性文件，但那时并无"现实主义"的名称，司汤达自称为"浪漫主义者"。到了19世纪中期，现实主义作为文学创作的一面旗帜而大肆盛行。

19世纪六七十年代以后,现实主义开始发生了演化。19世纪六七十年代英、法经典的现实主义创作走向衰落,但广义的现实主义并未衰落,现实主义出现了一个新的阶段,英、法出现了自然主义文学思潮。19世纪60年代以后,俄国成为欧洲现实主义文学的中心,在俄国,现实主义传播最广,影响最大。在19世纪前期,俄国一些作家在创作中已具有了现实主义的特点,如果戈理、普希金等。俄国现实主义文学的成就很高,出现了一些世界级大师,如托尔斯泰、陀思妥耶夫斯基。19世纪末,整个欧洲现实主义都走向衰落,在俄国,现实主义文学演变为社会主义现实主义(即无产阶级文学),这与我们所说的现实主义已有很大区别。

三、法国现实主义文学的发展

(一)19世纪法国文化的特点

封建主义与资本主义双重作用下的阵痛。

19世纪,英国已建立了一个全新的资本主义体系,人们陶醉沉迷于新制度的美好梦幻里。法国封建主义浓重,封建体制根深蒂固,剥夺和扼杀个人自由的封建等级观念依然声势强大,封建势力的多次复辟使得法国人始终处于两种制度的中间交叉地带,品味着两种痛苦的滋味,金钱成为主宰一切的杠杆。这使得当时的现实主义作家的批判性具有双重反叛的性质,既是对陈腐封建文化的批判,也是对当时资本主义带来的人性异化的批判。

(二)法国现实主义文学的发展

1.繁荣期(19世纪30至40年代)

这是法国社会发生重大变革的年代,到处充满着血腥与屠杀,革命与复辟的几番沉浮,代表作家:司汤达、巴尔扎克。

2.新的发展阶段(19世纪50至60年代)

从前一时期对社会重大题材的表现转为对社会日常生活的描写,代表作家:福楼拜。

3.19世纪70年代以后,发展的最后阶段

现实主义的客观精神被推向极端化,发展为自然主义,代表作家:左拉。

受特殊历史事件影响(普法战争),激发起法国作家的爱国精神与民族情绪,如莫泊桑,使得作家对创作主题有了特殊的选择。

新的美学潜流在萌芽生长,它区别于现实主义,既不客观也不主情,转入对生命

形态自身的思考,以罗曼·罗兰为代表。

第二节
司汤达:心理描写的大师

一、司汤达的人生体验

司汤达(1784—1842年)出生于法国社会发生重大变革的年代。在封建主义与资本主义双重夹击之下的司汤达,"矛盾"成了他一生的形象徽标,他一生始终处在"矛盾"的煎熬之下,不管是他的生活方式还是精神世界。

(一)矛盾中的童年:自由与专制

司汤达童年就生活在"自由"与"专制"两种力量之下,其母性格开朗,但他年仅八岁时,就丧失了母亲。他的父亲是个冷漠的人。父亲是忠实的天主教徒,波旁王朝的拥护者,对法国大革命持敌视态度,他相当封建、守旧、冷漠,曾把儿子的教育委托给那些贫穷的神父,司汤达讨厌这种人,把他们看成暴露与伪君子,在他和父亲之间,很早就燃起一种敌对感情,这种敌对感情从来没有熄灭过。雅各宾派专政时期,他父亲被列为反革命嫌疑分子被捕下狱,对此他毫无怨言,认为完全应该。

司汤达的童年所遇到的一切美好事物,都来自他外祖父,这个年老的医生是启蒙思想的信仰者,在革命前曾探访过伏尔泰,在外祖父的影响下,他从小就培养了对启蒙思想的爱好和对文学的兴趣,很早就阅读了伏尔泰、孟德斯鸠和卢梭的作品,对卢梭尤为尊敬,把他视为"思想最高尚,才能最伟大的人物"。由于司汤达坚定的步伐、大力士式的四肢和巨大的圆圆的脑袋,同学们给他取了一个绰号:"会走路的宝塔"。到十四岁时,他所结识的同年儿童还不到三个,他从小潜伏着深刻独创力的幼芽,他的主要风格是坚毅的独立精神(叛逆是随之而来的结果)。因此,在革命恐怖生活中过来的神父们,想把他培养成一个保皇党人和天主教徒,而他却自然地发展成为一个革命者,一个拿破仑党人,一个自由思想者。

(二)矛盾中的成年:辉煌与潦倒

拿破仑的出现,使司汤达看到了自己成功的希望。他终生崇拜拿破仑,与拿破仑产生一种认同感,拿破仑几乎成为他人生自我实现的光辉榜样。司汤达学业结束后,1799年11月10日,即雾月十八日的第二天,他抵达巴黎,他的亲戚,陆军部秘书兼阅兵总监皮尔·达鲁,在部里为他谋得了一个职位。达鲁曾经部署了著名的1800年意大利战役,他们派人叫司汤达前往意大利,这个精力充沛、富有冒险精神的17岁的青年人,在行囊里装上10来本模范作品,立即启程前往日内瓦,虽然他从未学过骑马,却从日内瓦跨上了一匹达鲁留下的刚刚复原的病马,一路历尽艰险,在5月20日,比拿破仑迟三天,驰马翻越了圣贝尔纳山。6月1日抵达米兰,在这座城市,他经历了人生的第一次快乐,目睹庆祝废除奥地利最高统治权的狂欢场面,并在7月4日亲身参加了马伦哥战役。在军机部门供职几个月后,他进入第七骑兵团任中士,在罗马晋升为中尉,不久以后就当来肖将军的参谋,在后来的历次作战中,特别是在卡斯特尔—弗兰柯战役中大显身手。在耶拿战役中作战,参加了拿破仑进驻柏林的胜利入城式,并被任命为不伦瑞克帝国领地的督察。在此期间,部队命令他征收战争税500万,他却征收了700万,受到皇帝的嘉许。他随军到维也纳,在与奥地利的谈判中身负重任,嗣后又被任命为皇家宫廷建筑及动产的总监。他以这个资格得以出入宫廷,并蒙皇后召见。

但好景不长,波旁王朝复辟,司汤达失掉了自己的饭碗,他认识到"像我这样一个到过莫斯科的人,在波旁王朝的法国除了受屈辱外不会再有别的"。因此,他离开巴黎前往意大利米兰,在那里旅居了七年,为了生活,他正式从事写作。由于他追求一种只为少数特选人物所理解的语言——神圣的语言来写他的作品,自然其文学写作没有给他带来名和利。1821年,意大利烧炭党人的起义遭到镇压,司汤达被警察当局视为"不信宗教,主张革命,反对正统和一切合法政府"的"极端危险"的人,于是他不得不离开米兰回到巴黎。回到巴黎的司汤达,生活清贫,有时一天只能吃上一顿正餐。波旁王朝毁灭了他的前程,他在内心埋下了对波旁王朝仇恨的种子,"我认为我是为最高级的社会和最漂亮的女人而生的,我强烈地追求过这两种东西",而他最终中风,在凄凉中死去。

(三)矛盾中的爱情、失恋与热恋

1805年,从意大利返回故乡的司汤达,与当时演戏的一个年轻貌美的女演员间产生了爱情。由于他和钟情对象难舍难分,于是随她来到了马赛(她在马赛签订了演出合同),并在一家大杂货商店里当店员。在他陶醉在爱情的狂热里,坐在商店板凳上感到十分幸福的时刻,女演员忽然决定嫁给一个俄国人。在米兰寄居期间,他热烈地爱好意大利的音乐和歌曲,常在剧院消磨幸福的夜晚。他跻身于米兰的上流社会,在剧院包厢里结识了意大利作家曼维尼等,他还认识著名的旅客如拜伦、斯达尔夫人、威廉·施莱格尔,以及一大群英国和法国的社会名流。一次连绵几年的恋情,使他得以享受到所能享受的美满幸福;可是,到1821年春天,他从米兰被驱逐出境,粗暴地破坏了这次幸福。在与他钟情的女性依依惜别的悲痛绝顶的时刻,他写出了名著《恋爱论》。

二、《恋爱论》和《阿尔芒斯》

(一)《恋爱论》的爱情心理描写

在《恋爱论》中,司汤达对爱情心理的描写已显示出他在这方面的出色才华,他首先写爱情诞生,灵魂深处发生的是:

1. 惊叹。
2. 自言自语:"吻她,使她吻,多么幸福呀,等等。"
3. 希望。研究惊叹对象的种种优点……哪怕最拘谨的妇女在满怀希望的时刻,那双眼睛也是光彩照人,顾盼神飞;热情喷薄,喜悦洋溢,都清清楚楚地表露无余。
4. 爱情诞生了,爱是一种快感,是在尽可能亲近的接触中,凝视、抚摸,以一切感官感觉一个爱着我们的可爱人儿,从而得到快感。
5. 第一次结晶开始了。
   用千种至善、万种至善来装饰已经赢得她的芳心的女人而感到其乐无穷;以无限的满足让幸福的细节在脑海中反复重演……陷入情网的人可以看到他所钟情的女人的每个优点。纵然如此,他的注意力仍会分散,因为对于一切单调的东西,哪怕是完美的幸福,心灵也会感到疲倦。
6. 怀疑产生了
   他要求自己的幸福有确凿的证据。如果他显得太有把握了,就会出现冷淡,漠不关心,甚至怒气冲天。他开始怀疑他所指望的幸福的确实性。他决定以其它的人生乐趣来慰藉自己,可是发觉这些乐趣对他已不复存在了。一种对于严重灾难的恐惧袭击着他,于是他的注意力又集中起来。

7. 第二次结晶

这种结晶的钻石就是确认这种观念:她爱我。产生怀疑后的那个夜晚,每时每刻经历着可怕的痛苦,随后又自言自语道:是的,她爱我。于是,他发现了新的魅力。然后,怀疑再度向他袭来,他中夜起坐,忘了呼吸,询问自己,可她真的爱我吗?在这些痛苦而愉快的反复沉思中,这可怜的恋人越来越有把握地感到:她会给我快乐的,全世界只有她一个人才能够给我这种快乐。……

把爱情分析得这样精辟,这样微妙,是很罕见的。一方面他企图把感情生活的每种现象分解成为种种元素,另一方面他又指明了观念与情绪之间的联系,这些观念和情绪连成一个体系,就构成个人的品质和性格。他既注意情绪的比较强度,也注意情绪联系与连锁反应。

司汤达尝尽了被抛弃的痛苦,他对爱情有了自己独特的理解,失恋,又导致他近乎本能地对女性产生怀疑与敌意。司汤达认为:"两个物体互相接触,结果产生了热力和发酵,然而每种这样的状态只是暂时的,那是一朵鲜花,应该从感官情欲上充分享受。"从天性上说,司汤达是个粗野的肉欲主义者,而且习惯了玩世不恭,大胆表现(乔治·桑和缪塞在意大利途中遇见司汤达,他的玩世不恭就使他们非常震惊)。在这位逻辑学家的粗野气质和枯燥无味的背面,却隐藏着一种对于每个印象的艺术感受性,一种和卢梭相差无几的烦躁性格和女性的那种敏感。而且这种敏感性一直保持到生命的末日,他在自传中说:"我的敏感太过分了,在旁人只是擦破一点皮的事,却会使我流血不止。1799年,我是这样。1840年,我还是这样。可是我学会把它全部隐藏在一般俗物听不懂的冷讽热嘲之中。"

一方面强烈爱好自然而然和坦率无隐,另一方面又那么深谋远虑,耍尽花招;一方面那么诚实又那么弄虚作假,另一方面痛恨虚伪又那么缺乏坦率与正直。

司汤达始终保持着心理分析家的好奇心,任何灾难风险、疲劳困倦,都没能转移他的注意力。他赞赏莎士比亚,是因为莎士比亚"大量地描绘了人的心灵世界的激荡和热情的最细腻的千变万化"。他对拉辛之所以持否定态度,主要是拉辛的悲剧"从来不写激情的发展过程"。

(二)《阿尔芒斯》的情感、心理冲突描写

继《恋爱论》之后,1827年司汤达创作了第一部小说《阿尔芒斯》,描写的是一对青年男女不幸的爱情故事，体现了他投入文学创作的方向，即将文学描写的重心倾注到对主人公的心理刻画上。

男主人公奥克塔夫，为逃亡贵族，他本身并没有贵族的腐朽性，崇拜拿破仑，一心想从军，随着波旁王朝的复辟他的梦想破灭了，回到贵族圈中却发现与贵族上流社会格格不入。他变得日益忧郁、孤独，同时波旁王朝通过了赔偿法案，根据法律，流亡国外的奥克塔夫的父亲玛利韦侯爵将得到巨额赔偿，而奥克塔夫将成为富有的继承者。偶然间，在一个沙龙中，他认识了阿尔芒斯（家庭败落，寄人篱下，虽有自卑心理，但性格坚强）并发现其与众不同，逐渐产生了好感。阿尔芒斯虽然感觉到这一点，但由于自卑心理，又怕社会的嘲讽，她却不敢表示出自己的好感。随着感情的深入，两人的交往遭到周围贵族的嫉恨，尤以苏比朗为最，他伙同其他人，模仿阿尔芒斯的笔迹，写了一封信给女友，又故意让奥克塔夫发现，信中认为奥克塔夫性格古怪。后奥克塔夫还是例行公事似的与阿尔芒斯结了婚。不久，奥克塔夫听信了大家对阿尔芒斯的诽谤，误认为她与自己结婚是出于功利目的。失望之下，他离家出走，前往希腊，在海船上得了寒热病，吸毒自杀，阿尔芒斯随后也进了修道院。

中篇小说的副标题是"1827年巴黎沙龙的几个场景"，作者的创作意图在于描绘出复辟时期贵族阶级生活的风俗画。司汤达在序言中说，"这是一组漫画，是用来讽刺由于命运和投胎的偶然而生在被人羡慕的环境中的那些人的。"

小说描写的核心内容就是阿尔芒斯与奥克塔夫的情感、心理冲突。奥克塔夫出身于贵族，但一向蔑视金钱、地位，厌恶上流社会的生活。当他知道贵族小姐、太太因为他将得到两百万巨款才对他大献殷勤时，更增强了对上流社会的厌恶。然而，他发现在众人当中阿尔芒斯却没有向他献殷勤，因而觉得在这个上流社会中仅有她一人有高贵的心灵。于是，他内心对她产生了敬意，后又深深爱上了她。但他曾发誓不结婚，另外他还不知道阿尔芒斯是否也爱他，是否也因为他有巨款才爱他，因而竭力克制自己的感情。这样，他的内心深处始终存在着爱与不能爱的心理冲突。

阿尔芒斯是个寄人篱下的孤女，但心灵高尚，不为金钱所主宰。共同的思想基础使她在心底里爱上了奥克塔夫。但是，她又担心奥克塔夫自恃有地位和金钱，爱不上这个穷"伴娘"，同时又担心旁人说她是为了金钱和地位才爱上他的，从而给她以无端的嘲笑和攻击，所以表面上她对他总是十分冷漠。当奥克塔夫亲近她时，她还故意说自己已和别人订婚了。她的内心深处，也始终为爱与不爱所困扰。

从本质上讲，他们俩的思想、情感是基本吻合的，因而他们的心理距离本该是很近的。但是，环境因素的影响，使得这两颗心灵互相吸引又相互排斥，心理距离时近时远,他们相爱的过程实际上就成了爱与不能爱的心理演绎过程,他们的心灵始终处于骚动不安的状态中。由于这种心理演绎是在那崇拜金钱、趋炎附势的特定社会心理氛围中展开的,因此,在描写人物心理历程,展示人物性格的同时,又再现了当时法国上流社会的面貌,有内部世界的表现,也有外部世界的再现,而前者是占主导地位的。

在这里,奥克塔夫的性格不是在上流社会环境中生成的,相反他蔑视金钱、清高自傲的性格却在盛行着拜金主义、趋炎附势、虚荣伪善风气的上流社会中得到展示而强化。作者并不着意于用它来说明主人公的叛逆性格如何受环境影响而形成,而是为人物提供一种社会心理和精神氛围,为展示人物心理和性格提供外在条件或依据。环境修正不了他的既定性格,性格也抗争不过环境,因而悲剧在所难免。

这部小说是司汤达"有距离的观照",他内心愤怒,痛恨这些没落贵族,小说表达了他对贵族阶层的不满,揭露了贵族生活的腐朽、肮脏。《阿尔芒斯》表明了这样一个事实:司汤达已经走上了现实主义的创作道路,但还没有达到成熟阶段。

三、《红与黑》:心理描写技法的成熟

这部小说的创作始于1829年,1831年出版,原名《于连》,副题"19世纪纪事",后版本改为《红与黑——1830年纪事》,把个人命运与当时巨大的社会背景联系起来,通过一个具体而又相对狭小的切入点来展示客观的现实风貌。

1827年,司汤达在《法院公报》上看到了一个名叫贝尔德的青年家庭教师开枪射击自己女主人的情杀案件的详细报道,不久,他就在这个素材的基础上加工改编,构成了小说《红与黑》的基本情节。

(一)故事概要

在法国的维立叶小城,有个名叫于连的青年,因精通拉丁文,当上了市长家的教师。于连十八九岁,是木匠索黑尔的儿子,他同家庭不和,自幼就仇恨他父亲与哥哥,非常崇拜拿破仑。于连自幼时就热切希望进入军界,但当他满十四岁时拿破仑时代业已过去,从此他决定宣布要当神父,只有通过这条路才能实现自己的理想,并求教于西朗神父,他凭惊人的记忆力把拉丁文《圣经》背得滚瓜烂熟。

长期以来,维立叶的保王党市长德·瑞那和接受自由党人的家庭寄养所所长哇列诺钩心斗角,再加上马士农教士,形成了三头政治,在城里称霸。哇列诺以剥削贫民的口粮发家致富,他不仅觊觎市长的职位,有一段时期还追过德·瑞那夫人,不过

没有成功,现在出于虚荣心,又跟市长争夺家庭教师于连。市长为了维护社会地位,不得不对于连百般迁就,给他增加月薪。

德·瑞那夫人年已三十左右,非常漂亮。她在圣心修道院教养长大,她的心思完全集中在三个孩子身上。于连的到来,使她体会到了爱情的幸福。她崇拜于连的才能,爱慕他的英俊和他那颗鄙夷世俗的高贵心灵。在美丽的花园别墅里,晚上乘凉的时候,她让自己的手由于连紧握着,满足了他的自尊心,两人的情感日益炽热,终于有一天夜晚,她接受于连幽会的要求,同他发生了关系。就于连来说,他在市长家所感受的,起初仅仅是他对自己已经插身进来的上流社会的仇恨和恐惧。他觉得德·瑞那夫人是他生命中的第一道暗礁,很可能使他倾覆沉没,因此努力节制自己。后来他之所以疯狂坠入爱情,完全是由于野心,一种占有的欲望,那般贫穷、地位低下的木匠的儿子,能够深得如此高贵而美好的妇人的爱,这已经是他奢望以外的满足了。

有一次,皇帝驾临维立叶,在德·瑞那夫人的安排下,于连被聘为仪仗队队员,他脱下黑色的教袍,穿上一套崭新的制服,在众人面前大出风头。接着,他又充当陪祭教士参加了圣骸瞻拜典礼,对陪伴皇帝的大臣德·拉·木尔侯爵的侄儿,年轻的安迪主教的气派十分向往。

后来,德·瑞那夫人的小儿子病危,她陷入可怕的忏悔里,认为这是上帝对自己不正当的爱情的惩罚。小孩病愈后,她再也不能保持安宁。从此,在恋爱、懊悔、欢乐的交迭当中,她和于连的日子过得飞快。有一天,哇列诺从爱利沙(德·瑞那夫人的女婢,爱慕于连)处打听到这件事,给市长写了一封匿名的告密信。但德·瑞那担心,如果把妻子赶出大门,他很可能得不到她极富的姑母将留下的一大笔遗产,于是决定把她看成完全天真无邪的人,只让于连暂时出外度假。在西朗神父的坚持下,于连决心去省会贝尚松的神学院,但告别会的第二天夜里,他又冒险赶回,发现德·瑞那夫人由于别离的痛苦,已憔悴得像一具死尸了。

由于西朗神父的推荐,神学院院长彼拉先生对于连另眼相看,给了他一份十分难得的津贴。在三百二十一个修道者当中,绝大部分是平庸的人,所以于连来到神学院,自信将来"将成为一个主教"。考试的日子来临,因于连成了让色里教派的彼拉神父的宠儿,受到想夺取院长职位的耶稣教派的福力列代理主教的排挤,名次落到第一百七十八名。有一天,于连收到了五百法郎,便以为是德·瑞那夫人的恩赐,实际上都是本省大地主木尔侯爵在跟福力列打官司,为了答谢彼拉神父的帮助而送给他心爱的学生的礼物。接着侯爵又替彼拉弄到一个在巴黎近郊最富裕的教区,彼拉便辞掉院长的职位去赴任。为了避免于连受到耶稣教派的迫害,彼拉介绍于连做侯爵的私人秘书,侯爵欣然接受。于连出了神学院,随即回到维立叶市,半夜用买来的一架梯子翻过德·瑞那家的围墙,在离别的四个月后重见德·瑞那夫人。他躲在她的寝室里整整一天,直到被她的家人发现才仓皇逃走。

于连到达巴黎,木尔侯爵一开始就给他一百万路易的薪金,不久还可以提升到八千法郎,由于他坚持工作,沉静,聪明,侯爵觉得他很有用,慢慢就把他视为心腹。侯爵让于连到伦敦去搞外交,送他一枚十色勋章,这使于连的骄矜得到了满足。于连决心要遵照给这勋章的政府的旨意活动,有一天,侯爵带于连去列席保王党人的一个神秘会议,会上有首相德·列哇尔在座。密谋分子们就如何恢复绝对君权制度展开了热烈的讨论。会后于连将秘密牢记在心,冒着生命的危险带出国外,途中险遭谋害,终于完成了使命。

于连在贵族社会的熏陶下很快就学会了巴黎那种生活的"艺术",在侯爵女儿玛特儿小姐的眼里他已脱去了外省人的乡土气。玛特儿十九岁,财产、身世、智慧、美丽,她都具备,但她却异常烦闷。她是一个十分浪漫的少女,早在十二岁的时候就为三个世纪前的一段家史感到激动。玛特儿的祖先波里法斯·德·拉·木尔是皇后玛嘉锐特崇拜的情人;波里法斯被处死刑后,皇后要了他的头,深夜抱着它坐上马车,把它埋葬在蒙马特山脚下。从此,每逢这祖先死难的祭日,玛特儿都穿黑戴孝,以示纪念。玛特儿生性高傲,许多贵族青年向她求婚,包括有可能做公爵,且有十万镑年金的柯西乐侯爵,她都看不上眼,还不断地挖苦他们。但玛特儿为于连的骄傲而惊,羡慕他的才干,于连对她则很冷漠,反而更攫住了她的心。为了表示自己的伟大的勇敢,她不遵循习俗,她偏要去爱一个社会地位和她悬殊的人。因此,她在花园里主动挽着于连的胳膊,还给他写信宣布爱情。为了考验于连的胆量,她要求于连在明亮的月光下用梯子从窗口爬进她的卧室。当于连决定这么办了之后,她就做了他的情妇。

但玛特儿很快就表现出她反复无常的性格。她先是悔恨自己的失足,诅咒于连,同于连绝交,当于连拔剑想杀死她时,她又感到欢乐,觉得他究竟与众不同。在感情冲动的时候,她把于连称作"主人",表示自己要像奴隶一样永久服从。然而,只要于连稍许表露出爱慕的意思,她又转为愤怒,毫不掩饰地侮辱他,使于连深深地陷入苦痛之中。不久,玛特儿发现自己怀孕了,写信通知父亲要同于连公开结婚。侯爵在爱女的坚持下不得不一再让步。他先给于连每年一万镑进账的存折,接着又把每年收入两万法郎的土地分赠给女儿和于连。为了使女儿无论如何得到一个贵族的称号,他再把一张骠骑兵中尉的委托状给了于连,侯爵还准备进一步改变于连的出身,将他说成是被拿破仑放逐在山里的某贵人的私生子,并以他这个父亲的名义赠送两万法郎,让他在一年之内花掉。

正当于连在骠骑兵的驻扎地穿着军官的制服,陶醉在最无羁束的野心里的时候,他接到玛特儿的一封信,信中说:"一切都完了。"于连飞快地赶回,玛特儿交给他一封德·瑞那夫人亲笔写给侯爵的揭发信。于连读完后匆匆搭上一辆邮车,就出发去了维立叶。他在当地武器商店里买了一把手枪,随即走进教堂,看见正在祷告的德·瑞那夫人,向她连放两枪。

于连被捕了,野心的希望已经破灭,但死对他来说并不可怕。德·瑞那夫人没有受到致命的枪伤。她买通狱吏,免得于连受虐待。于连知道后痛哭流涕,开始懊悔自己犯的罪。他被押解到贝尚松监狱。福格和玛特儿相继来看他。于连对玛特儿为营救他而表现出的种种英雄主义行为并不感动,只觉得愤怒。公审的时候,于连当众预言自己将受到更严厉的处罚:"因为事实上,我绝不是被我的同阶级的人审判。"果然,以这时已升为省长的哇列诺男爵为首的陪审官,宣布于连犯了蓄意杀人的大罪,判处死刑。德·瑞那夫人不顾一切前去探监。于连这才知道,她给侯爵的那封信,是由听她忏悔的教士起草并强迫她誊写的。于连和德·瑞那夫人彼此饶恕了。他从未这般疯狂地爱过,尝到了一种崭新的幸福。他不愿对死刑上诉。临刑前的早晨,于连要福格把玛特儿和德·瑞那夫人用马车送走。可是在当天夜里,玛特儿赶了回来,按照她所向往的玛嘉锐特皇后的方式,亲手埋葬她的情人的头颅。至于德·瑞那夫人,她在于连死后三天也离开了人世。

(二)《红与黑》的思想意义

小说描述一个平民青年不屈不挠的奋斗历程,以及在封建复辟时期的社会中必然毁灭的悲剧,客观上反映了下层人民对资本主义与封建主义双重压制的反抗。于连并没有具体的政治目标,因而不是所谓的野心家。

司汤达在《红与白》中对颜色进行了解释:"红"即共产党,"黑"即保皇派;"红"象征着共和,"黑"象征着教会;"红"象征着鲜血、生命、自由,"黑"象征着伪善、阴谋。于连的一生是"红"的理想破灭后不得不走上一条黑色的道路。红与黑本质上是一种矛盾,这矛盾也就决定了于连一生的矛盾。

1. 于连悲剧的必然性

单就故事本身的发展而言,给人一种错觉:于连的不幸是一种偶然,实际上,偶然只是一种表象,告发于连的神父其实并不认识于连,与于连也无仇无怨,但当他知道德·瑞那夫人的事之后,他却不顾一切地去揭发于连,他要维护一种封建制的等级原则,于连被揭穿后,整个上流社会都憎恶他,与于连的冲突是一种原则性冲突,封建文化思想已经积淀在教会等级封建人士的潜意识中,成为他们所有行动的最原初也是最为强大的出发点与动力。维护一种等级原则成为他们不自觉的行为,当然也是为自己的利益而考虑,因为现实冲突的背后是财富的重新分配。在资本主义社会中是平等原则,在金钱面前人人平等,这一制度是封建社会不能相比的,它为每个人提供了出人头地的机会。虽是这样,但结果又是不同的,而对于既得利益者又存在着利益重新分配的原则,若于连成功了,就会在社会中树立起平民成功的榜样,这是为那些既得利益者所不容的。教会与保皇派势力联合扼杀于连也是必然的,于连对此也非常清楚。

2. 于连悲剧的深沉性

个人在争夺自由权利的途中,必然与社会相冲突。浪漫主义者对此往往很乐观,用一种理想性的东西来达到对现实的反抗。现实主义则更深沉,揭示的问题更本质,深刻地体现在于连在监狱里对人生的思考中。

"一个猎人在树林里放了一枪,他打到的东西落了下来。他跑去捉它,他的靴子撞倒了一个两尺高的蚂蚁窝,他毁坏了小蚂蚁的巢穴,把蚂蚁和它们的卵都踢得很远。……这些蚂蚁当中最有哲学头脑的也不会了解这个巨大的可怕的黑东西——猎人的靴子,忽然之间用一个不可相信的速度,冲进了它们的巢穴,事先还有一个可怕的响声,而且伴随着一束红的火光。"

"因此死,生,与永恒,对于那些器官发达到足以领悟的人来说,是非常简单的……一个蜉蝣在夏季一个长昼里,早上九点钟诞生,晚间五点死去。它怎么能够了解'夜'这个字的意义呢?"

正如庄子所说,"朝菌不知晦朔,蟪蛄不知春秋。"苏轼在《前赤壁赋》中写道:"驾一叶扁舟,举匏樽以相属;寄蜉蝣于天地,渺沧海之一粟;哀吾生之须臾,羡长江之无穷!挟飞仙以遨游,抱明月而长终;知不可乎骤得,托遗响于悲风。"

人在整个社会中的地位与命运就像蚂蚁,在命运的浪涛中颠沛流离,无能为力,人生就是如此,产生了一种蜉蝣意识:人的一生就像蜉蝣,朝生夕死,最后什么都没有,根本无法破解命运之谜,不知左右我们的究竟是什么东西。发展到卡夫卡、加缪那里成了一种荒诞感,在加缪看来,荒诞离不开人和世界这两个方面,它是从人与世界的关系中产生的,两者缺一不可。荒诞是唯一维系它们的东西。因此,荒诞一是指一种事实状态,二是指人对这种状态的意识和感受。人们希望人生有意义、有价值,希望世界合乎理性,但在实际生活中人生却是无意义的,世界也是不合理的。荒诞就来源于这种矛盾和冲突。

人生并不只是像浪漫主义者那样的一种情绪的宣泄,更重要的是直面人生困境,寻求人生根基的凭靠,鼓起存在的勇气。因而,今天我们看重的不是那些徒具信念的人,那些过于悲壮的人,倒是看重那些能够深刻经历自身危机的人。海德格尔说:"拯救并不仅仅是把某物从危险中拉出来。拯救的真正含义,是把某个自由之物置入它的本质中。"

于连在监狱里经过对生命的哲理沉思,感到自己又坚强又果断,"像一个洞悉自己的灵魂的人",同时在他临刑前显得富有诗意,散发出生命的凄美。"幸而人们告知他应该受刑的那一天到了,美丽的太阳,使万物都欢欣鼓舞起来,于连浑身充满了勇气。露天中行走,给予他一种愉快的感觉,好像在海上漂泊太久的舟子,忽然登上陆地散步一样。他自语:'前进吧,一切都很顺利。我一点也不缺乏勇气。'这个头颅,从来没有像在快落的时候,那么富有诗意。……"

(三)《红与黑》的艺术成就

1. 开创了环境与人物的典型化道路

现实主义文学在人物塑造方面要求再现典型环境中的典型性格,但这并不是说性格必须由环境决定。从系统论观点看,人物性格作为一个开放性系统,具有自组织调节能力,它虽受环境的作用因而存在自在性的一面,但对环境又有一种超越力量,因而具有自主性,也即"自己运动"的能力。可以这样说,人物的性格不是在典型环境中生成的,而是在典型环境中得到展示和强化,性格与环境虽然有联系,因而具有自在性,但性格的衍变基本上是按自身内在的逻辑,在内动力驱使下进行的,而不是决定于环境的影响,而表现为环境促进性格的展现,环境只作为性格的条件、前提或外迫力而存在。[1]

于连从小受父亲的歧视,但他从不屈服,反抗性就在这种环境中孕育而成。他在儿童时代就受拿破仑思想的熏陶,渴望凭自身的聪明才智出人头地,并下决心"冒九死一生之危险也要发财"。这说明他的个人奋斗的性格是早已有之的。反抗性和个人奋斗是于连性格的总特征。后面三个典型环境,只是发展和强化了他的性格:

---

[1] 蒋承勇:《十九世纪现实主义文学的现代阐释》,高等教育出版社1996年版,第102页。

在市长家里，市长的反动、骄横，于连所受到的侮辱，强化了他对上流社会的复仇欲和出人头地的理想。

在贝尚松神学院，其间的人都是伪君子，他们享受着丰厚的物质，披着神学的外衣，让于连体会到了世界的本质：虚伪。为了生存，他选择了虚伪的生存方式，为的是实现自己的理想。

在木尔侯爵家中，又处于贵族社会的阴谋中，于连学会了如何利用、征服他人，让自我发展。

三种典型环境从不同方面强化了于连的性格，但他始终是自我的主人，直到生命终止，他那坚定的反抗性和个人奋斗性格并没有因环境的影响而改变，相反表现得更为鲜明具体，由于他的这种性格是不见容于那个社会的，所以，他一生的奋斗实际上是性格同环境激烈抗争的过程，正是在这种抗争过程中性格才得以展示和强化。这里，既有性格抗拒环境的"自己运动"的自主性，又有性格与环境关联的目的性，并且，自主性是超越自在性的。

2. 准确而深入的心理刻画

传统文学相对忽略心理，或心理描写具有偏狭性，浪漫主义作品虽强调情感但也缺乏心理描写，最早的心理描写来自英国感伤主义文学，然而这种心理描写是经过修饰的，真正的心理刻画是从现实主义文学开始的。

于连的奋斗欲和奇特的爱情心理描写成为经典，于连的奋斗欲充满了复仇性。在于连心目中的爱情，他理解为战争，爱情的性质决定了人生的成败，爱情显得过于沉重，他以迎接战斗的心理面对爱情，变成了一个战士的心理：防卫、警惕、机智、狡诈。

弗洛伊德精神分析理论认为，人的心理结构分为意识、潜意识与前意识，由"性"本能所导致的"欲"，它作为人的内在生命力的一部分，潜伏于潜意识中，通常也并非均表现为恶，在外力的刺激下，它会上升为前意识的"情"。"情"是一种长期积累着的情绪记忆，它可以被意识到，但平时只作为一种信息贮存于大脑之中，其中大部分又回归于潜意识领域。"情"以"欲"为本源，并常和"欲"相交融。同"欲"与"情"相对比，意识层次中存在着由各种社会性内容积淀而成的"理"，它可以被人感觉到。司汤达笔下的人物心理冲突，往往是在"理"、"情"、"欲"这三个心理层次展开的。

德·瑞那夫人与于连之爱有漫长的心理演绎过程，其源头可追溯到他们最初见面时。当时,德·瑞那夫人已经是有两个孩子的母亲,但她却从未体验过真正的爱情,并且,她笃信基督,向来把小说中的男女之爱视为邪恶的表现。在于连到她家之前,她想象他定是满脸污垢、粗鲁不堪的人。其实,19岁的尚未涉足爱情的于连是个眉清目秀的美男子,当他带着"少女般羞怯"的表情第一次出现在市长夫人跟前时,她惊呆了,继而心里"充满少女的疯狂的快乐","她只看见于连鲜明俊秀的面色,大而黑的眼睛,漂亮的头发,便为他迷住了"。与之相似,于连第一眼看到德·瑞那夫人时,被她的温柔的眼睛吸引住了,也忘记了羞怯,立刻,更惊奇的是她的美丽,接着,于连又闻到了她"夏季衣裳"的香味,这对一个穷苦的乡下人来说是怎样的惊愕啊!于连面红耳赤,"他觉得这个年逾30的贵妇人,只是20岁的少女"。

在这一段描写中,作者把男女主人公推入一种他们自己都不曾意识到的潜感觉中,他们都不由自主地为对方的外貌、情态所吸引,客观的信息成了主观的感觉流程,他们"呆"、"乐"、"着迷"、"惊"、"惊愕"、"面红耳赤"的情态的变化,显示出了各自潜意识中"欲"的萌动。相比之下,这种"欲"在于连身上显得更突出。作者接着写道:"于连立刻产生了一个大胆的念头,想吻她的手。"但是心里又害怕,他的念头是"欲"的进一步外现,而"理"的抬头则使他害怕,阻挠了"欲"的外现。但害怕之后,于连又立刻想道:"难道我是个无用的低能儿吗?我无用到了这个地步,不能做一个对我很有用的动作吗?也许,这个动作可以减少这个贵妇人对我的轻蔑。"这是于连自我意识的显现。自我意识是人的个体生存本能与社会环境冲突的产物,长期受社会迫力的作用,它被挤压在前意识中,一有机会就会显现出来。于连由于从小就受社会和家庭的压迫,因而自我意识格外强烈,当他的头脑中一出现"无能"、"轻蔑"等词时,自我意识很快地被激发出来,这是自我意识与"欲"之合力的作用,使刚刚还感到害怕的于连随即"大胆地拿过德·瑞那夫人的手送到自己的唇边"。对德·瑞那夫人来说,于连的这一大胆举动,使她"大吃一惊",觉得"应该生气",但又很快就"忘记了刚才害怕的事儿",对于连根本不存在责备之心了。她的"吃惊"是很自然的,因为像她这样一个贵妇人,"理"的力量是超过于连的。然而,她很快又"忘记了",这似乎是不合理性逻辑的,但符合情感逻辑:由"欲"上升到前意识的"情"主宰了她的心灵,行为也就为感情所操纵。

以上的描写,均因显露了人物心理深层的内容,才使人感到男女主人公的情感、心理及外部动作、情态变化入情入理。以后,于连和德·瑞那夫人之间的心理演绎无论如何冲突激烈,都是以上述心理冲突为原型展示。于连在花园里出于"责任"第一次把德·瑞那夫人的手握住,从心理内容上看,主要是前意识中自我意识的驱使,但也受"欲"的鼓动。至于德·瑞那夫人,对此,她先是"努力缩回"自己的手,继而由于"欲"和"情"的逼攻,她又让自己的手"留在于连的手里",接着又主动地"将她的手送给于连",这里,人物外部动作的幅度是缩小的,但心灵的起伏、情感的流动是大幅度的,其内在原因是深层心理能量的释放。当于连深夜潜入德·瑞那夫人的房间时,双方的心灵中表现出比以往任何时候都剧烈的矛盾冲突,这主要是他们心理结构中"理"与"欲"的搏斗造成的。经过漫长的心理演绎之后,他们各自心理结构中"情"的领域扩大了,"欲"的成分减少了,"理"的力量也进一步减退。于是,他们俩的心灵趋于平静,他们堕入了倾心相爱的情网之中。到最后,"理"的力量近乎"消失","欲"则高度升华为"情",他们心灵的冲突和情感的冲突平息了。所以,于连身陷囹圄,他们倒是心心相印,恩爱之情表现出超常的温柔、宁静与优美,总之,在于连和德·瑞那夫人感情和心理波涛的涨落中,深层心理内容的外现是很明显的。

于连与玛特儿小姐之间爱的演绎,一开始表现为虚荣、骄傲、自尊、自卑等理性内容的冲突。以后,他们潜意识中的"欲"逐渐显现,且越来越强烈,而又极少上升为"情"。因此,他们之间的心理冲突主要是在"理"与"欲"之间展开的,他们之间的感情也就绝没有于连和德·瑞那夫人那种真挚、宁静和优美,而是狂热有余而真诚不足,野性有余而温情不足。所以,司汤达自己也认为,前者是"心坎里的爱",后者是"头脑里的爱"。这种细微差别的显现,在于披露了人物的深层心理。[1]"你要知道我永远爱的是你,除了你,我从来没有爱过别人。""那是可能的吗?"德·瑞那夫人也欢喜得叫了出来,她靠在跪在她面前的于连的身上,他俩静静地哭泣了很久。于连觉得在他的生命里,没有一个时光,可与这个时候相比拟。当德·瑞那夫人谈到木尔小姐时,于连回答:"只是表面上是真实的,她是我的妻子,但不是我的爱人……"于连的欢欣和幸福,向她证明他是完全饶恕了她,他从来没有这般疯狂地爱过。

司汤达是人类心灵的观察者,因此小说中人物的心理描写是作者自觉的,他并不注重人物的衣着,而是直抵人物的内心世界。司汤达预言他的作品将在1880年被人所理解,1900年被翻印,1935年将被大规模地阅读。

---

[1] 蒋承勇:《十九世纪现实主义文学的现代阐释》,高等教育出版社1996年版,第98—100页。

第三节
梅里美:别样人生的另类书写

一、生平概要

梅里美出身于一个艺术家的家庭,他的父亲是个具有多方面文化修养的人,擅长绘画,写过一本关于绘画技艺的著作;他母亲也是画家,以画儿童的肖像画而出名,她会讲故事,惯于一面给儿童画像,一面给他们讲些有趣的故事,使他们能够乖乖地坐着让她画。她是一个性格异常坚强的女人,18世纪的哲学使她对任何形式的宗教信仰都产生反感,她甚至不让她的儿子去受洗礼——他到晚年提出这事,还略带几分讽刺性的快意。有个虔诚而和蔼的贵妇人,使尽一切花言巧语,引诱他去行受洗仪式,他回她道:"我愿意,但有一个条件,就是你去做教母,我穿上白色长袍,你把我抱在怀里。"

22岁左右,梅里美的写作才能初露头角,他在自由主义反动派的社会圈子里过着独立自主的生活,把自己一半消磨在文学上,一半用来寻欢作乐。1831年他被任命为古迹文物观察员。他履行自己的职责,既熟悉又干练。他几度出游西班牙和英国,一度到东方,两次到希腊,这些经历完成了他的特殊训练,使他对异国风土人物贮藏了丰富的印象。由于精通欧洲各国语言,他从历次旅游中获益不浅,他在外国就像一个本地人到处行走,一个法国人像梅里美那样懂得这么多种语言,实在是非同寻常。他会讲英语、西班牙语(包括吉卜赛语在内的所有西班牙方言)、意大利语、现代希腊语和俄语;他除了精通古代希腊罗马的文学外,还透彻地研究过上述各种语言的文学,他以公职人员身份在法国发表了他的游记,通常广征博引,巨细无遗;这些游记以及有关罗马历史轶闻的研究,使他在1841年被选为碑铭院院士,1844年他成为法兰西学院院士。

他非常骄傲,同时既冒失又羞怯。他的智力大胆放肆,他的气质却腼腆拘谨,为了隐藏有损他的骄傲的腼腆，他要么采取生硬冷漠的态度，要么摆出玩世不恭的态度，这种玩世不恭变成了一种怪癖。他这种性格，使他置一切习俗于不顾，想说什么就说什么。

作为戏剧家和小说家，梅里美早期的态度是在文学中敢作敢为的态度。他很想向流行的趣味挑战；以刺激和激励自己的同胞为目的，他通常选取和现代文明社会尽可能没有联系的题材，他首先对文艺上的伤感主义发泄他的敌意，为了避免变得伤感和病态，他把自己完全隐藏在他所描写的人物后面，让这些人物和他们的命运自由活动，对他们的行为从不表示自己的意见。司汤达对于多愁善感同样有很强烈的反感，可是他总情不自禁地要插嘴说话，梅里美却使自己让人看不见，听不见，捉摸不透，这样使他的小说带有强烈的戏剧化倾向。

梅里美在文学史上作为艺术大师的地位，在一定程度是靠他的中短篇小说奠定的。1829年，梅里美第一个短篇《马第奥·法尔奇纳》的发表，显示出他是一个颇具特色的优秀的短篇小说家。

二、《马第奥·法尔哥纳》

（一）故事概要

马第奥是科西嘉岛上一个强悍粗犷的农民，他为人豪爽，重视义气，在当时赢得了好汉的名声，甚至也得到了那些被官方追捕不得不逃遁山林的"匪徒"的信任。某天，他外出未归时，一个"匪徒"到他家，被他的小儿子收容隐藏起来，官兵追到，以金表引诱孩子，使他交出了这个逃犯。马第奥回到家里得知此事后，为了洗刷不义，亲手处死了自己唯一的儿子。

小说中他儿子福尔蒂纳托塑造得最为成功，他聪明机智，但又禁不住诱惑。强盗显得很慌忙，可在这万分危急之中，福尔蒂纳托面对强盗的威胁毫无惧色。

"来吧，把我藏起来吧，要不然我就杀了你。"福尔蒂纳托从容地回答他："你的枪里已经没有子弹，你的皮腰带里也没有子弹了"。"我还有匕首呢！""可是你能跑得和我一样快吗？"他纵身一跳，就跳到了对方抓不住他的地方。福尔蒂纳托讨价还价，若把对方藏起来，会给他什么好处呢？强盗从口袋里掏出一枚五法郎的硬币。福尔蒂纳托一看见硬币就露出了微笑，他一手抓住硬币，对齐亚内托说："你什么也不用怕。"他用干草堆把人藏起来后，还想出一个十分巧妙的鬼花招。他去抱了一只雌猫和几只小猫来，把它放在干草堆上，让人相信这个草堆刚才并没有人动过。然后，他在屋边小路上发现几处血迹，便细心地用尘土盖住，这一切都料理完毕后，他坦率地又躺到阳光下去。

几个兵士和军士知道是福尔蒂纳托把强盗给藏了。他们不管怎样威慑，一点作用也没有，于是军士便拿出一只至少值十个硬币的银质挂表，提着这只吊在钢链上的表对他说："淘气鬼！你恐怕很想有这么一只表挂在你脖子上吧，这样你就能像孔雀那样骄傲地在维西港的大街上走来走去，人家问你：'现在几点了'，你就可以回答：'看我的表吧。'"

"怎么样！你要这只表吗，小孩子？"

福尔蒂纳托用眼角贪婪地注视着那只表，好像一只猫盯着主人送来的整整一只鸡似的。只因感到主人在跟它开玩笑，它才不敢伸出爪子去抓，不时地移开目光，免得抵挡不住诱惑，但他又时刻地舔着嘴唇，仿佛在埋怨它的主人，"你的玩笑开得多残酷呀！"

福尔蒂纳托带苦笑地问他："你为什么跟我开玩笑呢？"

"上帝作证，我没有在开玩笑，你只要告诉我齐亚内托在哪儿，这只表就归你了。"

"倘若我不按这个条件把表给你，那就罢我的官吧！伙伴们都是见证，我可不能说话不算数。"

他一边这么说，一边不断地把表凑上来，近得几乎碰到孩子苍白的面颊。孩子的脸上清楚地显示出贪欲和对客人恪守信义在他的灵魂深处所展开的斗争。他那袒露的胸脯猛烈地上下起伏，看上去他就要透不过气来了。然而那只表却摇晃着，旋转着，偶尔碰到他的鼻尖。他的右手终于渐渐地伸向那只表：他的手指尖碰着表，表于是整个儿沉甸甸地压在他的手上，不过军士还没有放松表链……表面上显出天蓝色……表壳刚刚擦过，闪闪发亮……阳光下，它整个儿就像一团火……这个诱惑真是太强烈了。

福尔蒂纳托又举起左手，用大拇指从肩膀上指了指他背靠着的干草堆，军士立刻会意，松开了表链。福尔蒂纳托感到自己成了那只表唯一的主人，更像只黄鹿那样敏捷地站起身，走出干草堆十步远。

"狗崽子"，齐亚内托怀着三分愤怒七分轻蔑朝孩子骂了一句。

孩子把从他手里得到的那枚银币扔给了他，因为他感到自己再也不配有这枚银币了。

(二)《马第奥·法尔哥纳》的思想内涵

这部小说的中心就是展开了小孩的贪欲与对客人恪守信义在他灵魂深处的争斗的整个心理过程。梅里美的创作中有一个倾向：他赋予每一种感情一种凶猛热情的性格，他着意渲染残忍和冷酷，从他的艺术车间里输送出来的每一篇故事都是死亡——不是悲剧的死亡，而是冷酷无情的真正死亡。福尔蒂纳托被他父亲认为是他家族中第一个背信弃义之徒，不管妻子怎样劝阻，福尔蒂纳托怎样求饶，最终还是冷酷地将福尔蒂纳托杀了。

在梅里美的灵魂深处隐藏着对强力的爱好。他所爱好的强力是性格的原始动力，是激动人心、有决定意义的事件，在所有事件中死亡是最具有决定意义的，因此他爱上了死亡——不过要注意，他所爱的不是唯灵主义者及其信徒们所想象的死亡，也不是作为净化过程转入另一种存在的死亡，而是一种猛烈的、突然的、血淋淋的终结。

三、《嘉尔曼》(《卡门》)

(一)故事概要

1830年初秋，我到西班牙做了一次考古旅行，不期然地遇上了大名鼎鼎的土匪唐·约瑟，同他交上了朋友。我的向导企图领赏金，要告发他，我及时地放他逃走了。

在科尔多瓦，每到傍晚，女人们都喜欢在河里裸浴。一天，我正在堤岸抽烟，忽然走上来一个浴女，非常美丽。她是个波希米亚姑娘，我便请她给我算命。她把我带到家里，又遇上了唐·约瑟。回到客店我发现我的表不见了。

过了几个月，从一个修士那里知道了唐·约瑟已经被关押，我去看他，他亲口告诉我下面这些悲惨的事儿。

我在骑兵营当班长时，被派在烟厂当警卫，那个波希米亚姑娘嘉尔曼在那里当女工。看见我站岗，她上前来挑逗我。过了一会儿，嘉儿曼同一个女工一言不合，她竟拿起切烟刀在对方脸上划了个人形的十字，由我押送她上监狱去。她让我放她逃走，我被她迷住了，有意放走了她。为此，我被革掉班长，判了一个月监禁。嘉尔曼给我偷偷送来锉刀，但我不想逃跑。

出狱后，我在上校家站岗，看到了嘉尔曼。她把我带到一间屋子相会，第二天早上,她对我说:"我们的规矩,我再也不欠你什么。我有点儿爱你了,可是不会长久的,狗跟狼做伴,绝没有多少太平日子。"

我心里只有一个念头,就是希望再能遇上她。夜里我正在城门站岗,嘉尔曼来了,要我放走私的通过,答应第二天同我相会。但第二天见面时,她嫌我要报酬。我气得躲在教堂里关起来,突然嘉尔曼又站在我的面前说:"我真是爱上你了,你一走,我就觉得神魂无主。"可是嘉尔曼的脾气就像我们乡下人的天气,好好儿的大太阳,会忽然来一场阵雨。

一天晚上,我在她屋里等她,她却带着一个排长回来。这中尉叫我滚出去,而我根本不理他。他拔出剑刺伤了我的脑门,我一刀杀死了他。逃走后,她给我包扎,说我犯了罪,不如到海边去走私。我觉得这种冒险与反抗的生活可以使我跟她的关系更加密切,她对我的爱情可以从此专一,便答应进了走私帮子。嘉尔曼总是当探子,谁的本领也比不上她。我钱有了,情妇也有了。但好景不长,原来嘉尔曼是有丈夫的,叫作独眼龙加西亚。嘉尔曼把他从苦役监救出来了。这是个狠毒的流氓,为了摆脱累赘,竟把受伤的伙伴打死,嘉尔曼好像并不在乎。

有一回,嘉尔曼跑到直布罗陀去做买卖,她迷上了一个英国军官。我看着她那副风骚模样真气疯了,本不想再见她的面,可是一会儿又泄了气,在准备抢劫这个英国人的头天晚上,我和加西亚赌钱,他作弊,我和他动起武来,我把他杀死了。嘉尔曼知道后对我说,早晚要轮到你的。我拿话威胁她,她说:"我几次三番在咖啡渣里看到预兆,我跟你是要一块儿死的,管它,听天由命吧。"

我们受到军队包围,三个被打死,两个被抓走,我也中了子弹。嘉尔曼在半个月之内目不交睫,片刻不离地陪着我。我想改变生活,要她离开西班牙,上新大陆去安安分分过日子。她不肯答应。她认识了一个斗牛士,要让他入伙。我不准她同斗牛士来往,她说:"人家要干涉我什么事,我马上就做!"我亲眼看着那斗牛士摘下牛身上的绸结子向她献着殷勤,可是斗牛士被牛连人带马撞翻地下。等她回来,我要她跟我去美洲,她说她老想到我会杀她,但这是命中注定的,"我已经不爱你了……可是嘉尔曼永远是自由的",她脱下我送给她的戒指,往草里扔了。我戳了她两刀。嘉尔曼常说喜欢死后葬在树林里,我埋好她以后,骑上马直奔科尔多瓦,遇到第一个警卫就自首了。

(二)《嘉尔曼》的思想意蕴

按照以前的观点,认为这部小说表现的是个性解放与资本主义社会之间的冲突,其实这是野性与人类文明的冲突,男女主人公分别代表冲突的两方,唐·约瑟——文明的化身,内心深处渴望过一种稳定、正常,有道德制约的生活,骑兵团班长——职业本身就是文明的卫士。爱情要求专一,唐·约瑟代表典型的文明爱情观。

而嘉尔曼作为与文明对立的精神隐喻符号,是一个邪恶的人物,她的职业就是犯罪,现实生活中的任何一个人,只要是有钱财可以偷可以抢,就成为她狩猎的对象,任何道德原则对她都是不存在的,但她又并不是一个单纯邪恶的形象。梅里美力图把她表现为一朵"恶之花",赋予了她某些闪闪发光的东西,让她与周围的环境鲜明地对照起来。她自觉地站在社会的对立面,声称自己"不属于这些恶棍的专卖烂橘子的商人国家"。她对这个异己的国家和社会的道德规范表示了公开的轻蔑,往往以触犯它们为乐事,还经常对那些不敢越出这些规范的庸人作风加以嘲笑。唐·约瑟没有加入她们那一伙之前,就被她揶揄地称为"金丝鸟",她对这个青年的循规蹈矩表示轻视,说:"你是一个黑奴,愿意让别人随便拿一根棍子来驱使你吗?"她是一个社会的叛逆者的形象,她以"恶"的方式(野性)来蔑视和反抗这个社会。

她又是独立不羁性格的典型,她身上最突出的特点是热爱自由和忠于自己。在她看来,"自由比什么都重要"。她说:"宁可把整个城市烧掉而不愿意去坐一天监牢。"她力图保持自己个性的绝对自由,不受任何道德原则、习俗偏见的限制。她经常声称自己是以吉卜赛人的方式来行动,也就是按自己的本性来行动。因此,忠于自己成为她特有的道德原则,当她爱唐·约瑟的时候,她情愿在危急的关头与他共患难,一步也不离开,但当她对唐·约瑟的爱情终止后,任何劝说和威逼都改变不了她的决定,即使是在死亡的威胁面前,她也始终不让步。于是,以整个生命为代价来坚持个性自由和忠于自己的原则,就成为嘉尔曼这个人物最突出的也是最吸引人的标志。

梅里美把这个自由、粗犷的吉卜赛人的典型,和虚伪、苍白的文明社会相对照,把她的非法活动、惊世骇俗的生活态度,与社会法律、传统观念相对立,让她以勇敢的忠于自己的死超越了文明社会,让这个"恶的精灵"在那个社会的凡夫俗子面前闪闪发光,正表现了梅里美对文明社会的批判和否定。

在嘉尔曼和唐·约瑟之间一直存在着两种生活理想、两种生活态度、两种是非标准的矛盾,嘉尔曼早就看出了自己与唐·约瑟之间深刻的矛盾,也了解他们双方都是各自的原则和观念的固执的坚持者,因而也就早有预感他们会同归于尽。事实上,这一对男女最后悲惨的结果,是野性和文明冲突的结果。在嘉尔曼身上散发出蓬勃的生命力，对于唐·约瑟来说产生了无穷的吸引力，但作为文明人的唐·约瑟又不能完全接受嘉尔曼身上的野性，尤其是她根据情绪选择恋人的方式，这是人类文明自身的永恒困惑，向往野性的生命，但又不能完全控制它，于是又害怕它。这是人类向往自由而又逃避自由的永恒的悲剧性的命运。

四、梅里美小说的艺术特色

梅里美生活在法国文学的浪漫主义时代，加之他自身有着浓厚的艺术家的浪漫气质，他的创作也就必然具有鲜明的浪漫主义倾向。表现在题材的选择上，他偏爱异国情调和惊心动魄的非常事件（这正是当时浪漫主义文学的重要特点之一），尤其偏爱与文明社会相对立的强悍性格。但在写作方法上，他又深得现实主义写法技巧之奥妙，人物刻画十分精确，细节描写极其逼真。由于这方面的特点，有人把他置于现实主义作家的行列。

梅里美在艺术上的一大特点是，他力图从作品中排除一切主观抒情的成分，而以冷静客观的叙述代替一切。这一特点在人类激情得到顽强表现的浪漫主义时代尤其显得突出。

梅里美把着墨的重点放在人物性格的塑造上。梅里美的性格塑造，与巴尔扎克的典型塑造不同，从内容到形式均有所侧重，巴尔扎克注意的是典型环境中的典型性格，是从现实生活中概括出来的带有普遍的个性，作家通过这些个性来表示社会和人的普遍本质。而梅里美所欣赏的是奇特的、与众不同的个性（独立特性），因而巴尔扎克重视对环境和生活细节的刻画，并赖以说明产生某种性格、某种行为的原因。

梅里美无意于做这样的分析研究，他既不注重描绘生活细节，也不着意于表现人们的感情的心理状态，他的注意力的中心是塑造一些非凡的，特别是与文明社会相对立的，具有原始动力的强悍个性的卡门、高龙巴、马特奥·法尔科纳、塔曼戈等形象。梅里美乐于从纯朴而坚强的个性中发掘诗意，赞赏那种狂放不羁、桀骜不驯的性格，这种性格不接受任何道德、法律以及文明社会任何观念的束缚，只服从于自身需要的原始召唤，他们不能容忍旁人充当他们的主人，他们所承认的唯一主人就是他们自己，这种性格往往会把事物的矛盾推向极端，其结果是使梅里美的大部分作品的情节以血淋淋的死亡而结束。

梅里美是19世纪前期最出色的文体家，被誉为"艺术风格高度完美的'巨匠'"，风格典雅谨严而不矫揉造作,文笔优美细腻而又清新、精炼,其文学的精雕细刻、语言的高度凝练与叙述的明快流畅,使他的优秀作品臻于艺术的化境,这也难怪评论家赞誉他为"一个天才"与"一朵典型而独创的奇葩"。

第四节
巴尔扎克:金钱体验的"历史书记员"

一、巴尔扎克的人生体验

勃兰兑斯在《十九世纪文学主流》中这样描绘巴尔扎克:"巴尔扎克是一个中等身材的人,体格魁梧,双肩开阔,晚年有点肥胖。他的颈子脖健壮、厚实,白皙有如女性,是他值得骄傲的地方。头发又黑又粗,粗得像马的鬃毛;那双眼睛像一对黑宝石那样闪闪风光——那是驯狮者的眼睛,这种眼睛能透过房屋的墙壁看见里面发生的一切,能透过人的肌体、洞察人的肺腑,像阅读一本打开的书。他的整个仪表显示出一个劳苦不息的西西弗斯的形象。"[1]对于巴尔扎克来说,他生平中有若干关键性环节。

(一)童年的心理记忆

巴尔扎克是一个暴发户的儿子。他的母亲是一个银行家的女儿,父母亲最关心的是金钱以及可以带来更多金钱的权力。他母亲的格言就是:财产就是一切。巴尔扎克从小就受到金钱至上的观念的熏陶。可以说,金钱在他幼小的深层意识中烙下了不可磨灭的记忆。

心理学认为,童年的心理记忆虽然可能是非自觉和无意识的,但它会成为一个人人格结构的最初的、最基本的模型并制约一生的行为动机。人们常常忽视这样一个无法回避的事实,要在人的深层心理中抹去童年记忆是徒劳的。童年无所不在,它是梦中的常客,它是思维的源泉,它是感知世界的参照,它是行为动机的起点。巴尔扎

---

[1] 勃兰兑斯:《十九世纪文学主流·第五分册·法国的浪漫派》,李宗杰译,人民文学出版社1997年版,第187页。

克童年时期关于金钱的最初记忆在成年后得到强化。心理学还认为,成为心灵的印象或记忆痕迹,这种印痕、痕迹的浓缩,这种不断发生的心理体验的积淀形成了心理结构的基本模式。金钱是青年时期和成年时期的巴尔扎克梦寐以求的东西。巴尔扎克创作的冲动就来源于金钱以及由金钱激发出来的人的情欲。他的人生一开始就拥有金钱,保证了巴尔扎克有一个相当稳定的平常心态,不像司汤达,潜在的自卑心理使之对上层社会具有强烈的反抗欲和复仇欲,而巴尔扎克的潜意识有一种贵族崇拜意识。

(二)早熟的心灵

巴尔扎克的父亲希望他能求取功名利禄,对他教育很严。中学毕业后,巴尔扎克到巴黎大学攻读法律。在法律事务所实习时,巴尔扎克以俯瞰姿态对社会进行了全局性观察、思考,管理档案工作,为他以后的创作提供了丰富的素材,而且他也因此对社会人生有了新的体悟。

(三)穷愁潦倒的十年(1819—1829年)

1819年,巴尔扎克大学毕业,按理,他应该去当一名有钱、有地位的律师,但他偏要去当作家。父母竭力反对,他却一意孤行。父母无奈,只得让步,但有一个条件:限他用两年时间搞创作,若不成功,则乖乖地去当律师,否则家里停止提供生活费。为了迫使儿子早日放弃当作家的梦想,母亲给巴尔扎克在巴黎租了一处极为破旧的公寓,并且是五层楼顶的楼梯间,以后巴尔扎克回忆道:"没有再比这间楼梯和它又脏又黄的冒穷气的墙壁更惹人讨厌的东西了。……房顶几乎斜到了地盘上,穿过了露着罅隙的瓦,便清清楚楚地看得见天。……在我僧院式的独居生活的最初十个月里,我在这种贫乏而垫伏的方式下过活着,我是自己的主人,也是自己的仆役。以一种难以形容的锐气,我度着一种苦行僧式的生活。"在这期间,他的生活费是经过父母精打细算的每月120法郎,刚好是当时生存的最低水准。如此的"作家"生活,实在使巴尔扎克苦不堪言。他在给妹妹的一封信中曾幽默地写道:"你的注定要享有伟人荣誉的哥哥,饮食起居也正像个伟人,那就是说,他快要饿死了。"

两年过后,一心想成为誉满全球的大作家的巴尔扎克并没有成功,他煞费苦心奋斗一年多写出的处女作——诗剧《克伦威尔》,却令人大失所望。有人好心地劝诫他:"你找件什么事干都行,就是不要搞文学。"父母也断然停供了生活费,为了生存,他就写一些胡编乱造、情节离奇的浪漫小说,但都没有获得成功。这些他自称为"乌七八糟"的作品无法为他解决经济上的燃眉之急。于是,巴尔扎克决定暂时弃文经商,涉足出版业、印刷业,但生意清淡,亏损了9000法郎。但他不死心,对印刷技术进行改造,获得了成功,引起同行的嫉妒和恐慌,周围的同行联合起来排挤他,使巴尔扎克一败涂地,换来的是债台高筑,达6万法郎之多,这使他充分体会到了资本主义的残酷性。此时的巴尔扎克,潦倒不堪,为了躲避债主,经常隐身于贫民窟,饱尝了贫穷与饥饿的苦楚,为还清债务,他夜以继日地写作,使他的健康受到了损害。

巴尔扎克经常每天工作14到16小时,有时甚至到18小时。他谈到自己的生活时说:"我要不是在打草稿,就在打腹稿,而当我既不起草又不构思的时候,又要校改清样了。这就是我的生活。""上帝创造世界只用了六天,第七天他就休息了。然而,我呢……"他妹妹描述他经常独自关在家里,一关就是一个半月或两个月。他把窗帘全拉上,点起四支蜡烛,穿着圣多明戈式的白睡袍,不见任何人,也不读外来信件……有人说他三天用掉一瓶墨水,更换十个笔尖。为了保持头脑的兴奋状态,巴尔扎克经常喝大量的浓咖啡,友人说他活在五万杯黑咖啡上,也死在五万杯黑咖啡上。到后来,甚至连咖啡也起不了作用了,过度的工作终于毁坏了他的健康,他在五十岁——创作力还处于高峰时期的时候就离开了人世。当时他和他追求了十七年的女友结婚才五个月。

巴尔扎克一生都在追求贵妇人,但在这方面,他却不是个成功者。年轻时,他虽然智慧出众,却很少得到贵妇人的青睐,因为他是"一个极丑的年轻人","他那鬃鬣似的头发上厚厚的油泥,朽缺的牙齿,说话一快就唾星四射,与他那总不刮的脸和总不系牢的鞋带,也都让人感到恶心。"他是一个"矮胖的、宽肩膀的、嘴唇厚得几乎像黑人的年轻小伙子"。巴尔扎克自己说:"实在说来,我是有勇气的,不过它只在我灵魂里,而不在我的外观上。"所以年轻时的巴尔扎克在那些贵妇人面前每每自惭形秽,在成年之后,变得"风流成性而且急躁不堪",虽然他很少成功,他在小说中大量描写野心家征服贵妇人,这是巴尔扎克对追逐贵妇人的失败的一种心理补偿。

这十年,巴尔扎克充分体会到了生活的酸甜苦辣,尤其对金钱的魔力有了别人无法相比的深刻理解与体验,这种心理体验与情感的积淀形成了巴尔扎克的心理原型。这种心理原型潜隐于他的深层心理之中,制约着他的创作活动。《人间喜剧》之所以成为金钱与情欲的史诗,就因为巴尔扎克心灵深处那无法排遣的金钱与情欲之情结的投射,可以这么说,古往今来没有任何一位作家像巴尔扎克那样对金钱时代人的灵魂做过如此广泛而深刻的描写。

巴尔扎克的悲与喜都围绕钱而进行,钱成了他日后小说的中心意象,在钱海中沉浮的巴尔扎克,追求金钱并未成功,对发财致富的人有一种本能的憎恶和赞赏,形成了他对金钱的批判态度。

二、《人间喜剧》的整体成就

(一)《人间喜剧》名称的由来

巴尔扎克的代表作是《人间喜剧》系列小说,这一系列小说是在创作中逐渐形成的。《朱安党人》(1829年),第一次署真名发表,后人认为这是《人间喜剧》的第一部。但在此时,巴尔扎克并未有写《人间喜剧》的想法。两年后,就《驴皮记》发表谈话时,第一次透露出写系列小说的意愿,《驴皮记》的主要公拉法埃尔曾经说:"我感到自己有某种思想要表达,有某种体系要建立,有某种学说要阐释。"

1833—1840年,在长达七年的小说创作中,巴尔扎克有意识地在各种专题研究名目,如"19世纪的风俗研究""社会研究""哲学(哲理)研究"下发表小说,写作已初具规模。1841年的一天,巴尔扎克满面春风地跑到鱼市街他妹妹的家里,一进门就挥舞着他那根镶着玛瑙石的粗大手杖,手杖柄上用土耳其文刻着一句苏丹王的箴言"我是粉碎障碍的专家"。这箴言正是巴尔扎克性格的写照。模仿着军乐演奏的鼓声,然后兴高采烈地说:"向我致敬吧,因为我老实不客气就要成为天才了!"巴尔扎克经过多年酝酿,终于在但丁的《神曲》(即《神的喜剧》)启发下,为他的小说找到了一个理想的总称——"人间喜剧",意味深长地把人世间一切纷争角逐或悲欢离合喻为舞台的一个个场景。

从1842年开始出版的《人间喜剧》中,巴尔扎克将编目划分为三个部分:"风俗研究"、"哲理研究"、"分析研究"。按作者自己的解释,风俗研究是描绘法国当代社会风貌;"哲理研究"是探讨产生这些社会现象的原因,写出隐藏在众多的人物、激情和事件里面的意义;"分析研究"则是从"人类的自然法则"出发来分析这一切因果的本质和根源。

《人间喜剧》的取名受《神曲》(《神的喜剧》)的启示,《神曲》:一个灵魂寻找人生的前途,最终在上帝使者的引导下,走上至善至美的天堂,"喜"——人的灵魂获得拯救,进入天堂。"神的喜剧"——人经过地狱、炼狱,进入天堂是在神的指导下,若没有神的引导,人无法进入彼岸,人的喜是神所赐。而随着时间的推移,人类从宗教—形而上学中脱魅而出,发现人与自然本为一体,人是大自然的杰作,并非上帝的宠儿,这样便动摇了人与上帝的关系。人发现自己并未处在上帝的光芒之中,人只活在人间,人的欲望、活动构成了世界。("喜"——人度过苦难,自身得到升华与超越,)而在巴尔扎克的笔下,写的却是社会上的一切冲突、争斗、动乱、犯罪,发生在家庭和个人生活中的种种悲喜剧,描绘的是一幅幅触目惊心的画面。

《人间喜剧》无"喜"可言,而此时"喜"是一种特殊的产物,巴尔扎克站在制高点上看芸芸众生,他觉得充满喜剧色彩,以相对超脱的姿态俯瞰众生,"喜"有一种辛辣的讽刺意识,人只有在理性观照下才能体会到"喜"。

取名本身让人感到恢宏博大的气势,他无意仅仅表现个人遭际,他想通过个人的命运沉浮传达出巴尔扎克对时代和社会的总体认识,这受到当时动物学家饶夫华提出的"统一图案"学说的影响。巴尔扎克说:"社会和自然相似。社会不是按照人的活动环境使人类成为无数不同的人,如同动物有千殊万类吗?士兵、工人、行政人员、律师、有闲者、科学家、政治家、商人、水手、诗人、穷人、教士之类的差异,虽然比较难以辨别,却同把狼、狮子、驴、乌鸦、鲨鱼、海豹、绵羊区别开来的差异,都是同样巨大的,因此,古往今来,如同有动物类型一样,也有社会类型。"因此,巴尔扎克认为,人性的许多奥秘最终可通过对其社会环境的分析找到根据,把人放到巨大的"物态"的社会背景中进行认识。

在巴尔扎克这里,决定人的精神世界差异的是环境,而这个环境是物质环境和社会环境的双重结构,其中物质的因素是至关重要的。因而,巴尔扎克小说中环境不仅具有明显的物态性,而且,还具有物理因素作用下的井然有序性——在不同物质条件支配下的人的生存环境有严格的界限,正如不同生活习性的动物各有不同的生存环境一样。巴尔扎克的小说主要通过细致地描写人得以生存的物质、环境和外部社会形态来反映社会生活。其主要目的是反映真实,客观地再现外部世界的整体风貌,但在真实再现物理环境的同时,他也一定程度上真实表现了心理场。巴尔扎克是以真实地再现社会外部形态的广阔性和丰富性见长的现实主义作家。

(二)《人间喜剧》的作品构成

1845年,公布纲目《人间喜剧》总目,纲目中包括已创作与准备创作的作品,长、中、短篇共137部,其中涉及人物数千,巴尔扎克终其一生也未完成其计划(140篇),只完成了96部。其中涉及人物有2400多人,这些小说并非都是杰作,但就总体而言,却构成了一座奇伟壮丽的大厦。神话传说中的巨人普罗米修斯用泥土捏塑成人类,巴尔扎克则是用纸、用笔塑造了人类。所以,法国著名的传记作家莫洛亚克为巴尔扎克写传时,风趣而又郑重地将他称为普罗米修斯。

在统一的总体纲目下,采用的方法有:

1. 分类创作法

在日后的创作中,巴尔扎克分门别类地将作品归入三大专题研究中,如在"风俗研究"中又分出几个生活场景,有"私人生活场景",表现童年,少年的过失冲动而酿成的灾难,作品如《高老头》、《夏贝上校》,"外省生活场景"——表现成年时代的野心构成的种种景象,作品如《欧也妮·葛朗台》、《幻灭》,"巴黎生活场景"——表现大都会风俗,作品如《纽沁根银行》,政治生活场景"——表现人与人、集团与集团之间的利害冲突,如《恐怖时代的一个插曲》,"军事生活场景"——表现军事斗争,如《朱安党人》,"乡村生活场景"——表现乡村生活,如《幽谷百合》。

2. 人类再现法

让一个人物在几部作品中反复出现,一部作品只是此人物生活的一个片断,在巴尔扎克笔下,再现的人物有400多个,最重要人物反复再现达二三十次。

(三)《人间喜剧》的思想价值

以金钱现象为中心展开对人类社会、人的命运以及人性自身的剖析与思考。《人间喜剧》的价值在于:当人性发展到马克思所指出的第二阶段——"以对物的依赖性为基础的独立性"阶段,巴尔扎克最先在广阔的领域里赤裸裸地揭示了资本主义商品经济及商品等价物——金钱对于人的压迫,并由此造成的心灵畸变。他揭示了这个时代的许多人不愿正视的一个真理:历史是靠卑劣的情欲来推动的。在他看来,人类社会不过是个人情欲的角斗场。所有理性、道德、法规都不过是角斗场上的角斗"法则"或遮羞布,而情欲是历史的大力神,它决然地不顾一切法则,甚至推倒角斗场的围墙而朝着自己意志的方向奔突。他对"各色各样的贪婪做了透彻的研究"。正是在这个意义上,我们可以把雨果的两句诗奉献在《人间喜剧》的纪念碑前:他从根部描绘一棵树,/描绘草木互相残杀的生死斗争。[1]

1. 它让我们看到金钱的魔力决定着人的兴衰、存亡

在中世纪的欧洲,以宗教为中心,文艺复兴调整了人与上帝的关系,17世纪,法权专制权力出身、门第维系着人与人之间的关系。巴尔扎克关注更具有资本主义特征的东西。19世纪上帝已退居次要地位,忏悔时上帝才派得上用场,除此而外,上帝的意义已大大降低了,出身、门第也变得不重要了。钱在以前只是替代品,当钱与人类生活联系得越来越紧密,它的独立性就越来越大,成了充满魔力的东西。在某种意义上,社会仿佛都围绕着钱而存在,人成为钱的奴隶,钱控制了一切。

金钱成为这个时代中主宰一切的上帝。从历史发展的眼光来看,人类在告别"对神的依赖"阶段后,在摆脱了自身偶像与权威的依附后,又归附于物的依附;在挣脱了"神化"的困境后,又陷入了"物化"的新困境。杰姆逊认为:"金钱是一种新的历史经验,一种新的社会形式,它产生一种独特的压力和焦虑,引出了新的灾难和欢乐,在资本主义市场经济获得充分发展以前,还没有任何东西可与它的作用相比。"作为历史书记员的巴尔扎克所要完成的任务,更主要的是展示隐藏在社会历史外壳之下的人的心理—情感的真实形态,披露在金钱的神鞭笞拷下的灵魂的痛苦、焦虑与不安以及为金钱所激活了的人的情欲之流的汹涌澎湃。正如马克思所说,"人的心是很奇特的东西,特别是当人们把心放在钱袋里的时候"。描述那些"放在钱袋里的"心灵的种种形态,是文学家不容推辞的历史使命。

金钱可以说是一切新故事、新的关系和新的叙事形式的来源,也就是所说的现实主义来源。巴尔扎克的成就在于以自身对金钱的深刻体验揭露出整个时代社会对于金钱的情感—心理结构。现代现象是一场"总体转变",包括社会制度(国家形态、法律制度、经济体制)和精神气质(体验结构)的结构转变。现代性不仅是一场社会文化的转变,环境、制度、艺术的基本概念及形式的转变,不仅是所有知识事务的转变,而根本的是人本身的转变,是人的身体、欲动、心灵和精神的内在构造本身的转变;不仅是人的实际生存的转变,更是人的生存标尺的转变(深层价值秩序的位移与重构)。[2]就个人心性来说,理性是日常生活必不可少的"防卫工具"。但个体及其个体之间的情感,它不是理性化可理解或涵盖的。钱(货币经济)在大城市个体生活的心态结构

---

[1] 勃兰兑斯:《十九世纪文学主流·第五分册·法国的浪漫派》,李宗杰译,人民文学出版社1997年版,第186页。
[2] 马克斯·舍勒:《资本主义的未来》,罗悌伦等译,生活·读书·新知三联书店1997年版,序言第6页。

中的作用,固然是理性化的,但同时也是个体情感化的。理性关系是纯客观、共同的,感觉化关系则是纯个体化(私人化)的、非共享性的。金钱经济与生活感觉化的深度关联在于:"人的认识、行为和理念的意涵都脱离了其固定的实体性、稳定的形式,向漂浮性状态转移","无条件真理"被取消了。因交往形式、生活态度、评价原则受制于货币交换的抽象性而产生的心理只是"防御工具"而已,生命个体的终极依托在种种漂浮性的感觉形态中。社会生活形态之理性与个体生存的感觉化的对应关系是:"倘若生活中充满理性、对比、平衡,那么,感觉的需要又要遁入自己的对立面,又要去寻觅非理性及其外部形式即非对称了。"当金钱关系把个体存在从传统的亲情关系中抽离出来,个体生命仅靠工具性的理性心理不足以维系自身。于是,漂浮性的感受与心性(傲慢、冷漠、矜持、孤僻)就产生出来,其心性品质趋向是返回内心世界。例如,傲慢是一种对事物的差异意义无所谓,对差异性价值的冷漠,这种心性乃是大城市生活的经济结构造成的。

巴尔扎克开始关注一些破落贵族,这些贵族有信仰、有道德修养,但一旦置身于金钱中,他们的信念就被金钱所摧毁。如《古物陈列室》——德斯格里昂侯爵兄妹,暴发户古瓦西埃,古瓦西埃为门第,想与侯爵兄妹联姻,但被拒绝,古瓦西埃用计策战胜了侯爵。又如《苏城舞会》中的贵族小姐爱米莉,自视清高,非贵族不嫁,而最后她为了捍卫自己的婚姻信念,嫁给了一位72岁的伯爵。鲍赛昂夫人出现在《高老头》《弃妇》中,她出身高贵,漂亮,虽与两个青年真诚相爱却遭到了遗弃。如她与侯爵阿瞿达的恋情,后者为得到二十万法郎的陪嫁,娶了一位暴发户的女儿,而鲍赛昂夫人却对此一无所知。在《弃妇》中,由于婚姻失败,鲍赛昂夫人隐居于一个小镇中,与卡斯顿男爵相爱九年,而卡斯顿男爵为得到4万法郎的陪嫁也抛弃了她。

巴尔扎克也向我们展示了一些人如何借助金钱而飞黄腾达,如《高利贷者》中的高布赛克替雷伯爵代管财产,从中大捞了一笔,并把钱拿来放高利贷。又如《欧也妮·葛朗台》中的葛朗台,大兴葡萄园,财产像滚雪球一样越滚越多,他做生意非常狡诈,谈判中故意结结巴巴,词不达意,给人以愚蠢之感,以此让对方产生同情之感,他把机密、鬼鬼祟祟作为做生意的秘诀。高老头在大革命时期依靠囤积粮食,打击同行,勾结当权人物而大发横财。而银行家纽沁根穷奢极欲,大摆排场,以此来证明自己有钱,乘机不惜造假证券,使大量人丧失生命。与前三位相比,他更深谙现代资本主义的经营之道,他的发财道路充满了血腥气,这四人充分展示了资本主义的发展过程。

巴尔扎克对他们为金钱而战的大智大勇而无不啧啧称赞,对他们的胜利暗自称喜,对他们的残酷无情又时有谴责。在这些人物身上所流露的爱与恨的矛盾情感,正是巴尔扎克自己从金钱身上所感受到的那种对上帝一样的崇拜和对魔鬼一样的憎恨之情。金钱在巴尔扎克看来既是上帝也是魔鬼,谁拥有金钱谁就拥有了一切,这个社会"有财便是德"。纽沁根、伏脱冷、高老头之类暴发户身上寄寓了曾经为金钱而奋斗的巴尔扎克的情感、心理与欲望,他们是巴尔扎克心理原型的艺术变体的象征物。在他们身上,巴尔扎克获得了情感与心理的补偿。

《人间喜剧》表现的是贵族的衰亡与资本家的发家史。恩格斯认为:"巴尔扎克对败落贵族充满同情,为他们唱了一曲无尽的挽歌。"这种同情是对人的同情,贵族们丧失了发财的机会,他们的失败对于人没有伤害;而对这些软弱的受害者,巴尔扎克也自觉或不自觉地把同情抛给了他们。

2. 金钱不仅决定人的命运,也决定了社会的方方面面的状况,它还描述了人类社会在金钱面前的堕落

在封建社会向资本主义社会转型时期,看似庄严公正的法庭,在金钱这枚糖衣炮弹的轰击下,也堕落了。在巴尔扎克的笔下,写了大量这样的情景。

如《幻灭》中,连新闻机构、报纸也堕落了,这是人类精神文明的堕落。当时报界对作家、作品的命运几乎握有生杀予夺的权力,作家没有相当勇气是不敢触这个主题的。而巴尔扎克却毫不客气地把报界称作"地狱"、"贩卖思想的妓院"、"储存毒素的库房"……他一把撕开这些圣殿的帷幕,让人们看到这是个拿灵魂做交易的店铺,他指责报纸充当党派斗争的工具,揭露了报界颠倒黑白、造谣撒谎,他们可以把一出好戏打入冷宫,使一出坏戏轰动巴黎,对一部好作品可以随心所欲地攻击直到体无完肤,需要的时候又可以捧得天花乱坠;今天说这家帽店的帽子好,明天说另外一家的高明……而这一切颠颠倒倒的行为的谜底就是一个"钱"字。根据买卖原则,新闻记者无论写多少出尔反尔的文章都可以理直气壮,这就是韦尔努说的:"你写出来的意见,你真的坚持吗?我们是拿文字做买卖的,以此为生的……今天看过,明天就忘掉的报刊文章,觉得只有拿稿费去衡量它的价值。"

在这样一个不顾廉耻、只讲利益的灵魂交易所里,吕西安亲眼看见报纸利用人的隐私敲竹杠、报馆老板不花一文钱买下一份周报的三分之一的股份,还净赚一万法郎……这位老板斐诺是制帽商的儿子,既无学识,又无才气,文化程度只能够写"护手

油"的广告,居然利用别人代写的文章当上一份副刊的主编。受他利用的人非但不敢索取报酬,见了他还不敢不笑脸相迎。自从资产阶级把一切均变成交换价值,文学也就沦落为商品,吕西安没钱为情人埋葬,不得不趴在灵床上编写流行歌曲。文人(如同娼妓)就像四处游荡的波希米亚人:他们像游手好闲之徒一样逛进市场,似乎只为四处瞧瞧,实际上却是想找一个买主。

3. 金钱与人性的异化

金钱能使人性扭曲,导致人的精神、性格等发生变化,走向人性反面,以至于人与自身产生了对抗。所谓异化,是指人的各种有目的活动总是形成一种盲目的力量反过来支配人自己,成了人的异己力量;在异己力量的作用下,人丧失了本质,丧失了主体性,丧失了精神自由,丧失了个性,人变成了非人,因而,人通过自身的活动反而变得与自身疏远、隔离、陌生了,所以,"异化"也即人类自身存在与发展的一种悖谬。

如高布赛克发了财后,仓库吃穿用的东西有些已经发生霉变了,在生活中,他还要为几个小钱斤斤计较,赚钱成了他唯一的目的。葛朗台一生只恋钱,从来是认钱不认人。侄儿查理为父亲的破产自杀而哭得死去活来,他居然说:"这年轻人(指查理)是个无用之辈,在他心里的是死人,不是钱。"在葛朗台看来,查理应该伤心的不是父亲的死,而是他不仅从此成了一贫如洗的破落户子弟,而且还得为死去的父亲负四百万法郎的债,人死是小事,失去财富才是大事。妻子要自杀,葛朗台原本无所谓,但一想到这会使他失去大笔遗产,心里就发慌。他临死前最依恋的不是女儿,而是将由女儿继承的那笔财产。他吩咐女儿要好好代他管理,等到她也灵魂升天后到天国与他交账,葛朗台完全成了挣钱的机器,把爱奉献给了金钱,而把冷漠留给了自己的亲人。

如《夏倍上校》,夏倍为拿破仑时期的骑兵上校,在战斗中,脑袋被人削去了一大块。大家都以为他死了,很多年后,他回到了他的家乡。妻子为了与他人结婚,不承认夏倍为她的丈夫,并称他是疯子。夏倍在气愤之余,准备与妻子打官司,夺回财产。妻子却做出一副善良状,夏倍心地善良,为了使全家幸福,决定撤诉。在妻子的算计下,夏倍最后真的疯了。

巴尔扎克描绘金钱的威力,却不曾承认"金钱万能"。金钱固然能给人权势,却不一定带来幸福。至少,对人类的感情世界,金钱是无能为力的。像欧也妮这类心地单纯的姑娘,金钱于她既不是一种势力,也不是一种慰藉。只有泯灭了人性,为贪欲所支配的人,才会把金钱看成生活的最高需要。对这种金钱的贪欲,在巴尔扎克看来,恰是现代社会一切悲剧的根源。葛朗台称雄一世,死后连半文钱也带不进坟墓,只留下可怜的欧也妮,守着父亲的巨额遗产和阴森凄凉的老屋,没有阳光,没有温暖,既无家庭,也无幸福。而《古物陈列室》中财大气粗的杜·克鲁瓦谢,把全部财产留给了外甥女,为外甥女谋得了侯爵夫人的称号;实际上是给自己的死对头埃斯格里尼翁家的后代提供了一笔享乐基金,外甥女并没有得到丝毫乐趣。作者讥诮地写道:"每年冬天,你都可以看到侯爵在巴黎过着单身汉的快乐生活,从前大贵族的风度在他身上只剩下对他妻子漠不关心这一条了,他连想也不去想她。"

4. 巴尔扎克已触及"人本体的虚妄"

巴尔扎克写作《驴皮记》的年代,正是他经历了十分艰苦的奋斗,尝尽了人生的辛酸,深刻地体验了金钱的威力和贫穷的痛苦以后的1830年,他从自己的切身感受中得出了这样的结论:人类为了谋求生存,尚且需要耗费巨大的精力,而如果想要追求某种大的快乐,满足某种强烈的欲望,则无疑要付出生命的代价,这就是他在《驴皮记》中所阐述的:"人类的各种大快乐,都是有许多障碍的,倒不是在他的零星享受方面,而是在他整个的生活方式上。"这种生活方式给人类造成一种戏剧性的生活,以促使人过度地、迅速地消耗自己的精力。

(1)《驴皮记》的内容概要

一个忧郁的年轻人拉发埃尔突然出现在赌场,他不假思索地把一块金币押在"黑点"上,开盘的结果,"红点"赢了。年轻人马上不见了。他走到塞纳河边,想跳河自杀,又觉得白天自杀不雅观。他漫无目的地走进一家古董店。老板看透了他的心事,他请年轻人看一张近东古国的一张驴皮,上面刻着梵文:"要是你占有我,你就会占有一切,但你的生命也会属于我……对你的每一个欲望,我将随着你的生命同时缩小……"拉发埃尔攥着驴皮,奔出店门,撞见三个正在找他的朋友。他们把他拖去参加一个宴会,青年们在耀眼的花朵和醉人的美酒前议论起哲学、政治、艺术和女人。拉发埃尔发出一阵不合时宜的狂笑后,谈起他十年来的生活。

他是一个独生子,母亲已经死了十年。18世纪末的法国大革命剥夺了父亲的财产,但他母亲却是个大家庭的继承人。波旁王朝复辟后,父亲陷入了没完没了的诉讼漩涡里,还清债务后十个月就死了,给22岁的儿子留下了1112法郎。拉发埃尔不得不靠这些钱来维持生活。他在巴黎最荒凉的地区找到一家旅馆住下,旅馆只有老板娘和她的女儿保琳。拉发埃尔除了写作外,还教保琳弹钢琴、识字。这时期的生活是平静的,"女人是他唯一的妄想"。经朋友介绍,他认识了巴黎最时髦的女人福多拉。她是个要所有情人就是不要丈夫的女人,拉发埃尔被她的美貌迷住了,他轻易地做了福多拉的情人。和贵夫人交际需要大量的钱,这使得他多次困窘地到处找钱,好心的保琳把自己画屏风赚来的钱给了母亲一半之后,别一半悄悄地给了他。但福多拉不久便拒绝了他的爱情,拉发埃尔发了狂,他认为福多拉的拒绝就是虚伪与残忍的社会抛弃、扼杀了他,他开始沉沦、放荡、赌博、逛舞场、借期票,最后差点跳进塞纳河……

不幸的遭遇讲完后,拉发埃尔扬起那张神奇的驴皮大叫道:"让死神走开吧,我要一年拥有二十万法郎的收入!"朋友们都以为他疯了,第二天,他果然得到了二十万法郎。当大家的欢乐声在他耳边震荡时,他发现决定他生命的驴皮比昨天缩小了一圈。

拉发埃尔成了侯爵,但他时刻记着驴皮上的梵文,不敢有任何欲望。他在奢华中过着刻板的生活,他的望远镜是特制的,舞台上再美丽的女人经它一照就成了最丑陋的,然而命运却给他送来了保琳。保琳也成了百万富翁,原来她失踪多年的父亲从国外带回一大笔财产。这个纯洁、富裕的少女却还在寻找她的老师,拉发埃尔从她身上找到一颗爱他的心。两个恋人的拥抱,使得驴皮又缩小了,拉发埃尔计算出这比天堂还幸福的生活他只能过上两个月。他带着只剩六英寸面积的驴皮去找科学家,只要他们能让驴皮扩大,他愿意出巨款来报偿。但一切都无济于事,拉发埃尔绝望了,得了肺病到乡下去了。拉发埃尔感到死期即将来临,他又回到了巴黎。久未晤面的保琳,痛苦地找到他,拉发埃尔给她看已缩成夹竹桃叶子大小的驴皮,他眼里燃烧着爱的求生的欲望和她永别。保琳看驴皮随着他的欲望增强而缩小,她冲到隔壁房间,要用自杀来挽救他的生命。拉发埃尔抱住她,撕破了她用来上吊的肩巾,就在保琳怀里,他慢慢地僵硬了。保琳紧紧伏在他在尸体上,她说:"他是属于我的,我杀死了他。"

(2)《驴皮记》的思想内涵

《驴皮记》中的拉法埃尔是人类的欲望与生命之间的矛盾的化身,这是一个痛苦地挣扎着的灵魂。他不幸身无分文而又不安于贫困,他曾经在研究和思考中耗尽心血,一心想凭自己的才能取得财富和光荣,然而这种努力几乎只能保证维持生命的最低需要。他继而接受拉斯蒂涅的指引,到上流社会的沙龙中去闯江山,指望娶一个有财产的贵妇,结果受到无情的嘲弄。他日夜受着欲望的煎熬,而且欲望由于得不到满足而变得分外强烈。他在失去一切希望后走向了慢性自杀的道路,想在纵欲中了结自己的生命。在这个阶段,拉发埃尔为了求得一天的快乐,哪怕以生命去换取也在所不惜。所以古董商把这张驴皮的神奇作用告诉他时,他毫不犹豫地抓过来嚷道:"我就喜欢过强烈的生活。"尽管古董商以自己长寿的秘诀去打动他,劝他以精神上的享受代替物质上的追求,从灵魂深处排除尘世污垢,拉发埃尔却毫不为之所动。古董商开导他:"人类因他的两种本能的行为而自行衰萎,这两种本能的作用汲干了他生命的源泉……那便是欲和能……欲焚烧我们,能毁灭我们;但是知却使我们软弱的机体处于永远的宁静境界。"这里所说的能,指的是人类实现自身愿望的行动,包括他行使权力、运用才智的能量。而欲,指的是广义的愿望,包括饮食男女之欲与功名利禄之心。

在巴尔扎克的作品中,欲是一种巨大的动力,它支配人的行为,左右人的命运,影响社会的习俗,酿成人间的悲剧。被欲望控制的人是听不进理智的规劝的,所以拉发埃尔回答那明哲的古董商,"希望你爱上一个舞女,那时候你就会懂得放荡生活的快乐。也许你会变成一个挥金如土的浪子,把你以哲学家风度攒积的全部财产通通花光。"此刻的拉发埃尔,恰如那些把灵魂卖给魔鬼的浪荡子,他们为了获得欲望的满足,不惜以寿命做交易,"他们不愿让生活的河流通过单调的两岸,在账房或事务所中细水长流,而宁愿要它像激流那样奔腾,一泻无遗。"

拉发埃尔得到巨额账产后,他感到快乐吗?相反却是恐怖攫他的灵魂,因为他看见驴皮已明显地缩小了一圈,意味着他的寿命也相应缩短了若干。人们可以在不知不觉间挥霍自己的生命,丝毫意识不到死亡将至,而拉发埃尔却清清楚楚地看到自己愿望的满足带来了寿命的缩短。死亡的威胁使他对一切享受都失去了兴趣,世界已属于他,他可以为所欲为了,但他却什么也不想要,他像在沙漠中的旅行者,还有一点水可以止渴,但他必然计算尚有多少口水可以解渴,借以衡量他的生命的长短……他不敢再有欲望,不再寻求任何快乐,他只是努力设法过一种机械的、没有任何欲望的生活。他深居简出,把自己的全部生活需要都给付给仆人去考虑,甚至连吃饭穿衣这种最简单的欲求,他都竭力回避。他禁止仆人对他提出"你愿意吗?""你想要么?"之类的问题。他再也不能享受乐趣,只觉得"人生的种种乐趣纷纷在我的死床周围嬉戏,好像美女般在我面前翩然起舞,要是我召唤她们,我就会死去"。这种被判死刑的罪方所受的折磨,这种垂死的病人才会体验到的临终的痛苦,终于摧毁了他的健康,击溃了他的意志,把他变成一具活尸,然而他毕竟不能抵挡爱情的诱惑,终于在最后一次欲念的挣扎中结束了生命。

巴尔扎克从自己的切身感受中概括出人的欲望与生命的矛盾的残酷哲理,而且赋予这条哲理以宿命的色彩:"为要长寿而扼杀感情,或甘愿做情欲牺牲品而夭折,就是我们注定的命运。"你要长寿吗?那么你就该清心寡欲,这样就能免去一切痛苦、忧愁,避开一切呕心沥血的搏杀和失败的烦恼,然而你的生活也就无所谓欢乐,无所谓幸福。你想快乐吗?你有欲望吗?那么你就以你的生命为代价去争取吧!巴尔扎克还进一步揭示了这一难题的复杂性,即使你以生命去争取幸福的快乐,也许根本就不存在幸福与快乐,也许只是一种可望而不可即的东西。

《驴皮记》到底要告诉我们什么?是通过拉法埃尔的教训劝诫世人节制情欲,修养心灵,提倡一种清静无为的人生哲学吗?似乎是,但其实不尽然,巴尔扎克只是把矛盾揭示出来,而且将它置于最尖锐的对立状态,要么扼杀感情而长寿,要么成为情欲的牺牲品,这是生命运动的不可抗拒的规律。让每个人自己去选择自己的生活方式吧。

人文主义虽然从上帝那里取回了人,人的个性获得了自由与解放,但人文主义思想体系中的"人"却又有浓重的上帝成分,在很大程度上,上帝成了人自己。这个"人"不仅具有上帝那样的力量,更具有上帝那样的博爱和理智的禀赋。"人是理性的动物"这一命题成了近代西方思想文化中旷日持久、深入人心的信念。人因其具有上帝的理性和善,因而就能自觉克制人自身的情欲,善的力量必然战胜恶的力量,人类历史也被理解为善战胜恶的必然发展。

在巴尔扎克的小说中,在对人的认识上却开始与近代人文主义文化观念相分离。在小说中,人的理性和善的力量远不如情欲与恶的力量来得强大,而且,情欲与恶成了被肯定甚至被赞美的"英雄",这种关于"人"的文化观念是超越传统而具有现代意味的。巴尔扎克对人的私欲和恶表现出赞美之情的同时,又表现出对人类前景的深深忧虑。他的《人间喜剧》展现了"遍地腐化堕落的"情景,在"煊红的灯光下,无数扬眉怒目、狰狞可怕的人形被强烈地烘托出来,比真的面貌还要神气,有活力,有生气,在这人群中蠕动着一片肮脏的人形甲虫,爬行的土灰虫,丑恶的蜈蚣,有毒的蜘蛛,它们生长在腐败的物质里,到处爬行,钻、咬、啃。在这些东西的上面,则是一片光怪陆离的幻景,由金钱、科学、艺术、光荣和权力所缔造成功的梦境,一场广阔无垠、惊心动魄的噩梦"。这不仅仅是巴尔扎克眼中的法国社会,也是给人类描绘的为人的私欲所创造的那个未来的社会前景。这个情景所昭示的不是人类光明的希望,而是危机与死亡。[1] 巴尔扎克揭示出人类在创造自己又毁灭自己的悲剧，表现出对人类生命本体的思考。

巴尔扎克不像 20 世纪的现代派作家那样认为人完全是非理性的动物，在他看来，人曾是善的，只是到了金钱时代，人性被吞噬了。他肯定恶，那只是因为恶是被社会发展所认可了的一种客观的、现实的和无法抗拒的存在。他在情感的深处鄙视和痛恨这种存在，又无可奈何地承认它并一定程度上与之认同。他承认社会恶这个事实，又为之而恐惧，于是借小说发出了"这个世界将要死亡"的惊呼，他在赞美英雄们的雄才大略的同时，又不无遣责之意。所以，巴尔扎克的那"一曲无尽的挽歌"，不仅是唱给当时没落了的贵族阶级，更是唱给被异化、人性失落的人类自身的。这种对人性善的呼唤与眷恋使巴尔扎克描绘的遍地腐化堕落的世界透出了一线光明，他的小说也不至于像现代派作品那样让读者感到浓重的悲观与绝望。因此，在作品如《乡村医生》、《乡村本堂神父》，对人类生活有了依稀的设想——重新回到人类单纯、和睦，带有乌托邦性质的田园生活，社会理想倾向于合法开明的君主制，他同情贵族，道德较高的贵族是他笔下理想型的人物，但他对自己提出的理想也充满了怀疑。

（四）《人间喜剧》的艺术成就

1. 包罗万象、气势恢宏的"人造世界"

约 2400 个人物构成了西方文学中最为壮观的"人造世界"，涉及面广，阶层众多，"它拥有的是整个世界"。当我们走进由两千多人物组成的《人间喜剧》的画廊时，就可以看到一部生动形象的"法国社会"，特别是巴黎"上流社会"卓越的现实主义历史。

如果说雨果那里是充满主观想象的浪漫世界，而司汤达是通过一个人物的命运来折射一个时代的风云际会，那么巴尔扎克这里呈现的就是真实的社会生活世界，注意整体效果的营造。

2. 文学创作开始与科学研究相结合

巴尔扎克采用一系列科学研究方法：社会学研究方法——暴发户的发家史，以社会学的目光看待整个世界的发展变化；历史研究的态度——人物命运与整个人生联系在一起，注意展示个人成长与整个社会之间的关系；经济学研究方法——抓住资本主义原始积累时期所有的本质——钱，具有经济学头脑。

---

[1] 蒋承勇：《十九世纪现实主义文学的现代阐释》，高等教育出版社 1996 年版，第 43—44 页。

3. 环境与人物典型化手段的新创造

巴尔扎克较注意对环境自身的描写与渲染,以及它的独特形象,司汤达则很少,如在《高老头》中,专描写伏盖公寓就用了1.4万字,他喜欢用"环境+人物"的模式来描写,运用肖像、语言、细节、心理等多种表现手段,较综合地运用了多种描写手法,司汤达则重心理,弱于外在的肖像等描写。

4. 语言风格独特,可是艰涩、粗朴

巴尔扎克的小说句子见长,有时显得含混不清,用了众多的修饰显得累赘,不简洁,明快。这是最能与金钱时代的特征相符的艺术追求。莎士比亚瑰丽、绚烂的语言风格表现出文艺复兴时期的激情,而《神曲》则是匀称、工整、伟美的中世纪的近代过渡性特性。

第五节
福楼拜:游移于现实主义与现代主义之间

一、福楼拜的人生体验

巴尔扎克、司汤达直面现实人生达到了自觉的觉醒程度,人类从"理性王国"迷梦的光环之中走出。在金钱的时代,当他们剥去人类、世界上面的伪装后,瞥见的是一幕幕人类悲喜剧,较浪漫主义,他们从更深层面认识社会人生。从福楼拜(1821—1880)开始,作家们以更加严峻的阴冷的目光来观察现实人生,把视角放到人生更幽邃、更神秘的角落。

(一)医学氛围

他从小生活在很浓厚的医学氛围之中,父亲为医学博士,拥有一所医院,他为院长,为人严谨,一丝不苟,福楼拜从小就崇拜其父。中医重感受,靠直觉、感悟,医生中的杰出者一般具有诗人气质;西医重临床实验,是实证科学分析,这影响到福楼拜看

取世界的态度,带有科学的分析目光,强调对事物细节的精心观察。

(二)敏锐多思的心灵

他从小就陷入冥想之中,对人的生命本体意义的追求与体悟发自他青少年时代的生活,他自幼就感受着病弱之躯的种种痛苦,他一直患有一种神秘而奇怪的脑系病,他的作为医生并且颇有名气的父亲却对自己儿子的病束手无策。一直到23岁,这种病依然折磨着福楼拜。他的父亲在绝望之际为他挖好了坟穴,只是福楼拜并没有过早地死去。但是,这种由疾病带来的肉体与精神的痛苦,引发了他对人和人生独特的体验。他说:"然而我自己,因为脑系病,却得到不少经验。"这种经验,就是对肉身的人的虚无的痛苦的体悟,对生命意义的怀疑:"虚无如何侵入而占有我们!才一落地,腐烂就上了你的身体;人生不过是它与我们的一场永战,而且它越来越占优势,直到临了死亡。"

另一触发点是他儿时目睹的那一幕幕有关病人的痛苦与死亡的惨景。他家的隔壁是医院的病房和解剖室,那里面的情景深深印入了他的记忆。他在回忆中说:

"市立医院的解剖学教室正对着我们的花园,有多少次同我妹妹,我爬上花絮,悬在葡萄当中,好奇地望着罗列的尸身!太阳射在上面,同一的苍蝇,翱翔在花上,在我们的头上,落到那边,飞回来,又嗡嗡地响着!尸首是光的,躺在床上,从他伤口依然沁出血来;脸是可怕地皱缩着,眼睛睁开了,转向加尔细亚那边;尸首的无光而郁暗的视线逼下来,他的牙也响了起来,嘴巴半张着,好些大肉蝇子,嗡嗡地,一直落在他的牙上,脸上的血凝结住,有五六个蝇子胶在里面飞不开,同时皮肤灰白,指甲惨白,臂与膝盖也有份的。

我们看见死者,在可怕的恐怖之中的死者,但是一层厚厚的雾立即上升,好些时候阻住我们往清楚看,他的肚子啮烂了,胸和臂是一层无光的白色;往近里走,马上看出这种白色是无数的蛆虫,贪切地啮着。"

这一幅幅人生凄惨可怖的图面,也像咀虫吞噬呼着福楼拜稚嫩的心灵,使他的心罩上了浓重的灰暗与忧愁,从而形成了他悲观、虚无与厌世的人生观与世界观。很自然地,福楼拜所看到的往往是事物相反的一面,"看到孩童,脑中立刻浮现老人;看到摇篮便想到墓场;面对丈夫不由得联想到他的骸骨;看到幸福,则引发我的悲思;看到悲伤的事,则产生事不关己的心情。"这是一颗何等冷漠的灵魂!

福楼拜对生命、人和人生的把握与认识的路线是十分清楚的,物质的、肉身的东西不能永恒,而人是物质的肉身,因此人和生命是瞬息的;人生的过程就是走向衰朽、死亡的过程,因而人生是痛苦的、无意义的和不值得留恋的;凡是由物质和肉身引发出的幸福都是短暂的,并且最终将带来痛苦与不幸,因此人生的过程在本质上是痛苦与不幸,生命在终极意义上是虚无,人从生到死,不过是命运的玩物。他说:"至于我的宿命观,你见怪也罢,反正结在我的深处。我确然信之。我否认个体的自由,因为我不觉得我自由;至于人类,你只要念念历史,就看得出来,它不总是朝企望的方向进行。"福楼拜从人的物质属性的基点出发,寻找人类生命的意义与价值,对人类"总体价值做出了否定性结论"。

在这个基础上,福楼拜又主张人要顺乎所面对的现实生存环境,"接受事物本身的面目",不必苦苦追求欲望的满足及由此而来的"幸福"。他说,"决不要想希望幸福,这要招魔鬼来的,因为这种观念就是他造出来的,好让人类吃苦。天堂的概念比起地狱的概念,其实更加地狱。幸福的假设,比起永生的苦难的假设更加惨苦,因为我们命里注定了达不到。"所以,他告诫人们,"幸福是一个债主,借你一刻钟的欢愉,叫你付上一船的不幸"。然而,负有沉重肉身的芸芸众生,常常不能领悟自身的这种悲剧性"宿命",不能洞察物质的、肉身的自我的局限性,因而无法超越与抵御种种来自物质与肉身的欲望,一味沉溺于物质与肉身的"幸福"的无穷追逐与满足之中,成了一个浪迹于苦难尘世四处碰壁的"瞎子"。

3. 象牙之塔

福楼拜提出他的人生理想是象牙之塔——指他自己创造出来的某种精神境界,这种精神境界具有与世隔绝的特征,能最大限度地自我保护。"为什么我不能生活在象牙之塔里?"他较早提出了"为艺术而艺术"的唯美主义主张。唯美主义者是对现实人生有深刻认识后创造出聊以自慰的精神境界,是对世界的一种悲观认识,他以艺术方法为无奈人生画出一个赖以生存的小小圈子。艺术在这里是具有宗教意义的精神现象,艺术就是福楼拜的象牙塔。福楼拜的象牙之塔的人生态度还渗透在他的待人接物之中。

福楼拜一生未结婚,有两次恋爱经历,两次恋爱他都爱上了比他大十多岁的女性,第一次,15岁时随父母亲海滨避暑,结识了一位少妇,并爱上了她。五年后,在巴黎上大学时,他与少妇再逢,少妇家生变故举家迁往法国,后破产,少妇也疯了。整个过程中,他对她的依恋也深存于内心。第二次,与诗人高莱夫人谈恋爱。高莱夫人的丈夫去世后,她要与福楼拜结婚,遭到他的拒绝。"假使我每天都看见你,我看你的热情就会减少许多。"与高莱夫人这种奇特的关系长达八年之久,她拿出其他情人的书信给福楼拜看,谁知福楼拜看后反而显得很平静。从内心深处,对于婚姻,对于人与人之间的关系,福楼拜有着深切的恐惧。第一次施莱辛格夫人是美的化身,福楼拜愿意保持这样一种美感。福楼拜有意识地把自己关在精神象牙塔中,抓住的一点来之不易的美丽,他不愿轻易地把它砸掉。

福楼拜长期隐居写作:"我希望死在自己的角落,没有一个过不去的角落,没有一篇过不去的文章留给别人申诉,我不愿意为别人分心,也不愿别人为我分心。"

二、《包法利夫人》的思想内涵与爱玛形象

(一)故事概要

1837年的一个夜晚,卢欧老爹摔伤了腿,查理·包法利医生到他那里去急诊,看见卢欧的女儿爱玛长得非常秀丽,以后一有机会就去看她。包法利的妻子知道后,醋性大发,可是不久她便去世了。包法利和爱玛结了婚。婚礼十分隆重。

婚后,爱玛来到包法利设在道特的诊所。爱玛是在修道院受的教育。在闭塞的修道院里,她只对弥撒和布道中提到的情人、婚姻等字句感兴趣。她深受夏多布里昂《基督教真谛》一书宣扬忧郁的情调的感应,向往拉马丁诗句中灰暗的意境。她以为婚姻会带来她所憧憬的东西。然而,包法利谈吐平板,见解庸俗,十分无知,毫无雄心,使她大失所望,打破了她对婚姻的幻想。她本以为对包法利有爱情,可在婚后她找不到幸福。

九月末的一天,附近有个侯爵邀请包法利夫妇赴宴。在舞会上,爱玛怀着艳羡的心情观察着那些传情递信的命妇、荒唐淫佚的老贵族。她跳舞一直跳到早上,才恋恋不舍地离开了侯爵的家,爱玛把这次赴宴的衣着都小心保存起来,以回忆这次舞会作为日常的消遣。她心头留下一片怅惘,念念不忘同她跳过舞的一位子爵。平日,她百无聊赖,耽于幻想之中,脾气也变得乖戾任性。她身体不适,只怪当地气候不好,一个劲地催促丈夫迁居。

包法利终于搬到永镇,爱玛这时已经怀孕,她想生个男孩,因为男孩是自由的,可

以尝遍热情,享受天涯海角的欢乐。但她生下的竟是女孩,她晕了过去。

有个名叫赖昂的见习生对爱玛表露了好感,他还年轻,行动不免畏缩,爱玛也不敢有越轨的行为。这个小镇庸俗卑琐的生活使爱玛觉得压抑窒息,心中郁积无法排遣。她精神上的痛苦包法利丝毫未觉察,爱玛不由得对包法利产生了怨恨。她想找神父诉说自己的苦闷,神父反应迟钝,不理解爱玛的心思,爱玛怅然而去。赖昂要到巴黎去了,爱玛同他分手时,尽管抑制住自己悲哀的心情。

爱玛的生活变得更加沉闷了,她就像笼中鸟一样,受到家庭习俗的禁锢。时光荏苒。有一天,附近庄园的一个地主罗道耳弗带着仆人来看病,觉得爱玛长得标致,又发现包法利很蠢,便想勾引爱玛。在农业展览会上,爱玛一面听着州行政委员发表颂扬国王德政的演说,一面听着罗道耳弗的喁喁情语。罗道耳弗过了六个星期才露面,他明白迟迟不来会产生何等样的心理效果。爱玛的热情被他挑了起来。他让爱玛和他一起骑马散心,两个人策马来到密林深处,爱玛屈从了他的欲望。

包法利这时要进行一次没有人做过的手术,给一个瘸脚伙计开刀整形。这个主意是当时的药剂师郝麦最先想到的。郝麦没有营业执照,为了保住自己的招牌,平时百般巴结包法利。他热衷于名利,不甘寂寞,挖空心思想得到"热爱乡土"的赞誉,便怂恿包法利大胆试验,以求一举成名。爱玛也在一旁撺掇。手术后,那可怜的受害者的情况便迅速恶化了。郝麦和包法利束手无策,不得不请有名的外科丈夫把那条瘸腿锯掉一截。对于包法利的无能,爱玛感到耻辱,觉得同他一起生活就如一只受伤的燕子跌进泥淖里一样,只能枉自悲切。

对丈夫的这种怨尤,促使爱玛同罗道耳弗更加频繁地幽会。随着她的沉沦,爱玛也更加注重生活的享受,时装商人勒乐为她送来形形色色的巴黎货。钱不够花,她便向勒乐借贷。爱玛越来越觉得家庭生活平淡,越来越觉得这个环境待不下去。她要罗道耳弗把她带走。罗道耳弗其实是逢场作戏,决不肯同爱玛一起私奔,给自己无羁无绊的生活加上一个累赘。临走的前一天,他给爱玛写了一封信,说是为了替爱玛着想,只得不辞而别,他在信上还洒上水滴,以示眼泪。爱玛接到罗道耳弗的信,眼睁睁地看着他乘坐马车飞驰着离开了小镇,不觉昏倒在地,病了一个多月。

包法利为了让爱玛散心,带她到卢昂去看戏,凑巧在剧场遇上了赖昂。分别三年,赖昂变得大不相同了,他决定这次不能放过良机。爱玛见到赖昂,也借故多逗留一天。赖昂趁机去拜访爱玛,约爱玛到教堂去观光,两个人坐上马车,一直鬼混到下午六点。为了能同赖昂相会,爱玛以学弹钢琴为名,每星期到卢昂一次,沉湎于淫乐之中。勒乐发现了她的秘密,上门逼债,要她用房产清偿,爱玛不得已同意了。她大量购买奢华的物品,卖掉房产剩下的钱很快就用光了。她不断地借债,不断地典卖,把家产挥霍一空。勒乐无情地催逼还债,上告法院,把包法利家的东西全部扣押起来。爱玛被迫去找公证人居由曼先生。居由曼也是个好色之徒,以为爱玛有求于他,便放胆动手动脚,向爱玛下跪求爱。爱玛非常气愤,断然拒绝。从居由曼家里出来,她想到罗道耳弗,根据以前两人的那种关系,她对罗道耳弗尚存希望,一见面两人重温旧情,罗道耳弗跪在爱玛面前,表白着永远爱她。爱玛见此情景,便向罗道耳弗开口借三千法郎。罗道耳弗用非常安详的神情说,他没有钱。爱玛气愤至极,可罗道耳弗依旧镇静地回答,他没有钱。爱玛出来时觉得天旋地转,万分绝望。她一直跑到药剂师家里,借口要一点灭老鼠药,向药剂师的仆人要来了储藏室的钥匙,打开房门,匆匆忙忙抓了一把砒霜,吞了下去。她留下一封信,表示"什么人也不要怪罪"。

爱玛在痛苦的挣扎中死去了,包法利无限伤心。有一天,他在阁楼里发现了一张字条,原来就是罗道耳弗写给爱玛的那封诀别信,他还把这当作一次精神恋爱。

药剂师郝麦如今不怎么理会包法利了,因为包法利已经破产,他的社会地位已不可同日而语。郝麦热衷于社会活动。他先是想用消炎膏医好一个瞎子,借以扬名,医不好时又怕见到瞎子,便利用舆论让当局把那个瞎子关进收容所里。他给州长竞选奔走帮忙,向当局卖身求荣。后来迁到小镇开业的医生都被他一一排挤走了。他的主顾非常多,当道者宽容他,舆论保护他,他终于得到了十字勋章。

包法利死后,他留下的物什只卖了十几法郎。他的女儿只得投奔亲戚,最后到一家纱厂当了女工。

(二)《包法利夫人》的思想意蕴

《包法利夫人》是福楼拜第一部引起空前反响的作品,1851年创作,1857年完成。圣伯夫从中看出了"新的文学的标志",左拉宣称"新的艺术法典写出来了",马克思的女儿爱琳娜认为"这部完美无缺的小说"出书后在文坛上产生了类似于革命的效果。

包法利夫人与于连一样都对现实深表不满,表面上两者相同处甚多,可背后的差异极大。在于连的道路上,毕竟有过德·瑞那夫人、玛特儿小姐,在个人情感方面于连还是获得了满足与体验,而爱玛左冲右撞,始终在寻找情感慰藉,而无一条道路走通,最终一无所得。人生布满了荆棘与矛盾,《包法利夫人》表现了福楼拜所体验到的痛苦与虚无。

1. 纯真与邪恶之间的冲突

爱玛单纯到近乎幼稚,首先是她父母让她去修道院受大家闺秀的教育,从小这位乡村少女便整天向往贵族社会的风雅生活,浪漫主义文学的熏陶灌给她满脑子诗情画意的遐想。她那个生活圈子里的人每天来来去去,根本和她没有共同语言。她父亲怜惜她,不忍心让她在田庄上操劳。她整天无所事事,日子过得和钟摆一样单调,没有什么可学习,没有什么可感受,于是她期待爱情。她对爱情的幻想也非常幼稚,对整个世界、社会、人生缺乏了解——爱玛以为包法利很有学问,于是很快地成为医生太太,然而她所期待的爱情并没有到来,包法利医生既无雄心,又无才干,举止无风度可言,谈吐和人行道一样平板……和爱玛心目中的骑士完全不沾边。"可是他们生活上越相近,她精神上离他却越远了。查理的谈吐就像人行道一样平板,见解庸俗如同来往的行人一般,衣着寻常,激不起情绪,也激不起笑或者梦想……他不会游泳,不会比剑,不会放手枪……一个男子难道不该无所不知,无所不能,启发你领会热情的力量、生命的奥妙、一切秘密吗?可是这位先生,一无所教,一无所知,一无所期。他相信她快乐,然而她恨他,正是他这种稳如磐石的安定,这种心平气和的迟钝,甚于她带给他的幸福。"

百无聊赖的生活,灵魂的苦闷,对爱情的渴求,决定了风月老手罗道耳弗一出现,包法利夫人就要落入他的掌心。与其说是爱玛爱上了罗道耳弗,不如说是爱情的幻想把她推向了罗道耳弗的怀抱。因此,爱玛的坠入情网与罗道耳弗的腻烦形成了鲜明对比。

爱玛说:"因为我爱你呀,爱到离开你,我就活不成,你可知道?有时候,我一心就想再看到你,心里酸溜溜的,好不难过。我问自己:'你如今在什么地方?也许在同别的女人说话吧!'……不,你哪一个女人也不喜欢,对不对?比我好看的女人有的是,可是我呀,我懂得爱!我是你的奴才,你的姘头,你是我的王爷,我的偶像。你好!你美!你聪明!你强壮!"他听了这话千百遍,丝毫不觉新奇。爱玛类似所有的情妇,这就像脱衣服一样,新鲜劲儿过去了,赤裸裸露出了热情,永远千篇一律,形象和语言老是那么一套。别看这位先生是斫轮老手,他辨别不出同一表现的不同感情。因为他听见放荡或者卖淫女子,即即哝哝,对他说过相同的话,她那些话是否出自本心,他也就不大相信了。在他看来,言词浮夸,感情贫乏,就应非议,倒像灵魂涨满,有时候就不涌出最空洞的隐喻来。因为人对自己的需要,自己的理解,自己的痛苦,永远缺乏准确的尺寸,何况人类语言就像一只破锅,我们敲敲打打,希望音响铿锵,感动星宿,实际只有狗熊闻声起舞而已。

爱玛对这位老于世故的罗道耳弗缺乏判断力。小镇是人性邪恶集中的地方,如勒乐,高利贷者,精心设计圈套让爱玛去钻,郝麦,庸医,治疗一个病人,导致眼瞎,逼进收容所,发了财后,热衷于家乡的公益事业,当时的整个社会现实滋生鼓励着邪恶。

2. 个性与个性之间的冲突

在爱玛与赖昂的相爱中,赖昂付出了很多,赖昂真心爱着爱玛。

"爱玛觉得扫兴,可是一种新的希望又很快起而代之,回到他的身旁,分外心热,分外情急。她脱衣服,说脱就脱,揪开束腰的细带,细带兜着她的屁股,窸窸窣窣,像一条蛇,溜来溜去。她光着脚,踮起脚尖,走到门边,再看一回关好了没有;一看关好了,她一下子把衣服脱得一丝不挂,然后——脸色灰白,不言不语,神情严肃,贴近他的胸脯,浑身打战,久久不已。……赖昂觉得像有什么东西不顾死活,迷离惝恍,凄惨悲切,神不知鬼不觉,轻悠悠地来到他们中间,要把他们分开一样……可是她的小靴一咯噔,他觉得自己把持不住,就像醉鬼见到了烈酒一样。"

"别的时候,她想起奸情,欲火烧身,又是气喘,又是心跳,无可奈何,过去打开窗户,吸冷空气,迎风抖散她的过于沉重的头发,仰观星星,希望会有贵人相爱。她思念他,思念赖昂。她这时候恨不得捐弃一切,换取一次幽会,得到满足。幽会成了她的节日。她要排场!他一个人付不了开销,她就大大方方来补足:几乎回回如此。"他们冲突的导火线是金钱。赖昂在整个过程中性格变得怪异,双方逐渐感到这样的生活索然无味,走到一起,结婚只不过是一种惯性要求,热恋过后就会产生一种厌倦:"如今一见爱玛贴住他的胸脯,忽然呜咽上来,他就厌烦;他的心好像那些只能忍受某种音乐的人们一样,已经辨别不出爱情的妙趣,听见一片嘈杂,只是淡然置之,昏昏思睡而已。他们太相熟了,颠鸾倒凤,并不又惊又喜,欢好百倍。她腻味他,正如他厌倦她。爱玛又在通奸中间发现婚姻的平淡无奇了。……她甚至希望祸起萧墙,造成他们的分离,因为她没有勇气做分离的决定。"

幸福又在哪里?是一种满足之后的无聊和空虚。两个人走到一起,不过是因为某一方面有相似性,而差异性永远大于共同性。由于社会种种条件的变化,再好的关系也会出现裂痕,甚至产生悲剧性冲突的后果,追求人与人之间和谐的爱,在本质上是不可靠的。

3. 人性自身构成不完满,是充满矛盾的

包法利先生平庸,过着一种小市民生活(理想),在医术上也很平庸。在爱玛所接触的全部男性中,包法利先生是最爱她的,他是一个平庸但善良的人,在邪恶的包围中,他却依旧非常善良。包法利先生是真纯、善良和平庸的复杂结合,最后竟为他的妻子忧郁而死,既可怜也可悲,突出了他自身的脆弱性。包法利先生与爱玛有相同之处,都真纯地追求自己的人生,两个人都善良,然而善良之间却无法达到和谐。

(三)爱玛的形象特点

1. 大胆追求个人幸福的女性

爱玛是一个具有通常人的生命活力,也激荡着种种欲望的人,是芸芸众生中的一个物质的、肉身的人。她的种种欲望激发了她对生活的无穷想象和渴望,具体表现为对爱和幸福的追求。小说中写道:"爱玛的个性是当时环境塑造的结果:布道中间,往往说起的比喻,类如未婚夫、丈夫、天上的情人和永久的婚姻,在灵魂深处,兜起意想不到的喜悦……选读《基督教真谛》,浪漫主义的忧郁,回应大地和永生,随时随地,发出嘹亮的哭诉,她……十分入神!……她看惯安静风物,反转过来,喜好刺激。她爱海只爱海的惊涛骇浪,爱青草仅仅爱青草遍生于废墟之间。她必须从事物得到一种切身利益,凡不直接有助于她的感情宣泄的,她就看成无用之物,弃置不顾——正因为天性多感,远在艺术爱好之上,她寻找的是情绪,并非风景。"

这种"爱"或"幸福"虽然不无心灵的精神的因素,但其主体与原发动因是肉身的和情欲的。她向往"爱"和"幸福",而在她的现实生活环境中却不存在,"人生灰黯的稀有理想,庸人永远达不到,她一下子就觉得自己来到这种境界,未免踌躇满志。所以她由着自己滑入拉马丁的蜿蜒细流。谛听湖上的竖琴、天鹅死时的种种哀鸣,落叶的种种响声,升天的贞女和在溪谷布道的天父的声音。她感到腻烦,却又绝口否认,先靠习惯,后靠虚荣心,总算撑持下来。……她是热狂而又实际……爱文学是为了文学的热情刺激,反抗信仰的神秘,好像院规同她的性情格格不入,她也越来越忿恨院规一样。"于是,她不接受这个环境,不承认这个现实,不满足于她和包法利医生的那种平板、枯燥、乏味的生活。她对现实具有叛离心态。

2. 其追求带有很强的理想主义色彩

爱玛所想象的"幸福"不过是福楼拜所说的属于虚伪的诗,也即由肉身欲望激发并借助幻想营造出来的传奇世界:"她有时候寻思,她一生最美好的时月,也就只有所谓蜜月。领略蜜月味道,不用说,就该去那些名字响亮的地方,新婚夫妇在这些地方有最可人意的闲散!人坐在驿车里,头上是蓝绸活动车篷,道路崎岖,一步一蹬,听驿车的歌曲、山头的铃铛和瀑布的喧嚣,在大山之中响成一片。夕阳西下,人在海湾岸边,吸着柠檬树的香味,过后天黑了,只有他们两个人,站在别墅平台,手指交错,一边做计划,一边眺望繁星。""然而离开现实,浩渺无边,便是幸福和热情的广大地域。由于欲望强烈,也混淆了物质享受与精神愉悦、举止高雅与感情细致。难道爱情不像印度植物一样,需要适宜的土地特殊的气候?所以月下的叹息,长久的搂抱,流在伸出来的手上的眼泪,肉体的种种不安和情意的种种缠绵,不但离不开长日悠闲的大庄园的阳台,铺着厚实地毯和有活动帘的绣房、枝叶茂密、盆景、放在台上的宝榻,也离不开珠玉的晶莹和制服的缨穗。"

"在她的灵魂深处,她一直期待着意外发生。她睁大一双绝望的眼睛,观看她的生活的寂寞,好像沉了船的水手一样,在雾蒙蒙的天边,遥遥寻找白帆的踪影。她不知道什么地方有机会,哪一阵好风把机会吹到眼前,把她带到什么岸边,是划子还是三层甲板大船,满载忧虑还是幸福。但是每天早晨,她醒过来,希望当天就会实现,细听种种响声,一骨碌跳直来,纳闷怎么还不见来,于是夕阳西下,永远愁上加愁,她又想望明天。……失望之下,百无聊赖,她的心又空虚起来了,于是类似的日子,一个连一个,重新开始。"

她明明生活在现实的环境里,欲望却盲目地把她引升到传奇世界,她一味听凭欲望的驱使,试图让"爱"永远充满疯狂、激情,甚至认为"爱"就是激情:"至于爱玛,她并不希望知道她是否爱他。她以为爱情应当骤然来临,电光闪闪,雷声隆隆,仿佛九霄云外的狂飙,吹过人世,颠覆生命,席卷意志,如同席卷落叶一般,把心整个带往深渊。"

既然如此,人的使命在于不断去寻找这种"爱"与"幸福",不断去享受快乐。每当找到这种快乐时,她便兴奋不已,生活也进一步被她虚化和诗化了。在她第一次与罗道耳弗幽会时,小说是这样描写她的激动与忘乎所以的:"天已薄暮,落日穿过树枝,照花她的眼睛。周围或远或近,有些亮点子在树叶当中或者地面晃来晃去,树木像有香气散到外头。她觉得心又开始跳跃,血液仿佛一条奶河,在皮肤底下流动,她听见一种模糊而又悠长的叫喊,一种拉长的声音,从树林外面,别的丘陵传出,她静静听来,就像音乐一样,配合她的神经的最后激动。"爱玛三番五次自言自语道:"我有一个情人!一个情人!"她一想到这上头,就心花怒放,好像刹那之间,又返老还童了一样。她想不到的那神仙欢愉、那种风月乐趣,终于就要到手。她走进一个只有热情、销魂、酩酊的神奇世界,周围是一望无涯的碧空,感情的极峰在心头明光闪闪,而日常生活只在遥远、低洼、阴暗的山隙出现。她于是想起她读过的书的女主人公,这些淫妇多愁善歌,开始成群结队,在她的记忆之中吆喝,声气相投,入耳爱听,就像自己变成这些想象的真正一部分一样,实现了少女时期的长梦,以前的神往的情女典型,如今她已成为其中的一个。再说,爱玛感到报复的满足,难道她没有受够活罪,可是现在,她胜利了,久经压抑的感情,一涌而出,欢跃沸腾。她领略到了爱情,不后悔,不担忧,不心乱。

3. 充满着自我矛盾与困惑

爱玛在与罗道耳弗的偷情中感受到人生的"幸福",找到了她向往中的"爱"。当罗道耳弗背叛她后,爱玛又在赖昂那里找到了一度失落的"爱",同样沉湎于"幸福"与快乐的自我陶醉之中。与前一次不同的是,爱玛在反复地体验了"爱"与"幸福"后,也渐渐地感到这种激情之"爱"的非永恒性。她和赖昂相处一久,他们太相熟了,颠鸾倒凤,并不又惊又喜,欢好百倍。她腻味他,正如他厌倦她。爱玛又在通奸中间发现婚姻的平淡无奇了:"吻过以后,活像激流一样,滔滔不绝。他们互相倾诉一星期来的愁闷、忧虑和盼信的焦灼,但是如今,统统烟消云散了。他们面对面望着,开心笑着,恩恩爱爱叫着。"

时间告诉她,婚姻和奸淫同样的平板、乏味、现实。或者说,奸淫里并没有她要找的永久的"爱"与"幸福"。可是,爱玛在感悟到"爱"的非永恒性,并感到失望之时,却没有意识到单只追求建立在纯粹的"肉欲"之上的"爱"的短暂性,因为人寄希望于通过变换爱的对象:"但是她在写信中间,见到的恍惚另是一个男子、一个最热烈的回忆、最美好的读物和最殷切的愿意所形成的幻影。他在最后变得十分真实,靠近,但是她自己目夺神移,描写不出他的确切形象。他仿佛一尊天神,众相纷纷,隐去真身。他住在天色淡蓝的国度,月明花香,丝梯悬在阳台上,摆来摆去。她觉得他近在身旁,凌空下来,一个热吻就会把她活活带走。紧跟着她又跌到地面,身心交瘁;因为这些爱情遐想,比起淫欲无度,还要使她疲倦。"

爱玛想通过无止境的寻找使"爱"成为永恒,这样决定了她的寻求永远是盲目的,等待她的也永远是失败与失望。在爱的对象一个个离她而去时,爱玛的幻想最终破灭了,她从五彩缤纷的传奇世界飘落到切切实实无法回避的现实世界。于是,她大梦初醒,她所追求的那种"爱"并非永恒,"幸福"也不存在。实质上,爱玛追求"幸福"的过程正是不断失败、走向痛苦与绝望的过程。但她并没有意识到这一点,只是让肉身的欲望牵扯着鼻子往前走,她一直是个"瞎子"。爱玛最后说:"谁也不要怪罪。"因为,一切在于她自己是一个被欲望煽动而蒙蔽的"瞎子":教士用右手指蘸的油,"开始涂抹的先是眼睛,曾经贪恋人世种种浮华,其次是鼻孔,喜欢温和的微风和动情的香味,再次是嘴,曾经张开了说谎,由于骄傲而呻吟,在淫欲之中喊叫;再次是手,爱接触滑润东西;最后是脚底,以前为了满足欲望,跑起来那样快,如今行走不动了。"

三、福楼拜小说的艺术成就

(一)小说创作神话模式的自觉运用

福楼拜注重把握外在真实的同时,还追求真实的真实,即超现实的或主观心理的真实。为达到这种"真实的真实"的境界,用客观地摹写生活,直观地、逼真地再现现实的方式是难以奏效的,而用象征隐喻的神话模式,把现实生活神话化,则可达到目的。黑格尔说:"一般地讲,象征是外界存在的某些形式直接呈现给感官,它的价值,并不在于它本身,在于它呈现给我们的直接性,而在于它给我们的思想所提供的更为广阔、更为一般的意蕴。"[1]这说明,象征隐喻的神话模式能提示出更广泛、更为深刻的现实性意蕴。这种艺术思维方式对世界的把握是一种诗性的揣摩,是将最为内在、最深刻的心灵体悟转化为艺术形象。从广泛的广义的角度看,任何一个文学作品都具有象征意味,因而都有神话模式潜隐在内。即使是巴尔扎克的小说,也具有象征隐喻

---

[1] 黑格尔:《美学》(第二卷),朱光潜译,商务印书馆1995年版,第10页。

的神话模式。但是,从严格意义上讲现代神话模式也只有在现代小说,特别是现代派小说中才成为一种普遍和自觉的存在。福楼拜对"真实的真实"的刻意追求,使他在象征隐喻的神话模式的运用上,比巴尔扎克等现实主义作家要自觉得多,我们甚至有理由认为他是一个自觉运用神话模式进行小说创作的现实主义作家,而这种自觉,是促使福楼拜"把一种崭新的思维方法运用于文学,从而成为现代小说的始祖"的重要原因,因而在他的小说中,那一幕幕社会风俗画的背后,隐含了喻意深远的现代神话形态。

《包法利夫人》的深刻性远不只是揭示了爱玛悲剧的社会原因,福楼拜在小说中借爱玛的人生故事框架,隐喻了人类在与自身"宿命"抗争过程中的盲目性与无目的性,表现了现代人在面对自我时如坠迷雾的困惑与迷惘。……福楼拜从人类生命本体的角度探讨和研究人,并通过文学创作表达自己对人的种种体悟。"认识你自己,"这是古希腊时期的人写在太阳神阿波罗圣殿上的箴言;"斯芬克斯之谜"也体现了远古时期的人对自我探索时的困惑与迷惘。人对自我的追寻到了19世纪自然科学长足发展的时代依然在进行,并带上了现代人的特征。福楼拜正是在这种探索中继续着古人的思考。福楼拜要在文学中表达自己的思考,表现现代社会中人的生存状态,就不能不写现实的生活与现实社会中的人,但他在具体描写中又不停留在故事表层含义的揭示上。爱玛身上所隐含的难以自制的情欲冲动,是他对现代社会中人的生命本原的深层把握和体悟;这种情欲也正是活跃于古希腊的神与英雄们身上的原始欲望。所不同的是,这种原始情欲在神话和福楼拜小说里,是在不同的物质背景和人文背景上显现出来的。从这个意义上说,爱玛是身穿现代时装的赫拉、海伦、阿佛洛狄忒。……作为现代人的福楼拜,他比其他同时代的现实主义作家更注重于"认识你自己"的思索与研究,他也就有更多的困惑甚至悲观,这也就是他在小说中更自觉地运用神话模式的原因之一。福楼拜说"爱玛就是我!",而爱玛的困惑正是"俄狄浦斯的困惑"。[1]

(二)客观的呈示与冷峻的叙述

福楼拜不仅强调观察事物的科学、冷静和缜密,还要求在描绘事物时做到科学、客观、冷峻。他反对浪漫主义式的情感宣泄。福楼拜说:"我们不应该利用艺术发泄我们的情感,因为艺术是一个自身完备的天地,仿佛一颗星星,用不着支柱。我们必

---

[1] 蒋承勇:《十九世纪现实主义文学的现代阐释》,高等教育出版社1996年版,第154—155页。

须脱离一切刹那的因果,然后越少感受对象,我们反而越容易如实表现它永久普遍的性质,天才或许不是别的,是让对象来感觉的官能。物役于人,不是人役于物,艺术家表现激情,然而是描写的,属于一种再现的作用,具有形体的美丽,否则容易流于艺术娼妓化,甚至情绪的娼妓化。"所以福楼拜主张,"展览,然而不是教诲,必须绘成图画,指明自然之为自然;同时图画又要完备,是好是歹全画出来"。要做到客观地呈示自然。福楼拜认为作家在创作时必须"退出小说",进入无我境界,"作者在他的作品里,必须像上帝在世界上一样,到处存在而又到处不见"。福楼拜把客观性放到了创作的首要位置。

无论一个作家如何客观地把事物摹写得自然逼真,他所描写的社会与人生都是出自他的心灵,因而都是主观化了的。福楼拜主张客观地呈示自然,其实他只不过是要求作家自己不直接地在作品中出现,不要抒发个人的情感和指手画脚地发表演说,而不是指取消作家在作品中的存在。作家的存在是无形的,作家自己的思想情感是隐藏于作品的人与事之中的,他是在幕后而不是在前景中。福楼拜说:"我们应该用力把自己输入人物,不是把他们拿来趋就自己";"艺术家的要求是,脓向里流,叫人闻不出腥臭气味……吸收对象进来,周流在我们的全身,然后重新呈到外面,叫人一点看不破这种神奇的化学作用。"可见,福楼拜的作家"退出小说",其实是作家"隐身于小说";"无我"的境界,其实是"隐我"的境界(价值中立的态度),这种把作家"自我"在作品中淡化的过程,使小说所呈现的社会与人显得更为自然,更合乎生活原本形态,小说也就成了福楼拜所主张和追求的"生活的科学形式"。[1]

对小说创作的客观性如此突出强调,并在自己的创作实践中做了可贵尝试,自然地带来了他小说叙述风格的变化。他通过冷峻叙述去追求无我之境,从而达到客观性呈示自然的目的。我们知道,欧洲小说是从"传奇"深化而来的。由于是"传奇",因而在欧洲早期的小说创作中,作家为读者提供的往往是曲折离奇甚至怪诞魔幻的故事,他们追求情节本身的吸引力,而不注意其真实性,也不立足于追求小说的文本世界与现实真实的对应关系。如《堂吉诃德》《巨人传》等。到了18世纪,欧洲的小说创作出现了追求生活的真情实感的倾向,作家们力图在自己的创作中表现生活的真实感受,让读者感受自己所讲的故事是"真实"或者具有真实性、可信性,而不至于被看成浪漫的幻想传奇故事。作家在小说中创造文本世界时也尽力向现实世界靠拢。

---

[1] 蒋承勇:《十九世纪现实主义文学的现代阐释》,高等教育出版社1996年版,第157页。

于是,这时在小说叙事方式上第一人称自传性小说开始风行。这种叙事方式把作者的个人经验渗透到小说之中,从而增强了小说文本世界的真实感。如《鲁滨孙漂流记》《汤姆·琼斯》等,都使用了这种叙述方式。在菲尔丁的《汤姆·琼斯》中,叙述者以故事的"目击者"身份直接地出来说话。他不仅介绍情节、评价人物,还不时地跳出来指手画脚地议论世事和抒发感情,作者这样做原本是为了增强故事的可信度与真实感,但这样一来,实际上混淆了故事原本的内容与作者感受之间的区别,因此,小说文本世界到底是生活本身的样子还是叙述者理解的那样?这是一个令人把握不定的问题。所以,小说的真实性是值得怀疑的。到了19世纪,随着科学主义思想的盛行,文学对"真实"的追求达到了前所未有的程度,从而引起了小说叙述方式的重大变化。作家以科学实验方法从事小说创作,把小说创作看作像科学家那样对社会历史进行客观研究,因而,对小说文本世界之真实性的追求也信心十足。巴尔扎克不正是在这种意义上把自己看成"历史书记员",并立志要写出法国社会"风俗史"吗?这种写实主义的美学追求就导致了全知全能叙述方式的广泛使用。这种叙述方式没有任何视角限制,叙述者像上帝一样站在高处鸟瞰人间,把凡是人所能知道的一切,包括人的内心隐秘,都诉诸了笔端。如此创造出来的小说文本世界似乎可以与现实世界画等号。其实,作家如此提供给读者的也仅是一种"真实的幻觉"而已。

作家(叙述者)过于宽广的视野和过于频繁地在作品中抛头露面,破坏了小说文本世界的客观自然性和整体感。对此,具有医学头脑的福楼拜对此产生了不满。他认为,"小说家没有权利说出他对人事的意见"。他向一位年轻作家说:"为什么你用你自己的名义说话?为什么割裂故事,你中间出来说话?"正是在这种不满的情况下,福楼拜提出了作家"退出小说"的主张。从小说叙述的角度看,这一主张是对在他之前的全知全能叙述的修正,目的在于把过于宽广的视角加以限制和缩小。因为,视角过于宽广的全知全能叙述方式实际上使读者对叙述者这种无所不知、洞察一切的能力存在与否产生怀疑,因而叙述主体失去了真实可信性,进而由叙述者提供小说的文本世界的真实可信性变得不甚牢靠,作家(叙述者)随心所欲的议论和抒情更破坏了文本世界的自然和谐感。

作家"退出小说",本质上是要求叙述者不是站在上帝式全知全能的角度,而是站在普通人的立场如实地、不动声色地叙述客观事实,叙述者与小说人物平起平坐,而且作者对人物和事件不做任何抛头露面的直接评议,一切都按生活本身的样子"如眼所见"地呈示出来。因此,他的小说中似乎并不存在一个讲故事的人,故事就像一条自然流淌的河道,也像摄影机拍下的生活实景,一幅幅、一幕幕地展现在读者面前。他摒弃了那种全知全能式的直接心理活动描写,而往往通过客观存在地描写人物在特定心理氛围中的特定语言和外在行为方式,外化出人物的特定心境和情感世界。[1]

表面上看来是叙述视点的转换,实际上是对"人"的文化哲学观念的变换。全知叙述是文艺复兴高扬人的观念的折射,它映射出上帝的面影。而哥白尼对地球中心学说进行了颠覆,人类对自我认识进一步加深,小说的叙述由全知逐渐内化,福楼拜显然处于过渡环节上。弗洛伊德理论使得自我发生了分裂,文学开始专门表现原欲主体,叙述的视角更加狭窄化、个体化与主观化、幻觉化。小说的叙述视角完全等于或小于人物视角,从而脱离了全知全能的叙述范畴。

(三)故事性的消解与散文化文体

福楼拜主张小说创作的客观性、生活化,因而对虚构故事是十分反感的,因为,虚构和想象将使小说所描写的生活背离现实世界。既然小说是对生活的展览,是对生活做科学化还原,那么,作家在创作中首先要考虑的就不是故事的曲折离奇,而是所表现的生活是否最大限度地切合生活的自然形态,现实生活本身是平淡无奇的,故事性往往是人为的东西,因而,当小说自然地呈示生活时,所描写的生活也总是平淡无奇,甚至是支离破碎的。所以,如果从传统小说的结构美学看,福楼拜小说的故事性不强,文体也趋于散文化了。《包法利夫人》总体描写了爱玛的悲剧故事,情节的基本框架是存在的,但其中却没有传统小说尖锐的戏剧性冲突;爱玛的生活故事也不是始终连贯的,而是几个恋爱故事的连接,此外就是大量平平常常的生活细节。《情感教育》的故事性更差。主人公几乎同时与三个女人交往,三个恋爱故事似无主次之分。故事的展开也没有严密的逻辑性。似乎完全由弗雷德利克主观的好恶决定,他想到哪个情人家去,就到哪个情人家去,故事也就在哪个情人那里展开。这样一来,传统意义上的"故事性"被消解了,而"生活化"特征则更明显了,小说的行文方式则是由故事性的消解而趋于散文化。[2]

故事性的消解与散文化趋向,是福楼拜超越现实主义而走向现代主义的又一重要表现,20 世纪现代主义小说反对追求小说的故事性,强调打乱传统小说那种结构

---

[1] 蒋承勇:《十九世纪现实主义文学的现代阐释》,高等教育出版社 1996 年版,第 157—160 页。
[2] 蒋承勇:《十九世纪现实主义文学的现代阐释》,高等教育出版社 1996 年版,第 161 页。

完整性和情节连贯性,让小说走向"非小说"。这其中以法国"新小说"最为典型。

(四)语言的唯美追求

福楼拜提出形式与思想是不可分割的整体。他追求语言的精巧、准确,推敲锤炼达到完美效果。李健吾先生说:"司汤达深刻,巴尔扎克伟大,但是福楼拜完美。"

第六节
罗曼·罗兰:自由生命的斗士

罗曼·罗兰之前的法国作家,普遍走着急切的自我奋斗的道路,从而达到自己的目标;这种奋斗集中在个人物质性的享受之中,沉溺于其中,难以自拔。19世纪法国文学史尽情展示个人的争名夺利,且这种争夺往往不择手段。在这种追求中,暴露了法国人的精神危机,社会处于无序状态,个人冲动会导致他人的毁灭,甚至社会混乱。人逐渐成为金钱的奴隶。在巴尔扎克笔下,人与人之间的关系完全扭曲:女儿无休止地压榨虚弱的父亲,葛朗台成为金钱的动物、挣钱的工具,丧失了享受的需要。在波德莱尔笔下,人性却导致了分裂,无所皈依,找不到精神家园,总之,19世纪后期法国人陷入了迷惘,法国的民族精神出现了危机,人们开始反思——人生的幸福是否就是追名逐利? 人还有新的内涵吗?

罗曼·罗兰出生于1866年,比左拉小26岁,比莫泊桑小16岁,他是小字辈,是个完完全全的年轻人。出生于1866年,作为青年一辈,出现在文坛上,就有一种青年朝气,有反叛传统的精神。

一、罗曼·罗兰的人生思想要点与创作概述

(一)思想要点

1. 格格不入的"圈外人"

法国文学有集团性、浪漫性特点,圈子是作家们思想传播的领地。由于种种原

因,罗曼·罗兰没有成为圈内人,他一生的奋斗中没有得到一位名作家的提携。他26岁结婚,其岳父为著名语言学家,常在家中开沙龙。罗兰对此漠不关心,感到厌倦,他的创作处于闭门造车、独居斗室的境地。这导致了妻子的不满。离婚后,他仍独来独往。当他用自己的声音对社会发言时一下子就惊世骇俗。一战期间,罗兰发表了政论《超乎混战之上》(1914.8)。他认为战争是一大批青年混战,他们成了牺牲品,战争没有意义,他一下子成为众矢之的。好朋友也公开声明与他断交,但他并不认输,于1914年12月发表《论偶像》,其言辞更加激烈,认为法国知识分子处于极度疯狂中,被一个血淋淋的偶像(祖国)所左右,他认为要打倒偶像,解放人民,之后两年无人再敢刊登罗曼·罗兰的文章。他彻底否定传统观念,把人与祖国分裂,反对人为祖国而战,人应为自由而活着。自由是人的生命本体不受任何世俗利益与观念束缚的自然而然的状态,而非对物质利益的占有。他第一次把自由提到生命本体的高度。

2. 通灵者的悟性

罗兰是少见的具有"特异功能"的人,使他进入自由境界的就是这种通灵能力。他有多次进入幻境中。这其中著名的有三次。17岁(1882年)那年他随母亲、妹妹到山村去疗养,回来时绕道到法国与瑞士交界的地方游玩,一次在湖边进入冥想状态,认为自己的精神进入一个无法用语言描述的状态,认为人与自然之间有更为玄妙的内容相联系。这次经历照亮了他的一生。第二次,在上高师时,乘火车旅行,火车在隧道中突然停了下来,所有的灯也消失了,一片漆黑,他也感到非常害怕,感到一种东西从头中冲了出去,透过云层,看到了人间牵累,认为他就是大自然本身,获得了巨大的愉悦,世界有着更为神秘的内涵,有我们更值得追求的东西。第三次(1890年),他到南欧去,攻读考古学研究生,弹钢琴让他在意大利获得了一片赞誉,加之南欧气候宜人,他活得非常潇洒、愉快,3月的一个傍晚,他在罗马郊外的树林中散步,被罗马城的美景所吸引,他突然看到了遥远的法国,在法国天空中出现了一个人的形象——是他追求的人性理想、生命的英雄,顿悟到人生的真谛:人生的理想是什么?生命的意义是什么?这三次被他称作"罗曼·罗兰的三道灵光"。之后,他所追求的不再是芸芸众生所追求的东西,人生、文学都应为追求真理而献身。

3. 罗曼·罗兰思想的两个侧面:西方没落与真理战士

他十分尖锐地批判了从文艺复兴到19世纪的传统精神,提出"西方精神破产说",认为法国文化被当代实利主义的臭气熏染着,认为"法国正在死亡,不要干扰它临终时的安宁吧!"他又未陷入虚无主义情绪中,他认为自己找到了真理,愿为真理献身,做一个真理战士。真理,即在他的幻觉中所体验,不受世俗束缚,自由自在且刚劲有力的生命之力。在其小说中表现了他对真理的探求,他认为真理在现实中可实现,当他把超现实真理在现实社会中加以表现时常有误会之事,如十月革命,他认为是基督复活,革命是一种宗教,社会主义也是一种宗教。故他对苏联社会制度颇有好感。

(二)罗曼·罗兰创作概述

其创作与对西方人文主义传统怀疑、反叛,寻找真理的历程是一致的,可分为三个时期。

1. 怀疑期

他对西方传统的怀疑,主要反映在他早期所写的三部革命戏剧《群狼》《丹东》《七月十四日》以及信仰悲剧三部,作品均以法国大革命为背景,以怀疑的目光看待这场革命,表现了革命者内部的相互倾轧。

2. 寻找期

这集中表现在他 20 世纪所写的四部名人传记《贝多芬传》、《米开朗基罗传》、《甘地传》、《托尔斯泰传》中,通过这四个人,来探求他所追求的自由生命,在为他们立传中来确立自己的人生理想与人生模式。又如《约翰·克利斯朵夫》。

3. 和谐期

其精神进入和谐、宁静状态,其小说状态显得轻松、活泼,其笔下主人公都较勇敢地投入到社会活动中,代表作为《欣悦的灵魂》。

二、《约翰·克利斯朵夫》的思想内涵

《约翰·克利斯朵夫》的创作历时八年(1904—1912 年),这部作品充分体现了约翰·克利斯朵夫寻找理想人生、生命理想的复杂过程。1915 年,此作品获得了诺贝尔文学奖。

(一)内容概要

主人公约翰·克利斯朵夫是法国人,出生在莱茵河畔一个小城市的穷音乐家庭里。这个小城市是一个亲王驻节的地方。克利斯朵夫的祖父和父亲都是公爵的御用乐师;母亲是一个厨娘,舅父是一个走街串乡的小贩。祖父有强烈的个人英雄主义思

想,不断向孙子灌输英雄创造世界的观念。克利斯朵夫在父亲的严厉管制下学习音乐,从小表现出相当的音乐才能。他六岁时就决定要当作曲家,他想有朝一日名满天下,扬眉吐气。舅父给他的教育则相反,教他安贫乐道,真诚谦虚。祖父和舅父两种对立的思想影响同时渗透在克利斯朵夫的意识里。在祖父的张罗下,11岁的克利斯朵夫到宫廷演奏,崭露头角,得到赏识;但他对贵族们的虚伪、浅薄而又专横的态度极为反感和不满。他和卑躬屈膝的祖父不同,鄙视他们,反抗贵族,攻击市侩,因而受到贵族集团的排挤,终于生计也成问题。他对专制制度下的法国社会给他施加的压力和迫害极为愤慨。在这种思想情绪的支配下,有一次为搭救被大兵欺侮的农民,挥拳相助,造成命案,被迫逃亡法国。他原以为经历了革命风暴之后的法国是一个自由幸福的乐园。但到巴黎以后,见到法国和德国一样腐败,金钱可以左右一切,使他的幻想很快成为泡影。他抨击法国腐朽的文化和艺术,因而受到法国上流社会的歧视。他到处碰壁,得不到任何人的理解与支持,他始终是孤独的反抗者。他的好友奥里维在精神上同样是孤独的,他虽与克利斯朵夫朝夕相处,亲如手足,但他并不能给克利斯朵夫以真正的支持和力量。在精神探索中,克利斯朵夫的视线转向中下层人民,对他们受压迫的社会地位深表同情,并对他们的困难给予尽可能的帮助。克利斯朵夫从面包工人罗赛尔的惨死中看到了"社会的灾难",认为工人阶级是一群无所作为、受人操纵的"群氓"。他不赞成政治斗争,认为"打呀,打呀"的呼喊无济于事,说:"乱打乱杀一阵能帮助不幸的人吗?"在他看来,消除不公正、不合理社会现象的主要手段是"爱"和充满人类之爱的艺术。他认为艺术最崇高,是改造社会和促进民族和谐的最有力的手段。在一次"五一"节示威游行中,他和奥里维被卷进工人的游行队伍,结果奥里维在混战中被军警打死,克利斯朵夫出于自卫和警察搏斗,打死了警察,最终不得不逃亡瑞士,他从此万念俱灰。当他从瑞士的隐居生活中重新回到法国社会生活中时,他开始怀疑自己的人生追求。晚年,他避居意大利,专心致志于宗教音乐创作,不问世事,进入了一种清明高远境界。

这部作品生动细腻地展示了作家不断体验"自由生命",不断接受"自由生命"的启示,最终在精神上自由超越的全过程。

1."自由生命"的基础是人格独立,主人公反传统、反社会,竭力维护个人独立与人格尊严

克利斯朵夫七岁时就已经表现出相当的音乐才华,其父与爷爷为他办了一场专

场演奏会,获得了巨大成功。其父非常激动,让他的儿子向台下的观众致谢,并伴以飞吻,向包厢中的大公爵致谢。此时,克利斯朵夫却非常厌恶,认为他的演奏纯粹是出于对音乐的热爱,从未想到旁人的感受、鼓掌,认为自己所干的事与旁人无关。他的音乐不媚俗,也不崇尚时尚,创作出的作品没有知音,也无剧团愿为他演奏其作品。一音乐团为拉拢他而愿意演奏其作品,遭到克利斯朵夫的拒绝,他几面不讨好,是个纯粹的"外围人"。

于连的行动是为了符合他的现实名誉、地位的需要,而一旦发生冲突时,他的人格尊严、独立却退让了,选择了委曲求全;克利斯朵夫则不会像于连一样背诵自己不愿背的《圣经》,追求人格独立是他的全部。克利斯朵夫在人格独立上做得最彻底、最纯粹,有一种超物欲的特点。克利斯朵夫一生清贫,他甘于清贫。"成为名人是最庸俗的骄傲","关起门来为了自己的生活,为我喜欢的人而生活",克利斯朵夫并不是一个个人奋斗者,而是一个自我生命经验者、追求者。

2."自由生命"是人生历程的强大动力

罗曼·罗兰把他的通灵感受融入作品中,自由生命就成了他心目中的上帝,如克利斯朵夫的舅舅高脱弗烈特经常带他去莱茵河畔散步。其舅爱哼歌,感觉到民间小调粗浅却自然,音乐大师的作品是做作的、苍白的,克利斯朵夫一生多次陷入自杀的边缘,每次都是宇宙恢宏的生命境界挽救了他,"受苦究竟还是生活"。奥里维是他唯一的朋友,而又不幸惨死。与医生妻子阿娜的爱情也毫无结果,也陷入疯狂之中。他误入了一片森林深处,突然之间一阵大风给了他巨大的鼓舞,给了他求生的勇气,使他又一次复活了。克利斯朵夫的姓为"克拉夫脱",在法文中为"力",是他自由生命之力。

3.和谐是自我超越的最高境界

在他最痛苦时候,曾与上帝有一段对话:"别人会打胜的……即使你打败了,你属于一支永远打不败的队伍……生命的大河已经被我的血染红了。"他发现在生命的本质意义上,他不孤独,获得了一种支撑,作为造物主的上帝也在进行斗争,没有一劳永逸的快乐,上帝也是宇宙生命中的一种现象,从此,克利斯朵夫改变了人生态度,进入了自我生命和谐的状态,宇宙生命的存在具有一种平等性,转而追求宗教式的纯精神式爱情。虔诚地信仰宗教,一个人经过艰难探索,信仰和谐,而和谐作为一种理想状态,仍是由复杂社会中的人感受的。和谐存在着一种短暂性与虚伪性,是克利斯朵夫信仰和谐而生,他心中也涌出了对和谐的诸多怀疑。他原来喜爱孤独,在临终之时,他却害怕孤独,甚至对自己一生所忠于的艺术也产生了怀疑。和谐是他的理想,他追求和谐的时候却并未丧失自己的本身。

三、约翰·克利斯朵夫的性格特征

(一)真诚的人生态度

克利斯朵夫的一生始终与对人格独立的捍卫联系在一起,也包括对自己的反省与思考。克利斯朵夫经过反省,认为自己的早期作品也充满了虚情假意,他抛弃了固有的路数进行创作,他反传统,反社会,也反自己。

(二)高傲的天性

高傲来自他对自由天性的自信,于连的高傲是他深刻自卑的保护色,它符合法国物质主义追求的传统。克利斯朵夫的高傲是纯粹精神意义上的。

(三)超物欲的精神追求

克利斯朵夫一生清贫,甚至爱情也不是一种感官追求,表现的是他的内心体验。他追求的是绝对的舍生忘死的丰满的生命,他也是一个绝对的禁欲主义者。

他虽然不进教堂,却笃信宗教,认为基督的仁爱之心与理性所主张的博爱精神完全一致。就道德内容而言,克利斯朵夫无疑是因袭了托尔斯泰的基督教人道主义思想的重负,正是从这种带有浓厚宗教意识的博爱精神出发,克利斯朵夫才在生命旅程快要结束时宽恕往日的仇人,甚至与宿敌雷维一葛握手言和,并且由对理想的热烈追求转而寻觅内心的宁静和谐。托尔斯泰厌恶近代资本主义文明利己主义的恶性膨胀,宣扬借克己坚忍和自我道德完善来实现人类博爱的理想。克利斯朵夫尽管也怀着博爱的理想,但是从其一生的主要方面来看,这种理想是根植于创造性新生活的行动中的。克利斯朵夫在回顾往日时自豪地说:"我们亲手开辟了胜利之路,让儿子们走。我们的苦难把前途挽救。我们把方舟驶到了福地的进口。"第九卷末尾克利斯朵夫的心灵与上帝对话虽然带有神秘宗教色彩,却清楚地表现克利斯朵夫的胸怀比托尔斯泰道德家式的爱宽广得多。这是爱不是立足于克己坚忍或者道德完善,而是立足于战斗,即使自己的生命之火熄灭,也要将别的生命点燃。在这里,克利斯朵夫这个人物身上将人道主义的博爱精神与个人生命的扩张融合在一起。对克利斯朵夫来说,一个人的生命力,越是有力扩展,离博爱目标就越近。这可看出罗兰受尼采哲学审美主义的影响:"我永远喜欢力量,它是一切崇高、美和善的首要基础。"

(四)对爱情的独特理解——圣洁的爱情追求

克利斯朵夫的爱情有多次,重点描写的有四次。一是阿达,她让克利斯朵夫饱受折磨,阿达天真、放肆、健康、浪漫,开放热情,克利斯朵夫对她全身心投入。其弟是个典型的流氓无赖,阿达很快就投入其弟的怀抱,这对克利斯朵夫的打击很大。二是阿娜,瑞士的有夫之妇,她让克利斯朵夫重新审视自己的内心世界,带来了他内心的升华。三是安多纳德,为奥里维的姐姐,为了其弟上学,曾做家教,他们俩由于听音乐会而相识,此时克利斯朵夫在国内的名声很差。在包厢中看见以后,人们于是对安多纳德进行造谣中伤,雇主辞退了她,在无奈中返回法国。在小站停车期间,他俩又一次相遇,隔着车窗,默默无语。到法国后,克利斯朵夫在街上游荡时又发现了安多纳德,无奈又被人流隔断。安多纳德一直默默关心着克利斯朵夫,安多纳德终因劳累过度死去,在清理遗物时,奥里维发现安多纳德始终都深爱着克利斯朵夫。四是葛拉齐亚,意大利女性,三次出现在克利斯朵夫的生活中,第一次,葛拉齐亚寄居在其姑妈家中,克利斯朵夫为家庭教师,葛拉齐亚默默地爱着克利斯朵夫,克利斯朵夫却没有发现。第二次,葛拉齐亚已出嫁,成了举止文雅的少妇,两人交往一般;第三次,克利斯朵夫已完成了自我否定,葛拉齐亚的丈夫也死了,两个人交往密切,当克利斯朵夫向葛拉齐亚求婚时,葛拉齐亚却拒绝了。"我历经沧桑,我只有一点极其稀薄的生命,没有胆量去尝试婚姻。"从此,两人仍保持来往,却是纯精神的恋爱。

四、《约翰·克利斯朵夫》的艺术成就

《约翰·克利斯朵夫》篇幅浩繁,故事并不复杂,小说根本无意于塑造具体的生活故事,而是透过喜怒哀乐现象试图把握更深层的东西。"这几卷同全书其它部分同样不是小说,或从来没有意思要写小说,是一部诗吗?何必要有名字呢?……我就是创作一个人,一个人的生命绝不能受一种文学方式的限制,它有它本身的规则。"(第七卷初版)他看重人本身,表达人的生命潜力。

(一)"音乐节奏"和"长河意象"

在构思上,无现实主义小说的事实呈现,故事不清楚,淡化逻辑性,线索不清晰,

以此来突出主人公的内心混乱、波澜起伏的精神本身,这充分借助了音乐,整部小说是用创作交响乐的方式来写作的,可看作一部交响乐作品。小说主要展示了生命诞生、发展、磨难、升华的历程,这本身就是典型交响乐的方式,整部作品相当于四册,即交响乐的"四个乐章",描写历史与人物,相当于交响乐的主题。第1—3卷,相当于交响乐第一乐章,描写了人的少年生活。第4—5卷,第二乐章,写克利斯朵夫在追求人生理想、社会理想时与社会的斗争,是主题的第一次展开。第6—8卷,第三乐章,克利斯朵夫的友谊与爱情的主题第二次呈现出来。第9—10卷,生命的搏斗与升华,主题第三次展开,相当于主题的再现。

每一乐章的情调(调式)都是有规定的,第二乐章为快板,主题快速展开,第三乐章为抒情慢板,第四乐章为急板。作者以音乐的形式创作小说。主题——永远向前奔腾不息的生命。"长河"也象征了生命,在小说中多次穿插长河意象,故此小说又被称为"音乐小说"或"长河小说",音乐本身最能体现生命的主题,混沌有运动感,无序,起伏不定,难以捉摸,形式本身就是内容。

(二)对于人无意识世界的呈现

对于人无意识世界的独特发现,爱情的独特心理,创作心理(音乐),创作时音乐家无绪的、涌起的只是片断旋律。于连的爱情心理,是战斗,是征服心理;克利斯朵夫的爱情语言似乎都是一些无聊的话语,体现了恋人间的折磨欲。

第七节
左拉:自然主义文学大师

西方小说有一从外向内转的发展脉络,转到生理层次是其中的一个过渡性环节,代表人物是左拉。左拉是19世纪后期法国最重要的作家,而且也是这一时期世界上影响最大的作家之一:自然主义一时风靡了全球;许多作家竞相效颦,这种情况一直延续到20世纪上半叶。至今,左拉仍然是拥有最多读者的法国作家之一。

一、促成左拉创作风格的两种因素

（一）与世界的疏离

左拉家境不幸，父亲早逝，欠债很多。他和母亲相依为命，一度曾靠外祖母接济。外祖母去世后，左拉为谋生四处奔波。左拉从一生下来就感到与这个世界的疏离感，使得他以一种客观、冷静的态度来打量这个世界。

（二）对理论的浓厚兴趣

达尔文的生物进化学说、孔德的实证主义与丹纳的艺术哲学对左拉观念的形成影响很大，尤其是吕卡斯医生的遗传理论。在1868年到1869年两年间，他仔细研读过吕卡斯医生的《自然遗传论》，并做过详细的摘录。吕卡斯认为："人是大自然的缩影，研究人就是研究自然。在社会方面，遗传牵涉到所有制，政治方面牵涉到主权，世俗方面牵涉到财产。遗传是法制、力量、事实。"左拉一度将吕卡斯的遗传理论看作科学真理，并用来研究人和社会。

在当时的自然科学与哲学的冲击下，左拉形成了对人与世界的新的价值观念和总体认识，传统的那个理性、社会、抽象的人在左拉头脑中形成了生物人。他认为，在所有人身上都有人的兽性根子，正如人人身上有疾病根子一样。"具有思想意识的人已经死去，我们的整个领域将被生物人所占有。"但这并不意味着社会、理性的人在左拉那里不存在，只不过是他拨开传统理性主义文化的迷雾，惊异地发现那个崭新的"生物人"时产生的一种情感化表达而已。可以说，一个新人形象在他脑海中凸现，而传统文化所描述的那个关于"人"的神话在他的心目中已经支离破碎、模糊不清了。这标志着左拉的精神世界中新的文化观念的形成。

二、左拉小说创作概述

左拉一开始写的是美丽童话和各种缪塞式的浪漫篇章。不过，这些左拉24岁时出版、收集在《给妮侬的故事》里的中短篇小说，隐隐反映出左拉对人类命运的严肃关注和思考。

1867年出版的《苔雷丝·拉甘》，通过对犯罪心理的描写把人物内心深处不可压抑的生理欲求与道德规范冲突对人的煎熬刻画得淋漓尽致。这部小说使"左拉成为真正的左拉"。1868年左拉出版了《玛德莱娜·费拉》,它和《拉甘》一样具有浓烈的自然主义气息,心理描写细腻深刻。这两部心理小说被圣伯夫称赞为"在当代小说发展中开辟了一个时代"。

左拉这两部小说的情节模式和人物模式的影响在20世纪的法国小说中清晰可见,如在纪德、莫里亚克、萨特等人的作品中,都有鲜明的生理感受与强烈的道德趣味,都体现了情与理的激烈冲突。

1868年起,左拉有意识地把生物学,特别是遗传学理论运用于文学创作中,由20部小说组成的《卢贡·马卡尔家族》是左拉全面实践他的小说理论的结果。这一系列小说即要说明内在遗传规律与外在环境对人的决定作用。左拉谈到作品总体构思时说:"如果我的小说应该有一种结果,那结果就是道出人类的真实,剖析我们的机体,指出其中由遗传所构成的隐秘的弹簧,使人看到环境的作用。"由于左拉想证明这种结果的普遍性,这部家族史涵盖了社会的方方面面,而每一部小说又是某一个社会阶层内发生的一部自然主义戏剧。这个系列小说的取名受巴尔扎克《人间喜剧》的影响,副标题:第二帝国时代一个家族的自然史和社会史。左拉这一系列作品的追求比《人间喜剧》更自觉。他创作意图明显,创作前有充分的理论准备,大量阅读生理学、遗传学等方面的著作,并画出了家族的谱系图,共花去了他一年时间。

1893年,左拉完成了家族小说中的最后一部——《巴斯卡医生》。直到1902年辞世,他又创作了《三名城》、《四福音书》,这明显地表现了他思想上的变化。在长久地从人性中发现兽性,展示人间的诸多丑恶以后,左拉从基于科学主义的悲观主义转到了一种基于"新宗教"的乐观主义上,这种新宗教的教义即"繁殖、劳动、真理、正义"。

三、《卢贡·马卡尔家族》的整体成就

(一)思想内涵

从整体上讲,《卢贡·马卡尔家族》表现了一个不断奋斗的家庭,由于理智所不能战胜的原因而日趋没落的命运。

理智所不能战胜的原因有自然原因,来自人的遗传生理特征,及酒、色、狂;社会原因,即不能超脱时代和社会影响。左拉更突出自然原因,认为他的作品主要是更富有科学性,而不是社会性。

系列小说共写了家族的五代人,共32人。

第一代人阿戴拉意德·福格,患有歇斯底里精神病,她与健康的卢贡所生的后代多数是健康的。卢贡为园丁,反应迟钝,有点痴呆。有一个独生子的福格在卢贡死后,与神经不正常、酗酒成性的私货贩子马卡尔同居,生下一儿一女,因父母双方不健康而患有先天性疾病。显然,两大家族的成员都是按遗传规律繁衍开来的。而且,卢贡家族的后代中有金融家、医生、政治家等,成了上流社会成员,而马卡尔家族的后代则多数是工人、农民、店员、妓女等,成了下层社会成员,两大家族的后代在社会关系中的不同处境与结局,虽然有社会原因,但作者充分强调了遗传因素的作用。

第二代:卢贡家族,儿子正常。马卡尔家族中的男子为酒鬼,患严重肺病;其中一位则自焚而亡。

第三代:11位中有6位都有遗传病的迹象。左拉第一部引起轰动的作品为《小酒店》。故事概要:绮尔维丝是马卡尔家族的第三代,自幼家境贫寒,以洗衣为生,14岁结识朗第耶,后同居并生下一儿一女。两人到巴黎谋生,不久朗第耶抛弃了绮尔维丝。绮尔维丝不屈不挠、继续奋斗,认识了古波,并结婚。丈夫在盖房时从屋顶摔下致残,却染上酗酒恶习,成为一个十足的酒鬼。朗第耶贪慕他们的家财,又闯入了他们的生活。绮尔维丝像中了邪魔一样,任他摆布,肩负起两个男人生活的重压,难以招架的穷困折腾得她心灰意冷,以致染上酒瘾,最后家庭破产。古波因酒精中毒而死,小说的中心意象是酒。绮尔维丝的爷爷因酒自焚而死,绮尔维丝酗酒,使她丧失了做人和向上奋斗的欲望,酒导致了他们家的毁灭。

这是法国第一部取材于工人生活的小说,小说采用写实手法,既描写社会不公和工人的不幸,也不回避工人酗酒斗殴、纵欲堕落和未成年少女偷看男女性爱等生活现实。这部小说发表后作者的名字在巴黎可谓家喻户晓,左拉从此摆脱了贫困。

《金钱》(第17部,卢贡家族第三代)

故事概要:萨加尔坐在面临巴黎股票交易所广场的上波饭店里,焦急地等待国会议员雨赫的到来,这个在地产投机事业中惨遭失败的倒霉鬼已让雨赫去向他自己的哥哥——第二帝国大臣卢贡求助。雨赫带来的消息表明,卢贡不但不对他表示什么兄弟情谊,反而要萨加尔离开法国,去当殖民地总督,以摆脱这个好惹是生非的弟弟。萨加尔盛怒之下决定不再理睬卢贡,重新在金融界大干一场。

于是,萨加尔和雨赫串通,打着卢贡的金字招牌,联合了另外几个投机家,创办了一家股份公司,称为"世界银行"。在萨加尔的精心策划下,他被选举为银行经理。萨加尔巧妙地利用了公众急于发财的热望,吸引了一批小股东,使得他们拿出少得可怜的年金收入、女儿的嫁妆,甚至全部积蓄来购买世界银行的股票,把萨加尔奉为能带来好运的财神。

1866年6月,在普奥战争的影响下,巴黎交易所的各种证券都急剧下跌。7月4日这天,雨赫激动万分地找到萨加尔,他带来的消息使这个冒险家惊喜若狂。原来,雨赫偷看了卢贡办公桌的密电,得知拿破仑三世将要居中调解,停战已为期不远,而整个巴黎都还蒙在鼓里,交易所里的抛售有增无减。萨加尔立即暗中活动,大量委托买进。当人们在第二天得知了停战消息,证券又迅速上涨时,萨加尔已经大捞了一把,在交易所创造了震惊巴黎的奇迹,成了人人顶礼膜拜的英雄。他随着帝国的空前繁荣节节得利,已由受人冷落的穷光蛋变成不可一世的富翁。

在七月四日事件上损失巨大的银行大王甘德曼决定暗中报复萨加尔。于是,这两个金融巨子之间展开了你死我活的无声战斗。当世界银行股票每股涨到3600百法郎时,银行本身实际已空虚,萨加尔被迫孤注一掷,决定把本行股票全部买进,与甘德曼决一死战。后者在搏斗中损失惨重。而此时世界银行似乎还有潜力,甘德曼开始对自己的做法产生了动摇。在这个关键时刻,萨加尔的情妇因对萨加尔不满向甘德曼透露了世界银行的底细。在最后的决战中,萨加尔的几个主要依靠对象闻声纷纷倒戈,致使他一败涂地,甘德曼则一口吞噬了萨加尔在三年中积蓄的巨额资本。

世界银行从财富的顶峰跌落了下来,股票最后竟跌到每股30法郎。萨加尔被控违背《银行法》而入狱,他那些死心塌地的追随者也被逼上破产、逃亡或自杀的绝路。

在金钱投机时代,被钱所吞噬,这正是人被社会和时代所异化的结果。人沦为物。这一主题显然是沿袭巴尔扎克《人间喜剧》中的主题。它的独特点在于用冷静客观的笔法写出了股票的冒险交易存在的风险、争斗,以及权力介入股票市场等一系列资本主义发展史上富有转折性的事件,写了资本主义进入金融资本时期。萨加尔之所以到处要使金钱像泉水一般喷出,不管以何种方式去吸取它,其目的就是想看见这些钱像山洪一般狂流,他又能在这狂流之中获得他的一切享受:奢侈、逸乐和权力。20世纪30年代矛盾的《子夜》显然受到了这部小说的影响。

《巴斯卡医生》(卢贡家族第三代)

巴斯卡善良、勤奋,并把积蓄用来投资兴办实业,一家三口生活和睦。他随时担心自己身上遗传的疯狂病会发作,而他侄女克洛蒂德又深深地爱着他,于是两个结合了。他得知妻子怀孕之后,由于极度兴奋,疯狂病发作而死。

第四代:17个家庭13个人,只有一位是既有成就又身体正常的人,其他人则都有不同程度的疾病,大多数人则不得好死。

《娜娜》

《娜娜》(1883年)发表再次引起轰动,一天售出5万多册。娜娜是绮尔维丝与古波之女(《小酒店》),16岁就沦为妓女,后在歌剧中由于其挑逗性表演而获得巨大成功,轰动一时,伯爵、侯爵、银行家、证券大王、军官等社会名流到她家竞相争宠。此时她却爱上剧团的丑角丰当,两人结合后,丰当是一个性虐待狂,娜娜却是一个受虐狂,更加疯狂地爱上他。丰当根本不爱她,却利用这一点,过上了花天酒地的生活。后娜娜依附了一个伯爵,又与很多男性来往,这些男性一一耽于性崇拜而为她挥金如土,因而导致倾家荡产。

娜娜深爱丰当,而丰当却与剧院的一个小女人同居,蛮横地把她拒之门外。娜娜深感到"男人个个是野兽",于是她出卖肉体由原来的谋生手段变成了报复行为。男人若没有足够的钱根本无法进她的卧室,娜娜的家就像一个深渊。"一切男人,连同他们尘世间的所有物,他们的财产和他们自己的姓名,都一齐被这深渊吞下,连一把尘土都不给留下。"

娜娜为照顾儿子,自己也染上天花而死。

《娜娜》的思想内涵:

娜娜可以说是情欲的象征符号,在她身上,左拉集中地剖析了作为"生物的人"所具有的原始本能——性本能。性本能作为人的一种生物属性,是人类得以生存与繁衍的永恒能量,就其自然形态而说,无所谓善恶美丑,但在特定的社会群体、社会环境中,就能测度伦理道德的高下。

左拉就是从自然的、生物学的角度出发,通过娜娜及其周围的人揭示性本能在社会群体中的具体表现形态,在这种表现形态中又显示出人的精神品格与道德风貌。这样一种表现方法,在当时无疑是惊世骇俗的。

小说第一章中左拉紧扣着性意识、性心理去描写娜娜那非同寻常的首次登场。

"娜娜是裸体的,她凭着十分的大胆,赤裸裸地出现在舞台上。她对于自己能够主宰一切的肉之魔力,有十分把握。她披着一块细纱,然而,她的圆肩,她那耸着玫瑰色乳尖的健壮双乳,她那诱惑地摆来摆去的宽大双臂,和她的整个肉体,

"事实上，在她所披着的薄薄一层织品之下，那白得像水沫似的整个皮肤任何一部分都可以揣想得出，都可以看得见。……她举起两只胳膊，她腋下金黄色的腋毛，在脚灯照耀下，台下也都看得见。……从她身上，飞出一道色欲光波，就和冲动的兽类身上所发出的一样，这个光波在散布，并且越来越强烈，充满了整个剧场。"

当娜娜这个原始本能象征符号出现在舞台上时，观众的反应如何呢？作者有这样一段描述：

"台下没有掌声。没有一个笑。男人们往前紧倾着身子看，一个个露出郑重其事的面孔和受了猛烈刺激的五官，嘴里都有一点发痒，有一点干燥。似乎有一阵风吹过去似的，一阵轻柔又轻柔的风，风里带着一种神秘的威胁。忽然间，发现站在台上的这个女人，像一个跳跃不定的孩子，她没有一处不暗示人兴起急渴的念头，她给人带到性的妄想，她把欲的不可知之世界大门，给人们打开了。"

台上台下的两种情景给人们揭示的几乎是纯生理的人与人之间的相互吸引，这两幅图景中的人的存在状态几乎是一种生物性的自然状态。

观众们以娜娜为圆心，在她发出的"性磁力"的作用下形成一个向心圆。整部小说所展示的人物关系，也就是这样一个向心圆型的结构形态，使这个向心圆得以稳态存在并发展的主要是"生物的人"所具有的那种性吸引力。莫法伯爵、舒阿尔侯爵、银行家史坦那、公子哥儿乔治和他的哥哥菲力浦、戏子丰当及其朋友普鲁里叶尔等，这些所谓的社会名流、"上等人"轮番追求娜娜，个个都想将娜娜占为己有。正如左拉所归纳的："一群公狗跟在一只母狗后面，而母狗毫无热情，并且嘲弄着跟在她后面的公狗们。男性的欲念是使得世界不得安宁的巨大力量。在他们眼里，世界上只有供他们玩弄的女人和他们一心追求的荣誉与地位。"

这里的"男人们"显然只能是特指那些腐化堕落的"上等人"的，在他们对娜娜的生物性追求的过程中，充分展示了他们卑下的道德风貌，也披露了畸形社会中人的变态精神心理与情感世界。小说也因此获得了批判第二帝国时期的法国社会的现实意义。但这都是在剖析人的性本能及其在特定社会关系中的表现形态的过程中得以实现的。所以,《娜娜》的整个描写中都弥漫着性意识,主要人物形象的突出特征是生物本能的强烈奔突。小说为我们描绘的也是一个生物形态的人类社会,整个巴黎社会都弥漫在变态的情欲之中。

《人面兽心》

人类不管进入何种文明社会,人的生物性永远是人性的一部分。左拉在小说中指出:"人们有了火车跑得更快了,也更聪明了……但是,野兽终归是野兽,无论人们发明什么样的机器都无济于事,人类之中仍然还有人面兽心的东西。"

左拉把"人"的形象从理性主义的圣堂拉回到生物的世界中。这种新的文化观念对 20 世纪文学产生了深刻影响。这种影响不仅仅是指现代派文学对性本能、性心理、白痴、虐待狂、偏执狂、荒诞等主题,病态精神、酒精中毒、色情狂的描写都和左拉的创作有关系,更重要的在于左拉小说中表现的"生物的人"这种思想,在他之后进入世界各国的小说创作。这条科学主义路线是与弗洛伊德、荣格的心理学相关联的。

第五代:共 4 个,一个三岁夭折,一个九岁死去,另一位无名无姓,死于娘胎,最后一位死于鼻孔血崩。

《卢贡·马卡尔家族》以家族为线索,却不仅仅停留于此,酒、色、狂在社会各个阶层时有体现,整个社会都处在无法把握的遗传病中。现代人是脆弱的,理智已不能支配人的头脑。这些人类理性无法根治的灾难,并不能通过社会道德规范改变。

由于这一系列作品很复杂,因而具有多义性。小说的创作时间太长,25 年中左拉的人生态度也在发生变化,理性的设计永远不能代替作家自身的体验,生理学的发展和偶发的社会事件也影响了左拉的创作。

《萌芽》

1884 年初法国北部的采煤区昂赞发生了大罢工,报纸迅速做了报道。左拉闻讯赶往现场。他于 2 月 30 日到达,进行了一系列调查和访问,3 月 3 日返回巴黎。4 月 2 日动笔创作《萌芽》,1885 年 1 月 23 日完稿。左拉在创作这部小说时曾经反复推敲过作品的基调。"我一直在寻找一个名字,表达新人的成长和劳动者为了摆脱社会仍在挣扎的艰苦劳动环境,甚至是不自觉地做出的努力。有一天,我悄然说出了'萌芽'这个词。起先我不想要这个名字,觉得它太神秘,太有象征性,但它包含了我所要寻找的东西:革命四月,老朽的社会在春天里焕然一新……倘使它对某些读者有点隐晦,对我来说却像一注阳光,照亮了整个作品。"

这部作品来源于他看到了罢工活动中工人的生命力,这改变了左拉固有的人生观,隐约产生了对未来的某些理想,这小说并未是他原计划写的,其产生有某种偶然性。

故事概要:主人公艾蒂安为《小酒店》女主人公倚尔维丝与朗第耶的私生子,与娜娜同母异父,他在煤矿(沃勒矿井)打工时与世代为煤矿工人的马赫一家相熟。马赫家的女儿卡特琳暗暗爱上了他。他因知识渊博,见多识广,被选为工人领袖,领导罢工,遭军警镇压,马赫与其他工人遭枪杀。艾蒂安被迫下井劳动,苏瓦林为无政府主义者,破坏了下井通道,十几个工人惨死。卡特琳、艾蒂安以及沙瓦尔(卡特琳的情人)在井下待了10多天,而艾蒂安由于病情发作杀死了沙瓦尔。卡特琳也快饿死了。艾蒂安大难不死,虽被救起,但遭开除,不得不重新踏上流浪的生活。

《萌芽》这部小说的内涵较左拉以往的小说更为广阔、复杂,有多重意义。

其一,以生理学眼光不无悲观地解剖人的活动,展示矿工们触目惊心的生活。小说写他们的野蛮、愚昧、非理性的生活,他们家庭纠纷不断,丧失了人的基本道德感、羞耻感,精神生活非常贫乏,唯一的娱乐方式就是男女幽会,以此来填补心灵的空虚。连造反也是非理性的,平时非常有理智的艾蒂安也想尝尝杀人的味道。

"马赫老婆毫不在乎地当众掏出像良种母牛乳房一样的大乳房来,乳房晃荡荡地垂着,仿佛由于奶汁很多坠长了似的。"

"他俩一块儿站到父亲跟前来,小的在前,大的在后。两个人目不转睛地盯着每一块肉,父亲每次从盘子里戳起一块肉来,他们的两眼就充满希望地望着,看到肉块落进爸爸的嘴里以后,又显出大失所望的样子。慢慢地,父亲觉察到他们的馋劲儿,他们馋得脸都变了色,直舔嘴唇。"

"对男性的恐惧使他心情纷乱,即使姑娘们很愿意,而当她们感觉到具有征服力量的男性接近的时候,这种恐惧仍然使她们浑身的肌肉都紧张起来进行本能的抵抗。她虽然什么都懂,但作为个处女,她仍然感到恐惧,仿佛有一种可怕的未曾经验过的创痛在威胁着她。"

"舞厅里闷热得像火炉一样,几乎快要把人烤熟了。于是大家脱掉衣服,裸露的身子在烟斗的浓烟中变成黄褐色。唯一的麻烦是出去小便,不时有一个姑娘站起来,走到院子里面的水井旁边,撩起裙子蹲一会儿再回来。"

"他看到穆凯特贴在他身上,用两只颤抖的胳膊紧紧地抱住他,仰着脸,恳切地乞求他的爱,使他十分感动。她那胖胖的圆脸发黄,加之煤的腐蚀,丝毫也不美,但她两只眼睛却射出热情的光,从她肌肤里发出一种魅力,一种情欲的颤抖,使她变得非常年轻,像一朵玫瑰花般娇艳。在这样谦恭、这样热情的礼物前面,他无法再拒绝了。"

其二,在其他小说中,左拉把不幸一般归结为个人无法克制的原因,而写矿工罢工时,把原因归结为无法忍受的客观环境。

如矿工马赫,为人老实,无不良嗜好,甚至在工人罢工时,还站在公司一边说话。他认为工人堕落的原因是男女混杂,这说明马赫也有头脑,工人的悲剧不在自身,而在无法改变的生活状况。左拉的同情心站在工人一边,毫不掩饰地表现出对工人的同情,小说的结局一反左拉小说悲观阴冷的情调,结尾预示了左拉对未来的一些隐约的感受与理想。

"如果说必须有一个阶级被吃掉,难道不该是那生命旺盛、正在成长的人民去吃掉穷奢极欲、垂死的资产阶级吗?新社会将从新的血液中诞生。蛮族的入侵曾使一些衰老的民族再生,他在期待类似的入侵当中,又产生了坚定信心:革命却将到来,这是一次真正的革命,劳动者的革命,它的火焰将把本世纪最末几年映得通红,就像他眼前看到的初升的红日映红整个天空一样。"

"这时,在他脚下地底深处,继续响着顽强的尖镐声。同伴们都在那里,他好像听到他们步步跟着他。马赫老婆不是正在这块甜菜地下面伴着风扇的响声,呼呼直喘,累得腰身欲断吗?左边、右边、前边,他都觉得有同样的声音,从麦田、绿篱和小树丛下面传来。现在,四月的太阳已经高高悬在空中,普照着养育万物的大地。生命迸出母胎,嫩芽抽出绿叶,萌发的青草把原野顶得直颤动。种子在到处涨大、发芽,为寻找光和热而拱开辽阔的大地。草木精液的流动发出窃窃私语,萌芽的声音宛如啧啧接吻。同伴们还在刨煤,尖镐声一直不断,越来越清楚,好像接近地面了。这种敲击声音,使大地在火热阳光的照射下,在青春的早晨怀了孕。人们一天一天壮大,黑色的复仇大军正在田野里慢慢地生长,要使未来世纪获得丰收。这支队伍的萌芽就要冲破大地活跃于世界之上了。"

"但是,谁也不听艾蒂安的指挥了。他喊叫他的,石块仍旧像冰雹一样飞过去,他面对着被他松了绑的这些人,又惊讶又害怕。他们不易激动,然而一旦激起了怒火却是那样可怕、凶狠和坚决。佛兰德人固有的血性完全表现出来了,他们迟钝沉静,好几个月才能把他们鼓动起来,可是火头一上来,就会不顾一切地干出可怕的野蛮事,直到残忍兽性得到满足为止。"

"于是人群渐渐离开经理住宅,跑去抢梅格拉的商店。'面包!面包!面包!'口号声,又轰响起来。"

"抓住他!抓住他!……一定要打死这只老雄狗!"

后来,他跌到界墙外面,恰巧摔在一块界石的棱角上,碰得脑浆崩裂,一命呜呼了。……

……

死者挺着身子,一动不动地仰面躺在地上,两只眼直瞪着夜幕笼罩着的广阔天空。骂声变本加厉。塞在他嘴里的土就是他曾拒绝赊给他们的面包。从今以后,他只有吃这种面包了。叫穷人们挨饿并没有给他带来什么幸福。

但是,女人们还不解气,还要在他身上进行别的报复。她们像母狼一样地围着他转,嗅着他。每个女人都在寻找一种凌辱办法,解恨上午的野蛮行为。

只听见焦脸婆用尖尖的嗓音喊叫。

"像阉猫似的把他阉了!"

"对!对!阉了他!阉了他!……他糟蹋的女人太多了,这个坏蛋!"

……焦脸婆则用她那干瘪的老手分开他那赤裸的大腿,攥住死者的生殖器。她满把攥住,使足了力气,连她那疲弱的脊椎骨都伸长了,她拼命揪,两只胳膊格格直响。但是,软绵绵的肉皮说什么也不肯下来。她只好再揪,终于把那块臭肉揪了下来,她摇着那块血淋淋的带毛的肉,胜利地笑着高喊:

"揪下来啦,揪下来啦!"

无数的尖嗓子用一阵咒骂来欢迎这个可恶的战利品。

"哈!你这个该死的,你休想再作践我们的姑娘了!"

"对啦!我们再不用让这个畜生作践身子顶账了,我们谁也不用再那样了,不用为了一块面包撅屁股了。"

"喂！我欠你六个法郎，你想要利息吗？你要是还能干那事儿的话，我倒是很愿意奉陪！"

这种嘲笑使她们心里痛快极了。她们相互指给别人看那块血淋淋的肉，好像这是一头害过她们每个人的恶兽，现在她们终于把它打死，它再也不能干坏事了。她们向那块肉上啐痰，伸着她们的嘴巴，愤怒而又鄙视地一再喊着：

"它干不了那事儿啦！它干不了那事儿啦！……他不是人，不用理他……让他烂着好啦，一点用也没有！"

于是，焦脸婆把那块肉用棍子挑起来，高高地举着，好像打着一面旗帜似的蹿上大路，女人们吼叫着，乱哄哄地跟在她后面。这块可耻的臭肉往下滴着鲜血，活像屠户肉案上的一块没人要的烂肉头。梅格拉的老婆一直待在高高的窗口后面一动不动，在落日的最后一点微弱光亮下，她那苍白的面孔在昏暗的窗户玻璃后面变了形，仿佛在狞笑。她经常挨打，被欺骗，整天曲着背在账本上，当她看到这群女人用假棍子挑着块臭肉疾驰而过时，她也许真的在笑。

对于"幸福"，左拉通过工人埃纳博的痛苦比较，而发出自己深思的声音！

"这群混蛋！"埃纳博先生说："难道我日子过得幸福？"

他对这些不了解他的人非常生气。要是他也能像他们一样有个结实的身体，能毫无顾忌地随便同女人野合，他甘愿把自己的高薪送给他们。他为什么不可以让他们到自己的桌子上来饱餐野鸡，而自己去到篱笆后面幽会，把姑娘们按倒在地上，根本不在乎她们以前被谁按倒过呢！只要他有朝一日能够变成他们雇用的那些可怜人们当中的最卑劣的一个，能够纵情极欲，粗暴地打老婆，和邻家女人取乐，他情愿把自己的一切都交出来，交出来他受过的教育，他的舒适生活，他的荣华富贵，让出他那经理的权柄。他甚至希望挨饿，让肚子空得难受，脑袋发昏，这样也许能够消除他那受不完的痛苦。啊！但愿能像野人一样地生活，自己什么也没有，跟一个最丑陋、最肮脏的推车女工在麦地里随便追逐，并且得到满足！

"面包！面包！面包！"

他气恼了，也在喧嚷声中狂喊起来：

"面包！光有面包就够了吗？混蛋！"

他倒是有气的，可是一样痛苦得要死。他那遭到破坏的夫妻生活，他那痛苦的一生，像一个临死的人的最后一口痰堵住了他的喉咙。并不是有面包吃就能万事称心。认为平分财富就是世上的幸福，这是多么愚蠢？那些革命的空想家完全可以把这个社会毁掉，建立另一个社会，使每个人有面包，但他们不会给人类增加任何快乐，不会给人类减少一点痛苦。如果他们不能使人的本能需要得到平静、满足，因而更增加了欲念得不到满足的痛苦的话，他们甚至会扩大世界上的不幸，有一天会使狗都要失望地狂吠起来。不，唯一的幸福就是不存在，如果存在的话，最好做一棵树，做一块石头，或者更小一点，做一粒在行人的脚下不会流血的沙子。

卡特琳浑身精光，变成了一头在泥泞的道路上拼命挣扎的母兽，令人目不忍睹；她的臀部沾满了煤末，肚皮上也尽是污泥，简直像拉车的骡马一样，弓着腰，四条腿向前走着。

小说的两重性本质并没有构成小说的分裂，对世界种种复杂的解释实际上构成世界的本来面貌（非理性与理性社会）；这两重性使小说更丰厚，如军警开枪镇压工人，表现了人的本能，也表现了其深刻的社会性。

(二)艺术成就

1. 科学理论指导下的"客观"

客观与真实是现实主义的创作原则，福楼拜最早提出了客观性，到左拉，追求客观性达到极致。在此以前的作家，作家的自我不同程度地同人物进行渗透，如司汤达笔下的于连。在左拉笔下几乎看不到他自身的影子，他对世界进行观察，以科学家的目光看待世界。

左拉通过叙述者功能的消失，通过一种非表达的表达形式，让事物直接地、原汁原味地显现在读者眼前，直接让小说中的人物像在真正的生活里一样生活着。《人面兽心》的开头是这样的："卢博走进房间，同时手拿一斤面包，一包卤肉，一瓶白葡萄酒，放到桌子上。"读者一开始阅读就感到一股浓郁的生活气息，就好像生活自己走进了小说。

叙述者的位移的第二个显著表现是左拉小说中的景物或环境描写，不是通过叙述者来完成的,而常常是人物眼中所见到的印象,这些印象很讲究视觉与听觉效果,对表现人物的内心世界也有重要作用。艾蒂安对沃勒矿井的印象:死寂的夜空中没有一线曙光,只有高炉和炼焦炉的火焰把黑暗染成血红,但火光并不能照亮这个陌生人的身子。至于沃勒矿井,它像一头凶猛的怪兽,蹲在它的洞里,缩成一团,一口口地喘着粗气,仿佛它肚子里的人肉不好消化似的。"这种对客观外物的描写带有相当的个体主观色彩,具有象征功能,显得相当可信,既折射出人物的心理又描写了外物。

小说用动作代替心理描写和议论。在左拉的小说中,叙述者常常因为沉默不语而达到无声胜有声的效果。如在《土地》中,女主人公佛兰梭斯被亲姐利慈害死,在埋葬佛兰梭斯时,叙述者几乎没有丝毫道德判断:"这是很合式的埋葬,没有太多噜嗦。约翰悲泣。蒲多也揩拭眼睛。到最后时刻,利慈宣告,她的腿已累断,她将没有力量一直伴随她可怜妹妹的遗体到坟场。"

2. 在具体描写中,左拉追求一种摄影性与实录性

在此以前的作家对现实都进行了一定提炼,左拉则让世界自己来说话。比如在《娜娜》中描写赛马,可以说在赛马中可能出现的一切都被精细地、形象地、感性地、生动地描写。左拉的描写可以说是现代赛马业的一篇小小的专论:赛马的一切方面,从马鞍直到结局,都同样无微不至地加以描写。连幕后的世界也描写得十分精细,并按照它的一般关系加以表现:赛马以一场意外结局告终,而左拉不但描写了这场结局,并且揭露了作为这场结局之基础的圈套。但是这种精巧的描写在小说本身中只是一种"穿插"。赛马这件事同整个情节只有很松懈的联系。在娜娜眼里,"密密重重的人头变成五彩斑驳的一大块……一层层黑色的轮廓在天空的背景上鲜明地显露出来。"

3. 在整个系列小说中,下层平民成为小说主要的描写对象

对下层社会本身进行了细致的描写。追求整体呈现和细节呈现,形成许多全景式镜头。如《萌芽》中表现工人运动,《娜娜》写剧院,《金钱》写证券交易所,不放过任何一个细节、任何一个人物。

4. 审丑意识

美只是人性的一个方面,但丑也根植于人性之中,忽视丑就是忽略社会。审丑,说明左拉对人性的观察大大超过了前人,这方面他可与波德莱尔媲美。

第八章
19世纪英国现实主义文学

第一节
狄更斯：幽默诙谐的大师

一、19世纪英国文化的主要特征及英国文学概况

(一)19世纪的英国文化

1. 成熟的资本主义经济

19世纪英国完成了资本主义的根本转变，资本主义文化所带来的各种矛盾在英国不那么明显与触目惊心，法国19世纪最著名的金钱主题少见于英国文学，达到了较高的工业文明。

2. 不成熟的资本主义社会

由于各方面的体制不健全，导致贫民阶层激增，贫民窟大量出现，"平民阶层争取基本权利"的问题成为英国文学的主题，文学中涌荡着强烈的平民意识。

3. 源远流长的道德文化

道德文化最初可追溯到英国的清教信仰，节俭、克己是恪守上帝的天职，19世纪英国进入维多利亚时代，1838年英女王维多利亚登基，在她执政期间，经济、政治、文化都得到巨大发展，以致她的一举一动、性格都会对英国人产生影响力，而女王本人很重视家庭生活，注意对子女的道德教育，因而道德意识成为当时许多家庭的自觉追求，对家庭伦理的重视成为当时的时尚。

作为一种道德来说，带有很多平庸性，但它仍然真诚；作为一种社会事实，又为作家反省生命和人性提供了依据。

(二)文学概况

大致分为两个时期，19世纪70年代前，对平民的地位与权利非常关心，代表人物

为狄更斯;19世纪70年代后,对人类命运有了自己的思考,代表作家为哈代。

二、狄更斯的生平概要

狄更斯出生于一个小职员家庭。狄更斯早期的童年生活是愉快而美好的,1817—1822年即狄更斯5到10岁的阶段,这时,他们一家住在英国南部风景优美的港口查塔姆,家里经济境况良好。他和姐姐能上学读书,在家里还可以看一些文艺书籍,还常常听老祖母讲故事。在查塔姆生活的这些年,是留在狄更斯脑海里最美好的童年生活。1822年底,狄更斯一家迁往伦敦,他们的家境从此一蹶不振,债务日增。由于付不起房租,他们住进了伦敦郊区的贫民窟。1824年,父亲因无力还债而被捕入狱,他的家人也住进了监狱。狄更斯失去了上学的机会,之后不得已在一家鞋油厂当童工。白天,他为了挣钱维持生计而干着苦力活。晚上,他又到监狱去看望父母、弟弟妹妹。

欢乐美好和辛酸屈辱这两段童年生活体验对狄更斯具有同样重要的意义。后一段生活的辛酸与屈辱反衬出前一段生活的欢乐与美好,也激起了他对人性美的善,对人类生活的幸福与光明的向往。前一段生活体现着人性的美与善,后一段生活使他看到了人性的丑与恶,而经历了丑与恶考验后的他,依然保持着对美与善的美好情感,并且把这种体现着童真、体现着美的自然人性的童年生活作为人生理想。

狄更斯的人道主义思想是建立在《圣经》的基础上的。促使狄更斯的思想与基督教结缘的则是"儿童",也即人性的自然纯真以及美与善。在《圣经》中,儿童被看作善的象征,自然纯真的儿童与天堂的圣者是可以相提并论的。耶稣说:"让小孩到我这里来,不要禁止他们,因为在天国的,正是这样的人。"《圣经》认为保留了童心也即保留了善与爱。狄更斯人道主义的核心是倡导爱与善,他希望人们永葆童心之天真无邪,从而使邪恶的世界变得光明而美好。他在遗嘱中劝他的孩子们:"除非你返老还童,否则,你不能进入天堂。"狄更斯把美好的童年神圣化和伦理化了,因而童年或儿童成了他心目中美与善的象征。

同时,狄更斯对儿童的崇尚深受英国浪漫主义诗人的影响。华兹华斯十分崇拜天真无邪的童心,认为孩子的伟大灵性高于成人,认为孩子具有上帝的神圣本性,因而对儿童充满了虔敬之心。布莱克把儿童作为人的自然的、自由的和天然的生命力来歌颂。狄更斯对人道主义思想的推崇与宣扬虽然有基督教的泛爱思想和传统人本主义思想的成分,但在精神内核上却与他的儿童观念密切相关,或者说他的人道主义是以实现儿童那样的天真、善良、自然、纯朴的人性和人与人的关系为核心内容的。儿童的纯真与善良—基督教精神—人道主义,这是狄更斯从精神意识到情感心理的三个层面的渊源关系。

狄更斯具有律师的头脑与记者的精明,他工作的地方都不脱离律师事务所和报社,这个地方是全社会信息的聚集地,为他的创作提供了大量素材。在从事这两项职业(抄写员与记者)的过程中,他的足迹遍布伦敦的大街小巷,看到了人世间的世态炎凉和社会底层人民的苦难生活,也看到了英国社会金钱统治人的本质。这些职业促使他对人的分析、观察与研究集中于社会的政治、历史、经济与道德等方面,即关注于外部社会形态。他不倦地探讨社会改良的道路。他关注着劳动阶级的饥饿、贫穷、失业、疾病和死亡等问题,追求着自由、平等、博爱的社会理想。他曾出访美国,寻找人间的"天堂",在大失所望之后又猛烈地抨击美国的社会制度。

在对社会外部形态的关注上,狄更斯也与巴尔扎克有相似之处,但狄更斯比巴尔扎克更有社会责任感,而巴尔扎克比狄更斯更多了一份人类本体意识。

狄更斯在少年时期就有喜欢幻想,爱讲故事,并且善于讲故事的特点与能力。他曾经根据自己阅读的故事模仿性地改写成一个悲剧剧本。他能随便讲出一系列的故事,并且讲得十分动听。他这种虚构故事的才能对他的创作风格的形成起了决定性作用。他创作的一系列小说留给人们的第一个深刻印象是扣人心弦的故事。

成名之后的狄更斯还曾经以其惊人的讲故事才能成为闻名欧美的表演艺术家。19世纪40—60年代,狄更斯曾多次应邀到英格兰、苏格兰和美国等国家巡回举行讲故事表演。这时,他讲的都是自己创作的小说,从《匹克威克外传》到《奥列佛·退斯特》、《双城记》、《远大前程》、《我们的共同朋友》等,有的作品是在一边写作,一边外出讲述的过程中完成的。他的讲故事表演得到了听众的高度赞扬。1867年访美期间,他到过波士顿、纽约、费城、华盛顿等大城市。美国的听众狂热地欢迎他,人们甚至隔夜睡在售票处窗外的凳子上,等待次日购买入场券。小的会堂不能满足观众的要求时,演出地点就改在大教堂。……狄更斯在美国待了五个多月,举行了370多次朗诵会。成名后的狄更斯的出色的讲故事表演,固然表现出了他出众的表演才能,但同时也说明他的小说具有口头文学、戏剧艺术和通俗文学的那种饶有趣味的故事性,没有这种故事性的话,他的讲故事表演断然不可能取得如此大的成功,不可能把他的听众逗得那般如醉如痴。

三、狄更斯创作的思想内涵

(一)狄更斯的作品体现了对平民青年的关注,很多小说都表现了平民青年的人生

《奥列佛·退斯特》、《大卫·科波菲尔》、《远大前程》、《小杜丽》,在狄更斯的笔下,主人公的性格是温和的,男女主人公对家庭的最大反抗便是出走。他们的最大理想是过正常人的幸福生活,权势与金钱对他们没有太多的吸引力,但与于连不同,他们的理想并不仅仅是个人的奋斗,更多的是靠他人的帮助,这些帮助他们的人都有一定的模式——有一定社会地位,心地善良。

男女主人公的结局是团圆的喜剧性结局,小说中善恶分明,而且恶人皆有恶报,善最终战胜恶,使人觉得人为的气息太浓。

(二)对仁慈、善良、自我牺牲精神的由衷信仰

狄更斯相信发扬人的道德意识——善良,社会便能达到和谐。狄更斯认为人的美好道德可消除人的各种矛盾,他认为最道德的是英国,反之是法国,《双城记》——巴黎和伦敦,歌颂英国文化,贬低法国文化,对比着来写。小说开篇:那是最好的年月,那是最坏的年月;那是智慧的年代,那是愚蠢的年代;那是信仰的新纪元,那是怀疑的新纪元;那是光明的季节,那是黑暗的季节;那是希望的春天,那是绝望的冬天;我们将拥有一切,我们将一无所有;我们直接上天堂,我们直接下地狱。

四、《双城记》的整体成就

(一)故事概要

1775年的一个晚上,巴黎的年轻医生梅尼特被贵族厄弗里蒙地侯爵兄弟秘密请去,治疗一名危重病人。病人是侯爵领地上的一个美丽的农家少妇。侯爵的弟弟派人折磨死了她的丈夫,把她抢回府第供自己玩弄。她的父亲闻讯后悲伤地死去,弟弟赶来报仇,不幸死在骄横的领主的剑下。少妇受辱后悲愤发狂,神智昏迷,不久也含恨死去。短短数日,佃户全家就家破人亡,只有少妇的小妹妹被人偷偷地送到他乡,逃得性命。正直的医生了解到这一切内情后,忍无可忍,回到家里便马上写信向朝廷控告。可是信件却落到了被控人手中。为了灭口,侯爵兄弟劫走了医生,把他关进了

巴士底狱，从此医生石沉大海，杳无音讯。两年以后，梅尼特医生的妻子过分悲伤，心碎而死，留下一个幼小的女儿，被梅尼特的好朋友、英国银行家劳雷接到伦敦，在善良的女仆普洛斯的照顾下抚养长大。

厄弗里蒙地侯爵有个贤淑的妻子，她十分反对侯爵兄弟的胡作非为，反而遭到两兄弟的忌恨。她预感到贵族们的暴行只会给他们带来灾难和不幸，便把全部希望寄托在幼小的儿子查理斯身上，要他长大后为父亲一代的恶行赎罪。

转眼间，梅尼特医生在巴士底狱度过了18年漫长的苦难生活，终于被老仆人得伐石和劳雷先生营救出狱，他的女儿路茜已经长成一个天真可爱的少女，特意赶来巴黎接他去英国居住。这时，查理斯也长大成人，他接受母亲的影响，决心放弃贵族身份，化名查理斯·代尔那，移居英国。在旅途中，梅尼特父女和查理斯恰好同船，身心憔悴的梅尼特受到查理斯的细心照料，父女俩对这个青年产生了好感。

查理斯在伦敦当上了一名法语教师，过着朴实无华的生活。他和梅尼特父女经常来往，对路茜产生了真挚的爱情。梅尼特医生欣然同意了他们的婚事。举行婚礼之前，查理斯坦率地向医生说明了自己的真实姓名。医生也早已隐约地猜到查理斯是自己仇人的儿子。为了心爱的女儿的幸福，医生不念前嫌，决定把往事统统埋葬。

查理斯夫妇的婚后生活十分美满，生下一个可爱的女孩，常来的朋友中有一个相貌长得和查理斯十分相像的年轻律师西德尼·卡尔登。表面冷淡而内心热烈的卡尔登早就偷偷爱上了路茜。他告诉路茜，为了她和她的爱人，他愿意献出自己的生命。

在法国，查理斯的父母相继死去。这时，一群化名"雅克"的起义者，已经在酝酿着推翻暴政的行动。其中的一个领导人就是梅尼特的老仆人得伐石，他在巴黎开了一家酒店作为革命活动的联络点。他的妻子就是被厄弗里蒙地侯爵兄弟迫害而死的那个少妇的妹妹。她立志杀尽万恶的贵族，毫不留情。她像一个复仇女神，坐在酒店里不停地编织围巾，把贵族们的一件件罪行编织成不同的花纹，记录在围巾上，等待着和他们算总账的日子。

1789年的法国大革命终于到来了。巴黎人民攻下了巴士底狱，杀死了狱卒，救出了犯人。巴黎到处响起饱受苦难的劳动群众的怒吼声。远在伦敦的查理斯忽然接到他家老仆寄来的求救信。查理斯决定亲自去营救。不料他刚入巴黎就遭逮捕，关进重犯监牢。梅尼特医生和路茜得到消息也连夜赶往巴黎，找到在那里处理银行事务的劳雷，商议营救查理斯的办法。医生是巴士底狱的受害者，所以在群众中享有很高的威望。不久,由于医生的出庭陈词,查理斯得到释放,回到妻子身边。

然而,天有不测风云,几小时后,由于得伐石的控告,查理斯再次被捕入狱。得伐石在法庭上取出一份在巴士底狱梅尼特医生的囚室里发现的控诉书,控诉书是医生多年前在狱中秘密书写的。它满腔悲愤地控诉了厄弗里蒙地兄弟的罪行,详细地讲述了自己被捕的经过。法官们一致认为,由于厄弗里蒙地这个家族犯下了令人发指的罪行,应判这个家庭的成员查理斯死刑。此刻,就连梅尼特医生也无法挽救查理斯的生命了。

就在这时,西特尼·卡尔登来到巴黎,开始行动。他买通狱卒,进入囚牢,用麻醉剂使查理斯昏迷过去,脱下自己的衣服给他换上,让人把查理斯抬出监狱,自己留下顶替。

同一时刻,劳雷和梅尼特父女遵照卡尔登的嘱咐,预先备好护照,雇好了马车。只等查理斯一到,马车立刻出发,向国境线驶去,一行人顺利地离开了法国。

得伐石太太还想斩草除根,在梅尼特父女离开后来到他们的住所。女仆普洛斯猜测她来意不善,不让她闯入内室以拖延时间,争执中得伐石太太手里的枪被普洛斯撞击走火,得伐石太太当即毙命。普洛斯开车离开了巴黎。

卡尔登在断头台上献出了自己的生命,受到路茜一家长久的怀念。

(二)《双城记》的思想主题

《双城记》描写了当时尖锐的阶级对立,特别是在"爵爷在城里"和"爵爷在乡间"两章中描写了法国贵族和平民两个阶级截然不同的阶级环境,另外一个重要内容是描写了1789年法国大革命,他通过小说表达了自己对这场革命的看法:它基本上是悲剧性的,是以一个悲剧走向另一个悲剧。另一方面,作品表明,暴力复仇一旦开始就具有极大的无序性和破坏性。狄更斯站在人道主义的立场上反对它带来的血腥暴力和革命恐怖。基于这种观念,狄更斯在作品中让宽容、兼爱,用爱来熄灭恨的人们获得幸福,而让那些丧心病狂的复仇者自取灭亡。

这部小说着力于宣扬代尔那和卡尔登的高尚品质,把他们舍己为人的自我牺牲精神与革命者的暴乱和残杀相对照,更加衬托出他们的英勇行为。

狄更斯怀有一种对英国文明的赞赏,甚至炫耀之情,认为法国文化是非理性的。"双城"的背后意味着两种文化的对照。伦敦:和平、理性,是片清凉之地,充满友谊,人与人之间相互体谅;巴黎:污浊、混乱,代尔那的父辈凶残野蛮、毫无人性,而革命者的凶残并不亚于反动统治者,对这充满血腥的反抗狄更斯不能理解。革命前后,巴黎都一如既往地污浊和充满血腥。

(三)狄更斯小说的艺术成就

1. 在人物刻画方面做到了穷形尽相

狄更斯从方方面面,特别是从人的外在特征来展现人物的性格,他不善于通过人物的内心世界的描写来刻画人物,奥地利著名作家茨威格说:"狄更斯让人们借助于人物外表的标志认出个性。"

有时为突出特征,多次采用漫画或夸张的手法,使其塑造的人物在英国可谓家喻户晓。如狄更斯在《艰难时世》中描写葛雷硬的肖像:

讲话的人那四四方方像一堵墙壁般的额头也帮助他加强语气,而他的双眉就是那堵墙的墙根,同时,他的眼睛找到了两个为墙所遮蔽着的、宽绰深暗的窟窿作为藏身之所。讲话的人那阔又薄而又硬邦邦的嘴巴,也在帮助他加强语气。讲话的人的头发同样地在帮助他加强语气,它们竖立在他那秃头的边缘,像一排枞树,挡住了风,使它不至于吹到那光溜溜的脑袋上来,而那秃头外表凹凹凸凸像葡萄干馅饼儿的硬皮一般,这颗脑袋似乎也没有足够的地方来储藏那些生硬的事实。讲话的人的顽强姿态,四四方方的外衣,四四方方的腿干,四四方方的肩膀,——不仅如此,甚至于像顽强的事实一股连起来紧紧掐住他喉咙的那条领带——这一切都在帮助他来加强语气。

狄更斯抓住葛雷硬这个事实哲学的固守者与宣扬者那种生硬、呆板、枯燥、顽固的性格特点,恰到好处地在"四四方方"这一性格化、本质化的外貌特征上予以夸张的描绘,使这个人物的"外在包装"也同他的事实哲学和他的冷酷、生硬、呆板的性格一样令人生厌。

狄更斯注重人物性格的"外壳化",自然也就失去了"心灵化"的特点。正如莫洛亚所说:"因此,不得不承认狄更斯笔下的主角内心贫乏。"

2. 在结构上,通常以一个或几个家庭为中心,线索相当分明

情节富有神奇色彩,依赖于固定模式,如遗产失而复得,奇迹与巧合使人物向好的方面发展。

3. 隐晦神秘的象征手法的运用

在《董贝父子》里,小说不止一次地出现汹涌的波涛和湍急的流水现象,给人一种

骚动不安的灾难感,并且伴随着小说主人公的不幸和死亡。如董贝的前妻临终时,她是朝着"环绕全世界"的"人所不知的黑茫茫的海洋漂流而去"。小保罗不断地听到波涛之声,并联想到那奔流不息的"最后碰上茫茫一片的大海的波涛……"的大河,在他临死时,他对波涛的联想越来越强烈:"……迅疾而湍急的河流引起了他的不安,有一次他感觉到应当设法去阻止它,用自己的小手去拦阻或用沙土去堵塞它的道路;而当他感觉到应当设法去阻止它,用自己的小手去拦阻或用沙土去阻塞它的道路;而当他看到它逐渐迫近,难以遏止时,他便急得哭喊起来……"喧嚣的波涛不仅使人思索生死问题,而且仿佛是来自彼岸世界的召唤。它不仅象征着死亡,而且象征着永生。"淙淙不断的波涛声音,时刻在莫洛伦斯耳边窃窃私语,倾诉着爱情——倾诉着天长地久与广大无边的爱情,这种爱情非尘世和时间所能局限。它将渡过海角、越过天涯,从而投向那茫茫无际的远方。"

《双城记》在描写暴力革命的"山雨欲来"之势时,运用了"足音"和"红酒"两个代表性的象征物。在一片祥和的伦敦,梅尼特医生一家听到了由远而近的急促的脚步声,他们感到这种声音是"正在逐渐跑进我们生活里来的人们的足音","……他们来了,急剧、猛烈而且残酷"。即便远在伦敦,法国大革命的不可阻挡和伟大气势都隐约可感。而在动荡不安的巴黎,暴力血腥已经迫近,人们的复仇火焰喷薄欲出。在穷人聚居的圣安东尼区,一只酒桶跌破了……"酒是红色的,已经玷污了巴黎近郊圣安东尼区的窄街地面……人们的嘴上已经玷污着血腥……一个人用手蘸起酒浸过的污泥在墙上乱涂了一个大字……血,总有一天,那种酒也会流在街心石头上,染红许多地方吧。"

4. 艺术风格的幽默诙谐

这也代表了英国文化的特点,幽默诙谐体现了英国文化的优越感,看待事物往往有一种居高临下的感觉。

狄更斯大量运用一本正经的语调与实际内容的反差来达到幽默的效果。在描写某些极为荒唐滑稽的日常生活场面或某些无关紧要的小事时,故意使用一种与之极不相称的庄严而又沉思的语气。如在描写吓得半死的匹克威克先生从演习的军队面前逃跑的情景时,就用了极其严肃而又慢条斯理的语气。而当匹克威克先生追赶他被风恶作剧地吹走的帽子时,作者写道:"人的一生中是难得经验到像追逐自己的帽子的时候这样可笑的窘境的,也是难得像这样不容易博得慈善的怜恤的。大量的镇定,和一种特别的判断力,是捉帽子的时候所必需的。"

在狄更斯的作品中,这种方式已成为其幽默风格的基本原则。在滑稽的对话和对人物的某些状态的描写中,狄更斯使用同一个字眼和句子的重复来达到讽刺效果。如《匹克威克外传》中有一段是这样的:"到了第四天,主人很高兴,因为他认为毫无责难特普曼先生的理由。……特普曼先生很高兴,因为金格尔对他讲他的事情不久就要达到紧要关头了。匹克威克先生也很高兴,因为他是难得如此的。史拿格拉斯先生并不高兴,因为他渐渐嫉妒特普曼先生来。老太太也很高兴,因为她打惠斯特赢了。金格尔先生和华德尔小姐也很高兴,因为……"

第二节
艾米莉·勃朗特:情爱书写的圣手

一、艾米莉·勃朗特的人生体验

勃朗特姐妹(夏洛蒂·勃朗特、艾米莉·勃朗特与安妮·勃朗特)的母亲早逝,父亲为低级牧师,生活相当拮据。夏洛蒂与艾米莉不得不长期住在寄宿学校,成年后为生计长期在外奔波,曾做过家庭教师,她们三人成为作家后,对妇女与不幸人的命运有发自内心的关注。父亲是虔诚的牧师,其父亲的宗教思想与态度影响了三姐妹,使她们与英国式宗教有不可分割的联系,尤其是艾米莉的作品透入宗教精神的内核,因而作品显得博大、厚重。

她们家乡处在荒凉的沼泽地,围绕全体的是一大片坟场,充满着恐怖、神秘、阴森的氛围,她们与这种荒原氛围有说不清道不明的联系。夏洛蒂受其父亲影响较深,性格坚强,吃苦耐劳,有抱负,曾想创办一所学校。艾米莉·勃朗特从小性格内向,沉默寡言,在家中不受人宠爱,她非常敏感,对此她有深切的认识,这从她的诗歌中可以窥见,艾米莉的思想从小就抹上浓重的灰色,在几个姐妹中,她对荒原最有感情,感到荒原对她有一种神秘的吸引力。她对现实、人生的厌倦,转移到对大自然神秘荒凉的眷念。

艾米莉·勃朗特(Emily Bronte,1818—1848年)首先是位诗人,写过一些极为深沉的抒情诗,包括叙事诗和短诗。她曾在少女时期的一首诗中这样写道:

我是唯一的人,命中注定,
无人过问,也无人流泪哀悼;
自从我生下来,未引起过
一线忧虑,一个快乐的微笑。

在秘密的欢乐,秘密的眼泪中,
这个变化多彩的生活就这样滑过,
十八年后仍然无依无靠,
一如在我诞生那天同样的寂寞。

起初青春的希望被融化,
然后幻想的虹彩迅速退开;
于是经验告诉我,说真理
决不会在人类的心胸中成长起来……

小小的艾米莉似乎已有"万事皆空"的人生彻悟,留下的只有寂寞与绝望。但是她很想振作起来,挣扎不已,这种绝望与希望的悖论式的灵魂分裂撕扯着她,可最后还是绝望日益占据了上风。

然而如今当我希望过歌唱,
我的手指却拨动了一根无音的弦;
而歌词的叠句仍旧是
"不要再奋斗了",一切全是枉然。

1837年8月

英国著名诗人及批评家马修·阿诺德曾写过一首诗叫《豪渥斯墓园》,其中凭吊艾米莉·勃朗特的诗句说,她的心灵中的非凡的热情、强烈的情感、忧伤、大胆是自从拜伦后无人可与之比拟的。英国著名女作家弗吉尼亚·伍尔夫在1916年就写过《〈简爱〉与〈呼啸山庄〉》一文。她将这两本书做了番比较。她写道:

> 当夏洛蒂写作时,她以雄辩、光采和热情说"我爱"、"我恨"、"我受苦"。她的经验,虽然比较强烈,却是和我们自己的经验在同一水平上。但是在《呼啸山庄》中没有"我",没有家庭女教师,没有东家,有爱,却不是男女之爱。艾米莉被某些比较普遍的观念所激励,促使她创作冲动并不是自己受苦或自身受损害。她朝着一个四分五裂的世界望去,而感到她本身有力量在一本书中把它拼凑起来,那种雄心壮志可以在全部小说中感觉得到——一种部分虽受到挫折,却具有宏伟信念的挣扎,通过她的人物口中说出的不仅仅是"我爱"或"我恨",却是"我们,全人类"和"你们,永存的势力……正是对于这种潜伏于人类本性的幻象之下的力量升华到崇高境界的暗示,使这部书在其它小说中显得出类拔萃,形象宏伟。"

英国当代著名小说家毛姆,在1948年应美国《大西洋》杂志请求介绍世界文学10部最佳小说时,他选了英国的四部,其中一部便是《呼啸山庄》,他在文中写道:"我不知道还有哪一部小说其中爱情的痛苦、迷恋、残酷、执着,曾经如此令人吃惊地描述出来。《呼啸山庄》使我想起埃尔·格里科那些伟大绘画中的一幅,在那幅画上是一片乌云下的昏暗的荒脊土地的景色,雷声隆隆拖长了:憔悴的人影东歪西倒,被一种不是属于尘世间的情绪弄得恍恍悠悠,他们屏息着。铅色的天空掠过一道闪电,给这一情景加上最后一笔,增添了神秘恐怖之感。"

二、《呼啸山庄》的思想主题与艺术特色

《呼啸山庄》是艾米莉唯一的一部长篇小说,写于1847年。小说的开始是洛克乌德先生拜访呼啸山庄,与希斯克厉夫商讨租画眉山庄的事宜(1801)。回到丁耐莉(辛德雷·恩肖家的仆人)家中养病,在一天之内,丁耐莉叙述了呼啸山庄、画眉山庄自1757年到1801年的事。1802年1月洛克乌德离开画眉山庄前往伦敦,9月路过呼啸山庄与画眉山庄时,再次拜访,丁耐莉又叙述了从1802年1月离开后到9月之间呼

啸山庄发生的情况。1803年,哈里顿·恩肖与凯瑟琳·林惇结婚。小说有两次倒叙,也可叫插叙。

(一)人物关系及故事概要

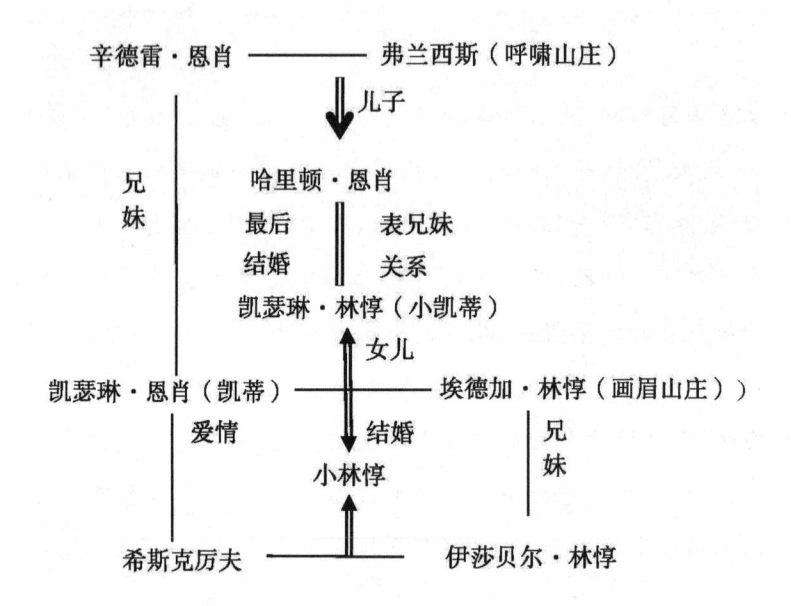

```
辛德雷·恩肖 ──────── 弗兰西斯(呼啸山庄)
         │              ↓儿子
         │           哈里顿·恩肖
       兄              最后    表兄妹
       妹              结婚    关系
         │           凯瑟琳·林惇(小凯蒂)
         │                ↑女儿
凯瑟琳·恩肖(凯蒂) ──── 埃德加·林惇(画眉山庄)
         │    爱情   结婚   │ 兄
         │         小林惇   │ 妹
         │           ↑
      希斯克厉夫 ──── 伊莎贝尔·林惇
```

弃儿希斯克厉夫被呼啸山庄的庄园主恩肖收养后与恩肖的女儿凯瑟琳及儿子辛德雷生活在一起。希斯克厉夫和凯瑟琳从小友爱,渐渐地产生了炽热的爱情;但辛德雷对希斯克厉夫却没有好感。老恩肖死后,辛德雷成了山庄主人,他开始阻止希斯克厉夫和凯瑟琳的接触,而且把他降为仆人,加以虐待。

一次,希斯克厉夫和凯瑟琳秘密出游,在附近画眉山庄认识了那里的少爷埃德加·林惇。从此,埃德加·林惇就成了呼啸山庄的常客。他经常访问呼啸山庄,并爱上了凯瑟琳。

埃德加·林惇终于向凯瑟琳求婚。凯瑟琳虽然心里爱着希斯克厉夫,但她看到希斯克厉夫不过是一个仆人,要是她和希斯克厉夫结婚,往后只有穷贱等着他们。为了爱希斯克厉夫,她计划自己嫁给埃德加,然后以埃德加的财产来帮助希斯克厉夫,使他永远摆脱她哥哥辛德雷。希斯克厉夫得知凯瑟琳想嫁给埃德加后,便怀着一颗复仇的心愤然离开了呼啸山庄,不知去向。

凯瑟琳痛苦万分,病了一场。但希斯克厉夫确已失踪,无法寻觅。在急于以联姻来增色门第的哥哥辛德雷的威逼下,凯瑟琳嫁给了埃德加。此时老林惇已死,埃德加接受遗产成了画眉山庄的主人,凯瑟琳便成了山庄主妇。

数年之后,在一个月夜里,林惇家突然来了一位举止庄重、神情严峻的客人。这就是出走后回来的希斯克厉夫。他已在外面的世界里变得老成而严厉,并赚了不少钱。由于他有钱,那个贪财、浪荡的辛德雷也不顾旧恨,接受他在呼啸山庄住下。希斯克厉夫经常出入画眉山庄,他的老练与风度使画眉山庄的小姐,埃德加的妹妹伊莎贝尔,发疯似的爱上了他。埃德加对此惊恐万分,担心着希斯克厉夫的行为。凯瑟琳了解希斯克厉夫的性格,知道在这种爱情里潜伏着危险。她一方面想竭力挽回希斯克厉夫对她的感情,另一方面试图阻止伊莎贝尔的爱情。但是,尽管她为此痛苦欲绝,肠断心碎,以至于精神失常,希斯克厉夫还是利用了伊莎贝尔对他的天真和痴情。他带走了伊莎贝乐,在呼啸山庄和她结婚,而在婚后又尽力虐待她,以此发泄他对林惇家的仇恨。

伊莎贝尔受骗后想返回画眉山庄,却遭到了哥哥埃德加的拒绝。凯瑟琳此时正值临产,希斯克厉夫趁埃德加不在家里时突然来到凯瑟琳床前。这对往日的情人在万分痛苦和炙人的激情中相互哀诉和求饶。但已经晚了,凯瑟琳当晚就早产而死。

伊莎贝拉受尽了希斯克厉夫的折磨,再也不可忍受,不顾一切地逃回了画眉山庄。

辛德雷自妻子死后一直悲哀、绝望,他生活放荡,经常酗酒,赌博。希斯克厉夫便利用他的弱点,怂恿他把田庄产业抵押成现金来挥霍,而承受抵押的人就是希斯克厉夫他自己。这样,呼啸山庄的产业一点一点地落入了希斯克厉夫的手中。辛德雷死后,希斯克厉夫拿出辛德雷的抵押单,现在他成了呼啸山庄的主人。辛德雷留下的儿子哈里顿,不但没有继承到父亲的遗产,反而落入了他家的仇人之手。希斯克厉夫尽情地在哈里顿身上报复,比当年辛德雷对待他更刻毒、更辣手,他要使哈里顿永远也不能从他那粗鲁无知中解脱出来。

十二年过去了,凯瑟琳在临死前生下的女儿小凯瑟琳已长成一个美丽的少女,而伊莎贝拉生下的儿子林惇·希斯克厉夫已长成一个少年。希斯克厉夫并不喜欢这个儿子,但出于他的报复计划,他还是把儿子从画眉山庄接回了呼啸山庄,因为他要胜利地看见"我的后代堂皇地做他们产业的主人,我的孩子用工钱雇他们的孩子种他们的土地"。他一面暴虐地、恶毒地对待儿子,把他折磨得不成人样,一面策划着把小凯瑟琳从画眉山庄诱进呼啸山庄。不久,他趁小凯瑟琳的父亲病危之际,将小凯瑟琳扣押在呼啸山庄,并逼迫她和他将要死去的儿子小林惇结婚。这样,几天过后,埃德加死去,希斯克厉夫满怀喜悦地参加了他的葬礼。希斯克厉夫作为画眉山庄继承人的父亲,径直地走进了画眉山庄,这个过去受尽折磨而怀恨在心的弃儿,现在终于成了这两个古老世家的主人。

他的复仇计划已完全成功了。但是,他在主人地位上内心却感到寂寞与空虚。他的儿子在他的折磨之下不久便死去了。而年轻貌美的儿媳小凯瑟琳和辛德雷的儿子哈里顿之间却产生了亲密的感情。他们的关系使希斯克厉夫感到愤恨。他像辛德雷当年一样想破坏他们的感情,但当他发现他们俩的眼睛都像他日夜思念的凯瑟琳,而哈里顿的处境又多么像他当年的处境时,他再也不忍心残害他们了。他心如刀绞,旧的回忆涌上心头。他终于醒悟到,这是一个糟糕的结局。而此时,往日情人凯瑟琳的鬼魂也不断出现,仿佛在召唤他。他郁郁愁闷,不堪回首。不久,希斯克厉夫便在无限的悔恨之中不断地呼喊着凯瑟琳的名字,终于离开了人世。

(二)《呼啸山庄》的主题思想

《呼啸山庄》的主题思想是对希斯克厉夫与凯瑟琳之间圣爱的集中书写。我们知道人的存在之不幸,是本体论的。这意味着,人类通过任何手段都无法最终消除生存之不幸。那么,人到底靠什么去坚忍地承受偶然地或必然地落到自身的各种苦难呢?只有一条出路,即更坚贞地追随自己的目标(此即圣爱),从而使无意义的苦难因为"圣爱"的承当而生出另一番新意,这就是:正是有了如此的苦难,才有机会使自己痛感信仰之珍贵,用荷尔德林的话说,便是人只有历经黑夜之漂泊才能听到上帝的呼唤,否则上帝近在咫尺,他也视而不见。这么看来,苦难倒真的近乎上帝布置的一道特别功课,你只有事先认真预习,日后才能听懂上帝的福音。薇依说:"没有爱的对象,存在就是黑暗之狱,在黑暗中意味着人的心灵不再有热爱,进而跌入深渊。"[1]这便酷似人之失恋,情无所系,魂无所归,那么,"圣爱"正好充当解救人于价值失恋之圣水。圣爱是必须在痛苦中生长出来的,上帝降身为十字架的肉身,即为明证。神明赐予人的一切美好的东西,没有一样是不需要辛苦努力就可以获得的。

在《呼啸山庄》中,希斯克厉夫与凯瑟琳的爱吸引着读者的视线,成为压倒一切的主题。希斯克厉夫与凯瑟琳相互表现出的深沉、激烈而狂热的情感超出了任何世俗的爱情,正如喜尔达·斯皮尔所言:"他们的爱有着伟大的精神特质,远远超过了一般

---

[1] 刘小枫:《走向十字架上的真》,上海三联书店1994年版,第175页。

的浪漫的爱。"

希斯克厉夫是凯瑟琳的父亲恩肖先生"捡"回来的孩子,家里的其他人都恨他,疏远他,凯瑟琳却从一开始就喜欢他,亲近他。他们从小就朝夕相处,连女管家纳莉都说:"她跟希斯克厉夫好得不得了,我们能想出的对她的最大的惩罚就是不许她跟他在一块儿。可是为了他,她比我们哪一个都受到更多的责骂。"

恩肖夫妇死后,凯瑟琳的哥哥辛德雷成为家庭的统治者,他把希斯克厉夫看成篡夺他父亲的爱心,侵占他的特权的人,要把他贬到他原来的位置——流浪儿和下等人的位置。于是他剥夺了希斯克厉夫受教育的权利,强迫他到田间劳动;命令他像下人一样叫凯瑟琳"小姐",并且不准他们一起玩。而凯瑟琳不顾哥哥的万般责难,依然与希斯克厉夫站在一起:她教给他自己学到的知识,一有空就跟希斯克厉夫溜到荒原上尽情地玩。纳莉说:"他们最大的乐趣就是两人一块儿一大早就奔到荒原上玩一整天,至于事后的惩罚变得无非是让他们好笑的事罢了。副牧师尽可以任意规定凯瑟琳一样背诵多少章《圣经》,约瑟夫尽可以把希斯克厉夫抽打到自己的胳膊都酸痛了;可是只要两个人聚到一块儿,他们便立刻把什么都忘了……"就这样,在共同反对辛德雷的过程中,希斯克厉夫与凯瑟琳的情感纽带越系越紧,直到最后不可分离。而这种联结是在无意中形成的,他们自己甚至都没有意识到,直到一切的变故发生之后,彼此才发现了与对方的不可分离。

这就是凯瑟琳在答应富有英俊的林惇的求婚之后却只感到一片空落落的原因。对她,对希斯克厉夫而言,画眉山庄永远是一个异己的世界,一个并不属于自己的天空。这一点,从凯瑟琳对纳莉的表白中可以看得很清楚。"……我只是想说,天堂不像是我的家,我哭碎了心,闹着要回到人间来,惹得天使们大怒,把我摔下来,直掉到荒原的中心,呼啸山庄的高顶上,我就在那儿快乐地哭醒了……"

这个表白也从一方面说明了婚后的凯瑟琳郁郁寡欢的原因:离开了希斯克厉夫,离开了荒原和呼啸山庄,凯瑟琳再也没有了往日的生机和活力;在画眉山庄那样一个异己的世界里,她感到的只是失落和空虚。她曾幻想通过嫁给林惇这样有钱有地位的人去帮助希斯克厉夫摆脱辛德雷的统治,使他也成为人上人,可结果却令人心碎,希斯克厉夫的出走带走了她的欢乐之源;远离荒原的呼啸山庄使她迷失了自我。

离开凯瑟琳,希斯克厉夫也陷入了同样的困境。从呼啸山庄出走时,他想的是从此不再见凯瑟琳,开始自己的新生活。但经年的分离不仅没有淡化他对凯瑟琳的思念与渴求,反而不断加深了这些思念。

为了不再迷失,为了与自己灵魂的另一半重聚,希斯克厉夫不得不重新回呼啸山庄,重新回到他与凯瑟琳共有的世界里,一见面,他们就马上"完全沉醉在共同欢乐里,再感不到什么窘迫了。"一个灵魂的两半,终于又得到暂时的重聚,他们融化进了彼此的快乐之中,忘记了周遭的一切。

但以林惇为代表的世俗的社会道德却容不下希斯克厉夫与凯瑟琳超越一切的灵魂之恋。所有的人,包括管家纳莉在内,都把他们的相互吸引看作"可耻的"、违背伦理的事,从而千方百计加以阻挠。林惇——凯瑟琳世俗的丈夫,逼迫凯瑟琳在他与希斯克厉夫之间做出选择,这个要求无异于分离凯瑟琳的灵魂与肉体。其实,凯瑟琳早就有了自己的选择:林惇是世俗的丈夫,希斯克厉夫却是灵魂之恋。凯瑟琳说:"除了你之外,还有,或者,应该有另一个你的存在。如果我是完完全全都在这儿,那么创造我又有什么用处呢?在这个世界上,我的最大悲痛就是希斯克厉夫的悲痛,而且我从一开始就注意并且互相感受到了。在我的生活中,他是我最强烈的思念。如果别的一切都泯灭了,而他还留下来,我就能继续活下去;如果别的一切都留下来,而他却给消灭了,这个世界对于我就将成为一个极陌生的地方,我不会像是它的一部分。我对林惇的爱像是树林中的叶子:我完全晓得在冬天变化树木的时候,时光也会变化叶子。我对希斯克厉夫的爱恰似下面恒久不变的岩石:虽然看起来它给你的愉快并不多,可是这点愉快却是必需的。耐莉,我就是希斯克厉夫!他永远永远在我心里。他并不是作为一种乐趣,并不见得比我自己还更有趣些,却是作为我自己本身而存在的。"

但林惇是无论如何也理解不了这一点的。他的逼迫把凯瑟琳推入了绝望之境,在不能两全的情况下凯瑟琳选择了死亡,以此来达到身体和灵魂的彻底自由,重回呼啸山庄和荒原的世界——她与希斯克厉夫的世界。

把死作为解放自己唯一出路的凯瑟琳在面临死亡之时没有丝毫的恐惧。她唯一惧怕的是死亡会隔断她与希斯克厉夫的结合。她对希斯克厉夫说:"我但愿我能一直揪住你……直到我们两个都死了为止!我可不管你受着什么样的罪……为什么你就不该受罪呢?我是在受罪呀!你会把我忘掉了吗?将来我埋在泥土里之后,你还是会快乐吗……""我再不会得到安息了……我并不要你忍受比我还大的痛苦……我只愿我俩不分离……"

而希斯克厉夫也面临着同样的恐惧,他一句安慰的话也没给凯瑟琳:"……贫贱、耻辱、死亡,不管上帝还是恶魔怎能折磨人,可别想把我们俩拆开!……我并没有弄碎你的心——是你自己把心弄碎了!揉碎了你心,把我的心也揉碎了。我是强壮一些,因此格外地苦!我想活下去吗?这叫什么生活呢?当你——啊,天哪——难道你愿意活着吗,当你的灵魂已进了坟墓?"

事实上确是如此,凯瑟琳死后,希斯克厉夫成了一个灵魂不全的人,破坏一切、摧毁一切的复仇的力量。没有凯瑟琳的世界对他来说变成了"一个完全的陌生者",一个"黑洞"。

坚信凯瑟琳的灵魂(自己灵魂的另一半)还没有安息,还在荒原上等待着,呼唤着自己,希斯克厉夫努力破坏曾经阻碍他们结合的一切,从呼啸山庄到画眉山庄,延伸到山庄的下一代,试图通过摧毁一切给他们最终的灵魂结合找一个安静的居所。从这一点上看,希斯克厉夫对第二代"复仇"其实不是有意而为,而是一种直觉行为,一条追求灵魂完整的途径。

整整十八年,凯瑟琳不散的阴魂折磨着、呼唤着希斯克厉夫,日日夜夜,从没间断。直到一天,希斯克厉夫挖开了凯瑟琳的棺木,看到她正在消逝却依然是她的面容时,这种折磨才宣告结束:"我(希)平静下来了,我梦见我靠着那个长眠者睡我最后的一觉。我的心停止了跳动,我的冰冷的脸贴着她的脸。"

看到凯瑟琳安然躺在地下,希斯克厉夫一下明白了自己十八年来痛苦挣扎的根源——没有跟自己灵魂的另一半真正地结合。他知道了自己的归宿是与凯瑟琳躺在墓穴中,从肉体到灵魂彻彻底底地融为一体,只有这样,他,以及凯瑟琳飘荡的孤魂才可以得到安宁。

一旦决定要离开这个世俗的世界,希斯克厉夫便放弃了"复仇",放弃了一切,并且开始绝食,同凯瑟琳一样,他自愿地选择了死亡来解放自己的躯体和灵魂。他整日情绪亢奋,夜夜激动地在荒原上行走。他告诉纳莉:"我灵魂的快乐,杀了我的肉体……但灵魂自身并没有得到满足。"

为了满足灵魂的快乐,在经过四天绝食之后,希斯克厉夫愉快地踏上了他的死亡之旅,他死在小时候与凯瑟琳一起睡过的橡木床里,眼睛里显出一种"可怕的、活人似的狂喜的凝视",这暗示他已实现了毕生的渴求——与自己灵魂的另一半终于重新结合在一起。

在艾米莉看来,死亡如同一场酣睡;生活像一次让人疲惫的长途旅行,它最终的目的地是一片宁静之乡——死亡。更重要的是,死亡是艾米莉眼中的永恒的先驱,达到死亡便达到了永恒,达到了一个完美的境界。

在《呼啸山庄》中,希斯克厉夫最终得以与凯瑟琳一起躺在荒原下的墓穴中;恩肖与林惇的第二代人也搬出了呼啸山庄,把荒原和呼啸山庄留给了希斯克厉夫和凯瑟琳。小说的末尾暗示了希斯克厉夫与凯瑟琳终于成功地获得了他们生生死死拼搏的东西——完整的、永恒的结合。

从希斯克厉夫与凯瑟琳的最终结合中,我们可以看出艾米莉对理想之爱的理解——一个灵魂的两半超越世俗、社会道德,甚至死亡的限制,最终合二为一,归于完整。

(三)艺术特色

1.《呼啸山庄》的叙事艺术:非全知视角

《呼啸山庄》并不依循现实的本来面目,即时间的逻辑来结构小说。它更像戏剧,将现实人生浓缩进一个狭小的人生舞台,即英格兰北部的一个荒原的两座山庄中。在艾米莉笔下,呼啸山庄和画眉山庄就是希斯克厉夫、哈里顿,两代凯瑟琳、林惇等人生活的全部世界。在这个孤独而远离尘世的荒原上,一群人演出了一场惊心动魄的人生悲剧。对人的心灵世界深处超越常规的意识及其行为方式的表现,是这部作品的精神所在。

《呼啸山庄》故事的时间跨度前后经历了31年,从1771年孤儿希斯克厉夫被从利物浦带回呼啸山庄到1802年秋,小凯瑟琳和小哈里顿已经长大,画眉山庄成了一座空宅。古怪的山庄主人,神色忧郁的女子,类似仆人的青年,垂老的女管家以及凶恶的狗,各自带着自己的故事上场,这座古老而阴郁的大宅沉默地吸纳着人世的悲欢。洛克乌德作为故事的"第一读者",以好奇而冷静的心情倾听了纳莉讲述的山庄的故事。这样由直接描写转为间接叙述的方法,通过纳莉和洛克乌德的"过渡",将故事由即时性推向遥远的过去,减弱了故事的现场感,从而削弱了故事直接面对读者的情感冲击力。这种方式使读者处于故事的局外,能冷静地观察分析并接受情节的奇异和人物的不同凡响。同时,为了保证故事的衔接,见证人未经历的故事则用补叙的方式,由伊莎贝拉把她私奔后的遭遇写信告诉了纳莉,或由山庄的女仆将所见所闻讲给了纳莉,此时,伊莎贝拉等人是故事的叙述者,纳莉成了传达者,洛克乌德是听众。有时候,作者甚至采用多视角叙述。如凯瑟琳和希斯克厉夫夜逢于画眉山庄的情节,就是由凯瑟琳、纳莉、希斯克厉夫分别叙述的。

小说叙述技巧的运用,其艺术功能主要是"呈现"故事的情景而非追寻故事的缘起。间接叙述的方式导致了审美距离的产生,读者阅读、接受的效果也随之形成,故事的意义也以独有的结构方式得以呈现。如果从故事本身来看,他就是邪恶的化身。但是,通过叙述人的转换,读者看到的是远距离的希斯克厉夫,他的恶行,是管家冷静地讲述出来的,加之他对凯瑟琳的刻骨之爱加重了这一形象的复杂性,读者从最初的疑虑、愤恨到逐渐的理解,可以得出这样的结论:从道义上讲,希斯克厉夫是邪恶的,但作为艺术形象,他又极富魅力。

2. 淡化时代背景

作者将故事发生地设置在英格兰北部一片荒原上,这里矗立着呼啸山庄和画眉山庄两座远离市镇的庄园,荒原上长年刮着北风,仿佛想刮走原本就极少的一点人间温暖。荒原构成一种象征的氛围,它切断了山庄同现实的关联,使以希斯克厉夫为代表的人群独自按照自己的行为逻辑做着现实中的人不可理喻的事却能获得读者的理解。凯瑟琳与希斯克厉夫的爱情就像荒原上刮来的北风,暴虐、狂野,无所阻拦。同荒原设置的超现实氛围相适应,作者很少用篇幅来铺写两人爱情的现实情景,作者所关注的,并不是两人爱情产生与发展的实际状况,而是这种爱情的强烈程度的超现实意义[1],关注他们的生死之恋。

3. 恐怖、神秘到令人窒息的艺术风格

洛克乌德从阁楼的藏书中发现了凯瑟琳的旧日笔记,萌发了强烈的好奇心。梦中,被凯瑟琳的游魂抓住,当希斯克厉夫发现之后,他打开窗户,向着北风呼啸的荒原呼喊:"进来吧,进来吧。凯瑟琳快来吧!"第一次显示了希斯克厉夫与凯瑟琳爱情的奇异性和超现实色彩。从故事一开始作者将这种神秘、恐怖的人鬼之间像地狱之火一般的"爱情","结论式"的呈现给读者。小说进展到一半时,凯瑟琳就去世了,而她并没有在小说中消失,而是以幽灵的形式出现。超自然的描述实际是把人引向对自身内心的关注。在作者设置的荒原氛围中,这爱情的地狱之火象征着极度缺乏的生命力量,作者对这种人奇异的生存状态的浓墨重彩描写,使读者同故事的两个主要叙述人一样被震撼却很难做出善恶的评价。

---

[1] 龚翰熊:《欧洲小说史》,四川大学出版社1997年版,第370页。

第三节
哈代：英国文明的强力批判者

一、哈代的人生体验与追求

哈代在欧洲小说发展史上，特别是在英语小说发展史上起到了两个关键作用：一、哈代的"性格与环境小说"是一个完整的文学世界，它将欧洲19世纪英语文学中的批判现实主义推到了一个整体的高峰，并宣告了这一文学现象作为小说主流实际上的终结；二、在这个完整的文学世界中，哈代在传统文学的客观写实的基础上，发展了主观写实，从而预示了20世纪现代主义小说的一个重要方向。心理小说是哈代作为一位现实主义作家，而对后来现代主义文学的贡献。同时，他对自然与文明的探讨影响了早期现代主义作家，如苏伦斯。因此，哈代是一位继往开来的作家。哈代比狄更斯小近三十岁，他看待事物的方法、目光与前代迥然不同。

（一）失落的田园之梦

哈代的家乡为英国的一个乡村，对乡村文化有发自内心的认同感、亲切感，有发自内心的欣赏，曾收集民间的诗歌、歌曲、民俗等，对城市文明有一种发自内心的隔膜感，城市化运动轰轰烈烈，这是他不想看到的，侵蚀了他所向往的和谐的田园，由此哈代的内心深处感到深深的痛苦。哈代对城市文明有发自内心的拒绝，作家创作的目的是满足自身内心的需要。

（二）哈代是一个深刻的悲观主义者

哈代总是以悲观态度看待正在发生与即将发生的一切，对社会发出前所未有的批判，认为人与人之间丧失了起码的情感纽带，进而对整个城市文明深恶痛绝，认为它是凶恶的策源地，认为伦敦是蚁巢，挤满了载着男男女女带人的箱子，他对宗教本身、造物主也提出了怀疑。哈代自始至终都贯穿着悲观主义——人在各种现实力量左右下难逃命运的磨难(从命运悲剧到性格悲剧到社会悲剧的发展脉络)。

当时,英国小说的主题一般涉及以下三个方面:一、相信人与人之间的相互沟通、理解;二、人生充满机遇、巧合;三、充满自然性、道德性。哈代针对这三方面进行创作,显示出他的叛逆性。英国文学中一般恶人都没有好下场,吉人则自有天相,而哈代的作品极力表现人与人之间的悲剧,如《还乡》(1878年),这是哈代小说作为威塞克斯悲剧编年史的真正开端。所谓"威塞克斯小说",是指1912年英国作家哈代编他的成果时,把他创作的最重要的长篇小说编成一组"性格与环境小说",也称"威塞克斯小说"。威塞克斯是哈代的家乡道塞特郡及其附近地区的古称,哈代的这一篇小说以威塞克斯为背景,描写了19世纪70年代到90年代的英国社会生活。"威塞克斯小说"中著名的作品有《还乡》、《卡斯特桥市长》、《德伯家的苔丝》、《无名的裘德》等。

哈代认为人生是命运的魔力不可挣脱的,《还乡》中充满了神秘因素,偶然就是不可抗拒的命运。偶然昭示出人生存的脆弱性,悲剧性往往表现为人的不幸与苦难,即必死的生命与存在的被抛性。另一部重要小说《卡斯特桥市长》(1886年)强调了命运对人的冷酷无情的嘲弄。

二、《德伯家的苔丝》的思想内涵与艺术特征

(一)故事概要

五月的一个傍晚,考古学家崇干牧师告诉布雷谷马勒村的小贩约翰·德伯一个"没用的消息":牧师查考出约翰原是当地古老的武士世家德伯氏的嫡系子孙。这个"没用的消息",使贫苦的约翰夫妇十分振奋。他们要女儿苔丝到纯瑞脊附近一个有钱的德伯老太太那里去认本家。17岁的苔丝单纯美丽,丝毫没有人生经验。她为了帮助父母从经济困境中摆脱出来,就去认本家,还给"本家"去养鸡。

其实,德伯老太太这一家同古老的武士世家并无任何关系。已往去世的德伯老先生本是英国北方的商人,发财以后,一心想在英国南部安家立业,当个乡绅,就来到纯瑞脊附近定居,并从博物馆里挑了"德伯"这个世族的姓加在自己身上。去世后留下瞎眼、乖僻的妻和一个二十三四岁的儿子亚雷。亚雷是个轻浮的纨绔子弟,一见到美丽的苔丝就心存不良,要苔丝来养鸡是他设下的圈套。苔丝到纯瑞脊养鸡才两三个月,一个周末的晚上,亚雷把苔丝骗到树林里奸污了她,使她怀了孕。

苔丝是个纯朴的姑娘,她不愿意为了保持体面而将自己受辱当作机会,要亚雷娶

她。她以鄙视、厌恶的心情离开了这个冒牌本家,回到父母那里。但是,社会舆论却认为苔丝的受辱是她本人的罪过。苔丝回到本乡本土,就像生活在异乡外国,"在她面前是一条长而崎岖的路,得自个儿迈步,没有人同情,更没有人帮助。在这种抑郁、孤独的环境里,苔丝忍受着精神上的巨大压力,度过了两三个春秋。当婴儿死去后,为了改换环境,她离开马勒村,到塔布篱牛奶厂当了挤奶工。

在牛奶厂,苔丝认识了一位"特别的工人"——安玑·克莱。克莱是爱姆寺一个低教派牧师的儿子,由于他不愿做牧师,被剥夺了上剑桥大学的机会,他最终决定要在本土或殖民地务农,先于苔丝来到塔布篱学习养牛的经验。在日常劳动和生活的接触中,他们逐渐进入热恋的罗网。克莱对苔丝事事温存,处处体贴。苔丝也深爱着克莱,她把他当作天神一般。但宗教的意识使苔丝认为过去的"结合"违反了道德,因此克莱的多次求婚都被她拒绝。苔丝也曾想把自己的往事全部告诉克莱,但每次话到嘴边都没有说出来。苔丝生活在极度矛盾之中:深厚的爱力常使她把往事忘却,沉浸在缱绻的柔情里;清醒的理智又让她把往事记起,备受着内心的煎熬。她生怕自己答应克莱的求婚,她又渴望自己答应克莱的求婚。随着时间的推移,苔丝对克莱的爱情越来越强烈,终于战胜了对往事的悔恨,他们俩结婚了。

新婚之夜,苔丝下了最后的决心,要把自己的"罪过"统统告诉克莱。不料克莱首先开口,他要把他过去的罪恶向苔丝供一供,以求苔丝的饶恕;从前在伦敦的时候,曾跟一个素不相识的女人放荡地生活过 48 小时。苔丝立即原谅了他。她听了克莱的供述,几乎顿觉轻松和喜悦。她觉得自己的"罪过"并不比克莱大;她增加了勇气和信心,想着克莱一定会像她原谅克莱一样原谅她的。但事实并非如此。当苔丝原原本本讲了她和亚雷那件事的前因后果后,"思想开通"的克莱不仅没有原谅她,反而立刻翻脸无情,遗弃了她,独自一人远涉重洋到巴西去了。

被遗弃的苔丝更被人们认为是"坏女人"了,她再也没有找到雇长工的地方,只得到处给人打短工,做零活。为了尽量躲避社会,她又经常在户外干活,有时还要干连男人也觉得繁重的体力活。但苔丝还是默默忍受着这一切苦难,等待着克莱的信息,总希望有重修旧好的一天。

一年后的一天,苔丝在听一个人的布道,原来这个教徒就是亚雷。在不到四年以前,亚雷在苔丝面前说的还净是些秽言淫语,现在苔丝听到的竟是满口的仁义道德。这种截然相反的对比,使苔丝心头作呕。难道亚雷真的已洗心革面了吗?并没有。

他不过是改头换面了而已。他见到苔丝后,立刻把教义、道德统统地抛到了九霄云外,死乞白赖地纠缠起苔丝来。她声称要给苔丝以"帮助",要苔丝同他结婚,甚至还无耻地说是苔丝的美丽引诱他放弃宗教、重新堕落的。面对亚雷的无耻行径,苔丝忍无可忍给克莱写了一封情辞恳切的长信,要克莱赶快回来保护自己的妻子。

克莱遗弃苔丝到了巴西以后,生了一场热病,变得骨瘦如柴。他目睹同到巴西的许多农田工人,不仅没有能够安逸地独立谋生,反而遭受了种种苦难,有的病倒,有的死去。他感到来巴西是上了大当。在经历了这番人生的辛酸以后,克莱开始后悔过去对苔丝的鲁莽,产生了旧情复萌的念头,克莱回到了英国。几经周折,他才找到了苔丝,要和苔丝言归于好,但是为时已晚。原来,就在克莱开始悔悟,准备回国的时候,苔丝的生活发生了很大变故,苔丝的父亲去世了。由于他们的房子典约只限三辈,轮到约翰·德伯正好期满,约翰一死他们全家被迫搬了出来,几乎无处存身。在这个困难关头,亚雷乘虚而入,用花言巧语和金钱诱逼苔丝和他同居。克莱的归来,使苔丝感到绝望,因为客观情势已难让她同自己心爱的丈夫破镜重圆。在绝望中,苔丝杀死了亚雷,追上了克莱。他们在荒原野地里度过了几天神奇的逃亡生活。最后在一个安静的黎明,苔丝被捕,接着被处死。克莱则遵照苔丝的嘱咐,带着苔丝的妹妹开始了新的生活。

(二)《苔丝》的思想意蕴

哈代在《苔丝》中集中体现了他对英国文明的尖锐批判。事实上,苔丝的悲剧是英国文明一手造成的,这些原因主要包括以下三个方面:

1. 英国腐朽的门第家族的观念

苔丝的个人命运与家族联系在一起。在哈代笔下,苔丝悲剧的起点就是门第家族观念(腐朽,业已过时),并把她推向了深渊,正是由于德伯这个家族才导致了苔丝的悲剧。克莱对这种悲剧的造成,根本不去追究亚雷的责任以及整个社会的伦理道德秩序(因为他是传统道德的坚强维护者),而是把责任推到苔丝身上以及她所属的那个家族:"身份不一样,道德的观念就不同,哪能一概而论?我听你说了这些话,我就只好说你是个不懂事儿的乡下女人,对世事人情的轻重缓急,从来就没入过门儿。你自己并不知道你都说了些什么。……我想,把你们的祖宗翻腾出来的那个牧师,要是闭口不言,反倒好些。我总觉得,你的意志这样不坚定,和你们家由盛而衰的情况有关联。家庭衰老,就等于说,那家的人意志消沉,思想腐朽。……我本来还以为你是大自然的新生儿女哪,谁知道可是奄奄绝息的贵族留下来的一枝日暮途穷的孽子儿孙呢。"

2. 文明绅士的虚伪性

首先对苔丝构成伤害的是亚雷,在亚雷身上披着文明的外衣,却是有强烈利己主义与享乐主义的乡绅。他傲慢,对苔丝也有感情,却不能以平等的目光来看待苔丝,对苔丝始终是征服、占有的欲望,这也是苔丝对他深恶痛绝的原因。第二次苔丝碰见亚雷时,他变身为一个虔诚的牧师,但他是以一种居高临下的姿态俯视教徒,他成了一个宗教道德与客观上的破坏欲的奇妙组合,本质上揭露了英国道德的虚伪性:"他(亚雷)这时候与其说是洗心革面,不如说是改头换面。从前他那脸上的曲线,表现一团色欲之气,现在貌似神非,却表现一片虔诚之心了。从前他那嘴唇的姿态,表现巧言令色的神气,现在这种姿态,却显示出恳求劝导的神情了;从前他脸蛋上的红光,可以说是狂暴放纵的火气,现在那片红光,却成了传道雄辩的光彩了;从前只是兽性,现在变为疯狂了;从前是异教精神,现在变为保罗精神了。从前他那两只眼睛滴溜溜地转,看她的时候光芒逼人,现在那双眼睛奕奕有光,讲道的时候却狂热可怕了。"

道德与权势、地位联系在一起,成了权势、地位的点缀品,一个道德家(晚期亚雷)却确实伤害了普普通通的无辜者(苔丝),以亚雷这个卫道士的虚伪揭露了当时牧师的孱弱、道德的丑恶面纱。

3. 爱的不平等与男性道德中心

克莱与苔丝之间的爱是不平等的,在苔丝眼里,"克莱就是她的性命,她的心肝;这股爱力,仿佛日晕,光辉四射,把她包围起来,叫她把过去的苦恼一概忘却,叫她把日夜缠绕她的那些幽灵——疑虑、恐惧、郁闷、烦恼、羞耻——完全排除,完全摈弃。她自己分明知道,这些幽灵,全在那一圈光辉外面,如同恶狼一般,等待时机,往里进行;但是她却有持久的力量,制伏它们,叫它们不能为所欲为。""她对安玑·克莱的爱,几乎连一点儿尘俗的成分都不掺杂。她五体投地地崇拜他,觉得他只有优点,没有缺点,觉得凡是哲人、导师、朋友所应有的学问知识,他没有一样不完备的。她看他的全身,到处都是十全的男性美。他的灵魂就是圣徒的灵魂,他的智慧就是先知的智慧。她既是爱他,而她这种爱本身就是一种智慧,所以她觉得自己也高贵起来,好像头戴冕旒一样。而他爱她,在她看来,则是一种怜悯,因此她就倾心相委,披肝沥胆。他有时看见她那双满含崇拜之情的大眼睛,深得好像没有底儿似的,从它们的深处看着他自己,仿佛她面前看见的,是不朽不灭的什么一般。"

当克莱询问与苔丝一起工作的同伴伊茨是否爱他胜过苔丝:"'比苔丝爱得厉害?'她(伊茨)把头摇晃。'没有的话,'她嘟哝着说:'不能比她还厉害。''怎么哪?''因为没有人爱你能比苔丝爱得还厉害的……她为你能把命豁出去。俺也没法儿比她再厉害呀。'"因此,当克莱数落苔丝家族道德的衰败,要离开她去巴西时,苔丝非常急切地表露了自己爱的心声:"我还只当是,安玑,你真爱我——你爱的是我自己,是我本人哪!要是你真爱我,你爱的真是这个我,那你现在怎么能做出这种样子来,怎么能说出这种话来哪?这真叫我大吃一惊!我只要已经爱上了你,那我就要爱你爱到底——不管你变成什么样子,不管你栽了多少跟斗,我都要一样地爱你,因为你还是你呀!我不问别的。那么,唉,我的亲丈夫哇,你怎么居然就能不爱我了啊?"

克莱之所以在新婚之夜那般绝情,跟他对苔丝的爱本身有关,"他很爱她,那是不错的,不过他的爱也许有些偏于理想,耽于空幻,不像她对他那样热烈,那样彻底吧。他本来只觉得他命中注定,该做粗鲁不文的庄稼人就是了。他没想到,农田上会遇到这么一个迷人的乡村妇女。""他的爱情里,精神的爱的确多于肉欲的爱;他很有克己的功夫,没有粗鄙的念头,虽然他的天性并不冷落冷漠,但是他只能算是神采光明,不能算是心情热烈,只能说他仿佛雪莱,不能说他赛过拜伦了;他爱起人来,能拼命地爱,但是他的爱,却偏于想象,倾向空灵,是一种细腻温柔的情绪,宁可压伏自己,不肯唐突情人。"正是由于他对苔丝的爱偏于想象,倾向空灵,而不是像苔丝爱他那样是如此真切,因而一旦披在苔丝身上的美好幻梦被戳穿,他就会离弃她,显得非常冷酷与无情,他甚至对苔丝说"我原来爱的那个女人并不是你!"

克莱像亚雷一样同样地伤害了苔丝,他只不过很真诚而不虚伪,爱苔丝却有一种冷酷性,这来自他头脑中根深蒂固的男性道德观念,这种观念的强大性连他自己也未意识到,道德的坚守与维护走向另一个极端,便是残忍与淡漠,面对苔丝的苦难他变得毫无怜悯同情之心,反而成为一种怨恨:"她一下呜呜地哭了起来,跟着就把脸背了过去。别的人,无论谁,看见这种样子,大概都要回心转意的,只有克莱不成。他平时虽然温柔多情,但是在他内心的深处,却有一种冷酷坚定的主见,仿佛一片柔软的土壤,里面却藏着一道金属的矿脉,无论什么东西,想要在那儿穿过去,都非把锋刃摧折了不可。他不赞成教会,就是由于这种障碍,他不能优容苔丝,也是由于这种障碍。并且,他的情爱里真火少,虚光多;他对于女性,一旦不再信仰,就马上不再信仰。"

同样,这种道德观念也把他自己带进苦难的深渊,婚姻的幸福失之交臂,最后是无尽的痛苦。哈代对道德的控诉,在克莱身上达到了最高的深度与广度,这是作为意识形态的人的生存困境,也是对文明的深刻思索:如果文明扼杀了人性中起码的悲悯、宽恕与温爱,那这种文明还有什么价值呢? 自然克莱不能意识到这一点,只是在本能上,他会揭去道德这一层文明面纱,新婚之夜他的坦白实是唤起苔丝对他的感情,然而当苔丝宽恕他以后,他却无法容忍苔丝的过错,这显然是他头脑中的男性道德观念作祟,贞操问题在男权社会中只针对女性(苔丝),他不能容忍他的妻子与其他男性有染,从而玷污他的声誉,以及他的家族和以后的名声:"我不能跟你同居,因为我要是跟你同居,我就不免要瞧不起我自己,也许还要瞧不起你哪,那就更糟了。……现在,不管我觉得怎么样,反正我并没瞧不起你。我打开窗子说亮话好啦,不然的话,我恐怕你不明白我所有的困难。既然那个人还活着,那咱们怎么能同居哪? 你的丈夫本来应该是他,并不是我。要是他死了,这个问题也许就不一样了……而且,困难的地方还不止这一层,还有一方面,也得加以考虑——那就是说,这件事还关系到别人的前途,不止关系到咱们俩。你得想一想,过了几年以后,咱们生下了儿女,这件事传了出去的情况——因为这种事儿,没有不传出去的。就是天涯海角,也免不了有人来,有人去。到了那时候,你想咱们的儿女,老让人家耻笑,他们一天大似一天,心里也一天明白似一天,那他们该多苦恼? 他们明白了以后,该多难堪! 他们的前途该多黑暗! 你要琢磨琢磨这种情况,那你凭良心说,还能再要求我跟你同居吗? 你想咱们受眼前的罪,不强似找别的罪受吗?"而对自己所犯的罪却早已自己宽恕了,贞操观对于男性不起作用,最多也是显示一下自己的道德情操的高尚罢了,这是一种虚伪的姿态。

以上三点,都是英国道德观念的表现,这种道德也成为人自我束缚的依据,使人丧失了追求幸福的勇气,而且变得冷漠与残忍。

(三)哈代小说的特征

在谈到《无名的裘德》时,哈代说"这部书中尽是对比"。实际上,对比是哈代全部小说共同的结构方式。在哈代的命运悲剧中,有人与超自然因素的对比,人与自然因素的对比;在性格悲剧中,有人与他人的对比,人与自身的对比;在社会悲剧中,有人与法律的对比,人与习俗的对比,人与宗教的对比,人与教育的对比等。这些对比有时是冲突的,有时是照应的,在这些对应关系中,人总是矛盾双方中被动的一方,表达了现代人对人自身的困惑,这可以被看成哈代作品的现代性。

他是非典型的、传统意义的现实主义小说家,而是由现实主义向现代主义的过渡性人物,作品中往往注重象征主义气氛的营造。

1. 哈代的"性格与环境小说"的每一部都以一个行路人意象为故事的开端

《卡斯特桥市长》的故事,开始于夏末的一个傍晚,亨察尔和妻子抱着他们的孩子,向一个大村庄走。《苔丝》开始于一个中年男子在乡村道路上行走。《无名的裘德》开篇第一句话是:"学校的老师就要离开这个村子了。"孤立地看这些意象,它的作用仅在于引起故事,但若从整体上看,这些意象的重复便是象征,它揭示了哈代小说的关键:关于主人公的生活历程。虽然在这些小说的开篇出现的行路人不一定都是作品的主人公,但小说的故事却全是有关主人的行路经历的。《卡斯特桥市长》中,潦倒的亨察尔只身来到卡斯特桥,轰轰烈烈地干了一番事业,20年后又悄悄地离去,潦倒而死。《无名的裘德》里,裘德离家去基督寺,然后离开,最后又回到基督寺,为的是追求学术和宗教,但以理想的幻灭而告终。

哈代小说中另一个反复出现的意象是红色与太阳。在《苔丝》中,这两者有共同的或相关的含义,因此我们将其看成同一个象征。苔丝第一次去见亚雷时,亚雷给了她一支玫瑰,哈代写道,苔丝"天真烂漫地低头看见她胸前的玫瑰花时,一点也没料想到,在那一片弥漫帐篷、有麻醉性的青烟后面,正伏着她一身的戏剧里那段'悲剧性的灾害'——一条要在她的绮年妙龄的灿烂色光中变作血红的光线"。当苔丝发现自己不见容于教会以后,只要他看见写在路边的宗教戒条,就会感到害怕,她总觉得那些鲜红的大字格外刺眼,太阳的光芒也同样刺眼,当苔丝和安玑为了逃亡而来到上古居民祭祀太阳的巨大石阵前时,苔丝疑心这石阵是用来给上帝贡献牺牲的;果然,次日凌晨当红日从石阵后面升起时,警察顺着太阳包围过来,苔丝的生命就此结束了。在这个意象和象征中,红色显然是凶兆,太阳则是强大的内在意志的代表,因此渺小的人只不过是神的玩物罢了。在《苔丝》的序言中,哈代引用了莎士比亚《李尔王》中的一句话:"神们看待我们,就好比顽童看待苍蝇,他们杀害我们,为他们自己开心。"

2. 把自然环境作为某种神秘力量的象征

荒原成为人无法走出的魔爪,荒原成为人悲剧性的归宿。《还乡记》中的游苔莎,她与自己生活于其中的荒原环境格格不入,她追求现代的城市文明,她与韦荻玩的把戏违背了荒原的正常原则。具有人性的荒原是永恒的大自然的象征,它在时空上都是无限的,它巨大而漫长,万古如斯。它注视着人们的一切活动,保护着自然生成的传统,时刻准备去迎击文明的入侵。这个荒原不能容忍游苔莎的背弃。于是当她想逃离荒原时,荒原便向她展示了自然的法力:暗夜险路,狂风急雨,渺小的游苔莎终于被庞大的荒原吞没了。

3. 具有象征意味的生活现象(超自然因素)

《苔丝》中苔丝与克莱结婚当天,有人投河死了,下午听到鸡叫,认为是凶兆,来创造一种神秘气氛。《苔丝》中那封被苔丝误塞到地毯下面的信,直接断送了苔丝的命运。《还乡记》中,克林给游苔莎写了一封表示和解的信,但因偶然之故,这封信未能及时送到,结果游苔莎深夜出走,她迷路失足,落水而死,她的情人韦荻为救她也溺死于水中。

第九章
19 世纪俄国现实主义文学

第一节
果戈理：幽默讽刺的大师

一、19 世纪俄国的历史背景与文化精神

19 世纪的俄国整个社会死气沉沉，毫无生气。当时俄国实行高压统治的政治专制主义，一切措施相当残酷，俄国知识分子几乎都在流放中长大。到了 19 世纪末 20 世纪初，俄罗斯出现了伟大的"精神文化复兴"的文化运动，这场文化运动成了由近代文化形态向现代文化的转折点，成了现代文化的催生地，被誉为"俄国文化的银色岁月"（白银时代）。由这场精神文化运动孕育出来的学者、诗人遭遇的是流亡、迫害、自杀的命运。他们的精神存在并不依赖国家。被迫流亡的俄罗斯文化精英们继续以个体的思想维系俄罗斯的人文精神。

当时彼得大帝实行由上而下的改革方案。广大民众丧失了基本的自我意识能力，而新文化的接受者与创造者仅属于少数上流知识分子与贵族阶层，这造成上、下间尖锐的矛盾，改革家处于深刻的孤独之中。劳动人民代表保守势力，而不是革命力量。当时社会问题繁复芜杂，个人解放、社会建设（思想、精神、物质建设）等诸多问题繁复芜杂。先进知识分子的个人苦闷往往不是首要问题，往往与全社会的整体利益结合在一起。这时出现了一系列提问题的文学。

俄罗斯作为一个半欧半亚、不欧不亚的国家，它的文化具有浓厚的西方与东方混融的色彩。源于拜占庭的精神和艺术，以及源于蒙古征服者的社会结构和制度构成了俄罗斯传统文化的两大基本要素。如果说公元 988 年的"罗斯受洗"奠定了俄罗斯文化的西方渊源，而 13 世纪蒙古征服就开始了俄罗斯社会的东方化历程。蒙古征服所导致的专制主义、农奴制度、亚细亚生产方式为俄罗斯文化带来了浓厚的东方色

彩。也正是在这个意义上,使俄罗斯与东方的中国有了一种亲缘关系,体现为专制传统、民族中心意识、忠君爱国的忧患意识、使命感、乡土情怀……

"士不可以不弘毅,任重而道远。""长太息以掩涕兮,哀民生之多艰。""位卑未敢忘忧国。""天下兴亡,匹夫有责。"这一切构成了中国知识分子源远流长的忧患意识,直到 18 世纪,拉吉舍夫(民主精神的知识分子)抒发了忧民意识的"我举目四顾,人民的苦难刺痛了我的心"。

忧国忧民忧君,构成了中俄知识分子沉重的使命感。而这种神圣的使命感,一旦由于历史、时代及自身原因而不能实现,这种救世意识在俄罗斯知识分子身上往往化为沉重的负罪感,从而构成一种忏悔意识;而中国古代知识分子,却往往可以通过种种心理防御机制得以化解。

在西方文化是以灵与肉、人与自然的分裂为特征,而中国文化却是重生命、重感性,讲求人与自我、人与人、人与自然的和谐。屈原在个人仕途失意之时,表现的乃是一种众人皆浊我独清的不与流俗同污的高洁与傲骨,个人壮志难酬乃因为小人当道之时世所然。"担水砍柴,无非妙道;行住坐卧,皆是道场。"禅宗把人生的解悟就放在此生此世,放在日常生活的享乐之中。所谓"春有百花秋有月,夏有凉风冬有雪。若无闲文心头挂,便是人生好时节",人生走向了审美,中国的乐感文化发展到极端,便形成一种浑浑噩噩、自我解嘲的阿 Q 精神。

而在俄罗斯,果戈理一生都在痛苦地自责和向神祈求宽恕并由此感恩,连他创作中对现有制度的一切不义的批判都曾使他感到罪孽深重。陀思妥耶夫斯基存在一种精神上的自我贬斥,视苦役为天赐,以痛苦为享乐,而由此感到上帝的一线灵光。上帝的国不是我们人建造起来的,而是以人的一切可能性和历史限制的彼岸撞进我们身处的这个世界来的。我活在此世此刻,既不是为了献身给建设人间天堂的道德事业,也不是随无常的风把我这片落叶般的身子任意吹到哪一个恶心的地方,而是在挚爱、忍耐和温情中拥有我此时此地的生命。

俄国文化精神可以用"俄罗斯理念"的概念进行概括:这一概念最早由思想家索洛约夫阐明,意指俄罗斯传统思想独特的沉郁、虔敬、博爱、崇敬苦难的素质。

俄罗斯理念的本质是由东方基督教思想与俄罗斯民族的品性结合的产物。这种理念的基本定向是寻找上帝,趋向于上帝的神秘。俄罗斯精神通过受难意识接近上帝,在俄罗斯人眼里,基督是受难的基督,是受难的象征。俄罗斯理念的神性意向以受难意识为基础;通往上帝的道路,是受苦的道路,而且不可能有别的道路。在俄罗斯,虔敬(piety)就意味着十字架,意味着悲哀、肉体的受苦与死亡。俄罗斯精神的宗教素质就是以这种虔敬感为基质的,它与悲悯感、羞涩感一起共同构成了俄罗斯文化的主要特征。

俄罗斯理念的另一个重要特质是厚重的道德感。这种道德感不是来自基督教,而是来自俄罗斯民族的道德传统。不过,俄罗斯民族的道德传统并不与基督教信仰相抵牾,更不以道德来取代信仰或把道德置于信仰之上。信仰才是更为根本的,也是道德感无法取代的。一方面,作为一个有深厚道德传统的民族,俄罗斯精神又坚持信仰至上,因而也就规定了道德法则的限度。这种限度意味着,人与世界中的许多困难不是人间的道德法则能予以解决的,如果把道德原则视为普遍的、绝对的至高法则,以至于取代信仰,就会出现信靠的虚托。[1]

俄罗斯知识分子由于对高层专制统治者高压政策的失望和对下层人民同样的失望,他们陷入深刻的孤独之中,表现出来的气质便是忧郁。但他们并没有放弃过自己的人格追求和自己的奋斗。坚持自己的个性,不甘媚俗,不轻易放弃自己的社会人生理想,往往以社会代言人自居,与整个社会利益和历史使命相联系,体现为救世主义和贵族精神。

中国现代文学较为缺乏贵族精神。在鲁迅那里亦不乏媚俗的一面。中国知识分子几乎没有逃出虚无主义与理想主义的恶性循环,第九章"五四"一代都是这样。因而中国缺乏真正能将悲观主义坚持到底的知识分子,缺乏贵族精神,在当代就不难理解中国的先锋艺术总给人以伪装的感觉,同时整个社会没有能够提供一个自由发展的空间。有学者认为俄国知识阶层具有五大特征:一、深切的关怀一切有关公共利益之事;二、对于国家及一切公益之事,知识分子都视之为他们个人的责任;三、倾向于把政治、社会问题视为道德问题;四、有一种义务感,要不顾一切代价追求终极的逻辑;五、深信事物不合理,须努力加以改正。

公元9世纪,俄国接纳了以君士坦丁堡为中心的希腊东正教。中世纪末期(1453年),君士坦丁堡沦入回教徒之手之后,俄国教会便承接东方基督教的衣钵,主动负起基督传言的责任,继续与西方基督教的对抗。基督教传至古希腊、古罗马时,已干扰了它的本质特征——赎罪,很大程度上被希腊古典文化所冲淡。通过拜占庭王国输

---

[1] 刘小枫:《走向十字架上的真》,上海三联书店1994年版,第4—5页。

入的基督教,很完整地保存着赎罪意识,反省自己的罪恶,深入人的无意识层面。俄罗斯基督思想家们认为,虚无主义是西方思想把基督精神理性化的后果,因此,必须反对理性形而上学,以整个生命的存在去见证神性的真理。

在欧洲的很长一段时间,人道主义等于人文主义,即如何把人从神中解脱出来,以此来认识自身的价值。而我国的人道主义类似于中国"民胞物与"的人文思想,都带有对下层人物的同情。在英国作家狄更斯那里存在着类似的人道主义倾向,只不过,狄更斯的人道主义落实到个人的生计问题上,而俄罗斯人道主义往往跟作家更恢宏的理想世界联系在一起,使其具有超前的意义。

19世纪后期成为整个西欧现实主义文学运动的中心。浪漫主义不能解决社会问题,因而在俄罗斯如昙花一现。而那些探索生命奥秘、生命本体意义上的存在状态的现代主义文学对于此时的俄罗斯显然是奢侈品。现实主义文学关注社会人生现实问题,因而当时的文学被赋予了改造社会的使命,出现了大量的现实主义理论与作品,理论与作品齐头并进,构成共生与良性互动的局面,同时涌现了大量理论、思想家。

这一时期俄罗斯文学中出现了几类值得注意的文学人物群像,如"多余人"、"新人"、"小人物"、"忏悔贵族"这些命运相似的人物群体,以前两者居多。

"多余人":第一个多余人为普希金笔下的奥涅金。莱蒙托夫《当代英雄》中的毕巧林,屠格涅夫笔下的罗亭,《贵族之家》中的拉夫列茨基,都是多余人。多余人的特点是:大都出身于贵族世家,不同程度地接受过西方先进文明,有过自己的社会人生理想,在死气沉沉的社会中感到自己找不到出路,找不到知音,看不到希望,性格日趋忧郁、多疑,常陷入迷茫、痛苦之中,以至于在个人生活中也时常彷徨无计、软弱无力。多余人的实质是严酷的毫无生机的社会对少数先知先觉者的孤立和包围。他们的目标往往过高、过大,落入现实之中,周围又是愚弱之人,因此用懒散、忧郁、犹疑把自己包围起来,在他们身上体现了贵族知识分子的悲剧命运。他们从西方盗了火种,在本国却找不到薪水,火种有何用?这是转型时期知识分子的悲剧,他们的价值在于他们的"多余",他们与甘于在生活中麻木的人不同,他们的多余是相对于陈腐的体制、传统观念而言的,多余人自身也面临着分裂的发展,一部分转化为"新人"。

新人:屠格涅夫《前夜》中的叶琳娜,《父与子》中的巴托洛夫,奥斯特洛夫斯基《大雷雨》中的卡杰琳娜。共同点:较多余人要年轻一代,在思想上没有多余人那样阴冷和黑暗,充满着青春的朝气。在思想上若进一步发展,则是革命家的形象。如高尔基《母亲》中的巴威尔。

"小人物":生活在底层的小市民,小贵族。他们丧失自我,逆来顺受,唯唯诺诺。他们的人格是扭曲的。代表性作家有果戈理、契诃夫等。

"忏悔贵族":宗教意识较强的作家对生活的特殊表现形式。通过人物的自身内省来表现对社会的看法。代表性作家有主要有托尔斯泰。

同时,这一时期俄罗斯文学体现出其他国家少有的史诗意识,喜欢通过一部作品来展示整个俄罗斯的面貌。如托尔斯泰的《战争与和平》。

19世纪俄国文学主要经历了三个阶段:

19世纪初至40年代"十二月党人"的文学,代表性作家有普希金、莱蒙托夫、果戈理等,展示的是个人理想与广大社会的冲突以及作家在冲突之中的苦闷与矛盾。

19世纪40至60年代,代表性作家为赫尔岑、屠格涅夫、冈察洛夫、奥斯特洛夫斯基等。他们从早期的冲突造成的苦闷失望之中转入对社会现象深入探讨的思考。

19世纪70年代至20世纪初,陀思妥耶夫斯基与托尔斯泰是其中的代表。他们试图在苦难之中寻找到一种精神解决方案,是俄罗斯文学的最高峰。

二、果戈理的幽默讽刺小说

(一)人生和思想的发展

果戈理(1809-1852年),第一代俄国典型的知识分子,其父亲为地主,热爱文学与戏剧,家中藏有代表西方先进思想的大量书籍。中学毕业后果戈理加入社会,在彼得堡到处找工作,时时碰壁,少年时代本来生活在自由的天空中,处于精神梦幻的世界,幻觉的破灭自然带来了失望。他认为彼得堡清闲而猥琐,人人都在白白地浪费生命,领略到内心无法排遣的苦闷。作品中体现为对整个社会体制的关心,他所思考的也是整个社会,而非个人,使其创作具有鲜明的社会批判性。

(二)果戈理的中短篇小说创作

从总体上讲,果戈理的中短篇小说创作表现了在西欧先进文化的参照下,俄国社会的腐朽、停滞、鄙俗乃至荒唐,表现了身处社会底层的小人物的奴性、庸俗而又可怜可叹的生活。

成名作为短篇小说集《狄康卡近乡夜话》(二集),充满诗意,风格轻松、明朗。1831年夏,他在彼得堡结识了景仰已久的普希金,从此过从甚密,创作思想上受到普希金的重大影响。小说集发表后,受到了普希金的推崇。1835年,他辞去公职专事写作,推出中篇小说集《密尔格拉得》和《彼得堡故事》。

果戈理的中短篇小说,尤其是《外套》,继承了普希金《驿站长》写"小人物"的传统,以其深刻的人道主义思想和控诉力量影响了一代作家,陀思妥耶夫斯基就说过,"我们都是从《外套》走出来的"。果戈理的中短篇小说第一次广泛真实地描绘了俄国小人物的生活境遇,写出他们的猥琐和奴性以及他们受到的不公平待遇;在描写的重心上,表现小人物的物质生活条件是次要的,重点表现了他们精神上所受的折磨;此外,他的小说开创了悲喜剧融合的新的美学境界。越感到可笑,就越感到可怜、可悲,且可悲的分量也越重。

(三)讽刺喜剧《钦差大臣》

1. 故事概要

某市市长安东·安东诺维奇正在家里向应召而来的慈善医院主任、督学、法官、警察分局局长、邮政局长等本地主要官员报告消息,说他从一封可靠的信里探知,钦差大臣将从彼得堡前来这里微服察访,而且还带着密令!消息一传出,官员们手忙脚乱。怎么办呢?市长说,他本人已做了安排,劝大家也做好准备。他吩咐慈善医院主任亚尔捷米·菲里波维奇快点把医院整顿好,因为大官来到后,通常总是先视察慈善机构的。市长又提醒亚莫斯·菲约陀罗维奇法官注意法庭的秩序,别在法庭上晒破烂,别在候审室里养鹅,更别在文件柜上挂猎鞭……这以后,他又布置邮政局长伊凡·库兹米奇说,为了大家的"共同利益",应该把每一封来往信件都拆开……遇有控诉或检举之类的信件,干脆就扣下来……

这时候,陀希钦斯基和鲍布钦斯基两位绅士也气喘吁吁地赶到了。他们争先恐后,前言不搭后语地报告说:一个外表不难看,穿一身便服,名叫赫列斯达科夫的年轻官员,已在本市一家旅馆里住有两星期了。根据这两位绅士的猜测,这位大门不出,买东西不付钱的人,看样子准是彼得堡来的大官。经他们一说,在座的人都急坏了,因为这两周发生的事情可不少:下士的老婆挨了打,克扣了囚粮,街上又乱又脏……官员们磋商的结果是决定整装排队,亲自到旅馆去登门拜访!

旅馆里,赫列斯达科夫的仆人普西奥正躺在主人的床上发牢骚。他抱怨主人——一个十二品的文官,成天不干正经事,有钱乱花一阵,没有钱当衣物,还穷摆阔气,出门要住头等旅馆,吃饭挑肥拣瘦,赌桌一拉开,非输个精光才了。现在,害得他当仆人的也只得跟着挨饿。普西奥说,这会儿他的肚子像一团兵在里面吹喇叭似的,"咕咕直叫,饿得发慌"。

赫列斯达科夫的处境也并不好。他挺过饿劲出去转了转,又回来了,一进屋,把帽子、手杖丢给仆人,便吩咐去餐厅通知开饭。普西奥不肯去,说老板已声称不再赊账了。但主人一再催促,普西奥只好再去饭厅碰碰运气。赫列斯达科夫想,如果赊不成,只能卖裤子了,因为他实在想吃点东西。还不错,一会儿饭汤来了,赫列斯达科夫一看,既没有鱼块,也没有肉饼,饭菜差极了。他很恼火,但因为没有钱,也只好对付着吃。

市长和官员们赶到旅馆,赫列斯达科夫开始还以为是来抓他的,心里非常紧张,稍稍镇静后,他发现并不是来抓他,于是便情不自禁地吹开了。他告诉来访的官员,说自己是彼得堡的大官,在京城可以直接找……市长闻听,浑身直打哆嗦。市长先是说借钱给"大官",继而邀请他住到自己府上,赫列斯达科夫一一接受。

在深知"钦差大臣"要迁往市长官邸居住的消息,市长的妻子安娜·安仕列耶芙娜和女儿玛丽亚·安东诺芙娜简直惊喜若狂。这两个人,虽说一个比一个蠢,却一个比一个更爱花哨,母女俩为了争穿一件漂亮鲜艳的裙子,差点儿吵了起来。

赫列斯达科夫搬进了市长官邸。他在"视察"慈善医院时期饱尝了美味佳肴,这会儿就更有精神地在有身份的人面前吹牛了。他说他每天都进宫去,而且很快就能当元帅……显贵们听得出了神,个个目瞪口呆,不知怎么巴结他才好!嘿,办法终于想出来了——塞钱!以贵族团的名义送他一笔可观的钱。

于是,官员们争先恐后地往赫列斯达科夫的屋子里钻。在门口,他们挤来挤去,好不热闹。一个进去,一个等着;一个出来,另一个入内。各自孝敬些钱,然后笑容可掬地出来,大家心满意足,因为"钦差大臣"赏了脸,受了钱,这小城又是他们的天下,有人告发也不用害怕了。赫列斯达科夫也很满足,他可算是时来运转,白白送上门的已超过一千,有了钱,他又可以在赌场里抖抖威风了!

赫列斯达科夫看中了市长的小姐,同时觉得向市长的妻子调情也不错。但当着市长的面,他表示要向小姐求婚!

"钦差大臣"向市长小姐求婚的消息一传开,前来向市长道喜的贵族便接连不断。

"钦差大臣"将成为市长的女婿,这下子,他这个市长可如虎添翼啦!

赫列斯达科夫主仆蒙市长和各级官员的款待,生活过得非常愉快。赫列斯达科夫恨不得永远住下去才好。但聪明的普西奥提醒主人,这里不是久留之地,如果一旦被人识破,那就难脱身了,不如趁早带着这笔钱溜之大吉。主仆一合计,决定马上离开。于是,他们坐上一辆订好的上等马车,道了声"再见",假托去看望一位有钱的伯父,走了!

走前,赫列斯达科夫通过邮局发了封信,局长照例把信扣下来,拆开后,他边看,边浑身发毛,两手哆嗦,眼前发黑,迷迷糊糊地几乎什么都看不见。后来,他带着拆开的信件向市长及其他官吏报告,原来赫列斯达科夫不是钦差大臣,也不是要员,只是他时来运转,大家错把他当总督,还死乞白赖地向他"塞钱",供他吃好,住好!……信读完了,市长傻了,官员们呆了,可是,他俩坐的是顶好的马车,追也追不回来。市长只好骂自己瞎了眼,过去连最狡猾的狐狸都逃不过他的手掌,唯独这次却受了骗。

最后,宪兵上场,说奉旨从彼得堡前来的长官要市里的官员们立刻去参见,长官下榻在旅馆。这话像闷雷一股震呆了所有在场的人们,他们一个个呆若木鸡,动弹不得。

2.《钦差大臣》的思想内涵

如果说在《彼得堡故事》中果戈理对官僚社会的揭露还仅限于某部门或某官僚的恶德败行的话,那么在剧本《钦差大臣》中作家就决意把一切俄国的坏东西收集在一起,一下子把这一切嘲笑个够,其中的重心是官僚阶层。

市长——为官三十年,可在市中任意发号施令,巧取豪夺,曾骗了三个省长。法官——蠢笨如猪,玩忽职守,弄不清状子"哪一张是真的,哪一张是假的",法庭成为他们晒破烂的地方,法警则在候审室养鹅。督学——千方百计地陷害进步教师。邮政局长——整天胡思乱想,私拆信件。慈善医院——恶臭难闻,病人如铁匠一般脏,医生更不用心医治。这些均是专制社会的典型意象。

这部喜剧提出了发人深省的骗子问题。在专制社会中,个人的喜怒哀乐就可以决定整个社会的命运,它给另外一些人提供了可乘之机,他若利用了专制体系中的较高阶层,他便可为所欲为。赫列斯达科夫是个并不高明的骗子,他却钻了专制社会的空子,足以说明专制社会早已千疮百孔,破落衰朽。他无钱,却爱好奢华的生活,空虚庸俗、胆怯、心虚却又能摆架子,吹牛撒谎,且矛盾百出。但市长们都惯于欺骗伪装,从而把赫列斯达科夫的表现看作上司故意作态诈唬、勒索贿赂的一种手段。于是,他们一个个装作诚惶诚恐的样子,急忙呈上贿赂。市长在提供最好的食宿的同时,还献上自己的妻女,个人与家庭利益占据了市长的头脑,让他丧失了起码的判断能力。赫列斯达科夫则乐得假戏真唱,大捞特捞,并厚脸无耻地同时向市长的夫人和市长的女儿求"爱"。可以说,他完全是被专制的时代推上骗子的位置。

作者透过骗子折射出一种特殊的社会心理。作品一经演出,便受到老百姓的普遍赞扬,也受到了官僚阶层的批评,使果戈理承受了很大的压力。

《钦差大臣》是俄国现实主义戏剧发展史上的重要里程碑。它一反当时俄国舞台上毫无思想内容的庸俗笑剧和传奇剧的做法,在继承俄国现实主义戏剧传统的基础上,创造了以社会主要矛盾——官僚集团和人民大众的矛盾为基本社会冲突的社会喜剧,并以生动典型的形象、紧凑的情节和深刻犀利的讽刺跃居当时世界剧坛的前列。剧本题词"自己脸丑,莫怨镜子"形象地阐明了文学创作是现实生活的一面镜子的现实主义创作原则。市长的台词"你们笑什么?笑你们自己!"则直接表现了果戈理现实主义喜剧的社会作用。

(四)长篇小说《死魂灵》

果戈理原计划写三部,后写成两部,但现只留下一部。1841年果戈理完成了《死魂灵》第一部,并于1842年出版。1842年至1852年,果戈理全力写作《死魂灵》第二部。但在1852年果戈理在病中十分痛苦地烧毁了已完成的第二部手稿。不久后,他与世长辞。

1. 故事概要

一辆讲究的马车开进某市的一家旅馆,车里面坐着巴维尔·伊凡诺维奇·乞乞科夫,他自称是六品官,来这里作私事旅行。

次日一整天,乞乞科夫忙于访问当地的权贵们。一个多星期里,他天天忙于参加午宴,出席晚会,过着非常愉快的生活。后来,他终于下了决心,暂时离开这次欢乐场所,到各个地主庄园去访问。

乞乞科夫访问的第一个人是他在宴会上结识的玛尼罗夫,这是一位富有的地主,为人慷慨、好客,又重友情,喜欢和朋友们谈谈诸如学问等。他常常沉湎于幻想,想些虚无缥缈的事情。安逸、舒适的生活使他养成了懒散的习性:一本书里的书签还夹在两年前看到的老地方,领地他从来不去,一切都交由别人管理……

乞乞科夫的来访使主人异常兴奋,他们长时间地握着对方的手,"彼此看着泪光闪闪的眼睛"。后来乞乞科夫终于说明了来意,向主人询问死去的农奴。玛尼罗夫一口允诺,表示愿意奉送,说死去的魂灵是"微不足道"的。目的一达到,乞乞科夫随即告辞,而玛尼罗夫又陷入了深思,他百思不得其解,乞乞科夫为什么要死魂灵?

夜晚,在去梭巴开维支的庄园的路上,乞乞科夫主仆迷了路,误进了科罗蟠契加的庄园。

科罗蟠契加与玛尼罗夫不同,是一心扑在农务上的小地主。她闭塞、迟钝,讲求实利。为积蓄钱财,她非常勤劳,麻类、蜂蜜、荤油等等她全都经营。她省吃俭用,连一片旧布也舍不得丢掉。乞乞科夫到达这里后,见女主人是如此的寒酸,准备次日立即离去。第二天发现院子里禽畜满栏,才又决定留下来与女主人洽谈死魂灵的买卖。

在乞乞科夫看来,对一个富翁和一个香烟小贩是不必一视同仁的,所以他觉得在这儿可比在玛尼罗夫家里随便得多。当他摸清了女主人的为人,便直截了当地向科罗蟠契加提出,愿意收购她家的死魂灵,并说这样可以使她免交人头税。女主人一听,虽然觉得这买卖不错,但毕竟太新鲜、太离奇,再说,她又怕吃了亏,也许还能卖高价呢!经过一番盘算,在乞乞科夫连蒙带骗的诱惑下,终于以十五个卢布的价格,卖给乞乞科夫十八个死魂灵。

乞乞科夫与罗士特莱夫的相遇,是在这位地主输光了钱和马匹,乘着租来的街车回家的途中。他邀请乞乞科夫一同返回他的庄园。

罗士特莱夫为人豪爽、粗放,他家里养着各色各样的狗,乞乞科夫到达庄园时一眼看到的便是宽敞的狗舍和活泼的狗群。罗士特莱夫一回来,它们总是摇首摆尾地迎接他,"他在它们中间完全像家庭的父亲一般"。罗士特莱夫是个狂热的赌徒。吹嘘、说谎是他的特征。

在这样一个绅士的身上,乞乞科夫满以为可以捞到点油水,所以他直言不讳地表示,要买这庄上的死魂灵。但罗士特莱夫却说,在这客人未说明其用途前,他不会售给,并且死缠着乞乞科夫陪他赌钱、下棋。乞乞科夫买卖未做成,反被纠缠得脱身不得,后来还是趁着地方法院院长前来处理罗士特莱夫酒后打人的案子时,他才得以偷偷溜走。乞乞科夫坐上马车,来到梭巴开维支的庄园。梭巴开维支给人的印象,仿佛是一只"中等大小的熊",甚至他的衣服也是"熊皮色"。乞乞科夫觉得,连这屋子的摆设也符合主人的特点:笨重而又坚实。

梭巴开维支厌恶一切文明，只关心自己的口腹，他贪得无厌，甚至把死农奴也当作赚钱的商品。当乞乞科夫转弯抹角地表示"愿意分担一点学生的义务"时，主人立即想到，买主大概要"赚一大笔钱"。于是他不等客人把话说完，就问乞乞科夫，是否想买死魂灵。交易由此开始，卖主要价一百卢布一个，买主出价八十戈比一个，最后以二个半卢布一个成交。

梭巴开维支说附近有一个拥有八百农奴的吝啬鬼泼留希金，还说他那里的农奴都快要饿死了。乞乞科夫感到值得一往。但一路上竟无人知道泼留希金的姓名，后来才知道他外号"打补丁的"。

泼留希金的房舍十分陈旧，房子里"一把发黄的牙刷，大概还是法国人入侵前主人用过的，要不是桌子上有一顶破旧的睡帽，谁也不会相信这里还住着人。"泼留希金的衣着简直像个乞丐，谁也看不出他竟是一位拥有上千农奴的大地主！泼留希金还有一种嗜好，不管什么废品他都捡一块，如旧鞋底，一片破布，一个铁钉……

谁丢了什么，总可以在他家的废场堆上发现。为了钱财，他连亲生儿女都可以抛弃。女儿带着外孙回来看望他，他送给小外孙的礼物仅仅是一枚破纽扣。妻子死后，泼留希金更是与社会隔绝，一个人死守着这份家产。仓里的粮食宁愿让它霉烂、变质，泼留希金也不愿出售。

乞乞科夫以富商的姿态出现在这吝啬老头的面前，声言要收购他的一百二十个死魂灵，而且声明，合同费也不必支付。这样便宜的买卖当然很合他的心意，他用尽了一切祝福词，还破天荒地第一次让仆人把发霉的饼子拿来招待客人。交易做成后，乞乞科夫随即离去。

在遍访了各个地主庄园，购得了大批死魂灵以后，乞乞科夫心满意足地返回了住地。一想到自己快有将近四百个死魂灵，他的脸更加开朗了。乞乞科夫出生在一个并不富裕的贵族家庭，他自小就懂得了金钱万能的道理，因为父亲告诉他，"有了钱，什么都能办到"。他还告诫儿子，最要紧的是"要博得上司的欢心"。因此，乞乞科夫在学生时代就懂得讨好教师，获得了学校的奖励。

乞乞科夫踏上社会后逐渐具备了进入这个世界的一切条件：令人愉快的仪表，优雅的举止，办事既大胆又善谋。几年后，他已经是个钻营谋利的能手了。后来因事情败露丢了公职，但不久，他又当上了法院的代办人。一次，他在代书抵押农奴的事项时得到启示，决定再去干一桩投机生意："趁新的人口调查没有进行之前，买进一千个死魂灵,再到救济局去抵押,每个魂灵二百卢布,足可以赚二十万!"

乞乞科夫购买死魂灵的事在某市传开了,他被说成百万富翁,显贵们都把他奉若上宾,大家闺秀们都巴不得这个百万富翁前来求婚。但在一次舞会上,罗士特莱夫当众要他回答为什么收买死魂灵。这一来弄得官吏们不知所措。乞乞科夫是谁?他为什么要买死魂灵?乞乞科夫的出现与新总督的到任有没有关系?有人说他是拿破仑化的装,有人说他……总之得不出结论。他们只好去问罗士特莱夫,后者照例胡编了一通,他说乞乞科夫是侦探,会造假钞票,还拐骗了省长小姐,准备到教堂去结婚,等等。可怜的检察长因为这件事受了惊,几天之后,突然死去了。

官员们的府第已不准乞乞科夫进入,眼看事情要闹大,足智多谋的"百万富翁"不得不放弃这项赚大钱的买卖,坐上他来时的马车,离开了此地。

2.《死魂灵》的思想意蕴

六等文官乞乞科夫倒卖农奴的死魂灵,展现了俄国城乡的生活画面。《死魂灵》的最大成就不在于它讲述了一个意义深刻的滑稽故事,也不在于它写的某个阶层,诸如地主的典型形象,而在于通过对俄国专制农奴制度下一个省的描写,成功地刻画了农奴制俄国的一个社会典型。小说再现的这个 N 省,是一个贫穷落后、经济萧条、吏治废弛的小社会。省城肮脏凌乱、陈旧失修,既无像样的市政设施,又无标志兴旺的产业,农村里地主庄园破败,庄稼歉收,天灾严重,人祸横行。农奴大批死亡,活着的要么背井离乡谋生路,要么走投无路聚众从事暴力活动。但就是这样一个省份,却照样有一个享有无上特权的官僚贵族阶级养尊处优。这个阶级不顾经济衰败和人民死活,依然巧取豪夺、鱼肉百姓,贪赃枉法、腐化享乐。这个省的达官贵人从省长开始,无一例外喜欢别人阿谀奉承,歌功颂德,无一例外地热衷于通宵达旦地宴饮、歌舞和赌牌,也无一例外地崇拜金钱。他们陶醉在贵族的所谓教养、德行和品味中,实际上个个极端残忍自私、昏庸无能。构成这个省上流社会的另一部分人——女士群体,从省长夫人到淑女贵妇,则无一不是自命"闺德风范"而实际上极尽伤风败俗之事的高等妓女。她们的一大特点是善于卖弄风情,攀金附银;她们的另一大特点就是善于飞短流长,造谣滋事。乞乞科夫在省城的荣辱兴衰多半就是她们推波助澜的。

乞乞科夫是小说的中心人物。他出身于没落贵族。早在学生时代,就从父亲那里秉承了"最要紧的是博得你上司的欢心"和"省钱、积钱""智慧教训",表现了"谋利的创业精神"。他走向社会后,为了闯过仕途上的"最大难关",显示了前所未闻的克己和忍耐,又巴结魔鬼似的上司和追求上司的麻脸女儿。等到上司帮他把科长职位弄到手,他便立即把上司和"未婚妻"一脚踢开。为了捞大钱,他钻进机关办事,并用"火一般的热心"和"出乎自然而上的正直和廉洁"骗得检查指挥长的要职。然后,利用职权与奸商勾结,合伙走私,发了四十万卢布的横财。虽然事败违法,被撤职抄家,但和以前当建筑委员会委员遭到失败时一样,他不但毫不消沉,反把这叫作"为真理而受苦",决心要"不屈不挠"地开始"新的尝试"。后来,当他在法院做代书人,承办农奴抵押业务时,便"闪出一个人所能想到的最天才的思想来了。""唉,我这老实人!……趁新的人口还没调查好之前,我去买了所有死掉的人们来;一下子弄它一千个,于是到救济局里去抵押;那么,每个魂灵我就有二百卢布,目前足可以弄到二十万卢布了!于是,这个"精练恶棍",便出发到各处去从事购买死魂灵的勾当去了!到某省省会仅两天,他就以周到的应酬、优雅的举止和惊人的谦虚博得了所有官吏和地主的一致好评。在遍访地主,购买死魂灵的过程中,他的伪善、圆滑和奸诈得到了充分的表现。在梦想家玛尼罗夫面前,他几乎变成了玛尼罗夫。在愚蠢多疑的科罗蟠契加面前,他先用开导口气,接着又愤愤地"诅咒她遭到恶鬼"。和胡闹汉罗士特莱夫打交道,他在谈"正经事"之前,就再三声明"你得预先约定可以原谅我"。跟精明的生意人梭巴开维支打交道,他先是迂回试探,然后就硬对硬地和他讨价还价,以一百卢布对几十戈比,争到最后以两个半卢布买一个成交。在吝啬鬼泼留希金那儿,他一下子变成了一个"十足的书呆子",说他情愿负担死农奴的人头税,不怕"吃亏"。

乞乞科夫是俄国资本主义积累时期从地主贵族过渡到新兴资产者的典型。作为一个新的阶级代表,他既有地主贵族剥削、寄生的本性,又有资产阶级的投机钻营、圆滑狡诈、唯利是图的特征。

显然,《死魂灵》着力刻画的是一个没有任何活力、没有任何希望的贵族阶级,是一个没有任何活力、没有任何希望的农奴制社会。这尽管是一个N省,但它却是整个农奴制国家的一个缩影、一个写照,一个特殊里见出普通的典型。这典型主要体现在以下两个方向:

(1) 衰败鄙俗的农村世界

农村毫无生机,日趋衰亡,过去俄国引以为豪的农村正在衰亡,农奴主就是衰亡的代表。

女地主科罗蟠契加愚蠢、顽固、无文化,省吃俭用,有着狭隘的精明。她严格监督农奴劳动,精心管理田庄果园,积极兜售各种物品,不贿赂税务官和经理人。她一向小心翼翼地把金钱一个个地放进柜子里的钱包里,一面又永远为收成不好或遭受损失而叫苦叹息。当乞乞科夫向她购买死魂灵时,她高兴死人可以免税卖钱,但又害怕上当受骗,想等等别的买主,到市场上问问价钱再说。她对半夜造访的乞乞科夫很有疑虑,但一听乞乞科夫是"办差",立即同意卖给死魂灵,还用丰盛的午餐"应酬"他,科罗蟠契加是一个贪财多疑的小财主典型。

泼留希金则是吝啬鬼的典范。他拥有上千个农奴,却过着乞丐般的生活。他残酷地榨取农奴的血汗,甚至偷拣路旁井畔的什物,却让它在仓库里发霉腐烂。一条马路只要他走过,就不用再打扫了。他既把科罗蟠契加的贪财省俭和梭巴开维支的敲骨吸髓发展成极端的贪婪吝啬,又把玛尼罗夫的不务正业和罗士特莱夫的浪费挥霍发展成对物质财富的糟蹋毁坏。他穿着破烂不堪的女人长袍,吃着两口稀饭加一碗菜汤的粗劣饮食,住在积尘盈寸、形如地窖的房子里,从不拜访别人,也拒绝别人(包括亲生女儿)造访。当乞乞科夫愿意出钱购买他的死魂灵,并付给他二十卢布的价钱时,他竟把乞乞科夫称为"救命恩人",颤抖的双手抓住钞票,"仿佛手里捧着一种液体,每一瞬间都怕它流出一样"。葛朗台虽吝啬,在生意场上却并不愚笨,甚至还有着活力。泼留希金身上却无半点活力,他只是一味堆积财富。葛朗台的钱是投入生意场上去赚取更多的钱,他有着创造力,泼留希金的财富实际上是对财富的浪费,在他身上有着一种本质的死气,是俄国民族衰亡的一种表现,在这里,果戈理抓住了俄国传统社会的本质特征——"死"。

梭巴开维支从里到外都"像一匹中等大小的熊"。他既有像熊那样壮实的体格,更有像熊那样残暴的心理。他认为省城的官吏都是"真正的骗贼","犹大、卑鄙的奸细",生活的第一要义便是全猪全鹅地"连骨头也嚼一通"地大吃特吃,直到"饱透了","只是哼",还要同时大骂"节食法"和"文明"。他刚听完乞乞科夫请他转让不在的农奴的提议,便立即要价"每一个一百卢布",还偷偷地在名单中混进一个女的;在讨论对待农奴的态度上,他既不同于玛尼罗夫、罗士特莱夫的不闻不问,也不同于科罗蟠契加的严格监视,而是更进一步认为,农奴简直是苍蝇,不是人,以致使许多农奴死亡、逃走。他身上残酷、贪婪、粗野的性格,近似于原始动物的本能。这种疯狂的攫取欲代表了俄罗斯凶险的原始蛮性,是一种文明程度不高的野性,不理解现代文明而拒绝吸纳之。梭巴开维支是凶狠的农奴主和狡猾的生意人的综合典型,他是当时俄国专制农奴制的有力支柱,也是农奴制改革后俄国的"生活主人"。以上三个地主,代表了衰亡的传统社会的不同侧面。

玛尼罗夫自诩高雅,侈谈礼仪,实则庸俗无聊、懒惰空虚。他从不过问田产、家政之类的"俗务",整天坐在"静观堂"上不着边际地幻想;不管人世艰险、现实残酷,而把一切都涂上美好可爱的色彩。他不但用"甜得发腻"的态度向人表示自己的礼节,而且用堆砌辞藻、毫无内容的谈话来显示自己的教养。他的书房里放着一本打开的书,看了两年才翻到第十四页。他的客厅有两把扶手椅子,蒙上一层布面,从结婚至今还未完工。他不但把城市官员都说成"非常可敬非常可爱"的人物,对乞乞科夫的"品格""佩服得不得了",而且把死魂灵也当作礼品,笑盈盈地赠给乞乞科夫。跟这样的人接触,在最初的一会儿,谁都要喊出来道:"一个多么可爱的出色的人啊!"但停了一会儿,就什么话也不能说了。再过一会儿,便心里想到:"呸! 这是什么东西啊!"于是离了开去,如果不离开,那就立即觉得无聊得要命。玛尼罗夫向往西方文明,所住的房子是外国式的,他目光开阔,慷慨好客,温文尔雅,说话时也注意选择辞藻,而实际上他内心相当空虚,整日陷入漫无边际的想象之中,从不试图将自己的想法付诸实施,也从不经营自己的庄园,书中诸多藏书从不阅读。他是俄罗斯地主贵族知识分子的典型,多多少少体现了一个"多余人"的形象。其悲剧的实质:传统社会的强大对接受西方先进知识的贵族知识分子的吞噬与包围,接受过西方文明的教育,虽有过自己的精神追求,在沉寂、臃肿的社会中被消磨掉,可笑的喜剧中又蕴有悲剧的底蕴。

罗士特莱夫作为地方恶少式的地主,毫不掩饰地表现出胡闹、浪荡、不讲信义和毫无道德。他穿着与自己仆人同样的衣服,发出莫名其妙的欢呼和哄笑,到处凑热闹,赶市集,寻事斗殴,浪荡挥霍,毫无意义地把看中的一切都买下来,又毫不犹豫地把它们连同自己的怀表、马车一起拿去赌博输掉。他几乎一张口就不由自主地吹牛撒谎,一照面就要无缘无故地侮辱和诽谤别人。乞乞科夫和他是在乡村客店里偶然相遇的,那时他正从市集上回来,输得精光,连胡子也因作弊而被人拔了些去,却兴高采烈地说,"这几天逛得正有意思",说他一口气就喝了十七瓶酒。他的书房只有刀剑、瑶琴,他的庄园精华全在马舍、狼舍、狗舍。乞乞科夫在和他谈"正经事"之前,无论怎样再三约言,曲意应酬,结果仍毫无所得,还差一点遭到他毒打。罗士特莱夫是专制农奴制培养出来的充满兽性本能的恶霸地主的典型。小说在描写罗士特莱夫带领客人参观他最引以为自豪的狗舍时,极有深意地写道:"他们一走进去就看见一大群收罗着的狗……罗士特莱夫在它们那里,完全好像是在自己的亲族之间的父亲。"

罗士特莱夫已丧失了对农业文明生活的兴趣,并不试图建立自己的真实人生,沉溺于吃、喝、玩、乐,追求刺激,患有近乎歇斯底里的精神分裂症。他没有任何生活理想与信念,性格变化很大,他是一种畸形性格,不具有现代文明的生活理想,但具有现代文明的享乐主义,沉迷于无聊的空虚的享受之中。

（2）污浊的城市官场

通过乞乞科夫结交官吏和办理买卖死魂灵的法律手续,还描绘了一幅丑恶的官吏群像:无所事事、闲坐绣花的知事,进市民的商店拿东西"就像在自己的仓库里一样"的警察局人,把注册费奇妙地算在个别申请人头上的审判厅长,故作聪明的邮政局长,以及急于传播谣言和"总是自然而然地愿意给对手轻轻地吃一刀"的"也还漂亮的太太与通体漂亮的太太"等。欺压掠夺人民的共同愿望,使他们永远处在玩忽职守、违法乱纪的贪污盗窃的活动里。无聊愚蠢、做贼心虚的心理状态,使他们完全陷进胡思乱想、胆怯慌乱的境地中。法律成为审判官手中榨取私利的工具。

（五）果戈理小说的艺术成就

果戈理小说中的人物塑造常采用夸张手法,如写泼留希金的吝啬,梭巴开维支的野性——每一种家具都相当笨重,墙上挂的是如人一般大的钢板画。在艺术风格上的幽默、讽刺是其小说的最大特点。为达成这种风格,作者主要采用了三种方法:夸张手段,造成超现实的反常;运用人物语言、行动和内在心理的矛盾性,即造成反差效果;对庄重事物富有调侃性的描写。

《死魂灵》显著的艺术特点是含泪的讽刺。鲁迅先生把果戈理的讽刺称作"含泪的微笑",指出其意义在于"以不可见之泪痕悲色,振其邦人"。在《死魂灵》中,果戈理明确指出他写作的美学原则是,"由分明的笑,和谁也不知道的不分明的泪,来历览一切壮大活动的人生"。为了构成分明的笑,《死魂灵》紧紧扣住地主资产阶级人物特有的那种高尚正经的外表与卑鄙荒谬的内心的尖锐矛盾,通过多种艺术手段,如人物自白、幽默笔调、典型细节、肖像描写等,鲜明地表现了人物的圆滑虚伪、懒惰空虚和贪婪吝啬。与此同时,小说又以寄希望于理想地主的社会主张出发,对他们无聊的堕落表示同情和哀婉,对他们的丑恶存在饱含着"谁也不知道的不分明的泪"。因此,鲁迅先生说,《死魂灵》"一共写了五个地主的典型,讽刺虽多,实则除一个老太婆和吝啬鬼泼留希金外,都各有可爱之处。"又说,"健康的笑,在被笑的一方面是悲哀。所以果戈理的含泪的微笑,倘传到了和作者地位不同的读者的脸上,也就成为健康:这是《死魂灵》的伟大处,也正是作者的悲哀处"。

《死魂灵》是果戈理小说艺术的顶峰,集中体现了果戈理创造典型的形象的手法和幽默讽刺的本质。果戈理擅长通过集中的夸张来制造典型。集中,就是把表现出来本质特征的细节集中起来,写出几个体现共同特征的细节,就凸显出一个鲜明的形象,《死魂灵》中几个地主的形象主要是这样描画出来的。夸张,就是把表现出本质特征的个别的、细小的行为或景象加以夸大变形,使它们普通化、膨胀化,形成一种主导的、压倒一切的强烈印象,《死魂灵》中塑造地主典型尤其是创造那个社会典型时,就充分运用了这种夸张手法。

果戈理还特别擅长通过人物自身言行的荒唐和叙述语言的调侃格调相结合,达到幽默讽刺效果,如第八章关于"全省倾巢出动"欢迎"百万富翁"乞乞科夫那种群丑乱舞场面。果戈理夸张地描写了乞乞科夫被达官贵人疯狂地欢迎过后传到女士们那里,"女士们立刻把他团团围住,形成一个绚烂夺目的花环,并且随身带来一阵阵各种香气的云雾。"为了写尽这些上流社会淑女贵妇丑恶的灵魂,果戈理笔锋一转,开始幽默地调侃起来:这些"美人儿","腰肢都束得紧紧的,显示出一个个最挺秀、最妩媚动人的身段。她们身上所有的一切都是精心设计和安排的;脖颈和肩膀裸露得恰到好处,一点儿不能再多;每一位女士都把自己的肌肤展露到她根据自己的信念觉得足以毁掉一个人的程度。"果戈理就这样不动声色地、平静地把他对虚伪丑陋的上流社会的全部蔑视和愤怒诉诸幽默调侃,让它伴随着这些人物自身的表演,达到讽刺目的。

果戈理的小说制作尤其是《死魂灵》的问世,在俄国现实主义小说发展史上具有极其重大的意义。它为现实主义美学的确立和现实主义的典型化原则提供了最重要的依据,它确立了俄国现实主义小说的批判方向,开启了俄国文学的讽刺传统。

在果戈理之前,未有一个作家把自己的毕生精力投入到对俄国社会淋漓尽致的描写中。别林斯基指出,果戈理的小说不是在"写",而是在"描写"。《死魂灵》取得了新学说派的胜利,即"自然派"的胜利。所谓"自然派",是指19世纪40年代后半期在果戈理影响之下形成的俄国批判现实主义文学流派。它的基本特点是,真实地描写和深刻地批判封建农奴制的黑暗,以下层人作为作品的主人公,反映人民疾苦,呼吁妇女解放;在文学题材上,以描写小人物为主,在体裁上以小说为主。代表性的作家有:赫尔岑、屠格涅夫、冈察洛夫、奥斯特洛夫斯基、涅克拉索夫、陀思妥耶夫斯基等。

当果戈理通过《死魂灵》的第一部写出俄罗斯的腐朽时,他颇感内心的不安和困惑,同时受到社会的诽谤和挤压,"为伟大的俄罗斯抹黑",内心感到忏悔。"上帝的爱"才是永恒的,千里迢迢地到耶路撒冷朝圣,变为虔诚的教徒,具有深广的"赎罪"意识。

第二节
屠格涅夫:诗意小说的书写者

19世纪50年代初,俄国小说步入成熟和发展时期,产生了它的第一个具有全欧影响的作家,他就是在"自然派"培育下成长起来的屠格涅夫。

一、屠格涅夫的生平与思想概要

(一)屠格涅夫常年生活在西欧国家,对西方文化有深切的理解

他早年的创作主要是模仿普希金和莱蒙托夫浪漫主义叙事诗的风格。他真正走上现实主义的独创性道路,是在1843年和别林斯基交往以后,正是在他的影响下屠格涅夫接受和继承了果戈理的社会讽刺艺术传统,成为当时最进步的刊物《现代人》的积极撰稿人。他以自己深厚的文化修养和艺术功力创作出大量具有鲜明时代感的现实主义作品,成为19世纪50至70年代俄国最负盛名的作家。

(二)屠格涅夫的创作生涯处于社会的动荡时期

他和革命家巴枯宁、民主主义思想家斯坦凯维奇、民主主义革命家赫尔岑的接近,坚定了他反农奴制的立场,并依稀看到俄国社会新生力量和希望。

(三)屠格涅夫有自己独立的见解

屠格涅夫反对积极的暴力活动,主张改良和社会渐进,反对专制,歌颂个人牺牲精神。

二、屠格涅夫的小说对文学史的贡献

(一)挣扎者的发现

屠格涅夫小说中的主人公富有顽强的抗争精神和反社会的追求,洋溢着生命的活力。在俄罗斯小说中他的作品第一次向我们展示了挣扎者的形象。

1.《罗亭》(1856年)

故事发生在达尔雅·密哈伊洛夫娜的庄园里。

这是一个又富裕又有名望的贵妇人。她附庸风雅,年轻时以其美貌受到一些诗人的膜拜,如今年老色衰却也还有许多莫斯科夫来拜谒。

现在,她正在等待一位博学多才的男爵来访。她同家里人聚集在客厅里。她女儿娜达雅跟女教师坐在一边刺绣,食客柏达列夫斯基在弹奏钢琴,家庭教师巴西斯它夫在读报,一个怪僻的邻居毕加校夫正在放肆攻击女性,为女主人提供笑料。接着,邻居亚历山大·得拉·巴夫洛夫娜和她弟弟服玲萨夫也来了。但是,男爵却没有来,来的是他的一个朋友罗亭。

罗亭约莫三十五岁,是一个小贵族。外表并不怎么动人,可是擅长言辞,才思敏捷。他同尖酸刻薄而又饶舌的毕加校夫一下子就争议开了。毕加校夫首先反对一般的定理,说定理、理论都来自"信仰"。罗亭反问说:这么说来你是没有信仰的了,但这没信仰不就是你的信仰吗?毕加校夫说自己只相信感觉经验,罗亭反驳道,那么你相信感觉中的太阳环绕地球而行,而不同意哥白尼吗?毕加校夫又否定"文化",说它不值半文钱。罗亭又驳斥说,人们不能没有坚强的原则作为立足点。毕加校夫节节败退,理屈词穷了。罗亭以其优雅而镇静的风度和锋利的口才一下子征服了整个客厅的听众。他谈笑风生,词句源源不断地涌向唇边;他辩才无碍,拨动着人们的心弦而引起莫名其妙的共鸣。他的声音热烈柔和而又带着幻想的成分,他那丰富的思想几乎是顺着奔涌的意识在漂流。最后他谈到人生的不朽的意义。他说:我们的生命是短暂而渺小的,但是伟大的一切都是由人们造成的。人应该把完成天赋的使命看作自己的欢乐:他会在死亡中找到"自己的生命,自己的巢"。直到深夜,大家才散开。

最激动的是娜达雅,她一直注视着他,脸上泛起一阵阵红晕。当天晚上,她回到房里后,通宵眼睛不曾交睫,脉管在激烈跳动,胸口不时嘘出深深的叹息来。她是一个十七岁的秀丽的姑娘。她常常深思出神,读书很勤奋,感情强烈而不外露。第二天她遇到罗亭,同他一起去花园散步。罗亭谈到了自己的长期漂流和心灵疲倦,说自己找不到同情的灵魂;但又马上说到行动的需要,说到空洞的言辞的无聊。

服玲萨夫很久以来就爱着娜达雅,他看见她受罗亭吸引而感到痛苦。他和姐姐吐露苦衷。他们的邻居列兹尧夫正好在座。他是罗亭大学时代的老同学,现在正追求着巴夫洛夫娜。他以否定的口吻谈到罗亭的往事,但又说,也许他已有了转变,自己错怪了他。

两个月过去了,罗亭成了密哈伊洛夫娜不可须臾离开的座上客。服玲萨夫在妒恨他,巴西斯它夫在崇拜他,巴夫洛夫娜也有点着迷,列兹尧夫对他则很冷淡。娜达雅同罗亭不时地接触,谈得很多。他借书给她,把自己构思中的论文或作品的开头讲给她听。她品味着他的字句,努力探索其全部含义,把自己的思想和怀疑拿来请教他,把他看作导师。罗亭有时还读书给她听,书中光辉的思想慢慢地在她心中点燃热情的星火,终于煽起了烈焰。

一天,他跟她谈到一个男子所需要的支持,谈到自己还没完成的论文《人生与艺术的悲剧》,又谈到爱情的悲剧的意义。他突然问起服玲萨夫为什么许久没有来?他不无用意地说:"在老槲树上……旧叶只是在新叶开始萌发的时候才脱落的","在坚强的心中旧的爱……只等到新的爱才能把它赶走。"她回到房间里,困惑地思索着罗亭这句话,突然辛酸地哭了。在这同一天,列兹尧夫又同巴夫洛夫娜谈到罗亭,说罗亭"在玩危险的游戏","他的话会扰乱一颗年轻的心,会把它毁了。"接着,列兹尧夫谈到大学时候的生活,谈到他同罗亭在波珂尔斯基小组里度过的甜蜜快乐的生活,谈到罗亭锋芒毕露的口才和不切实际的性格。

第二天,罗亭约娜达雅到花园里谈话,他逼问她,是不是爱上了服玲萨夫。她终于说了"我是你的"之后跑开了,罗亭也似乎感到幸福。但是,这次会晤被柏达列夫斯基看到了,向他的女主人告了密。过了一天,罗亭在深夜里收到娜达雅派女仆送来的信,约他去阿夫杜馨池边会面。他整夜没有睡好,清晨在约会的地方见面时,娜达雅告诉他:她母亲坚持不同意她的婚姻,问他将怎么办。罗亭退缩了,他的回答是:"当然服从!"娜达雅沉痛地说:"我来这儿的时候,心里已悄悄地同我的家庭告别了……我在此处遇到了什么人呢?一个懦夫!……"她跑着离开了。

罗亭无可奈何地向密哈伊洛夫娜告别走了。行前他给服玲萨夫和娜达雅分别写了信。他没有忘掉他那动听而空洞的辩才!

这里一切又回到原来的轨道上来,不久,巴夫洛夫娜嫁给了列兹尧夫;娜达雅也慢慢地克服了心灵的创伤,同服玲萨夫结了婚。一次,大家在列兹尧夫家聚集,谈到了罗亭。当毕加校夫攻击他的时候,列兹尧夫反驳说:"谁有权利说他无用,说他的话不曾在青年……心中播下良好的种子?"巴西斯它夫也肯定说:罗亭能把人们的灵魂燃烧起来。

而这时的罗亭呢?他正漂泊在俄国僻远的地区。几年以后,列兹尧夫在某城的旅馆里同他邂逅。他脸上满布皱纹,缓慢的动作和颓丧的表情都显示他在人生道路上的极端疲乏!他说他创办过二十几桩新事业,但都失败了,而现在"我又漂流。两手空空不名一文……""我生来就是飞蓬!"

"愿上帝帮助所有无家可归的流浪者!"这是《罗亭》的结束语。1860年,作家在尾声之后又加上尾声:1848年7月26日下午,在巴黎,一个高大的汉子手握红旗,在攀上街垒时,被法国士兵开枪打了下来。

这个汉子就是罗亭。

罗亭,多余人,但不是一个纯粹的多余人。他有着与多余人不同的热情、活力,最后以他自己的死证明了自己也是社会中的勇敢的挣扎者。

《罗亭》是屠格涅夫的第一部长篇小说。它和《贵族之家》一起,是屠格涅夫接受普希金和莱蒙托夫影响探讨贵族"多余人"的历史地位及其命运的作品。屠格涅夫公正地看出,贵族"多余人"作为贵族阶级中进步的知识分子,他们的进步思想并不随岁月流逝而陈腐,恰恰相反,即使在19世纪40年代,他们仍然热爱真理,仍然具有强大的思想力量,他们之所以成就不了事业,关键在于他们只能思想而不能行动。《罗亭》中的罗亭就是这样一个典型。尽管屠格涅夫让罗亭最终牺牲于1848年革命的巴黎巷战中以表示他对贵族先进青年的敬意,但"多余人"历史作用的终结,却是现实主义的屠格涅夫不能回避的事实。1859年,他推出《贵族之家》,和另一位优秀的现实主义作家冈察洛夫同年发表的长篇小说《奥勃洛摩夫》一道,为贵族"多余人"的命运做了最后一次文学的展示,宣判了他们历史使命的终结,告诉人们:在新的历史时期,这类"多余人"不仅改变不了俄罗斯人民的命运,就连他们自己的"个人幸福"的目的都是无力达到的。

2.《贵族之家》(1858年)

在19世纪的俄国,贵族社会中出现了一些"多余人",费嘉·拉夫列茨基就是其中的一个。他出身拉夫里基村的贵族世家。他的母亲原是这家的婢女,她被摧残至死的时候小费嘉还不满八岁。他是在姑姑和父亲实行的一套古怪、畸形、隔绝异性的教育下长大的。

父亲亡故后,费嘉去莫斯科上大学。在剧院里他偶然看见一个漂亮姑娘,隔绝的堤防顷刻崩坍,他堕入了情网。恰好他的同学米哈莱维奇熟识她的全家,于是经过半年的交往,他和科罗宾将军的女儿华尔华拉结了婚,相偕返回拉夫里基的祖宅。当他沉醉于蜜月之际,老姑姑却被新娘逼得不愿再管家,愤然出走,迁居到她自己的小田庄去了。科罗宾早在费嘉求婚前已经打听到他是个有钱的地主。姑姑一走,这位曾因侵吞公款而被迫退伍的将军便亲临拉夫里基,攫取了女婿全部产业的管理权。

华尔华拉住不惯乡下,才过一两个月就同丈夫搬到了彼得堡,一年半后又去法国、瑞士。最后他们客寓巴黎,她在那里交游广阔,闻名全城,费嘉则很少参加交际,自己在用功进修。一天,她不在家,他从地板上拾到一张纸片,是她的一个法国情人约她幽会的。费嘉则在狂怒中冲出寓所,住进旅馆,派人连那纸片一起送信给妻子,说不愿再见她,并且通知他的管家今后每年给她寄赡养费,但要把产业管理权立即从科罗宾那里收回。他匆匆离开巴黎,隐居在意大利的一个小镇,还一再看到报上传播华尔华拉的秽闻,并从中获悉她有了一个女儿。

将近35岁,费嘉才归国。他不回拉夫里基村,怕勾起不愉快的回忆,而决定住在姑姑死后留给他的小田庄上。途中他到离田庄不远的省城去看望表姐卡里金娜,见到她那娟秀、沉静的长女丽莎。当时有个官员潘辛在追求丽莎。此人外表潇洒而内心冷酷,竟当众控告丽莎的法国音乐老教师,故意使他难堪。费嘉却同情这位善良耿直、半世坎坷的老人,叹服他的艺术造诣,和他很友好。

丽莎19岁,在家庭的熏陶下,自小虔信上帝,有深沉的义务感,唯恐伤害别人。她曾鼓起勇气问费嘉,他怎么可以跟妻子分手;他说华尔华拉灵魂空虚。丽莎反对他这样辱骂妻子。她的直率、纯洁深深地触动了他。后来,丽莎同家里的人到费嘉的田庄来玩,他跟她一起钓鱼,和她谈了很多,想把心里的一切都告诉她。和她相处的喜悦扫除了他心中多年的积郁。

正当此时,费嘉从一张法国报纸上读到了华尔华拉猝然死去的消息。他把报纸给丽莎看,说他现在"自由"了。她不满他对噩耗竟如此泰然,要他关心他女儿的未来。这时候,卡里金娜很喜欢的潘辛刚向丽莎写信求婚;费嘉劝她不要匆忙决定,因为她不爱潘辛,但她又觉得应当顺从母命,不能自作主张。过了几天,她告诉费嘉,已经请潘辛让她考虑一下。但费嘉听到后的喜形于色,却使她那些天见了他就心慌意乱,急于回避。这种窘状直到一次辩论后才完全消除。

那是夏天的一个晚上。潘辛在卡里金娜的客厅里发议论,鼓吹改造一切,把俄国全盘欧化。费嘉沉着有力地反驳了他,主张服从"人民的真理",认为狂妄自大、不整顿国情的"改造"是绝无成就的。丽莎注意地听着,潘辛的话使她反感,她和费嘉爱憎相同。当晚费嘉在花园长椅上倾吐了对她的热恋,和她相吻。第二天早上,她婉谢了潘辛的求婚,也因此遭到母亲的讥骂。但她没有动摇,她已经爱上了费嘉。

同一天下午,华尔华拉出人意料地来到了省城。她对费嘉装作可怜。又把女儿抱了出来。看到不能打动丈夫,她去求见了卡里金娜,用谄媚和悔恨的表示博得了对方的好感。当天她认识了潘辛,而且很快就征服了他。

费嘉回到了田庄,心里很痛苦。他恨自己没有像归国当初所计划的那样干点儿事业。他想起来米哈莱维奇不久前说他是个懒惰汉,责备他只顾追求个人幸福,要他关心农民的痛苦。他想到母亲的悲惨遭遇,觉得在周围的农村里谁都不幸福,下地的庄稼人处境比他坏得多……

一个星期六,他找了丽莎。她求他跟妻子和解,还说他们刚相爱就受惩罚,可见幸福取决于上帝。半年后她到了远方,进了修道院。

就在那个星期六,卡里金娜出面说情,要费嘉宽恕妻子。他想到丽莎的请求,做了让步。他把妻女送到拉夫里基村,住了一星期,就独自向莫斯科出发了。过了几个月,华尔华拉迁到彼得堡,潘辛一直着迷地追随着她。但她从丈夫那里得到一大笔钱以后,却撇下因她而来娶的潘辛,带着女儿又去巴黎侨居,寻欢作乐。

费嘉后来努力改善他的土地上农民们的生活。快四十五岁的时候,他重新访问卡里金娜的家。那里的老一辈人都已去世,只有一些天真活泼的青年:丽莎的妹妹和她的同辈新友。在悄悄地离开那里之前,费嘉走进庄园,坐到他同丽莎当年坐过的那张长椅上,思绪万端。他默默地祝福那接替他而来的"青年一代",同时怀着惆怅的心情对自己说:"烧完吧,无用的生命!"

费嘉是一个热爱祖国、热爱生活,愿意依靠自己的努力争取自由和幸福的贵族青年,他如愿以偿地和美丽聪明的华尔华拉结了婚,出了国。但很快他就发现自己视为幸福之源的华尔华拉是一个放荡堕落的女人。这个残酷的打击使费嘉万念俱灰,他怀着一颗半死的心回到俄国乡下,回到业已倾废的贵族之家。但就在这里,他遇到了善良、纯洁的贵族少女丽莎。丽莎的真诚和温情复活了费嘉死灰般的感情,复活了他"个人幸福高于一切"的生活信念,在充满活力的大自然背景下,他再次恋爱了。然而就在这时,他那传闻已死的妻子华尔华拉突然幽灵似的又出现在他面前。命运再次摧垮了费嘉。在选择个人幸福还是选择对婚姻家庭的道德义务面前,他向封建道德规范投降了,这个曾被看作贵族之家复兴的希望的人,现在绝望地哀叹:"欢迎呀,寂寞老年!毁掉吧,无用的生命!"他自我宣告了贵族"多余人"必将与自己的衰老不堪的阶级一起退出历史舞台。

费嘉较罗亭更亲切,更耐人寻味,虽有悲剧性,但他从未放弃,企图尽可能地协调各种关系,表现了对人生的关切与抗争,他的抗争,实是尽可能多地为社会做工作。如在婚姻面前,他主动追求丽莎,向她求婚,大胆地追求自己的幸福,但他又是一个传统的人,最终与丽莎分手。他并未因婚姻的失败就退出生活,他有韧性,力所能及地干事。他虽是多余人,但他的退让、妥协,实是他思考后的结果,他对自己有清醒的认识,能承担一定的社会责任,对年轻人,他表示了由衷的赞赏,"烧完吧,你这无用的生命",认为自己终将退出历史舞台,对此他毫不惋惜、忍让,并未让他放弃自己的信念,对新思想报之以宽容与同情、理解。他默默地承受着生活,完成着历史的过渡。

3.《前夜》(1860年)中第一次出现了"新人"形象

新人:出身于平民,具有青春朝气,在人生道路的选择上能更无所顾忌地反传统,有与旧传统决裂的能力,敢于冲破罗网,在《前夜》中第一次出现"新人"现象。

1853年夏的一个大热天,在离昆错伏不远的莫斯科河畔两个年轻人在一株菩提树荫下的草地上躺着,在这酷暑的静寂的午昼里,周围明丽的风光,芳香的空气,柔和的虫声,引起了这两个年轻人难以言说的忧郁和漫无边际的闲聊。他们渐渐谈到了爱情,谈到了他们各自悄悄地爱上的姑娘叶琳娜。

这是两个贵族青年。一个叫苏宾,乐天活泼,爱好艺术,却玩世不恭。另一个叫伯尔森涅夫,从莫斯科大学刚刚毕业,学的是历史。他比苏宾年轻一岁,却显得比较老成,严肃而好学。

苏宾同叶琳娜是亲戚,是她妈妈的内侄儿,寄居在她家里,并随她家来昆错伏避暑。伯尔森涅夫也是来这里避暑的。现在他们两个到叶琳娜家的别墅里吃午饭。叶琳娜对苏宾很冷淡,却关切地倾听伯尔森涅夫谈他自己的大学生活,谈他自己的理想——当一个教授。苏宾看着很有点妒意。

当天晚上,叶琳娜回到自己房里,凭窗独坐,回忆同伯尔森涅夫的谈话。她是一个醉心于理想的姑娘。她从小富有强烈的同情心,爱护小生物,为贫病交加的人而忧苦,甚至常常梦见他们。她不但要做好人,而且要做好事。她爸爸是一个既空虚又荒唐的贵族,同一个法国寡妇勾搭得难解难分。母亲是一个多愁善感的女人,因不忠实的丈夫而万分苦恼。这样的一个家庭很使叶琳娜厌恶。她多么想冲出这个樊笼,多么想有一个既有理想又有实践的人来指引她!苏宾有艺术家的才华,却华而不实。她喜欢伯尔森涅夫的性情温厚,好学不倦,但他的理想却是那么平庸!所以当天晚上,他在她脑际浮现时,一瞬间就消失了。

过了几天,伯尔森涅夫邀他的同学莫沙罗夫迁到他租的别墅来避暑,并将他介绍给了叶琳娜。莫沙罗夫是保加利亚人,出身富商家庭。他的祖国被土耳其人蹂躏,父母被土耳其人杀害。他誓死要洗雪耻报家仇,并在积极地为此奔走。叶琳娜很乐于同他认识。这是一个沉着、刚强并有毅力的人,燃烧着火样的爱国激情。一次,他同叶琳娜谈到祖国,谈到献身祖国解放事业的决心,叶琳娜被深深地感动了。

不久,叶琳娜的母亲去名胜察里津诺游览,她和这几位年轻人都跟随同往。大家都为优美的景色所陶醉。接着坐船游湖。上岸时,一群醉醺醺的法国军官前来无理取闹,莫沙罗夫挺身而出。他看起来很羸弱,却毫不费力地把一个法国佬举起,顺手扔到水中。这更给了叶琳娜以强烈印象。

她和他终于彼此爱上了。但是,莫沙罗夫矢志于解放祖国,非得离开俄国不可。他生怕爱情妨碍自己的事业,当意识到自己的爱情时,便决计马上搬回莫斯科去,甚至不应约来告别。叶琳娜万分激动,毅然亲自去找他。她同他相遇在路上。她坦白地向他表白了爱情,并且表示,不管有什么艰难险阻,她一定追随他到天涯海角。

莫沙罗夫回到莫斯科城里不久,叶琳娜一家也因夏天过去,从别墅回城里来。叶琳娜到了莫沙罗夫的寓所,跟他约好一起去保加利亚。可是,莫沙罗夫在为她弄出国护照而奔走时途中遇病,得了肺炎,发了高烧。叶琳娜来探病,他正在昏迷状态。她很着急,要留下看护他。但是善良的伯尔森涅夫愿意帮她照顾,并且答应不断地向她报告病情。莫沙罗夫脱险后,请伯尔森涅夫约叶琳娜来看他,同时又要伯尔森涅夫避开。伯尔森涅夫都照办了。叶琳娜来时,莫沙罗夫因怕控制不住自己的感情,要求叶琳娜马上离开。叶琳娜也感染了他的感情。她全身颤抖着,低声说:那么,"把我占有了吧……"

叶琳娜的父亲风闻她去探望莫沙罗夫,大发雷霆,厉声责问她。她母亲急得哭了,她却很镇定,从容地说,他和他"两个星期以前……秘密结婚了",并且说他们俩很快就要去保加利亚。她父亲威胁她,说要把她送进修道院,要她母亲取消她的继承权,但这一切没有动摇她的决心,后来父亲却因母亲给了他钱,并答应给他偿债而同叶琳娜和解了。

十月间,土耳其对俄国宣战,莫沙罗夫虽然很虚弱,但决定马上应召回国。十一月间,叶琳娜随莫沙罗夫离开了俄罗斯。第二年四月,他们夫妇来到威尼斯,准备从这里转道回保加利亚。他们乘船游览大运河。这里的一切是那么温柔明媚,那么如梦如烟,那么宁静,又是那么洋溢着深情。叶琳娜沉醉在幸福中。但这幸福顷刻间就消散了。当他们到了剧场,看到那里演出的悲剧时,一种莫名的哀愁和不祥的预感突然向叶琳娜袭来,回到旅馆后,莫沙罗夫发了寒热。叶琳娜祈祷上帝,恳求让他们俩至少能"高贵地"、"光荣地"死在"那祖国的原野上"。可悲的是,莫沙罗夫却在"这死沉沉的屋子里"同"亲爱的祖国永别了"!

莫沙罗夫在病中一直在等待着他的同胞兼同志、水手伦基奇,显然是为了同他一起计划解放祖国的活动。但是当伦基奇来到时,他却与世长辞了。伦基奇帮助叶琳娜把他的遗体带回祖国安葬。

叶琳娜离开威尼斯三个星期后,她母亲收到信说:她仍然要到保加利亚去。她说,除了莫沙罗夫的祖国,我是没有别的"祖国了","在那边,人们正准备起义,战争的准备已经就在结盟,我要去作志愿看护……我不知道我将来会怎样,可是……我……要忠于他的遗志,忠于他的终生事业……"

五年过去了,叶琳娜杳无消息。她的踪迹就此消逝了。

莫沙罗夫惊讶地望着叶琳娜。

"我是去找您的。"

"找我?"

叶琳娜双手捂住脸。

"你这是要逼我说出我爱您,"她低语道,"……我说出来了。"

"叶琳娜"！莫沙罗夫叫了起来。

她压住他伸来的双手，瞧了他一眼，投进了他的怀里。

他紧紧地拥着她，没有说话。他不用跟她说，他爱她。单从他那声欢叫、霎时变化的整个面容，从她信赖地紧贴着的那个胸膛的起伏，他的指尖轻触她头发时的那段温柔，她就能明白：她是被爱着的。他没有说话，她也无须任何言语。"他在这儿，他爱我……还需要什么呢？"一种圣洁的平静渐渐地注满了她的心田，这是幸福使得人陶醉的平静，即使对于死亡，它也能赋予意义与美丽，她不再希望什么，因为她已经拥有了一切。"哦，我的兄弟，我的朋友，我亲爱的人儿！……"她的嘴唇在悄声细语，她已经分不清是谁那颗心，是他的还是她的，在她胸间那么甜蜜地跳动着，溶化着。

他一动不动地站着，用坚定有力的双臂拥着这个委身于他的年轻生命，他的胸膛感受到了这个新人无比珍贵的重量，一种强烈的感动，一种无法言喻的感激，彻底软化了他的铁石心肠，他还从未体验过的泪水涌满了眼眶……

"那么，请你离开我！你瞧，叶琳娜，当我病倒的时候，我并没有一下子失去知觉，我知道我已经濒临死亡的边缘，甚至在发烧，说胡话的时候，我也明白，我朦朦胧胧地感觉到，这是死神正在向我逼近，我跟生命、跟你、跟一切都道过别，我已经放弃了任何希望……可是，这突然的死里回生，这黑暗之后的光明，你……你……紧挨着我，在我这儿……你的声音，你的呼吸……这一切叫我无法抗拒！我深感我狂热地爱着你，我听见你亲口说你是我的，可我却无法回答……你走吧！"

……

"叶琳娜，可怜可怜我吧——你快走吧，我觉得我会死的——我受不了这些冲动……我整个灵魂都在渴望你……你想想，死神差一点把我们分开。而现在，你就在这儿，你在我的怀里……叶琳娜……"

她全身战栗起来。

"那么，你就把我拿去吧"，她低低地私语，声音轻若游丝……

屠格涅夫塑造了莫沙罗夫这样一个平民知识分子的"新人"形象。这在当时的俄国文坛是件了不起的大事。我们近来对《前夜》的欣赏主要也是从这个角度出发的。

莫沙罗夫是一个燃烧着民族解放激情，反对土耳其人统治的保加利亚革命家。性格坚定，目标明确，具有当时俄国民主青年的主要特征，正好是俄国所需要的"新人"，是自觉的英雄人物。这个形象反映了19世纪50年代末俄国前进的方向，表明解放运动的领导权已逐渐从贵族转入平民知识分子手中。

作为19世纪30至70年代的俄国社会生活的一部真实而生动的艺术编年史，《前夜》对中国的现代读者仍有极大认识价值，然而恐怕未必再会被罗亭、拉夫烈茨基这些"多余人"的形象所震撼，也未必会被莫沙罗夫这个自觉的"英雄性格"所鼓舞。

但屠格涅夫小说中的爱情故事，那些纯洁无邪、执着顽强的少女形象，却依然保持着迷人的魅力。她们不仅能拨动读者记忆的琴弦，重温童稚时代灿烂的幻梦、青春岁月亲切的理想，而且还能陶冶人性、净化灵魂，平衡现代爱情生活中的失落心理。

为什么一百多年前屠格涅夫的作品至今仍魅力不衰？其中一个重要原因就在于：他塑造少女形象时，在现实主义创作方法的基调上涂上了很重的理想色彩。这些艺术形象是现实与理想的产物，而这种理想直到现在还在为现代人所怀念，所珍惜，所追求。《前夜》中的叶琳娜是个"理想的人物，但是她的特征是我们所熟悉的，我们理解她，而且同情她"。

屠格涅夫是站在理想的高度来认识俄罗斯女性的历史命运的，他凭着自己独有的敏感，捕捉住萌动于社会现实中的新变动、新要求、新思想，而把希望寄托在俄罗斯女性的身上。《前夜》中的叶琳娜出身于贵族地主家庭，有优裕的物质保障，可是她并不沉醉于平庸、空虚的生活，也不受周围大多数亲朋的世俗影响，她的教育几乎是依靠自我来完成的。她不仅高出于自身环境，甚至还超越了所处的时代。当俄国优秀的启蒙者们迷醉于夸夸其谈的时候，当自由主义贵族丧失了改造生活的意向的时候，叶琳娜却在追求某种任何人都不追求，全俄国没有人想过的东西，她不仅聪颖果敢，而且不屈服于环境，热情追求理想，达到了彻底牺牲的程度。作为她的性格的基础，是爱受苦的人和受压迫的人，渴望积极的善，而且一旦认准了目标，就义无反顾地去行动。她这些思想和品格，使她成为当时出类拔萃的女性，这个艺术形象是典型的，但并不普通，苏宾和别尔谢涅夫就认定她是一个不可思议的姑娘，而亲人们也都不能理解她的"古怪脾气"。

这是一个既现实又理想的形象，之所以说是"现实的"，是因为在她身上反映了俄国青年一代的觉醒的追求，是当时现实生活中正在出现和可能出现的性格，之所以说是"理想的",是因为她毕竟浓重地体现了作家对俄罗斯女性的希望和寄托,明显带着理想主义的光轮。如果说,巴尔扎克描写人物是照他所看到的那样去写,乔治·桑是描写她"想要看到的样子",那么屠格涅夫塑造叶琳娜的形象时,走的却是兼而有之的路子:他根据俄国"社会中正在发展的成分"创造出了"理想的人物"。这个理想人物对于中国的现代读者还保持着一种青春的魅力:当我们"潇洒得太早","穷得只有钱"的时候,当我们在顺应潮流与"寻找自我"之间徘徊彷徨的时候,叶琳娜那种不屈服于环境,独立思考,大胆追求理想的品格,也许会引起我们的羡慕和向往,她那种充实的精神世界也许会填补我们心理上的某种失落。

叶琳娜内在性格的展开大多是通过爱情描写来实现的。屠格涅夫笔下的爱情是诗一般的理想的爱情,爱情这一永恒主题在《前夜》里得到了发展和深化,叶琳娜和莫沙罗夫的爱情已超出了普通的男女之爱,在这里,爱情的基础不是门第、金钱和美貌,而是以思想的结合,以心心相印为前提,爱情几乎是叶琳娜走向世界、实现理想的中介,它与信念、事业共存亡。这是一种纯洁的、高尚的女性之爱,精神上的结合成了爱情的灵魂、爱情的生命。当"男人爱漂亮、女人爱潇洒"走到极端的时候,当现代的爱情生活日趋世俗化、实用化的时候,叶琳娜的爱情故事也许会给你感动,给你以另一种满足。

屠格涅夫在《前夜》中给叶琳娜的性格以及她的爱情涂上了浓重的理想主义色彩,也许正是这种理想化,才能使这部古典作品至今魅力不衰。但这里所说的理想化,并不是指幻想的任何游戏,而是指用理智去预见、用想象去塑造某一性格或现象的可能性,这种可能性是根植于现实土壤的,屠格涅夫是通过什么手法来达到这种理想化的呢?他在给路·皮希的信中写道:"德国人写作时总是会犯两个错误:不够合情合理以及对现实进行糟糕的理想化。其实只要写出全部朴素和诗意来,理想的东西也就随手而得。"他认为追求朴素和诗意就能产生理想化效果。《前夜》中的叶琳娜并没有干出什么惊天动地的业绩,从表面上看,她不过如寻常人一样在生活、思考和恋爱而已。生活、思考、恋爱,这如同散文一样朴实和自然,然而屠格涅夫却善于"从生活的散文中抽出生活的诗"。我们不妨回忆一下叶琳娜与莫沙罗夫在教堂前的雨中邂逅,在威尼斯的大运河泛舟以及在剧院观看《茶花女》的情节,屠格涅夫在描写这些普通常见的生活场景时,不但注意了叶琳娜性格发展脉络的合理性、细节的真实性,而且还着力于诗意的追求,从而把女主人的"行为和思想升华为诗"。

屠格涅夫追求永恒的、超乎具体历史条件之上的人性,在这样的人性中去寻找美,用诗人的歌喉为大自然、爱情、艺术、死亡这样永恒的主题浅吟低唱,自然使他的小说产生了浓厚的抒情性。

屠格涅夫小说的抒情性首先表现在他以深厚的激情塑造了月亮—美女原型。在俄罗斯文学上,没有哪一位作家能像屠格涅夫那样,以强烈的爱来关怀和讴歌少女。他善于塑造女性,他的小说像一个小庙,里面供奉着无数美如天仙的女子。屠格涅夫也十分喜爱月光,月亮和少女在他的笔下是作为一组对应的美学形象出现的。如《前夜》中的叶琳娜等。这一组对应的美学形象呈现出共同的审美特征:纯净美丽和蓬勃的生命力。这种月亮—美女原型表现了屠格涅夫对爱情的关注与对生命的赞美相联系的思想。在小说中,这种月亮—美女原型在爱情上常处于两难境地,叶琳娜遭到父亲反对,面临要么服从父亲要么选择莫沙罗夫的两难选择,在《罗亭》中娜达雅面临要么跟母亲决裂要么跟罗亭断绝关系的两难选择。在展示他们的两难处境时,创作主体常常通过为人物写日记、剖白心灵来展现她们的美好心灵。《前夜》中叶琳娜的日记倾诉了她对莫沙罗夫的一往情深,抒发了她为爱情不惜一切代价的感情与思想。可是,尽管月亮—美女原型想挣脱命运之神的操纵,她们的爱情还是像月亮般圆了又缺了。《前夜》中叶琳娜背弃贵族阶级的戒律和信条,然而莫沙罗夫的死亡使她的爱之梦化为了泡影。这种悲惨的爱情结局其实是月亮—美女原型的一种表层失败,在小说的深层含义上,创作主体借月亮这个自然体象征着他心爱的人物及他们爱情的永生。

(二)创造了诗意小说

在小说中体现了浓郁的诗的情调与意境。

屠格涅夫先写诗,后创作小说。1847年,屠格涅夫发表《猎人笔记》后才停笔写诗,诗作为内在的气质和追求正融于屠格涅夫的内心之中。

1. 比较注意开掘人生之中美丽的、充满温情的部分

《猎人笔记》——

《猎人笔记》写在山村田野打猎时的所见所闻,较全面地表现了传统村镇的面目,虽对农奴制的野蛮、伪善进行了批判,他还注意描写生活中具有诗意的部分。比如《霍尔和卡里内奇》。

一次我到日兹德拉县去打猎,认识了当地地主波鲁德金,他让我住在他的佃农霍

尔家里,还让专门陪他打猎的农夫卡里内奇和我一起去打猎,真是热情好客。在相处的四天中,这两个佃农引起了我很大的兴趣。

霍尔和卡里内奇是一对好友,可是性格却毫不相似。霍尔积极热情,讲究实际,有办事能力。卡里内奇则相反,是个理想家、浪漫主义者。他脚穿草鞋,过着艰苦的日子;娶过老婆,但没有孩子。不过他人很机灵,从念咒止血到除蛆、打猎,样样都会。

他们听说我到过外国,便十分好奇地问这问那。卡里内奇最感兴趣的是大山名川、特殊建筑,霍尔则关心行政和国家的问题。在我叙述国外见闻时,卡里内奇往常发出"啊!""天哪,有这种事!"的惊叹,霍尔则很少开口,锁眉静听,只是偶尔说:"这在我们这里行不通呢","这倒是好","这很合理。"从谈话中我得到一个印象:俄罗斯人是确信自己的力量的,彼得大帝就是这样。他们勇敢地向前看。不管是哪里的,凡是好的,合理的,他们都乐于接受。我从霍尔的话里第一次听到了俄罗斯农民纯朴而聪明的言谈。他的知识非常丰富,但是他不识字。卡里内奇识字,对此,霍尔不无羡慕地说:"这浪子会识字呢。"

霍尔爱卡里内奇,常常庇护他;卡里内奇也爱霍尔,很尊敬他。卡里内奇很轻信和崇拜主人,霍尔则很明白自己的地位,也深知波鲁德金的为人。因此,两人在谈到波鲁德金时常要发生争吵。卡里内奇认为主人仁慈、宽怀,霍尔就问他:那么他为什么不给你做双靴子呢?至少草鞋总得给你吧?你陪他打猎,大约一天要一双草鞋。卡里内奇无言以对,只好怨恨地把脸扭开去,霍尔便放声大笑起来。

霍尔表面恭顺,实则精明能干,终日打算如何摆脱主人;卡里内奇具有浪费主义气质,这来自作者自身的观念,特别是对爱情中诗意的发现。屠格涅夫笔下的爱情,少欲望,主精神上的吸引,多一见钟情式的恋爱,突出男主人公美好的内心气质,即使对爱情细节进行描写,也是富有浪漫主义气氛,如《初恋》,屠格涅夫避免对爱情不幸的过度渲染,虽爱情不幸,却都很美丽,他总是通过种种方法冲淡悲剧。

2.他爱好主观投入,常在小说中插入主观性的评论,使其小说具有论辩性

屠格涅夫着意反映时代的重大主题,而当时一切的社会问题都集中在思想界的矛盾斗争中,因而他的小说的基本冲突不是围绕某个事件而是围绕某种社会性思想,处于冲突中心的人物不是某种个性、某种情欲的典型,而是某种思想的代表,矛盾斗争的方式不是活动或狡计而是思想交锋,这就形成了屠格涅夫小说显著的论辩风貌。《罗亭》中罗亭与怀疑记者毕加索夫的论战构成了小说的情节主体;《贵族之家》中是

拉夫列茨基与"西欧派"潘辛的论战推动了以后情节的发展;《父与子》中是巴扎洛夫与巴威尔的论战点明了小说的主题。

这种主观性的介入,直接把自己的主观视角展示给读者,诗意从某种意义上来说就是主观性。当然,诗意更重要的还是抒情性。

3. 抒情性

屠格涅夫小说的抒情性还在于他对俄罗斯的独特地域背景进行了诗意的描绘。在他的小说中,屠格涅夫将俄罗斯人民的生活与俄罗斯特有的自然风光融汇在一起,散发出一股诱人的"俄罗斯的典型味道"。

屠格涅夫以自然背景为地理框架,以浓厚的风俗民情为文化氛围,让人物、自然和社会的背景融为一个地域文化背景,构成一个相对完整的诗意般的世界。屠格涅夫不仅沉醉于俄罗斯的自然地域景观:广阔的平原,弯曲的小河切割开的田野,散发着奇异芳香的白桦树和菩提树,清晨白净草原上胭红柔和的霞光,宝藏着红尾鸟、鹧白鸟、长脚鸡、野鸡等动物的树林和沼泽,而且对奥勒尔省周围的文化结构中的深层蕴含——宗教、歌谣、婚丧礼仪、风俗等历史形成的社会文化表现出如醉如痴的嗜好,如草原夜牧马、抓阄、叫绰号,牧师率领的送葬队伍等。他对这些奇异风俗进行了细致的富有诗情的描绘。

屠格涅夫缺乏一种从历史的高度把握生活的能力,但他具有一种生活的诗意的直觉能力。屠格涅夫的绝大部分小说都属于"移民文学",他身处异国,隔着一层记忆的薄雾去寻旧日的梦,小说充满着凄凉的气氛。

屠格涅夫在小说中抒情的手段是融抒情于描写。他擅长抒情地描写特定的感情场面,抒情地描写被感情纠缠的人的心境,抒情地描写与人的情感相呼应的自然景物;在描写这些对象的时候,屠格涅夫抒情的语汇源源涌出,似乎他就是一本抒情语汇的辞典。屠格涅夫深知热烈的爱情最易产生抒情效果。因此,他的小说无论有多强烈的社会政治主题,但考验那些政治主人公的往往是爱情。屠格涅夫的主人公在关键时刻必定会遇到一个让人赏心悦目的女性,如纯洁温柔、天真幼稚的娜塔莉之于罗亭,深沉和蔼、柔美善良的丽莎之于拉夫列茨基,坚贞开朗、聪明美丽的叶琳娜之于莫沙罗夫,朝气蓬勃、热情真诚的玛丽安娜之于涅日达诺夫。屠格涅夫不仅总是用热情褒美的笔调描写她们的形象,而且常常用温情脉脉的语汇描写她们的高洁品质。尤其是,屠格涅夫往往将她们爱情火花的迸发置于富有诗情画意的自然环境之中,给它披上一层绚烂和煦的光彩,让人的幸福心境与山川草木的青春活动融为一体,从而产生一种诗与音乐融汇的境界,达到最高的抒情效果。

例如《贵族之家》第26、27两节写拉夫列茨基与丽莎相爱的场景和心境:在和风拂面,绿草如茵,垂柳环抱的花园湖畔,他们布下了爱情的种子。小说描写拉夫列茨基送丽莎回家的路上,一轮晓月映照着他们青春焕发的面容,心中"充溢着万种情绪",似乎世界万物都是为着他们而存在的。夜莺为他们"温柔地歌唱",星星为他们"灿烂地闪光",树木为他们"窃窃地私语",夏夜的柔情的温暖使他们"整个地陶醉在那魅惑的波澜里"。拉夫列茨基感到一种巨大的意想不到的幸福感充溢着他的"灵魂",他似乎听到了音乐家伦蒙所强奏的那神奇的凯旋"音响"。这音响正如他此时此刻的心境:"……似乎更加壮丽、雄伟,它的旋律回荡着,有如强大的洪流……它申诉着地上所有一切亲爱的,神秘的和圣洁的物事,它呼吸着那不死的悲哀……"

三、屠格涅夫的代表作《父与子》

(一)内容概要

大学生阿尔卡狄在彼得堡刚毕业,回到故乡玛利因诺村。他妈妈早已不在人世,爸爸尼可拉为人谦和、软弱,喜欢读诗、拉提琴,而不善于管理家里的两千多公顷田产。尼可拉看上了出身寒微、年轻俏丽的费尼奇加,同她生了一个小孩,只是怕哥哥巴威尔反对,不敢和她去教堂举行婚礼。

阿尔卡狄还请了他的好朋友巴札洛夫来家小住。这是一个医科大学生,爱好自然科学,做实验很勤奋,头脑敏锐,自信,刚直,粗犷,外表冷漠,不摆架子;费尼奇加觉得他容易接近,尼可拉的家仆们也不把他看成少爷。在他看来,大自然只是人们的劳动场所,欣赏自然美和从事艺术创作都是无益的浪漫行为。他主张改造社会,厌恶空谈。他不承认"正直"等抽象的概念,不肯随便相信什么原则或权威,但人家说得有道理的时候,他也同意。阿尔卡狄把他当作导师;巴威尔先是看不惯他,继而仇视他。

巴威尔在青年时代是个风流军官,迷恋一位名叫奈利的公爵夫人,同她厮混了一阵,被她抛弃了,从此他一蹶不振,只知照旧讲究吃穿,却什么事也不干,沉湎在回忆里。他同他弟弟一样,以自由主义和拥护进步自诩,所以不能忍受巴札洛夫把他们两弟兄看成落伍者,何况他知道这个年轻人的父亲原先不过是基尔沙诺夫将军手下的一个军医。客人住了两个星期后,巴威尔挑起了一场争论。他宣扬贵族制度的"原则",指责巴札洛夫轻视人民,否定一切,说是把青年的力量都用来否定、破坏,文明就要倒退到野蛮,尼可拉也不同意光破坏,不建设。在辩论中,巴札洛夫为了振聋发聩,故意口气激烈,言过其词。他质问道:像巴威尔这种贵族,整天袖手坐着,对社会有什么用处?巴威尔听了,气得脸色发白。他强调首先要否定社会生活和家庭生活的现有制度,要清除地面,目前还顾不上建设;他反对像巴威尔那样,把俄国的村社制度和宗法式的农民家庭看得很神经,他指出农民家庭有公公扒灰等丑恶事物。至于讲到人民,他骄傲地说,他的祖父耕地,他要比巴威尔更容易被农民承认为同胞,可是农民中的鬼神迷信和宗法思想他不赞成。当然,他并没有意识到自己的弱点:跟农民群众也有隔膜,对他们了解得不深,对他们的痛苦缺乏关心,往往意识到他们的落后面,看不见他们当中蕴藏的力量。

在这次父辈和子辈的交锋中,阿尔卡狄站在巴札洛夫一边。第二天,两个青年人到省城去,在舞会上认识了优雅动人的富孀阿金左娃,随后又应邀到她的庄园去做客。多情的阿尔卡狄对她一见倾心。她呢,只把他当小弟弟看,可是对巴札洛夫很好奇,喜欢他的气度不俗、见解锋利。巴札洛夫明知他和这个好享受、对谁也不迁就的地主太太中间隔着一大截距离,却生气地发觉自己身上也有了浪漫的感情。果然,半个月后,当他向她吐露爱情的时候,她沉默退缩了,宁愿照旧舒适而平静地生活下去。这便使他立刻离开她的庄园,阿尔卡狄也只好一起走了,虽然他渐渐从阿金左娃的妹妹卡吉亚那里得到了安慰的快乐。

两个大学生在巴札洛夫慈爱的双亲家里住了三天,又返回玛利因诺。这时候阿尔卡狄已经感到他和他的导师在某些方面毕竟观点不同,两人的友谊有了裂痕。不久阿尔卡狄就找了个借口,到阿金左娃家里去了。巴札洛夫留在玛利因诺,埋头搞生物研究。有一天,他在凉亭里吻了一下费尼奇加,被巴威尔窥见了。两小时后,巴威尔来找巴札洛夫,要求第二天清晨同他用手枪决斗,但不肯说明理由。决斗如期举行,巴威尔受了一点轻伤。由于巴札洛夫的及时包扎,好得很快。养伤的时候,他和费尼奇加单独谈过,要她始终不渝地爱他的弟弟,后来又建议尼可拉同她正式成婚。其实巴威尔自己眼中也爱她,觉得她长得像奈利。等到他的建议一实现,他就独自出国侨居,再不回来了。

决斗的翌日,巴札洛夫向尼可拉告别,动身回家,这使他的父母喜出望外。一次,他到邻村为伤寒症死者解剖尸体,不巧割破了自己的手指。因为当地没有消毒剂,他受了感染,从邻村回来第三天就不能起床了。病中他托人给阿金左娃送了信。她赶来了,但她带来的医生宣布病人已经无救。在临危的时刻,他向她谈到自己的抱负:"我也想过,我要干出一番事业,我不要死,我不要死,干吗要死!还有任务呢,因为我是一个巨人啊!"

巴札洛夫去世半年后,尼可拉和费尼奇加、阿尔卡狄和卡吉亚结了婚。阿尔卡狄已经忘了他的导师,被卡吉亚"改造"得很温顺,他替父亲管理田产,使田庄的收入增加了。阿金左娃嫁了一个精明能干、可望当官的法学家。而远处乡间公墓里巴札洛夫的坟头,只有他衰老的双亲互相搀扶着常常去看,每次都不忍离开。

与《父与子》之前屠格涅夫的作品相比,以前的作品显得较为单纯,表现的是贵族知识分子的人生,均从贵族知识分子入手,使"我"与对象之间有许多可沟通处。如《罗亭》、《贵族之家》。

在《父与子》中巴威尔也是贵族,但侧重点已转向面对更年轻、更不顾一切的巴札洛夫,成为屠格涅夫关注的主要对象,巴札洛夫与作者之间的关系远了,也使小说的内涵意蕴更加复杂了。

(二)《父与子》的思想意义

1. 比较客观而真实地揭示了俄罗斯新人的特点

屠格涅夫有距离观照俄罗斯的新人。巴札洛夫与巴威尔等不同,在巴札洛夫身上体现了一种"虚无主义精神",它的实质是否定的决裂,即接受西方文明的青年人对传统毫不妥协的决绝的姿态。

巴札洛夫可以说是19世纪60年代俄国民主启蒙时期否定精神的一个很有特性的表达者:"我们认为有利,我们便据此行动……现时最有用的是否定,因此我们也去否定。"作者认为社会在变革时期总会伴随某种偏向,否定精神在社会变革初期往往是片面的、无情的,具有破坏性的,但到后来,便会褪去破坏性的色泽。否定的结果将是肯定,因为新事物通过对旧事物的否定而得到自身的发展。"屠格涅夫因此才说:"他被称为虚无主义者,其实应该当成革命志士。"屠格涅夫肯定巴札洛夫,他理解到,为使新生事物取得胜利,否定是种有效的武器,它具有历史意义。他看到了否定派即虚无主义者"对人民的需要更为敏感",他们的心曲与人民有互通之处。

巴札洛夫对整个传统人生、文化等持否定态度,这引起了巴威尔的反感,子辈有毫不留情的否定倾向,父辈则是否定中的肯定,具有过渡性,他们对自身的传统既有批判也有认同，被传统死死地钉于此，是历史的牺牲品，在实际人生中，对传统不断地进行妥协。巴扎洛夫则是完全不顾一切地对传统进行否定，在观念、日常行为等方面均表现了出来。

如阿尔卡狄的父亲有一情人费尼奇加，其实巴威尔也爱上了费尼奇加，但他却把这感情强抑于心头，劝阿尔卡狄的父亲早日与费尼奇加结婚，这也可使他的心灵得到安慰。巴扎洛夫对费尼奇加产生了好感，并直截了当、毫无顾忌地向费尼奇加表达。巴威尔却永远无法正视自己内心的情感，这也是他这一辈人的悲剧。由此可见，巴扎洛夫区别于犹豫不决的贵族青年。

巴扎洛夫的虚无并不浅薄，他执着于自己的医学实验——巴扎洛夫的虚无主义还包括了科学实验精神，他反对清谈，在他身上体现了一种对发达的西方文化、发展着的西方文化的思考。（民主自由是西方文化的"果"，而不是"因"。其之所以成功在于中世纪以来的实验精神，不屈不挠的务实，实际生活实践导致人文主义精神。西方近代文化的发展有两根主脉：1. 笛卡儿——大陆理性主义，重新设想世界，带有自己的若干观点；2. 培根——经验主义。强调事实，科学实验，对事实的观察、分析，反对玄谈。否定精神和科学精神相互促进，有机融合了。）其它国家对于西方文化的两大主要潮流的接受，偏于大陆理性主义，但这却让许多落后的国家感到了一种悲怆，因为现实的发展是缓慢的，俄国的早期贵族知识分子多是接受此种看法，感到了现实与理想的距离，他们失落，失望，成为"多余人"。巴扎洛夫则完全是另外一种观点，他对巴威尔空谈改革嗤之以鼻，感到毫无意义。巴扎洛夫脚踏实地进行着自己的事业——经验主义，这是西方文化的根，体现了巴扎洛夫对西方文化更深刻的体悟，是一种有着内涵的虚无主义。

2. 不无哀婉地预示了作为父辈的贵族知识分子终将退出历史的舞台

巴威尔早年受过西欧式的教育，虽有改革社会的想法，却安于现状，仅仅保留了一些西欧式的穿戴，长而尖的指甲，洒香水。在年轻人面前，显出过分的自尊，对年轻人表示出了自己的轻蔑，这反而加深了他自己的孤独。屠格涅夫并无意尖锐地突出父辈与子辈的矛盾，因为他们均接受过西方先进文化。在末尾，巴威尔也不得不佩服巴扎洛夫，感觉自己终将退出历史舞台。

作者理解民主主义者要与贵族分裂的历史必然，但他反对对"父辈"的文化遗产持否定的虚无主义态度。父辈有他们与生俱来的社会性弱点和历史性局限，但他们有对美的敏感,有对待生活中哀乐的细腻感情,能觉察人在没有幸福时的痛苦,他们爱诗,爱艺术,爱一切有价值的文化遗产。尼古拉·基尔萨诺夫就是一个富有诗感的人,他喜欢"让他悲喜交加的孤独思绪自由翱跹",他,"老浪漫主义者",在花园里,在夜晚,当满天星斗闪烁着的时候来点儿幻想,"他走了好久好久,直到累得走不动了,可他那飘若游丝、穷不见尽的愁思在他心中激荡不散。"至于巴威尔,他生来就是浪漫主义者,他那铁一样、坚冰一样冷的、带点儿法国厌世主义的心是不善幻想的,但就是这个巴威尔,也有其人性内涵,他遇上了"生命的神秘力量",成了他自己的爱的激情的牺牲品,从而不得不沉沦于"可怕的空虚",失落于"无目的的生活",他"孑然一身,渐入黄昏之境,亦即惋惜如同希望,希望似同惋惜,老之将至,青春不再的岁月"。

另一方面,作者赞赏"子辈"那虚无主义者的刚毅,反封建的锐气,却并不赞赏子辈对爱的冷漠,对文学艺术的观点,尤其对待浪漫主义激情,对待人的内心感情方面的态度。

为历史所需的巴扎洛夫的否定一旦进入人的感情领域,它就变得虚而不实,从而也导致了巴扎洛夫的自我矛盾。按书中所说,巴扎洛夫"非常喜欢女性,喜欢女性美",但"他把骑士或感情当作一种残疾,一种病症",他在女性身上首先看重的是"窈窕的身段",与她们交往中想的是"愉悦"。可是巴扎洛夫破坏了自己的理论,真心实意爱上安娜·奥金左娃了,他发现自己身上就有为他原先所敌视的、与虚无主义者观点相悖的浪漫主义,而且找不出合理的解释。"在和安娜·奥金左娃谈话的时候,他用较之以前更为冷淡和轻蔑的态度对待一切浪漫倾向,可当他独自一个人时,一想起自己就有这种浪漫倾向不由恼火。"巴扎洛夫把否定推到极限时,他的行为和感情反过来破坏了他的虚无主义,与旧的社会制度搏斗必不可少并行之有效的否定,结果与人的感情和秉性不能适应。当此情况下,巴扎洛夫的浪漫主义个性开始显示了正面的人的自然属性,而不再屈从于他的虚无主义了。

但是,他那虚无主义却又企图制止、支配他的感情流向,于是两者的矛盾斗争导致了巴扎洛夫两个人的悲剧。书中说道:"他本可以轻易地平息血液的骚动,但他体内孕育着某种新的东西,对此他从未允许存在过并曾有意地把它克制过,他的自傲曾坚决反对过。"他用尽一切力量来压制自己的天性。结果如何呢?情场失败后他戏剧性地承受着单恋的痛苦和委屈,失去了内心的平衡、心灵的欢愉和工作的情绪。"工作的狂热劲儿消失了,代之而起的是苦苦的寂寞感,心绪不宁,他一举一动都显得那样疲惫,甚至他行走时也不再是迈着那种坚实的勇往直前的步子。"巴札洛夫说他自己在糟蹋自己并非出之偶然,因为他曾嘲笑过巴威尔,曾嘲笑过他的爱情悲剧,然而现在轮到他自己感受爱情悲剧带来的伤痛了。

巴札洛夫的心灵危机也表现在哲学和社会悲观主义中,他和阿尔卡狄在干草旁叹息道:"我所占有的这一小块地方比起广大空间来是如此狭小,而那广大空间里没有我,也与我无关;我得以度过的这个时段在永恒面前是如此的渺小,而我找到不了永恒,永恒中没有我……可就在这颗原子中,在这数学的一个点,血液却在循环,脑子却在工作,有所希冀……"人与自然不是相悖的对立关系,但在巴札洛夫看来却是两种截然相反的力量。他在确认人的精神力量的同时不得不为自己依附于不以人的意志为转移的大自然而哀伤。巴札洛夫从哲学上的悲观主义,从他与自然界的心理的隔阂,滋生出他对后代人命运的冷漠。举个例,巴札洛夫对阿尔卡狄说:"今后你走过村长菲利蒲家他那白白的漂亮小屋的时候说,如果俄罗斯最后一个农民也能住上这样的小屋,那时俄罗斯就达到完善的地步了,而我们每一个人都应该促使它实现……但我憎恨诸如菲利蒲或西多尔这样的最后一个农民。干吗我为他们拼死卖力,他连谢也不说一声?……即使对我说声谢,又值得了多少?他住上了白白漂亮的小屋,我则将老朽入木,往后又怎样呢?"

不过,在小说《父与子》中,个人主义者与大自然隔阂而产生的悲观,由屠格涅夫缝补了,承作者之力,在大自然面前的主人的失落感在某种程度上得以弥合。巴札洛夫过早地死去,死于即将发生大变革的社会的门槛上,屠格涅夫在小说结尾处描写了荒芜的乡村公墓,巴札洛夫年迈的父母无法消解的痛苦之后,接着以强劲的抒情表示了他对生命价值和意义的坚定信念:"难道他们的祈祷、他们洒下的泪水是没有结果的吗?难道爱,神圣的、真挚的爱并非万能?哦,不!掩埋在墓中的不管是颗多么热烈的、有罪的、抗争的心,墓上的鲜花依然用它纯洁无邪的眼睛向我们悠闲地张望,它们不只是要我们述说'冷漠'的大自然有它伟大的安宁,它们还谈及永远的和解和那无穷尽的生命……自然生命有其多样性和无穷性,这是永恒的规律。"屠格涅夫以此作为活泼、乐观的结尾,让悲剧得到升华。在这里,由不可避免的矛盾引起的悲剧,因认识到世界是个辩证地发展着的过程,因触摸到强劲的饱满的自然生命整体及它内部的和谐性,从而得到了化解。

屠格涅夫反对把自然和人做简单类比,认为这样既贬低了自然,也导致描绘浮泛化。他笔下的景物是一种独立于人之外的有生命、有灵魂的,甚至有思想的实践或存在。屠格涅夫对自然有着与生俱来的崇拜,他常赋予大自然一种伟大的力量,人的一切思想、性格在这种伟大的生命体前得到一种悲剧性的放大。自然在这里,并不是完全作为人的感情的媒介物,作为渲染或烘托的背景,而是一切以大自然为价值取向,人的一切必须合乎自然本性。因而,在人类困窘的处境中,大自然却常常显露出它充满勃勃生机的面目。如《前夜》、《父与子》等小说。在这些小说中,创作主体对景物的独特处理源于他的美学思想:大自然永远是美的,因为它是一种生命的象征,人们在永恒的生命体前可以悟出生命的永恒。创作主体通过大自然揭示出了莫沙罗夫们生命不息的、灿烂辉煌的生命之美。

3. 依旧沉寂的俄罗斯

虽有新一代的成长,老一代得退出历史,而俄罗斯依旧还是俄罗斯,巴札洛夫猝不及防地就去世了,表明了作者与巴札洛夫之间情感上的隔膜。屠格涅夫属于老一代,他与巴威尔更有一种情感上的关联。有人认为作者污蔑了巴札洛夫。"其实,巴札洛夫是我心爱的孩子,我把我所能使用的彩色完全渲染在他身上了"(屠格涅夫语)。巴札洛夫的死本就有丰富的内涵——巴札洛夫思想有个性,却死得如此平常,出乎意料,它暗示了在俄罗斯,即使是像巴札洛夫一代的年轻人,也不可避免地被传统社会所冷落。巴威尔是孤独的,巴札洛夫也是孤独的,他们都无法改变俄国传统的文化格局,俄国仍是按照自己毫无生机的轨迹在运转,俄国社会并未因为有巴札洛夫而改变,屠格涅夫写出了深层的孤独感。如:

巴札洛夫疯狂地迷恋阿金左娃,受到阿金左娃的拒绝,因为阿金左娃没有勇气放弃自己固有的贵族式的生活。阿金左娃与巴札洛夫为同一代人,但她与巴札洛夫的人生观却有着本质的不同。又如阿尔卡狄佩服巴札洛夫,却并没有与他构成精神上的交流。"多余人"的命运又继续在新人身上体现,新人同样陷入了同"多余人"一样无法自拔的沼泽之中。

第三节
陀思妥耶夫斯基：复调小说的开创者

一、陀思妥耶夫斯基的人生体验

陀思妥耶夫斯基(1821—1881年)与屠格涅夫、车尔尼雪夫斯基等同时代,陀思妥耶夫斯基许多作品的创作一直持续到19世纪80年代,而屠格涅夫等人的著作均创作于19世纪60年代,这使陀思妥耶夫斯基以自己整体的作品风格区别于屠格涅夫这代人,他的创作孕育并根植于自然派文学思潮,与俄国"正统"的现实主义作家如屠格涅夫、冈察洛夫、托尔斯泰等在题材、主题、风格、手法上也大不相同。现实主义作家赞扬他写出了俄国社会底层受欺凌、受侮辱的人们发自灵魂深处的呻吟与呼喊,高度地评价他在写小人物和心理分析方面的成就;而现代主义者则推崇他病理学式的人物塑造和对变态心理人格分裂的深入探索和细致描绘,把他作为现代文学的先驱之一。

(一)贫民的痛苦

陀思妥耶夫斯基之前的作家几乎都是贵族。陀思妥耶夫斯基的父亲为贫民医院的医生,他的童年是在贫困中度过的,他从小就跟着父母住在医院里,所接触的都是贫困和疾病。虽然后来父亲因医官职务获得贵族称号,但仍不能改变他家的贫困状况,医院中的种种惨景又让他充分体验到了作为贫民的痛苦,这让他感到人自身的诸多不幸。他是最接近于人自身思考的作家,在此之前,俄国作家的总体倾向是社会性的关注,他们的痛苦是理想与现实之间的落差造成的痛苦,而陀思妥耶夫斯基的痛苦是与生俱来的对生命本体的痛苦意识。

(二)死刑、苦役与流放

陀思妥耶夫斯基家境贫穷,经过努力,他在1844年开始专职从事文学创作。

1847年他因醉心于空想社会主义理想而加入了彼得堡的拉谢夫斯基小组。1849年小组被破坏，陀思妥耶夫斯基与小组的其他成员被捕，并被处死刑，直到执行死刑前最后几分钟才撤销了他们的死刑，而代之以苦役（1850—1854年）和充军（1854—1859年），直到1859年底他才回到彼得堡。

这十年时间严重地损害了陀思妥耶夫斯基的健康，也让他饱受了精神折磨，诱发了他的病痛（癫痫）。它也加强了陀思妥耶夫斯基对人生痛苦的体验。这不能简单地用理想与现实之间的矛盾来概括，导致了陀思妥耶夫斯基的思想转变；从基督教到空想社会主义再回到基督教，其父母为虔诚基督教徒，长大后，对人类未来充满了美好设想，因而信仰空想社会主义，是他革命、参加政治团体的思想基础，这与俄国的其他作家在本质上没有多大区别。但由于死刑、流放、苦刑，他放弃了自己的空想社会主义理想，过去的信念在长达十年的流放、苦役生活中动摇了。这并不是害怕，实际上，他体会到了常人无法体验的感受——死刑、苦役、流放、羊角风。他体会到了在众人面前人的难以自持：作为一个知识分子，自尊何在？优越性何在？人连自己都无法控制，又如何去改造这个世界！陀思妥耶夫斯基感到生命的脆弱，当痛苦从心中升腾起来时，教育、知识、理想在此时都变得脆弱无力，在生命本体意义上人人都是一样的。陀思妥耶夫斯基感到人自身生命虚弱、渺小无力，在流放的十年中他接触到许多下层人物，他发现他之前的革命理想下层人物不理解，甚至不知道他在干什么，陀思妥耶夫斯基感到自己的主义是否真的契合人民的需要？他发现基督教才可真正解决人性的价值皈依问题，基督虽不是真理，却可解决他的灵魂问题。

真理有多种形态：科学的、哲学的、历史的与放诸四海而皆准的社会真理。这些真理都是人构造的真理。十字架的真不是人构造的真，而是上帝在爱的苦弱和受难中启示给我们的真，我们可以走向这种启示，并见证这种真。十字架的真是活的真，关怀个人的存在与非存在的真，对于这种真，需要个体从自身的存在和境遇出发去聆听与践行[1]，因而，基督信仰只救个体灵魂，因为它关涉每一个体的生与死的真理，而非外在于必死生命的为他的真。基督信仰作为关涉人的本己的不可转让的生死之事件显示出来。接近如此的真理之路，是伴随着哭泣、愤怒、诅咒的欢乐与爱情的路，是用流血的头去撞击一切必然性的铁墙的道路。被钉在十字架上的真意味着，在上帝的爱中才有个体生存的原则、本源和根基，上帝不仅揩掉每一滴眼泪，而且给人吃生

---

[1] 刘小枫：《走向十字架上的真》，上海三联书店1994年版，前言第1—2页。

命之树的果实;十字架上的真表明上帝与人的生命和死亡、渺小和伟大、罪孽和救赎、梦魇和自由、呻吟和悲叹认同,它给予人的上帝允诺的安慰和爱。

(三)个人主义与赎罪主义

陀思妥耶夫斯基对俄罗斯现实的关注并未因为接受了基督教而放弃,基督与现实两者的关系他并未协调好,有人认为,陀思妥耶夫斯基不是自己的主人,他的人格已解体分裂,对愿意承认的感情他有时怀疑……在内心深处,他有几个自我在撕裂着他,比如个人主义与赎罪主义的消长起伏。

个人主义是指,人应有自己的尊严价值,人有追求幸福与自由的权利。在封建等级制度中,蔑视个人,最大限度地贬低个人。西方文化的根基是个人主义,陀思妥耶夫斯基对个人主义有发自内心的欣赏,但多表现于潜意识中。他感到资本主义并非天堂,人与生俱来的痛苦并非光靠高举个人主义的大旗就可解决。他追求宗教的赎罪。在俄罗斯,基督教实是东正教,它在直接承袭罗马帝国的宗教,较原始教义,不强调耶稣的替人赎罪,强调人的原罪意识,强调人的不断赎罪。陀思妥耶夫斯基感到自己身上存在原罪,对罪不断清洗才能获得新生。陀思妥耶夫斯基作为一个新的知识分子,个人主义与赎罪主义在他内心深处激烈交锋。个人主义,反抗压迫,做一个超凡的人;赎罪主义,人生而有罪,要克制、忍让、顺从,只有这样,人才能达到理想的彼岸。

二、《罪与罚》:灵魂的拷问

(一)故事概要

小说是以拉斯柯尔尼科夫杀人前后的心理冲突为中心展开的。拉斯科尔尼科夫是个正直、善良、很有才智的大学生,他从少年时代起就立志要通过自己的努力做一个自食其力的上等人。但是,当时的社会对他的才识、抱负并不理解,面对着不公正的社会,拉斯柯尔尼科夫得出了一种理论,他认为在这个人吃人的社会中,平凡的人永远受欺压,永远一无所有,而"不平凡的人"可以不受法律、道德的约束,为所欲为,得到地位、财富,有着远大的前程,于是他为了证明自己是个"不平凡的人",杀掉了放高利贷的老太婆,但杀人之后,他又陷入巨大的精神苦痛之中,他觉得自己并不是个"强者",最后在以卖身养家的索尼娅秉持的受苦受难可以拯救灵魂的宗教思想的感召下,投案自首,并坦然接受了苦役,最终从噩梦中得到启示,放弃了自己的理论而皈依宗教。

(二)《罪与罚》的思想内涵

1866年，陀思妥耶夫斯基创作了《罪与罚》。当时，由于沙皇亚历山大二世于1861年实行了所谓的"农奴制改革"，旧的封建主义的生产关系迅速瓦解，新的资本主义势力与资本主义生产方式则以十分野蛮的方式急速发展；广大农民经受着封建主义和资本主义的双重剥削，纷纷破产，逃往城市，出卖劳动力。他们与原有的城市贫民一起，充斥着穷街陋巷，过着啼饥号寒、衣食无着的悲惨生活。彼得堡的干草市场及其附近的大街小巷就是当时资本主义社会的一个缩影。这里聚居着大批穷苦的工人、小手艺人、小商贩、出身微贱的小官吏和穷大学生。这里是穷人的地狱、罪恶的渊薮。这时除了妓院外还充斥着各种酒馆。拉斯科尔尼科夫居住的彼得堡木匠胡同就有十八家大大小小的酒店。穷人除了干活，就是到小酒店买醉。那里又黑又脏，有如《圣经》描写中的罪恶之城所多玛和蛾摩拉。这里既有放印子钱的高利贷者和催逼房租的二房东，又有一无所有的穷人、醉汉、小偷、妓女、恶棍，甚至杀人犯。在这表面的贫穷、犯罪的堕落后面又有多少人类的苦难和难言的隐痛！

"一个人总得有条路可走啊！""您明白吗，先生，您明白什么叫走投无路吗？"这是本书中的穷公务员马尔美拉陀夫在丢掉工作之后斯文扫地，衣食无着，穷极无奈，只能借酒解愁时的绝望哀鸣。陀思妥耶夫斯基笔下的俄国，穷人面前只有三条绝路：一、啼饥号寒，冻馁而死；二、苟且偷生；三、铤而走险。

走第一条路的是绝大多数穷人。本书用浓重的笔触，使人扼腕三叹地描写了马尔美拉陀夫一家的悲惨遭遇。在当时的俄国，穷人受到残酷的剥削，过着非人的生活，上不足以赡养父母，下不足以抚养妻儿弟妹。诚如索妮娅的父亲马尔美拉陀夫对拉斯科尔尼科夫所说："依足下之见，一个贫穷，但是清白的姑娘，靠诚实的劳动能赚多少钱呢？……如果她清清白白，但是没有特别的才能，即使她两手不停地干活，先生，一天也挣不了十五个戈比啊！"而这点钱既不足以果腹，也不足以养家，他们"三天两头见不到一块面包"。

酗酒，在俄国，是一个古老而又现实的问题。数世纪以来，直至当代，一直为人们所关注。在过去，穷人酗酒的主要原因是穷。穷到走投无路，只能借酒消愁。马尔美拉陀夫在他的浸透了血泪的自白中说道："贫穷不是罪过，这话不假。我也知道酗酒并非美德，这话更对。但是，一无所有，先生，一无所有却是罪过呀……对于一个一贫如洗的人，甚至不是用棍子把他从人类社会中赶出去，而是应该用扫帚把他扫出去，使他感到斯文扫地，无地自容；这样做是天公地道的，因为，当我穷到一无所有的时候，我就头一个愿意使自己蒙受奇耻大辱。街头买醉，即由此而来。'我喝酒，因为我想加倍痛苦！'由于穷，由于走投无路才喝酒；由于喝酒，就更穷，更走投无路。"

为生活所迫，不得已走第二条苟且偷生的路的，在当时也是比比皆是。最典型的就是女主人公索尼娅与杜尼娅。

索尼娅是马尔美拉陀夫的长女，年方十七。她为了养活自己的双亲和弟妹，不得不忍辱含垢，被迫为娼。杜尼娅是拉斯科尔尼科夫的妹妹，她先是在一个地主家当家庭教师。为了帮助自己的哥哥上大学，她向东家预支了一百卢布。偏巧赶上这家老爷（斯维德里盖洛夫）是个色狼。为了还债，为了摆脱东家的性骚扰，更主要是为了哥哥，两害相权取其轻，她不得已同意嫁给一个她既不爱也不尊敬的市绘卢仁，名义上是妻子，实际上是买卖婚姻，用她哥哥的话说："做他的合法姘妇。"

同样为了亲人，一个被迫为娼，一个变相为娼。

对于仍旧保持着灵魂纯洁的索尼娅来说，她前面只有三条路："跳河、进疯人院，或者……最后，自甘堕落，头脑麻木，心如铁石。"她之所以没有投河自尽，是因为她想到她的父母和弟妹，她死了，谁来养活他们？仅仅是把苦难留给了生者。如果说她到那时还没有疯，那只是时间问题。拉斯科尔尼科夫就曾自言自语地喃喃道："再过两三个星期，她就要进疯人院了。"他也曾当面对索尼娅说："如果你孤身一人过下去，你会跟我一样发疯。""那么，最终她自甘堕落吗？不，她是灵魂圣洁的化身，也是人间苦难的化身。这个耻辱，显然还只有触及她的表面。真正的淫乱还没有一点一滴侵入她的内心。"拉斯柯尔尼科夫在内心独白时曾经说过："只要这个世界存在，杜涅奇卡就是永存的！"这话一语双关：既是对旧社会的血泪控诉，又是对索尼娅为他人牺牲自己，甘愿承受苦难，但又保持自己灵魂纯洁的赞美与讴歌。

杜尼娅是一个聪明、美丽而又高傲的姑娘，她"许多事都能忍，甚至在极端艰难困苦的情况下，她也能处之泰然，坚贞不屈"。那她为什么又会心甘情愿地嫁给卢仁为妻呢？是贫穷，是堕落，还是贪图富贵？都不是，她宁肯去给美国的农场主当黑奴，或者去给波罗的海东岸的德国人当一名拉脱维亚农奴，也决不肯玷污自己的灵魂和自己的道德情操，为了一己私利而永远委身于一个她既不尊重，而又丝毫合不来的人！哪怕卢仁先生是纯金打造的，或者是一整块钻石做的，她也决不会同意去做卢仁先生的合法姘妇！那么，她为什么现在又同意了呢？事情很清楚：为了她自己，为了她自己的荣华富贵,哪怕为了救自己的命,她都不肯出卖自己,可是为了别人,她出卖自己,为了哥哥,为了母亲,可以出卖自己!"一切都可以出卖,啊,必要时,我甚至可以压制自己的道德感;把自由、安宁甚至良心,一切,一切都拿到旧货市场去拍卖。就让我的一生毁了吧!只要我们心爱的人能够幸福。"

《罪与罚》的主人公拉斯柯尔尼科夫杀人犯罪和后来在妓女索尼娅的仁爱精神和宗教热忱的感召下良知复苏、投案自首,在苦难中赎罪,是小说的中心线索。

小说关于"罪"的描写,重点是放在主人公行凶前的心理变态上的。这中间既有生活环境的恶性刺激,又有人物内心的剧烈斗争。小说第一部许多看来彼此间并无多少联系的情节,如拉斯柯尔尼科夫的生活窘迫,他到老太婆家借债的难堪经历,母亲写来的那封情真意切而又万般无奈的家书,他与马尔美拉陀夫的相识和在酒馆的交谈,人们对老太婆的议论和谴责,他梦见童年时代看到一匹不堪重负的小马被鞭打死的可怕情景……在主人公的潜意识中汇合在一起,形成一股可怕的力量,冲击着他的灵魂。一切社会的和个人的,现实的和心理的,理性的和非理性的因果相互作用,终于造成拉斯柯尔尼科夫的心理反常,使他在精神极度紧张而又神志恍惚的状况下,用斧头砍死了那个放高利贷的老太婆,同时又惊惶失措地杀死了偶然撞见的她妹妹,一个虔诚的宗教徒。

小说的重心是写"罚"。"罚"在这里有双重含义:一种是肉体的罚,侦缉判决,流放苦役都属于这方面的内容;另一种是精神的罚,这才是作品所强调的。为了实践自己的"理论"而杀人,显然未给拉斯柯尔尼科夫带来做"非常的人"的满足,恰恰相反,道义的鞭打和良心的谴责使他不得安生,负罪感折磨着他,而更使他难以承受的是一种莫名的孤独感,他不能够像过去那样去爱他的母亲和妹妹,他感到自己与生活脱了节,"仿佛用剪刀,把自己和一切人、一切往事截然剪断了"。拉斯柯尔尼科夫要做一个"非凡的人",像"扪死一个虱子"那样杀死那个可恶的放高利贷的老太婆,但他最后的感觉却是"我把自己杀死了……我一下子,永远把自己毁掉了"。主人公的精神的罚充分展示了一个卑微灵魂所包含着的全部生命激情和人性意蕴。[1]

(三)拉斯柯尔尼科夫的二重性

主人公拉斯柯尔尼科夫是一个受过高等教育的人,是一个有头脑、有思想、有抱负的青年,他原在圣彼得堡大学攻读法律,但迫于贫困,不得不中途辍学,靠给商人子

---

[1] 龚翰熊:《欧洲小说史》,四川大学出版社1997年版,第505页。

弟当家庭教师为生。他住在一间向二房东租来的像棺材似的小屋里,后来连教书的事也丢了,衣食无着,债台高筑。他贫病交加,四顾茫茫,决定铤而走险。他杀死了一个放高利贷的老太婆,抢走了她的钱财。为了杀人灭口,他在杀死老太婆之后,慌乱之中杀了刚好回到家里的老太婆的妹妹丽扎韦塔。

他蓄意杀人,是他苦苦思索的结果,是他"理论"的产物。他认为,"平凡的人"只是"不平凡的人"的工具,"不平凡的人"则是世界的主宰;"不平凡的人"为了达到自己的目的可以不择手段,无所不为,甚至杀死那些"平凡的人"。拉斯柯尔尼科夫为了证明自己不是"疯子"而是"英雄",就杀死了放高利贷的老太婆,但是,事后那"平凡的人"的自我又从人道的角度竭力否定了"不平凡的人"的自我的合理性。从此,两个自我陷入了无休止的争辩与搏斗之中。每逢"平凡的人"的自我发起进攻时,另一个自我就会出来辩护:杀死一个可恶的老太婆并不能认为就是犯罪,拿破仑也会这样做的,这比起"在巴黎大屠杀,忘记在埃及的一支军队,在莫斯科远征中糟蹋五十五万多条人命"的事来是微不足道的。然而经过反复较量,"不平凡的人"的自我低头了,拉斯柯尔尼科夫主动投案自首了。表面上看来这是"平凡的人"的胜利,人道的胜利,但实际上那个为所欲为的"兽"相的自我并没有真正屈服,[1]在总结性的《卡拉马佐夫兄弟》中"兽"相的自我愈显出恣肆狂放的特征,而且呈放射状向卡拉马佐夫父子身上渗透,又以各种不同的表现形态归总于"卡拉马佐夫性格"。卡拉马佐夫性格就是:恣意地放纵情欲,狂热地追求放纵的生活,贪婪自私、专横暴虐,卑鄙下流,毫无道德约束。

"二重人格"是陀思妥耶夫斯基笔下的一个十分重要的主题。它是理解《罪与罪》和陀思妥耶夫斯基其他小说的一个关键。所谓"二重人格",或者"内心分裂",用我们现代的话来说,就是"人的二重性"。

第一,拉斯柯尔尼科夫的二重性表现在他的性格上。他身上似乎有两种截然相反的人格在轮流起作用。正如他的好友拉祖米欣所说:"好像他身上有两个互相对立的人在交替出现。"一方面,他为人忠厚,心地善良,而且见义勇为,富有恻隐之心。譬如,他在上大学的时候曾帮助过一个患病的穷同学,维持他的生活达半年之久,这个同学病故后,他又替他赡养他那年老多病的父亲,直至下葬。此外,他还从一座失火的房子里奋不顾身地救出两个孩子。最后,他在贫病交加的情况下,又倾其所有,为惨死于马蹄下的马尔美拉陀夫办理丧事。然而与此同时,他又是杀人犯。他不但杀

---

[1] 蒋承勇:《十九世纪现实主义文学的现代阐释》,高等教育出版社1996年版,第52页。

害了放高利贷的老太婆,而且还殃及无辜,杀死了她的妹妹——一个善良又备受欺凌的基督徒。

第二,他的二重性表现在他的犯罪动机上。一方面,他认为"这一切的原因是他的恶劣的境遇,他的贫穷和走投无路"。他杀人,一为母亲,二为妹妹,三为造福人类,但是转眼之间他又否认了上述说法:"这不是那么回事!你还不如假定(对!真不如这样好!),假定我这人自私、贪财、心狠手辣、卑鄙无耻和报复心重,嗯……而且,说不定,还有点疯狂……我方才告诉过你,我没钱,上不起大学。可是你知道吗,我能上下去也说不定。母亲会给我赚钱来,让我交学费什么的,而鞋子、衣服和面包,我可以自己挣钱买;这是没问题的!可以去教课,每小时给半个卢布。拉祖米欣不就在工作吗?可是我一发脾气,不干了。""我杀人并不是为了赡养母亲——这是胡扯!我杀人也不是为了取得钱财和权力后想要成为人类的恩主!这也是胡扯!我只是简简单单杀人;杀人,为了我自己,为了我的私利。至于将来我会不会成为什么人的恩主,或者一辈子像只蜘蛛似的把大家捉进网里,对大家敲骨吸髓,那时候,对于我,想必都一样!"

第一个动机说明,是社会把他逼上了犯罪道路。他杀人是为了自己的生存,也为了他人的幸福,是为了造福人民。对于这种说法,陀思妥耶夫斯基一向不同意。除《罪与罚》外,作者在自己的小说中曾描写了好几次谋财害命的凶杀案。作者通过书中人物不止一次地嘲笑"杀人是因为穷"这一荒谬论点。正如《罪与罚》中的拉祖米欣所说:"争论是从社会主义者的观点开始的。……犯罪是对不正常的社会制度的抗议。他们把一切都归之于环境作祟。——除此以外,就再没有什么了!这就是他们最爱说的一句话!从这里就可以直接得出:如果把社会安排好了,使之正常化,——一切犯罪行为都会立刻消失,因为再也无须对什么抗议了,大家霎时间都成了正人君子。天性是不被考虑在内的。天性被排除在外,天性是不应该有的。"事实也说明了这一点:拉祖米欣和拉斯柯尔尼科夫是同学,两人的处境相同,同样穷,同样被迫辍学;同样衣衫褴褛,食不果腹,为什么拉祖米欣可以靠教课和翻译为生,拉斯柯尔尼科夫却偏偏走上了杀人的犯罪道路?陀思妥耶夫斯基一贯反对以暴易暴、以恶抗恶,他把一切主张暴力革命的人统称为虚无主义者、无政府主义者和社会主义者。他在《白痴》中曾通过梅思金公爵之口异常激动地谈到社会主义者"不是用基督,而是用暴力拯救人类!这也就是通过暴力来取得自由,这也就是通过剑与火来取得一统天下!

'不许信仰上帝,不许有私有财产,不许有个性,不是博爱,就是死亡,二百万颗头颅!'"不是博爱,就是死亡——这是法国大革命时期的口号——谁不赞成我们的革命口号,就让他灭亡。所谓"二百万颗头颅?"——"只要在地球上排头砍去,砍掉二百万颗脑袋,革命事业就无往而不胜。"

第二个动机说明,他身为压迫者,受到"不做牺牲者,就做刽子手"的弱肉强食哲学的影响。他渴望像拿破仑那样享有无限的"自由和权力"。"自由和权力,主要是权力!支配一切发抖的畜生和芸芸众生的权力!"他说:"我想成为拿破仑,所以我才杀人……"杀人,不过是他的大计划中的一个小尝试。他认定要做一个不平凡的人,就要敢于跨过尸体,涉过血泊。杀掉一个害人虫,杀掉一个本来就死有余辜的老太婆又算得了什么,不过是小试锋芒而已!他认为,"谁的头脑和精神坚强有力,谁就是他们的主宰。谁胆大妄为,谁在他们的心目中就是对的。谁敢于唾弃更多的东西,谁就成为他们的立法者,而谁敢于为他人之所不为,谁就最正确!从来如此,将来也永远如此。只有瞎子才看不清这一点!"后来的法西斯主义和"超人"哲学继承了拉斯柯尔尼科夫的衣钵,把他的"犯罪论"和"强权论"融合在一起。

第三,拉斯柯尔尼科夫的二重性还表现在他对自己罪行的认识上,良心和理智在他身上进行着激烈的斗争。他在行凶前的最后一刻还觉得杀人是一种十分丑恶、卑劣和荒唐的事;杀人后,他又自惭形秽,经受着良心的痛苦折磨,觉得自己与人类一下子隔绝了,感到可怕的孤独。正如索尼娅所说:"啊,离开了人,怎么能够,怎么能够活下来呢!"这种因犯罪而感到自外于大众的下意识是自然的,也是深刻的。这是良心的法庭。他痛苦地对妹妹杜尼娅说:"你会走到这样一条界线。不跨过去你会不幸,而跨过去也许会更不幸。"这就是说,逆来顺受,任人宰割,固然不幸;但是视人命如草芥,对于一个人性还未完全毁灭的人来说,则是更大不幸。他自己也承认:"难道我杀死的是老太婆吗?我杀死的是我自己,而不是老太婆!……"但是,他在理智上又顽固地不肯认罪,理由是:为什么别人能杀人,那些所谓"伟人"能杀人,我就不能?大家都在杀人流血,世界上的血,现在在流,过去也一直在流,像瀑布一样流,有人杀人就像开香槟酒一样,因为血流成河,有人还居然在皮卡托利岗给他戴上桂冠,后来又尊称他为人类的恩主(大抵指恺撒)。……如果我成功了,人们就会给我戴上桂冠,而现在,我只能束手就擒。"他感到懊恼的仅仅是他的懦弱无能",他经不住良心的审判与折磨,他跟大家一样也是一只不折不扣的"虱子",因此犯案后没几天,他就去警察局自首了。

第四，拉斯柯尔尼科夫恨透了那个资产阶级市侩卢仁和人面兽心的色狼斯维德里盖洛夫。可是，正是在这两个人身上，他看到了自己。他们是他的"理论"的等而下之的体现者，是他的人格的市侩化和流氓化。卢仁拾人牙慧，伪装"进步"，宣传资产阶级极端利己主义的哲学。拉斯柯尔尼科夫说："按照您方才鼓吹的理论，由此而产生的后果必定是可以杀人……"他之所以贸然说出这样的话，正因为他看出他的理论与卢仁鼓吹的东西如出一辙。二者殊途同归：一个是抢起斧子，赤裸裸地杀人；一个是巧取豪夺，把人逼上死路。

斯维德里盖洛夫是一个灵魂空虚、卑鄙无耻的恶霸地主。他设计暗害了自己的妻子，逼迫死了自己的佣人，糟蹋了自己的侍女，又进而觊觎家庭女教师杜尼娅；而他最令人发指的罪行则是强奸幼女，使一个十四岁的少女投河自尽、含恨而死。这是一个不受任何道德约束的人。但是，这个万恶之徒也做了些好事：他为卡捷琳娜·伊万诺夫娜办理后事，并出资把她的遗孤送进孤儿院，又给了索尼娅三千卢布，使她能够跟随拉斯柯尔尼科夫去西伯利亚。这个人似乎没有是非观念，既能作恶，也能为善，也能真正地爱一个人。当他对杜尼娅的强烈的爱被拒绝之后，出乎我们的意料，他没有对她强奸非礼，施行强暴，而且觉得再这样活下去没意思，最后用自杀结束了自己的生命。拉斯柯尔尼科夫骂他是无耻之尤，斯维德里盖洛夫却说，我们是一丘之貉。他除了临死前，在自己的梦境中，对他一生的罪行恍恍惚惚地有所省悟以外，他还对杜尼娅一针见血地剖析了拉斯柯尔尼科夫犯罪的根源："说来话长，拉……这事怎么跟您说才好呢，这也是一种理论吧，与我所见略同，比方说吧，如果主要目的是好的，即使做一两件坏事了也是可以容许的。一件坏事可以换来一百件好事！对于一个卓尔不群和自尊心很强的年轻人来说，要是他知道，比方说吧，只要有区区三千卢布，他人生目标中的整个前程，整个未来就会完全改观，而他却没有这区区三千卢布，这对于他当然是气人的。除此以外，再加上食不果腹，住房狭小，衣衫褴褛，并且鲜明地意识到自己的社会最要命的是虚荣，骄傲和虚荣……拿破仑简直把他迷住了，这就是说，使他特别着迷的是，有许多天才人物根本不在乎做一两件坏事，而且不假思索地跨越障碍。看来，他也以为自己是天才。"

拉斯柯尔尼科夫和斯维德里盖洛夫都是二重人格，一个是良心尚未完全泯灭，再加上索尼娅和亲朋好友的爱，滋润着他的心田，终于使他走上了新生的路；另一个则堕落太深,众叛亲离,没有信仰,没有爱,因此也就没有了希望,虽然也爆发出一星半点良心的火花,但终于四顾茫茫,不能自拔,只能开枪自杀,了此罪恶的一生。

(四)艺术创作成就

陀思妥耶夫斯基提出艺术创作的总原则是虚幻的现实主义。他常用"现实主义"一词来说明自己的创作,但这不同于巴尔扎克、托尔斯泰等作家,他对现实(艺术)有特殊看法,大多数人认为虚幻的、超乎常人的东西,在他看来是本质的现实,是最高意义上的现实主义。

1. 陀思妥耶夫斯基的小说压缩故事时间,增强情节的紧张度

陀思妥耶夫斯基的小说涉及的时间很短。《白痴》前半部加起来只写了十几个小时,关心故事情节最紧张的部分,直接切入高潮。小说在细节的选择上有意识地增强紧张效果;审美上造成一种强烈的刺激,折磨人的灵魂,暗示陀思妥耶夫斯基对世界的理解——世界本身是嘈杂与喧嚣的。

陀思妥耶夫斯基的小说情节紧张曲折,往往设置一个又一个的悬念,跌宕起伏,充满了尖锐的矛盾冲突,有如奔腾的大江大河,时而流过巉岩险滩,浊浪排空,时而峰回路转,一泻千里。作家渴望用引人入胜的情节尽快吸引你、打动你,而在打动你以后便向你吐露心曲,用他的人物的信念感染你,使你在有意无意之中接受他的影响。

2. 灵魂深处的精妙解剖

小说重在人内心灵魂的展露,在陀思妥耶夫斯基笔下,人的内心是复杂、无序的。陀思妥耶夫斯基在解剖人的灵魂时,用语言的不清晰来表达,大量采用梦境的幻觉来表现,这是对传统小说的突破,遵循心理现实原则,展示原始混沌状态的无意识境界。在《罪与罚》中象征性的梦比比皆是,它的作用主要是揭示人物的心理活动。

拉斯柯尔尼科夫在对自己走投无路的处境感到痛心疾首,决定冒天下之大不韪,铤而走险的时候,做了一个梦,梦见了自己的童年。他看见一匹瘦弱的驽马拉着一辆超载的大车,任人鞭打,被折磨至死的悲惨情况。这梦是象征性的,他面前摆出两条路:像那匹瘦马那样任人鞭打,被折磨至死呢,还是横下一条心,直面人生,向社会提出挑战?他选择了后者,行凶杀人,抢走了老太婆的钱财。他这样做,不仅他的理性在起作用,而且他的潜意识也通过梦境暗示他走上一条杀人的道路。

拉斯柯尔尼科夫在西伯利亚流放地,在病中做了一个梦,他梦见了世界末日。人们失去了理智,互相仇恨,互相残杀,火灾发生了,饥荒发生了,一切人和一切东西都

在毁灭。按基督教教义,世界末日,世人都要受到上帝的最后审判。得救赎者升天堂,享永福;不得救赎者下地狱,受永罚。拉斯柯尔尼科夫正是在基督精神的感召下走上了悔罪之路,在苦难和博爱中净化自己肮脏的灵魂,救赎自己的有罪之身。

3. "复调小说"的艺术品格

作品的"多声部性"不仅建立在人物之间的对话关系上,而且建立在人物自我意识的二重性上。主人公在潜意识里既要面对别人也要面对自己,多种声音和语气相汇合,独白便成了一种极富特色的双声语。小说开篇拉斯柯尔尼科夫的第一次内心独白就是双声语的著名范例,这是他在收到母亲来信后一段不无忧虑和妹妹杜尼娅为自己违心婚姻选择所做的徒劳辩解,多种声音"处于同一个意识中,便好像变得相互渗透。它们聚拢、靠近,部分地相互交叉,在交叉的地方相应地就出现交锋""拉斯柯尔尼科夫独白语的惊人之处在于它高度的内心对话性……对于拉斯柯尔尼科夫来说,对一个东西进行思索,就意味着和它谈话",即使对他自己也是如此。拉斯柯尔尼科夫在这段自我独白中就是把自己也作为对话的对象的,总是以"你"相称,"劝说自己,挑逗自己,揭露自己,嘲笑挖苦自己"。正如巴赫金指出的,单一的声音,什么也结束了,什么也解决了。两个声音才是生命的最低条件,生存的最低条件,《罪与罚》主人公的双声语比起来小说中那种"单方面判断"的主观话语,往往更贴近于人物的真实心境,尤其是当他们的思想处于激烈斗争中的时候。

第四节
列夫·托尔斯泰:宗法制的古典情怀

一、列夫·托尔斯泰的人生体验与追求

列夫·托尔斯泰(1828—1910年)出身名门贵族之家,自幼受典型的贵族家庭教育,青年时期从喀山大学退学回到他的庄园雅斯纳亚·波良纳,在那里度过了一生中

的大半时间。托尔斯泰曾从军边塞,立过战功。除文学创作外,托尔斯泰还是思想家和社会改革家,曾试图从自己的庄园开始进行农村制度改革和教育改革,但均告失败。晚年,托尔斯泰平民化的生活主张和思想信念与他家庭贵族化的生活方式之间的矛盾导致了他1910年11月10日弃家出走,同月20日病逝于莫斯科附近的小火车站阿斯塔波沃。

决定托尔斯泰一生及其精神气质的是"庄园"(俄罗斯大庄园),庄园不仅是他的生存之地,更造就了他的"庄园性格",这种性格表现为一种纯洁、自然、古朴的气质。托尔斯泰家庭中人与人之间亲善和睦,是典型的淳朴的乡下家庭。

家中五兄妹,他排行老四。父母早逝,他由两位姑妈监护,有家庭教师。虽然家庭组合复杂,但整个家庭却显示出异乎寻常的和睦。姑母很宽容,在宽松的环境下,他们的天性可以说得到了自由发展,他们与农民的小孩也相处和谐,这一切成为托尔斯泰的梦,日后成为他寻求人生理想的范本。托尔斯泰向往的是未经文明时代污染的那种纯洁、自然的人生和社会,追求宁静和谐的境界。就其本质上来说,这是"宗法制"的人生观,这种"宗法制"的理想在走向现代化的进程中显然是不可能的,体现了他保守的一面。这些想法虽然保守,却是他真诚保守的结果。这并非维护封建制,而是站在文明制度尚未建立的远古世界来观照俄国社会,思考俄罗斯的命运。

对托尔斯泰来说,18世纪的小说对他影响很大,他最爱读卢梭的小说。作为基督徒的托尔斯泰具有扪心自问的忏悔精神,他这种忏悔不是卢梭式的自我炫耀,而是真正地进行道德谴责。在托尔斯泰那里,忏悔是补充和完善他"宗法制"的人生理想,成了他立人原则的道德理想,企图通过个人品质的修养完善实现他理想中的社会,推向极端,就是他主张的"毋以暴力抗恶",即对苦难的顺从和忍耐,主张基督教的宽恕和博爱——托尔斯泰主义。这种禀有基督精神的主义带有较多的道德说教意味。他反对一切特权,和农民一起生活,曾被开除教籍。

1856年,托尔斯泰实施改革,遭到失败,为此他非常苦闷,决定游历西方。这次一年半的旅行,使他对西方的梦破灭了。自此以后,他对西方的平等、自由等观念产生了很深的怀疑,一改从西方寻找理想社会的初衷,强化了他的宗法制的社会理想,坚持从过去来观照世界。

托尔斯泰的人生追求经历了一个逐渐发展到成熟的过程。早年,他尝试改革,试图与农民搞好关系,后来决定卖土地给农民,均未成功。后来他发现改良社会并非经济问题,而是发展教育,对农民进行思想启蒙,于是他在乡村办学校。1878年托尔斯泰陷入精神危机之中,发现人的根本问题是灵魂拯救问题,他开始大量阅读宗教神学著作,强化了忏悔意识,创作成《忏悔录》。他发现以前他高居于农民之上,此时才发现农民比他优越,有他们自己的精神支柱,认为自己应向农民靠近。于是他改变自己的习惯,努力向农民靠拢,重新认识中、西方文化,对东方的中国文明产生了浓厚的兴趣,1906年写作了《致一个中国人的信》。

晚年,他决定放弃一切,这与家人,特别是妻子,发生了尖锐冲突。妻子不能理解他,把他当作疯子,最后他决定放弃全部版权,甚至放弃全部的庄园财产。他非常痛苦,几次出走,几次回来。托尔斯泰一生决无意当一个职业作家,他关注的是教育和社会改造等问题,文学活动不过是他社会改造活动的一个组成部分。文学创作贯穿于他的人生探索过程,具有不断发展的特点,追寻人生的幸福是贯穿托尔斯泰全部创作的一根红线。

二、《安娜·卡列尼娜》

(一)故事概要

安娜·卡列尼娜是19世纪俄国上流社会的贵妇人。丈夫卡列宁,比她年长二十岁,是彼得堡的一个重要官员,他成天忙于公务,贪求功名,酷似一架"官僚机器"。年轻、美丽的安娜渴望幸福,热爱生活,但和卡列宁生活在一起,她感觉不到丝毫的愉快,婚后9年来,只有儿子谢辽查是她生活里的唯一慰藉。

安娜的哥哥奥勃朗斯基住在莫斯科。嫂嫂陶丽发觉丈夫和从前的家庭女教师有暧昧关系,夫妻之间发生了纠纷。陶丽气得三天没出房门,吵着要回娘家。安娜为调解兄嫂的家庭关系,从彼得堡来到莫斯科,劝慰了嫂嫂,促进他们家庭重新和好起来。

安娜这次来莫斯科,在车站上遇见了"彼得堡的花花公子"渥伦斯基。初次见面渥伦斯基就被安娜的美丽、温雅,特别是她脸上"那股被压抑着的生气"所吸引。在这之前,渥伦斯基正在向陶丽的妹妹吉娣献殷勤,吉娣也爱渥伦斯基。可自渥伦斯基见到安娜后,对吉娣的态度便冷漠了。在一次舞会上,吉娣满心期望渥伦斯基像以往那样邀请她跳舞,但事与愿违,渥伦斯基却陪伴着安娜跳舞、谈笑。吉娣一方面赞赏安娜的单纯、自然、优美,又快活又有生气,一方面又为自己的不幸而痛苦。舞会后吉娣没有去姐姐陶丽家,安娜明白吉娣在生她的气。她决定第二天即回彼得堡,避开渥伦斯基。

谁知当火车停站，安娜去月台上透空气时，渥伦斯基的出现与表达倾慕的谈话使安娜感到心神不定，同时也感到幸福。

在彼得堡火车站，卡列宁来接妻子。安娜从前已经习惯了丈夫那种隐约的虚伪感觉。这次回来后，她感到非常厌恶丈夫的官僚架势和令人生厌的外貌，以及他那装腔作势的语调，渥伦斯基一眼就看出安娜并不爱卡列宁。安娜回到彼得堡后，生活有了变化，她经常出入可以见到渥伦斯基的社交场合。而渥伦斯基更是深深地追求安娜，凡是安娜参与社交的场所，都有渥伦斯基的踪影。

安娜得知吉娣得了重病，要渥伦斯基回莫斯科求吉娣宽恕。可是渥伦斯基却乘机向安娜倾诉了自己的爱情。人们见安娜和渥伦斯基过分亲热，认为有失体统。卡列宁为此向妻子指出，他们的生活是上帝结合的，这种结合只有犯罪才能破坏，而这种性质的犯罪是会受到惩罚的。安娜没有怪他，因为她认为卡列宁根本不懂什么是爱情。

安娜与渥伦斯基交往频繁，两人的关系日益加深。在一次赛马中，渥伦斯基不慎摔下马来，在台上观看的安娜心急如焚，神态失常，卡列宁认为妻子的举止神态有失检点，他要求安娜立即跟他一起回家。无奈之余，安娜把她与渥伦斯基的关系告诉了丈夫。卡列宁听后冷冷地要求安娜为保全他的名誉，严格遵守外表的体面。在离婚、决斗与维持旧生活的三条路面前，卡列宁决定他们仍然维持着夫妻关系。

安娜跟渥伦斯基有了孩子，她在分娩中得了大病，几乎死去。安娜病危时曾要求卡列宁饶恕她的过失。卡列宁答应了，甚至对守在安娜病床前的渥伦斯基也表示和好，不念旧恶。可是当安娜病情好转，健康恢复后，她又感到无法忍受家庭生活中的虚伪与欺骗，于是未经丈夫同意离婚，便和渥伦斯基一起到国外去了。

列文是吉娣哥哥的同学，吉娣进入社交界后，列文爱上了她并向她求婚，但此时吉娣正恋着渥伦斯基，因此他的求婚被拒绝了。后来，当吉娣的姐夫奥勃朗斯基到乡下来办理出卖森林的事宜时，列文才知道吉娣并没有结婚。于是他再次向吉娣求婚。不久，他们便在莫斯科举行了婚礼，然后到乡下开始了他们幸福永远的生活。列文是一个贵族地主，有自己的庄园，他喜欢自己管理农事，并且常常和农民一起劳动。农民称他是一位朴实的地主老爷。但是在农事经营中，列文仍觉得农民同他是一种对抗的、不愉快的关系。他认为农奴制改革使"一切都翻了个身，一切都刚刚开始安排"。但是列文的新方法、新措施并没有改变农民对他的态度。农民不信任老爷的新的农业经营方法。

列文原希望家庭生活美满,可是他感到婚后的生活并不像他所想象的那样幸福。有一年春天,列文自觉精神上茫茫然若有所失。他百思不得其解:人为什么活着?这个问题使他苦恼。他努力探索它的答案。最后从一个农民那儿得到启示,即"人活着并不是为了个人的欲望,而是为了上帝"。列文终于找到了信仰。他认为既然人为上帝活着,那么生活就有了善的意义。

安娜和渥伦斯基在欧洲旅行了三个月后回到了俄国。安娜思念儿子心切,想回去看看谢辽查。于是在儿子生日那天,她一大早就回到自己住过九年的那幢房子,欢乐和痛苦的回忆顿时涌上她的心头,她百感交集,眼泪夺眶而出。她走进育儿屋时谢辽查正好醒来。安娜呼唤着儿子,母子俩紧紧拥抱在一起,安娜激动得哭了起来。早上9点钟,照例是卡列宁来看儿子的时间。9点到了,但安娜和谢辽查仍难分难舍。这时卡列宁走了进来。安娜为避免同他见面,随即拉下面纱匆匆跑出屋子,她连为儿子精心挑选的玩具都没有来得及打开,又原封不动地带了回来。

安娜和渥伦斯基回国后,虽然在莫斯科住了下来,但是安娜的处境却很痛苦。社会上议论纷纷,社交界不欢迎她,中伤她,甚至上戏院看戏也像带枷示众似的受到社交界人们的轻蔑和非议。她又向丈夫提出了离婚。她哥哥奥勃朗斯基也为此事在奔忙。但是卡列宁最后给奥勃朗斯基的答复是不同意离婚。在莫斯科,安娜除了嫂嫂陶丽外谁也不见。渥伦斯基不在家时,安娜一个人更是苦闷难过。她愈爱渥伦斯基,也就愈怀疑他对自己的爱情。有一天,他们终于为此发生了口角,渥伦斯基自认为没有对不起安娜的地方,没有理会安娜就出门而去。这时,他听见安娜说了句"你会后悔的",愣了一下,但还是离开了。晚上回来听说安娜头痛就没有去看她。穿上衣服他又出去了。渥伦斯基的行为使安娜感到害怕,她怕他爱上了别人,她又写信,又拍电报,要渥伦斯基马上回来,向他承认这次口角是她的错误。她还亲自去车站找渥伦斯基,可是渥伦斯基不了解安娜的心情,没有及时回来。安娜绝望之余,觉得爱情破灭了,一切都完了。她内心升起一股无名怒火,她恨渥伦斯基,要向他报复。突然,安娜回想起她和渥伦斯基上次相遇时莫斯科车站上轧死人的那幅景象,她领悟到自己该怎样行动了。于是她迅速地走下月台,向正在驶来的火车扑倒下去,一瞬间,安娜找到了摆脱一切苦难的结局,她的生命火焰永远熄灭了。

扉页：申冤在我，我必报应！

引自《新约全书·罗马人书》第十二章十节，全句为："亲爱的弟兄，不要自己申冤，宁可让步，听凭主怒，因为经上记着：'主说，申冤在我，我必报应！'"

(二)《安娜·卡列尼娜》的思想内涵

《安娜·卡列尼娜》有两条平行发展的情节线，一条是贵族妇女安娜的爱情悲剧，一条是庄园贵族列文的社会探索和精神探索。安娜的情节更多地盘桓于虚伪丑恶的上流社会，列文的情节主要延伸于浑朴的俄国农村；安娜的情节线牵引出贵族社会的芸芸众生，展示了他们空虚堕落的精神状态和腐朽没落的生活方式，列文的情节再现了俄国农村动荡变化的时代特征，又昭示了古风盎然的俄罗斯民族传统的道德风貌。作品中每个人的生活和情感都被纳入了呈现出本质性的社会生活的洪流中。两条情节线互相呼应，共同完成了无比生动丰富的俄国19世纪70年代的社会风俗史和精神发展史。

写作《安娜·卡列尼娜》时是托尔斯泰内心非常困惑的时期，理性与情感出现了错位。在显意识的层面，他表现的是人与人之间的和谐，《安娜·卡列尼娜》在此意义上带有警世意义。安娜以破坏人与人之间的和谐为代价来追求幸福，这终究得不到幸福。托尔斯泰另外设计了列文—吉娣的家庭来与安娜—卡列宁的家庭进行对比，列文是托尔斯泰心中的理想人物，他厌恶西方文明，与吉娣关系和睦，家庭十分和谐，他热衷于农业改革，与农民打成一片，生活纯朴，他的人生理想就是和谐，个人欲望的满足不是他的目标。

但在潜意识层面，他对安娜的死又表示了同情与理解。正是这种变化显示了精神文化危机中的托尔斯泰的内心矛盾与困惑，显示了他文化价值观念的变化，安娜嫁给比她大20岁的"官僚机器"卡列宁，这对她实在是不公平的。卡列宁伪善、自私、过于理性化而生命意识匮乏，他不是一个健全的人。相反，安娜真诚善良，富有激情，生命力强盛，但缺乏理性，如果按托尔斯泰以前的价值标准去要求，安娜在面临这种不公平的境遇时必须让"灵魂"去控制"肉体"并占上风，即由理性制约非理性，若此，安娜必须忍受甚至无视卡列宁的伪善和毫无生机。像奥勃朗斯基的妻子陶丽那样，听任丈夫生活上的荒唐放纵，恪守妻子与母亲的责任。

然而，托尔斯泰自己似乎又认为那样要求安娜是残酷的、不合情理的；他已经无法再像以前那样相信理性的力量，但又不能完全抛弃传统文化压在他心口的沉重十字架。所以,在小说中,他没有让安娜服从"灵魂"的准则,而是带着矛盾、恐惧甚至犯罪似的心情,不无肯定地描写安娜对情欲、对个人幸福的热烈追求。安娜身上那蓬勃的生命力和强烈的性意识以不可遏止之势泄露出来,并且在同样充满生命活力的追求个人幸福的渥伦斯基眼中得到了迅捷的反馈。安娜在同渥伦斯基邂逅之后,感情的波涛以一泻千里之势奔腾而下。她拒绝丈夫的劝说,反抗丈夫的阻挠,冲破社会舆论的压制,公开与渥伦斯基一起生活。她一方面不顾一切地追求个人的爱情与幸福,另一方面心底又时时升腾起"犯罪"的恐惧,随着时间的推移,她的罪恶感、危机感愈演愈烈。这种内心的恐惧决定了她爱的追求的脆弱,这种脆弱又导致她精神分裂与走向死亡。她的死亡本身是一种矛盾,一种迷惘,一种困惑。似乎谁也无法解说安娜到底应该服从"肉体"还是"灵魂",谁也分不清神秘的非理性力量到底是善的还是恶的,所以,"申冤在我,我必报应",只有神秘的上帝才能解开这神秘的"斯芬克斯之谜"。而生的焦虑,表明了《安娜·卡列尼娜》中现代主义基因的增长。小说中列文的精神危机同样说明了这一点。

(三)安娜的爱情悲剧的价值与意义

安娜的爱情悲剧是内涵丰富的社会悲剧,是在封建时代追求个人幸福的女性所不可避免的悲剧。导致这一悲剧发生的原因大致有以下几个方面:

1. 畸形的婚姻制度

安娜嫁给比她大二十岁的卡列宁,卡列宁有着饱览人生世事的中年人所特有的冷漠,具有官僚阶层的封建腐朽性,他们夫妻不是同一个年龄层的。安娜追求的是热烈和自由的生活,安娜和渥伦斯基相识后,卡列宁的腐朽性表现得更为充分。

2. 封建伦理的强大压力

封建道德舆论是杀人不见血的软刀子。安娜与渥伦斯基建立关系后,他们要通过社会认可,求得心理平衡。尽管安娜把爱情幸福当作人生追求的终点,但促使她不顾一切去追求爱情幸福的动因却不是建立在对旧的家庭观念和道德观念彻底决裂之上的人生理想。不能否认,安娜对贵族上流社会的道德观念做过反抗,她追求真诚的爱情的意识和行为是对贵族道德规范的背离与否定;同样不能否认,安娜追求爱情幸福的精神动力主要是久受压抑的人性本能力量。人性本能力量能够鼓励她勇敢地向扭曲人性的社会索回她爱的权利,却难以支持她在追求爱情幸福那条腹背受敌的道路上走到底。作为贵妇人,安娜没有力量承受上流社会对她的迫害。当她向上流社会公开表白了她要索回自己的爱的权利之后,便立即被上流社会视为大逆不道的"异种",于是对她这个敢越雷池的贵妇人从法律、宗教、舆论诸方面进行疯狂的反击与迫害,剥夺了她支配自己、支配自己命运的权利和可能,使她失去了家庭、儿子、贵妇人的地位和她赖以存身的上流社会,失去了原来拥有的一切,最后失去了生命。

3. 爱的双方处于一种非平衡状态

爱的双方心境是不一样的,对安娜来说,她的位置只在家庭中,生活在相对封闭的环境中,家庭、情爱是她生活的全部,如履薄冰,忐忑不安。渥伦斯基则具有比较开阔的自由空间,除了和安娜的爱情之外,还有其他生活事业的需要。在乡村过起隐居生活后,渥伦斯基感到沉闷、压抑,而安娜则平衡了。两个人之间必然产生隔膜,进而发生巨大冲突。

同时,他们俩对待爱情的感受不一样:安娜是用全身心去拥抱渥伦斯基,而渥伦斯基不是用全部的生命去爱安娜,而只是爱她的美貌和内在气质。

4. 精神来源和精神压力

在更为深层的意义上,上流社会对安娜的迫害主要是通过她自身体现出来的,是注定由她自身的意识而起作用的。历史的积淀、贵族教育和贵族生活的熏陶形成了安娜的价值观和道德观,贵族上流社会的许多习俗和生活准则成了她约束自己和评判自己意识的尺度。她一面因贵族意识的束缚、扭曲而痛苦,一面又恪守和维护这些意识;一面同贵族社会的偏见抗争,一面又将这些偏见作为打击自己的武器;一面热烈地追求爱情,一面又发自内心地谴责自己的行为,沉重的罪恶感始终伴随着她,其自身意识和上流社会的偏见达成了相当程度的共识,内外夹攻,才从精神上彻底击倒了她。

同时,卡列宁对她表现出一种巨大的宽容性,没有血性,为了面子,潜意识地征服和折磨安娜,让安娜偷东西似的放任,但不完全自由。安娜面对他巨大的宽容,无法排遣良心的谴责。安娜始终处于良心的不安当中。她的心灵深处是渴望一个和谐的家庭的,当这一切没有实现时,就认为自己的生命没有意义,没有试图凭借个人的力量生存下去。她并不是一个大胆自由追求爱情无所顾忌的人。临死前的安娜非常清醒,她明白了她和渥伦斯基这类带着因袭重负的贵族男女不可能找到真正的爱情幸福,安娜的悲剧暗示着一个真理:妇女要获得真正的幸福,必须以妇女整体意识的觉醒和社会整体意识的觉醒为前提。[1]

---

[1] 龚翰熊:《欧洲小说史》,四川大学出版社1997年版,第411页。

(四）艺术成就

1. 情节结构上追求一种"相互对应"的"双中心"

小说两个中心内容的线索人物，价值观念彼此对应，如《战争与和平》的安德烈和比埃尔。《安娜·卡列尼娜》中安娜是"肉"中心，列文是"灵"中心，小说围绕中心，组织情节，主要通过两种方法：a. 多次发生叠合，如《战争与和平》中的主人公四次出现在同一地点。b. 出现纽带性人物，具有广泛的关系，具有媒介作用，如娜塔莎。

2. "心灵辩证法"（车尔尼雪夫斯基语）

"心灵辩证法"主要在于充分表现人物的心灵矛盾，如安娜对渥伦斯基既爱又怨，对卡列宁则既厌恶又屈服。同时还表现心理运动的全过程，如小说就展现了列文追求吉娣的整个心理运动。如果说司汤达的心理描写更带有主观概括之后的特征，即理性概括性很强，而陀思妥耶夫斯基的心理刻画显得混沌，跟他们两位不同，托尔斯泰的心理描写要清晰得多，既不是司汤达那种具有浓重的理性色彩，也不像陀思妥耶夫斯基主要呈现人物的潜意识，而是善于捕捉小说人物转瞬即逝的心灵波澜，注意表现人从显意识到下意识的全过程。在《安娜·卡列尼娜》中写到安娜自杀前的心理活动，明显地体现了现代"意识流"的特点：

"现在死的念头不再那么可怕和那么鲜明了，死似乎也并非不可避免的了。她现在责备自己竟落到这么低声下气的地步。'我恳求他饶恕我。我向他屈服了。我认了错。为什么？难道没有他我就活不下去了吗？'撇开没有他她怎么活下去的问题，她开始看招牌。'公司和百货商店……牙科医生……是的，我全跟陶丽讲了。她是不喜欢渥伦斯基。这是又丢人又痛苦的，但是我要全告诉她。她爱我，我会听她的话的。我不向他让步；我不能让他教训我……菲力波夫面包店，据说他们把面团送到彼得堡。莫斯科的水那么好。噢，米辛基的泉水，还有薄烤饼？'她回想起好久好久以前，她只有17岁的时候。她和她姑母一路朝拜过三一修道院。'我们坐马车去。那时候还没有铁路。难道那个长着两只红红的手的姑娘，真是我吗？那时有多少在我看来是高不可攀的，以后都变得微不足道了，那时我能想得到我会落到这样可耻的地步吗？接到我的信他会多么难忘和高兴啊！他们为什么老是油漆的建筑？'……时装店和帽店……"

在这段文字中,从安娜"死"的念头开始,接着是回忆她和渥伦斯基的争执,接着又跳到眼前的面包店,由面包店联想到水和薄烤饼,再接着是回忆起她17岁时的情形,想到修道院、马车、铁路,随后又跳到前不久她与渥伦斯基的争执,以及她的计划,最后是难闻的油味,使她回到眼前的时装店。整个心理的特点是时空交错,思维和情感的变化是非逻辑性的,这把处于生与死的恐惧中的安娜的复杂精神—心理真实地表现了出来,其中明显有非理性成分。

《安娜·卡列尼娜》在小说艺术上做了多方面的开拓,对欧洲小说的发展做出了巨大贡献,得到同时代和后代人的高度评价。陀思妥耶夫斯基说:"《安娜·卡列尼娜》是一部完美的艺术作品……当代欧洲文学作品中没有一部可以与之媲美。"[1]

托尔斯泰通过艺术形象反映人心的最深处。他是人类心灵的探索者,他从人的心灵出发,深入研究人的外部社会生活,由外向内地把握了人的整个生存状态,表达出了人类心灵探索的深度,又达到了社会批判的广度,而对人的精神问题和心灵奥秘描述的丰富性与深刻性是作为艺术家的托尔斯泰之创作的最突出风格。

---

[1] 龚翰熊:《欧洲小说史》,四川大学出版社1997年版,第413页。